THE NEW ANNOTATED
SHERLOCK
HOLMES

VOLUME 6

주석 달린
셜록 홈즈

바스커빌 씨네 사냥개
공포의 계곡

아서 코난 도일 원작

존 르카레 추천 | 레슬리 S. 클링거 주석 · 편집
퍼트리샤 J. 추이 추가 연구 | 인트랜스 번역원 옮김 | 승영조 감수

H
현대문학

셜록 홈즈.
시드니 패짓의 미발표 그림, 콘스탄틴 로사키스, BSI, 소더비 소장

일러두기

1. 번역 판본으로 사용한 W.W. Norton & Company의 『*The New Annotated Sherlock Holmes*』의 홈즈 이야기는 당초 《스트랜드 매거진》에 발표된 것과 런던 조지 뉴스 출판사에서 발행한 단행본, 기타 미국과 영국의 여러 출판사에서 발행한 단행본 등 기존의 텍스트를 철저히 비교 검증해서 편집과 인쇄상의 심각한 오류를 최초로 바로잡고, 각각 56편의 단편과 4편의 장편 전부를 발표 순서대로 편집한 완벽한 '정전'이다.
2. 한국어판 『주석 달린 셜록 홈즈』는 읽는 이의 편의를 위해 여섯 권으로 나누어 발행하였다.
3. 옮긴이 주는 옮긴이라 표시하였다.

"강철처럼 진실하고, 칼날처럼 곧은"[1]

아서 코난 도일 경에게 바칩니다.

1. "Steel-true, blade-straight." 로버트 루이스 스티븐슨의 시 「나의 아내」에 나오는 이 구절은 코난 도일의 묘비명으로 쓰였다—옮긴이.

차 례

바스커빌 씨네 사냥개

공포의 계곡

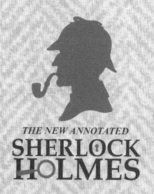

바스커빌 씨네 사냥개[1]

The Hound of the Baskervilles

1. 『바스커빌 씨네 사냥개』는 《스트랜드 매거진》에 실렸으며, 1901년 8월호부터 1902년 4월호(22호와 23호)까지 나누어 연재되었다. 단행본은 1902년 조지 뉴스 출판사에서 처음 출판되었는데 아직 《스트랜드 매거진》에 마지막 회가 실리기도 전이었다. 미국 초판 역시 1902년 매클루어 필럽스 출판사에서 출판되었다. 책 서두의 다양한 감사 글에 대해서는 부록 2를 참고하기 바란다.

머리말

불멸의 한마디 말, "홈즈 씨, 그건 아주 커다란 사냥개 발자국이었어요!"는 20세기 어느 문헌에서도 느껴보지 못할 공포를 자아낸다. 역대 가장 뛰어난 추리소설로 불리는 이 작품은, 검은 개들과 복수를 꿈꾸는 유령에 대한 지역의 전설을 기초로 해서 영국의 환상적인 황야에서 펼쳐지는 고딕풍의 공포소설로서 기묘한 경고와 단서들, 영악한 다수의 용의자들 때문에 (이 이야기가 연재되었던) 《스트랜드 매거진》의 독자들을 단숨에 사로잡았다. 이 이야기에서 왓슨의 활약은 눈부시다. 홈즈가 현장을 급습해 드라마를 한층 더 고조시킬 때까지 왓슨은 이야기의 서술자로, 그리고 주요 조사관으로 활약한다. 이 소설은 20세기의 첫 베스트셀러라고 널리 인정되지만, 1893년 「마지막 문제」에서 살해당한 것으로 되어 있는 홈즈가 혹시 악랄한 모리아티 교수 때문에 죽음을 가장한 것은 아닌가 하는 문제에 대한 해답을 기다리고 있던 독자들의 실망을 잠재울 수는 없었다. 충실한 독자들은 안타깝게도 이 소설이 홈즈가 죽은 것으로 알려진 시기보다 먼저 일어난 사건이라는 점을 인식할 수밖에 없었다. 홈즈가 확실히 살아 돌아왔다는 소식을 듣기 위해 대중들은 1903년 「빈집」이 출판될 때까지 기다려야 했다.

20세기 폭스의 〈바스커빌 씨네 사냥개〉.
《샌프란시스코 크로니클》(1939. 3. 30.)

제1장
셜록 홈즈

셜록 홈즈는 이따금 밤을 새워 일하는 경우를 제외하면 대개 아주 늦게야 잠자리에서 일어난다. 그런 홈즈가 웬일로 이른 아침 식탁에 앉아 있었다.[2] 난로 앞 양탄자에 서 있던 나는 지팡이를 집어 들었다. 어젯밤 방문객이 놓고 간 지팡이였다.[3] 질 좋은 나무로 된 묵직한 지팡이는 머리 부분이 둥글게 생겼는데 이런 걸 흔히 '페낭 로이어'라고 부른다.[4] 머리 바로 아랫부분에 1인치 정도 너비의 은테가 둘러져 있었다. 그 위에는 '왕립외과의사협회원[5] 제임스 모티머에게, C.C.H. 동료들이'라는 글귀가 '1884'라는 연도와 함께 새겨져 있었다. 옛날 가족 주치의들이 들고 다니던 그런 위엄 있고 견고하고 안정감을 주는 지팡이였다.

"그래, 왓슨. 그 지팡이에서 뭐 좀 알아낸 게 있어?"

나는 흠칫 놀랐다. 홈즈는 내게 등을 돌린 채로 앉아 있어서

2. 「얼룩 띠」에서 왓슨은 홈즈가 먼저 일어나서 인정사정없이 자기를 깨우자 "놀라서 눈을 끔벅"거렸는데 "화가 좀 난 듯도" 했다고 말한다. 그는 "나는 생활 습관이 규칙적인 사람이어서"라고 말하지만 정전의 다른 부분과 어긋나는 주장이다. 대개의 경우 항상 홈즈가 먼저 일어나 외출하기 때문이다. 여기서 왓슨이 은연중에 하고 싶은 말은 최소 한 번은 자신이 홈즈보다 먼저 일어났고, 식사를 끝낸 후에 쉬고 있다는 점이다. "왓슨은 만족스러운 포만감을 느끼면서 스스로의 관찰 결과를 가지고 대담하게 모험을 해본다"고 빈센트 스태럿이 지적하는 것도 같은 맥락이다. 『주홍색 연구』에서(54번 주석 참고) 왓슨은 자신이 일어나기도 전에 홈즈가 아침을 먹고 집을 나갔다고 묘사하고 있다. 자신의 "늦잠 자는" 버릇을 말하면서 "대중없이 아주 늦게 일어나고 말도 못하게 게으르지요"라고 고백한다. 이 시점은 아마도 왓슨이 패딩턴에서 개업하기 전

듯싶다. 「기술자의 엄지손가락」에서는 7시 전에 잠을 깨자 홈즈가 아침을 먹고 있을 거라고 짐작한다. 그러나 「얼룩 띠」에서 왓슨은 자신을 "생활 습관이 규칙적인 사람"이라고 묘사하며, 홈즈를 가리켜 "평소에 그는 늦잠을 자는 사람"이라고 한다.

3. 홈즈의 의뢰인들은 물건을 흘리고 가는 버릇이 있다(예를 들면 「노란 얼굴」처럼). "그 결과는 항상 아주 만족스럽다"고 개빈 브렌드는 말한다. "홈즈는 항상 의뢰인이 분실한 물건에서 의뢰인을 재구성해낸다." 『네 사람의 서명』에서 왓슨은 출처를 절대 알 수 없을 거라고 생각한 시계를 홈즈 앞에 내놓으며 홈즈를 시험한다. 홈즈는 탁월한 능력을 발휘하여 그 시계가 왓슨의 방탕한 형님 것이라고 정확히 단언함으로써 왓슨에게 모욕감을 준다. 한편, 홈즈는 모티머 박사가 한 시간 넘게 그들을 기다렸다는 언급을 하는데(허드슨 부인이 전해준 말이 분명하다) 브래드 키포버는 『앉아서 바스커빌 돌아보기』에서 모티머를 아무도 없는 방에 들어서 기다리게 한 데 대해 홈즈가 허드슨 부인을 비난하지 않는 것이 이상하다고 지적한다.

4. 말레이 반도 북서 해안에서 떨어진 곳에 위치한 말레이시아의 섬 페낭에서 수입한 지팡이로, 윗부분의 모양이 크고 불규칙하다. 그래서 무기로 사용되는 경우도 제법 있었는데, 예를 들면 「경주마 은점박이」에서 피츠로이 심슨도 "묵직한 납을 넣은" 페낭 로이어를 하나 가지고 있었다.

5. 'Member of the Royal College of Surgeons.' 1540년에 헨리 8세가 이발사-외과 의사 단체를 만들었는데 이것은 1462년에 설립된 이발사 단체와 외과 의사 길드를 합친 것이었다. 1745년에 외과 의사들은 이발사들로부터 떨어져 나와 외과 의사 단체를 만들었다. 외과 의사 단체는 1800년에 칙허장을 받아 런던에서 왕립외과의사협회가 되었다. 1843년에 다시 칙허장을 통해 이름이 바뀌어서 영국왕립

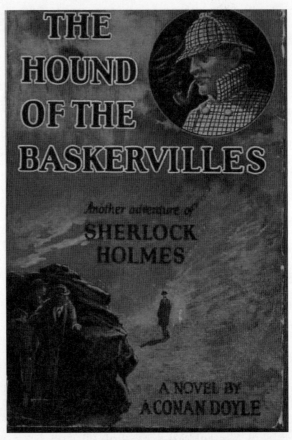

『바스커빌 씨네 사냥개』 단행본 표지.
뉴욕, 그로셋 앤드 던랩(1930년경)

내가 무얼 하고 있는지 알 리가 없었기 때문이다.

"아니, 내가 뭘 하고 있는지 어떻게 알았어? 자넨 뒤통수에도 눈이 달린 게 틀림없군."

"눈은 없어도 잘 닦아놓은 은도금 주전자는 내 앞에 있지" 하고 홈즈가 대꾸했다. "그건 그렇고 왓슨, 말해봐. 우리 방문객의 지팡이에서 뭘 알아냈는지. 그 사람을 만나지 못한 게 안타깝군. 무슨 볼일로 왔는지도 모르겠으니, 우연히 남기고 간 그 기념품이 중요한 단서인 셈이야. 지팡이를 살펴보고 그 방문객이 어떤 사람일지 한번 얘기해봐."

"그러니까 내 생각엔 말이지." 나는 최대한 내 친구의 방법을 빌려서 얘기했다. "모티머 박사는 나이가 상당히 지긋하고 성공한 의사야. 이런 감사 표시를 받은 걸 보면 두루 존경을 받는 인물이라고 볼 수 있지."

"오호!" 홈즈가 말했다. "아주 훌륭해!"

"또 내 생각에 이 사람은 걸어서 왕진을 많이 다니는 시골 의사일 가능성이 커."

"왜?"

"이 지팡이가 처음에는 멀끔하게 생겼을 텐데 지금은 상처가 아주 많이 나 있거든. 이 정도라면 시내에서 일하는 의사의 것은 아니라고 봐. 끝의 두꺼운 쇠 덮개도 많이 닳은 걸로 봐서 이걸 들고 엄청 걸어다닌 게 분명해."

"완벽하게 들어맞는군." 홈즈가 말했다.

"또 거기다가 'C.C.H. 동료들'이라고 했으니까 아마 무슨 사냥Hunt 모임이겠지. 지역 사냥 모임의 멤버들에게 뭔가 치료를 해주거나 도움을 준 거야. 그래서 그들이 답례로 작은 선물을 한 거고."

"왓슨, 정말 많이 발전했군." 이렇게 말하며 홈즈는 의자를 제자리에 밀어 넣고 담배에 불을 붙였다. "이 말을 꼭 해야겠어. 왓슨 자네는 늘 별것 아닌 내 성과들은 높이 평가해주면서 정작 자신의 능력은 습관적으로 과소평가하지. 그래, 어쩌면 자네는 스스로 빛을 내는 사람은 아닐 수도 있지만, 빛의 안내자임에 틀림없어. 어떤 사람들은 천재성을 갖고 있지는 않지만 천재성을 자극하는 데는 놀라운 능력을 타고나지.[6] 친구, 고백건대, 내가 자네한테 진 빚이 많아."

홈즈가 그렇게까지 말해준 것이 처음이었기 때문에 나는 그의 말에 기분이 붕 떠올랐다. 내가 그를 칭찬하든, 또는 그의 방법론을 출판해보려 애를 쓰든, 홈즈는 언제나 무관심해 보여

왕립외과대학.
『퀸스 런던』(1897)

외과의사협회가 되었다. 이곳의 학위는 현재 외과 전문의로 간주되는데 이미 의사 자격증을 갖추고 외과 분야를 선택해 영업 중인 의사들 중에서 시험을 통해 수여한다. 하지만 모티머가 일하던 시대에는 M.R.C.S.가 의사 개업을 위한 표준 자격 중 외과 치료 부분인 절반을 이수한 것이었고 고급 학위는 아니었다. 의사들의 계층구조에서 외과 의사는 내과 의사보다 아래에 있었고, 내과 의사가 환자를 진단하고 처방했다. 외과 의사들의 역할은 상처를 돌보고 기본적인 외과 수술을 하는 정도로 한정되어, 오늘날의 외과 의사들보다는 역할 범위가 좁았다. 모티머는 의사 자격의 절반인 내과 치료 부분은 이수하지 못한 것으로 보인다. 내과 치료 부분은 약제협회에서 자격증을 주는데 L.S.A.(Licentiate of the Society of Apothecaries) 증서를 수여했다. (이 이름은 1907년에 L.M.S.S.A.로 변경되었고 외과 부분 시험을 포함했다.)

6. T. S. 블레이크니는 "왓슨의 도움에 대한 모호한 증언이 아주 전형적이다"라고 말하지만 두 사람 간의 경쟁은 정전의 다른 어떤 작품보다 이 소설에서 분명하다. 이미 본 것처럼 첫 페이지에서부터 누가 아침 식사를 먼저 했는가를 두고 말 없는 경쟁이 시작되어, 마지막 페이지까지 홈즈의 우월함에 대

한 설명이 이어진다. 마지막에 홈즈는 평소보다 더 굴욕적으로 왓슨의 수사력을 평가하는 반면, 동시에 탐정으로서의 기술에 대해서는 칭찬의 말을 늘어놓는다. 윌리엄 하이더는 「2인자의 부각 : '바스커빌 씨네 사냥개'에서의 왓슨 박사」에서, 창피하게도 홈즈의 추리 중 몇 가지는 잘못된 것으로 판명되는 한편, 왓슨의 추리 중 몇 가지는 사실로 밝혀진다고 지적한다. 어쨌든 블레이크니는 "이런 가차 없는 솔직한 표현도 이겨낸 견고한 우정"이라고 말한다.

그는 지팡이를 돋보기로 다시 살폈다.
리하르트 구트슈미트 그림, 『바스커빌 씨네 사냥개』,
슈투트가르트, 로베르트 루츠 출판사(1903)

서 마음이 상했던 적도 많기 때문이다. 또 내가 자랑스러웠던 것은, 내가 이만큼이나 그의 방식을 익혀서 이제 그 방법을 적용해 인정을 받을 만한 실력이 되었다는 사실 때문이었다. 그는 지팡이를 건네받아 맨눈으로 몇 분간 관찰하기 시작했다. 호기심 어린 표정으로 담배를 내려놓고 지팡이를 창가로 가져가더니 돋보기로 다시 살폈다.

"재밌는데. 그래도 기초적이군"이라고 말하며 그는 자신이 가장 좋아하는 소파 끝자리로 갔다. "이 지팡이는 분명 한두 가지 정보를 알려주고 있어. 우리는 그걸 기반으로 여러 가지를 추리해볼 수 있지."

"내가 놓친 게 있어?" 내가 다소 거들먹거리며 물었다. "뭐 중요한 걸 놓치진 않았을 것 같은데?"

"미안하지만 자네의 결론은 대부분 좀 빗나갔어, 왓슨. 자네가 날 자극한다는 얘기는 솔직히 말하면 자네의 실수를 보고 가끔 진실을 파악하는 경우가 있다는 얘기야. 물론 이번 경우에는 자네가 완전히 틀렸다는 건 아니야. 시골 의사인 건 확실하니까."

"그렇다면 내 추리가 맞은 거잖아."

"거기까지는."

"그게 전부가 아니야?"

"절대로 그게 다가 아니지. 예를 들면, 의사한테 선물을 한

그는 지팡이를 돋보기로 다시 살폈다.
시드니 패짓 그림, 《스트랜드 매거진》(1901)

7. 채링크로스 병원은 1823년 런던 빌리어스 스트리트에서 서부 런던 병원으로 알려진 자선 기관으로 설립되었다. 그 기원은 1818년 벤저민 골딩 박사가 시작한 모임으로 거슬러 올라간다. 이 병원은 한 번에 12명 정도 치료가 가능한 작은 규모였다. 이 병원은 1827년에 채링크로스 병원이라는 이름을 얻게 된다. 1834년에는 완전히 의과대학 부속병원으로 자리를 잡고, 애거 스트리트에 22명의 학생을 수용할 수 있는 새 건물을 마련했다. 1881년에는 챈도스 플레이스에 독립된 의과대학 건물이 문을 열었고, 1894년에는 시설 확장을 위해 채링크로스 극장(1878년에는 툴 극장이었고 아서 코난 도일의 친구 J. M. 배리의 첫 연극이 상연된 장소다)을 철거했다. 다양한 시설이 확충되었는데 연구동을 추가로 설치하기도 했다. 이 병원은 현재까지도 존재하는데 완전한 이름은 채링크로스 웨스트민스터 의과대학이며, 임피리얼 칼리지 의과대학 부속병원이다.

1890년경 채링크로스 병원에서 외과 의사들이
의과대학 학생들 앞에서 수술을 실시하고 있다.

다면 사냥 클럽보다는 병원일 가능성이 더 크다고 볼 수 있어. 그러면 병원Hospital 앞에 C.C.가 있는 거니까 채링크로스Charing Cross 병원7이 자연스럽게 떠오르지."

"그럴 수 있겠군."

"가능성이 그쪽에 있다고 봐야 해. 그리고 그게 맞는다면 거기서부터 새롭게 이 의문의 방문객을 구성해볼 수 있어."

"그래, 그러면 'C.C.H.'가 채링크로스 병원을 가리킨다고 치고, 뭘 더 알 수 있는 거야?"

"절로 떠오르는 거 없어? 내 방법 잘 알잖아? 적용을 해보란 말이야."

"내 생각에, 분명한 건 이 사람이 시골로 가기 전에 시내에서 일했었다는 사실뿐이야."

"조금 더 나아갈 수도 있지 않겠어? 이런 식으로 생각해보자고. 도대체 언제 이런 걸 선물하겠어? 동료들이 모두 뜻을 모아 그에게 감사를 표시하고 싶은 게 언제일까. 당연히 모티머 씨가 병원을 그만두고 개업을 하려고 할 때가 아니겠어? 그는 시내 병원에서 시골로 내려갔어. 그러면 그 변화가 일어난 시기에 선물을 받은 거라고 추리하면 무리일까?"

"일리 있는 말이야."

"이제, 이 방문객은 병원 정규직 의사가 아니었다는 걸 알 수 있어. 런던에 자리를 제대로 잡은 사람들만 그런 위치를 차지할 수 있고, 또 그랬다면 시골로 갈 필요가 없지. 그러면 이 사람은 어떻게 된 걸까? 병원에 있었지만 정규직은 아니었으니까 아마 연수 중이었을 거야. 갓 졸업한 상태에서. 그리고 지팡이의 날짜는 5년 전이잖아. 그러니 중년의 가족 주치의라는 자네의 추리는 공기 중으로 흩어지는 거지. 이 사람은 서른이 안 된 젊은이고 상냥하고 별 야망이 없으며 정신없는 사람이야. 아끼는 개가 한 마리 있는데, 대충 내가 그려보자면 테리어보다는 크고 마스티프보다는 작겠군."

나는 믿을 수가 없어서 너털웃음을 쳤다. 셜록 홈즈는 소파 뒤로 몸을 젖히더니 담배 연기로 도넛을 만들어 천장으로 날렸다.

"자네 추리의 그 마지막 부분은 확인할 방법이 없군." 내가 말했다. "그래도 그 방문객의 나이[8]나 직업에 대해 몇 가지는 어렵지 않게 알아낼 수 있어."

나는 내 의료 선반에서 의사 명부[9]를 꺼내 이름을 찾았다. 모티머는 여러 명 있었지만 우리의 방문객일 만한 사람은 한 명뿐이었다. 나는 그의 기록을 크게 읽었다.

> 제임스 모티머, 외과의사협회원, 1882, 데번 주 다트무어 시[10] 그림펜 교구. 채링크로스 병원에서 1882-1884 의학 연수. 논문 「질병은 격세유전 하는가」로 비교병리학 부문 잭슨상[11] 수상. 스웨덴 병리학회 통신회원. 「격세유전의 변종」[12](《랜싯》, 1882), 「우리는 진보하는가?」(《심리학 저널》, 1883년 3월호) 저술. 그림펜 교구, 소슬리 교구, 하이배로 교구 의료 담당자.[13]

"왓슨, 사냥 클럽 얘기는 없어." 홈즈가 장난스러운 미소를 지으며 말했다. "그렇지만 자네가 날카롭게 관찰한 대로 시골 의사는 맞는군. 내 추론은 이제 증명이 된 것 같고. 내가 아마 그 사람이 상냥하고 야망이 없고, 정신없다고 했지? 왜냐면 경험상 기념 선물을 받는 사람들은 항상 상냥한 사람들이잖아. 런던의 일자리를 버리고 시골로 갔다면 야망이 없는 사람일 테고. 또 자네 방에서 한 시간을 기다려놓고는 명함 대신 지팡이를 두고 간 걸 보면 분명히 정신없는 사람이지."

"개 얘기는 무슨 소리야?"

"개가 주인을 따라다니면서 이 지팡이를 물고 다니는 버릇이 있었어. 꽤 무거운 지팡이인데도 가운데 부분을 꽉 물어서

8. 사실 의사 명부로 모티머의 나이는 알 수 없다.

9. 의사 명부는 1858년 의학법의 실행으로 작성되었다. 의회는 이 명부를 통해 영국 내 의사뿐만 아니라 의대생까지 규제하고자 했다. 당시는 런던과 에든버러, 글래스고의 전문직 종사자 사이에 자격증과 관련한 논란이 횡행하던 때였고 누구든지 "오해를 살 만한 명칭을 붙이지 않는 이상"(《브리태니커 백과사전》 9판) 간판을 달고 환자로부터 치료비를 받을 수 있었다. 1858년 의학법은 대륙 쪽의 개업의들을 배제했기 때문에 가혹하다는 의견도 있었지만 돌팔이 의사를 근절하는 것을 목표로 했다. 일반의학협의회는 의료 행위와 활동을 감독하기 위해 설립되었다. 의사 명부에 올라 있는 사람들은 브리티시 대학에서 내과와 외과 학위를 받은 의료 행위자들, 런던이나 더블린 및 에든버러의 왕립외과의사협회 면허 소지자 및 회원들, 글래스고 내과·외과연합의 면허 소지자 또는 회원들, 런던과 더블린 약사회 모임 면허 소지자들을 포함했다. 등록하는 데는 5파운드밖에 들지 않았지만 의료 행위자들이 환자로부터 의료 비용을 못 받았을 경우, 소송을 걸 수 있는 자격을 부여했다.

10. 다트무어와 실제 또는 가공의 그 지역 지명이 수없이 언급됨에도 불구하고 여러 해설가들은 『바스커빌 씨네 사냥개』에 나오는 사건이 실제로 헤리퍼드셔에서 일어났다고 주장한다. 모리스 캠벨은 「바스커빌 씨네 사냥개 : 다트무어인가 헤리퍼드셔인가?」에서 건물들과 문장의 모양을 기초로 이런 결론에 도달한다. 로저 로빈슨도 비슷하게 「바스커빌 씨네 사냥개 : 다트무어인가 옥스퍼드셔인가?」에서 헤리퍼드셔라고 주장한다. 다트무어는 브리스틀과 영국 해협 사이에 위치한 영국 남서부의 데번 주에 있는 시골로서 황야와 바위 언덕이 아름다운 것으로 유명하다. 헤리퍼드셔는 웨일스 지방에 접해 있고 다트무어보다 바위가 적다. 그러나 사건 현장이 다트무어가 아니라고 하는 사람은 소수에

불과하며 다트무어가 맞는다고 보는 다수 의견을 의심할 만한 이유도 거의 없다.

11. 매년 시상하는 "잭슨상"은 1800년 새뮤얼 잭슨과 F.R.S., M.R.C.S.에 의해 제정되었다. 왕립외과 의사협회는 외과 발전에 중요한 기여를 하거나 외과 사례에 관한 주제로 논문을 쓴 협회원(또는 치과의사협회원)에게 10파운드를 수여했다. 1967년 상금은 250파운드로 올랐으며 1995년에는 2,500파운드로 올랐다. 지난 50년간 공동 수상자가 몇 번 있기는 했으나 1957년 이래로 수상자가 없었던 해도 많다. 1882년과 1888년 사이에 모티머라는 이름의 수상자는 없었다. 소설 속의 논문 주제도 보이지 않는다. 19세기 수상자들 중에는 '엘리펀트 맨'을 발견한 프레더릭 트리브스 경도 있는데 그는 1883년 복강 장폐색에 관한 논문으로 잭슨상을 수상했다. 다른 유명한 수상자로는 존 클레이(1866), 윌리엄 왓슨 체이니(1880), 존 블랜드서튼(1892), 윌리엄 매커덤 에클스(1900) 등이 있다.

12. 격세유전이란 조상의 형질이 특히 긴 공백 후에 되풀이되는 것을 말한다. 또한 이 개념은 이탈리아의 범죄학자이자 의사인 체사레 롬브로소가 유행시킨 범죄학 용어이기도 하다. 그는 범죄 행동을 저지르는 개인은 자신의 선택에 의한 행동이 아니며 "격세유전"을 받은 탓이라고 했다. 즉 그들은 우리의 원시적 조상들이 가졌던 미개한 상태를 벗어나 진화하지 못했다는 것이다.
『브리태니커 백과사전』 9판은 그런 개인을 다음과 같이 설명하고 있다. "우리 문명 한가운데서 미개인으로 사는 사람…… 현존하는 법률 시스템으로는 그들을 범죄자와 구별할 수 없다. 법률가들이 개인의 책임 있는 기질 탓이라고 주장하는 것을 도덕주의자들은 격세유전 탓이라고 한다." 그러나 브리태니커의 편집자는 이런 견해에 대해 회의적인 것 같다. 다음과 같이 말하기 때문이다. "그러나 제대로 교육받지 못한 계층, 목동들, 농부들, 공장 노

동자들이 충분히 진화하지 못하고 미개인 수준의 지적 삶을 사는 이유는 격세유전 때문이 아니라 구식 질서가 계속되고 있기 때문이다. 작은 마을에서나 큰 도시에서나 야만성은 개혁가들이 알고 있는 것보다 훨씬 많이 남아 있다. 누구나 약간의 경험만 있다면 문명이라는 얄팍한 베일 아래에 아직도 많은 사람의 정신과 마음에 구식 야만성이 도사리고 있다는 것을 알 것이다."
롬브로소는 자신의 저서 『범죄인론』(1876)에서 이런 "타고난 범죄자들"은 머리 둘레 사이즈 또는 얼굴이나 신체 일부의 비대칭 등 특정한 신체적, 정신적 특징을 갖는다고 지적했다. 그의 관점은 그후 신빙성이 없어졌지만 범죄 행동 연구 분야에 과학을 도입한 것은 롬브로소의 중요한 공로라고 여겨진다.
독일에서 다윈주의를 대중화시킨 에른스트 헤켈도 1880년대에 격세유전이라는 말을 사용했다. "개체발생은 계통발생을 되풀이한다"라는 헤켈의 콘셉트는 발달 과정에 있는 배아가 진화의 초기 단계로 거슬러 갔다가 나중에 진화 후의 더 복잡한 장기를 가진 후기 단계의 모습을 보여준다는 아이디어로서 지금은 지지될 수 없는 이론으로 되어 있다. 헤켈의 이론은 유전학에 대한 초기 이해를 반영한 것이지만 매우 불완전한 수준의 이해였다. 당시는 다윈적 진화론이 널리 받아들여지고 유전학의 기본 원칙이 발견되던 시기였고, 왜 어떤 사람은 자기 조상의 특성을 보여주는가 하는 알 수 없는 현상을 설명하기 위해 격세유전이 자주 거론되었다. 모티머의 논문은 그런 '괴물'들을 연구했을지도 모른다.

13. 의료 담당자의 직무는 오늘날 미국의 검시관과 유사했다. 사망자와 사망 원인을 보고하고, 공중 보건의 위해 요인을 확인하고 처리하며 위험 가옥을 판정하고, 전염병과 질병 발생을 조사하고 전염을 막기 위해 격리 등의 조치를 발동하고, 공중위생을 개선했다.
대부분의 의료 담당자는 의술 시행을 위한 자격증

이빨 자국이 선명하게 났잖아. 이 자국들의 간격을 보면 이 개의 턱은 내 생각에 테리어라고 보기에는 너무 넓고 마스티프라고 보기에는 좁아. 아마도……. 그래 맞았어. 털이 곱슬곱슬한 스패니얼이야."[14]

홈즈는 말을 하면서 자리에서 일어났다. 그는 담배를 피우며 방 안을 거닐다 이제 창가에 서 있었다. 그의 목소리가 너무 확신에 차 있는 것이 놀라워서 나는 그를 힐끔 올려다보았다.

"대체 어떻게 그렇게 확신하는 거지?"

"간단해. 지금 그 개가 우리 집 계단을 오르는 걸 보고 있거든.[15] 그리고 주인이 벨을 누르는군. 왓슨, 부탁이야. 여기 함께 있어줘. 이 사람은 자네처럼 의사니까 자네가 있는 게 도움이 될 거야. 운명의 순간이 다가오는군. 계단을 오르는 저 발자국 소리가 들리나. 자네 삶으로 걸어 들어오는 소리지. 좋은 일일지 나쁜 일일지 알 수 없지만, 과연 과학자인 제임스 모티머 박사가 범죄 전문가인 셜록 홈즈에게 무얼 부탁하려는 걸까? 아, 들어오십시오!"

우리 방문객의 모습은 내게 놀라움 그 자체였다. 나는 전형적인 시골 의사를 예상하고 있었지만 그는 매우 큰 키에 마르고, 긴 매부리코를 가진 남자였다. 날카로운 회색 눈은 가까이 모여 있었고[16] 금테 안경 뒤에서 영리하게 반짝이고 있었다. 의사다운 복장이었지만 깔끔하지는 못했는데 프록코트는 때가 타고 바지는 닳아 있었다. 젊은 사람이지만 긴 허리가 벌써 굽어 있는 데다, 목을 빼고 걸어 들어오는 품으로 보아 대체로 주변을 잘 도와주는 관대한 사람일 것 같았다. 들어서면서 홈즈의 손에 들린 지팡이를 발견하고는 기뻐서 감탄을 지르며 달려왔다.

"아, 정말 다행이에요." 그가 말했다. "이걸 여기에 두고 갔는지 선적 사무실에 두고 왔는지 확신이 서질 않았거든요. 절

을 갖추고 등록된 의사였으며 수술도 행했다. 수입은 보통 왕진을 다니거나 출산을 도와주거나 출생 신고를 해주는 데서 생겼다. 의료 담당자들은 또 정신 질환자를 치료하기도 했으며 모티머가 찰스 바스커빌 경을 치료한 것에서 분명히 알 수 있듯이 개인 진료도 병행했다. 모티머가 단지 "왕립외과의 사협회원에 불과"했다면 의학 자격증이 있어야 하는 것은 아니었다. 5번 주석 참고.

14. "추론을 하자마자 그 추론이 정확하다는 것을 증명해줄 시각적 증거가 바로 등장한다?" 『견犬학적으로 본 홈즈 씨』를 쓴 마이클 해리슨은 다음과 같이 생각한다. "그게 아니라 처음부터 추론은 없었고 그냥 왓슨을 골려주려고 한 가벼운 장난 아니었을까……."

15. 또한 해리슨은 홈즈가 어떻게 개가 "계단을 오르는 걸" 볼 수 있었는지 의아하게 생각한다. 해리슨의 주장에 의하면 베이커 스트리트에 있는 주택들은 모두 앞쪽 입구에 덮개 지붕이 있었기 때문이다.

16. 브래드 키포버는 모티머 박사의 신체 묘사와 행동 특징에 근거에서 모티머가 홈즈의 형제라는 주장을 펼쳤다. 조이 홀리와 빅 홀리는 「모티머 박사의 시대」에서 찰스 오거스터스 밀버턴에 대한 묘사가 모티머와 유사하다며 "그들이" 형제라고 말한다. 반면에 고든 R. 스펙은 「사냥개와 잠입자」에서 모티머와 모리아티가 형제라고 주장한다. 제리 닐 윌리엄슨은 이 전제에서 한 걸음 더 나아가서 「모티머-모리아티 박사」에서 "제임스 모티머 박사"가 실제로는 제임스 모리아티 교수의 형제인 제임스 모리아티 대령이라고 주장한다. 윌리엄슨은 모티머 박사에 대한 신체 묘사와 「마지막 문제」에 나오는 모리아티 교수에 대한 묘사가 매우 유사하다고 지적한다.

17. 모티머의 아내에 대해서는 여러 가지 추측이 있다. 왓슨의 연대기에 나타나지 않기 때문이다. 프레더릭 J. 제이거와 로즈 M. 보걸은 모방작이면서 에세이이기도 한 『지옥에서 온 사냥개』에서 다음과 같이 상정한다. 모티머의 아내는 존재하지 않았으며 모티머는 바스커빌 가문의 사람들을 살해하려는 자신의 계획에 맞춰 행동하기 쉽도록 편리한 위장막으로 아내를 만들어냈다는 것이다. 데이비드 스튜어트 데이비스는 「외로운 남편의 비정상적 경우」에서 모티머의 결혼 생활이 불행했으며 모티머의 아내는 "시골 의사를 지배했던 무서운 여자였음이 분명하다"라고 주장한다. 브루스 E. 사우스워스는 「모티머의 동기」에서 모티머가 정신적 기능 쇠퇴로 고통 받고 있었으며 그의 사랑스러운 아내는 모티머가 쉴 수 있도록 그를 시골로 옮겼다고 주장한다. 오버런 레드편은 「모티머와 그의 의술, 정신, 결혼 생활」에서 이 수수께끼의 여자는 모티머 박사가 계속해서 집을 비우고 취미를 추구하는 것도 참아내고 있다면서 "대단하다"고 말한다.

의사다운 복장이었지만 깔끔하지는 못했는데
프록코트는 때가 타고 바지는 닳아 있었다.
리하르트 구트슈미트 그림, 『바스커빌 씨네 사냥개』,
슈투트가르트, 로베르트 루츠 출판사(1903)

대 잃어버리면 안 되는 물건인데."

"선물 받으신 거죠?"라고 홈즈가 말했다.

"네, 맞습니다."

"채링크로스 병원에서?"

"제가 결혼할 때 친구 한두 명이 마련해준 거지요."[17]

"저런, 저런. 아깝군!" 홈즈가 머리를 흔들며 내뱉었다.

모티머 박사는 약간 놀라서 안경 너머로 눈을 깜박거렸다.

"그게 왜 아까운 일이죠?"

"선생이 우리 추론을 헝클어놓았어요. 결혼 때문이었단 말씀이군요?"

"네, 선생님. 제가 결혼을 해서 병원을 떠나야 했어요. 전문

그는 홈즈의 손에 들린 지팡이를 발견하고는 기뻐서 감탄을 지르며 달려왔다.
시드니 패짓, 《스트랜드 매거진》(1901)

18. 모티머 박사가 "씨"라고 불러달라고 하는 것은 이상하다. 이후에는 "박사"라고 불러도 이의를 제기하는 경우가 없기 때문이다.

19. 모티머가 '순수한 즐거움'이라고 생각하는 것은 왕립외과의사협회 박물관을 방문하는 것과 일맥상통하는데 그는 다음과 같은 아이작 뉴턴 경의 말을 인용한다. "……스스로 돌이켜보면 나는 그냥 바닷가에서 놀고 있는 한 명의 소년이었던 것 같다. 거대한 진실의 바다는 내 앞에서 발견을 기다리고 있는데 나는 조금 더 매끈한 조약돌, 조금 더 예쁜 조개껍데기나 종종 찾아다니고 있었다."(데이비드 브루스터 경의 『아이작 뉴턴 경의 삶과 저서, 발견에 관한 회고』에서 인용)

의가 되려던 희망도 버려야 했고요. 가정을 이루려면 필요한 일이었죠."

"흠, 그러면 우리가 그렇게 많이 틀린 건 아니군요." 홈즈가 말했다. "그러면 제임스 모티머 박사님."

"그냥 씨라고 불러주십시오, 선생님. 왕립외과의사협회원에 불과합니다."[18]

"정확한 걸 좋아하는 분이군요, 분명."

"과학에 잠깐 몸담아본 정도입니다, 홈즈 씨. 위대한 미지의 바다를 앞에 두고 해변에서 조개껍데기를 줍고 있는 것에 불과하지요.[19] 제가 지금 말씀을 나누는 분이 셜록 홈즈 씨가 맞는

20. 두개 계수가 75 이하인 상대적으로 긴 머리. 두개 계수는 두개골의 가장 넓은 부분을 재서 두개골의 가장 긴 부분의 수치로 나눈 다음 100을 곱해서 구한다.

21. 눈을 둘러싼 윗부분.

22. 모티머는 여기서 시상봉합이라고 하는 두개골의 정수리 부분에 있는 뼈 이음새를 말하고 있는 것 같다. 시상봉합은 30-40대의 성인이 되면 사라지고 없다. 아마도 모티머는 '열(틈새)'이 남아 있다는 것 때문에 홈즈의 두개골이 연구 가치가 있다고 생각하는 것이 아닐까?

23. 여기서 모티머는 골상학을 공부하는 사람으로 보인다. 골상학은 두개골의 모양을 통해 사람의 유형을 연구하는 방법론이다. 『주홍색 연구』 205번 주석 참고. 제임스 모리아티 교수도 같은 취미를 가졌다는 사실을 잊지 말자.(「마지막 문제」)

24. 이언 매퀸은 이 추론이 다소 지나치다고 주장한다. 검지의 니코틴 얼룩은 어떤 애연가에게서나 발견되는 것이므로 손으로 말았는지 가게에서 샀는지 알 수 없다는 것이다. "그냥 때려 맞춘 것일까, 아니면 홈즈는 모티머가 바스커빌의 양피지 종이를 가져왔다는 것을 눈치챘을 때, 모티머의 주머니에서 삐져나온 것이 담뱃갑이 아니라 잎담배 주머니라는 것도 관찰했던 것일까? 어쩌면 홈즈는 담배를 관찰한 후에 모티머의 검지를 언급함으로써 소위 자신의 '추론'을 더 돋보이게 한 것인지도 모른다."

지요? 아니면……."

"맞습니다. 그리고 이 사람은 내 친구 왓슨 박사입니다."

"만나 뵙게 되어 반갑습니다. 박사님의 친구를 통해서 성함을 들은 적이 있습니다. 홈즈 씨도 정말 흥미로운 분이시군요. 이렇게 골상 구조가 장두이고[20] 뚜렷하게 발달한 안와[21]를 갖고 계실 줄은 몰랐네요. 혹시 제가 손가락으로 두정열을 좀 만져봐도 폐가 되지 않을까요?[22] 인류학 박물관에서 진짜 모형을 입수하기 전에 홈즈 씨 두개골 모형을 가져다 놓아도 멋질 거예요. 호들갑을 떨려는 게 아니고요, 정말이지 홈즈 씨의 두개골은 탐나네요."[23]

셜록 홈즈는 우리의 이상한 손님에게 의자에 앉으라고 손짓을 했다.

"생각에 빠지면 아주 열정적이 되시는군요. 저도 생각에 빠지면 그렇게 되곤 하죠." 홈즈가 말했다. "검지를 보니 궐련을 피우는 분이 틀림없군요.[24] 한 대 피우시죠."

방문객은 종이와 담배를 당기더니 놀라운 솜씨로 말았다. 그는 곤충의 더듬이처럼 민첩하며, 쉬지 않고 떨리는 긴 손가락을 갖고 있었다.

홈즈는 가만히 있었지만 그의 쏜살같은 눈초리로 봐서 이 궁금한 친구에게서 뭔가 재미있는 점을 발견한 것 같았다.

"제 생각에는" 하고 홈즈가 마침내 입을 열었다. "어젯밤과 오늘 다시 여길 방문하신 이유가 제 두개골을 칭찬해주려는 목적 때문만은 아니지요?"

"아, 아닙니다, 골상을 관찰하게 된 것도 물론 기쁩니다만, 제가 홈즈 씨를 찾은 이유는 제가 감당할 수 없는 아주 심각하고 이상한 문제에 갑자기 부닥뜨렸기 때문입니다. 홈즈 씨가 유럽에서 두 번째로 존경받는 범죄 전문가라는 것도 알고 있고……."

"정말입니까, 영광의 첫 번째는 누구인지 좀 여쭤봐도 될까요?" 홈즈가 약간 격앙되어 물었다.

"엄밀한 과학 정신의 소유자인 베르티용 선생님[25]이시죠."

"그렇다면 그분의 조언을 구하는 게 낫지 않았을까요?"

"말씀드렸다시피 엄밀한 과학적 정신이라는 측면에서 그렇다는 것이고, 실제 사건을 다루는 데는 홈즈 씨가 가장 뛰어난 걸로 알려져 있지 않습니까. 제가 혹시 경솔하게……."

"뭐, 조금 그렇군요"라고 홈즈가 대답했다. "모티머 박사님, 제 생각에는 이런저런 얘기보다도 그냥 저의 도움이 필요한 문제가 정확히 어떤 것인지 말씀해주시는 편이 좋을 것 같습니다."

25. 알퐁스 베르티용(1853-1914)은 1880년부터 파리 경찰서 범죄감식반 반장이었다. 지문법이 발명되기 전에는 베르티용법 또는 베르티용 시스템이라는 것이 있었다. 이것은 신체 측정을 통해 범죄자를 분류하는 방법이었다. 인류학자였던 아버지의 영향을 받은 베르티용은 범죄자가 설령 가발을 써서 모습을 바꾸거나 가명을 사용해 신분을 위장할 수는 있어도 신체 치수를 바꾸는 것은 거의 불가능하다고 추론했다.

베르티용 시스템을 적용해 경찰관들은 용의자마다 두 장의 사진을 찍었는데 한 장의 정면 사진과 한 장의 측면 사진이었다(범인의 얼굴 사진과 범죄 현장 사진을 대중화한 것도 베르티용의 공적으로 알려져 있다). 그러고 나서 인덱스에 용의자의 머리 치수, 각 사지와 그 부분의 치수, 신체적 특징, 그리고 특히 귀의 생김새를 세심하게 적었는데, 총 열한 개의 다양한 항목을 측정했다.

베르티용 시스템은 1888년 프랑스에 공식적으로 도입되었으며 순식간에 전 세계 경찰 부서로 확산되었다. 하지만 1903년 이 방법론의 불완전성을 드러낸 사건이 일어났다. 윌 웨스트와 윌리엄 웨스트라는 두 용의자는 친척 관계가 아닌 것으로 주장되었으나 거의 똑같은 신체 치수를 갖고 있었고, 같은 이름으로 불리었지만. 그러나 베르티용 시스템을 쓰는 이 두 사람의 지문은 서로 달랐다(이 문제에 대해서는 다소 논란이 있는데, 사실 이 두 남자는 일란성 쌍둥이였던 것 같다). 베르티용은 마지못해 자신의 시스템에 지문을 추가로 포함하기에 이르렀고, 결국에는 지문이 베르티용법을 완전히 대체하게 되었다.

홈즈의 고유한 과학적 기법에 대해서는 「노우드의 건축업자」 말미에 실린 에세이 「셜록 홈즈와 지문」 참고.

제2장

바스커빌 가문의 저주

26. 홈즈는 모티머가 이 논문을 읽었을 것으로 생각하고 있으므로 이 논문은 널리 발행되는 과학 잡지에 실렸음이 분명하다고 「셜록 홈즈 씨의 저술들」에서 월터 클라인펠터는 추론한다. 『바스커빌 씨네 사냥개』가 1886년에 일어난 사건이라는 H. W. 벨의 연대에 기초해서 클라인펠터는 홈즈의 "작은 논문"이 1886년 이전의 논문일 것으로 본다. 한편, 타게 라쿠르는 『홈지언 장서』에서 1887년으로 추정하면서 이 논문이 「금테 코안경」에도 언급되어 있다고 주장한다. 하지만 이 부분은 부정확한 것이다. 「금테 코안경」은 『바스커빌 씨네 사냥개』보다 훨씬 나중의 사건이라는 게 만장일치의 의견임에도 홈즈는 여기서 고서에 몰두해 있지만 자신의 논문에 대해 언급하지는 않는다.

"**편**지를 하나 가져왔습니다." 제임스 모티머 박사가 말했다.

"방에 들어오실 때부터 봤지요." 홈즈가 말했다.

"손으로 쓴 오래된 문서입니다."

"18세기 초에 만들어진 것이군요. 위조된 게 아니라면 말입니다."

"아니, 도대체 어떻게 아신 겁니까?"

"말씀하시는 내내 편지가 조금 삐져나와 있어서 관찰할 수 있었습니다. 10여 년 오차 범위 내에서 문서의 작성일을 추측할 수 없다면 전문가라고 할 수 없죠. 아마 그것을 주제로 한 저의 작은 논문을 보신 적도 있을 겁니다.[26] 편지는 1730년대 것이 아닌가요?"

"정확히 1742년에 쓰인 것입니다." 모티머 박사가 안주머니

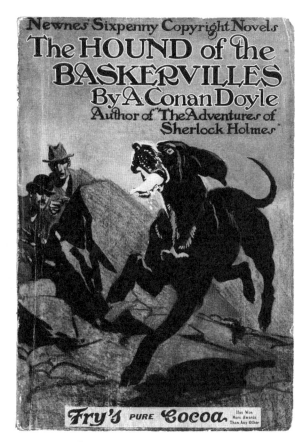

『바스커빌 씨네 사냥개』 단행본 표지.
'6펜스 문고판 소설' 시리즈, 런던, 조지 뉴스 출판사 (1912)

에서 그것을 꺼냈다. "이것은 찰스 바스커빌 경이 저에게 보관
을 맡긴 가족 문서입니다. 찰스 바스커빌 경은 석 달쯤 전에 갑
작스럽게 비극적인 죽음을 맞으셔서 데번셔가 발칵 뒤집혔죠.
저는 그분의 주치의일 뿐 아니라 개인적으로 친구이기도 합니
다. 그분은 강한 정신의 소유자이자 판단이 빠르고 현실적인
분이셨습니다. 저도 그렇지만, 상상력은 부족했어요. 그런데도
바스커빌 경은 이 문서를 심각하게 받아들이셨고, 결국은 자신
에게 다가올 바로 그런 결말을 예상하고 있었습니다."

홈즈는 손을 뻗어 문서를 집어 자신의 무릎 위에 놓고 폈다.

27. 캐나다 노바스코샤 픽투의 《픽투 애드버컷》 편집장인 아서 고드프리는 《베이커 스트리트 저널》에 보내는 편지에서 'ʃ'를 길게 쓰는 것이 무엇을 상징하는지 설명한다. "긴 'ʃ'는 한 단어의 첫 글자나 끝 글자로는 사용되지 않았다. 한 단어의 중간에서, 그리고 중간에만 (용법에 맞게) 사용되었다. 다만 'ʃ'가 두 번 올 때에는 두 번째 'ʃ'는 짧은 'ʃ'를 사용했다. 예를 들어 missed의 경우 첫 'ʃ'는 길게, 두 번째 'ʃ'는 짧게 쓴다." 그 종이의 연대와 관련해 글래스고 대학의 역사학과 고문서학 교수인 라이어넬 K. J. 글래시의 지적에 따르면, 긴 'ʃ'와 짧은 'ʃ'를 번갈아 사용하는 것은 연대가 1500년까지 거슬러 올라간다. 그리고 1780년에 끝이 나는데 이때는 원고가 경계 안에 잘 자리 잡게 된다.

28. 이게 모티머 박사의 주머니에서 튀어나온 종이의 '3-4센티미터' 부분에 있었다면 "10여 년 오차 범위 내에서" 종이의 연대를 추측하는 홈즈의 뛰어난 능력에 많은 도움이 될 것이다.

모티머 박사는 문서를 불빛 쪽으로 돌리더니 읽어 내려갔다.
리하르트 구트슈미트 그림, 『바스커빌 씨네 사냥개』,
슈투트가르트, 로베르트 루츠 출판사(1903)

"왓슨, 여기 좀 보게. 짧은 S와 긴 S를 번갈아가며 썼어.[27] 연대를 짐작할 수 있게 해주는 요소 중의 하나지."

나는 그의 어깨 너머로 노란 종이와 색이 바랜 글씨를 볼 수 있었다. 머리 부분에는 '바스커빌 저택'이라고 쓰여 있었고 아래쪽에는 흘림체로 '1742'라고 쓰여 있었다.[28]

"무슨 진술서 같군요."

"네, 바스커빌 가문에 내려오는 어떤 전설에 대한 설명입니다."

"저한테 자문을 구하시려는 문제는 전설이라기보단 훨씬 근래의, 실용적인 문제에 대한 것인가요?"

"네, 아주 최근의 일입니다. 실제적이고 심각한 문제고요. 24시간 내에 결정을 내려야 하는 일입니다. 하지만 이 글이 길지도 않고 또 결정 사항과도 밀접한 관련이 있으니 허락하신다면 읽어드리겠습니다."

홈즈는 그러라는 듯 의자에 등을 기대고 양손의 손끝을 맞댄 채 눈을 감았다. 모티머 박사는 문서를 불빛 쪽으로 돌리더니 고음의 카랑카랑한 목소리로 흥미진진한 옛날이야기를 읽어

모티머 박사는 문서를 불빛 쪽으로 돌리더니 읽어 내려갔다.
시드니 패짓 그림, 《스트랜드 매거진》(1901)

29. 초대 클래런던 백작인 에드워드 하이드(1609-1674)는 『1641년에 시작된 잉글랜드 내전과 반란의 역사』(1674년에 완성되었으나 1702년에야 출판되었다)를 썼다. 바스커빌의 편지가 언급한 책은 분명 이 책이다. 하이드는 찰스 2세 시절에 잉글랜드 대법관을 지냈으며 옥스퍼드 대학의 총장을 지냈다. 『브리태니커 백과사전』(9판)의 판단은 다음과 같다. "그가 넓은 시야와 깊은 통찰을 가진 역사가라는 생각은 계속될 수 없다. 그의 작품은 공공연히 영국 성공회 왕정주의자와 자기 자신을 옹호하고 있다. 그의 목적 때문에 정확성이 왜곡된 적이 한 번도 없다고 주장하는 것은 무리겠지만 대체로 사실에 대한 그의 진술은 정확한 것으로 받아들일 수 있다." 이러한 모욕에도 불구하고 『영국 반란사』는 오늘날까지 출판되고 있으며 W. 던 매크레이가 편집한 1888년 결정판은 여러 권으로 나누어져 있다.

30. 9월 29일. 대천사 미카엘과 다른 천사들을 기리는 날.

내려갔다.

바스커빌 씨네 사냥개의 기원에 대해서는 많은 얘기들이 있다. 하지만 나는 휴고 바스커빌의 직계 후손으로서 이 이야기를 아버지로부터 들었고, 아버지께서는 할아버지께 이 이야기를 들으셨다. 그러니 나는 여기 적는 그대로 그 일이 일어났다는 완전한 믿음을 갖고 이 글을 쓰는 바이다. 죄를 벌하는 정의의 신은 또한 가장 자비롭게 죄를 용서하기도 하신다는 것을, 그리고 기도와 회개로써 끊을 수 없을 만큼 무거운 악연이란 없다는 것을 내 아들들이 믿어주었으면 한다. 이 이야기를 전하는 것은 과거의 결과를 두려워하라는 뜻에서가 아니다. 이 이야기를 통해 우리 가문이 고통 받았던 통탄할 욕정에 다시 사로잡히지 않도록 교훈을 얻으라는 뜻에서다. 청교도 혁명 시절에 대해 알아본다면 그 당시 바스커빌 영지를 지배한 사람은 휴고 바스커빌이라는 것을 알게 될 것이다 (청교도 혁명 시절에 대해서는 클래런던 경[29]이 쓴 역사를 꼭 읽어보라).

휴고 바스커빌이 매우 거칠고 세속적이며 불경한 사람이었다는 것은 부인할 수 없다. 사실 그의 이웃들은 그냥 그가 성인은 아닌가 보다라고 이해하고 넘어갔을지 몰라도, 분명 휴고 바스커빌에게는 무자비하고 잔인한 면이 있었기에, 말 그대로 그의 이름이 잉글랜드 남서부 전체에 악명을 떨치게 되던 것이다. 그런데 이 휴고 바스커빌이 근처에 살던 소지주의 딸을 사랑하게 되는 일이 벌어졌다(이렇게 어두운 열정에 사랑이라는 아름다운 이름을 붙여도 될지 의문이다). 그러나 조심스럽고 참하기로 소문난 젊은 처녀는 휴고 바스커빌의 악명을 들었기에 줄곧 그를 피해 다니려고만 했다. 결국 성 미카엘 축일[30]에 사건은 벌어지고 말았다. 휴고는 게으르고 사악한 자

바스커빌 씨네 사냥개.
시드니 패짓 그림, 《스트랜드 매거진》(1901)

신의 친구 대여섯 명과 함께 농장으로 잠입해 처녀를 납치했
다. 그녀의 아버지와 오빠들이 집에 없다는 사실을 잘 알고
있었던 것이다. 휴고 일당은 그녀를 바스커빌 저택으로 데려
와 2층 방에 가두고는 밤마다 늘 그랬듯이 진탕 술을 마시기
시작했다. 아래층에서 들려오는 노랫소리, 고함 소리에 섞여
드는 욕설을 듣자, 2층의 불쌍한 아가씨는 기지를 발휘해야
겠다고 마음먹었다. 휴고 바스커빌이 술에 취했을 때 나오는
욕설의 수준이란, 말하는 사람이 혼비백산할 정도였다고 한
다. 겁에 질려버린 아가씨는 끝내 용기백배한 사내들도 못할
일을 감행했다. 남쪽 벽을 따라 자란 담쟁이덩굴을 타고(이 담
쟁이들은 아직도 벽을 덮고 있다) 처마 밑으로 내려와 황야 건너
편에 있는 집을 향해 뛰기 시작한 것이다. 집까지는 15킬로미

31. 고기를 내놓는 데 쓰는 접시 또는 쟁반.

32. 사냥을 할 때 사냥개들을 일렬횡대로 세움으로써 냄새를 포착해서 일직선으로 뒤쫓도록 한다.

드루스틴턴 인근의 환상열석.
J. Ll. W. 페이지, 『다트무어 탐험』(1895)

터의 거리였다.

하지만 우연찮게도 그녀가 도망친 지 얼마 되지 않아 휴고는 그녀에게 음식과 술을—어쩌면 더 나쁜 것들도—가져다 주게 되었다. 친구들을 두고 2층으로 간 휴고는 새는 날아가고 새장은 비었다는 사실을 알게 된다. 그다음 벌어진 일은 짐작 가능할 것이다. 악마로 돌변한 휴고는 우당탕 계단을 뛰어 내려와 식당의 큰 테이블 위로 뛰어올랐다. 술병과 트렌처[31]가 날아가고 휴고는 그 처녀를 잡아 올 수만 있다면 악마에게 자신의 몸과 마음이라도 바치겠다며 친구들을 보고 울부짖었다. 술 취한 다른 이들이 휴고의 울분에 놀라 입을 떡 벌리고 있을 때 그중 더 사악한, 아니면 더 취한 누군가가 사냥개를 풀어야 한다고 소리쳤다. 그러자 집 밖으로 뛰쳐나간 휴고는 마부에게 안장을 얹으라고 소리를 지르고, 사냥개들을 풀어 그녀의 스카프 냄새를 맡게 했다. 휴고는 사냥개들을 일렬횡대로 세운 후 출발시켰다.[32] 달빛 아래 황야는 개 짖는 소리로

공터 한가운데 그 불쌍한 처녀가 쓰러져 있었다.
시드니 패짓 그림, 《스트랜드 매거진》(1901)

가득 찼다.

이제 흠칫거리던 이들은 그토록 다급하게 무슨 짓을 하고 만 것인지 이해하지 못한 채 한동안 멍하니 서 있었다. 하지만 어안이 벙벙해 있던 그들도 곧 황야에서 무슨 일이 벌어질지 사태를 파악했다. 한바탕 소동이 일었다. 몇몇은 총을 찾고, 몇몇은 말을 찾고, 다른 이들은 술병을 집어 들었다. 그러나 한참이 지나자 정신없이 날뛰던 자들도 차츰 정신이 들고, 모두 합쳐 열세 명이 말을 타고 추적에 나서게 되었다. 머리 위에서는 달빛이 훤하게 빛나는데 일당은 일사불란하게 말을 몰고 처녀가 집으로 가려면 거쳐 갈 수밖에 없는 길을 따라갔다.

2-3킬로미터를 지나자 황야에서 밤을 지키고 있는 양치기를

33. 도랑 또는 좁은 골짜기.

만났다. 일당이 자신들의 사냥감을 본 적이 있느냐고 소리를 지르자 소문에 의하면, 겁에 질린 양치기는 말도 제대로 못하고 다만 불쌍해 보이는 처녀를 본 적이 있다고, 사냥개들이 뒤따르고 있었다고 겨우 내뱉었다고 한다. "그런데 다른 것도 보았어요"라고 양치기가 말했다. "검은 말을 탄 휴고 바스커빌이 저를 지나쳐 가고 나서, 바로 뒤에 꼭 지옥에서 온 것 같은 사냥개 한 마리가 조용히 그를 따르고 있었어요."

술 취한 일당은 양치기에게 욕설을 퍼붓고는 계속 말을 달렸다. 얼마 가지 않아 일당의 피부가 싸늘해졌다. 황야를 가로질러 검은 말이 달려오고 있었던 것이다. 입에 하얀 거품을 문 말이 고삐를 땅에 늘어뜨리고 빈 안장을 얹은 채 일당을 지나쳐 갔다. 잔치판을 벌였던 일당은 잔뜩 겁에 질려 서로 바싹 붙어 말을 몰았다. 혼자였다면 진작 말 머리를 돌렸겠지만, 어쩔 수 없이 계속해서 황야를 가로질러 뒤쫓아갔다. 서로 뭉쳐서 어기적어기적 말을 몰던 이들은 마침내 사냥개들을 만났다. 용맹하기로 유명한 혈통을 가진 개들이 깊은 협곡[33]의 입구에 모여 낑낑거리고 있었다. 몇 놈은 협곡에 들어서지 못한 채 슬금슬금 뒷걸음질을 치고, 몇 놈은 털을 곤추세우고서 눈앞의 좁은 골짜기를 내려다보고 있었다.

출발할 때보다 술이 좀 깬 일당은 말을 세웠다. 아무도 앞서고 싶지 않았지만 그래도 더 용감한, 또는 더 취한 세 명이 골짜기를 따라 말을 몰아가기 시작했다. 곧 좀 더 넓은 공터가 나타나고, 지금도 그 자리에 가면 볼 수 있는, 고대인들이 세워놓은 두 개의 큰 바위가 나타났다.

달이 훤하게 비추고 있는 공터 한가운데에 그 불쌍한 처녀가 공포와 피로에 지쳐 죽은 채 쓰러져 있었다. 하지만 세 명의 겁 없는 술꾼들의 머리털을 쭈뼛 서게 만든 것은 처녀의 시신도, 그 옆에 누워 있는 휴고 바스커빌의 시신도 아니었다. 그

들이 놀란 것은 휴고 위에 버티고 선 거대한 검은 짐승이 휴
고의 목덜미를 물어뜯고 있었다는 것이었다. 모습은 마치 사
냥개 같았지만 이 세상 누구도 본 적이 없을 만큼, 그 어떤 사
냥개보다 큰 놈이었다. 그 짐승이 휴고 바스커빌의 목을 물어
뜯고 있는 것을 지켜보던 세 사람은, 짐승이 활활 타는 눈과
피가 뚝뚝 흐르는 턱을 이쪽으로 돌리자 공포에 질려 비명을
지르며 말을 달려 달아났다. 입에서는 여전히 비명 소리가 멈
추지 않았다. 전해지는 바에 의하면 한 명은 그날 목도한 광
경으로 인해 밤을 넘기지 못하고 숨을 거두었고, 나머지 두
명은 폐인으로 생을 마쳤다고 한다.

아들들아, 이것이 바로 그 후로 가문을 그토록 쓰라리게 괴롭
혀왔다고 전해지는 사냥개의 출현에 대한 이야기다. 내가 일
부러 이렇게 적어두는 이유는, 추측과 짐작보다는 명확히 아

거대한 검은 짐승이 휴고의 목덜미를 물어뜯고 있었다.
리하르트 구트슈미트 그림, 『바스커빌 씨네 사냥개』,
슈투트가르트, 로베르트 루츠 출판사(1903)

34. 휴고가 리처드 캐벌이라는 주장에 대해서는 부록 3 참고.

35. 이 휴고 바스커빌은 전설 속 휴고의 증손자인 것으로 보인다. 이 사건이 청교도 혁명 시절(1641-1651)에 일어났고, 종이의 연대가 1742년이므로 종이의 저자인 휴고가 글을 읽을 수 있을 만큼 자란 세 자녀를 두고 있다고 계산해보면 그는 대략 전설 속의 휴고보다 90년쯤 후에 태어난 것이 된다. 따라서 휴고로부터 4대 후일 가능성이 큰 것이다. 우리는 종이 저자의 아들 로저가 바스커빌 가문의 세 형제(찰스, 이름이 언급되지 않는 헨리의 아버지, 밴들러와 스테이플턴의 아버지인 로저)의 조상인 것으로 추정할 수 있다.

36. 재미있는 것은 《스트랜드 매거진》에서는 신문 기사가 "5월 14일", 사망 일자가 "5월 4일"로 되어 있다.

는 편이 공포를 덜 수 있다고 생각하기 때문이다. 우리 가문의 많은 사람들이 갑작스럽게 피를 흘리며 의문의 불행한 죽음을 맞이했다는 것은 부인할 수 없는 사실이니 말이다.

우리는 무한히 자비로운 신의 섭리 아래 몸을 피할 수 있을 것이다. 신께서는 성경에 쓰인 대로 3대, 4대까지 무고한 후손들이 벌을 받는 일은 없도록 하실 것이다.

신의 섭리에 따라 너희에게 미리 이르노니, 악의 기운이 피어오르는 어둠의 시간에는 그 황야를 지나는 일을 삼가라.[34] 〔이것은 휴고 바스커빌[35]이 그의 두 아들 로저와 존에게 전한 것으로, 그들의 여동생 엘리자베스에게는 비밀에 부칠 것을 당부했다.〕

모티머 박사는 이 희한한 이야기 읽기를 끝내고는 안경을 이마 위로 밀어 올리고 셜록 홈즈를 건너다보았다. 홈즈는 하품을 하며 끄트머리만 남은 담배를 난로에 던져 넣었다.

"그래서요?" 홈즈가 말했다.

"흥미로운 이야기 아닌가요?"

"설화 수집가한테는 그렇겠지요."

모티머 박사는 주머니에서 꼬깃꼬깃 접혀 있는 신문 조각을 하나 꺼냈다.

"홈즈 씨, 이제 좀 더 최근의 일을 들려드리겠습니다. 이건 올해 6월 14일 자 《데번 주 크로니클》[36]입니다. 신문 날짜보다 며칠 전에 벌어진 찰스 바스커빌의 죽음에 관한 사실을 간략하게 설명하고 있습니다."

내 친구는 몸을 살짝 앞으로 기울이며 관심을 보였다. 우리의 방문객은 다시 안경을 고쳐 쓰고는 쭉 읽어 내려갔다.

최근 찰스 바스커빌 경의 갑작스러운 죽음으로 데번 주에는 어둠이 드리우고 있다. 찰스 바스커빌 경은 자유당[37]의 데번 중부 구역 차기 국회의원 후보로 거론되기도 했었다.[38] 찰스 경은 바스커빌 저택에 살기 시작한 지는 얼마 되지 않았으나, 친근하고 매우 후덕한 성품으로 인해 그를 알게 된 모든 이들로부터 사랑과 존경을 한 몸에 받아왔다. 벼락부자들이 판치는 요즘 같은 시대에 쇠락한 지역 명문가의 자손이 스스로 일군 재산을 가지고 돌아와 가문의 영광을 재건하려 한 것은 신선한 충격이었다.

찰스 경은 익히 알려진 바와 같이 남아프리카 투자를 통해 큰 돈을 모았다. 운이 다할 때까지 끝까지 가보는 사람들과는 달리 찰스 경은 현명하게도 자신이 얻은 것에 만족했고, 거기서 모은 재산을 가지고 영국으로 돌아왔다. 찰스 경이 바스커빌 저택에 자리를 잡은 것은 불과 2년 전이다. 사람들은 그의 재건 및 개발계획이 얼마나 원대했었는지를 이야기하며, 이제 그의 죽음으로 그 계획이 중단된 것에 대해 아쉬움을 표하고 있다.

자녀가 없었던 찰스 경은 자신의 생애 동안 시골 구석구석까지 자신의 재산으로 인한 혜택이 미치도록 하겠다고 공공연하게 밝혀왔던 터라, 그의 뜻지 않은 죽음을 애통해할 사람들이 많을 것으로 예상된다. 그가 지역 자선 기관에 거액을 기부한 사례들은 우리 신문에도 자주 실리던 단골 기사였다. 찰스 경의 죽음을 둘러싼 상황에 대한 의혹들이 낱낱이 밝혀졌다고 할 수는 없지만, 적어도 이 지역의 미신으로 인한 루머들을 불식시킬 만큼은 조사가 이루어졌다. 타살이라고 의심할 이유는 전혀 없으며 자연사 외의 다른 사인은 상상할 수 없다. 찰스 경은 아내와 사별했으며 다소 기이한 사고방식을 가졌다고 할 수 있는 인사였다.

상당한 부를 축적했음에도 불구하고 그는 검소한 생활 습관

37. 자유당의 위대한 수상인 윌리엄 글래드스턴은 1880년에 자리를 되찾았다. 1885년이 되어서야 보수당의 솔즈베리 경이 수상이 되었다.

38. 1888년 지방자치법 이전에 "데번 중부 구역"(데번 주 애슈버턴 구역의 다른 말)은 국회의원 선거구가 아니었다. 이 법률에 대한 국왕의 재가일은 1888년 8월 13일, 발효일은 1888년 11월 8일이었다. 8월이라면 찰스 경이 얼마나 일찍 아직 공식적으로 만들어지지도 않은 지역의 "차기 국회의원 후보"가 될 수 있었던 것인가? 부록 5에서 논의된『바스커빌 씨네 사냥개』사건에 대한 홈즈의 수임 날짜 추정들은 이 사실을 반드시 염두에 두어야 하므로 1888년 이전으로 사건의 연대를 잡는 연대기 학자들의 견해를 거부해야 한다. 그렇지 않으면 위에 언급된 선거구는 왓슨식의 애매하게 만들기라고 결론지어야 한다.

을 유지해서, 바스커빌 저택 내의 하인이라고는 집사와 가정부로 일한 배리모어 부부가 전부였다. 친구들의 증언에 의하면 찰스 경은 건강이 악화되고 있었는데 특히 심장에 이상이 있어서 혈색이 변하거나 숨이 가빠지고 갑자기 우울하고 예민해지기도 했다고 한다. 고인의 친구이자 주치의인 모티머 박사도 같은 증언을 했다.

사건의 경위는 간단하다. 찰스 바스커빌 경은 매일 저녁 잠자리에 들기 전에 바스커빌 저택의 유명한 주목나무 길을 걸어 내려가는 습관이 있었다고 한다. 배리모어 부부의 증언에 의하면 그에게 이것은 하나의 규칙이었다. 6월 4일 찰스 경은 다음 날 런던에 가겠다고 말하며 집사 배리모어에게 짐을 꾸려두라고 했다. 그날 밤 찰스 경은 보통 때처럼 밤 산책에 나섰는데 그는 산책하는 동안 시가를 피우는 버릇이 있었다. 그는 돌아오지 않았다.

12시에 저택의 문이 아직도 열려 있는 것을 발견한 배리모어는 놀라서 등불을 켜고 주인을 찾아 나섰다. 그날은 축축하고 추운 날이었는데 찰스 경의 발자국을 주목나무 길에서 쉽게 찾을 수 있었고, 그 끝에서 그의 시신이 발견되었다. 아직 설명되지 않은 한 가지 사실은 황야로 통하는 문을 지나서부터 주인의 발자국이 달라졌다는 배리모어의 진술에 관한 것이다. 거기서부터는 찰스 경이 발뒤꿈치를 들고 걸어간 것 같다는 것이다. 그때 거기서 멀지 않은 황야에 말 장수인 집시 한 명이 있었는데 그는 술에 많이 취한 상태였다고 진술했다. 그는 고함 소리를 듣기는 했지만 어느 방향에서 났는지는 모르겠다고 말했다.

찰스 경의 시신에는 폭행의 흔적은 없었으며 의사는 그의 얼굴이 믿을 수 없을 만큼 일그러져 있었다고 증언했다. 너무 심하게 일그러져서 모티머 박사는 처음에 자기 앞에 놓인 시

그의 시신이 발견되었다.
시드니 패짓 그림, 《스트랜드 매거진》(1901)

39. 호흡의 어려움이나 곤란.

40. 영국의 법률 체계에서 공직인 검시관은 돌연사나 폭행사의 경우에 사인 조사 책임이 있었다. 이를 위해 열두 명 이상의 사람들로 구성된 배심원단이 소집되고, 검시관과 배심원단 앞에서 조사가 이루어졌다. 배심원단에 의해 살인죄나 다른 종류의 살인으로 유죄가 인정되면 검시관은 재판을 위해 용의자를 감옥에 수감시키고 물적증거를 확보하고 적합한 사람이 기소되도록 하며, 재판에서 증거를 제시했다.

신이 자신의 친구이자 환자라고는 도저히 믿을 수 없었다고 한다. 이것은 심장 탈진과 디스프니아[39]로 사망한 경우 드물지 않게 일어나는 현상이다. 이 사실은 부검을 통해 입증되었으며 검시 배심도 의학적 증거에 따라 평결을 내렸다.[40] 따라서 사건은 이대로 인정되어야 할 것으로 보이며 가장 중요한 문제는 찰스 경의 상속인이 바스커빌 저택에 정착하여, 찰스 경이 시작한 사업을 계속 이어갈 것인가 하는 문제다. 검시관의 일반적인 조사로는 이 사건과 관련해 회자되던 허무맹랑한 이야기까지 종식시킬 수는 없었으므로, 바스커빌 저택의 새로운 주인을 찾는 일은 쉽지 않을지도 모른다. 만약 살아 있다면, 가장 가까운 친척은 찰스 바스커빌 경의 남동생의 아

41. 레오 13세는 1878년 2월 20일 교황으로 선출되어 1903년 7월 20일 선종할 때까지 교황직을 유지했다. 전임자인 비오 9세보다 덜 보수적이었던 것으로 평가되며 빅토리아식 종교와 과학이 조화될 수 있도록 노력했다. 합리주의와 세속주의를 배척한 비오 9세의 '오류 목록'으로 야기된 손상을 회복하고, 교회 수장으로서의 자리를 이용해 자신이 마르크스주의와 제국주의적 자본주의 양자 모두의 실패라고 생각하는 점을 알리고자 했다.

바티칸 보석 사건 수사 외에 홈즈는 "토스카 추기경의 돌연사"를 조사했는데 레오 13세의 "긴급한 바람" 때문이었다.(「블랙 피터」) 아마도 탐정의 대가가 레오 13세에게 특별히 충성한 이유는 교황이 인기 있는 코카인 베이스 칵테일인 '뱅 마리아니'에 금메달을 수여한 데에도 일부 이유가 있을 것이다. 이 칵테일은 빅토리아 여왕과 레오 13세의 후임인 비오 10세도 즐겼다.

들인 헨리 바스커빌 씨인 것으로 알려졌다. 가장 최근 소식에 의하면 이 젊은이는 미국에 있다고 하며, 그에게 상속재산 정보를 제공하기 위해서 현재 조사가 진행 중이다.

모티머 박사는 신문을 접어 주머니에 도로 넣었다.

"이것이 찰스 바스커빌 경의 죽음에 관한 공식 발표입니다, 홈즈 씨."

"감사드려야겠군요." 홈즈가 입을 열었다. "이런 사건을 알려주시다니. 분명히 이 사건에는 몇 가지 흥미로운 요소가 있습니다. 저도 당시에 신문에서 몇 줄 읽은 기억이 납니다. 하지만 당시에는 교황[41]께 의무를 다하고 싶은 마음에 바티칸 보석 사건으로 너무 정신이 없어서 흥미로운 영국 사건을 여러 건 놓쳤지요. 모티머 박사님 말씀은, 공개된 것으론 이 기사가 전부라는 말씀이시죠?"

"네, 그렇습니다."

"그러면 공개되지 않은 것을 말씀해주시죠." 홈즈는 몸을 뒤로 기대며 손끝을 맞대고 특유의 냉철하고 진지한 표정을 취했다.

"그러려면" 하며 모티머 박사는 감정이 격해지는 것 같았다. "아무에게도 말하지 않은 사실을 털어놓아야겠군요. 검시관의 조사 과정에서 이 얘기를 하지 않은 이유는, 과학을 믿는 사람으로서 대중들에게 공공연히 미신을 부추기고 싶지 않았기 때문입니다. 그리고 지금도 꽤나 암울한 소리를 듣고 있는 바스커빌 저택에 또다시 의혹이 더해진다면, 신문에 언급된 것처럼 이제 아무도 바스커빌 저택으로 오려고 하지 않을까 봐 걱정도 되었고요. 이런 이유로 제가 아는 것을 좀 감춰도 괜찮을 거라고 여겼습니다. 말한다고 해서 좋을 일이 하나도 없으니 말입니다. 하지만 홈즈 씨에게야 전부 다 털어놓지 못할 이유가 없습니다.

황야에는 거주민이 드물어서, 가까이 사는 사람들끼리는 왕래가 잦습니다. 같은 이유로 저도 찰스 바스커빌 경과 상당히 자주 만났습니다. 근방에 교육을 받은 사람이라곤 래프터 저택의 프랭클랜드 씨와 박물학자 스테이플턴 씨밖에 없거든요. 찰스 경은 내성적인 성격이었지만 저희는 병 때문에 가까워지게 되었고, 또 과학에 대한 관심을 공유하고 있어서 친분을 쌓게 되었습니다. 찰스 경은 남아프리카에서 많은 과학 정보를 얻어 오신 터라, 부시먼과 호텐토트족의 인체 구조 차이에 대해 토론하면서 멋진 저녁을 보낸 적도 많았지요.[42]

그런데 지난 몇 달간 이상하게 찰스 경의 신경 상태가 날카로워져서 금방이라도 폭발할 것처럼 보였습니다. 그분은 제가 여러분께 읽어드린 바스커빌 가문의 전설에 대해 과도하게 마음을 쓰셨어요. 그래서 밤에 산책을 할 때도 절대 황야에는 나가려고 하지 않으셨습니다. 홈즈 씨, 믿기 힘드시겠지만 찰스 경은 무시무시한 운명이 자신의 가문에 드리워져 있다고 믿었습니다. 더구나 조상들로부터 전해 내려오는 이야기 때문에 더욱 확신할 수밖에 없었지요,

어떤 섬뜩한 존재에 대한 생각으로 찰스 경은 계속해서 괴로워하고 있었고, 저에게 밤에 왕진을 다니면서 이상한 동물을 보거나 사냥개가 으르렁대는 소리를 들은 적이 없느냐고 물으신 적도 한두 번이 아니었습니다. 사냥개에 대한 질문을 꽤 여러 번 하셨는데, 그 얘기를 하실 때는 어쩐지 목소리가 파르르 떨리고 있었습니다.

아직도 찰스 경의 집으로 마차를 몰고 갔던 그날 저녁이 생생하게 기억납니다. 사고가 나기 3주쯤 전이었죠. 저택 입구에 나와 계시더군요. 저는 제 기그[43]에서 내려 그분 앞에 섰습니다. 하지만 제가 그분을 보았을 때 그 눈빛은 저를 지나쳐서 제

42. 소아쿠아, 손쿠아, 산쿠아의 줄임말인 산족(부시먼)은 남아프리카에 산다. 나마 또는 호텐토트로도 알려진 코이코이족 또는 코에코엔족은 오늘날 대략 나미비아 170만 인구의 5퍼센트 정도를 구성한다. 두 집단 모두 비교적 키가 작아서 1880년대에 비교해부학의 주제로 사용되었다. 비록 많은 조사들이 자민족 중심주의자들의 가정에 따라 망쳐지고 아무 상관없는 쪽으로 가기는 했지만 말이다. W. M. 크로그먼은 「'바스커빌 씨네 사냥개'와 인류학」에서 이 대화의 주제가 아마 이 두 인종 집단의 둔부와 외부 생식기 발달에 관한 것이었을 거라고 짐작한다. 골상학의 시대였기 때문에(『주홍색 연구』 205번 주석 참고) 두뇌의 상대적 크기도 토론되었을 수 있다. 제국주의적 민족 중심주의의 위험을 차치한다면 어원과 관련해 광범위한 영역에 걸쳐 연구가 이루어졌다. 코이코이족과 산족 모두 '흡착음' 언어를 사용하는데, 흡착음 언어는 느낌표가 붙는 딸깍 소리가 많이 들어 있는 언어다. 1984년에 만들어진 아름다운 코미디 영화 〈부시먼〉은 산족의 문화와 콜라 병 때문에 벌어지는 소동을 그리고 있다.

43. 'gig'. 말 한 필이 끄는 가벼운 이륜마차.

그 눈빛은 저를 지나쳐서 제 어깨 뒤편을 뚫어져라 쳐다보는 것이었습니다.
시드니 패짓 그림, 《스트랜드 매거진》(1901)

어깨 뒤편을 뚫어져라 쳐다보는 것이었습니다. 그 두 눈에는
뭐라 형언할 수 없는 끔찍한 공포가 서려 있었습니다. 그래서
저도 홱 돌아서 뒤를 보았는데 아주 잠깐이었지만 분명히 무언
가를 보았습니다. 커다랗고 시커먼 송아지 같은 게 진입로 끄
트머리를 지나치는 것이었습니다. 찰스 경이 너무나 놀라고 흥
분한 상태여서 저는 어쩔 수 없이 그 짐승이 있던 지점까지 내
려가 둘러봐야 했어요. 짐승은 이미 사라지고 없었지만, 그 사
건으로 찰스 경은 최악의 심리적 충격을 받았던 것 같습니다.
　제가 저녁 내내 경의 곁을 지키고 있자, 경은 자신이 겁을 먹

은 이유를 설명하려고 제가 여러분께 읽어드린 그 쪽지를 저에게 보관해달라며 보여주셨어요. 이 얘기를 말씀드리는 이유는, 그 후 일어난 비극을 생각하면 이것도 뭔가 의미가 있을 것 같아서예요. 하지만 당시에는 정말 별일 아닌 것 같았기 때문에 찰스 경이 아무 이유도 없이 흥분한다고 생각했지요.

찰스 경이 런던에 갈 예정이었던 것도 제가 권해드렸기 때문입니다. 저는 찰스 경의 심장에 무리가 갔다는 것을 알 수 있었죠. 하루 종일 불안 속에서 생활하시니 그게 아무리 터무니없는 이유 때문이라 해도 분명히 건강에 심각한 이상이 생기고 있었어요. 저는 몇 달 정도 시내에서 기분 전환을 하면 말끔해져서 돌아오실 거라고 생각했어요.

우리 친구인 스테이플턴 씨도 찰스 경의 건강을 많이 염려하던 터라 저와 같은 의견이었죠. 바로 그 마지막 순간에 이런 재앙이 발생한 겁니다.

찰스 경이 죽던 날 밤 집사 배리모어는 주검을 발견하고 곧장 저에게 마부 퍼킨스를 보냈습니다. 저는 늦게까지 깨어 있던 터라 사건이 일어난 지 한 시간도 안 되어서 바스커빌 저택에 도착했지요. 제가 모든 것을 검사하고 확인했습니다 사인 조사서에 나와 있는 그대로입니다. 저는 주목나무 길에 나 있는 발자국 흔적을 따라 내려갔습니다. 황야로 통하는 문 앞에서 찰스 경이 기다렸던 것으로 보이는 장소를 발견했습니다. 그 지점부터는 발자국 모양이 달라진 것이 눈에 띄었습니다. 자갈흙 길 위에 나 있는 배리모어 집사의 발자국 외에 다른 발자국은 없다는 것도 알 수 있었습니다. 그러고 나서 저는 시신을 주의 깊게 살펴보았습니다. 제가 도착할 때까지 시신에 손을 댄 사람은 없었습니다.

찰스 경은 엎드린 채 죽어 있었는데 팔을 벌리고 손가락은 땅을 파고 있었습니다. 얼굴은 어떤 감정 때문에 완전히 뒤틀

"찰스 경은 엎드린 채 죽어 있었는데 팔을 벌리고
손가락은 땅을 파고 있었습니다."
리하르트 구트슈미트 그림, 『바스커빌 씨네 사냥개』,
슈투트가르트, 로베르트 루츠 출판사(1903)

려 있었는데, 얼마나 일그러졌던지 저도 그게 찰스 경인지 알
아보지 못할 뻔했습니다. 분명히 외상은 전혀 없었습니다. 하
지만 사인조사서에 있는 배리모어의 진술 중에 한 가지는 거짓
입니다. 배리모어는 시신 주변의 땅에 아무 흔적도 없다고 했
지만 그가 못 알아보았을 뿐, 저는 분명히 확인했습니다. 약간
떨어진 곳이었지만 틀림없이 새로 생긴 흔적이 있었습니다."

"발자국이?"

H. T. 웹스터 그림, 《뉴욕 헤럴드 트리뷴》(1938. 4. 16.)

44. 렘선 스헹크 교수는 《베이커 스트리트 저널》편집자에게 보내는 편지에서 다음과 같이 반대한다. "어느 박물학자라도 같은 말을 할 것이다. 향기를 맡고 장미의 색깔을 맞출 수 없는 것처럼 발자국을 보고 개의 종류를 맞힌다는 것은 불가능하다." 거트루드 스타인(대담한 언어적 실험으로 유명한 미국의 시인 겸 소설가)이라면 이렇게 말할 것이다. "발자국에 관해서는 '개는 개일 뿐'이다." 스헹크는 개의 크기, 그리고 어쩌면 개가 털이 많은지(흔적이 뭉개질 수 있으므로) 정도는 결정될 수 있다고 인정한다. "하지만 주어진 발자국이 그레이트데인인지, 사냥개(하운드)인지, 뉴펀들랜드인지, 세인트버나드인지, 아니면 그냥 평범한 개인지를 결정하는 건? 절대 불가능하다!"

로버트 클라인은 《베이커 스트리트 저널》의 편집자에게 보내는 또 다른 편지에서 화답한다. "기술적으로는 〔스헹크 교수가〕 맞을지도 모른다. 하지만 그는 바스커빌의 전설로 인한 심리적 효과를 고려하지 않은 것이다. 모티머가 그 개가 사냥개였다고 가정하는 것은 매우 자연스러운 일이다."《저널》의 편집자인 에드거 W. 스미스는 대답한다. "이 말에 일리가 있다. 또 심리적 효과에 더해서 시적인 효과도 있다. 내 아들 중 하나가 아주 어릴 때 집 안을 뛰어다니면서 나들과 같이 뭉쳐다니던 것이 기억난다. "홈즈 선생님, 그 흔적은 엄청나게 큰 코커스패니얼의 발자국이었어요!" 단언컨대 이렇게 말했다면 원문과 같은 드라마틱한 효과는 없었을 것이다."

"발자국이."

"남자였나요, 여자였나요?"

모티머 박사는 잠시 우리를 묘한 눈길로 바라보더니, 소곤거리듯 나직이 대답했다.

"홈즈 씨, 그건 아주 커다란 사냥개 발자국이었어요!"[44]

제3장
문제

그 말에 전율이 내 온몸을 훑고 갔음을 고백하지 않을 수 없다. 의사는 우리에게 말하면서도 스스로 동요되어 떨린 목소리였다. 홈즈는 흥분해서 몸을 앞으로 숙였다. 홈즈의 두 눈은 그가 진짜 흥미를 느꼈을 때에만 발하는 엄숙하고 진지한 빛을 번뜩이고 있었다.

"그걸 보셨단 말인가요?"

"지금 제 앞에 계신 두 분을 보듯이 똑똑히 보았습니다."

"그런데 아무 말씀을 안 하셨습니까?"

"말해 무엇하겠습니까?"

"어째서 다른 사람들은 아무도 못 본 거죠?"

"그 발자국들은 시신에서 20미터 정도 떨어져 있어서 아무도 신경을 쓰지 않았을 겁니다. 아마 저도 이 전설을 몰랐다면 그랬을 겁니다."

『바스커빌 씨네 사냥개』 단행본 표지.
런던, 에벌린, 내시 앤드 그레이슨 출판사(1940년경)

"황야에는 양치기 개가 많지 않습니까?"

"물론이죠. 하지만 그건 분명히 양치기 개가 아니었습니다."

"크기가 컸다는 말입니까?"

"네, 어마어마하게요."

"하지만 그 개가 시신에 다가간 건 아니란 말씀인가요?"

"네."

"그날 밤 날씨는 어땠나요?"

"춥고 축축했죠."

"하지만 비가 온 것은 아니었고요?"

"네."

"길이 어떻게 생겼습니까?"

"오래된 주목나무 울타리 길입니다. 높이는 3.5미터 정도 되고 빽빽해서 누가 통과할 수는 없습니다. 가운데 나 있는 산책로는 2.5미터 정도 폭이고요."

"울타리와 산책로 사이에는 뭐가 있나요?"

"양쪽으로 풀이 나 있는데 각각 폭이 2미터 가까이 됩니다."

"주목나무 울타리 한쪽에 문이 있어서 통과할 수 있다는 말씀이시죠?"

"네, 기둥 셋으로 이루어진 문인데 황야 쪽으로 통합니다."

"다른 문은 없나요?"

"전혀요."

"그렇다면 주목나무 길에 들어서려면 저택에서 걸어 내려오든지, 황야의 문으로 들어오는 방법밖에 없겠군요?"

"멀리 길 끝에는 여름에 쓰는 별장을 통해서 들어오는 문이 있습니다."

"찰스 경이 거기까지 갔나요?"

"아뇨, 거기까지 50미터 정도 남은 거리에 시신이 있었습니다."

"그러면 모티머 박사님, 이건 아주 중요한 문제인데, 박사님이 보신 발자국은 산책로에 나 있었던 겁니까? 풀밭이 아니고요?"

"풀밭에는 발자국이 찍히지 않았습니다."

"그 발자국은 산책로 양편 중 황야의 문 쪽에 있었나요?"

"네, 황야의 문이 있는 편으로 산책로 가장자리를 따라 나 있었습니다."

"정말 흥미로운 얘기군요. 또 하나, 황야의 문은 닫혀 있었나요?"

"닫혀 있고 자물쇠가 채워져 있었습니다."

"황야의 문은 높이가 얼마나 되나요?"

"1.2미터 정도 됩니다."

"그러면 누구든지 뛰어넘을 수도 있겠군요?"

"네."

"황야 문 옆에서는 어떤 발자국을 보셨습니까?"

"특별한 것은 없었습니다."

"오, 이런. 아무도 확인해보지 않았나요?"

"아뇨, 제가 살펴보았지요."

"아무것도 못 보셨고요?"

"아주 이상하긴 했습니다. 찰스 경이 분명히 거기에 5분에서 10분 정도 서 있었던 것 같거든요."

"왜 그렇게 생각하시죠?"

"같은 장소에 시가 담뱃재가 두 번 떨어져 있었거든요."

"훌륭하시군요! 왓슨, 이분을 동료로 대접해드려야겠어. 우리와 비슷한 감각을 지녔어. 그런데 발자국은 어땠나요?"

"찰스 경이 자갈흙 위에 온통 발자국을 남겨놓으셨더군요. 하지만 다른 발자국은 못 봤습니다."

셜록 홈즈는 못 참겠다는 듯이 손으로 무릎을 탁 쳤다.

"내가 거기 있었어야 했는데, 아쉽군요. 확실히 정말 흥미로운 사건입니다. 전문가에게는 엄청난 기회이기도 하고요. 그때 자갈흙 길을 내가 봤더라면 많은 걸 읽어낼 수 있었겠지만, 이제 비에 전부 뭉개지고 구경 나온 농부들 신발 자국에 다 지워졌을 테지요. 이런, 모티머 박사님, 혹시 그날 저를 부를 생각을 못하셨나요! 그 부분은 박사님의 책임이 크군요."

"이런 것들을 세상에 공개하지 않고서 홈즈 씨를 부를 방도는 없었습니다. 그리고 공개하고 싶지 않았던 이유는 이미 말씀드렸고요. 게다가, 게다가……."

"뭘 망설이시는 건가요?"

"아무리 예리하고 경험 있는 탐정이라도 어쩔 수 없는 영역이라는 것이 있으니까요."

"이게 초자연적 현상이라는 말씀이신가요?"

"꼭 그렇게 말씀드린 것은 아닙니다."

"하지만, 그렇게 믿고 계신 거군요."

"박사님의 책임이 크군요."
시드니 패짓 그림, 《스트랜드 매거진》(1901)

"홈즈 씨, 이 비극적인 사건이 발생한 이후로 제 귀에 들어온 이야기는 한두 가지가 아닙니다. 엄연히 자연의 질서에 위배되는 그런 일들이요."

"예를 들자면?"

"끔찍한 그 사건이 일어나기 전에 몇몇 사람들이 황야에서 이 바스커빌 악마와 일치하는 모습의 짐승을 봤다는 거예요. 과학적으로 알려진 다른 어떤 짐승이라고는 도저히 말할 수 없는 그런 짐승을요. 그걸 본 사람들은 한결같이 이렇게 말했습니다. 그 짐승이 어마어마하게 클 뿐만 아니라 번쩍이는 빛을 발하는 것이, 섬뜩한 유령 같았다고요. 제가 그들을 각각 따로 만나보았는데 한 명은 고지식한 촌부였고 한 명은 편자공[45], 또 한 명은 황야에서 농사를 짓는 사람이었습니다. 그런데 하나같이 전설 속에 나오는 지옥에서 온 사냥개를 들먹이며 무시무시한 유령을 봤다고 말하는 겁니다. 분명히 말씀드릴 수 있지만, 이 지역 전체가 공포에 휩싸여서 밤에는 아무도 황야에 나가려 하지 않을 겁니다."

"그리고 과학을 공부하신 모티머 박사님도 그게 초자연적 현상이라고 믿는다, 이 말씀이군요?"

"도무지 뭘 믿어야 할지 모르겠습니다."

홈즈는 어깨를 으쓱했다. "저는 지금까지 이 세상의 사건들만 조사해왔습니다. 어떻게 말하면 악에 대항해서 싸워왔다고 할 수 있겠지만, 악마 자체를 조사한다는 건 아무래도 무리한 욕심일 것 같군요. 그래도 박사님 역시 그 발자국이 물리적인 것이라는 건 인정하시겠지요."

"전설 속의 사냥개도 사람 목을 뜯어놓을 만큼 물리적인 존재였지만 여전히 사악한 존재였지 않습니까."

"모티머 박사님은 이미 초자연주의 쪽으로 넘어가셨군요. 하지만 박사님, 그렇다면 말입니다. 그런 시각을 고집하실 거

45. 대장장이를 말함.

46. 피터 H. 우드는 「그는 캐나다에서 농업을 하고 있었다」에서 이 주제를 세부적으로 탐구한다. 우드는 헨리 바스커빌이 버지니아에서 일정 기간을 보냈다고 제안하지만, 그가 서부 캐나다 정확히 어디에서 농사를 지었는지는 알 수 없다고 말한다. 우드는 몇몇 서부 캐나다 농장의 역사를 되짚어보는데, 부치 캐시디와 선댄스 키드(로버트 레드퍼드가 선댄스 키드 역할을 맡았던 동명의 영화가 유명했다. 국내 개봉명은 〈내일을 향해 쏴라〉—옮긴이)라고도 알려진 무법자 로버트 러로이 파커와 해리 알론조 롱보가 자주 출현했던 곳도 포함한다.

47. 10분이 미스터리하게 지나버렸다는 점을 기억하자.

면서 애초에 저한테 상담을 하러 오신 이유가 뭔가요? 박사님은 찰스 경의 죽음을 조사하는 것이 무의미하다고 하시고는 또 동시에 저한테 그걸 조사해달라고 하시는군요."

"홈즈 씨가 사건을 조사해주기를 바라는 게 아닙니다."

"그럼 무얼 도와드릴까요?"

"제가 헨리 바스커빌 경과 함께 어떻게 해야 할지 말씀을 해주셨으면 합니다. 헨리 경은 워털루 역에" 모티머 박사는 시계를 보며 말했다. "정확히 한 시간 15분 후에 도착할 예정이에요."

"그분이 상속자인가요?"

"네. 찰스 경이 돌아가시고 이 젊은 신사분을 찾아냈어요. 캐나다에서 농업을 하고 계시더군요.[46] 저희가 전해 들은 바로는 모든 면에서 매우 빼어난 분입니다. 의사로서 드리는 말씀이 아니고 찰스 경의 신탁 관리자이자 유언 집행자로서 드리는 말씀입니다."

"다른 청구인이 있는 것은 아니겠지요?"

"전혀요. 그 외 우리가 찾을 수 있었던 유일한 친척이라고는 로저 바스커빌이 있는데 찰스 경의 3형제 중 막내인 분입니다. 둘째는 젊은 시절 죽었는데 바로 헨리 경의 아버지이지요. 막내인 로저는 집안의 골칫거리였습니다. 그는 바스커빌 가문의 거만한 성격을 물려받았는데, 사람들이 말하는 바로는 마치 전설 속의 휴고처럼 생겼다고 해요. 그는 영국이 마음에 안 든다며 중앙아메리카로 건너가서 거기서 1876년에 황열병으로 죽었습니다. 헨리 경이 바스커빌 가문의 마지막 후손인 거지요. 한 시간 5분 후면[47] 저는 그분을 워털루 역에서 만나게 됩니다. 오늘 아침에 그분이 사우샘프턴에 도착했다는 전보를 받았어요. 이제 저는 그분과 함께 어쩌면 좋을까요?"

"왜, 조상들이 머물던 저택으로 가면 안 되나요?"

"아무래도 그게 자연스럽겠지요? 하지만 저택으로 간 바스커빌 가문 사람들은 모두 악운을 만났으니 말입니다. 제 느낌으로는 찰스 경이 죽기 전에 저와 이야기를 할 수 있었다면, 아마 마지막 남은 후손을 그런 죽음이 드리운 장소에 데리고 오지 말라고 하셨을 것 같아요. 하지만 이 가난하고 황량한 시골 전체의 번영이 헨리 경의 존재에 의존한다는 것 또한 부인할 수 없는 사실입니다. 찰스 경이 여태껏 해오신 훌륭한 일들은 바스커빌 저택에 주인이 없다면 모두 물거품이 되고 말 것입니다. 이런 저 자신의 직접적인 이해관계 때문에 제 생각이 휘둘리고 있는 건 아닌지 두렵더군요. 그래서 홈즈 씨에게 조언을 구하는 겁니다."

홈즈는 잠시 생각에 잠기더니 입을 열었다. "간단히 말해서 문제는 이거군요. 모티머 박사님 생각으로는 악마의 사도가 있어서 다트무어는 바스커빌 가문 사람에게 안전한 장소가 아니다, 이 말씀이죠?"

"적어도 그렇다고 볼 수 있는 증거들이 조금은 있다는 정도로 말해두고 싶군요."

"제 말이 그 말입니다, 그런데 만약 모티머 박사님의 초자연적 현상이라는 이론이 맞는다면, 그 초자연적 힘은 런던에서도 이 젊은 헨리 경에게 얼마든지 악을 행할 수 있지 않을까요? 데번셔에서처럼요. 일정 지역에서만 힘을 행사할 수 있는 악마라는 것은 무슨 지역 교구[48] 나누기도 아니고, 생각하기 힘들지 않습니까."

"홈즈 씨, 문제를 너무 가볍게 보고 계시는군요. 직접 이것들을 겪으셨다면 아마 다르게 보셨을 텐데요. 그러면 홈즈 씨의 말씀은 헨리 경이 데번셔에서도 런던에 있는 것만큼이나 안전할 거라는 거죠? 헨리 경이 50분 후면 도착할 겁니다.[49] 어떻게 하면 좋을까요?"

48. 문맥상 영국 국교회 지역 교구의 운영체를 의미한다.

49. 또 15분이 사라졌다. 왓슨이 실제 대화의 상당 부분을 생략한 것으로 보인다.

"모티머 박사님, 이렇게 하시지요. 택시를 잡으시고 스패니얼은 떼놓고 가세요. 저희 집 현관을 긁고 있군요. 그리고 워털루 역으로 가서 헨리 바스커빌 경을 만나십시오."

"그리고 나서는요?"

"그리고 나서는 그분께 아무 말씀도 마시고 제가 결정을 내릴 때까지 기다려주십시오."

"결정하는 데 얼마나 걸리시겠습니까?"

"24시간이면 됩니다. 모티머 박사님, 내일 10시에 여기로 저를 찾아오시면 훨씬 더 잘 도와드릴 수 있을 것 같습니다. 그리고 헨리 바스커빌 경과 함께 오신다면 향후 계획을 세워드리는 데 도움이 될 겁니다."

"말씀하신 대로 하겠습니다."

그는 셔츠 소맷자락에 약속 내용을 휘갈겨 쓰고는 그 이상하고 정신없는 차림새 그대로 서둘러 나갔다. 홈즈가 계단 앞에서 그를 세웠다.

"마지막으로 질문이 하나 있습니다. 모티머 박사님. 찰스 바스커빌 경이 죽기 전에 몇몇 사람이 황야에서 유령을 봤다고 말씀하셨죠?"

"세 사람입니다."

"그 후에도 유령을 다시 봤다고 하던가요?"

"그런 얘기는 못 들었습니다."

"감사합니다. 즐거운 하루 되십시오."

홈즈는 다시 자기 자리로 돌아와서 짐짓 만족스러운 표정을 지었다. 마음에 드는 일을 맡았다는 의미였다.

"나갈 텐가, 왓슨?"

"내가 뭐 도와줄 게 없다면."

"지금은 없어. 자네 도움이 필요한 건 행동을 취할 때지. 그런데 이 사건은 정말 근사해. 어떤 면에서 보면 아주 독특하기

그는 셔츠 소맷자락에 약속 내용을 휘갈겨 썼다.
시드니 패짓 그림, 《스트랜드 매거진》(1901)

도 하고. 브래들리 가게를 지나게 되면 브래들리에게 나한테 제일 독한 담배로 1파운드만 보내라고 얘기해주겠어? 고마워. 자네가 불편하지만 않다면, 저녁까지 집을 비워주는 것도 역시 도움이 되겠고 말이야. 그러면 이 흥미진진한 문제를 맘껏 곱씹어볼 수 있을 것 같거든."

나는 내 친구가 극도로 집중하고 싶을 때는 혼자 틀어박혀 있는 게 필요하다는 것을 알고 있었다. 그 시간 동안 그는 모든 증거들을 가늠해보고 가능한 대안들을 구성해보고, 서로 견주어본다. 그러고는 어떤 점이 핵심이고, 어떤 점이 무시해도 좋은 것인지를 결정하는 것이다. 그래서 나는 그날 종일 클럽에서 시간을 보냈다.[50] 그리고 저녁에야 베이커 스트리트로 돌아왔다.

그는 셔츠 소맷자락에 약속 내용을 휘갈겨 썼다.
리하르트 구트슈미트 그림, 『바스커빌 씨네 사냥개』,
슈투트가르트, 로베르트 루츠 출판사(1903)

다시 거실에 앉은 후 시계를 보니 9시가 다 된 시각이었다.

우리 집 문을 열고 들어섰을 때 처음에 나는 불이 난 줄 알았다. 방 안이 온통 연기로 자욱해서 테이블 위 램프에서 나오는 빛이 희뿌옇게 보일 지경이었다. 하지만 방으로 들어서자 걱정은 사라졌다. 투박하고 강한 담배에서 뿜어내는 매캐한 연기에 불과했다. 그 연기가 내 목으로 밀려들자 기침이 났다. 그 연무 속에서 홈즈가 실내복을 입고 안락의자에 앉아 입술 사이에 검정 파이프를 물고 있는 것이 어렴풋이 보였다. 종이 몇 장이 주변에 놓여 있었다.

"감기라도 걸렸어, 왓슨?" 그가 말했다.

"아냐, 이 독한 공기 때문에 그래."

"자네 말을 듣고 보니 연기가 좀 자욱하긴 한 것 같군."

"좀 자욱해? 참을 수 없을 지경이야."

"그러면 창문을 열어! 척 보니, 하루 종일 클럽에 있었구먼."

"홈즈 자넨 역시!"

"내 말이 맞지?"

"당연하지, 그런데 어떻게 알았어?"

그는 어리둥절해하는 나를 보고 재미있다는 듯 웃어 보였다.

"왓슨, 자넨 볼수록 매력적이라니까. 아무리 작은 능력도 자네 앞에서 발휘하면 즐거워지거든. 소나기가 퍼부어서 진창인 날에 한 남자가 외출을 했어. 그가 저녁에 돌아왔는데 옷에는 흙이 튄 자국 하나 없고, 모자랑 신발이 여전히 반짝거려. 그러니깐 하루 종일 한 군데 틀어박혀 있었다는 얘기지. 친한 친구도 별로 없는 사람이야. 그러면 어디 있었겠나? 뻔하지 않아?"

"글쎄, 그런 것 같기도 하고."

"세상은 한 번도 관찰된 적이 없는 분명한 사실들로 가득 차 있지. 나는 어디 있었을 것 같아?"

"자네도 틀어박혀 있던 것 아냐?"

"천만에. 나는 데번셔에 다녀왔지."

"마음속으로?"

"그렇지. 유감스럽게도 내 몸은 이 안락의자에 남아서 커피 두 주전자와 엄청난 양의 담배를 소모하고 있었어. 자네가 나간 뒤에 스탬퍼드 가게[51]에 사람을 보내 황야 이쪽의[52] 군용지도를 구해 왔지. 하루 종일 내 영혼은 이 지역을 거닐었는데, 내가 발견한 것들이 스스로도 자랑스러워."

"대축척 지도겠지?"

"그것도 아주 큰."[53] 그는 무릎 위로 한 쪽을 펼쳐 보였다. "여기가 우리의 관심 지역이야. 저기 가운데 있는 것이 바스커빌 저택이지."

51. 카를 베데커(각국의 여행 안내서로 유명한 독일 회사―옮긴이)의 『베데커의 런던과 그 주변』(1896)을 보면 채링크로스의 콕스퍼 스트리트 26번지에 있는 'E. 스탬퍼드'가 영국 육지측량부에서 발행한 지도의 판매처라고 나와 있다.

52. 필립 웰러는 「황야 지도와 거리 측정」에서 왓슨이 묘사한 것에 일치하는 다트무어 지도는 없다고 지적한다. 제이 핀리 크라이스트는 「아주 큰 대축척 지도」에서 그런 지도들을 이용하면서, 지도에 있는 어느 위치도 필요한 모든 요소를 만족시키지 못한다고 결론짓는다. "어느 장소가 허구이고 어떤 것이 진짜 데번인지를 결정하는 것은 아마추어나 프로 지도학자들이 할 일이다. (토머스 하디의 『광란의 무리를 떠나서』에 있는 각주를 되풀이하면서) 위치나 거리의 일부가 '정확히 (정전의) 묘사에 맞지 않는다'라고 지적하는 것은 우리들의 행복한 특권이다. 그들에게는 나쁜 일이겠지만!"

53. '초대축척'으로 홈즈가 의미하는 것은 작은 지역을 아주 자세하게 나타내는 지도라는 뜻이다. 1801년에 영국의 첫 1-인치 지도(1마일을 1인치로 나타낸 지도)가 제작되었다. 1846년에는 영국 대축척 지도(1마일을 6인치로), 1855년에는 초대축척 지도(1마일을 25인치로)가 제작되었다.

용어가 헷갈릴 수도 있다. '대축척'은 비례분수relative fraction(또는 RF)가 사용될 때 숫자가 작다는 뜻이다. 이 방법은 단위를 사용하지 않고 지도상의 거리와 지구상의 실제 거리 간의 비율을 나타낸다(예를 들면 1:63,360, 1:10,060 등. 1마일은 12×5,280 또는 63,360인치다). 『브리태니커 백과사전』(9판)에 따르면 전형적인 측량부의 교구 지도는 1:2,500의 대축척이었고 마을 지도는 1:500의 초대축척(물론 여러 장으로 구성되었다)이었다고 한다. 따라서 5마일 반경(10마일 넓이)을 보여주는 표준 1-인치 축척 지도는 10인치 넓이였을 것이다. 6-인치 축척 지도(1:10,600)는 5피트 사각형이었을 것이다. 1:2,500

의 교구 지도에서는 5마일 반경을 표현하려면 20피트(6미터) 사각형이 필요하며 1:500의 마을 지도라면 100피트(30미터)가 넘는 사각형이었을 것이다! [새바인 베어링굴드의 핸드북 『데번』(1907)은 지도 상의 모든 지역을 재현하는데, 약 2피트짜리 사각형이다. 이것은 4마일 대 1인치 지도(1:253,440)를 사용하며, 물론 이것으로는 '건물들이 모여 있는 작은 지역'처럼 작은 것은 볼 수 없다.] 홈즈가 관련 지역을 보여주는 지도 한 장을 가지고 있었다면 6-인치 축척 지도였을 가능성이 크다. 접어서 사용하기 편리했을 것이기 때문이다. 왓슨은 홈즈가 한쪽을 "펼쳐 보였다unrolled"라고 말하는데 그런 지도를 굴려서 펼치는 것은 거추장스러운 5피트(1.5미터)짜리 튜브를 만들어냈을 것이다!

54. 『비턴의 영국 지명사전』이나 『베데커의 그레이트브리튼』을 보면 '그림펜'이라는 곳은 없지만 '그림스파운드'라는 곳은 몇 군데 눈에 띈다. 『베데커』에 따르면 그림스파운드는 "흥미로운 주변 환경을 갖고 있지만 방문 필요성은 불확실"하다고 특징 짓는다. 새바인 베어링굴드의 『데번』은 다음과 같이 더 자세하게 기술한다. "남동쪽으로 가는 관문과 포장도로가 있는 아주 완벽한 조건의 주변 환경이다. 24개의 오두막이 있고 그중 최소한 12개에는 사람이 살고 있는 것으로 확인되었다. 정착 시기는 초기 청동기시대다."
많은 해설자들이 "그림펜"과 "그림펜 늪"의 실제 장소를 고민한다. 데이비드 해머는 『게임은 진행 중』에서 그림펜 마을이 실제로는 헥스워디라고 결론짓는다. 이것은 브룩 저택이 바스커빌 저택(부록 4 참고)이라고 해머가 결론 내렸기 때문이다. 버나드 데이비스는 「바스커빌 사람들 문제에 대한 근본적 재고」에서 포스트브리지 마을의 배치 구조와 그림펜 마을의 배치 구조가 사실상 동일하다고 매우 꼼꼼하게 지적한다. 데이비스는 근처에 늪이 없는 문제에 대해서는 그림펜 늪이 항상 거기 있었던 것은 아니며, 나타날 때 그랬던 것처럼 미스터리하게 사라

그는 무릎 위로 한 쪽을 펼쳐 보였다.
리하르트 구트슈미트 그림, 『바스커빌 씨네 사냥개』,
슈투트가르트, 로베르트 루츠 출판사(1903)

"나무로 둘러싸여 있고?"

"그렇지. 주목나무 길이라는 이름은 없지만 상상을 해보자면 이쪽 라인을 따라서 길이 나 있을 거야. 그렇다면 보다시피 오른쪽에 황야가 있는 게 되지. 건물들이 모여 있는 이 작은 지역이 그림펜 마을[54]인데 우리 친구 모티머 박사의 본거지도 여기 있어. 여기 보이는 것처럼 반경 8킬로미터 이내에는 가옥들이 아주 드문드문 흩어져 있어. 이게 래프터 저택이야, 이야기 속에 나왔던.[55] 여기 집이라고 표시된 것이 하나 있는데 아마 그 박물학자의 집인 것 같아. 내 기억이 맞는다면 이름이 스테이플턴이었지. 여기 황야 지역에 두 농가가 있어. 하이 토어[56]와 파울마이어[57]지. 그리고 22킬로미터를 더 가야[58] 프린스타운의 중죄수 교도소가 나와.[59] 이 흩어진 점들 주변은 아무도 살

져 버렸을 거라는 주장으로 일축한다. 또한 데이비
스는 래프터Laughter 홀 농장이 래프터Lafter 저택이며
스태넌 농장이 머리핏 하우스라고 생각한다. 하지

만 바스커빌 저택으로 볼 수 있는 곳은 제시하지 못
한다. 「셜록 홈즈의 다트무어에 대한 고찰」을 쓴 앤
서니 하울릿도 포스트브리지가 그림펜이라고 생각

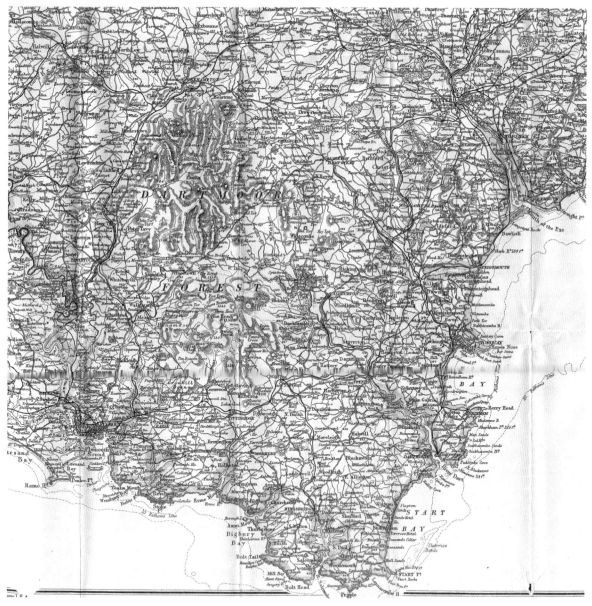

다트무어 지도. 본래는 4마일 대 1인치 축척이지만 여기서는 대략 10마일 대 1인치로 재현.
새바인 베어링굴드, 『데번』(1907)

한다. 필립 웰러는 『'바스커빌 씨네 사냥개'의 다트무어 : 셜록 홈즈 소재지 찾기를 위한 실용 가이드』에서 여러 후보들을 요약해 보여준다. 그림스파운드(가옥도 늪도 없다), 와이드컴인더무어(늪이 멀다), 포스트브리지(늪이 없고 바스커빌 저택이 될 수 있는 가옥이 없다), 파운즈게이트(적당한 늪이 없다), 홀른(큰 마을이고 바스커빌 저택 후보지에서 너무 가깝다), 헥스워디(모든 요건을 만족시킨다. 우체국이 없지만 헥스워디 주점에서 우편물이 수집되어 배달되었다) 등이다.

「황야 찾기 : 다트무어 탐구」라는 이후에 쓴 글에서 웰러는 포스트브리지라는 데이비스의 주장을 거부한다(특별히 데이비스의 글을 언급하지는 않았다). 포스트브리지 근처에 있는 스태넌 늪은 어떤 지도에는 "늪"이라고 표기되어 있지만 "심지어 빅토리아 시대에도 농경지였으며 실제로 그곳을 지나본다면 비가 가장 많이 오는 계절에도 30센티미터 이상 빠질 수 있는 진흙은 찾기 힘들다는 것을 알 수 있다"는 것이다. 데이비스가 머리핏 하우스라고 주장한 집도 다른 주거지에서 가깝다는 이유로 거부한다.

웰러는 전체적인 진퇴양난의 상황을 다음과 같이 잘 요약하고 있다. "다트무어에 있는 실제 지명들이 사용된 몇 경우를 제외하고는 애초에 다트무어라고 제시된 어떤 지명도 확정적으로 단언할 수 없다는 점을 인정해야 한다."

55. "이야기"가 의미하는 것이 사냥개 전설 이야기라면 홈즈가 잘못되었다. 래프터 저택은 전설 이야기에서 언급되지 않기 때문이다. 윌리엄 S. 베어링굴드는 이 지도에 래프터 저택은 없으며 래프터 토어(바위산)라고 말한다. "또 래프터 저택이 부근 어딘가에 있다고 가정하는 것이 맞을 것이다." 데이비드 L. 해머는 『게임을 위해』에서 그런 가능성은 버

린다. 래프터 토어 근처에는 저택이 없기 때문이다. 왓슨은 나중에 바스커빌 저택에서 홈즈에게 편지를 쓰면서 "래프터 저택"이 "우리보다 6킬로미터 정도 남쪽에 있어"라고 묘사한다. 필립 웰러는 후보들을 다음과 같이 평가한다. 래프터 홀 농장(그림펜 후보지에서 가깝지만 북쪽으로 바스커빌 저택이라 할 수 있는 곳이 없다), 해나퍼드 저택(북쪽으로 저택이 없다), 스피치윅 저택(황야를 볼 수 없다. 북쪽으로 저택도 없다), 화이트옥선 저택(바스커빌 저택 후보지에서 가깝지만 황야를 볼 수 없고 돌 움막으로 가는 길도 볼 수 없다), 리 그레인지(황야를 볼 수 없다), 그린다운(황야를 볼 수 없다), 헤이퍼드 저택(모든 면에서 이상적이지만 불행히도 1912년까지는 '저택'이 아니라 농장에 불과했다. 이 시점은 사건이 한참 지난 후다) 등이다.

56. 베어링굴드는 하이어 토어와 하이어 화이트 토어는 찾아냈지만 하이 토어는 찾지 못했다.

57. 아마도 이것은 농장 이름이 아니라 장소 이름인 것으로 보인다.

58. 필립 웰러는 『'바스커빌 씨네 사냥개'의 다트무어』에서 교도소에서 11킬로미터에서 18킬로미터 사이의 사분면 안에 황야의 남동쪽이 위치한다는 점을 지적한다. 그는 교도소에서 22킬로미터(14마일) 떨어진 곳은 모두 황야 밖이므로 "22킬로미터(14마일)"는 아마 "6킬로미터(4마일)"의 인쇄상의 오류일 것이라고 계산해 보인다. 웰러는 「황야 지도와 거리 측정」에서 "22킬로미터(14마일)"는 그냥 먼 거리에 대한 구어체적 표현으로 보인다고 덧붙인다.

59. 『네 사람의 서명』 219번 주석 참고.

"저기 가운데 있는 것이 바스커빌 저택이지."
시드니 패짓 그림, 《스트랜드 매거진》(1901)

지 않는 황량한 황야야. 그러니 여기가 비극이 상연된 무대고,
어쩌면 다시 재연되도록 우리가 도와야 할지도 몰라."

"황무지겠지."

"그래, 무대가 그럴듯하지. 진짜로 악마가 사람들의 일에 끼
어들고 싶은 거라면 말이야."

"자네도 그 초자연적 현상이라는 설명 쪽으로 마음이 기우
는 거로군."

"악마의 사도들도 아마 뼈와 살로 되어 있겠지, 그렇지 않

60. T. S. 블레이크니는 왓슨이 삼나무 저택에서 홈즈와 방을 함께 쓰게 되는 「입술이 뒤틀린 남자」를 주목하라고 한다. 왓슨이 자고 있는 동안 홈즈는 생각으로 밤을 새우는데 "섀그 담배 한 움큼"을 모두 피운다. 블레이크니는 다음과 같이 말한다. "영국 사람들이 다른 나라 사람들보다 탁한 공기를 즐기는 것이 사실이라면 홈즈는 의심의 여지없이 영국인 중의 영국인이었다."

아? 먼저 우리를 기다리는 건 두 가지 질문이야. 도대체 범죄가 일어나기는 했나 하는 문제와, 어느 부분이 범죄이고 어떻게 저지른 것인가 하는 문제야. 물론 모티머 박사의 추측이 맞는다면 우리는 자연의 법칙을 벗어난 어떤 것과 싸우고 있는 셈이 되지. 그렇다면 조사도 끝인 거고. 하지만 그런 결말에 도달하자면 그 전에 먼저 가능한 다른 가정들을 모두 검증해야 해. 자네만 괜찮다면 저 창문을 다시 닫아도 되겠지? 단순한 일이지만 생각을 집중하려면 공기도 집중되는 편이 좋은 것 같아서.[60] 아직은 생각을 좁히지 못했지만 아무튼 논리적인 결론은 일단 그래. 자네도 이 사건을 생각해봤겠지?"

"응, 하루 종일 많이 생각해봤지."

"자네 결론은 뭐야?"

"너무 어리둥절할 뿐이야."

"그래도 분명히 특징이 있어. 몇 가지 두드러진 점이 있다고. 예를 들면 그 발자국의 변화 같은 것 말이야. 그건 어떻게 된 거라고 생각해?"

"모티머 얘기로는 찰스 경이 주목나무 길에서 어느 부분은 까치발을 하고 갔다고 했지."

"모티머는 그냥 사인 조사 때 어느 바보가 한 얘기를 그대로 한 것뿐이야. 뭣 때문에 까치발을 하고 길을 걸어가겠어?"

"그러면 뭐란 말이야?"

"달리고 있었던 거야, 왓슨. 필사적으로, 살기 위해서 도망치고 있었던 거야. 그러다가 심장이 터져서 고꾸라져 죽게 된 거야."

"뭐로부터 도망을 쳤다는 거지?"

"그게 바로 우리가 해결해야 할 문제지. 찰스 경은 달리기 전부터도 이미 공포에 질려 있었다는 걸 알 수 있어."

"어떻게 알아?"

"내 생각으로는 찰스 경의 공포의 원인이 된 것은 황야를 건너서 그에게 접근했을 거야. 그랬을 경우 제정신인 사람이라면 집 쪽을 향해서 뛰지, 반대편으로 뛰지는 않았을 거야. 집시가 한 얘기가 사실이라고 가정한다면, 찰스 경은 도무지 도움을 줄 사람이 없는 쪽을 향해서 도움을 외치면서 뛰어갔던 거라고. 그렇다면 그날 밤 그는 누구를 기다리고 있었을까? 그는 왜 자기 집이 아니라 주목나무 길에서 그 사람을 기다리고 있었을까?"

"찰스 경이 누구를 기다리던 중이었다고 생각하는 거야?"

"찰스 경은 늙고 쇠약한 상태였어. 그가 저녁 산책을 한다면 이해할 수 있는 일이기도 하지만 그날 땅은 축축하고 밤에는 추웠잖아. 모티머 박사가 시가에서 떨어진 재를 가지고 추정한 것처럼 5분에서 10분 정도 찰스 경이 누군가를 기다려야 했다고 보는 게 자연스럽지 않겠어? 그러고 보니 모티머의 실용적 사고 능력을 좀 더 인정해줬어야 했는데."

"하지만 찰스 경은 매일 저녁 나가지 않았나?"

"그가 황야 문에서 매일 저녁 누군가를 기다렸을 것 같지는 않아. 반대로 증거를 보면 그는 황야를 피하려고 했어. 그런데 그날 밤은 거기서 기다렸단 말이야. 그리고 그날은 런던으로 떠나기로 한 바로 전날이었고. 사건이 형체를 갖춰가는군, 왓슨. 앞뒤가 맞아 들어가려고 해. 내 바이올린을 좀 건네주겠어? 이 문제에 대해 그 이상은 아침에 모티머 박사와 헨리 바스커빌 경을 만난 다음에 생각해도 될 것 같아."

제4장

헨리 바스커빌 경

61. 영국의 세습 지위. 귀족은 아니다. 기금 모금을 위해 1611년 제임스 1세가 도입했다. 엘프리드 마일스의 『가계 정보』(1897)에 따르면 준남작은 남작의 차남 이하 아들들에게 주어지며 시슬 기사보다 앞선다(그러나 가터 기사보다는 아래). 준남작의 지위는 칭호 소유자의 법적 장남에게 승계된다.

일찌감치 아침상이 치워지고 홈즈는 실내복을 입은 채 약속된 면담을 기다렸다. 의뢰인들은 정확히 약속 시간에 맞춰 왔다. 시계가 막 10시를 쳤을 때 모티머 박사가 나타났고 뒤이어 젊은 준남작[61]이 나타났다. 준남작은 검은 눈에 작고 기민한 사람이었다. 서른 살 전후로 보였고 다부진 체격에 검은 눈썹이 짙고, 호전적으로 보이는 강한 얼굴을 하고 있었다. 붉은빛이 도는 트위드 정장을 입었는데 집 밖에서 평생을 보낸 사람답게 외모가 거칠었지만, 흔들림 없는 눈빛과 차분하고 확신에 찬 태도에는 신사로서의 면모가 아직 남아 있었다.

"이쪽은 헨리 바스커빌 경입니다." 모티머 박사가 소개했다.

"네, 그렇습니다." 바스커빌 경이 말했다. "신기한 것이, 홈즈 씨, 만약 여기 이 친구가 오늘 아침에 홈즈 씨한테 가자고 제안하지 않았다면 아마 저 혼자서라도 여기에 왔을 겁니다.

헨리 바스커빌 경.
시드니 패짓 그림, 《스트랜드 매거진》(1901)

홈즈 씨가 이상한 사건들을 잘 해결하신다는 것을 알고 있습니
다. 오늘 아침에 저도 도저히 이해가 안 되는 이상한 사건을 하
나 겪었네요."

"부디 앉으십시오, 헨리 경. 런던에 도착하신 다음에 기이한
체험을 하셨다는 말씀인가요?"

"중요한 일은 아닙니다, 홈즈 씨. 그냥 장난일 수도 있겠지
만 아닐 수도 있고요. 바로 이 편지입니다. 편지라고 해야 할지
어떨지 모르겠지만 오늘 아침 제게 전달되었습니다."

바스커빌 경은 봉투 하나를 테이블 위에 놓았다. 우리는 모

62. 『베데커』의 목록에는 노섬벌랜드 호텔이 올라 있지 않다. 마이클 해리슨의 『셜록 홈즈의 런던』이나 다른 곳에서도 이것이 주점 겸 여관이었던 노섬벌랜드 암스일 것이라고 본다. 재미있는 운명인 것이, 지금 이곳은 노섬벌랜드 스트리트 11번지 셜록 홈즈 주점과 식당이다. 헨리 경이 평범한 곳을 원했다면 이곳은 괜찮은 선택이었다. 하지만 상속자로서 그는 좀 더 화려한 숙소를 원했을 것이고, 그래서 몇몇 학자들은 해리슨의 의견에 의문을 표한다. 번 고즐린은 「바스커빌은 노섬벌랜드 호텔에 묵었는가?」에서 헨리 경이 머물기에는 크고 잘 알려진 세 곳의 호텔이 더 그럴싸하다고 결론 내린다. 그 세 곳은 메트로폴, 빅토리아, 그랜드인데 모두 노섬벌랜드 애비뉴에 있다(또 모두 같은 회사 소유이기도 하다). 한편, A. 고드프리 헌트는 그랜드 호텔을 제외하는데 스테이플턴이 트래펄가 광장에 있는 호텔에 가기 위해 트래펄가 광장에서 마차를 타지는 않았을 것이라는 이유에서다. 또 왓슨이 트래펄가 광장에 있는 호텔을 노섬벌랜드 호텔이라고 부르지도 않았을 것이다. 캐서린 쿡은 「노섬벌랜드 호텔에 가다」에서 빅토리아 호텔은 원래 1880년대 초에 노섬벌랜드 호텔로 계획되었으나 자금난을 겪었고, 그래서 1887년 문을 열었을 때는 아마도 빅토리아 여왕의 50주년을 기념한 다른 이름을 사용했을 거라고 지적한다.

63. 런던 중부에 있는 구역. 이런 이름이 붙은 이유는 1290년 에드워드 1세가 여기에 돌로 된 십자가를 놓았기 때문이다. 에드워드 1세의 첫 번째 부인인 카스티야의 엘리너의 장례 행진 때 12개의 방문 지점 중 마지막 방문 지점을 표시한 것이다. (노쇠한 십자가는 1643년에 파괴되고 1863년에 복제품으로 대체되었다.) 어떤 사람들은 '채링Charing'이 불어로 '사랑하는 여왕chère reine'이라는 단어의 와전이라고 생각한다. 또 다른 어떤 사람들은 13세기에 그 자리에 있었던 '체린지Cheringe'라는 마을의 와전이라고 본다. 채링크로스는 정전에서 자주 언급되는데

트래펄가 광장에서 본 1894년의 노섬벌랜드 거리. 왼쪽의 건물이 노섬벌랜드 호텔일까?

두 몸을 숙여 봉투를 들여다보았다. 그냥 평범한 종이로 된 회색 봉투였다. 주소는 '노섬벌랜드 호텔,[62] 헨리 바스커빌 경'이라고 거칠게 쓰여 있고, 우편 소인은 '채링크로스',[63] 보낸 날짜는 전날 저녁으로 되어 있었다.

"경이 노섬벌랜드 호텔로 갈 거라는 것을 아는 사람이 누가 있습니까?" 홈즈는 상기된 표정으로 방문객을 건너다보며 물었다.

"알 수 있었던 사람은 아무도 없습니다. 모티머 박사와 제가 만난 다음에야 결정한 일이니까요."

"하지만 모티머 박사님은 이미 거기에 머물고 계셨던 거겠죠?"

"아닙니다. 저는 친구 집에서 묵었는걸요." 의사가 말했다. "누군가 우리가 이 호텔에 갈 거라고 추측할 만한 이유는 전혀 없었습니다."

"흠! 누군가 헨리 경의 행보에 깊은 관심을 기울이고 있는

것 같군요." 홈즈는 봉투에서 풀스캡지 반 장을 네 번 접은 종이를 꺼냈다. 홈즈는 그것을 테이블 위에 펼쳐놓았다. 한가운데에 인쇄된 글자를 오려 붙여서 만든 한 줄의 문장이 쓰여 있었다. 내용은 다음과 같았다.

삶이나 이성의 가치를 믿는다면 황야를 멀리하라.

'황야'라는 글자만은 잉크로 쓰여 있었다.

"이제" 하고 헨리 바스커빌 경이 입을 열었다. "홈즈 씨께서 도대체 이게 무슨 의미인지 말씀해주시겠지요? 제 일에 이렇게 관심이 많은 사람이 누구인지 말입니다."

"모티머 박사님은 어떻게 보십니까? 이 편지에 대해서는 초자연적인 측면이 전혀 없다고 인정하시겠죠?"

"물론입니다. 하지만 이 일이 초자연적 현상이라고 확신에 찬 사람이 편지를 보낸 것일 수는 있겠지요."[64]

"무슨 일 말입니까?" 헨리 경이 예리하게 물었다. "여기 계신 분들 모두가 제 일에 대해서 저보다도 훨씬 많이 알고 계시는 것 같군요."

"헨리 경, 당신도 이 방을 떠나기 전에 우리가 아는 모든 걸 알게 되실 겁니다. 약속드리지요." 셜록 홈즈가 말했다. "경께서 허락하신다면 일단은 지금 이 순간에 집중했으면 합니다. 아주 흥미로운 문서에 말입니다. 분명히 어제 만들어서 부친 걸 텐데요. 왓슨, 자네 혹시 어제 날짜 《타임스》 있어?"

"여기 구석에 있어."

"수고스럽지만 안쪽의 사설[65] 좀 건네주겠어?" 홈즈는 아래위로 눈을 움직이며 잽싸게 사설을 훑었다. "자유무역에 대한 사설이군요.[66] 몇 줄 읽어드리겠습니다.

홈즈와 왓슨은 채링크로스 역을 자주 이용했다. 「브루스파팅턴호 설계도」에서는 외국 요원에게 덫을 놓는 장소로 채링크로스 호텔이 사용된다. 심지어 100년 전에도 새뮤얼 존슨은 이런 말을 했다. "인간 존재의 절정은 채링크로스에 있는 것 같다." 오늘날 채링크로스 길에는 고서 서점이 즐비한데, 1970년에 출간된 헬린 핸프의 『채링크로스 길 84번지』(및 이를 원작으로 한 영화 〈84번가의 연인〉 등)로 많이들 기억한다. 이 책은 한 뉴요커와 채링크로스의 서점 주인 사이에 이어진 다정한, 때로는 전투적인 편지에 대한 기록이다.

64. 찰스 M. 피카드는 이 쪽지를 모티머 자신이 보냈다고 주장한다. 스테이플턴에 대한 의심을 이야기하지 말라는 홈즈의 지시를 무시했다는 것이다.

65. 'leading articles'. 미국식으로 말하면 신문 사설이다.

66. 『바스커빌 씨네 사냥개』가 1899년 사건이라고 생각하는 개빈 브렌드는 당시에 자유무역에 대한 글들이 많지는 않았으나 "프린팅 하우스 광장(《타임스》 사무실이 위치하던 곳—옮긴이)에 있는 누군가 ㄴ 미네글 블너 많서 있던 짓 짙나. 1886번이나 1889년에 자유무역에 대한 기사가 있기란 불가능하다"라고 한다. 그럼에도 불구하고 『브리태니커 백과사전』 9판(1875-1889)은 자유무역이라는 주제에 열한 쪽을 할애하고 있다.

홈즈는 잽싸게 사설을 훑었다.
시드니 패짓 그림, 《스트랜드 매거진》(1901)

보호관세가 있으면 무역이나 산업에 도움이 될 거라고 믿는
사람이 많지만 장기적으로 보면 그런 규제는 오히려 국가의
부를 멀리하고, 수입물의 가치를 감소시키며, 국내의 일반적
인 삶의 조건을 악화시킨다고 보는 것이 이성적이다.

왓슨, 어떻게 생각해?" 홈즈가 외쳤다. 그는 신이 나서 두 손을
비비며 만족감을 표시하고 있었다. "훌륭한 감각이지 않아?"
　모티머 박사는 전문가로서의 흥미를 나타내며 홈즈를 바라
보았다. 헨리 바스커빌 경은 무슨 일인지 모르겠다는 표정으로

나를 보았다.

"관세라든지 그런 쪽은 저는 잘 모릅니다만" 하고 헨리 경이 입을 열었다. "편지와 관련해서는 주제에서 조금 벗어난 것 같은데요."

"정반대입니다. 정확히 편지와 관련된 얘기를 하는 중입니다, 헨리 경. 여기 있는 왓슨은 경보다 저의 방법론에 대해 잘 압니다만, 안타깝게도 왓슨조차 제가 읽은 문장의 중요성을 아직 파악하지 못한 것 같군요."

"파악 못했어. 사실 무슨 연관이 있는지 전혀 모르겠군."

"하지만 이봐 왓슨, 잘 봐봐. 한쪽 글이 다른 쪽에서 짜깁기해낸 거잖아. '삶', '이성', '가치', '멀리', '믿는'. 진짜 이 단어들을 어디서 봤는지 모르겠어?"

"오 이런, 홈즈 씨 말씀이 맞네요. 정말 영악하군요!" 헨리 경이 외쳤다.

"아직도 못 믿겠다면 '멀리하'가 한 조각으로 잘린 걸 보면 분명하지요."

"와, 정말 그렇군!"

"홈즈 씨는 정말 제 상상을 초월하시는군요." 모티머 박사가 경이로운 표정으로 내 친구를 바라보며 말했다. "누가 이 글자들을 신문에서 오려낸 거라고 하면 수긍할 수도 있었을 겁니다. 하지만 홈즈 씨는 어느 신문인지 아시고 거기다가 사설에서 오려낸 거라고까지 말씀하시다니, 이렇게 놀라운 일은 처음이네요. 대체 어떻게 하신 겁니까?"

"박사님께서는 흑인의 두개골과 에스키모의 두개골을 구분할 수 있으시죠?"

"그럼요."

"하지만 어떻게 하시는 겁니까?"

"그게 제 유일한 취미니까요. 차이가 아주 뚜렷하지요. 눈

67. 위턱뼈의 곡선.

68. 버조이스 활자는 중간 크기의 활자로서 브레비어 활자(8포인트)와 롱프리머(10포인트) 활자의 중간 크기다. 1피트(약 30센티미터)에 102와 1/2줄이 들어가므로 대략 9포인트라고 할 수 있다. 〔비교하자면 파이카 활자는 1피트에 71과 1/2줄 또는 1인치(약 2.54센티미터)에 6줄 정도가 들어간다.〕리딩은 줄 사이 간격을 말한다. 빅토리아 시대 신문학자인 피터 캘러메이에 의하면 《타임스》의 줄 간격은 "1포인트 즉, 9에서 10이었을 가능성이 가장 크다." 버조이스는 폰트에 대한 언급은 없고 크기에 대한 얘기만 있다. 물론 서로 다른 신문들은 다른 폰트를 사용했지만 홈즈는 폰트들을 언급하지는 않는다.

69. 매들린 B. 스턴은 다음과 같은 의견을 제시한다. "그랑존의 시빌리테체, 에스티엔체, 보도니체, 푸르니에르쥔체의 표본, 엔스헤더 활자 표본서 등이 모두 홈즈의 서재에 있었다."

70. 《머큐리》는 1718년 창간되었으나 1801년 에드워드 베인스(1744-1848)가 구입하고 나서야 자유당에 영향력을 갖기 시작했고, 리즈의 당 정책 기관지가 되었다. 베인스의 재임 전에 《머큐리》는 다른 모든 지역신문들처럼 국가 정치에 별 영향력이 없었다. 보도라고 할 것도 없었고, 있어도 조잡한 수준이었다. 신문인으로서의 베인스는 뛰어난 능력을 가졌고 자신의 정치적 신념에 대해서도 열정이 있었다. 그는 공업화된 리즈(및 비슷한 다른 도시들)의 국회의원에 힘을 행사하고 영국에서 노예무역을 폐지하는 데 힘썼다. 반면에 그는 공장 규제, 노동계급의 투표권, 보통선거권에는 반대했다. 《머큐리》는 1800년대 후반까지 대도시의 신문들을 제외하고는 가장 중요하고 널리 읽히는 신문이었고, 일간 및 주간지가 있었다.

위의 돌출된 뼈라든지, 얼굴 각도, 상악골 선,[67] 또⋯⋯."

"그런데 이쪽은 제 취미 분야인 거지요. 마찬가지로 저도 차이들이 뚜렷이 보이거든요. 제 눈에는 《타임스》가 사용하는 버조이스 활자[68]와 싸구려 석간신문이 사용하는 조잡한 활자의 차이가 모티머 박사님 눈에 보이는 흑인과 에스키모의 차이만큼이나 크게 보이거든요. 범죄 전문가에게 활자의 식별은 아주 기본적인 지식 분야니까요.[69] 하지만 저도 아주 어렸을 때는 《리즈 머큐리》[70]와 《웨스턴 모닝 뉴스》[71]를 헷갈리곤 했답니다. 하지만 《타임스》의 사설이라면 구별을 하고도 남죠. 또 이런 단어들을 다른 어디서 따오겠습니까? 게다가 이건 어제 꾸며진 편지니까 어제 날짜 신문을 찾는 게 가장 확률이 높겠죠."

"지금 말씀하신 대로라면 홈즈 씨." 헨리 바스커빌 경이 말했다. "누군가 이것을 가위로 오려내서⋯⋯."

"손톱 가위입니다." 홈즈가 말했다. "날이 아주 짧은 가위라는 걸 알아채실 수 있을 겁니다. '멀리'라는 글자를 자르면서 가위질을 두 번이나 했으니까요."

"정말 그렇군요. 그러면 누군가 날이 짧은 가위로 메시지를 오려내서 풀로 붙여서⋯⋯."

"고무풀이죠." 홈즈가 말했다.

"고무풀로 종이에 붙인 거군요. 하지만 '황야'라는 글자는 왜 직접 써야 했는지 궁금하네요."

"신문에서 찾을 수가 없었기 때문이죠. 다른 단어들은 간단한 단어라서 아마 어느 기사에서든 쉽게 찾을 수 있었을 겁니다. 하지만 '황야'라는 단어는 흔한 단어가 아니죠."

"그렇네요. 그렇게 된 거군요. 홈즈 씨, 혹시 이 편지에서 다른 것도 알아내신 것이 있나요?"

"한두 가지 단서들이 더 있습니다만, 흔적을 남기지 않으려고 엄청나게 노력한 것이 보이는군요. 보시다시피 주소가 상당히 거칠게 쓰여 있습니다. 하지만 《타임스》라는 것이 아무나 보는 신문은 아니지 않습니까. 많이 배운 사람들이나 보는 거죠. 그러니 이 편지는 많이 배웠지만 무식한 사람인 척하고 싶은 사람이 작성한 겁니다. 그리고 자기 필체를 숨기려고 노력한 걸로 보아, 아마 헨리 경이 아는 필체이거나 앞으로 알게 될 필체라는 뜻이죠. 또 단어들이 줄을 잘 맞춰 붙여진 것이 아니고 어떤 것은 다른 것보다 높이 붙어 있다는 것을 보실 수 있습니다. 여기 '삶' 같은 단어는 완전히 자리를 벗어나 있죠. 그건 부주의 때문일 수도 있겠지만 불안하거나 서둘렀다는 뜻일 수도 있습니다.

제 생각은 후자 쪽으로 기우네요. 사안이 분명히 중요한 일이고, 이런 편지를 작성하는 사람이 부주의할 것 같지도 않으니까요. 만약 그가 서둘렀다면 왜 서둘러야 했는가 하는 재미있는 문제가 남죠. 왜냐하면 이른 아침까지 편지를 부쳐야 헨리 경이 호텔을 떠나기 전에 받아볼 수 있었으니까요. 작성자는 방해를 받을까 두려웠던 걸까요? 그렇다면 누가 방해할 예정이었던 것일까요?"

"이젠 추측 단계로 들어가는 거군요." 모티머 박사가 말했다.

"추측이라기보단 가능성을 가늠해보고 가장 확률이 높은 것을 고르는 거죠. 상상력을 과학적으로 사용하는 거예요. 하지만 언제나 추측에는 물리적인 근거가 있게 마련이죠. 모티머 박사님은 분명 추측이라고 말씀하시겠지만 저는 거의 확신하는 사항이 하나 있습니다. 바로 이 주소를 쓴 장소가 호텔이라는 겁니다."

"도대체 그걸 어떻게 아신 겁니까?"

"자세히 보시면, 펜과 잉크가 모두 글쓴이를 번거롭게 만들

71. 1881년 잉글랜드 및 웨일스 지방에서 지역신문은 1,163종이 있었다.「'웨스턴 모닝 뉴스'의 역사」에서 마거릿 서턴은 이 신문이 영국에서 처음으로 기상정보를 실었으며, 플리트 스트리트(신문사가 모여 있던 런던 중심가—옮긴이)에서 사설 전화선을 가졌던 첫 신문이라고 말한다.

었다는 것을 알 수 있습니다. 한 개의 단어를 쓰는데 펜이 두 번이나 멈칫거렸고 짧은 주소를 쓰는데 세 번이나 잉크가 말라버렸죠. 잉크병에 잉크가 거의 없었다는 뜻입니다. 개인용 잉크병이나 펜이 그런 상태인 경우는 거의 없지요. 더구나 펜도 잉크도 둘 다 그 지경일 수는 없는 거죠. 하지만 호텔 잉크와 호텔 펜은 항상 그런 상태이지 않습니까? 그러니 저는 망설임 없이 이렇게 말씀드리겠습니다. 우리가 채링크로스 근처의 호텔 폐지함들을 조사해본다면 분명히 오려내고 남은 《타임스》 사설 종잇조각을 찾을 수 있을 겁니다. 그러면 이 편지를 누가 보냈는지 곧장 알 수 있겠죠. 워! 워! 이건 뭐지?"

홈즈는 글자가 붙어 있는 종이를 코앞까지 가까이 들고는 면밀히 살피고 있었다.

"뭐야?"

"아무것도 아냐." 홈즈가 종이를 내려놓으며 말했다. "풀스캡지 반 장인데 워터마크도 없어. 내 생각에 이 흥미로운 편지에서 끄집어낼 수 있는 건 다 끄집어낸 것 같아. 그러면 헨리 경, 런던에 도착한 이후 이 밖에 다른 흥미로운 일은 없었나요?"

"예, 홈즈 씨. 없었던 것 같습니다."

"누가 경을 따라온다거나 지켜본다는 걸 눈치챈 적 없으신가요?"

"제가 마치 싸구려 소설 속의 주인공이 돼버린 것 같군요." 방문객이 말했다. "도대체 뭣 때문에 다른 사람이 저를 미행하거나 지켜봐야 한다는 말씀이신가요?"

"그 얘기는 조금 있다가 해드리겠습니다. 이 문제에 본격적으로 들어가기에 앞서, 저희에게 알려주실 이야기는 전혀 없으신가요?"

"글쎄요, 어떤 게 말할 가치가 있는 얘기인지에 따라 다른데

홈즈는 글자가 붙어 있는 종이를 코앞까지 가까이 들고는 면밀히 살피고 있었다.
리하르트 구트슈미트 그림, 『바스커빌 씨네 사냥개』,
슈투트가르트, 로베르트 루츠 출판사(1903)

요."

헨리 경은 미소를 지었다. "제가 아직 영국 생활에 대해 잘 모르긴 합니다. 거의 평생을 미국과 캐나다에서 보냈으니까요. 그래도 신발 한 짝을 잃어버리는 일이 여기서도 일상적인 일은 아니겠지요?"

"신발을 한 짝 잃어버리셨나요?"

"하지만 헨리 경!" 모티머 박사가 외쳤다. "그건 그냥 어디 있는지 모르는 것일 뿐이에요. 호텔에 돌아가시면 찾으실 수 있을 겁니다. 그런 하찮은 일로 홈즈 씨를 귀찮게 해드릴 필요는 없겠지요."

72. 가죽을 매만져서 부드럽게 만드는 일—옮긴이.

코앞까지 가까이 들고는.
시드니 패짓 그림, 《스트랜드 매거진》(1901)

"뭐, 홈즈 씨가 뭐든 일상적이지 않은 일이 없냐고 물어보셨으니까요."

"맞습니다." 홈즈가 말했다. "아무리 바보 같은 일이라고 해도요. 신발 한 짝을 잃어버리셨다고요?"

"네, 엉뚱한 데 놓아둔 것일 수도 있겠죠. 어젯밤에 양쪽을 다 문밖에 내놓았는데 아침에는 한 짝뿐이더군요. 그걸 닦은 녀석은 도무지 말도 안 되는 얘기뿐이고요. 운수가 사나운 것이, 그 신발은 제가 어젯밤에 스트랜드 가에서 산 것이라서 한 번 신어보지도 못했어요."

"아직 한 번도 신지 않았다면 왜 닦으려고 내놓으셨나요?"

"무두질[72]을 한 신발인데 한 번도 광택을 낸 적이 없었거든요. 그래서 내놓은 거지요."

"그렇다면 어제 런던에 도착하신 후에 갑자기 밖에 나가서 구두를 사셨다는 말씀인가요?"

"쇼핑을 좀 많이 했습니다. 여기 모티머 박사님이 함께 돌아다녔고요. 아시다시피 저는 저쪽 마을에서 대지주가 될 텐데 그에 맞춰서 차림새를 갖추어야겠죠. 서방에 있을 때는 차림새에 별로 신경을 안 쓰는 편이었거든요. 다른 물건들과 함께 갈색 신발을 샀는데, 6달러를 주었습니다. 한번 발에 끼워보기도 전에 한 짝을 도둑맞은 거지요."

"훔쳐 가봐야 쓸모도 없을 것 같은데요." 셜록 홈즈가 말했다. "모티머 박사가 믿는 것처럼 머지않아 신발은 돌아올 걸로 생각이 되는군요."

"그러면 이제 신사분들." 준남작이 결연하게 말했다. "제가 아는 몇 안 되는 일들은 모두 말씀드린 것 같군요. 이제 약속을 지키시지요. 우리가 지금 추진하고 있는 일이 뭔지 죄다 설명해주십시오."

"지당한 요구십니다." 홈즈가 대답했다. "모티머 박사님, 앞서 얘기해주셨던 것처럼 설명해주시는 게 최상의 방법일 것 같군요."

우리의 과학 애호가 친구는 홈즈의 말에 고무되어, 주머니에서 종이를 꺼내 그 전날처럼 사건의 전말을 소개했다. 헨리 바스커빌 경은 완전히 몰입해서 이야기를 경청했다. 중간중간 놀라움에 감탄사를 연발하기도 했다.

"복수의 대물림에 휘말린 것 같군요." 긴 설명이 끝났을 때 헨리 경이 말했다. "물론 저도 어릴 적부터 그 사냥개 얘기를 들어왔습니다. 집안사람들이 좋아하는 이야기지요. 하지만 한번도 그 이야기를 진지하게 생각해본 적은 없었습니다.[73] 하지만 백부님이 그렇게 돌아가시고 나니, 정말 혼란스럽군요. 아

73. 잉글랜드와 웨일스 지방 전체에 가문이나 특정 지역과 관련한 '애완동물 이야기'는 많이 있다. 허게스트 코트의 본스 지역에 출현했던 '그림자 사냥개' 이야기는 W. S. 시먼즈가 1881년 발표한 소설 『몰번 체이스』로 큰 인기를 끌었다. 『데번 유령』(1992)에서 시어 브라운은 1963년 헤리퍼드셔 바스커빌 미너스 가문에 대한 전설을 들었다고 얘기한다. 주인이 충직한 사냥개를 잔인하게 학대한 후에 가족의 우두머리가 죽을 때면 언제나 사냥개가 짖었다고 한다. '블랙 셕'은 잘 알려진 노퍽 지방 전설인데 송아지만 한 털 많은 검은 개가 사납게 노려보면 사람이 죽게 된다는 이야기다. 아서 코난 도일은 1901년 노퍽의 크로머에서 함께 골프를 치면서 친구 플레처 로빈슨으로부터 블랙 셕 이야기를 들었을 수도 있다.(부록 2 참고) 그러고 나서 왓슨 박사에게 이야기해주었는데 왓슨 박사가 자신이 알고 있던 『바스커빌 씨네 사냥개』를 쓴 것이다.

직 정확히 파악이 안 되네요. 홈즈 씨도 이게 경찰서로 갈 일인지 교회로 갈 일인지 아직 결정을 못 하신 듯 보입니다만."

"그렇습니다."

"그리고 이젠 호텔에 있는 저한테 온 이 편지 사건까지 생겼네요. 어쩐지 벌어질 일이 벌어진 것 같은 생각도 드는군요."

"황야에서 무슨 일이 벌어지고 있는 건지, 우리보다 더 많이 알고 있는 누군가가 있는 것 같아요." 모티머 박사가 말했다.

"그뿐만 아니라" 홈즈가 말했다. "그 누군가는 헨리 경에게 악의를 가진 것 같지 않습니다. 헨리 경에게 위험을 경고한 걸 보면 말이죠."

"아니면 자기들의 목적을 위해서 저를 겁줘서 쫓아내고 싶은 건지도 모르죠."

"네, 물론 그럴 수도 있습니다. 모티머 박사님께 정말 감사 드려야겠습니다. 여러 가지 흥미로운 가능성을 생각해볼 수 있는 사건을 알려주셔서 말입니다. 그런데 지금 우리가 결정해야 할 현실적인 문제는 과연 헨리 경이 바스커빌 저택으로 가야 할지 말지인 것 같군요."

"가면 왜 안 되나요?"

"위험할 것 같습니다."

"위험한 게 가문의 악마인가요, 사람인가요?"

"그게 우리가 알아내야 할 것이죠."

"어느 쪽이 되었든 제 대답은 같습니다. 지옥의 악마라는 건 없습니다, 홈즈 씨. 그리고 제가 우리 집안 사람들이 살던 집으로 들어가는 걸 막을 수 있는 사람도 이 세상에는 없습니다. 저의 최종적인 대답이라고 생각하셔도 됩니다." 그는 짙은 눈썹을 찌푸렸고, 말하는 동안 얼굴이 상기되어 칙칙한 붉은색으로 변했다. 바스커빌가의 불같은 성품이 그들의 마지막 후손 안에서 꺼지지 않고 있다는 점은 분명했다. 그는 말을 이었다. "여러분이 얘기해주신 것들을 생각해보기에는 시간이 턱없이 부족했습니다. 한 사람이 금방 이해하고 결정하기에는 너무 큰 문제니까요. 조용히 혼자서 좀 생각해보고 마음을 정해야 할 것 같습니다. 홈즈 씨, 벌써 11시 반이네요. 저는 곧장 호텔로 돌아가겠습니다. 홈즈 씨와 왓슨 박사께서는 2시쯤 오셔서 우리와 점심을 함께하시지 않겠습니까? 그때는 이 문제가 제게 어떤 영향을 주는지 좀 더 분명히 말씀드릴 수 있을 겁니다."

"시간 괜찮겠어, 왓슨?"

"문제없어."

"그러면 그때 뵙겠습니다. 마차를 불러드릴까요?"

"걷는 편이 좋겠습니다. 이 사건 때문에 머리가 복잡해서요."

"저도 기꺼이 함께 걷지요." 그의 일행이 말했다.

"그러면 2시에 다시 만나시죠. 또 뵙겠습니다, 좋은 하루 되십시오."

우리는 손님들이 계단을 내려가는 소리와 현관문이 쾅, 하고 닫히는 소리를 들었다. 노곤한 몽상가 같던 홈즈가 순식간에 생기 넘치는 활동가로 바뀌었다.

"모자랑 신발 챙겨, 왓슨, 얼른! 지체할 시간 없어!" 그는 실내복을 입은 채 방으로 사라지더니 몇 초 후에 프록코트를 입고 나타났다. 우리는 함께 서둘러 계단을 내려가 거리로 들어섰다. 모티머 박사와 바스커빌은 아직 사라지지 않고 옥스퍼드 스트리트 방향으로 200미터쯤 앞에 보였다.

"내가 뛰어가서 불러 세울까?"

"절대 그러지 마, 왓슨. 자네만 괜찮다면 나는 자네 한 명이면 충분해. 우리 친구들이 현명하군. 오늘은 정말이지 걷기 좋은 날이야."

홈즈는 걸음 속도를 높여서 그들과의 거리를 반 정도로 좁혔다. 그때부터 거리를 100미터 정도로 유지하면서 우리는 옥스퍼드 스트리트와 리전트 스트리트까지 그들을 따라갔다. 한번은 우리 친구들이 멈춰 서서 상점 유리창을 들여다보았다. 그러자 홈즈도 똑같이 했다. 잠시 후 홈즈는 만족스럽다는 듯 탄성을 질렀다. 그의 이글거리는 눈빛을 따라간 나는 한 남자를 태우고 도로 건너편에 세워져 있던 핸섬 마차가 다시 슬슬 나아가는 것을 보았다.

"바로 저자야, 왓슨! 따라와! 기왕이면 자세히 보자구."

바로 그 순간 나는 마차의 옆 창문을 통해 텁수룩한 턱수염과 꿰뚫어 보는 듯한 두 눈이 우리 쪽을 향하는 것을 보았다. 곧이어 마차의 머리 위쪽 쪽문이 열어젖혀지더니 마부에게 뭐라고 외치는 소리가 들려왔다. 그러자 마차는 미친 듯이 리전트 스트리트를 달려갔다. 홈즈는 주변에 다른 마차가 있는지 애타게 살폈지만 안타깝게도 빈 마차는 눈에 들어오지 않았다. 그러자 홈즈는 교통 흐름 속으로 무작정 뛰어들었다. 하지만 그 마차의 출발이 어찌나 번개 같았던지 벌써 마차는 시야에서 사라지고 없었다.

"사라졌어." 화가 나서 창백해진 얼굴로 숨을 헐떡이며 마차들 사이에서 나타난 홈즈가 쓸쓸하게 내뱉었다. "내가 이렇게 운수 사납고 서투른 적이 있었나? 왓슨, 왓슨. 자네가 정직한 사람이라면 나의 이 실패담도 꼭 기록해야 할 거야!"

"그 사람이 누군데?"

"나도 모르지."

"스파이야?"

"바스커빌과 모티머가 한 말에 따르면 바스커빌이 런던에 온 이후로 누군가 아주 가깝게 따라붙었다는 건 자명해. 그렇지 않고서야 바스커빌이 노섬벌랜드 호텔을 택했다는 걸 어떻

"빨리 저자야, 왓슨! 따라와!"
시드니 패짓 그림, 《스트랜드 매거진》(1901)

게 그렇게 빨리 알 수 있었겠어? 미행자가 첫날 있었다면 둘째 날도 있을 거라고 생각했지. 아마 자네도 모티머 박사가 그 전설을 읽는 동안 내가 두 번이나 창가에서 서성거린 걸 봤을 거야."

"응, 기억나는군."

"길에 얼쩡거리는 사람이 없나 보고 있었는데 아무도 없더라고. 지금 우리가 상대하고 있는 사람은 영리한 자야, 왓슨. 이건 심상치 않아. 이자가 우리 편인지 적인지 아직 분간은 안

바로 그 순간 나는 마차의 옆 창문을 통해 텁수룩한 턱수염과
꿰뚫어 보는 듯한 두 눈이 우리 쪽을 향하는 것을 보았다.
리하르트 구트슈미트 그림, 『바스커빌 씨네 사냥개』,
슈투트가르트, 로베르트 루츠 출판사(1903)

가지만, 뭔가 힘과 계략이 느껴지거든. 아까 우리 친구들이 나
갈 때 눈에 안 띄는 이 미행자를 알아낼 수 있을까 하는 마음에
서 바로 따라 나온 거야. 그런데 이자는 어찌나 영악한지 자기
발도 믿지 않고, 마차를 이용해서 앞서거니 뒤서거니 하면서
바스커빌과 모티머의 눈을 속인 거야. 이렇게 하면 바스커빌과
모티머가 중간에 마차를 타더라도 문제없다는 것도 이점이 되

고. 하지만 한 가지 약점도 있지."

"마부를 어쩔 수 없다는 거."

"바로 그거야."

"아, 마차 번호를 봤으면 좋았을 텐데!"

"왓슨, 내가 좀 버벅댄 건 사실이지만 설마 번호도 놓쳤으려고? 2704번 마부를 찾으면 돼. 하지만 당장은 그걸 알아봐야 쓸모가 없어."

"그 이상 더 잘할 수 없었잖아."

"아니, 마차를 보자마자 즉시 돌아서서 반대 방향으로 걸어 갔어야 했어. 그리고 느긋하게 다른 마차를 하나 세워서 적당히 거리를 두고 따라갔어야지. 아니면 더 좋은 방법은, 그냥 노섬벌랜드 호텔로 가서 거기서 기다렸어야지. 우리의 정체 모를 미행자가 바스커빌을 따라갔다면 우리는 이자의 방법을 역으로 사용해서 이자가 어디로 가는지 알아낼 수도 있었을 거야. 내가 조바심에 경거망동을 한 데다, 또 우리 적이 비상한 순발력으로 내 실수를 잘 이용하는 바람에 지금 우린 일을 망치고 그자도 놓쳐버린 거지."

이런 대화를 하면서 우리가 천천히 리전트 스트리트를 걸어 내려가는 동안 모티머 박사와 그의 일행은 저 앞에서 사라지고 없었다.

"이제 모티머 박사 일행을 따라갈 이유가 없군." 홈즈가 말했다. "미행자는 딴 길로 가버렸을 거고 돌아오지 않을 거야. 우리 손에 다른 카드는 없는지 생각해보고 결정을 내려야겠어. 그 마차 안에 있던 남자 얼굴 기억하겠어?"

"턱수염밖에 기억이 안 나는걸."

"나도 그래. 그리고 그 턱수염은 가짜일 가능성이 농후하군. 편지를 그렇게 섬세하게 조작할 수 있는 영악한 사람이 자기 모습을 감추려는 목적이 아니고서야 턱수염을 하고 있을 이유

74. '디스트릭트 메신저 서비스'라는 회사는 수많은 지점을 가진 사기업으로 우체국과 경쟁했었다. 메신저(심부름꾼)는 0.8킬로미터에 3실링, 1.6킬로미터에 6실링, 한 시간에 8실링을 받았다. 홈즈는 「여섯 개의 나폴레옹 석고상」에서도 디스트릭트 메신저를 이용했으며 「유명한 의뢰인」과 「브루스파팅턴호 설계도」에서도 이용했다.

디스트릭트 메신저 소년은 아동문학에서 유행한 등장인물이었다. 유명한 『토비 타일러』(1880)를 포함해서 제임스 오티스라는 이름으로 150권이 넘는 아동 도서를 낸 제임스 오티스 케일러는 『디스트릭트 메신저 소년과 넥타이 파티』(1898)라는 제목으로 세 개의 이야기를 담은 단편 모음집을 출판했다. 첫 번째 이야기는 메신저로 열심히 일한 후에 다음과 같은 보상을 받게 되는 불굴의 소년에 대한 이야기다. "그 디스트릭트 메신저 소년은 그 후 성공한 상인이 되었다." 매클로플린 브러더스는 1886년 뉴욕에서 '디스트릭트 메신저 소년 게임' 또는 '보상받은 노력'이라는 보드게임을 출시했다. 각 플레이어는 금속으로 된 메신저 소년을 가지고 노는데 '지저분함', '게으름', '어슬렁거림' 등으로 벌을 받고 '강직함', '야망' 등으로 상을 받는다. 게임의 목표는 전신회사의 회장이 되는 것이다.

1886년에 출시된 디스트릭트 메신저 소년 게임.

가 없지. 들어가자고, 왓슨!"

홈즈가 디스트릭트 메신저[74]에 들어서자 점장이 홈즈에게 따뜻한 인사를 건넸다.

"아, 윌슨, 내가 도움을 준 그 작은 사건을 아직 잊지 않았군?"

"물론입니다, 선생님. 기억하다마다요. 제 명예를 지켜주셨고, 제 목숨을 구해주셨다고 할 수도 있는걸요."[75]

"이 친구, 과장하긴. 내 기억으로는 자네 일꾼들 중에 카트라이트라는 이름을 가진 녀석이 있지 않았나? 그때 조사 때 꽤 도움이 되었는데."

"네, 선생님. 아직 저희 집에서 일하고 있습니다."

"그 애를 좀 불러줄 수 있을까? 고맙네! 그리고 이 5파운드짜리 지폐를 바꿀 수 있으면 좋겠어."

얼굴이 희고 영리해 보이는 열네 살짜리 소년이 점장의 호출을 받고 나왔다. 소년은 이 유명한 사립탐정에게 엄청난 존경심을 드러내면서 우러러보고 서 있었다.

"호텔 목록[76] 좀 부탁해." 홈즈가 말했다. "고마워. 카트라이트, 여기 보면 호텔 이름이 스물세 개가 있어. 채링크로스 바로 근처에 있는 호텔들이야. 뭔지 알겠지?"

"네, 선생님."

"이것들을 하나씩 돌아야 해."

"네, 선생님."

"하나씩 돌 때마다 먼저 문지기에게 1실링을 주고 시작해. 여기 23실링 받아."

"네, 선생님."

"문지기에게 어제 폐지들을 보고 싶다고 얘기하는 거야. 중요한 전보를 잘못 배달해서 그걸 찾고 있다고 말이야. 무슨 말인지 알겠지?"

"네, 선생님."

"하지만 네가 진짜로 찾아야 하는 건 가위로 도려내서 몇 군데 구멍이 뚫려 있는 《타임스》의 속장이야. 《타임스》는 이렇게 생겼고 찾는 건 이 페이지야. 쉽게 분간할 수 있겠지?"

"네, 선생님."

"호텔 문지기는 매번 너를 홀 짐꾼에게 보낼 거야. 그러면 그 사람에게도 1실링을 줘. 여기 23실링 있어. 아마 스물세 군데 중에서 스무 군데는 어제 폐지를 태우거나 없애버렸다고 할

75. 브래드 키포버는 이 사람이 「블랙 피터」에 나오는 "악명 높은 카나리아 조련사 윌슨"이라고 제안한다.

76. 수많은 호텔 목록이 존재했는데 대영박물관 참고문헌관에는 여덟 개가 있다. 『바스커빌 씨네 사냥개』 사건의 추정 연대를 고려하면 홈즈는 아마 『공식 호텔 목록 및 공식 호텔 요금표』(1894)나 『기차 여행 가이드와 호텔 목록』(1884-1886)을 가졌을 것으로 보인다.

"여기 보면 호텔 이름이 스물세 개가 있어."
시드니 패짓 그림, 《스트랜드 매거진》(1901)

77. 옥스퍼드 스트리트에서 오른쪽(남쪽)으로 갈라지는 뉴본드 스트리트는 올드본드 스트리트와 피커딜리로 연결된다. 『베데커』에 따르면 여기에는 "수많은 매혹적이고 유행을 선도하는 상점들……과 여러 갤러리"가 있다. 1896년에 있었던 갤러리 중에는 그래프턴 갤러리, 르메르시에 갤러리(나중에 도레 갤러리), 애그누스, 하노버 갤러리, 파인 아트 소사이어티, 다우데즈웰 갤러리, 콘티넨털 갤러리, [오거스터스 J. C. 헤어의 『런던 산책』(1884)에 따를 때] 그로브너 갤러리 등이 있다.

거야. 나머지 세 군데에서는 폐지 더미를 볼 수 있을 테니 거기서 이 《타임스》 페이지를 찾는 거야. 네가 찾을 가능성은 크지 않아. 만약을 대비해서 10실링을 더 주지. 날이 저물기 전에 베이커 스트리트로 전보를 보내서 결과를 알려줘. 자, 왓슨, 이제 전보로 2704번 마차의 마부가 누구인지만 알아내면 돼. 그 후에 본드 스트리트[77]에 있는 갤러리들 중 하나에 들러 남은 시간을 때우자고."

제5장

끊어진 세 개의 고리

셜록 홈즈는 원하기만 하면 아주 놀라운 수준으로 세상사에 초연할 수 있는 능력이 있었다. 장장 두 시간 동안 홈즈는 우리가 맡게 된 이상한 사건을 완전히 잊어버린 것 같았다. 그는 현대 벨기에 거장들의 그림에 푹 빠져 있었다.[78] 우리가 갤러리를 나서서 노섬벌랜드 호텔에 도착할 때까지 그는 예술에 대한 자신의 조야한 의견을 잔뜩 늘어놓았다.

"헨리 바스커빌 경이 위층에서 기다리고 계십니다." 호텔 직원이 말했다. "오시는 대로 2층으로 모시고 오라고 하셨습니다."

"혹시 객실 명부를 좀 봐도 될까요?"

"네, 물론입니다."

명부를 보니 바스커빌 아래에 두 개의 이름이 더 있었다. 하나는 뉴캐슬에서 온 티오필러스 존슨과 가족 일행, 다른 하나

78. 현대 벨기에 화파는 제임스 엔소르(판화 제작자이기도 했다), 콩스탕탱 뫼니에, 헨리 판 더 펠더(건축가이기도 했다)를 포함한다. 엔소르는 '20인 그룹'의 멤버가 되었는데 1886년 브뤼셀에서 열린 20인 그룹의 전시회에는 고갱과 오딜롱 르동도 참여했다. 록 그룹 '데이 마이트 비 자이언츠They Might Be Giants'는 1994년 〈제임스 엔소르를 만나다〉라는 제목의 노래를 녹음했는데 이 유명한 예술가에 대한 이야기다. 문화적 피드백의 좋은 예시인 이 그룹의 이름은 특이한 동명의 1971년작 영화에서 따왔다. 이 영화에서 조지 C. 스콧은 망상에 사로잡힌 판사로 나오는데 자신이 셜록 홈즈라고 믿는다. 조앤 우드워드가 밀드리드 왓슨 박사 역을 맡았고 판사의 정신과 의사이자 애정 상대로 나온다. 두 사람이 팀을 이루어서 모리아티를 추적한다. 이 영화의 감독은 앤서니 하비이고 각본은 〈겨울의 사자〉(1968)로 수상한 바 있는 제임스 골드먼이 썼으며

골드먼의 연극에 기초하고 있다.

79. 올턴은 햄프셔 웨이 강가에 위치하며 윈체스터에서 26킬로미터 북동쪽에 있다. 『베데커』에 따르면 올턴에는 맥주 공장이 많이 있다고 한다. "'올턴 에일'이라고 알려진 맥주가 아주 유명하다." 스태퍼드셔에도 올턴이 있는데 스태퍼드에서 북동쪽으로 24킬로미터 떨어진 곳에 있다.

프랭코-미들랜드 철물 주식회사의 지점이자 국제 홈지언 스터디 그룹이 뉴포리스트 글레이즈에서 하이 로지를 확인하려고 1993년 올턴을 탐험한 적이 있다. 제인 웰러는 「'하이 로지' 소풍」 및 본 편집자와 나눈 사담에서 올턴의 1888년 지도에는 하이 로지라는 곳이 없고 1881년에서 1891년 사이 인구조사 내용을 보아도 올드모어라는 이름은 없다고 보고한다. 1889년에 올턴 로지라는 곳이 있었는데 올턴의 꼭대기에 있는 하이 스트리트에 위치했다. 기차역에서 가깝고 집주인은 글로스터의 전임 시장과 같은 이름(올드모어는 아니다)이었다. 물론 올드모어라는 이름의 글로스터 시장은 없었다.

〈바스커빌 씨네 사냥개〉 영화 포스터.
셜록 홈즈 역의 배질 래스본이 왓슨 박사 역의 나이절 브루스를 쳐다보고 있다.
미국, 20세기 폭스(1939)

는 올턴의 하이 로지에서 온 올드모어 부인과 하녀였다.[79]

"이분은 분명 제가 아는 존슨 씨군요." 홈즈가 직원에게 말했다. "백발에 다리를 약간 저는 변호사 아닌가요?"

"아닙니다. 광산 소유자이신 존슨 씨입니다. 활달한 신사분으로 선생님보다 연배가 더 되지는 않을 겁니다."

"직업을 잘못 아신 것 아닌가요?"

"아닙니다. 존슨 씨는 이 호텔에 수년간 오셨기 때문에 저희가 잘 알고 있습니다."

"그러면 아니겠군요. 올드모어 부인도 이름이 낯익은데요. 이것저것 물어봐서 미안합니다만, 친구 한 명 만나러 왔다가 다른 친구도 종종 만나는 법이죠."

"올드모어 부인은 편찮으신 분입니다. 남편은 글로스터 시장을 지내셨죠. 런던에 오시면 꼭 저희 호텔에 묵으십니다."

"감사합니다. 제가 아는 분은 아닌 것 같군요. 이 질문으로 아주 중요한 사실들을 확인했어, 왓슨." 함께 2층으로 올라가면서 홈즈는 나지막하게 이야기를 계속했다. "우리 친구에게

한 손에는 오래되고 때가 탄 구두 한 짝을 들고 있었다.
시드니 패짓 그림, 《스트랜드 매거진》(1901)

한 손에는 오래되고 때가 탄 구두 한 짝을 들고 있었다.
리하르트 구트슈미트 그림, 『바스커빌 씨네 사냥개』,
슈투트가르트, 로베르트 루츠 출판사(1903)

지대한 관심을 가진 자들이 같은 호텔에 묵지는 않는다는 걸
알게 됐어. 그 말은 곧 아까 본 것처럼 그들이 바스커빌 경을
지켜보고 싶어서 안달복달하면서도, 다른 한편으로는 바스커
빌 경이 자신들을 보게 될까 봐 걱정하고 있단 얘기지. 이제,
이걸로 많은 걸 알게 되었군."

"뭘 알게 되었다는 거야?"

"뭐냐면…… 워, 바스커빌 경, 이게 대체 무슨 일입니까?'

우리는 계단을 거의 다 오를 때쯤 헨리 바스커빌 경과 마주

쳤다. 그는 화가 나서 얼굴이 붉으락푸르락하면서 한 손에는 오래되고 때가 탄 구두 한 짝을 들고 있었다.

바스커빌 경은 너무 화가 난 나머지 말문을 열지 못했다. 그가 드디어 말을 제대로 했을 때는 오늘 아침에 우리가 들었던 것보다 훨씬 강한 서부 사투리가 튀어나왔다.

"이 호텔에서는 제가 호구인 줄 알고 절 갖고 노는 모양입니다!" 그가 소리를 질렀다. "사람을 잘못 갖고 놀았다는 걸 알게 해줄 참입니다! 그 녀석이 잃어버린 내 구두를 못 찾아오면 기필코 가만있지 않을 거예요. 저도 장난은 받아줄 줄 아는 사람입니다, 홈즈 씨. 하지만 이건 도를 넘은 겁니다."

"아직도 신발을 못 찾으셨습니까?"

"네, 선생님. 찾고 말 겁니다."

"하지만 분명 갈색 새 구두라고 하지 않으셨나요?"

"그랬었죠, 선생님. 그런데 이번에는 낡은 검정색 구두예요."

"네? 설마 지금 하신 말씀은?"

"제 말이 그 말입니다. 저한테는 구두가 세 켤레뿐입니다. 갈색 새 구두, 검정색 헌 구두, 그리고 지금 신고 있는 에나멜 구두가 전부입니다. 어젯밤에는 갈색 구두 한 짝을 가져가더니 오늘은 검정색 구두 한 짝을 슬쩍한 겁니다. 그래, 찾았나? 말을 해보라구! 쳐다만 보고 서 있지 말고!"

놀란 독일인 웨이터가 어느새 그 자리에 와 있었다.

"아닙니다, 선생님. 호텔의 모든 사람에게 물어봤지만, 아는 사람이 없었습니다."

"해가 지기 전에 구두를 찾아오지 않으면 매니저를 찾아가 곧장 이 호텔을 나가겠다고 말할 줄 아시오!"

"발견될 겁니다, 선생님. 조금만 참아주시면 꼭 찾아오겠습니다."

"그러는 편이 좋을 거요. 이 도둑놈 소굴에서 내가 뭘 더 잃

80. 「마지막 문제」에서 홈즈는 "1,000건 이상의 사건"을 다루었다고 말한 바 있다. 분명히 "아주 중요한" 사건이 아닌 것들도 많이 있었을 것이고, 왓슨은 특별한 특징이 있는 사건들 중 일부만(예를 들면 「노란 얼굴」처럼) 출판하기로 했다.

81. 물론 헨리 경에게는 다트무어에서도 "따라붙은" 사람이 있었다.

어버리는 일은 없을 테니. 이런, 홈즈 씨, 하찮은 일로 신경 쓰게 해드려 죄송합니다."

"신경 쓸 가치가 있을 것 같은데요."

"이 문제를 아주 진지하게 보시는 것 같군요."

"이 일을 어떻게 생각하십니까?"

"생각하고 말 게 없어요. 이건 제가 겪은 일 중에서 가장 말도 안 되는 이상한 일입니다."

"정말 이상하겠죠." 홈즈가 생각에 잠겨 대꾸했다.

"홈즈 씨는 어떻게 생각하십니까?"

"글쎄, 아직은 뭐라 단정 지을 수 없군요. 헨리 경, 경의 사건은 아주 복잡한 사건이에요. 경의 백부님의 죽음까지 연결 짓는다면 제가 다루었던 아주 중요한 500여 개의 사건 중에서도[80] 이렇게까지 심상치 않은 사건이 또 있었을까 싶습니다. 그래도 우리 손에는 몇 개의 실마리가 있습니다. 그리고 그것들 중 한두 가지는 우리가 진실을 찾는 데 도움이 될 겁니다. 잘못된 실마리를 쫓느라 시간을 낭비할 수도 있지만 조만간 진실에 이르게 될 겁니다."

우리는 함께 즐거이 점심 식사를 했지만 정작 사건에 대해서는 거의 이야기를 나누지 않았다. 나중에 우리가 모인 개인 응접실에서 홈즈는 바스커빌에게 앞으로 어떻게 할 생각인지 물었다.

"바스커빌 저택으로 가는 거지요."

"그러면 언제?"

"이번 주말에요."

이에 홈즈가 말했다. "대체로 경의 결정이 현명하다고 생각합니다. 제가 수집한 정보를 보면 경이 런던에 있는 동안 누군가 따라붙었던 것이 분명합니다.[81] 수백만 명이 사는 이 큰 도시에서 이들이 누구고, 또 이들의 목적이 무엇인지 알아내는 건 어렵습니다. 나쁜 의도를 가진 자들이라면 경을 해치려고 할 텐데, 그걸 막기도 어렵고요. 모티머 박사님, 오늘 아침에 저희 집에서부터 미행을 당하셨다는 것을 모르셨지요?"

모티머 박사는 격렬한 반응을 보였다.

"미행이라고요! 누가요?"

"불행히도 그건 제가 말씀드릴 수가 없네요. 다트무어에 있는 이웃이나 지인들 중에서 검은 턱수염을 잔뜩 기른 사람이 있나요?"[82]

"아니요, 가만…… 있네요. 배리모어라고 찰스 경의 집사가 검은 턱수염을 많이 기르고 있어요."

"아! 배리모어는 어디에 있나요?"

"그는 저택을 돌보고 있지요."

"그가 정말로 거기 있는지 아니면 혹시 런던에 있는 건 아닌지 확인해보는 게 좋겠군요."

"어떻게 확인하시려고요?"

"전보 용지를 주십시오. '헨리 경을 맞을 준비는 끝났나요?' 면 될 겁니다. 바스커빌 저택의 배리모어 씨 앞으로 하고요. 가장 가까운 전신국이 어디인가요? 그림펜이요, 좋습니다 그림펜 전신국장에게 두 번째 전보를 이렇게 보냅시다. '배리모어 씨에게 보낸 전보는 직접 그의 손에 전할 것. 부재중이면 노섬벌랜드 호텔의 헨리 바스커빌 경에게 회신 바람.' 이러면 저녁이 되기 전에 배리모어가 데번셔의 자기 자리에 있는지 아닌지 알 수 있을 겁니다."

"그렇네요." 바스커빌이 말했다. "그런데 모티머 박사님, 이 배리모어라는 사람이 누군가요?"

"배리모어는 죽은 전 관리인의 아들입니다. 그들은 벌써 4대째 저택을 돌보는 중입니다. 제가 아는 한, 배리모어와 그의 부인은 시골 사람들답게 존경할 만한 사람들입니다."

82. 홈즈는 앞에서 그 턱수염이 가짜일 거라고 믿었는데 도대체 왜 턱수염 기른 사람을 물어보는 걸까?

83. 미화로는 370만 달러가 넘으며, 오늘날 구매력으로 환산하면 8,500만 달러가 넘는 엄청난 재산이다. 통계에 의하면 영국 인구 상위 1퍼센트의 평균 순 재산은 미화로 26만 5,000달러 정도라고 한다. 〔「실종된 스리쿼터백」의〕 마운트 제임스 경에 필적한다. "영국에서 가장 부유한 사람!"

"동시에" 하고 바스커빌이 말했다. "저택에 우리 가문 사람들이 아무도 없으면 이들이 훌륭한 집에서 무위도식할 수 있다는 것도 분명해 보이는군요."

"그 말은 맞습니다."

"찰스 경의 유서에서 배리모어 앞으로 남겨진 것이 있나요?" 홈즈가 물었다.

"배리모어와 그의 아내는 각각 500파운드를 받았습니다."

"아! 그들은 이걸 미리 알았나요?"

"네, 찰스 경께서는 유서 내용에 대해 얘기하는 걸 아주 좋아하셨거든요."

"그것 참 흥미롭군요."

"하지만" 모티머 박사가 말했다. "찰스 경의 유산을 나눠 받는 사람들 모두를 의심스럽게 보시지 않았으면 좋겠어요. 저도 1,000파운드를 받았거든요."

"정말인가요! 그리고 또 누가 있나요?"

"크지 않은 금액을 받은 사람은 여러 명 되고, 공공 자선 기관에 큰 금액을 남기셨습니다. 그 나머지는 모두 헨리 경에게 갔습니다."

"그 나머지라는 금액이 얼마나 되나요?"

"74만 파운드입니다."[83]

놀란 홈즈의 눈썹이 올라갔다. "그렇게 큰 금액이 관련되었는지는 전혀 몰랐군요." 홈즈가 말했다.

"찰스 경은 부유한 걸로 유명했지만 저희도 찰스 경의 증권을 정리해보기 전에는 그렇게까지 부자인지 몰랐습니다. 재산의 총 가치는 100만 파운드 가까웠습니다."

"세상에! 누군가 필사의 게임을 할 만도 하군요. 그리고 모티머 박사님, 질문이 하나 더 있습니다. 불쾌한 가정을 해서 죄송합니다만, 여기 계신 이 젊은 신사에게 무슨 일이 생기면, 그

재산은 누가 물려받게 됩니까?"

"찰스 경의 동생인 로저 바스커빌은 독신인 채로 죽었으니 그 재산은 데즈먼드라는 성을 가진 먼 사촌들에게 돌아갈 겁니다. 제임스 데즈먼드라는 분은 웨스트멀런드에 사는 나이 많은 성직자지요."

"감사합니다. 세부적인 내용들이 매우 흥미롭군요. 제임스 데즈먼드라는 분을 만나보신 적이 있습니까?"

"네, 한번은 그분이 찰스 경을 방문하러 오셨습니다. 덕망 있는 분으로서 성자처럼 사시더군요. 찰스 경이 유산을 나눠주려고 하니까 한사코 거절해서 찰스 경이 강제로 드렸던 게 기억납니다."

"그리고 이 검소한 분이 찰스 경의 수십만 파운드의 상속자가 되는 거고요?"

"저택의 상속자가 됩니다. 저택이 상속되는 거니까요.[84] 그는 또 현재 소유자가 유언장에 다른 내용을 정하지 않는 한 현금도 상속하게 됩니다. 하지만 현 소유자가 그 돈으로 무엇이든 할 수 있죠."

"그러면 헨리 경께서는 유언장을 이미 만드셨습니까?"

"아니요, 홈즈 씨 저는 아직 작성하지 않았습니다. 시간이 없었지요. 뭐가 어떻게 되는지 어제 들었거든요. 하지만 어떤 경우에도 그 돈은 영지와 작위에 따라가야 한다고 생각합니다. 그게 작고하신 백부님의 뜻이었으니까요. 영지를 돌볼 현금이 없다면 소유자가 어떻게 바스커빌가의 영광을 재현하겠습니까? 집과 땅, 현금은 반드시 같은 사람에게 가야 합니다."

"그렇군요. 그러면 헨리 경, 저는 헨리 경이 지체 없이 데번셔에 가는 것에 대해서는 같은 생각입니다. 제가 대비해드려야 할 것은 한 가지군요. 절대 혼자 가시면 안 됩니다."

"모티머 박사님도 저와 함께 돌아갑니다."

84. 상속권의 제한이다. 보통 상속자의 유언장에 의해 정해진다. 그러나 『바스커빌 씨네 사냥개』가 일어났던 시기만 해도 영국에서 땅은 더 이상 종신 또는 사망 후 20년 이상 묶여 있을 수 없도록 되어 있었다. 이 법은 현재 미국 대부분의 주에서도 마찬가지이며 '영구 소유 반대법'이라고 불린다. '세습 단절' 시에는 세습의 목적물 및 수단들을 고려했다고 로버트 S. 패슬리는 말한다. 「프라이어리 스쿨」에서 제임스 와일더는 아버지인 홀더니스 공작이 자신을 위해 세습 상속을 깨도록 만들려고 애쓴다. 제인 오스틴의 『오만과 편견』을 보면 다섯 명의 딸로 이루어진 베넷 가족은 이 세습 상속의 제한 때문에 롱본에 있는 자신들의 하트퍼드셔 유산을 딸들의 아버지의 사촌인 윌리엄 콜린스에게 잃게 되는 것을 감내해야 한다.

85. 마이클 P. 맬로이는 「찰스 오거스터스 밀버턴」이 『바스커빌 씨네 사냥개』 이후의 사건이라고 보는데, 그는 이 협박 편지의 피해자가 밀버턴의 살인자라고 본다. 필립 코넬은 「협박 편지의 다크 워터스」라는 멋진 글에서 홈즈가 협박 편지 사건들에는 특별히 강경하게 대응하며, 협박 편지의 희생자들에게는 다른 희생자들에게 보이는 것보다 더 많은 동정심을 보인다고 말한다(예를 들면 「글로리아스콧호」, 「보스콤밸리 사건」, 「제2의 얼룩」 그리고 특히 「찰스 오거스터스 밀버턴」). 코넬은 홈즈가 본인이나 가족 중에 협박 편지를 경험한 적이 있어서 특히 이런 혐오를 나타내는 것인지도 모른다고 말한다. 물론 우리는 조금 후에 이 사건에서 홈즈에게 협박 편지라는 것이 애당초 없었다는 사실을 알게 된다. 하지만 코넬은 홈즈가 구실이 필요할 때는 언제나 입에서 협박 편지 사건이 튀어나온다는 점을 주목해야 한다고 한다.

"하지만 모티머 박사님은 자리를 지켜야 하는 본업도 있으시고, 모티머 박사님의 집은 헨리 경의 집에서 몇 킬로미터나 떨어져 있습니다. 모티머 박사가 아무리 최선을 다하더라도 헨리 경을 도울 수 없을지도 모릅니다. 그러니 헨리 경, 누군가 믿을 만한 사람을 함께 데리고 가야 합니다. 항상 곁에 있을 수 있는 사람을요."

"홈즈 씨께서 직접 와주실 수 있을까요?"

"사태가 위험하다 싶으면 제가 직접 가도록 노력하겠습니다. 하지만 제가 하는 일이 워낙 많고, 여기저기서 부탁들이 밀려드는 바람에 무작정 런던을 비우기는 어렵습니다. 지금 당장은 또 영국에서 가장 고명한 몇몇 분이 협박 편지[85] 때문에 시달림을 받고 있습니다. 세상을 시끄럽게 할 그 재앙을 막을 수 있는 사람은 저밖에 없고요. 제가 다트무어에 갈 수 없다는 것을 충분히 이해하시겠지요?"

"그렇다면 누구를 추천하시려는 건지요?"

홈즈는 한 손을 들어 내 팔을 잡았다.

"제 친구가 이 일을 맡아만 준다면, 경이 궁지에 빠졌을 때 옆에서 최고의 도움이 될 겁니다. 제가 장담하는 바입니다."

그 제안은 나로서는 깜짝 놀랄 일이었지만 내가 미처 대답할 겨를도 없이 바스커빌이 내 손을 덥석 잡고는 진심을 담아 흔들어댔다.

"정말이지, 이런 친절을 베풀어주시다니 왓슨 박사님." 바스커빌이 말했다. "박사님은 어떻게 돌아가는지 상황도 아시고, 이 문제에 대해서 제가 아는 건 모두 알고 계시지요. 저를 만나러 바스커빌 저택으로 와주신다면 이 은혜 결코 잊지 않겠습니다."

모험이 예상될 때면 나는 언제나 매혹되었다. 게다가 홈즈가 칭찬을 해주기도 했고, 준남작이 간곡히 동행을 청하기까지 했다.

그 제안은 나로서는 깜짝 놀랄 일이었다.
시드니 패짓 그림, 《스트랜드 매거진》(1901)

"기꺼이 가지요" 하고 나는 말했다. "어차피 다른 중요한 일이 있는 것도 아니니까요."

"그리고 거기 가면 나한테 상황을 좀 자세히 알려줘." 홈즈가 말했다. "뭔가 일이 일어나겠다 싶으면, 분명 그럴 텐데, 자네가 어떻게 해야 할지 말해줄게. 토요일까지는 다 준비되시지요?"

"토요일이면 왓슨 박사님도 괜찮으실까요?"

"문제없습니다."

"그러면 토요일에 별일이 없는 한, 10시 30분 기차[86]를 패딩턴 역[87]에서 함께 타기로 하지요."

자리를 뜨려고 우리가 막 일어섰을 때였다. 바스커빌이 환호성을 지르며 방 한쪽 구석으로 달려가더니 수납장 아래에서 갈색 구두 한 짝을 꺼냈다.

86. B. J. D. 윌시는 「셜록 홈즈 시대의 다트무어 철도」에서 왓슨 일행이 엑서터로 가는 10시 30분 혹은 10시 35분발 기차를 탔으며 오후 2시 28분에 도착하여 모어턴햄프스티드 선의 쿰 트레이시(윌시는 쿰 트레이시가 보비 트레이시라고 생각한다)로 가는 기차로 갈아탔다고 결론짓는다. 11시 45분에 더 늦게 출발하는 기차가 있었지만 그들이 10시 30분 또는 10시 35분 기차를 타야 엑서터에서 점심을 먹을 수 있었다는 것이다. 10시 30분 또는 10시 35분 기차 모두 식당칸이 없었고 각각 1899년 7월 및 10월이 되어서야 식당칸이 생겼다. 엑서터에서 왓슨과 친구들은 4시 12분 기차를 탔을 것이고, 뉴턴 애벗에서 갈아타고 보비 트레이시에 5시 40분에 도착했을 거라고 윌시는 결론 내린다.

버나드 데이비스도 「바스커빌 씨네 사냥개에 나오는 철도와 거리」라는 글에서 이 기차 여행에 대해 생각해본다. 데이비스는 쿰 트레이시가 토트네스라고 생각하기 때문에 왓슨과 일행은 보비로 간 것이 아니라 헴스워디 게이트로 갔다고 결론 내린다. 거기서 와이드컴 또는 포스트브리지와 벨러버 방향으로 갔다고 본다.

87. 첫 번째 패딩턴 역은 1838년 이점바드 킹덤 브루넬이 설계했다. 그레이트웨스턴 철도의 런던 종착역으로 지역 중심지, 웨스트컨트리, 브리스틀, 사우스웨일스 탄전 등에 운행했다. 빅토리아 여왕이 1842년 시속 44마일로 운행하는 플레게톤호에 올라 첫 번째 기차 여행을 마치고 도착한 것도 이 역이다. 전하는 바에 따르면 여왕의 부군은 다음에는 여왕이 여행할 때에는 기차를 더 천천히 몰아달라고 요청했다고 한다. 1853년 브루넬은 뛰어난 건축가 매슈 디그비 와이엇과 함께 영구적인 종착역을 건설하기 시작했다. 이것은 1855년에 완성되었는데 철골 구조와 아르누보 스타일의 시멘트 작업으로 더 가볍고 우아하며 품격 있는 구조를 만들어냈다. 1854년 그레이트웨스턴 호텔이 역 근처에 문을 열었다. 처음 건축된 이후 역사

는 여러 번 증축되고 재건되었다.

"잃어버렸던 건데!" 바스커빌이 외쳤다.

"다른 어려운 일도 이렇게 쉽게 해결되기를!" 셜록 홈즈가 말했다.

"하지만 정말 희한한 일이군요." 모티머 박사가 입을 열었다. "제가 점심 먹기 전에 이 방을 유심히 돌아봤었는데 말이죠."

"저도 그랬었죠." 바스커빌이 말했다. "샅샅이 봤었는데 이 상하네요."

"그때는 분명히 구두가 거기 없었어요."

"그렇다면 우리가 식사할 때 종업원이 가져다 두었겠군요."

아까 그 독일인 웨이터를 다시 불렀다. 하지만 그는 어떻게 된 일인지 전혀 모른다며, 달리 알아낼 방법도 없다고 고백했다. 또 하나의 수수께끼였다. 분명한 목적을 알 수 없는 작은 수수께끼들이 꼬리에 꼬리를 물고 연속적으로 일어나고 있었다. 찰스 경의 섬뜩한 죽음은 차치하더라도 이틀이라는 짧은 기간 동안 설명할 수 없는 이상한 사건들이 계속해서 일어났다. 종이를 오려 붙인 편지, 마차에 있던 검은 턱수염의 스파이, 갈색 새 구두의 분실, 검정 헌 구두의 분실, 이제 돌아온 갈색 구두까지. 베이커 스트리트로 돌아오는 마차에서 홈즈는 계속 아무 말도 없이 앉아 있었다. 그의 찡그린 이맛살과 골똘한 표정에서 나는 홈즈가 나처럼 이 모든 괴상하고 연관 없어 보이는 사건들을 하나의 틀에 끼워 맞춰보려고 열심히 노력 중이라는 것을 알 수 있었다. 오후 내내, 저녁 늦게까지 계속해서 홈즈는 담배를 물고 생각에 잠겨 있었다.

저녁 식사 직전에 전보 두 통이 도착했다. 첫 번째 것은 다음과 같았다.

배리모어가 바스커빌 저택에 있다는 소식을 방금 들었음.

— 바스커빌

두 번째는

> 지시대로 스물세 개 호텔을 방문했으나 《타임스》 조각은 찾을
> 수 없어 죄송.
>
> — 카트라이트[88]

라고 되어 있었다.

"내 실마리 두 개가 끊어지는군, 왓슨. 자꾸만 어긋나는 사건처럼 자극적인 것도 없지. 다른 실마리를 찾아야겠어."

"아직 그 스파이를 태웠던 마부가 있잖아."

"그렇지. 마부 이름이랑 주소를 알아보려고 오피셜 레지스트리[89]에 전보를 쳤어. 내 질문에 대한 대답이 오나 보군."

하지만 이때 울린 현관 벨은 단순한 대답보다 훨씬 만족스러운 것을 가져왔다. 문이 열리더니 거칠게 생긴 사내 한 명이 들어선 것이다. 그 마부임이 분명했다.

"이 주소의 어느 분[90]이 2704번을 찾는다고 사무실에서 전해주기에 왔수." 그가 말했다. "내 마차를 몬 지 7년이 되었지만 한 번도 불만이 접수된 적이 없소이다, 그래서 뭐가 문제인지 당신 얼굴을 직접 보고 이야기하려고 곧장 여기로 달려온 거요."[91]

"불만은 전혀 없습니다." 홈즈가 말했다. "오히려 내 질문에 정확한 답을 준다면 반 파운드를 드리리다."

"오늘 뭐 좀 되는 날이군." 마부의 얼굴이 활짝 폈다. "물어보려고 하셨던 게 뭡니까?"

"먼저 이름과 주소. 나중에 또 필요할지 모르니까요."

"존 클레이턴이고 버러의 터피 스트리트 3번지에 삽니다.[92] 마차는 워털루 역 근처의 시플리 주차장[93] 소속이고요."

셜록 홈즈는 메모를 했다. "그러면 클레이턴, 오늘 아침 10

---

88. 브래드 키포버는 열네 살짜리 소년이 이런 전보를 친다거나 그런 임무를 완수하는 것이 설득력이 없다고 본다. 그는 어린 카트라이트가 스테이플턴에게 걸렸을 수도 있다고 이야기한다.

89. "레지스트리"는 아마 대중교통청Public Carriage Office(PCO)의 기록부를 의미했을 것이다. 1895년에 런던 거리에는 1만 1,000대가 넘는 마차가 있었고 2만 마리 이상의 말이 있었다. 1850년 이후 업계 규제는 런던 경찰청의 책임이었다. 런던 경찰청은 '방갈로'라고 불리던 화이트홀에 있는 런던 경시청 별관에 위치했다. PCO는 1919년에 램버스 가 109번지로 옮겨져 1966년까지 거기 있었고, 1966년에 현재의 위치인 이즐링턴 펜턴 스트리트 15번지로 옮겼다. 2000년 7월 런던 교통공사를 만들면서 그레이터런던의 모든 육지 교통을 관장하게 된 PCO는 런던 교통공사에 편입되었다.

90. 브래드 키포버는 "홈즈가 오피셜 레지스트리에 달랑 주소만 알려줬다는 걸 우리가 믿어야 할까?"라고 묻는다.

91. 『베데커』는 런던 여행자들에게 다음과 같이 주의를 준다. "런던의 많은 택시 운전사가 매우 무례하고 터무니없이 바가지를 씌운다. 그러므로 모든 여행자는 스스로와 다른 사람들을 위해서 모든 바가지 요금에 저항해야 한다. 그래도 계속 요구할 경우에는 택시 운전사의 번호를 요구하거나 가장 가까운 경찰서 또는 역으로 가자고 단호히 대처해야 한다."

92. 베이커 스트리트가 위치해 있는 매럴러번의 자치구borough를 의미하는 것이라고 윌리엄 S. 베어링굴드가 결론 내리긴 했지만, 클레이턴이 말한 "버로The Borough"는 서더크를 가리키는 것 같다. 서더크는 런던 브리지의 서리 편에 위치하는 런던의 중심구다. 런던에서도 가장 번화한 곳의 하나이며

500년 이상 "버러"로 알려져왔다.

93. 비번 날 마차들을 세워두는 주차장.

94. W. W. 롭슨은 여기서 홈즈가 『햄릿』에서 라에르테스의 대사를 바꿔서 말한 것이라고 지적한다. 『햄릿』 5장 2절에 "이런 솜씨가, 고백할밖에"라는 구절이 나온다. 이것은 홈즈의 연극 경험에 대한 증거일까, 아니면 단순히 문학에 대한 그의 지식일까?

시에 여기에 와서 이 집을 감시했던 일에 대해 아는 걸 모두 말해보십시오. 여기 왔다가 리전트 스트리트를 따라서 두 신사를 따라간 거 말입니다."

마부는 놀란 것 같았다. 그리고 약간 당황한 기색이었다.

"글쎄, 제가 뭘 말씀드릴 필요가 없을 것 같은데요. 선생님께서도 제가 아는 것만큼 이미 아시는 것 같아서요." 그가 말했다. "사실은 그 신사분이 자기가 탐정이라면서 자신에 대해 아무한테도 말하지 말라고 하더라구요."

"이건 아주 심각한 문제랍니다. 만약 나한테 뭔가를 숨기려고 한다면 당신은 아주 곤란한 입장에 처하게 될지도 몰라요. 그 승객이 탐정이라고 했단 말이죠?"

"네, 그랬습니다요."

"언제 그 말을 하던가요?"

"떠날 때요."

"그가 다른 말은 한 게 없나요?"

"자기 이름을 얘기했습니다요."

홈즈는 슬쩍 나에게 승리의 눈빛을 던졌다.

"오, 자기 이름을 언급했다? 그건 좀 경솔한걸. 그가 말한 이름이 뭐죠?"

"자기 이름은" 하고 마부가 말했다. "셜록 홈즈라고 했습니다."

나는 여태까지 내 친구가 그 마부의 대답을 들었을 때처럼 아연실색하는 것을 본 적이 없었다. 잠시 홈즈는 놀라서 말을 잃고 앉아 있었다. 그러더니 갑자기 호탕하게 웃음을 터트렸다.

"한 방 먹었군! 한 방 먹었다는 걸 부인할 수 없겠어!"[94] 홈즈가 말했다. "나만큼이나 빠르고 유연한 게 느껴지는군. 그 순간에 나보다 더 계산이 빨랐어. 그래, 그의 이름이 셜록 홈즈였다 이거죠?"

"네, 선생님. 그게 그 신사
분의 이름이었습니다."

"좋았어! 그 사람을 어디서
태웠는지 말해주세요. 그리고
무슨 일이 일어났는지도."

"그분은 9시 반에 트래펄가
광장에서 저를 불렀습니다. 그
리고 하루 종일 자신이 말하는
그대로 하고 아무것도 묻지 않
으면 2기니를 주겠다고 했습
니다. 저는 기꺼이 응했고요.
먼저 우리는 노섬벌랜드 호텔
로 갔습니다. 그리고 두 신사
분이 나와서 마차를 잡을 때까
지 기다렸습니다. 그러고는 그

"존 클레이턴이고 버러의
터피 스트리트 3번지에 삽니다."
리하르트 구트슈미트 그림,
『바스커빌 씨네 사냥개』, 슈투트가르트,
로베르트 루츠 출판사(1903)

들의 마차가 여기 근처에 설 때까지 그들을 따라왔습니다."

"바로 이 집 앞이었죠." 홈즈가 말했다.

"글쎄요, 그건 확실히 모르겠습니다만, 제 승객은 모든 걸
알고 있었다고 감히 말씀드릴 수 있습니다요. 이 길 중간쯤에
서 마차를 세우고 한 시간 반을 기다렸어요. 그리고 두 신사분
이 걸어서 우리를 지나치자 우리는 베이커 스트리트를 쭉 따라
가서……"

"그래요." 홈즈가 말했다.

"리전트 스트리트를 4분의 3쯤 갔을 때였습니다. 제가 태운
신사분이 쪽문을 열어젖히더니 지금 당장 워털루 역으로 최대
한 빨리 가야 한다고 외쳤습니다. 채찍을 휘둘러서 10분도 안
돼서 워털루 역에 도착했습죠. 그랬더니 신사분이 2기니를 주

95. 상류층toff 이라는 단어는 멋쟁이 또는 신사를 의미한다. 1865년 『비속어 사전』에 따르면 이 단어는 'tufts(깃털 또는 술 장식)'에서 유래했으며, 대학생을 의미했다. 보통 귀족의 아들은 금색 깃털이나 술 장식을 학교 모자에 달 수 있었는데 1870년에 없어진 특권이었다. 다른 어원으로는 거드름을 피운다는 뜻의 'toffee-nosed'가 있다.

"자기 이름은" 하고 마부가 말했다. "셜록 홈즈라고 했습니다."
시드니 패짓 그림, 《스트랜드 매거진》(1901)

셨습니다. 감사했죠. 그분은 역 안으로 들어갔고요. 그분이 가려다가 순간 돌아서더니 말했습니다. '자네가 오늘 태우고 다닌 사람이 셜록 홈즈 씨라는 걸 안다면 재밌을 거야.' 그래서 제가 그 이름을 알게 된 거죠."

"그렇군. 그 후에는 그를 못 봤나요?"

"역으로 들어가고 끝이었습니다요."

"그래 셜록 홈즈 씨는 어떻게 생겼던가요?"

마부는 머리를 긁적였다. "음, 그분은 뭐랄까, 묘사하기가 쉽지 않아요. 마흔 살쯤 된 거 같고, 중키에 선생님보다 5-6센티미터 작고요. 상류층 사람 같은 차림새였는데[95] 끝이 가지런

한 검은 턱수염을 기르고 있었고 얼굴이 창백했습니다. 그 이상은 기억이 나지 않습니다."

"눈 색깔은?"

"잘 기억이 안 납니다."

"기억할 수 있는 거 또 없나요?"

"없습니다, 전혀."

"흠, 그러면 반 파운드 받으십시오. 뭐든 정보를 더 가져온다면 또 반 파운드를 드리겠습니다. 안녕히 가십시오."

"안녕히 계십시오, 선생님. 감사합니다!"

존 클레이턴은 씩 웃으며 나갔다. 홈즈는 나를 돌아보며 어깨를 한 번 으쓱하고는 씁쓸한 미소를 띠었다.

"세 번째 실마리가 싹둑 잘리는군. 다시 제자리로 돌아왔어." 홈즈가 말했다. "영악한 악당 같으니라고! 그는 우리 집 주소도 알고 헨리 바스커빌 경이 우리에게 자문을 구한 것도 알고 있었어. 리전트 스트리트에서 나를 알아보고는 내가 마차 번호를 기억하고 마부를 찾을 것까지 짐작했지. 그래서 대담하게 메시지까지 보내주는군. 왓슨, 이번엔 우리가 제대로 대적할 만한 호적수를 만났어. 런던에서는 내가 체크메이트[96] 당했고. 데번셔에서 자네는 나보다 운이 좋기를 바랄 수밖에 없군 그래. 하지만 마음이 놓이지가 않아."

"뭐가?"

"자네를 보내는 거 말이야. 고약한 사건이야, 왓슨. 고약하고 위험한 사건이야. 알면 알수록 마음에 들지 않아. 그래, 친구. 자네는 웃을지도 모르지만 무사하게 다시 베이커 스트리트에 돌아오기만 한다면 정말 기쁘겠어."

96. 「은퇴한 물감 제조업자」에서 홈즈는 조사이어 앰벌리에 대해 "앰벌리는 체스를 잘 뒀어. 그런데 왓슨. 그건 교활한 사람다운 특성이 아닐까?"라고 말한다. 정전에서 홈즈는 체스와 관련한 표현들을 다양하게 구사한다.

"다른 모든 시도gambit가 실패하면……. 하지만 우리는 다른 각도에서 시작해봐야 할 거야."(「유명한 의뢰인」)
"1순위 점검check(체스에서 쓰는 용어) 끝."(「프라이어리 스쿨」)
"신경 좀 쓰이는provoking check군."(『네 사람의 서명』)

물론 '체크'라는 단어는 체스라는 문맥과 상관없이도 장애물에 대한 의미로 오랫동안 사용되어왔다. 홈즈가 체스 은유법보다 훨씬 더 자주 사용한 것은 카드 게임 은유법이다. 이것은 최소 다섯 개의 이야기에 나왔다(『바스커빌 씨네 사냥개』를 포함해서). 그럼에도 불구하고 스벤 페테르센은 「게임이 진행 중이 아닐 때」에서 "풍부한 증거"가 홈즈가 체스 애호가였다는 관점을 뒷받침한다고 결론 내린다.

제6장

바스커빌 저택

약속된 날에 헨리 바스커빌 경과 모티머 박사는 나를 기다리고 있었다. 우리는 예정대로 데번셔로 떠났다. 셜록 홈즈 씨는 역까지 나와 함께 마차를 타고 가서 마지막으로 경고와 충고를 해주었다.

"내가 짐작 가는 사항들을 미리 얘기하면 오히려 자네에게 편견을 심어주는 게 될 거야, 왓슨." 홈즈가 말했다. "그냥 자네가 있는 그대로의 사실들을 최대한 자세히 나한테 알려주면 좋겠어. 가설을 세우는 건 나한테 맡겨두고."

"어떤 사실들?" 내가 물었다.

"생각해볼 만한 건 뭐든지 다. 아무리 간접적인 거라도 좋아. 특히 헨리 바스커빌이랑 이웃들 간의 관계나 찰스 경의 죽음에 대해 새롭게 알게 되는 건 꼭 알려주고. 며칠간 나도 나름 조사를 했는데 별로 신통치가 않아. 한 가지 확실한 것은 다음 상속자인 제임스 데즈먼드 씨는 아주 정감이 가는 노신사분이라는 거야. 그러니 이런 일을 꾸민 사람은 아냐. 그래서 그 사람은 우리 계산에서 완전히 제외해도 될 것 같아. 그러면 황야에서 헨리 경 근처에 있게 될 사람들만 남게 돼."

"먼저 그 배리모어 부부를 어디로 보내버리는 게 좋지 않을까?"

"절대 안 되지. 그렇게 한다면 큰 실수야. 그들이 무고하다면 그건 너무 잔인하고 불공평한 일이 될 거고, 그들에게 잘못이 있다면 그걸 파고들 수 있는 기회를 다 날려버리는 일이 될 테니까. 안 돼, 안 돼. 그들은 계속 용의자 명단에 남겨둘 거야. 그리고 내 기억이 맞는다면 저택에는 마부가 한 명 있어. 황야에는 농부가 둘 있고. 우리 친구 모티머 박사는 완전히 정직하다고 믿지만, 그의 부인에 대해서는 우리가 아는 바가 전혀 없어. 또 박물학자 스테이플턴이 있고, 그의 누이가 있는데 매력적인 젊은 여성이라고 하지. 래프터 저택의 프랭클랜드 씨도 알려지지 않은 인물이고, 그 밖에 이웃이 한둘 더 있을 거야. 이들이 특히 자네의 연구 대상들이야."

"최선을 다할게."

"총도 가져가는 거지?"

"응, 나도 그 생각 했어. 가져갈 참이야."

"잘했어. 밤낮으로 총을 옆에 두고 항상 조심해야 해."

우리의 친구들은 벌써 일등칸을 확보해놓고 플랫폼에서 우리를 기다리고 있었다.

"네, 새로운 일은 없었습니다." 내 친구의 질문에 모티머 박사가 대답했다. "한 가지는 맹세할 수 있습니다. 지난 이틀간은 아무도 우리 뒤를 밟지 않았다는 겁니다. 밖에 나갈 때는 항상 주변을 주시했으니 아무도 저희 눈에 띄지 않고 미행할 수 없었을 겁니다."

97. 외과대학 박물관은 영국왕립학술원 회원이자 외과 의사, 해부학자, 실험병리학의 창시자인 존 헌터(1728-1793)의 작품이다. 1만 4,000개가 넘는 인간, 동물, 식물 표본을 포함한 그의 뛰어난 개인 수집품을 1799년 영국 정부가 구입해서 외과의사 협회(나중에 왕립외과대학)에 넘겼다. 헌터는 기계에 관심이 많았던 소년으로 글래스고 인근의 농장에서 자랐다. 열세 살에 학교를 떠나 현장을 돌아다녔고 동물계 경제를 독학했다. 처음으로 메스를 든 것은 그의 형인 윌리엄 헌터의 지도를 받으면서였다. 윌리엄 헌터는 런던의 산과 전문의이자 해부 분석 교사였다. 존 헌터는 이 작업에서 즉시 재능을 보였으며, 윌리엄은 존 헌터가 런던의 세인트조지 병원과 세인트바솔로뮤 병원, 첼시 병원에서 외과 수련을 할 수 있도록 해주었다. 또 동생의 첫 논문인 「태아의 고환 상태와 선천성 탈장에 대해」가 『의학 해설』(1762)에 실리도록 해주었다. 존 헌터가 그 후 수십 년간 실시한 실험과 해부의 결과는 완벽하게 보관되어 세계에서 가장 훌륭한 비교해부학 박물관의 핵심을 구성하게 된다. 존 헌터는 대부분의 연구를 집에서 수행했는데 집의 한쪽에는 사체 보관실이 있고 한쪽에는 야생동물들이 보관되어 거실에는 살아 있는 자칼이 돌아다니고, 서재의 선반에는 화석이 전시되어 있었다. 널리 알려진 실험을 많이 수행한 헌터는 악명 높은 실험을 하기도 했는데, 매독에서 슬와동맥류에 이르기까지 다양했으며 어느 것 하나 버리지 않았다. 1941년에는 왕립외과대학이 폭격으로 심한 손상을 입었는데, 헌터 박물관은 6만 5,000개에 가까운 표본을 보유하고 있었다. 폭격에서 살아남은 것들 중에서 존 헌터의 18세기 표본 원본 3,500점과 헌터가 의뢰하고 조지 스터브스(1724-1806)가 그린 멋진 야생동물 그림 일부는 아직도 영국왕립외과대학 내의 네 개의 박물관에 전시되어 있다.
제인 웰러는 「즐거운 시간을 위한 장소? : 왕립외과대학 박물관」에서 헌터 박물관의 개관을 제시한다.

우리의 친구들은 플랫폼에서 우리를 기다리고 있었다.
시드니 패짓 그림, 《스트랜드 매거진》(1901)

"두 분이 항상 함께 다니신 거지요?"

"어제 오후만 빼고요. 시내에 나올 때면 꼭 하루는 즐거운 시간을 갖거든요. 그래서 외과대학 박물관[97]에 갔었지요."

"그리고 저는 공원[98]에 사람 구경을 하러 갔었지요." 바스커빌이 말했다. "하지만 우리 둘 다 아무 일도 없었습니다."

"경솔한 행동이었습니다." 홈즈가 머리를 흔들며 말했다. 심각한 표정이었다. "제발 부탁드리는데 헨리 경, 혼자 돌아다니시면 안 됩니다. 그랬다가는 엄청난 불행이 닥칠 겁니다. 잃어버린 신발 한 짝은 찾으셨습니까?"

"아니요, 돌아오지 않았습니다."

"그랬군요. 흥미롭네요. 그럼 잘 가십시오."

기차가 플랫폼을 미끄러져 나갈 때 홈즈는 덧붙였다. "헨리 경, 잊지 마십시오. 모티머 박사가 우리에게 읽어주었던 그 이 상한 옛날 전설에 나오는 문구를요. 어두울 때는 황야를 피하 십시오. 악의 기운이 피어오르는 때니까요."

나는 플랫폼을 돌아보았다. 우리는 플랫폼에서 한참 멀어지 고 있었다. 흰칠하고 근엄한 모습의 홈즈가 미동도 없이 우리 를 응시하고 있었다.

여행의 시간은 유쾌하고 빠르게 지나갔다. 나는 일행 두 명

98. 아마도 하이드 파크일 것이다. 디킨스의 『런던 사전』은 하이드 파크를 "훌륭하고 근사한 런던의 산책로"라고 부른다. 피터 캘러메이는 다음과 같이 다른 해석을 제시한다. "1887년 9월 7일 자 《그래 픽》에 나오는 그림은 거적에 싸인 노숙자들의 시체 와 가난한 사람들이 점점이 그려진 한낮의 세인트 제임스 파크를 보여준다. 그런 장면은 1880년대 끝 까지 수년간 어느 공공 공원에서나 흔한 광경이었 다. 경기 침체가 나라를 장악했고 수많은 장인들이 일터에서 쫓겨났다. 캐나다에서 온 사람에게는 상 당한 볼거리였을 것이다."

나는 플랫폼을 돌아보았다. 우리는 플랫폼에서 한참 멀어지고 있었다.
흰칠하고 근엄한 모습의 홈즈가 미동도 없이 우리를 응시하고 있었다.
리하르트 구트슈미트 그림, 『바스커빌 씨네 사냥개』,
슈투트가르트, 로베르트 루츠 출판사(1903)

과 좀 더 친해졌고, 모티머 박사의 스패니얼과 장난도 쳤다. 몇 시간 되지 않아 비옥한 갈색 토양은 불그스름하게 바뀌더니 벽돌이 사라지고 화강암들이 보였다. 잘 정리된 울타리 안에서 붉은 소들이 풀을 뜯고 있는 들판은 풀들이 무성하고 채소들이 쑥쑥 자라고 있어서, 더 습한 만큼 더 땅을 비옥하게 하는 기후라는 것을 말해주고 있었다. 아직 젊은 바스커빌은 열심히 창밖을 뚫어져라 바라보았다. 그러다 친숙한 데번의 풍경을 알아보고는 환호성을 질렀다.

"저는 여기를 떠나 좋은 나라에 살았습니다만, 왓슨 박사님." 그가 말했다. "여기에 견줄 만한 곳을 본 적은 없답니다."

"데번셔 출신들은 모두 뭘 맹세할 때는 고향을 걸고 맹세를 하더군요." 내가 거들었다.

"그건 고향 때문만이 아니라 혈통 때문이기도 하죠." 모티머 박사가 말했다. "여기 제 친구는 한눈에 봐도 켈트족의 둥근 두상을 지니고 있습니다. 켈트족의 열정과 소속감을 갖고 있다는 표시지요. 작고하신 찰스 경의 머리도 아주 드문 형태였죠. 게일 사람과 이베르니언[99]의 특징을 반씩 갖고 있었습니다. 어쨌거나 헨리 경은 바스커빌 저택을 아주 어릴 때 보시지 않았나요, 그렇죠?"

"아버지가 돌아가셨을 때 저는 10대 소년이었죠. 저택은 한 번도 본 적이 없습니다. 아버지는 남쪽 해안의 작은 오두막에서 사셨거든요. 그 후로 저는 곧장 미국에 있는 친구에게 갔죠. 그러니 저한테도 여기는 왓슨 박사님만큼이나 완전히 새로운 곳입니다. 정말이지 황야를 얼른 보고 싶군요."

"그러세요? 그 소원은 금방 이루어지겠는데요. 바로 여기서부터 황야니까요."

객차 창밖을 가리키며 모티머 박사가 말했다.

널따란 푸른 들판과 야트막하게 굽이진 숲 뒤로 멀리 회색빛

우중충한 언덕이 솟아 있었다. 멀리서 보니 어둑어둑하고 희미한 꼭대기가 기괴하게 뾰족뾰족했다. 마치 꿈에서 본 듯한 환상적인 광경이었다. 바스커빌은 한참 동안 황야에서 눈을 떼지 못하고 있었다. 그의 열의에 찬 표정에서 저 이상한 지형을 처음 본다는 것이 그에게 얼마나 큰 의미인지를 알 수 있었다. 그의 핏줄들이 오랫동안 이곳을 지배해왔고, 아직도 그 흔적들이 깊이 남아 있는 것이다. 그리고 여기 평범한 객실 구석에서 그는 트위드 양복을 입고 미국 억양을 섞어 말하며 앉아 있었다. 하지만 나는 표정이 풍부한 그의 검은 얼굴을 보고 있노라니 바로 이 남자가 저 고귀한 혈통의, 불같은 정열로 사람들을 휘어잡았던 남자들의 진짜 후손이라는 것을 그 어느 때보다 절실히 느낄 수 있었다. 그의 짙은 눈썹과 예민한 코, 커다란 적갈색 눈 속에 자부심과 용기, 강인함이 깃들여 있었다. 만약 저 으스스한 황야에 험난하고 위험한 모험이 우리를 기다리고 있다 해도, 이 남자야말로 위험을 무릅쓰고 함께 모험을 할 만한 동료였다. 그가 용감하게 함께 분투하리라는 것을 확신할 수 있기 때문이다.

기차는 조그만 도로변 역사에 멈추었고[100] 우리는 모두 하차했다. 야트막한 흰색 울타리 너머에서 유람 마차[101] 한 대가 두 마리의 말[102]과 함께 우리를 기다리고 있었다. 우리가 도착한 것은 대단한 사건임이 분명했다. 역장과 짐꾼들이 우리 주변으로 모여들어 짐을 날라주었다. 아늑하고 단조로운 시골 풍경이었다. 하지만 뜻밖에도 문 옆에는 군인으로 보이는 두 명의 남자가 검은 제복을 입고 서 있었다. 그들은 짧은 소총에 기대고 서 있다가 우리가 지나가자 날카로운 눈빛으로 흘깃 쳐다보았다. 온통 쭈글쭈글하고 무뚝뚝해 보이는 조그만 체격의 마부가 헨리 바스커빌 경에게 인사를 했다. 몇 분 후 우리는 널따랗고 하얗게 펼쳐진 도로 위를 나는 듯이 가볍게 달렸다. 녹음이 일

100. 「항상 일요일에, 왓슨!」에서 윌리엄 H. 길은 이 역이 황야의 남쪽에 있는 브렌트나 아이비브리지 중 하나였을 거라고 제안한다. 윌리엄 S. 베어링굴드는 왓슨 일행이 코러턴 역까지 계속 갔다고 생각한다. 필립 웰러는 코러턴 역은 "지는 태양이 황야 위로 보였기 때문에 황야의 잘못된 쪽에 있다"고 지적한다. 웰러는 다른 세 개의 역을 고려하는데 애슈버턴, 보비 트레이시, 벅패스틀리다. 하지만 셋 모두 버리는데 왓슨의 묘사에 합치하지 않는 이런저런 부분들이 있기 때문이다.

101. 'wagonette.' 사륜마차로 덮개가 없거나 걷을 수 있는 덮개로 되어 있다. 흔히 마부석은 정면을 향하고 승객석은 마주보는 두 개의 긴 의자로 되어 있다.

유람 마차.

102. 'cob.' 다리가 짧고 튼튼한 말로 주로 무거운 마차를 끄는 데 사용한다.

렁이는 초원이 길 양쪽으로 언덕을 이루고 있었다. 짙은 녹음 한가운데 여기저기 삼각형 지붕을 인 오래된 집들이 빼꼼 고개를 내밀고 있었다. 하지만 햇살에 빛나는 이 평화로운 시골 뒤편으로 들쭉날쭉하고 불길한 언덕들로 나뉜 길고 음울하게 굽이진 황야가 저녁 하늘을 배경으로 어둡게 솟아 있었다.

마차는 옆길로 빠져 위쪽으로 굽어 올라갔다. 몇백 년간 바퀴에 닳아 깊게 파인 좁은 길 양옆에 높은 턱이 있었고, 그 위로 이끼와 고사리가 무성했다. 갈색으로 바뀌고 있는 고사리와 검은딸기나무가 지는 햇살에 반짝이고 있었다. 마차는 계속해서 길을 올랐고 우리는 화강암으로 된 작은 다리를 지났다. 그 아래로는 냇물이 빠르게 흐르고 있었는데 회색 바위들 한가운데서 시끄러운 소리와 함께 하얀 거품을 내며 아래쪽으로 여울져 내려갔다. 길도 시내도 참나무와 전나무가 우거진 골짜기를 따라 구불구불 이어졌다. 마차가 모퉁이를 돌 때마다 바스커빌은 기쁨의 감탄사를 내뱉었다. 그는 열심히 주변을 돌아보며 백만 가지 의문을 던지고 있었다. 그의 눈에는 모든 것이 아름다웠지만 내 눈에는 시골 풍경 속에 한 해가 저무는 것이 또렷이 눈에 띄어 다소 울적해졌다. 양탄자처럼 길을 덮고 있는 노란 나뭇잎이 마차가 지날 때면 눈보라처럼 휘날려 우리 머리 위로도 떨어졌다. 썩어가는 채소 더미를 지날 때는 마차 바퀴의 덜컹임도 잦아들었다. 내 눈에는 이 모든 것이 바스커빌가의 돌아온 상속자의 마차에 보내는 자연의 슬픈 선물처럼 느껴졌다.

"와!" 모티머 박사가 소리쳤다. "이게 뭐죠?"

우리 앞에 히스 덤불로 뒤덮인 가파른 언덕이 황야에서 불쑥 솟아 있었다. 그 꼭대기에 마치 받침대 위의 기마병 조각상처럼 말을 탄 병사 한 명이 또렷이 보였다. 그는 근엄하게 소총을 앞으로 들고서 우리가 지나치는 길을 내려다보고 있었다.

"퍼킨스, 이게 무슨 일인가?" 모티머 박사가 물었다.

마부는 자리에 앉은 채 몸을 반쯤 돌려 대답했다.

"프린스타운에서 죄수 한 명이 도망쳤다고 그러네요. 벌써 사흘째 나돌아 다니고 있다고요. 교도관들이 도로마다, 역마다 지키고 서 있는데 전혀 나타날 기미가 없답니다. 여기 사는 농부들은요, 영 찜찜해하고 있어요."

"그런가? 농부들은 신고하면 5파운드를 받는 것 아닌가?"

"예, 선생님. 근데 그놈이 언제 나타나 멱을 딸지도 모르는 판에 5파운드가 대숩니까요. 아시겠지만 보통 죄수가 아니니까요. 거칠 것 없는 놈입니다요."

"그자가 누군가?"

"셀던이에요. 노팅 힐[103] 살인자 말입니다요."

나는 그 사건을 또렷이 기억하고 있었다. 살인에 동원될 수 있는 잔인함이란 모두 망라한 악의적이고 극도로 흉악한 범죄여서 홈즈가 관심을 가졌기 때문이다. 그나마 사형에 처해지지 않은 이유는 그가 온전히 제정신이었는가에 대해 의문이 남았기 때문이다. 그의 행위는 그 정도로 잔혹했다. 우리가 탄 마차가 언덕을 하나 오르자 광활한 황야가 눈앞에 펼쳐졌다. 여기저기 울퉁불퉁하고 험준한 돌무덤[104]과 바위산이 군데군데 솟아 있었다. 거기서 불어온 차가운 바람에 우리는 몸을 떨었다. 저기 어딘가 황량한 초원 위에 그 사악한 사내가 도사리고 있는 것이다. 한 마리 야생의 짐승처럼 굴속에 숨어서 자신을 박대한 모든 사람에 대한 악의로 가슴을 꽉 채우고 있을 것이다. 거기에 살을 에는 바람과 어스름 짙어가는 하늘까지 더해져서 이 척박한 불모지의 음침함을 완성했다. 바스커빌조차 입을 다물고 외투 자락을 여몄다.

비옥한 시골 땅은 이제 저 아래 뒤에 있었다. 뒤를 돌아보니 저물어가는 햇살이 시내를 금빛 실타래로 바꾸어놓고는 이제

103. 노팅 힐은 켄징턴 파크로도 알려져 있으며 옛날에는 노팅 데일이라고도 불렸다. 해럴드 P. 클런은 『런던의 얼굴』에서 노팅 힐을 "켄징턴에 있는 로열 버러의 아름다운 지역"이라고 특징 지었다. 비록 중기 빅토리아 시대에는 래드브로크 가문이 의뢰하고 상류사회 건축가들이 지은 신고전주의 주택들이 인상적이었지만, 이 지역은 돼지 축사, 벽돌 공장이 있어서 늘 쓰레기와 폐수가 고여 있고 이에 수반하여 공중 보건 문제로 악명이 높았다. 찰스 디킨스는 이 지역이 "우아한 빌라와 맨션이 빼곡"하면서도 "전염병이 퍼지고 런던 그 어디보다 비위생적"이라고 썼다.

104. 'cairn.' 게일어로 돌무더기라는 뜻의 'carn'이라는 단어에서 유래했다.

막 갈아엎어놓은 붉은 흙 위에서, 그리고 엉클어진 널따란 숲 위에서 반짝거리고 있었다. 우리 앞쪽으로 놓인 길은 점점 더 황량하고 거칠어졌다. 적갈색과 올리브색이 섞인 비탈에 거대한 바위들이 여기저기 뿌린 듯 놓여 있었다. 가끔 황야의 오두막을 지나쳤다. 돌로 벽을 쌓고 지붕을 이은 집에는 그 삭막함을 덜어줄 담쟁이덩굴 따위는 찾아볼 수 없었다. 그러다 갑자기 컵처럼 움푹 팬 곳이 나왔다. 수년간 비바람에 꺾이고 뒤틀

마부가 채찍으로 가리키며 말했다. "바스커빌 저택입니다."
시드니 패짓 그림, 《스트랜드 매거진》(1901)

린 참나무와 전나무들이 듬성듬성 나 있는데 그 위로 두 개의 좁고 긴 탑이 불쑥 솟아 있었다. 마부가 채찍으로 가리키며 말했다.

"바스커빌 저택입니다."

저택의 주인은 이미 자리에서 일어나 상기된 얼굴로 눈을 반짝이며 저택을 뚫어지게 바라보고 있었다. 몇 분 후 우리는 관리인 주택이 딸린 정문에 도착했다. 환상적인 미로 같은 문양의 대문은 연철로 만들었고, 비바람에 시달린 양쪽의 거대한 기둥에는 이끼가 덕지덕지 껴 있었다. 그리고 두 기둥 꼭대기에는 바스커빌가를 상징하는 수퇘지의 머리가 장식되어 있었다. 관리인 주택의 검은 화강암은 바스러지고 서까래는 살을 다 드러내고 있었지만 그 앞에 반쯤 지어진 새 건물이 있었다. 찰스 경이 가져온 남아프리카 황금으로 맺은 첫 결실이었다.

입구로 들어서서 진입로에 접어들자 바닥에 쌓인 나뭇잎들에 마차 바퀴 소리가 다시 잠잠해졌다. 머리 위로는 고목들이 가지를 드리워 컴컴한 터널을 이루고 있었다. 바스커빌은 길게 이어진 어두운 진입로의 저 멀리 끝에서 유령처럼 깜박이고 있는 집을 올려다보고는 전율했다.

"여기가 거긴가요?" 바스커빌이 낮은 목소리로 물었다.

"아니요, 아닙니다. 주목나무 길은 반대편에 있습니다."

아직 젊은 상속자는 우울한 표정으로 주위를 둘러보았다.

"이런 곳에 사셨으니 백부님께서 자신에게 곧 불운이 닥칠 거라고 느끼셨을 만도 하군요." 바스커빌이 말했다. "누구라도 겁을 먹었을 겁니다. 6개월 안에 이 위쪽에 전등을 줄줄이 달겠습니다. 바로 여기 저택 현관 앞에다가 1,000촉짜리 스원 전구와 에디슨 전구[105]를 달면 몰라보게 달라질 겁니다."

진입로 끝은 널따란 잔디밭이었다. 우리 앞에는 저택이 서 있었다. 희미한 불빛 속에서 육중한 중앙 건물에 현관이 돌출

105. 조지프 스원은 토머스 앨바 에디슨이 자신의 발명을 공표한 것보다 최소한 10개월 먼저 탄소 필라멘트 전구를 뉴캐슬에서 시연했다. 스원은 에디슨이 1879년에 미국에서 특허를 낸 것과 동일한 전구로 1878년 영국 특허를 받았다. 스원은 특허권 위반으로 소송을 냈으며, 조정의 일환으로 에디슨은 자신의 영국 전기사업의 파트너로 스원을 받아들이도록 강제되었다.

이 회사는 에디슨 앤드 스원 유나이티드 일렉트릭이라고 불렸다. 이 회사는 전구를 '에디스원'이라는 이름으로 출시했다. 하지만 결국 에디슨이 스원

에디슨 전기 램프.
『빅토리아 시대의 광고』

1885년경 토머스 에디슨의 전구.

의 회사 내 지분을 모두 취득했다. 윌리엄 S. 베어링굴드는 여기서 에디슨과 스원이 두 가지 다른 전구를 출시했기 때문에 헨리 경은 "스원 전구 또는 에디슨 전구"라고 말했어야 한다고 주장하며 왓슨의 보고를 부당하게 수정한다.

106. 건물 꼭대기에 만들어놓은 작은 구멍을 가리키는 용어. 구멍의 안쪽이 바깥쪽보다 넓은 경우도 있으며 주로 그 구멍을 통해 적을 관찰하거나 활을 쏘거나 소형 총기를 사용함.

107. 중간 문설주가 있는 창의 판유리들은 세로 막대에 의해 나뉜다. 이것들은 특히 고딕 건축에 흔하다. 머스그레이브 씨의 조상 전래 주택인 헐스톤(「머스그레이브 씨네 의식문」)도 중간 문설주가 있는 창이었다.

되어 있는 것을 볼 수 있었다.

건물 앞부분은 담쟁이덩굴로 예쁘게 덮여 있었고, 여기저기 덩굴이 잘려 나간 곳에 창문과 가문의 문장이 어두운 베일 사이로 보였다. 이 중앙 건물 위에 아까 본 쌍둥이 탑이 솟아 있었는데 언제 만들었을지 모를 총안[106]이 잔뜩 뚫려 있었다. 탑의 좌우로는 좀 더 현대적으로 보이는 검정색 화강암으로 된 부속 건물이 있었다. 두툼한 중간 문설주가 있는 창[107]에서 침침한 불빛이 새어 나오고 있었다. 가파르게 뾰족 올라간 지붕의 높다란 굴뚝에서 검은 연기 기둥이 한 줄기 피어오르고 있었다.

"어서 오십시오, 헨리 경! 바스커빌 저택에 모시게 되어 영

"어서 오십시오, 헨리 경!"
시드니 패짓 그림, 《스트랜드 매거진》(1901)

광입니다!"

키가 큰 남자가 현관의 어둠 속에서 걸어 나오더니 마차의 문을 열었다. 저택의 노란색 불빛을 가리고 있는 한 여자의 실루엣도 보였다. 여자가 다가와서 남자가 우리 짐을 내리는 것을 도왔다.

"헨리 경, 저는 곧장 집으로 가도 될까요?" 모티머 박사가 말했다. "아내가 기다리고 있어서요."

"여기서 저녁이라도 드시지 않고요?"

"아뇨, 가야 합니다. 할 일이 밀려 있을 것 같아요. 들어가서 집 안을 안내해드리고 싶습니다만 배리모어가 저보다 더 잘 안내해줄 겁니다. 안녕히 계세요. 그리고 제가 필요하시면 밤낮 가리지 마시고 사람을 보내주세요."

바퀴 소리가 멀어지고 헨리 경과 나는 저택으로 들어갔다. 현관이 무겁게 철커덩하는 소리가 뒤에서 들렸다. 안으로 들어서니 내부는 훌륭한 방이었다. 해묵어 검게 변한 크고 육중한 오크나무 들보와 서까래를 높이 올린 방이었다. 높다란 도그[108] 뒤로 웅장한 구식 벽난로에서 통나무 장작불이 타닥타닥 소리를 내며 타고 있었다. 오랫동안 마차를 타고 오느라 온몸이 언 헨리 경과 나는 벽난로에 손을 뻗었다. 그러고 나서 주위를 둘러보았다. 좁다랗고 키가 높은 창에는 오래된 스테인드글라스가 있었고 오크나무 판벽널, 사슴 박제, 벽에 걸린 문장들이 눈에 띄었다. 방 가운데 있는 램프에서 나오는 은은한 불빛에 모든 것이 희미하고 침침하게 보였다.

"내가 상상했던 바로 그대로군요." 헨리 경이 입을 열었다. "그림에 나올 법한 고가의 모습 아니겠습니까? 예전과 똑같은 바로 이 집에서 우리 집안 사람들이 500년 동안이나 살았다니! 생각만 해도 숙연해지는군요."

나는 주변을 두리번거리는 그의 검은 얼굴이 소년 같은 열정

108. 도그dog 또는 캣cat으로도 알려져 있는데, 벽난로 앞에 두고 뭔가를 굽는 데 사용하는 두 개의 삼발이를 말한다.

109. 침대나 제단, 설교단, 천개天蓋, 차양, 현관, 문턱, 창문 등의 위쪽을 가리는 지붕처럼 돌출된 것, 혹은 덮개—옮긴이.

으로 환해지는 것을 보았다. 그가 서 있는 곳에도 불빛이 비쳤지만, 긴 그림자는 벽을 타고 올라가서 마치 그의 뒤에 검정색 캐노피[109]가 드리워져 있는 것처럼 보였다. 배리모어는 우리 짐들을 각자의 방에 들여놓고 돌아왔다. 우리 앞에 선 그는 잘 교육받은 하인답게 차분한 분위기를 풍겼다. 큰 키에 얼굴이 준수했고, 가지런하게 검은 턱수염을 기른 얼굴의 이목구비에는 기품이 서려 있었다.

"바로 저녁을 드시겠습니까?"

"준비가 되었소?"

"몇 분이면 준비가 끝납니다. 방에 따뜻한 물을 준비해두었습니다. 헨리 경, 경께서 새로이 사람을 뽑을 때까지 저와 아내는 기꺼이 여기 남아 있고자 합니다. 하지만 새로운 조건에서는 이 저택에 유능한 가솔이 필요하다는 것을 아실 겁니다."

"새로운 조건이라니요?"

"제가 드리려는 말씀은 단지, 찰스 경께서는 완전히 은퇴하셨기 때문에 저희만으로도 필요한 것들을 준비해드리는 데 문제가 없었습니다. 경께서는 당연히 더 많은 손님을 맞으실 텐데 그러면 가솔의 구성원에도 변화가 필요하실 거라 생각합니다."

"부인과 함께 떠나고 싶다는 얘기를 하는 거요?"

"경께서 편하실 때가 되면요."

"하지만 당신 가족은 수 대에 걸쳐 우리 가문과 함께했잖소. 오랜 가족 관계를 깨면서 여기서의 내 삶을 시작해야 한다는 건 유감이 아닐 수 없군요."

집사의 하얀 얼굴에 어떤 감정이 잠깐 보였던 것 같다.

"저도 그렇게 생각합니다. 제 아내도 마찬가지고요. 하지만 사실을 말씀드리자면 저희는 둘 다 찰스 경과 깊이 정이 들었었습니다. 그래서 찰스 경의 죽음은 저희에게도 큰 충격이었

"하지만 당신 가족은 수 대에 걸쳐 우리 가문과 함께했잖소."
리하르트 구트슈미트 그림, 『바스커빌 씨네 사냥개』,
슈투트가르트, 로베르트 루츠 출판사(1903)

고, 여기에 머문다는 것이 매우 고통스럽습니다. 바스커빌 저택에 계속 머문다면 결코 저희 마음이 편해질 수 없을 것 같아서 두렵습니다."

"하지만 뭘 할 계획이오?"

"뭐든 새로 시작할 수 있을 거라고 믿고 있습니다. 고맙게도 찰스 경께서 여러 가지로 챙겨주신 것도 있고요. 그러면 이제 방으로 안내해드리겠습니다."

오래된 홀 위쪽은 난간이 빙 둘러쳐진 사각형의 복도였는데 올라가는 계단이 양쪽으로 나 있었다. 이 가운데 지점에서부터 양쪽으로 긴 복도가 건물 끝까지 나 있고, 침실 문들이 이 복도를 향해 나 있었다. 내 방은 바스커빌의 방과 마찬가지로 부속 건물에 있었고, 실은 거의 옆방이었다. 이 방들은 건물의 중심부보다는 훨씬 현대적으로 보였다. 밝은색의 벽지와 잔뜩 켜진

식당은 우울한 그림자가 드리운 곳이었다.
시드니 패짓 그림, 《스트랜드 매거진》(1901)

촛불들 덕분에 저택에 도착했을 때 느꼈던 음침한 인상은 다소
지워졌다.

하지만 홀에서 연결된 식당은 우울한 그림자가 드리운 곳이
었다. 긴 방은 2단으로 되어 있어서 바스커빌 사람들이 한쪽에
앉고 낮은 쪽에는 일하는 사람들이 앉을 수 있도록 되어 있었
다. 한쪽 끝에는 악단이 앉을 수 있는 발코니가 식당을 내려다
보고 있었다. 검은 들보가 우리 머리 위를 가로지르고 있었고,
그 위의 천장은 연기에 그을려 있었다. 벽에 줄지어 횃불을 밝

혀놓은 채 오색찬란하고 떠들썩한 연회를 열었던 옛날에는 분위기가 이렇지 않았겠지만, 검정색 정장 차림의 남자 두 명이 갓을 씌운 조그만 램프 아래 앉아 있자니 목소리가 줄어들고 영혼까지 가라앉는 기분이었다. 게다가 엘리자베스 시대부터 섭정 시대까지[110] 살았던 온갖 복장을 한 조상들이 줄을 지어 조용히 우리를 내려다보고 있으니 섬뜩한 기분마저 들었다. 우리는 대화를 거의 하지 않았고, 나는 식사가 끝난 것이 감사할 지경이었다. 우리는 현대식 당구대가 놓인 방으로 물러나 담배를 피울 수 있었다.

"어휴, 힘이 솟아나는 장소는 아니네요." 헨리 경이 말했다. "뭐, 돌려 말할 수도 있겠지만 지금으로서는 이게 아니다 싶은 생각이 드는군요. 이런 집에 백부님이 혼자 사셨다면 심리적으로 불안한 상태가 된 것도 이상할 게 없을 것 같습니다. 하지만 괜찮으시다면 오늘 밤은 일찍 자리에 들었으면 좋겠군요. 내일 아침에는 좀 더 힘이 나겠지요."

나는 자리에 눕기 전에 커튼을 젖히고 창밖을 내다보았다. 창밖으로 저택 입구의 풀밭이 펼쳐져 있었다. 그 너머에서는 드세진 바람에 나무 두 그루가 흔들리며 신음 소리를 내고 있었다.

몰려가는 구름 틈으로 반달이 빛나고 있었다. 차가운 달빛 아래 나무들 너머로 반쯤 부서진 경계석들이 보였다. 그리고 멀리까지 야트막하게 굽이진 음울한 황야가 보였다. 마지막으로 본 광경이 이곳과 잘 어울린다고 생각하며 커튼을 닫았다.

하지만 그것으로 끝이 아니었다. 나는 지쳤는데도 잠이 오지 않아서 이리저리 뒤척거렸다. 잠을 청했지만 쉽사리 올 것 같지 않았다. 멀리서 괘종시계가 15분마다 종을 치는 것 말고는 이 오래된 집은 쥐 죽은 듯 조용했다. 그리고 그때 갑자기, 적막을 뚫고 내 귀에 들려오는 소리가 있었다. 분명하고 낭랑해

110. 1811년에서 1820년 사이의 기간에 조지 3세의 정신이상으로 웨일스 공이 섭정권을 받게 된다. 영국의 지적인 생활은 번영했지만 이 시대의 도덕적 기운은 방탕했으며 섭정 시대의 삶은 도박, 스포츠, 술, 연애 장난으로 가득 찼다. 코난 도일은 『로드니 스톤』(1896)에서 그때의 느낌을 잡아낸다. 다음 사건에서 스톤의 숙부는 왕자에게 자신이 결투를 포기한 이유를 설명한다.

"지난번에 제가 나갔을 때 뼈아픈 사건이 있었어요. 그래서 앓아누웠죠."
"사람을 죽였나요?"
"아니요, 아니요, 각하. 그것보다 더 나빴죠. 저는 웨스턴이 다시는 만들 수 없는 코트를 갖고 있었어요. 저한테 꼭 맞는다는 말로는 부족해요. 그냥 제 몸 같은 그런 옷이었죠. 그 후로도 그가 60벌을 더 만들어주었지만 그것만 못했어요. 그 칼라의 모양은 제 눈에 눈물이 맺히게 할 정도였답니다. 각하. 처음 그 옷을 보았을 때 허리까지……."
"결투 말이오, 트레겔리스!" 왕자가 소리쳤다.
"네, 각하. 제가 그 옷을 결투 때 입었지요. 얼마나 바보같이 생각이 없었던지. 위병 메이저 헌터 때문에 제가 약간 귀찮은 일을 겪었죠. 그가 마구간 냄새를 풍기면서 브룩 대학에 들어오면 안 된다고 제가 그랬거든요. 제가 먼저 쐈는데 빗나갔죠. 그가 발포하고 제가 절망적으로 소리를 지르게 된 거죠. '그가 맞었어! 의사! 의사!' 사람들이 소리쳤죠. '재단사! 재단사!' 제가 말했죠. 제 명품 연미복에 구멍이 두 개나 났으니까요. 오, 실망 정도가 아니었습니다. 웃으시겠지만, 각하. 그런 건 다시는 못 볼 테니까요."

서 절대 잘못 들을 수는 없었다. 한 여자가 흐느끼고 있었다. 소리를 죽이고 있지만 억제할 수 없는 슬픔에 마음이 찢어지는 사람에게서 나오는 그런 이상한 흐느낌이었다. 나는 침대에 일어나 앉아서 귀를 기울였다. 멀리서 나는 소리는 아니었다. 분명 집 안에서 나는 소리였다. 30분가량을 나는 온몸 세포 하나하나를 곤두세우고 기다렸지만 더 이상의 소리는 없었다. 시계가 다시 종을 치고 담벼락의 담쟁이가 사각거릴 뿐이었다.

제7장

머리핏 하우스의 스테이플턴 남매

다음 날 아침의 상쾌한 아름다움에, 바스커빌 저택의 첫 인상이 우리 두 사람에게 남겼던 암울하고 우중충한 느낌은 싹 가셨다. 헨리 경과 내가 아침 식탁에 앉자 키 높은 창에서 햇살이 밀려 들어왔고, 창에 새겨진 가문의 문장이 물방울처럼 얼룩덜룩 색깔을 드리웠다. 어두운색의 판벽널도 황금빛 햇살을 받자 청동처럼 반짝여서, 이곳이 어제저녁 우리의 영혼까지 우울하게 만들었던 바로 그 방이라는 것을 믿기 어려울 지경이었다.

"이 집 때문이 아니라 우리 자신 탓이었나 봅니다!" 준남작이 말했다. "우리가 여행으로 지치고 마차에서 떨고 하느라 여기를 우중충하게 느꼈던 거지요. 이제 충전을 하고 나니 모든 게 생기 있게 느껴지네요."

"그래도 전부 상상은 아니었을 것 같아요." 내가 대답했다.

"예를 들면 혹시 간밤에 무슨 소리, 여자였던 것 같은데, 우는 소리 같은 것 못 들으셨나요?"

"그것 참 흥미롭군요. 반쯤 잠들었을 때 그런 소리를 들은 것 같거든요. 꽤 기다려봤는데 더 이상 들리지는 않더라고요. 그래서 다 꿈인가 보다 했지요."

"저는 똑똑히 들었습니다. 분명히 여자가 흐느끼는 소리였어요."

"당장 물어봐야겠습니다."

그는 벨을 울려서 배리모어에게 우리가 겪은 일에 대해 아는지 물었다. 내 느낌에는 주인의 질문을 듣는 동안 창백한 집사의 얼굴이 더욱 창백해지는 것 같았다.

"이 집에 여자라고는 두 명뿐입니다." 그는 대답했다. "한 명은 부엌일을 하는 하녀인데 다른 쪽 부속 건물에서 잡니다. 나머지 한 명은 제 아내인데 제 아내한테서 난 소리는 아니라고 장담할 수 있습니다."

하지만 알고 보니 그의 말은 거짓이었다. 아침 식사를 끝낸 후에 복도까지 길게 들어오는 햇빛에 얼굴을 적나라하게 드러낸 배리모어 부인과 마주쳤기 때문이다. 그녀는 큰 체격에 무표정한 여인으로 입가에는 단호함이 묻어났다. 하지만 눈이 붉게 충혈된 것을 숨길 수 없었고, 나를 흘끔 보는 그녀의 눈꺼풀이 부어 있었다. 그렇다면 간밤에 흐느낀 사람은 그녀였다. 그녀가 울었다면 남편이 몰랐을 리가 없다. 하지만 집사는 뻔히 보이는 위험을 감수하면서까지 아내가 아니라고 단호하게 말했다. 왜 그랬을까? 그녀는 또 왜 그렇게 서럽게 울었을까? 이미 이 창백하고 잘생긴 검은 수염의 사나이 주변에 수수께끼 같은 암울한 분위기가 감돌고 있었다. 찰스 경의 시신을 가장 먼저 발견한 것도 집사였다. 우리는 고인의 죽음에 대한 상황을 전적으로 그의 말에 의존하고 있는 실정이다. 무엇보다도,

우리가 리전트 스트리트에서 보았던 마차에 앉아 있던 사람이 혹시 배리모어가 아닐까? 수염은 그대로였을 수도 있다. 마부가 설명한 바에 따르면 키가 더 작아야 하긴 하지만 그 정도 인상은 틀릴 수도 있는 문제다. 도대체 내가 해결을 할 수 있는 걸까? 확실한 것은 일단 그림펜 우체국장을 먼저 만나야 한다는 것이다. 그래서 우리의 확인 전보가 분명히 배리모어의 손에 직접 전달되었는지 알아봐야겠다. 결론이 뭐가 되었든 간에 최소한 셜록 홈즈에게 보고할 얘기는 생기게 될 것이다.

아침 식사 후에 헨리 경이 검토해야 할 서류들이 산더미처럼 쌓여 있었다. 그래서 시기적절하게 나들이를 할 수 있었다. 황야의 가장자리를 따라 6킬로미터 남짓을 쾌적하게 걷자, 이윽고 잿빛의 작은 마을이 나왔다. 두 개의 큰 건물이 눈에 띄었는데, 하나는 여관이고 다른 하나는 모티머 박사의 집이었다. 우체국장은 그 마을 사람으로 우리가 보냈던 전보를 또렷이 기억하고 있었다.

"기억하다마다요, 선생님." 우체국장이 말했다. "지시된 대로 정확하게 배리모어 씨에게 전보가 전달되도록 했습니다."

"배달한 사람이 누구인가요?"

"여기 있는 제 아들 녀석입니다. 제임스, 지난주에 네가 저택에 있는 배리모어 씨에게 전보를 배달했지?"

"네, 아버지. 제가 전달했어요."

"배리모어 씨 손에 직접 쥐여주었니?" 내가 물었다.

"그게, 그때 배리모어 씨는 다락에 있어서 직접 손에 드릴 수는 없었고요. 배리모어 부인의 손에 직접 드렸어요. 부인이 즉시 전해주겠다고 했고요."

"배리모어 씨가 보이던?"

"아니요, 선생님. 그분은 다락에 계셨어요."

"보지 못했으면 배리모어 씨가 다락에 있는 것은 어떻게 알았지?"

"글쎄요, 부인이니까 남편이 어디에 있는지 정확히 알았겠지요." 우체국장이 다소 짜증 섞인 목소리로 말했다. "배리모어 씨가 전보를 못 받았나요? 문제가 있다면 배리모어 씨가 직접 이의를 제기해야지요."

더 이상 파고드는 것은 소용이 없을 것 같았다. 하지만 홈즈의 책략에도 불구하고 배리모어가 런던에 없었다고 단정할 수 있는 증거는 하나도 건지지 못했다. 배리모어가 만약 런던에 있었다면, 그리고 그가 찰스 경이 살아 있는 모습을 마지막으로 목격한 바로 그 사람이고 새로운 상속자가 영국에 돌아왔을 때 처음으로 미행을 한 사람이라면? 그러면 어떻게 되는 것인가? 그렇다면 배리모어는 누군가의 하수인일까, 아니면 스스로 뭔가 사악한 의도를 갖고 있는 것일까? 바스커빌 씨네 사람들을 해치는 것이 그에게 무슨 이득이 되는 것일까? 나는 그 《타임스》를 오려내 만든 이상한 경고 편지가 생각났다. 그건 배리모어의 작품일까, 아니면 배리모어의 계략에 반대하는 어떤 사람이 한 일일까? 생각해볼 수 있는 동기라고는 헨리 경이 말했던 것처럼 바스커빌 씨네 사람들이 겁을 먹고 도망가버린다면 배리모어 부부에게 안락하고 영구적인 거처가 확보된다는 사실뿐이다. 하지만 그 정도의 설명은 젊은 준남작의 주변에 보이지 않는 그물을 치는 이런 깊고 정교한 계략에 대한 이유로 충분치 않을 것이다. 홈즈 자신도 놀랄 만한 사건들을 많이 조사해보았지만 이렇게 복잡한 사건은 없었다고 말하지 않았던가. 나는 쓸쓸한 회색빛 길을 되짚어 걸어오면서 내 친구가 빨리 다른 일들에서 벗어나 여기로 와서 내 어깨에 실린 무거운 책임감을 덜어주기를 기도했다.

이런 생각을 하며 걷던 중 갑자기 누군가 달려오는 소리가 뒤에서 들렸다. 그리고 누군가 내 이름을 불렀다.

나는 모티머 박사려니 하며 돌아섰다.
하지만 놀랍게도 나를 쫓아오고 있는 이는 모르는 사람이었다.
리하르트 구트슈미트 그림, 『바스커빌 씨네 사냥개』,
슈투트가르트, 로베르트 루츠 출판사(1903)

　나는 모티머 박사려니 하며 돌아섰다. 하지만 놀랍게도 나를
쫓아오고 있는 이는 모르는 사람이었다. 그 사람은 작고 호리
호리한 체격에 말끔하게 면도를 한 단정한 얼굴의 남자였다.
금발에 턱이 홀쭉하고 30대 중반으로 보이는 이 남자는 회색
양복에 밀짚모자를 쓰고 있었다. 식물 채집을 위한 양철 상자
를 어깨에 메고 한 손에는 포충망을 들고 있었다.
　"실례지만, 왓슨 박사님 맞으시죠?"
　이렇게 말을 하며 그 남자는 내가 서 있는 곳으로 헐떡거리
며 다가왔다. "여기 황야에 사는 사람들은 다들 가족이나 마찬

111. 머리핏은 다트무어(나중에 포스트브리지에 편입) 한가운데 있는 오래된 다세대 주택이다. 이 장소명은 아직도 쓰이며 보통 하우스House나 힐Hill이라는 이름이 붙는다. 데이비드 L. 해머는 『게임은 진행 중』에서 폭스 토어 늪에서 남서쪽으로 1.2킬로미터 정도 떨어진 곳에 있는 넌스 크로스 농장이 머리핏 하우스라고 생각한다.

나를 쫓아오고 있는 이는 모르는 사람이었다.
시드니 패짓 그림, 《스트랜드 매거진》(1901)

가지죠. 그래서 격식 차린 소개를 기다리지도 않는답니다. 아마 우리 친구 모티머에게서 제 이름을 들으셨을 겁니다. 저는 머리핏 하우스[111]의 스테이플턴이라고 합니다."

"포충망과 상자를 보고 짐작했습니다." 내가 말했다. "스테이플턴 씨가 박물학자라는 것을 알고 있었거든요. 하지만 저를 어떻게 알아보셨습니까?"

"모티머 씨네 집에 들렀는데, 그가 박사님이 지나는 것을 진료소 창으로 보고는 알려주었습니다. 가는 방향이 같으니까 박사님을 따라가서 제 소개를 해야겠다고 생각했지요. 헨리 경은 먼 길을 오느라 편찮은 건 아니겠죠?"

"네, 잘 계십니다. 감사합니다."

"저희 모두 걱정을 했더랬지요. 찰스 경의 슬픈 죽음으로 새로운 준남작이 여기에 살지 않겠다고 하시면 어쩌나 했죠. 부유한 분에게 이런 시골에 내려와 뼈를 묻으라고 하는 건 무리한 요구니까요. 하지만 그렇게만 해주신다면 이런 시골에 여간 의미 있는 일이 아니라는 건 말 안 해도 아시겠지요. 헨리 경은 미신 같은 것에 대한 두려움 따위는 없으시겠죠, 아마?"

"그럴 겁니다."

"박사님도 물론 바스커빌 가문에 출현했던 지옥의 개 전설을 아시지요?"

"들어봤습니다."

"이곳 농부들은 어찌나 잘 속아 넘어가는지요! 누구라도 황야에서 그런 괴물을 봤다고 맹세라도 할 겁니다." 그는 웃으며 말했지만 왠지 그의 눈을 보니 이 문제를 심각하게 생각하고 있는 것 같았다. "그 이야기가 찰스 경의 상상력을 크게 부추겼습니다. 저는 그 때문에 찰스 경이 비극적인 죽음을 맞았다고 믿어 의심치 않습니다."

"하지만 어떤 식으로?"

"찰스 경은 신경이 너무 쇠약해져서 아무 개라도 나타나기만 했다면 그의 병든 심장에 치명적인 타격을 주었을 겁니다. 저는 찰스 경이 그날 밤 주목나무 길에서 분명히 뭔가를 보긴 봤다고 생각합니다. 저는 무슨 재앙이라도 일어날까 봐 두려웠지요. 그 어른을 정말 좋아했거든요. 그분의 심장이 약하다는 것도 알고 있었고요."

"그걸 어떻게 알고 계셨습니까?"

"제 친구 모티머가 말해주었지요."[112]

"그러면 스테이플턴 씨는 어떤 개가 찰스 경을 뒤쫓았고, 그래서 찰스 경이 그 공포로 죽었다고 생각하십니까?"

112. 프레더릭 J. 제이거와 로즈 M. 보걸이 쓴 『지옥에서 온 사냥개』는 모티머 박사가 이렇게 분명히 환자의 비밀 유지 의무를 배반했는데도 왓슨 박사가 그를 의심하지 않는 것에 충격을 표한다.

113. H. W. 벨을 제외한 주요 연대기 학자들은 스테이플턴이 왓슨의 출판물에 대해 분명히 언급하기 때문에 이 사건이 1887년 이후에 일어났음에 틀림없다고 결론 내린다.(부록 5 참고) 하지만 피터 A. 루버(「H. W. 벨을 옹호하며」)는 스테이플턴은 홈즈의 활동에 대한 신문 기사를 언급하고 있는 것일 수도 있다고 다음과 같이 주장한다. "이즈음에 홈즈는 분명히 자신의 명성을 세계적으로 확산시킬 만큼 알려졌을 것이다." 알려지지 않은 신문 스크랩에 대해서는 피터 캘러메이의 「허드슨 부인의 스크랩북 엿보기 : 셜록 홈즈에 대한 빅토리아 시대 신문 기사들」 참고.

그림스파운드.
J. Ll. W. 페이지, 『다트무어 탐험』(1895)

"더 좋은 생각이 있으십니까?"

"저는 아직 아무 결론도 못 내렸습니다."

"셜록 홈즈 씨는 결론을 내리셨나요?"

그 말에 나는 순간 숨을 쉴 수 없었다. 하지만 이 사람의 차분한 얼굴과 동요 없는 눈을 보니 나를 놀래려고 한 것 같지는 않았다.

"저희가 왓슨 박사님을 모르는 척하는 건 아무 소용도 없겠지요." 그가 말했다. "박사님의 탐정 이야기는 여기 저희한테도 알려져 있습니다.[113] 그분을 기리면서 동시에 박사님 자신이 알려지지 않을 방법이란 없겠지요. 모티머가 박사님의 성함을 말하면서 선생님이 누구신지를 부인할 수는 없는 노릇이었어요. 박사님이 여기 계시다면 셜록 홈즈 씨도 이 사건에 관심을 갖고 계시다는 얘기 아니겠습니까. 그리고 저는 자연히 홈즈 씨가 어떻게 생각하는지 궁금하고요."

"그 질문에는 대답을 드릴 수 없어 죄송하군요."

"홈즈 씨가 여기를 직접 방문하시는 영광이 있을지 물어봐도 될까요?"

"홈즈는 지금 런던을 떠날 수가 없답니다. 그가 신경 써야 하는 다른 사건들이 있거든요."

"안타깝군요! 우리에게 너무나 캄캄한 문제에 홈즈 씨가 빛을 비춰주실 수도 있을 텐데. 하지만 박사님이 조사하시는 데에 뭐든지 제가 도울 게 있으면 말씀해주실 거라고 믿겠습니다. 박사님이 수상쩍다고 생각하시는 게 뭔지, 아니면 앞으로 어떻게 조사하실 계획인지 제가 조금이라도 알 수 있다면, 지금 당장이라도 도움이나 조언을 드릴 수 있을 텐데요."

"저는 그냥 제 친구 헨리 경을 방문하러 온 것뿐이라고 분명히 말씀드릴 수 있습니다. 그러니 필요한 도움도 전혀 없고요."

"훌륭하십니다!" 스테이플턴이 말했다. "신중하게 경계하시는 것이 당연합니다. 제가 주제넘은 간섭을 했습니다. 다시는 이 문제를 언급하는 일이 없을 거라고 약속드립니다."

우리는 도로 옆으로 좁은 풀밭 길이 나 있는 곳에 도착했다. 황야를 가로질러 구불구불 난 길이었다. 바위들이 흩어져 있는 가파른 언덕이 오른편에 있었다. 먼 옛날에 화강암 채석장으로 쓰이던 곳이었다. 우리를 향하고 있는 전면은 어두운 절벽이었고, 바위 사이사이마다 양치식물과 검은딸기나무가 자라고 있었다. 저 멀리에서는 회색 연기 기둥이 솟아올랐다.

"이 황야 길을 따라서 조금만 걸으면 머리핏 하우스가 나옵니다." 그가 말했다. "한 시간만 내주신다면 제 여동생을 소개해드리고 싶습니다."

퍼뜩 든 생각은 내가 헨리 경의 옆에 꼭 붙어 있어야 한다는 생각이었다. 하지만 곧 나는 그의 서재 테이블에 흩어져 있던 서류 뭉치와 영수증들을 기억해냈다. 그것들은 내가 도와줄 수 있는 일이 아님이 분명했다. 게다가 홈즈는 내가 황야에 사는 이웃들을 조사해야 한다고 분명히 말했다. 나는 스테이플턴의 초대를 받아들였고, 우리는 그 길을 걸어 내려가기 시작했다.

114. 마이클 해리슨은 『셜록 홈즈의 발자취를 따라서』에서 그림펜 늪이 그림스파운드 습지라고 말한다. "하지만 이 시점에서 나는 독자들도 나처럼 왓슨의 예민한 귀를 칭찬하리라 생각한다. '그림펜 늪'이라고 하면 얼마나 훨씬 더 불길하게 들리는가?" 그러나 『게임은 진행 중』에서 데이비드 L. 해머에 따르면 그림스파운드 습지는 늪이 아니었다고 한다. 필립 웰러는 다트무어에 그림스파운드 습지 같은 지명은 없으며 그림스파운드의 동부에 있는 작은 습지는 인공적으로 배수를 하지 않더라도 겨우 발목 정도까지 빠질 수 있을 뿐이라는 점을 지적한다. 웰러는 또한 플레처 로빈슨이 1901년 자신이 아서 코난 도일과 함께 방문했던 늪은 그림스파운드 서쪽이라고 기록했으며, 로빈슨의 묘사는 폭스 토어 늪과 완벽하게 일치한다고 말한다. 물론 그런 방문은 『바스커빌 씨네 사냥개』 사건 훨씬 후에 일어난 일이다. 해머와 웰러 모두 폭스 토어 늪이 후보지로 더 적합하다고 제안하며, 런던 셜록홈즈협회의 창립자인 앤서니 하울릿은 이 제안을 "몇 안 되는 확실한 추정"이라고 부른다. 웰러는 편집자에게 쓴 글에서 그림스파운드는 다트무어 방언으로는 "그림스펀"이라고 발음했다며 일치감을 더 높인다.

"경이로운 곳입니다, 황야는 말이지요." 그가 말했다. 그는 넘실거리는 구릉지와 길게 자란 풀들과 화강암이 환상적인 모양으로 들쭉날쭉 솟아오른 산마루를 둘러보고 있었다. "황야는 질리지가 않아요. 황야가 품고 있는 놀라운 비밀은 상상을 초월한답니다. 정말 광대하고 황량하면서도 불가사의하지요."

"황야를 잘 아시는군요?"

"저는 여기에 고작 2년 있었을 뿐입니다. 여기 주민들은 저를 새내기라고 부르지요. 저희는 찰스 경이 자리를 잡고 나서 얼마 되지 않았을 때 여기에 왔답니다. 하지만 제 취향 때문에 시골 구석구석을 헤집고 다녔지요. 여기를 저보다 더 잘 아는 사람은 거의 없다고 생각하고 있습니다."

"황야를 잘 아는 게 어려운 일인가요?"

"엄청 어렵죠. 보시다시피 예를 들어 북쪽으로 난 이 대평원은 들쭉날쭉한 언덕들 사이로 뻗어 있죠. 뭐 눈에 띄는 게 보이십니까?"

"이곳에선 보기 드물게, 말 달리기 좋은 곳이군요."

"자연히 그렇게 생각하시겠지요. 하지만 그렇게 생각한 주민들은 지금까지 목숨을 잃어야 했답니다. 평원 위에 두텁게 밝은 녹색 지대들이 흩어져 있는 게 보이시지요?"

"네, 다른 곳보다 비옥해 보이는군요."

스테이플턴이 웃어댔다.

"그게 바로 대★그림펜 늪[114]입니다." 그가 말을 이었다. "한 발만 잘못 디디면 사람이고 짐승이고 살아남지 못합니다. 어제도 저는 황야에 사는 조랑말 한 마리가 그 속으로 들어가는 것을 보았습니다. 나오지는 못했지요. 한참 동안이나 그놈이 늪 구멍 밖으로 목을 빼고 있는 것을 봐야 했어요. 결국에는 늪이 그놈을 삼켜버렸지요. 건조한 계절에도 늪을 건너는 것은 위험한 일입니다. 그럴진대 이렇게 가을비가 내린 다음에야 말해

"그게 바로 대그림펜 늪입니다."
시드니 패짓 그림, 《스트랜드 매거진》(1901)

무엇하겠습니까. 그래도 저는 그 중심으로 들어갔다가 살아 돌아올 수 있답니다. 에구, 불쌍한 조랑말이 또 한 마리 있네!"

푸른 골풀 사이에서 갈색의 뭔가가 버둥거리고 있었다. 고통에 몸부림치는 긴 목이 떠오르고 끔찍한 비명이 황야에 울려 퍼졌다. 그 광경에 나는 공포로 간담이 서늘해졌다. 그런데 함께 서 있던 사람은 나보다 강인한 것 같았다.

"끝났습니다!" 그가 말했다. "늪이 놈을 차지했네요. 이틀간 두 마리, 어쩌면 더 많을지도 모르지만, 건기에 그쪽을 지나다니다 보니 늪에 푹 빠지기 전에는 차이를 모르는 거지요. 안 좋은 곳입니다, 대그림펜 늪은요."

"그런데 스테이플턴 씨는 통과하실 수 있다고요?"

"네, 아주 날랜 사람이 지날 수 있을 만한 경로가 한두 개 있습니다. 제가 찾아냈지요."

"하지만 그렇게 끔찍한 장소에 왜 가려 하신 겁니까?"

"그게, 저 위의 언덕 보이시죠? 저기는 지날 수 없는 늪 때문에 고립된 섬이나 마찬가지입니다. 몇 년째 늪이 감싸고 있죠. 거기가 바로 희귀 식물과 나비들이 있는 곳이랍니다. 건너갈 재간만 있다면 말이죠."

"언젠가 저도 행운을 시험해보고 싶군요."

그는 놀란 표정으로 나를 보았다. "큰일 날 생각일랑 싹 지워버리십시오." 그가 말했다. "박사님이 죽으면 내가 그 책임을 뒤집어쓰게 될 거예요. 다시 말씀드리지만 살아 돌아올 확률은 없다고 보시면 됩니다. 제가 갈 수 있는 것도 아주 복잡한 지표들을 기억하기 때문입니다."

"우와!" 내가 외쳤다. "저건 뭔가요?"

설명할 수 없이 나지막하고 긴 신음 소리가 황야 위를 구슬프게 쓸고 지나갔다. 그 소리가 대기를 꽉 채워서 어디서 난 소리인지 알 수가 없었다. 둔중한 웅얼거림에서 시작해 깊은 울부짖음으로 부풀었다가 다시 우울한 웅얼거림으로 가라앉았다. 스테이플턴은 호기심을 담은 표정으로 나를 보았다.

"이상한 장소지요, 황야는!" 그가 말했다.

"그런데 이게 무슨 소리인가요?"

"농부들은 그게 바스커빌가의 사냥개가 먹이를 찾는 소리라고 합니다. 전에도 한두 번 들어보았는데 이렇게 크게 소리를 내는 건 또 처음이군요."

나는 주위를 둘러보았다. 간담이 서늘해졌다. 불룩하게 솟은 커다란 평원 곳곳에 골풀 무더기가 푸른 반점처럼 흩어져 있었다. 드넓은 평원 위에는 아무런 움직임도 없었다. 우리 뒤편 바위산에서 갈까마귀 한 쌍이 깍깍대는 소리만이 커다랗게 들려올 뿐이었다.

"스테이플턴 씨는 지식인 아닙니까. 그런 말도 안 되는 얘기를 믿으시는 건 아니겠지요?" 내가 말했다. "이 이상한 소리의 원인이 뭐라고 생각하시나요?"

"늪이 가끔 이상한 소리를 만들어내기도 하지요. 흙더미가 붕괴하거나 물이 솟아오르거나 하면서요."

"아뇨, 아뇨. 저건 분명 살아 있는 것의 목소리였어요."

"뭐, 그럴지도 모르지요. 알락해오라기[115]가 웅웅거리는 소리를 들어보신 적 있나요?"

"아니요, 들어본 적 없어요."

"영국에서는 이제 아주 희귀한 새인데, 거의 멸종했다고 봐야죠, 아무튼 황야에서는 뭐든 가능하니까요. 네, 저는 우리가 들은 소리가 마지막 남은 알락해오라기의 외침이라고 해도 놀라지 않을 겁니다."[116]

"정말이지 살면서 들어본 소리 중에 가장 기괴하고 이상한 소리네요."

"네, 아무튼 전체적으로 불가사의한 곳이니까요. 저기 언덕을 한번 보십시오. 뭐라고 생각하십니까?"

가파른 비탈 전체가 돌로 된 회색 고리 모양들로 덮여 있었다. 적어도 스무 개는 되어 보였다.

"뭔가요? 양 우리인가요?"

"아뇨. 우리 조상들의 터전이었던 곳이죠. 선사시대 인간들은 황야에 밀집해서 살았답니다.[117] 그 후로는 아무도 거기에 안 살았기 때문에 그들이 남겨놓은 것들이 그때 그대로 보존되어 있는 거지요. 이 원들은 그들의 움막에서 지붕이 날아간 상태인 거고요. 혹시 궁금하시다면 안에 들어가보시면 그들의 난

115. 알락해오라기는 소형에서 중형 왜가리로 구성된 알락해오라기아과의 한 종류다. 왕립조류보호협회에 따르면 이 부끄럼 많고 찾기 힘든 새들은 해 질 녘에 먹이를 찾는데 1886년쯤에는 서식지 파괴와 박해로 거의 멸종했다고 한다. 스테이플턴이 말하고 있는 그대로다. 습지에 사는 종으로서 갈대밭에 산다. 안개 때 부는 호각 같은 울음소리 때문에 수 세기에 걸쳐 수많은 미신을 낳았다.

알락해오라기.
『뷰익의 영국 조류』(1826)

116. 리사 맥고는 「셜록 홈즈와 조류학에 관한 몇 가지 사소한 해설」에서 스테이플턴은 왓슨이 이 새를 잘 모른다는 것을 직감한 후에 얘기하고 있으며, 알락해오라기가 습지에 살 리가 없다고 말한다. 월터 셰퍼드는 『셜록 홈즈의 향기』(1978)에서 왓슨의 다음과 같은 묘사는 전문가들이 말하는 알락해오라기의 소리와 전혀 비슷하지 않다고 말한다. "중얼거리는 듯한 낮은 소리가 노래하듯이, 그러나 위협적으로 오르내렸다. 마치 끝없이 계속되는 바다의 낮은 속삭임 같았다." 제임스 피셔는 알락해오라기의 소리가 "찢는 듯한 '부왐'"처럼 난다고 특징 짓고, 피터슨, 마운트포트, 할럼(『영국과 유럽의 새에 대한 현장 가이드』)은 그 소리가 "두세 번 꿀꿀거리면서 시작해서 들숨소리가 들리고 찢는 듯한 커다란 '움' 소리로 끝난다!"고 묘사한다.

117. 『베데커의 그레이트브리튼』(1894)은 황야에

선돌과 돌로 된 원들, "고대 영국인의 유물들"이 많다고 묘사한다. 마이클 해리슨은 그림스파운드에 있는 돌로 된 원을 말하면서 "여기 신석기시대, 햄어를 말하던 조상들이 신석기시대의 대도시라고 불러도 좋을 것을 건축해놓았다. 희한하게도 그리고 아주 암시적으로 하운드 토어(사냥개 바위산)라고 이름붙인 것과는 딴판이다"라고 한다.

하지만 홈즈 시대의 다트무어 전문가인 필립 웰러는 편집자와의 사적인 편지에서 다음과 같이 답한다. "해리슨의 언급은 마치 왓슨이 모티머의 지팡이를 보고 추리한 것처럼 완전히 빗나갔다. 왜냐하면 (해리슨은) 스테이플턴이 그 움막들이 '신석기시대'라고 한 것을 무비판적으로 수용하는데 그것은 마치 왓슨이 무의식적으로 스테이플턴의 연대 추정을 받아들인 것과 마찬가지기 때문이다. 그림스파운드에 있는 움막들은 신석기시대의 것이 아니다. 그것들은 (다트무어에 있는 거의 모든 선사시대 유물과 마찬가지로) 청동기시대의 유물이다. 하운드 토어나 다트무어 근처 어디에도 신석기시대 대도시 같은 것은 없었다. 그림스파운드는 다트무어에서 가장 돌 움막이 많은 곳도 아니다. 그림스파운드에는 단지 24개의 돌 움막만이 남아 있지만 블랙 토어와 시플리 토어 근처의 라이더스 링에는 50개 이상의 돌 움막과 창고가 남아 있다. 이 움막의 주민들은 햄어를 말하지 않았음에 틀림없다."

118. 사이클로피데스에 대한 논의는 부록 1 참고.

로와 의자까지 볼 수 있답니다."

"제법 마을이라 할 만한데요. 언제 사람이 살았던 건가요?"

"신석기시대에요. 연대는 모르고요."

"뭘 하고 살았을까요?"

"여기 비탈에서 가축도 키우고 청동 검이 돌도끼를 대체하기 시작했을 때는 주석을 얻기 위해 땅 파는 법도 배우고 했지요. 반대쪽 비탈에 참호가 보이시죠? 저것도 그 흔적입니다. 네, 돌아보시면 황야에는 특이한 곳들이 많아요, 왓슨 박사님. 이런, 잠깐만요. 사이클로피데스[118]인 것 같아요."

나방처럼 보이는 작은 나비가 팔랑거리며 우리가 걷는 길 앞으로 지나갔다. 스테이플턴은 순식간에 엄청난 에너지를 뿜으며 그것을 잡으려고 달려가기 시작했다. 그 물체가 늪이 있는 곳을 향해 직선으로 날아가는 것을 보고 나는 경악했다. 하지만 이 사람은 잠시의 머뭇거림도 없이 손바닥만 한 이쪽 풀 더미에서 저쪽 풀 더미로 그 물체를 쫓아 껑충껑충 뛰어갔다. 그의 녹색 포충망이 공중에서 왔다 갔다 하고 있었다.

회색 정장을 입고 이쪽저쪽으로 펄쩍펄쩍 뛰어다니는 모습을 보니 이 남자 자체가 한 마리 거대한 나방처럼 보였다. 이 추격전을 바라보며 서 있던 나는 한편으로는 그의 비상한 움직임에 경탄하기도 하고, 다른 한편으로는 위험천만한 늪에 그의 발이 빠지지나 않을까 걱정이 되었다. 그러다가 발자국 소리가 나서 몸을 돌렸더니 한 여인이 내게 가까이 다가와 있었다. 그녀는 연기가 피어오른 곳에 있는 머리핏 하우스 쪽에서 온 것이었다. 하지만 그쪽은 황야가 푹 꺼져 있어서 그녀가 꽤 가까이 올 때까지 눈에 띄지 않았다.

이 여자가 아까 들었던 스테이플턴 양이라는 것에는 의심의 여지가 없었다. 황야에 아가씨가 있을 일도 없을 뿐더러, 그녀가 미인이라고 했던 말을 기억하고 있었기 때문이다. 내게 다가

온 여인은 미인이었을 뿐만 아니라 매우 보기 드문 유형의 미인이었다. 이렇게 남매가 대조적으로 생기기도 어려울 것이다. 스테이플턴은 눈이 회색이고 머리칼은 연갈색인데 반해, 그녀는 내가 영국에서 본 어떤 사람보다도 어두운 흑갈색 머리칼에 늘씬하고 우아하며 키도 컸다. 그녀의 얼굴은 오만하면서도 이목구비가 섬세했는데, 균형이 너무나 잘 잡혀 있어서 여린 입술과 열정에 찬 아름다운 검은 눈이 없다면 마네킹처럼 보였을 것이다. 완벽한 몸매에 우아한 드레스를 입고 황량한 길 위에 서 있으니 마치 신비한 유령 같았다. 그녀의 눈은 오빠를 향하고 있었는데 내가 돌아보자 내 쪽으로 걸음을 재촉했다. 내가 모자를 들어 올리고 뭔가 인사말을 하려는 순간 그녀의 입에서 나온 말이 내 생각의 채널을 확 돌려놓았다.

"돌아가세요!" 그녀가 말했다. "곧장 런던으로 돌아가세요, 즉시요!"

나는 그냥 놀라서 멍청하게 그녀를 쳐다보고 있는 수밖에 없었다. 노여움에 불타는 눈으로 나를 보더니 그녀는 참지 못하고 발로 땅을 구르기까지 했다.

"제가 왜 돌아가야 하나요?" 내가 물었다.

"설명할 수 없어요." 그녀는 낮은 음성이었지만 간절함을 담아 말했다. 말투에 어눌한 발음이 묻어났다. "하지만 제발 내 말을 들으세요. 돌아가세요. 그리고 다시는 황야에 발을 들이지 마세요."

"하지만 이제 막 이곳에 왔는데요."

"이보세요, 이보세요." 그녀는 거의 울 듯했다. "당신을 위해서 하는 경고라는 걸 모르겠어요? 런던으로 돌아가세요! 오늘 밤에 떠나세요! 무슨 수를 써서라도 이곳에서 벗어나세요! 쉿, 오빠가 오고 있어요! 제가 한 말은 절대 비밀이에요. 저에게 저 난초[119]를 뽑아주시겠어요? 저기 쇠뜨기말[120] 사이에 나

119. 난초에 대한 논의는 부록 1 참고.

120. 'Hippuris vulgaris.' 말 꼬리를 닮은 식물. R. F. 메이는 쇠뜨기말이 "연못이나 호수, 느린 개울에 사는 식물"이라고 지적한다. 대신에 메이는 스테이플턴이 개쇠뜨기Equisetum palustre와 헷갈린 것 같다고 제안한다. 난초에 관한 메이의 결론은 부록 1 참고.

"돌아가세요!"
시드니 패짓 그림, 《스트랜드 매거진》(1901)

있는 거요. 여기 황야에는 난초가 아주 많이 핀답니다. 물론 이
곳의 아름다움을 보시기에는 좀 늦었지만 말이에요."

스테이플턴은 추격을 그만두고 우리에게 돌아왔다. 숨을 헐
떡이고 있었고 애를 쓰느라 얼굴이 붉어졌다.

"와, 베릴!" 그가 말했지만 어쩐지 인사하는 투가 그다지 따
뜻하게 느껴지지만은 않았다.

"응, 잭. 더워 보여."

"어, 사이클로피데스를 쫓고 있었어. 아주 희귀한 놈이고 늦

"돌아가세요! 곧장 런던으로 돌아가세요, 주니요!"
리하르트 구트슈미트 그림, 『바스커빌 씨네 사냥개』,
슈투트가르트, 로베르트 루츠 출판사(1903)

가을에는 좀처럼 안 보이는데 말이야. 놓치고 말았어!"

그는 개의치 않는 듯이 말했다. 하지만 그의 눈빛은 끊임없이 처녀와 나 사이를 오갔다.

"서로 소개를 하신 것 같군요."

"응, 헨리 경에게 황야의 진짜 아름다움을 보시기에는 좀 늦었다고 말하고 있었어."

"아니, 이분을 누구라고 생각한 거야?"

"헨리 바스커빌 경이라고 생각했는데."

"아니, 아닙니다." 내가 말했다. "보잘것없는 평민일 뿐입니다. 헨리 경의 친구이구요. 저는 왓슨 박사입니다."

순간 그녀의 풍부한 표정에 짜증이 지나갔다.

"서로 동문서답을 하고 있었네요." 그녀가 말했다.

"별로 말할 시간도 없었잖아." 그녀의 오빠가 말했다. 역시 추궁하는 듯한 눈빛이었다.

"나는 왓슨 박사님이 그냥 손님이 아니라 여기 주민이라고 생각하고 얘기하고 있었어." 그녀가 말했다. "난초를 보기 좋은 계절이 언제인지는 이분께 중요한 문제가 아니겠지. 하지만 머리핏 하우스에 가보실 거지요?"

얼마 걷지 않아 머리핏 하우스가 나타났다. 황야에 있는 쓸쓸한 가옥이었다. 한때 번영기에는 목축업자의 농장이었지만 지금은 보수를 해서 현대식 주거지로 바뀌어 있었다. 빙 둘러 과수원이 있었지만 나무들은 제대로 자라지 못하고 여기저기 꺾여 있었다. 전체적으로 초라하고 음울한 분위기의 집이었다. 쭈글쭈글하고 고약해 보이는 이상한 남자 하인이 우리를 맞았다. 집과 분위기를 맞춘 것 같았다. 하지만 집 안에는 품격 있는 가구를 갖춘 커다란 방이 있어서 안주인의 취향을 엿볼 수 있었다. 창밖으로 화강암만이 군데군데 흩어져 있는 황야가 저 멀리 지평선까지 끝도 없이 펼쳐진 것을 보고 있노라니, 고등 교육을 받은 남자와 아름다운 여자가 무엇 때문에 이런 곳에 와서 사는지 이상하게 느껴질 수밖에 없었다.

"이상한 데를 골랐지요?" 그가 말했다. 마치 내 생각을 듣고 대답하는 것 같았다. "그래도 그런대로 꽤 행복하게 지내고 있답니다. 안 그래, 베럴?"

"행복하죠." 그녀가 말했지만 목소리에는 어떤 확신도 담겨 있지 않았다.

"학교를 운영했었어요." 스테이플턴이 말했다. "북쪽에 있는 시골이었는데 저 같은 사람이 하기에는 기계적인 일이라 재미가 없었답니다. 그래도 아이들과 함께 지내면서 그 어린 마음들이 커가는 것을 도울 수 있다는 건 특권이었죠.[121] 저 자신의 인격과 이상으로 아이들을 감화시킬 수 있다는 것도 좋았고요. 하지만 운이 따라주지 않더군요. 학교에 심각한 전염병이 퍼져서 남자아이 세 명이 죽었어요. 그 타격으로부터 회복할 수가 없었지요. 돈도 많이 까먹었고요. 그래도 아이들과의 멋진 관계를 잃어버린 것만 빼고는 불운도 웃어넘길 수 있었습니다. 어쨌거나 저는 동식물에 관심이 워낙 크니까요. 여기에 오니 연구거리가 무한정 널려 있더군요. 제 여동생도 저만큼이나 자연을 좋아하고요. 왓슨 박사님, 우리 창밖을 보며 그런 온갖 상념이 떠오르셨죠? 표정에서 읽을 수 있겠더군요."

"네, 그런 생각이 들었던 건 사실입니다. 지루할 수도 있겠다 싶었어요. 스테이플턴 씨는 덜하더라도 동생분에게는요."

"아뇨, 아니에요. 저는 한 번도 지루했던 적이 없어요." 그녀가 재빨리 말했다.

"저희에게는 책도 있고 연구할 거리도 있고, 또 재미있는 이웃들도 있습니다. 모티머 박사는 자기 분야에서 매우 박식한 분이지요. 가엾은 찰스 경도 우리에게 훌륭한 친구가 되어주셨고요. 친하게 지냈는데 그분이 정말 이루 말할 수 없게 그립네요. 오늘 오후에 제가 헨리 경을 찾아뵙고 인사를 드리면 실례가 될까요?"

"헨리 경은 분명 기뻐할 겁니다."

"그러면 박사님께서 헨리 경에게 제가 그러마더라고 좀 얘기를 해주시겠습니까? 헨리 경이 새로운 환경에 적응하는 데 저희가 뭐라도 도움이 될 수 있을 테니까요. 왓슨 박사님, 위층에 가서 저의 레피도프테라[122] 수집본을 한번 보시겠어요? 영국 남서부의 수집본으로는 가장 완벽한 것이라고 생각합니다만."

121. 「셜록 홈즈의 학교와 교사들」에서 프레더릭 브라이언브라운(본인도 존경받는 선생님이다)은 이런 진술을 "내면의 위선은 차치하고…… 어불성설이다"라고 말한다. 그는 스테이플턴이 어떻게 동시에 재미가 없으면서 특권이라고 느낄 수 있느냐고 반문한다. 그리고 결국 스테이플턴이라는 인물에 대해 독자들이 알게 되는 것을 고려한다면 특권보다는 재미없다는 쪽이 훨씬 진실에 가까울 것이라고 제안한다.

122. 나비, 나방, 팔랑나비 등을 포함하는 커다란 곤충군. BBC는 19세기 중엽에는 영국에 3,000명이 넘는 나비 수집가가 있었다고 추산한다. 오늘날에는 수백 명에 불과한 것과 대조적이다. 전문적인 수집가들은 정글에서 이국적인 나비 표본을 들여와 런던에서 열리는 경매의 도움을 받아 부유층의 전리품 보관실 수요에 공급했다. 로스차일드의 세 번째 준남작이자 두 번째 남작인 라이어넬 월터 로스차일드(1868-1937)는 당시 가장 잘 알려진 아마추어 나비 열성가였다. 그는 어릴 때 말을 더듬어 고통을 받았고, 일곱 살 무렵 하트퍼드셔 가문 영지의 들판과 오두막에서 잡은 나비와 딱정벌레에 관심을 돌렸다. 스무한 살 생일이 되었을 때 그는 개인 컬렉션으로서는 가장 큰 수집이 되는 225만 개의 나방과 나비를 모았다(다른 동물과 새들의 수집도 수천 개가 되었다). 그것은 그가 죽을 때 대영박물관에 유증되었고, 월터 로스차일드 동물학 박물관은 현재 자연사 박물관의 일부다.

그걸 보시는 동안 아마 점심 준비가 끝날 겁니다."

하지만 나는 빨리 내 본연의 임무로 돌아가고 싶었다. 황야의 우울함, 불운한 조랑말의 죽음, 바스커빌 씨네 음산한 전설과 연관된 이상한 소리를 들은 일까지, 그 모든 것을 생각할수록 슬픔이 더해졌다. 다소 모호한 그런 인상들에 더해 무엇보다도 스테이플턴 양의 명확하고 확실한 경고가 있었다. 너무나 진심 어린 경고여서 그 뒤에는 분명히 어떤 중대하고 심각한 이유가 있을 거라고 생각하지 않을 수 없었다. 점심을 하고 가라는 간곡한 권유를 뿌리치고 나는 즉각 되돌아가기 위해 길을 나섰고, 우리가 걸어왔던 풀이 무성한 오솔길을 걷기 시작했다.

하지만 아는 사람에게는 지름길이 있었던 모양이다. 도로에 접어들기도 전에 나는 길가 바위에 앉아 있는 스테이플턴 양을 보고 깜짝 놀랄 수밖에 없었다. 열심히 걸어왔는지 그녀의 볼은 아름다운 빨간색으로 물들어 있었고 손을 허리에 올리고 있었다.

"왓슨 박사님을 앞지르려고 여기까지 뛰어왔어요." 그녀가 말했다. "모자를 챙겨 쓸 시간도 없었네요. 저는 다시 빨리 가야 해요. 안 그러면 오빠가 저를 찾을 테니까요. 박사님을 헨리 경이라고 생각하다니 너무 바보 같은 실수를 해서 죄송하다는 말씀을 드리고 싶었어요. 부디 제가 했던 말들은 잊어주세요. 박사님께는 해당되지 않는 말이니까요."

"하지만 그 말을 잊을 수는 없습니다, 스테이플턴 양." 내가 말했다. "헨리 경의 친구로서 그의 안녕은 제가 몹시 신경을 쓰는 부분입니다. 헨리 경이 런던으로 돌아가야 한다고 왜 그렇게 간절히 생각했는지 제게 말씀해주세요."

"그저 아녀자의 마음이에요, 왓슨 박사님. 저를 아신다면 제가 뭘 말하거나 행동할 때 이유를 댈 수 없는 경우도 많다는 걸 이해하실 거예요."

"아뇨, 아닙니다. 그 목소리의 떨림을 기억합니다. 그 눈빛 도요. 제발 부탁이니 제게 솔직해주십시오, 스테이플턴 양. 여기 내려온 이래로 언제나 뭔가 저를 따라오고 있는 것만 같은 느낌이 있었습니다. 생활이 마치 저 거대한 그림펜 늪처럼 되었어요. 여기저기 빠져버릴지도 모르는 녹색 지대가 있고 길은 보이지 않는군요. 그러니 하신 말씀이 무슨 뜻이었는지 저에게 말씀해주십시오. 그러면 스테이플턴 양의 경고를 헨리 경에게 전하겠다고 약속드리겠습니다."

잠깐 망설이는 빛이 그녀의 얼굴을 스쳐 갔지만 이내 눈빛이

"왓슨 박사님, 너무 심각하게 생각하시네요." 그녀가 말했다.
리하르트 구트슈미트 그림, 『바스커빌 씨네 사냥개』,
슈투트가르트, 로베르트 루츠 출판사 (1903)

침착해지더니 대답했다.

"왓슨 박사님, 너무 심각하게 생각하시네요." 그녀가 말했다. "제 오라비와 저는 찰스 경의 죽음으로 크게 충격을 받았어요. 저희는 찰스 경과 매우 친밀한 사이였고, 그분이 가장 좋아하신 산책 코스가 황야를 지나 저희 집으로 오는 것이었어요. 그분은 가문에 드리운 저주에 지나치게 깊은 영향을 받으셨어요. 그래서 이 비극이 일어났을 때 저는 자연히 그분이 나타냈던 공포에 어떤 원인이 틀림없이 있다고 느꼈죠. 그러니

"사냥개 얘기를 아시나요?"
시드니 패짓 그림, 《스트랜드 매거진》(1901)

가문의 다른 분이 여기서 살려고 내려오셨을 때 마음이 괴로웠던 것이고, 그분께 위험에 대해 경고를 해드려야 한다고 느꼈답니다. 제가 전하고 싶었던 것은 그뿐이에요."

"그 위험이란 게 뭔가요?"

"사냥개 얘기를 아시나요?"

"그런 말도 안 되는 얘기는 믿지 않습니다."

"그런데 저는 믿어요. 헨리 경에게 어떤 영향력이 있으시다면, 그의 가문 사람들에게 언제나 치명적이었던 장소에서 그분을 멀리 데리고 나가세요. 세상은 넓잖아요. 위험한 장소에 살 까닭이 뭐가 있나요?"

"여기가 위험한 장소라는 바로 그 이유 때문입니다. 헨리 경은 그런 분이거든요. 죄송하지만 좀 더 분명한 정보를 주실 수 없다면 그를 데리고 나가는 것은 불가능할 것 같군요."

"뭐라 분명히 말씀드릴 수 있는 건 없어요. 분명하게 아는 게 없으니까요."

"스테이플턴 양, 한 가지만 더 여쭙겠습니다. 만약 처음에 저에게 말씀하실 때 이 이상 아무 의미도 없다면, 그러면 왜 당신이 무슨 말을 했는지 오빠가 알까 봐 두려워하는 겁니까? 오빠든 누구든 반대할 이유가 없는 얘기 아닙니까?"

"오빠는 저택에 누군가 살기를 간절히 바라고 있어요. 그래야 황야에 사는 가난한 주민들에게 좋다고 생각하니까요. 만약 제가 뭐든 헨리 경을 쫓아버릴 수 있는 말을 했다는 걸 안다면 오빠는 무척 화를 낼 거예요. 저는 돌아가야 해요. 아니면 저를 찾아보고는 제가 왓슨 박사님을 만났다고 의심할 테니까요. 안녕!"

그녀는 돌아섰고, 몇 분 지나지 않아 그녀의 모습은 흩어진 바위들 사이로 사라지고 말았다. 나는 막연한 두려움을 가득 안고 바스커빌 저택으로 돌아오는 길을 재촉했다.

제8장

왓슨 박사의 첫 번째 보고

123. "한 페이지가 사라져야 하는 이유는 뭘까?"라고 윌리엄 S. 베어링굴드는 묻는다. "홈즈는 왓슨의 서신을 소홀히 하지 않았음이 분명하다. 특히나 이 진술이 이상한 것은 다시 구성한 두 편지가 완벽해 보이기 때문이다." 이 잃어버린 페이지에 대한 논의는 아래 208번 주석 참고.

여기서부터는 내가 셜록 홈즈 씨에게 보냈던 편지들을 옮겨 쓰는 방식으로 사건을 따라가려고 한다. 그 편지들이 지금 바로 내 앞 테이블에 놓여 있다. 한 장이 없어졌다.[123] 하지만 그것만 빼고 다음 편지들은 그때 썼던 그대로이고, 당시에 내가 느꼈던 감정과 의구심들을 기억에 의존하는 것보다 더 정확하게 보여준다. 이 비극적 사건에 대해 이보다 더 선명하게 보여줄 수는 없을 것이다.

10월 13일, 바스커빌 저택

홈즈에게

지금까지 보낸 편지와 전보를 통해 자네도 이 세상에서 제일 우울한 이 동네에서 벌어진 일들을 꽤 최근 것까지 자세히 알게 되었을 거야. 여기에 누군가 계속 머문다면 황야의 기운이 그의 영혼에 배어들 수밖에 없어. 그 광대함과 음침한 매력까지. 황야의 품에 안기는 순간 현대 영국의 흔적은 모두 사라져버리고, 선사시대 인류의 터전과 작품들만 온통 의식하게 되는 거지. 걸어가다 보면 사방에 이 잊힌 인류의 집들이 보이고, 그들의 무덤과 아마도 한때는 신전이었을 거대한 돌기둥들만 보여. 여기저기 상처 난 산비탈에 기대 지어놓은 돌로 된 회색 움막들을 보고 있으면 자네가 어느 시대 사람인지도 잊게 될 거야. 야트막한 문에서 가죽을 걸친 털북숭이 사람이 기어 나와서, 돌로 된 촉이 달린 화살을 활에 끼우고 있는 걸 보게 되더라도 자네보다 그 사람이 여기에 어울린다는 걸 알 거야. 이상한 건 언제나 척박했을 이 땅에 그들이 옹기종기 모여 살았다는 거지. 고고학자가 아닌 내가 보기에도 그들은 전쟁을 싫어하고 박해당했던 민족인 것 같아. 아무도 살려고 하지 않은 땅을 받아들일 수밖에 없었던 거지.

하지만 이런 건 자네가 나를 여기로 보낸 이유와는 무관한 것들이고 자네의 극히 실용적인 정신에는 아무 흥미도 일으키지 못하겠군. 태양이 지구를 도는지 지구가 태양을 도는지에 완전히 무관심하던 자네가 생각나. 그러니 헨리 바스커빌 경과 관련된 얘기로 돌아갈게.

지난 며칠간 자네가 아무 보고도 받지 못한 건 오늘까지 사건과 관련된 중요한 일이 아무것도 없었기 때문이야. 그러다가 아주 놀라운 상황이 전개되었어. 그래서 바로 이야기하는 거야. 하지만 그 전에, 관련된 상황을 먼저 이야기해야겠군.

내가 거의 언급한 적이 없는 것 중에 하나가 황야에 있는 탈옥수에 대한 얘기야. 지금은 그가 멀리 달아났다고 믿을 만한 분명한 이유가 있어. 이 지역의 외딴 가구들에는 상당히 안심이 되는 일이지. 그가 탈옥하고 2주가 지났어. 그동안 그는 눈에 띈 적이 없고 아무도 그에 대해 듣지 못했어. 그 기간 내내 그가 황야에서 버티고 있었다고는 상상하기 힘들어. 물론 숨어 있기에는 어려움이 없겠지만 말이야. 여기 있는 어느 돌 움막이든 숨을 장소로는 충분하니까. 하지만 먹을 게 하나도 없거든. 황야에 있는 양이라도 잡으면 모를까 말이야. 그래서 우리는 그가 가버렸다고 생각해. 결과적으로 외딴곳에 사는 농부들은 더 편하게 잠들 수 있겠지.

이 집에는 장정이 넷이라서 걱정 없어. 하지만 스테이플턴 남매를 생각하면 계속 마음이 놓이지 않아. 그들 주변에는 도와줄 사람들이 몇 킬로미터 이내에는 없거든. 가정부 한 명에 늙은 하인, 여동생과 오빠뿐인데 그 오빠가 그리 강한 남자가 아니라서 말이야. 일단 현관이 뚫리면 이 노팅 힐 범죄자처럼 필사적인 놈에게 그들은 무력할 거야. 헨리 경이나 나나 그들이 걱정되어서 마부 퍼킨스를 보내서 거기서 자고 오라고 했는데 스테이플턴이 허락하지 않더군.

실은 우리 친구 준남작이 아름다운 이웃에게 상당한 관심을 보이기 시작했어. 놀랄 일도 아니지. 이 외로운 곳에서 준남작처럼 활동적인 사람은 무료할 테고, 그녀는 매우 아름답고 매력적인 여성이니까. 그녀에게는 열대지방에서 온 것 같은 이국적인 매력이 있어. 그래서 차갑고 침착한 그녀의 오빠와 묘한 대조를 이루지. 하지만 스테이플턴에게도 뭔가 숨겨진 불꽃이 있지 않을까 하는 생각이 들기도 해. 여동생에게 분명히 지대한 영향력을 갖고 있거든. 그녀가 이야기를 할 때면 마치 승인을 구하는 것처럼 계속해서 그를 흘끔흘끔 본다는 것을 발견했어. 스테이플턴이 여동생에게 친절하다는 것은 분명해. 스테이플턴의 두 눈에는 뭔가 메마른 반짝거림 같은 게 있어. 야무진 얇은 입술이 확신에 찬 것 같기도 하고, 어쩌면 냉혹한 면이 있을 것 같기도 해. 자네가 그를 보면 흥미로운 연구 대상이라고 생각할 거야.

첫날 스테이플턴은 바스커빌을 방문하러 왔었어. 다음 날 아침에는 우리 둘을 데리고 가서 사악한 휴고 전설의 시초라고 알려진 곳을 보여주었지. 황야를 몇 킬로미터 가로지르는 나들이였는데, 그 장소가 너무 음울해서 그 전설이 예정된 일이 아니었나 싶을 정도였어.

우리는 험준한 바위들 사이에 끼인 짧은 골짜기를 발견했어. 그 끝은 풀이 많은 넓은 공간이었는데 황새풀로 여기저기 희끗희끗했어.[124] 그 한가운데에 거대한 두 개의 돌이 솟아 있었지.

124. 황새풀Eriophorum angustifolium은 다 자라면 면화cotton 공 같은 머리를 가지게 되는 식물이다. 그 씨에 있는 털들은 초의 심지나 종이, 베갯속, 불쏘시개 등에 사용된다.

"우리에게 그곳을 보여주었지."
시드니 패짓 그림,《스트랜드 매거진》(1901)

147

돌들의 윗부분은 닳고 뾰족해져서 어느 괴물의 낡은 송곳니처럼 보였어. 어느 모로 보나 그 오래된 비극적 사건이 벌어진 장면이랑 일치하더군. 헨리 경은 아주 흥미를 느꼈던 것 같아. 스테이플턴에게 인간사에 초자연적인 개입이 가능하다는 것을 정말로 믿느냐고 몇 번이나 물어보더군. 그는 가볍게 말했지만 분명히 아주 진지한 것 같았어. 스테이플턴은 대답을 조심하더군. 하지만 스테이플턴이 준남작의 감정을 생각해서 자기 의견을 다 털어놓지 않는다는 걸 눈치채기는 어렵지 않더군. 그는 우리에게 비슷한 사건들을 얘기해줬어. 바스커빌 가문 사람들이 어떤 사악한 기운의 영향으로 고통 받았다고 말이야. 그가 우리한테 남긴 인상으로는 그도 이 문제에 있어서는 다른 사람들이랑 의견이 같은 것 같았어.

돌아오면서 우리는 점심을 하려고 머리핏 하우스에 머물렀어. 거기서 헨리 경이 스테이플턴 양을 알게 되었지. 그녀를 처음 봤을 때부터 헨리 경은 그녀에게 완전히 매료된 것처럼 보였어. 내가 보기엔 양쪽 다 그렇게 느낀 것 같아. 집으로 걸어오는 내내 헨리 경은 그녀 얘기를 하고 또 하더군. 그 이후로 그 남매를 보지 않고 지나간 날이 거의 없어. 그들이 오늘 밤에는 여기서 저녁을 하면 다음 주에 우리가 그들을 방문하자는 말이 나오는 식이야. 누구나 그들이 커플이 되는 것을 스테이플턴이 좋아할 거라고 생각하겠지만, 나는 헨리 경이 스테이플턴 양에게 관심을 보일 때면 스테이플턴이 아주 못마땅한 표정을 짓는 걸 여러 번 목격했어. 스테이플턴은 여동생에게 상당히 집착하는 것 같아. 의심의 여지가 없어. 또 여동생이 없으면 아주 외롭게 살아야 하겠지. 그렇더라도 만약 여동생이 그런 멋진 결혼을 하는 걸 방해한다면 아주 이기적인 행동일 거야.

그래도 나는 스테이플턴이 그 둘의 관계가 사랑으로 무르익는 걸 바라지 않는다고 확신해. 두 사람이 단둘이 있는 걸 막으려고 스테이플턴이 애쓰는 걸 여러 번 봤어. 어쨌거나 헨리 경이 절대로 혼자 외출하지 못하도록 하라는 자네의 지시를 따르는 게 점점 더 아주 힘들어질 것 같아. 다른 어려움에 연애 사건까지 더해지면 말이야. 자네 지시를 곧이곧대로 따르게 되면 지금의 내 인기는 금방 사그라질 거야.

요 전날, 정확히 말하면 목요일에, 모티머 박사가 우리와 점심을 함께 했어. 그는 롱 다운에 있는 고분을 하나 발굴하고 있었는데 선사시대 두개골을 하나 발견해서 아주 즐거워했더랬지. 이렇게 한결같은 열정을 가진 사람도 없을 거야! 나중에 스

주목나무 길.
시드니 패짓 그림, 《스트랜드 매거진》(1901)

테이플턴 남매가 왔는데 친절한 의사는 우리 모두를 주목나무 길로 데려다 줬어. 헨리 경이 요청해서 그날 정확히 모든 게 어떤 식으로 일어났는지 보여줬어. 주목나무 길은 길고 우울한 산책로였어. 양쪽에 높은 산울타리가 둘러싸고 있고 양편 모두 좁은 풀밭이 따라 나 있어. 반대편 끝에는 오래돼서 거의 쓰러져가는 여름 별장이 있지. 길을 반쯤 내려가면 그 어른이 시가재를 남겼던 황야 문이 나와. 자물쇠가 달린 나무로 된 흰색 문이지. 그 바깥은 드넓은 황야야. 나는 사건에 대한 자네의 이론이 기억나서 일어난 일들을 하나씩 그려보려고 애썼어. 이 노신사가 거기 서 있었고, 뭔가가 황야를 건너서 다가오는 것을 보았어. 그게 그를 공포에 질려서 혼이 쏙 빠지게 만들었고, 그래서 그는 달리고 또 달리다가 공포와 피로에 지쳐 죽었다고 말이야. 그는 도망치기 위해 음습하고 긴 터널을 지났어. 하지만 도대체 무엇으로부터 도망쳤을까? 황야에서 양치기 개가 나타났던 걸까? 아니면 유령 같은 조용한 검정색 괴물 사냥개였을까? 여기에 인간이 개입되어 있을까? 창백한 얼굴로 경계하고 있는 배리모어는 털어놓은 사실들보다 뭔가를 더 많이 아는 걸까? 모든 게 흐릿하고 희미해. 하지만 언제나 그런 것들 뒤에는 어두운 범죄의 그림자가 있게 마련이지.

자네한테 보낸 마지막 편지 이후에도 이웃을 한 명 더 만났어. 래프터 저택의 프랭클랜드 씨야. 우리보다 6킬로미터 정도 남쪽에 살고 있어. 프랭클랜드 씨는 백발에 붉은 얼굴을 한 나이 지긋한 양반인데 걸핏하면 화를 내는 성격이야. 그는 영국 법률에 대한 열정을 소유하고 있어. 그래서 소송에다 엄청난 재산을 쏟아부었지. 그는 단지 싸움 자체의 즐거움 때문에 싸워. 그래서 본인이 어느 편을 취하는가는 전혀 중요하지 않아. 그러니 돈깨나 드는 취미를 가진 거지. 어떨 때는 길을 막아버리고 주민들이 길을 열어달라고 소송을 걸게 만들어. 그런가

하면 자기가 다른 사람의 문을 부숴버리고 옛날부터 거기 길이 나 있었다고 주장해서, 주인이 그를 무단침입으로 고발하게 만들어. 그는 영주권[125] 및 공유지권을 알고 있는데 어떤 때는 펜워디[126] 주민들을 위해서 그 지식을 사용하고, 어떤 때는 그들에게 반대해서 그 지식을 사용하지. 그래서 그는 가장 최근의 업적에 따라 의기양양하게 동네를 활보할 때도 있고, 꼭두각시 인형으로 만들어져서 태워질 때도 있어. 지금도 그는 일곱 개의 소송을 동시에 진행 중이라고 해. 아마 남은 재산도 다 날리게 되겠지. 그러면 이빨 다 빠진 호랑이가 될 테니 아무한테도 더 이상 해가 되지 않겠지. 그런 소송 문제만 제외하면 친절하고 착한 사람인 것 같아. 내가 굳이 이 사람을 설명하는 이유는 자네가 우리 주변 사람에 대한 묘사를 해달라고 콕 집어 얘기했기 때문이야. 프랭클랜드 씨는 지금 재미있는 일에 몰두해 있어. 아마추어 천문학자 놀이를 하고 있지. 근사한 망원경이 있거든.[127] 그래서 그는 자기 집 지붕에 누워 하루 종일 황야를 훑어보면서 혹시 그 탈옥한 죄수를 발견할 수 있을까 하고 있어. 프랭클랜드 씨가 자기 에너지를 이 일에만 집중한다면 상관없을 테지만 이분은 또 모티머 박사를 고발하려는 주이아 친인척의 동의도 없이 무덤을 파헤쳤다는 이유야. 모티머 박사가 롱 다운에 있는 고분에서 신석기시대 두개골 하나를 발굴했으니 말이야. 프랭클랜드 씨 덕분에 우리 생활이 지루하지는 않지. 작은 웃음으로 위안을 주는 면도 있고, 여기는 웃음이 간절히 필요하니까.

탈옥수, 스테이플턴, 모티머 박사, 프랭클랜드 씨, 래프터 홀에 대한 얘기까지 다 했으니까 중요한 얘기는 이제 다 한 셈이야. 그러니 배리모어에 대한 얘기를 더 할게. 특히 어젯밤에 놀라운 사건이 전개되었거든.

먼저 그 확인 전보에 대한 얘기야. 배리모어가 진짜 여기에

125. 연방법상 영주는 자신의 소작인에 대해서는 영주 재판소를 통해서 사법권을 행사했다. 영주-소작인 관계의 근본으로서 이 법률은 아직도 일부 해당 사항이 있다.

126. 윌리엄 S. 베어링굴드는 펜워디라는 '마을'은 없었지만 다트무어의 루 하우스에서 5킬로미터 떨어진 곳에 그런 이름을 가진 상당한 규모의 농장 지구는 있었다고 한다. 데이비드 L. 해머는 『게임은 진행 중』에서 펜워디가 자신이 바스커빌 저택이라고 생각하는 브룩 영지 근처의 폰스워디라고 생각한다. 필립 웰러는 포스트브리지에서 북북동쪽으로 6킬로미터 떨어진 곳에 펜워디라는 작은 마을이 실제로 있었다고 이야기한다. 다만 1936년에서 1942년 사이 저수지를 건설할 때 가라앉았다고. 이 펜워디 근처에는 돌로 된 원(포기미드 서클이라고도 알려진)이 하나 있다. 20미터 정도 되고 동에서 서로 살짝 찌그러졌는데 높이에 따라 북쪽에서 남쪽으로 배열된 27개의 돌을 포함한다. 가장 큰 돌이 1.2미터 정도다. 이것은 1897년에 발굴되었는데 이 원 여기저기서 목탄 파편이 발견되었고, 어쩌면 펜워디 사람들이 자신을 인형으로 만들어서 태울 거라고 한 프랭클랜드의 말을 뒷받침하는 것일 수도 있다.

127. 징 페레이라는 「지붕 위의 망원경에 대한 의문」에서 이게 천체망원경(하늘을 볼 수 있도록 만들어지고 자연히 이미지가 거꾸로 나오는 렌즈를 가진)인지 아니면 지상망원경(땅이나 바다 위의 물체를 볼 수 있도록 만들어지고 따라서 뒤집어졌을 이미지를 바로 해주는 특수 렌즈를 가진)인지 고민하고, 왓슨이 쉽게 사용하고 이미지가 거꾸로라는 언급이 없는 것으로 보아 지상망원경일 것이라고 결론 내린다.

"프랭클랜드 씨는 지금 재미있는 일에 몰두해 있어.
아마추어 천문학자 놀이를 하고 있지. 근사한 망원경이 있거든."
리하르트 구트슈미트 그림, 『바스커빌 씨네 사냥개』,
슈투트가르트, 로베르트 루츠 출판사(1903)

있는지 확인하려고 자네가 런던에서 보냈던 전보 말이야. 우체
국장이 증언한 내용은 이미 설명했지? 우리의 검증이 무용지
물이 되었고 이도 저도 아니었잖아. 내가 헨리 경에게 그 문제
를 설명했더니 곧이곧대로인 성품답게 배리모어를 즉각 불러
올렸어. 그래서 전보를 직접 받았는지 물어보았다네. 배리모어
는 받았다고 하더군.

"배달 소년이 당신의 손에 직접 전보를 전해주었소?" 헨리
경이 물었어.

배리모어는 놀란 표정을 짓더니 잠깐 고민하더군.

"아닙니다." 그가 말했어. "저는 그때 다락에 있었고 아내가

저에게 전보를 가져다주었습니다."

"답변은 직접 보냈소?"

"아닙니다. 아내에게 뭐라고 대답을 보내야 하는지 얘기해
줘서 아내가 전보를 치러 갔습니다."

저녁 때 배리모어가 스스로 다시 그 주제를 꺼내더군.

"헨리 경, 아침에 하신 질문의 목적을 제가 잘 이해하지 못
했습니다." 그가 말했어. "제가 경의 신뢰를 저버릴 어떤 행동
을 한 건 아니겠지요?"

그런 게 아니라고 헨리 경이 배리모어를 안심시켜야 했지.
배리모어를 달래려고 헨리 경이 전에 입던 옷가지를 꽤나 줘야
했어. 지금은 런던에서 샀던 옷들이 모두 도착했거든.

나로서는 배리모어 부인이 상당히 흥미로워. 배리모어 부인
은 큰 체격에 미더운 사람이야. 아주 절제되어 있고 점잖고 금
욕적인 사람에 가까워. 이보다 더 감정에 치우치지 않는 사람
을 찾기도 힘들 거야. 그런데도 내가 여기 도착한 첫날 밤에 그
녀가 서럽게 우는 소리를 들었다고 했잖아. 그 이후에도 여러
번 그녀의 얼굴에서 눈물 자국을 보았어. 뭔가 깊은 슬픔이 계
속해서 그녀의 가슴을 쥐어뜯고 있나 봐. 어쩌면 죄책감이 들
게 하는 기억이 자꾸 떠올라서 저러나 싶기도 하고, 배리모어
가 아내에게 폭군처럼 구는 건가 하는 생각도 들어.

나는 항상 배리모어라는 사람에게 뭔가 특이하고 의문스러
운 구석이 있다고 느꼈는데, 어젯밤의 모험으로 내 의구심이
절정에 다다랐지.

그래도 그 자체로만 보면 이 일은 별일 아닌 걸로 보일 수도
있어. 자네도 내가 푹 잘 자는 유형이 아니라는 거 알잖아. 밤
마다 여기서 보초를 서면서부터는 어느 때보다 깊이 잠들 수가
없었어. 어젯밤 새벽 2시쯤이었는데, 누가 살금살금 내 방 앞
을 지나는 소리에 잠이 깬 거야. 일어나서 방문을 열고 밖을 훔

153

쳐봤지. 어두운 긴 그림자가 복도에 끌리고 있더군. 남자 그림자였는데 손에 촛불을 들고 살살 걸어가고 있더라고. 셔츠와 바지 차림에 맨발이었지. 겨우 윤곽만 보였는데도 키 때문에 배리모어인 걸 알았어. 배리모어는 아주 천천히 용의주도하게 걸어갔어. 그런데 그 모습이 전체적으로 뭐라 설명하긴 힘들지만 죄지은 게 있는 듯한 은밀한 느낌이었어.

복도가 가운데 홀 때문에 둘로 나뉘어 있다고 내가 말했었

"그는 어둠 속을 뚫어져라 보고 있더군."
시드니 패짓 그림, 《스트랜드 매거진》(1901)

지? 홀 위로 빙 둘러서 발코니가 있고 말이야. 나는 그가 시야에서 사라질 때까지 기다렸다가 그를 따라갔어. 그가 저쪽 편 복도에 닿았을 때 나는 그 가운데 발코니를 돌았어. 어느 방의 열린 문 틈으로 나오는 희미한 빛 때문에 그가 그 방들 중 하나에 들어갔다는 것을 알 수 있었어. 그런데 이 방들은 모두 가구도 없고 비어 있어서 그의 원정이 더없이 이상할 수밖에. 흘러나오는 빛이 일정한 걸로 봐서 그가 움직이지 않고 서 있는 것 같았어. 나는 최대한 소리를 죽이고 기어가서 그 방을 엿볼 수 있었지.

배리모어는 창가에 몸을 수그리고 유리창 쪽으로 촛불을 비추고 있었어.

그의 옆얼굴이 반쯤 내 쪽으로 보였어. 그는 뭔가에 대한 기대로 얼굴이 굳어 있는 것 같았어. 황야의 칠흑 같은 어둠 속을 뚫어져라 보고 있더군. 몇 분간 그는 골똘히 밖을 지켜보고 서 있었어. 그러고는 저 깊은 곳에서 올라오는 듯한 신음 소리를 내더니 참을 수 없다는 듯이 촛불을 꺼버리더군. 즉시 나는 발길을 돌려 내 방으로 돌아왔어. 몇 초 지나지 않아서 아까처럼 살금살금 되돌아가는 발소리가 들리더군. 한참 후에 내가 선잠이 든 뒤 어디선가 열쇠 돌아가는 소리가 들렸어. 그런데 어느쪽에서 난 건지는 모르겠더군. 이 일이 모두 뭘 의미하는지는 짐작도 안 가지만, 이 음울한 집에서 뭔가 비밀스러운 일이 진행되고 있어. 조만간 실체를 알게 되겠지. 내 의견을 늘어놓지는 않을게. 자네가 사실만 수집해달라고 부탁했으니 말이야. 오늘 아침에 헨리 경이랑 한참 얘기를 나누고 나서 우리는 내가 어젯밤 본 것에 기초해 작전을 짰어. 지금은 얘기하지 않을게. 다음번 내 보고서는 분명 재미있어질 거야.

제9장
왓슨 박사의 두 번째 보고

황야의 빛

10월 15일, 바스커빌 저택

홈즈에게

임무 초반에는 자네에게 소식을 많이 전해줄 수 없는 상황이었어. 지금은 그 시간들을 벌충하려고 노력 중이란 걸 알아줬으면 해. 게다가 주변에서 여러 가지 사건이 정신없이 일어나고 있어. 지난번 보고 때에는 배리모어가 창가에 있더라는 얘기를 강조했는데 지금부터 할 얘기는, 내가 틀리지 않았다면, 자네를 정말 놀라게 할 거야. 내가 짐작도 못한 일들이 돌아가면서 일어났으니까. 어떻게 보면 지난 48시간 동안 상황이 분명해졌다고도 할 수 있고, 어떻게 보면 더 복잡해지기도 했어. 하지만 자네에게 전부 다 얘기할 테니 판단은 자네가 하길.

내가 모험을 했던 다음 날 아침 식전에 나는 복도를 따라가서 배리모어가 그 전날 있었던 방을 조사해봤어. 배리모어가 그렇게 골똘히 쳐다보던 서쪽 창문은 집 안에 있는 다른 모든 창문들과는 다른 점이 있다는 걸 깨달았지. 그 창문에서는 황야가 가장 가깝게 잘 보이는 거야. 나무 두 그루 사이에 틈이 있는데 이 창문에서 보면 그 틈 사이로 황야를 직접 볼 수 있더군. 다른 창문들은 고작해야 먼 구석을 살짝 볼 수 있을 뿐인데 말이야. 그 말은 배리모어가 황야에 있는 뭔가를, 아니면 황야에 있는 누군가를 보고 있었다는 말이 되지. 배리모어의 목적을 충족시킬 수 있는 건 이 창뿐이었던 거야.

그날 밤은 정말 어두웠어. 그러니 그가 누군가를 발견하려고 했다고 생각할 수는 없어. 그러자 뭔가 치정에 얽힌 일일 수도 있겠다는 생각이 머리를 스치더군. 배리모어가 왜 그렇게 도둑고양이처럼 움직였는지, 또 아내에게는 왜 딱딱하게 구는지도 설명이 되니까 말이야. 배리모어는 외모가 준수하니 시골 처녀의 마음을 훔칠 만도 하잖아. 그러니 이 이론도 나름 일리가 있지 않을까 싶어. 그러니까 내가 방으로 돌아오고 나서 들었던 문 열리는 소리는 배리모어가 은밀한 약속을 지키려고 나가는 소리였을지도 모른다 이거지. 아침에 내가 추리한 내용은 이 정도야. 터무니없는 이야기일 수도 있지만 일단 내 의심이 향하는 쪽을 얘기한 거야.

하지만 배리모어가 그렇게 행동한 진짜 이유가 뭐든 간에 이 일을 설명할 수 있을 때까지 발설하면 안 된다는 책임감이 너무 무겁더군. 아침 식사 후에 준남작과 이야기를 나누었는데 준남작에게 내가 본 걸 전부 말해줬어. 그런데 내가 예상했던 것만큼 놀라지는 않더군.

"배리모어가 밤에 돌아다니는 걸 알고 있었습니다. 그래서 한번 얘기를 해볼까 하고 있었죠." 준남작이 말했어. "두세 번 복도에서 그의 발자국 소리를 들은 적이 있습니다. 왓슨 박사님이 얘기하는 그 시간에 왔다 갔다 하는 소리 말이죠."

"그렇다면 배리모어는 매일 밤 그 창문으로 가는 모양이군요." 내가 의견을 냈어.

"아마 그런 것 같습니다. 그렇다면 우리가 그의 뒤를 밟을 수도 있을 겁니다. 그러면 그가 뭘 하는지 알 수 있겠죠. 홈즈 씨가 여기 있었다면 어떻게 했을지 궁금하군요."

"분명히 경이 방금 제안한 대로 했을 겁니다." 내가 말했어. "배리모어를 따라가서 뭘 하는지 봤겠지요."

"그러면 우리가 그렇게 해보기로 하지요."

"하지만 들킬 수도 있어요."

"그는 귀가 좀 어두워요. 어찌 되었건 이 기회를 놓칠 수는 없죠. 오늘 밤에는 제 방에 함께 있다가 그가 지나가기를 기다려봅시다." 헨리 경은 기분이 좋은 듯 두 손을 비볐어. 분명 모험이 황야에서의 다소 따분한 생활에 어떤 해방감을 준 모양이야.

준남작은 찰스 경을 위해 재건축 계획을 세웠던 건축가와도 연락하고, 런던의 도급업자와도 접촉하고 있어. 그러니 머지않아 큰 변화가 있겠지. 플리머스에서 장식업자와 가구업자도 왔어. 우리 친구는 원대한 계획을 갖고 있고, 가문의 영광을 재현하기 위해 노고와 비용을 아끼지 않을 요량인 게 분명해. 일단 저택을 보수하고 가구를 새로 들이고 난 후에는 아내만 있으면 완벽해질 거야. 우리끼리 얘기지만 아내도 곧 생길 것 같은 징조가 여럿 있어. 그 여자분이 원하기만 하면 말이야. 남자가 여자한테 그렇게나 푹 빠져 있는 건 처음 봐. 준남작이 우리의 아름다운 이웃 스테이플턴 양한테 빠진 것 말이야. 그래도 진실한 사랑의 과정이라는 게 꼭 예상대로 흘러가는 것 같지는 않아. 예를 들면 오늘도 생각지 못한 작은 파문이 있었거든. 우리 친구가 엄청 당황하고 화를 냈지.

배리모어에 대한 이야기를 나눈 다음에 헨리 경은 나가려고 모자를 쓰더군. 늘 그랬듯이 나도 모자를 썼지.

"따라오시게요, 왓슨 박사님?" 그가 날 당황스럽게 쳐다보면서 물었어. "황야에 가실 거라면 그렇죠." 내가 말했어.

"네, 그렇긴 하죠."

"제 행동 지침을 알고 계시지 않습니까. 방해가 되어서 죄송합니다만, 홈즈가 얼마나 열렬히 얘기하는지 들으셨겠죠. 제가 경을 혼자 두어서는 안 되고, 특히나 경은 절대 혼자 황야에 나가면 안 된다고요."

헨리 경이 손을 내 어깨에 올리더니 기쁘게 웃더군.

"헨리 경이 손을 내 어깨에 올렸어."
시드니 패짓 그림, 《스트랜드 매거진》(1901)

"존경하는 왓슨 박사님." 그가 말했어. "홈즈 씨도 이런 상황은 예상할 수 없었을 겁니다. 제가 황야에 온 다음에 벌어진 일들 말입니다. 이해하시겠습니까? 왓슨 박사님이 절대로 분위기를 망칠 분은 아니라고 생각합니다. 저 혼자 가야 합니다."

나는 난감한 처지에 놓이고 말았지. 무슨 말을 해야 할지, 어떻게 해야 할지 도무지 모르겠더군. 내가 우물쭈물하는 사이 그는 벌써 지팡이를 챙겨서 나가버렸어.

그런데 곰곰 생각해보니 너무나 꺼림칙한 거야. 어떤 구실이 되었든 간에 그를 내 시야에서 놓쳐버렸다는 게 말이지.

만약 내가 자네의 주의 사항을 소홀히 한 것 때문에 무슨 나쁜 일이 벌어져서, 자네에게 돌아가 말해야 한다면 기분이 어떨지 상상해봤어. 그 생각을 하니 얼굴이 화끈 달아오르더군. 지금이라도 그를 따라잡기에 늦지 않았을 수도 있겠다 싶었어. 그래서 곧장 머리핏 하우스로 출발했지.

나는 전속력으로 길을 따라갔는데도 헨리 경은 보이지 않았어. 그러다가 황야로 가는 길이 갈리는 곳에 도착했지. 내가 방향을 잘못 잡은 것은 아닌가 하는 걱정에 언덕 위로 올라가서 주변을 둘러봤어. 채석장이 있던 그 언덕 말이야. 그때 한눈에 그를 알아보았지. 그는 황야로 가는 길에 있었는데 400미터 정도 떨어진 곳이었어. 여자 한 명이 옆에 있으니 스테이플턴 양이 틀림없겠지. 두 사람이 벌써 마음이 통해 약속을 하고 만났다는 걸 알겠더군. 그들은 이야기에 빠져서 천천히 걷고 있었어. 그녀는 뭔가 간절히 얘기하는 듯이 손을 살짝살짝 재빠르게 움직이고 있었어. 그는 골똘히 듣더니 강한 반대의 표현으로 머리를 한두 번 내젓더군. 나는 바위 사이에 서서 그들을 지켜보고 있었어. 도대체 어떻게 해야 할지 모르겠더라고. 그들을 따라가서 은밀한 대화를 깨놓자니 너무 잔인한 일인 것 같고, 분명히 내 임무는 그를 한 순간도 내 시야에서 놓치지 않는 일이고 말이야. 친구를 감시하자니 정말이지 할 짓이 못 되더군. 그래도 그를 잘 볼 수 있는 곳은 그 언덕뿐이었어. 나중에 그에게 내가 한 일을 고백해서 양심의 가책을 덜기로 했지. 갑자기 그에게 무슨 위험이 닥친다면 내가 도움이 되기에는 너무 멀리 떨어져 있었던 것이 사실이야. 그래도 내 입장이 아주 난처한 상황이어서, 더는 어떻게 할 수 없었다는 건 자네가 이해하리라 믿어.

우리 친구 헨리 경과 그 숙녀는 대화에 완전히 푹 빠져 어느새 길 중간에 멈춰 서더군. 그 순간 나는 그들을 지켜보고 있는 것이 나 혼자가 아니라는 것을 느꼈어. 뭔가 녹색 물체가 공중에서 떠다니는 게 내 시야에 잡혔어. 자세히 보니 그건 막대기 끝에 걸려 있었고, 그 막대기는 땅에서 움직이고 있는 한 남자가 들고 있었지. 스테이플턴이 포충망을 들고 있는 거였어. 그 두 남녀에게는 나보다 스테이플턴이 훨씬 가깝게 있었어. 스테이플턴이 그들에게 다가가는 것 같았어. 그 순간 헨리 경이 갑자기 스테이플턴 양을 자기 쪽으로 끌어당기더군. 헨리 경이 그녀에게 팔을 둘렀지만 내가 보기에 스테이플턴 양은 얼굴을 돌려 외면하면서 헨리 경에게서 벗어나려고 하는 것 같았어. 헨리 경이 스테이플턴 양의 얼굴 쪽으로 머리를 숙이니까 스테이플턴 양은 한 손을 올리며 거부하더군. 다음 순간 그들은 깜짝 놀라 떨어지며 돌아섰어.

스테이플턴 때문이었지. 스테이플턴은 그들을 향해 거칠게 돌진했고, 포충망이 그의 등 뒤에서 우스꽝스럽게 나풀거렸어. 연인 앞에서 스테이플턴은 완전히 흥분해서 손짓 발짓을 하고 있었는데, 마치 춤을 추는 것 같더군. 그 상황이 뭐였는지는 알 수 없지만 내 느낌에는 스테이플턴이 헨리 경에게 욕설을 하는 것 같았고, 헨리 경은 설명을 하려고 했지만 스테이플턴은 들을 생각도 않고 그럴수록 더 화를 내는 것 같았어. 스테이플턴

"헨리 경이 갑자기 스테이플턴 양을 자기 쪽으로 끌어당기더군."
시드니 패짓 그림, 《스트랜드 매거진》(1901)

양은 도도하게 침묵을 지키고 있더군. 마침내 스테이플턴이 발길을 돌리더니 여동생에게 고압적으로 손짓을 했어. 여동생은 잠시 머뭇거리듯이 헨리 경을 보더니 오빠 옆에 붙어서 걸어가 버리더군. 박물학자 양반이 화가 난 몸짓인 걸로 봐서 동생한테도 화가 난 것 같았어. 준남작은 잠시 서서 그들이 가는 걸 쳐다보더니 왔던 길로 돌아서서 천천히 걸어갔어. 고개를 푹 숙인 품이 낙담 그 자체였어.

"스테이플턴 때문이었지."
리하르트 구트슈미트 그림, 『바스커빌 씨네 사냥개』,
슈투트가르트, 로베르트 루츠 출판사(1903)

 그 의미를 전부 이해할 수는 없는 상황이지만 친구 몰래 이런 은밀한 장면을 엿본 것이 정말이지 부끄럽더군. 그래서 나는 언덕을 달려 내려가서 언덕 밑에서 준남작을 만났어. 그는 화가 나서 얼굴이 붉으락푸르락해서는 이맛살을 찡그리고 있더군. 뭘 어떻게 할지 갈피를 못 잡는 표정이었어.
 "여, 왓슨 씨! 어디서 내려오시는 건가요?" 그가 말했어. "설마 저를 따라왔던 건 아니겠지요?"

나는 그에게 모든 걸 설명했어. 도저히 혼자 집에 남아 있을 수가 없어서 그를 따라왔고, 좀 전에 벌어진 상황을 모두 목격했다고 말이야. 아주 잠깐 나를 노려보는 것 같았지만 내 솔직함에 화가 풀린 모양이었어. 마침내 다소 유감스럽다는 듯 웃음을 터트리더군.

"초원 한가운데는 사적인 일을 나누기에 꽤 안전한 장소라고 생각했던 거죠." 그가 말했어. "그런데 제기랄, 시골 전체가 제가 구애하는 장면을 목격한 것 같군요. 그것도 한심하기 짝이 없는 구애라니! 그래 박사님은 어디에 자리를 잡고 계셨어요?"

"저 언덕 위에 있었지요."

"그 정도면 꽤 뒷좌석이군요. 그녀의 오라비는 완전 앞좌석에 있었는데 말이죠. 스테이플턴이 우리 앞에 나타난 것 보셨습니까?"

"네."

"그가 그렇게 화내는 걸 보신 적 있나요? 그녀의 오빠라는 작자가?"

"본 적이 없는 것 같습니다."

"저도 없었습니다. 여태까지 아주 이성적인 사람이라고 생각했거든요. 하지만 오늘 보셨듯이 우리 둘 중 한 사람은 정상이 아닌 것 같군요. 대체 저한테 무슨 문제가 있나요? 왓슨 씨는 제 옆에서 몇 주 동안 지내지 않았습니까? 솔직히 한번 말씀해보세요. 사랑하는 여인에게 좋은 남편이 못 될 이유가 저한테 있습니까?"

"없죠."

"사회적인 지위 때문에 반대할 리는 없으니, 분명 저라는 사람 자체에 마음에 안 드는 구석이 있는 겁니다. 도대체 뭐가 마음에 안 드는 걸까요? 저는 평생 한 번도 제가 아는 사람들에게 해를 끼친 적이 없습니다. 그런데도 스테이플턴은 그녀에게 손끝도 대지 못하게 하는군요."

"스테이플턴이 그렇게 얘기하던가요?"

"네, 그 말도 하고 훨씬 많은 얘기를 했죠. 왓슨 씨, 제가 드릴 수 있는 말씀은요, 제가 비록 그녀를 안 지 몇 주 되지는 않았지만 처음부터 그녀가 저한테 꼭 맞는 사람이란 걸 느꼈다는 겁니다. 그녀도 마찬가지고요. 저랑 함께 있을 때 행복해했으니까요. 그건 확실히 장담할 수 있어요. 여인의 눈빛에는 말보다 분명한 것이 들어 있지 않습니까. 그런데도 스테이플턴은 절대로 우리가 만나지 못하게 해왔습니다. 그녀랑 단둘이서 말을 나눌 기회를 잡은 것도 오늘이 처음이에요. 그녀는 기꺼이 저를 만나려고 했지만, 막상 만나니 사랑에 대한 얘기를 하려고 했던 게 아니더군요. 그녀는 사랑에 대해서는 말도 꺼내지 못하도록 하거나 말을 막았어요. 그러고는 계속해서 이곳이 위험하다는 얘기를 꺼내는 겁니다. 제가 여기를 떠나기 전에는 자신은 행복할 수 없을 거라고요. 저는 그녀를 만난 이상 여기를 서둘러 떠나지는 않을 거라고 말했습니다. 만약 그녀가 정말로 제가 떠나기를 바란다면 유일한 방법은 그녀가 함께 가는 것뿐이라고도 말했지요. 그러고는 결혼하자고 이야기를 하고 있는데, 그녀가 대답할 겨를도 없이 그 오라비라는 자가 들이닥친 겁니다. 미친 사람 같은 얼굴을 하고서요. 그는 어찌나 화가 났는지 얼굴이 하얗게 질려서는 두 눈이 이글이글 타들어갈 것 같더군요. 제가 무슨 짓을 했나요? 제가 숙녀분에게 무슨 불쾌한 짓이라도 했겠습니까? 제가 준남작이라고 해서 아무렇게나 해도 된다고 생각했겠습니까? 스테이플턴이 그녀의 오빠만 아니었으면 따끔하게 한마디 했을 겁니다. 그래도 오빠라서, 나는 여동생에 대해 느끼는 감정에는 한 점 부끄러움이 없으며, 그녀가 아내가 되어주기를 진심으로 바란다고 말했습니다. 그래도 전혀 상황이 나아지는 것 같지 않더군요. 그래서 저도 그만 화가 치밀어서 다소 격하게 대꾸를 했던 것 같습니다. 그녀가 옆에 서 있는데 말이죠. 그러자 그가 그녀를 데리고 가버리는 걸로 상황이 종료되었습니다. 보셨겠지만요. 이 시골에서 저보다 더 어리둥절할 사람이 있을까 싶군요. 왓슨 씨, 도무지 이게 다 어찌 된 일일까요? 영문을 알려주신다면 그보다 고마울 수 없을 겁니다."

나도 한두 가지 설명을 시도해보았지만, 사실 나 자신도 정말 이해가 안 가더군. 우리 친구는 직위며 재산, 나이, 성품, 외모 뭐 하나 빠질 게 없잖나. 내가 아는 한 흠잡을 데가 없어. 그의 가문에 드리운 어두운 운명을 문제 삼는다면 또 모르지만 말이야. 그가 접근하는 것이 그 숙녀의 의향과는 전혀 상관도 없이 그런 식으로 거부당하고, 또 그 숙녀는 그 상황을 아무 저항도 없이 받아들인다는 게 놀라울 뿐이야. 그렇지만 우리의 추측은 바로 그날 오후 스테이플턴이 방문함으로써 좀 정리되었어. 스테이플턴은 아침에 자신이 저지른 무례한 행동에 대해 사과를 하러 왔더군. 서재에서 헨리 경과 단둘이 한참 얘기를 나누더니 아마도 대화의 결과가 상황을 꽤 호전시킨 것 같아. 우리가 다음 금요일에 머리핏 하우스에서 저녁을 하기로 한 것이 그 증거지.

"그가 미친 사람이 아니라고 얘기하지는 않겠습니다." 헨리 경이 말하더군. "오늘 아침 저에게 달려들 때의 그 눈빛은 잊을 수가 없으니까요. 하지만 그가 정말 간곡하게 사과를 했다는 것은 인정하지 않을 수 없군요."

"스테이플턴이 자기 행동의 이유에 대해 설명을 하던가요?"

"그의 말로는 여동생이 자기 인생의 전부라는 겁니다. 자연스러운 일이지요. 그가 그녀의 가치를 안다는 건 기쁩니다. 그들은 항상 함께였고, 그의 설명에 따르자면 그는 매우 외로운 사람이어서 친구라고는 여동생뿐이라는 거예요. 그래서 그녀를 잃는다는 게 너무 끔찍했다는군요. 자기 말로는 제가 여동생과 친해지고 있는지 몰랐는데, 두 눈으로 직접 보게 되니까 그녀를 뺏기게 될 것 같은 생각이 들어서 너무 충격을 받은 나머지, 자기가 무슨 말을 하고 무슨 짓을 했는지도 모르겠다고 하네요. 그래서 일어난 일에 대해 정말 미안하다고 하면서 자기 여동생처럼 아름다운 여자를 평생 자기 옆에 둘 수 있다고 생각했다는 게 얼마나 어리석고 이기적이었는지 알겠다고 하더군요. 만약 여동생이 자기를 떠나야 한다면 저 같은 이웃이면 좋겠다고요. 어쨌거나 그에게는 충격이라서 상황을 직시하는 데 시간이 좀 걸리겠다고 하네요. 그는 제가 석 달만 참고 기다려주겠다고 약속한다면, 그리고 그동안 사랑을 요구하지 않고 우정을 키우는 것에 만족하겠다고 한다면, 모든 반대를 철회하겠다고 했어요. 그래서 제가 약속을 했고 상황은 정리된 거죠."

이렇게 해서 작은 수수께끼 중에 한 가지는 해결이 되었어. 허우적대던 늪에서 뭔가 바닥을 친 거지. 이제 스테이플턴이 왜 여동생의 구혼자를 좋지 않게 봤는지 알게 되었어. 특히나 헨리 경처럼 훌륭한 구혼자에게 말이야. 이제 내가 얽힌 실타래[128]에서 풀어내고 있는 다른 실마리로 넘어갈게. 그 한밤의 울음소리와 배리모어 부인의 눈물 자국, 집사의 비밀스러운 서쪽 창문 순례에 대해서 말이야. 홈즈, 날 축하해주길 바라. 그리고 내가 현장 요원으로서 자네를 실망시키지 않았다는 말도 해주면 좋겠군. 나를 여기로 보낼 때 신뢰한 걸 후회하지 않는다고 말이야. 하룻밤 작업으로 이 모든 게 깨끗이 해결되었거든.

내가 '하룻밤 작업'이라고 했지만 실은 이틀 밤 작업이었어. 첫날은 완전히 허탕이었거든. 나는 헨리 경의 방에서 그와 함

128. 왓슨이 좋아하는 표현임에 분명하다. 아서 코난 도일의 노트를 보면 심지어 왓슨은 이 단어를 『주홍색 연구』의 원제목으로 사용하려고 했었다.

게 거의 새벽 3시까지 기다렸어. 그런데도 계단에 있는 괘종시계 소리 말고는 아무 소리도 들을 수가 없더군. 그렇게 우울한 철야도 없었을 거야. 결국 우리 둘 다 의자에 앉은 채 잠이 들어버렸어. 다행히 우리는 낙담하지 않고 다시 시도해보기로 했지. 다음 날 밤 우리는 불빛을 줄이고 담배를 피우며 앉아 있었어. 최대한 소리도 내지 않고 말이야. 시간이 어찌나 느리게 가던지. 그래도 우리는 사냥감이 걸려들지도 모를 덫을 지켜보는 사냥꾼의 인내심으로 그 시간을 견뎌냈어. 시계가 1시를 치고, 2시. 우리가 두 번째로 좌절을 맛보고 포기하려는 찰나, 즉각 우리 둘 다 허리를 꼿꼿이 세우고 자리에 똑바로 앉았어. 지친 감각들을 날카롭게 세워서 다시 한 번의 순간을 기다렸지. 복도 마루가 삐걱하는 소리를 들었으니까.

우리는 그 소리가 아주 은밀하게 복도를 지나서 멀어져가는 걸 들었어. 그때 준남작이 조심스럽게 문을 열었어. 우리는 추적에 나섰지. 우리의 범인은 벌써 복도를 돌았더군. 복도에는 온통 어둠뿐이었어. 우리는 조심스럽게 다른 쪽 부속 건물로 갔지. 늦지 않고 큰 키에 검정 턱수염을 기른 사람을 발견할 수 있었어. 어깨를 움츠리고 까치발로 복도를 걸어가더군. 그리고 전에 들어갔던 그 문으로 들어갔어. 촛불에서 나온 빛이 어둠 속의 문틈을 비추면서 어두운 복도에 한 줄기 노란 광선을 드리우고 있었어. 우리는 소리 나지 않게 마루 판자를 골라서 발을 내디디며 조심조심 그쪽으로 갔어. 조심하느라 신발을 벗고 왔는데도 오래된 판자들은 발을 디딜 때마다 삐걱거렸어. 어떤 때는 우리가 다가가는 소리를 그가 못 들었을 수는 없겠다 싶기도 했어. 하지만 천만다행으로 그 남자는 가는귀를 먹은 탓에 자기가 하는 일에만 정신이 팔려 있었어. 마침내 우리가 그 문에 도착해서 안을 들여다보았더니 그는 창가에서 구부정하게 서 있더군. 손에는 촛불을 들고 하얀 얼굴을 온통 집중해서 유리창에 얼굴을 들이대고 있는 거야. 이틀 전에 본 거랑 똑같은 광경이었어.

우리는 아무런 작전 계획이 없었지만, 준남작은 언제나 직설적인 게 자연스러운 사람이잖아. 그가 방 안으로 걸어 들어갔어. 배리모어가 깜짝 놀라서 펄쩍 뛰듯이 창에서 떨어지더군. 날카로운 호흡 소리를 내면서 말이야. 그러고는 파랗게 질려서 벌벌 떨며 우리 앞에 서 있었어. 하얀 얼굴 속에 빛나는 그의 검은 눈은 공포와 놀람으로 가득 차 있었지. 헨리 경을 보고는 다시 나를 보더군.

"여기서 뭘 하는 거요, 배리모어?"

"아무것도 아닙니다." 배리모어는 너무 크게 동요해서 제대로 말도 나오지 않는 모양이더군. 촛불을 든 손이 떨려서 그림자가 요동을 했지. "창문 때문입니다, 헨리 경, 저는 밤이면 창이 잘 닫혔는지 보고 다닙니다."

"2층에서 말이오?"

"네, 모든 창을 봅니다."

"이봐요, 배리모어." 헨리 경이 준엄하게 말했어. "우리는 당신한테서 진실을 듣기로 작정했어요. 그러니 당장 말하는 편이 나을 거요. 당장! 거짓말할 생각 마시오! 그 창에서 대체 뭘 하고 있었소?"

그 친구는 넋이 나가서 우리를 쳐다보더군. 그리고 극단적인 불행과 회의에 빠진 사람처럼 두 손을 마주 잡고 전전긍긍했어.

"나쁜 짓을 하고 있었던 게 아닙니다. 창가에서 촛불을 들고 있던 것뿐이에요."

"그래, 창가에서 왜 촛불을 들고 있었던 거요?"

"묻지 말아주십시오, 헨리 경. 저한테 묻지 마세요! 장담컨대 결코 저의 비밀이 아니라서 말씀드릴 수가 없습니다. 저만 관련된 일이라면 절대로 숨기려고 하지 않았을 겁니다."

"여기서 뭘 하는 거요, 배리모어?"
시드니 패짓 그림, 《스트랜드 매거진》(1901)

그때 퍼뜩 드는 생각이 있어서 나는 창턱에서 촛불을 들어
올렸어. 집사가 촛불을 거기 놓아두었었거든.

"배리모어는 이걸로 신호를 보내고 있었던 게 틀림없어요."
내가 말했어. "응답이 있는지 봅시다."

나는 그가 하던 것처럼 촛불을 들고 밖의 어둠을 응시했어.
희미하게 나무 기둥들이 보이고 황야의 밝은 부분이 보이더군.
달은 구름에 가려 있었으니까. 그때 탄성을 질렀지. 조그만 노
란 불빛이 갑자기 어둠을 뚫고 나타났거든. 창문으로 내다보이

는 어두운 사각의 풍경 한복판에서 계속 빛이 반짝였어.

"저기 있네요!" 내가 외쳤지.

"아뇨, 아닙니다. 박사님. 아무것도 없습니다. 아무것도 아니에요." 집사가 끼어들었어. "분명히 말씀드리지만요……."

"불을 흔들어봐요, 왓슨!" 준남작이 외쳤어. "봐요, 저것도 움직이네요! 자, 이 악당 같으니라구. 이래도 신호가 아니라는 거야? 어서 말하게! 저기 있는 공범자가 누구야? 무슨 음모를 꾸미고 있는 건가?"

집사의 얼굴은 노골적인 반대를 표시하더군. "제 일입니다, 경의 일이 아니에요. 이야기 못 합니다."

"그러면 당장 집사 일을 그만두시오."

"좋아요, 그래야만 한다면 그러겠습니다."

"불명예를 안게 될 거요. 젠장, 스스로 부끄러운 줄 아시오. 당신 가족은 이 지붕 아래에서 100년이 넘게 살았는데, 여기서 나에 대해 검은 음모를 꾸미고 있는 꼴을 보게 될 줄이야."

"아닙니다, 아니에요. 나쁜 짓을 하려던 게 아니에요!"

여자 목소리였어. 배리모어 부인이 남편보다 더 놀라서 더 창백한 얼굴로 문가에 서 있더군, 그녀의 얼굴에 드러나 강렬한 표정이 아니었다면, 그 덩치에 숄과 치마를 두른 모습은 웃음을 자아냈을 거야.

"가야 해, 일라이자. 이걸로 끝이야. 짐을 쌉시다." 집사가 말했어.

"아, 존, 존. 내가 당신을 이렇게 만들다니요. 헨리 경, 이건 모두 제 탓이에요. 그이는 저를 위해 그랬던 것뿐입니다. 제가 부탁했어요."

"그러니 말을 해요! 대체 무슨 일이오?"

"불쌍한 제 동생이 황야에서 굶고 있어요. 저희는 동생이 우리 문간에서 굶어 죽게 만들 수는 없습니다. 그 불빛은 그 아이

"여기서 뭘 하는 거요, 배리모어?"
리하르트 구트슈미트 그림, 『바스커빌 씨네 사냥개』,
슈투트가르트, 로베르트 루츠 출판사(1903)

에게 음식이 준비되었다는 신호예요. 그리고 그 애가 보내는
불빛은 거기로 가져오라는 신호고요."

"그럼 당신 동생이……."

"그 탈옥수예요, 셀던이라는 죄인."

"그렇습니다." 배리모어가 말했어. "제 비밀이 아니라서 말
씀드릴 수가 없다고 했지요. 하지만 이제 알게 되셨으니 경에
대한 음모가 아니라는 걸 아실 겁니다."

이게 밤중의 까치발 순례와 창가의 불빛에 대한 이유였어.
헨리 경과 나는 둘 다 놀라서 배리모어 부인을 쳐다볼 수밖에
없었어.

이 차분하고 점잖은 부인이 전국에서 가장 악명 높은 범죄자
와 같은 핏줄이라는 게 가능한 걸까?

"그래요. 제 성은 셀던이었어요. 그 아이는 제 동생이고요.
저희가 그 애를 너무 오냐오냐 키웠어요. 그래서 제멋대로인

"그 탈옥수예요."
시드니 패짓 그림, 《스트랜드 매거진》(1901)

아이가 되어버렸죠. 그 아이는 세상이 모두 저 좋으라고 생긴 줄 알게 되었고, 하고 싶은 대로 해도 된다고 생각하게 되었어요. 그러다가 나이가 드니 사악한 친구들을 만난 거지요. 그 애 안에 악마가 들어차서, 저희 어머니 마음을 찢어놓고 우리 집 안의 이름에 먹칠을 했어요. 범죄가 하나씩 늘어가면서 그 아이는 계속 나락으로 떨어졌어요. 겨우 신의 은총으로 교수대만은 면한 신세가 되었지요. 하지만 그 앤 저에게는 언제나 곱슬머리 소년일 뿐이에요. 누나로서 제가 돌봐주고 놀아주던 꼬마인 거지요. 그 애가 탈옥한 이유도 그 때문이었어요. 그 아이는 제가 여기 있을 거고, 제가 자신의 요청을 거절하지 못할 거란 걸 안 겁니다. 어느 날 밤 그 아이가 여기까지 찾아왔어요. 지

129. 왓슨 박사는 이 지점을 어떻게 아는 걸까? 언급되지 않은 대화에서 누군가 왓슨에게 얘기해준 적이 있는 걸까? 『바스커빌 씨네 사냥개』의 모든 판본이 갈라진 바위산Cleft Tor에서 C와 T를 대문자로 썼지만 이것은 그냥 왓슨이 나중에 기억해내면서 붙인 이름일 것이다. 윌리엄 S. 베어링굴드는 이 지점이 관광객들이 좋아하는 클레프트 록Cleft Rock이라고 생각한다.

치고 굶주린 채로 교도관들이 턱밑까지 따라온 상황이었어요. 저희가 어떻게 하겠습니까? 그 아이를 들여보내 먹이고 돌봐주었습니다. 그때 남작님이 돌아오셨어요. 제 동생은 추적이 잠잠해질 때까지 다른 어느 곳보다 황야에 있는 편이 더 안전하겠다고 생각했어요. 그래서 황야에 숨어 지냈습니다. 하지만 이틀마다 저희는 창가에 불을 밝혀서 그 아이가 아직 거기에 있는지를 확인하고, 응답이 있으면 남편이 빵과 고기를 갖다주었습니다. 매일매일 저희는 차라리 그 아이가 가버렸으면 하고 바랐습니다. 하지만 그 아이가 거기에 있는 한 버릴 수는 없었어요. 이게 사태의 전말입니다. 독실한 기독교 신자로서 말씀드릴 수 있어요. 그러니 비난을 받아야 한다면 남편이 아니라 저라는 것을 아실 겁니다. 저를 위해서 남편이 그리 한 것이니까요."

그녀의 말은 간절함을 담고 있었고, 동시에 그들이 가진 신념도 보여주었어.

"이게 정말인가요, 배리모어?"

"네, 헨리 경. 모두 다 진실입니다."

"그러면, 당신이 아내 편을 든 걸 비난할 수는 없군요. 내가 한 말은 잊어버리세요. 방으로 돌아들 가세요. 이 문제는 아침에 좀 더 얘기합시다."

그들이 가고 나서 우리는 다시 창밖을 내다보았어. 헨리 경이 창을 열어젖히자 차가운 밤바람이 얼굴을 때리더군. 저 멀리 어둠 속에 아직도 조그만 노란 불빛 하나가 반짝였어.

"겁도 없는 녀석이군요." 헨리 경이 말했어.

"아마 이쪽에서만 불빛을 볼 수 있게 해두었을 겁니다."

"그렇겠지요. 얼마나 멀어 보입니까?"

"갈라진 바위산 근처가 아닐까요."[129]

"2-3킬로미터 이내겠지요."

"그렇겠지요."

"배리모어가 음식을 날라줘야 했으니 그리 멀지 않을 겁니다. 그 악당이 촛불을 켜두고 기다리고 있는 거군요. 젠장, 나가서 저놈을 잡아야겠어요!"

나도 똑같은 생각을 했어. 이건 배리모어 부부가 우리를 믿고 비밀을 밝힌 상황이 아니었지. 비밀이 들통 난 상황이었던 거야. 그 죄수는 마을의 위험 인자였고, 그런 악당을 동정하거나 용서하는 건 가당찮은 일이었지. 더 이상 해악을 끼칠 수 없는 장소로 그를 되돌려놓을 수 있는 기회를 버리지 않는 게 우리의 의무였어. 우리가 손을 쓰지 않는다면 다른 사람들이 그 무자비하고 폭력적인 근성에 해를 입게 될 수도 있잖아. 예를 들면 언제든 밤에 우리 이웃 스테이플턴네가 공격을 받을 수도 있는 거고. 아마 이 생각 때문에 헨리 경이 더 예민하게 그를 쫓으려고 했을 거야.

"나도 가겠습니다." 내가 말했어.

"그러면 가서 총을 챙기고 신발을 신으시지요. 빨리 출발할수록 좋겠어요. 놈이 불을 끄고 사라질지 모르니까요."

5분 뒤에 우리는 벌써 밖에 나왔고 원정을 시작했지. 서둘러 어두운 관목 숲을 헤치고 나아갔어. 가을바람이 음산하게 속삭이고 낙엽이 바스락거렸지. 축축하고 뭔가 썩는 냄새 같은 걸로 밤공기가 무겁더군. 어쩌다 가끔 달이 잠깐 내다보이다가도 구름에 가려버리고 하더니, 우리가 황야에 나오자마자 비가 쏟아지기 시작했어. 불빛은 아직도 저 앞쪽에서 환히 빛나고 있었지.

"무기는 갖고 있나요?" 내가 물었어.

"사냥용 말채찍[130]을 갖고 나왔습니다."

"잽싸게 놈을 덮쳐야 할 거예요. 아쉬운 게 없는 놈이니까요. 급습해서 그놈이 저항할 틈도 없이 무릎을 꿇려야 해요."

130. 물론 이것은 홈즈가 가장 좋아했던 무기다. 「빨강머리연맹」에서 홈즈는 존 클레이가 리볼버를 꺼내기 전에 그의 손목에 수렵용 채찍을 날린다. 「정체의 문제」에서는 윈디뱅크를 수렵용 채찍으로 위협하며, 「여섯 개의 나폴레옹 석고상」에서는 "장전된" 사냥용 말채찍을 준비해 간다.

"그런데, 왓슨 박사님" 하고 준남작이 말했어. "이 상황을 보면 홈즈 씨가 뭐라고 할까요? 그 악의 기운이 피어오르는 어둠의 시간 운운한 것은 또 어떻고요?"

마치 준남작의 말에 대답이라도 하듯이 갑자기 광대하게 펼쳐진 컴컴한 황야에서 내가 전에 그림펜 늪 옆에서 들었던 그 이상한 울음소리가 들려오는 거야. 어둠의 침묵을 뚫고 그 소리가 바람에 실려 왔어. 길고 낮은 웅얼거림 뒤에 피어오르는 울부짖음, 그리고 구슬프게 깽깽거리며 잦아드는 그 소리가. 또 한 번, 다시 한 번 그 소리는 반복되었어. 거칠고 사나운, 마치 위협하는 듯한 그 소리에 대기 전체가 요동치는 것 같았지. 준남작이 내 옷자락을 잡았어. 어둠 속에서 그의 얼굴이 하얗게 빛나더군.

"세상에나, 이게 무슨 소리죠?"

"나도 모르겠습니다. 황야에서 나는 소리죠. 전에 한 번 들은 적이 있어요."

그 소리는 사라지고 완전한 침묵만이 우리를 둘러쌌어. 우리는 귀를 쫑긋 세우고 서 있었지. 아무것도 나타나지 않더군.

"박사님" 준남작이 말했어. "그건 사냥개의 울부짖음이었어요."

나는 소름이 끼쳤어. 갑자기 공포에 사로잡힌 그의 목소리가 갈라졌거든.

"사람들은 이 소리를 뭐라고들 하나요?" 그가 물었어.

"누가요?"

"여기 시골 사람들이요."

"아, 그들은 무지한 사람들이잖습니까. 그들이 뭐라고 하든지 왜 신경 쓰십니까?"

"말해주십시오, 사람들이 뭐라고 하나요?"

나는 망설였지만 피해 갈 수 없더군.

"사람들이야 그게 바스커빌 씨네 사냥개가 우는 소리라고 하지요."

그는 "끙!" 하는 소리를 냈어. 그리고 잠시 말이 없더군.

"사냥개였어요." 그가 마침내 입을 열었어. "하지만 몇 킬로미터는 족히 떨어진 곳에서 들려왔던 것 같군요."

"어디서 소리가 났는지는 잘 모르겠어요."

"바람 때문에 소리가 오르내리니까요. 저쪽은 그림펜 늪이 있는 방향 아닌가요?"

"맞아요."

"저쪽 위쪽이었지요. 이제 말해보세요, 박사님도 그게 사냥개 소리라고 느끼지 않았나요? 저는 어린애가 아닙니다. 진실을 말하는 데 주저하실 필요가 없습니다."

"제가 지난번에 저 소리를 들었을 때는 스테이플턴이 옆에 있었어요. 그는 그게 이상한 새소리일 수도 있다고 하더군요."

"아니요, 아닙니다. 그건 사냥개였어요. 이런, 도대체 이 모든 이야기의 진실이 뭘까요? 내가 정말 그처럼 불가사의한 이유로 위험에 빠질 수 있는 걸까요? 박사님은 그걸 믿지 않으시죠?"

"안 믿습니다."

"하지만 이건 런던에서 웃어넘기던 거랑은 다르네요. 이 어두운 황야에 나와 서서 저런 울음소리를 듣는 건 완전히 느낌이 다르군요. 그리고 백부님! 쓰러져 있던 백부님 옆에 사냥개 발자국이 있었습니다. 모든 게 맞아떨어집니다. 저도 겁쟁이는 아니라고 자부합니다만 저 울음소리에는 피가 얼어붙는 것 같습니다. 제 손 좀 한번 만져보세요!"

그의 손은 무슨 대리석 조각처럼 차가웠어.

"내일이면 괜찮아질 거예요."

"도저히 저 울음소리를 머릿속에서 지워버릴 수 있을 것 같지가 않군요. 이제 뭘 해야 한다고 보십니까?"

"돌아갈까요?"

"아니요, 그럴 수야. 놈을 잡으러 나왔으니 잡아야지요. 죄수도 쫓고 지옥에서 온 개도 쫓아야지요. 그들이 우리를 쫓고 있는 게 아니라면 말이죠. 가시죠. 황야에 악귀가 바글바글하더라도 찾아낼 겁니다."

우리는 천천히 어둠 속을 더듬어나갔어. 바위투성이 언덕이 거뭇거뭇 드러나고 앞쪽에는 노란 불빛 한 점이 계속 빛나고 있었지. 칠흑 같은 어둠 속에서 불빛이 얼마나 떨어져 있는가를 가늠하는 것만큼 헷갈리는 일도 없더군. 희미한 빛이 저 멀리 지평선쯤 있는 듯하다가도 몇 미터 이내에 있는 것 같기도 했어. 그래도 마침내 불빛의 진원지를 찾을 수 있었고, 알고 보니 상당히 가까운 거리더군. 일렁이며 타고 있는 초 하나가 바위틈에 끼워져 있었어. 바위들이 옆에서 바람을 막아줄 뿐만 아니라 바스커빌 저택 방향이 아니면 촛불이 보이지 않도록 가리고 있었지.

화강암 바위 때문에 우리는 들키지 않고 접근할 수 있었어. 바위 뒤에 쪼그리고 앉아서 바위 안쪽의 신호용 불빛을 들여다보았지. 이 황야 한가운데서 촛불 하나만 달랑 타고 있는 걸 보고 있자니 참 기분이 이상하더군. 주변에 생물이라고는 흔적도 없었어. 꼿꼿한 노란 불빛 한 점과 그 옆의 양쪽 바위에 반사된 빛뿐이었지.

"이제 어떡할까요?" 헨리 경이 속삭였어.

"여기서 기다리죠. 놈은 분명 자기가 켜놓은 불 근처에 있을 겁니다. 놈을 발견할 수 있을지도 모르죠."

내 입에서 말이 끝나기도 전에 우리 둘 다 그를 발견했어. 바위들 너머에, 촛불이 타고 있는 틈에서 악마 같은 누런 얼굴이 불쑥 나왔지. 끔찍한 짐승 같은 얼굴이었어. 지더린 정념들이

"바위들 너머에서 악마 같은 누런 얼굴이 불쑥 나왔지."
시드니 패짓 그림, 《스트랜드 매거진》(1901)

131. 악랄한 그라임스비 로일럿 박사의 얼굴 묘사와 비교해보자. "주름살투성이에 누렇게 햇볕에 그을린 넓적한 얼굴에는 험악한 분노가 역력히 드러나 있었다. 노여움으로 노랗게 이글거리는 움푹한 두 눈과 살점 없이 치솟은 가는 콧날은 사나운 맹금류 같은 인상을 풍겼다."(「얼룩 띠」) 여기저기서 왓슨은 범죄학자 체사레 롬브로소가 유형화한 범죄자에 대한 흔한 인상을 갖고 있는 것 같다.(위의 12번 주석 참고) 롬브로소는 범죄자가 어떤 신체적 특징을 통해 구별될 수 있다고 보았다. 「빈집」에서 왓슨은 모런 대령을 다음과 같이 묘사한다. "잔혹한 푸른 눈에 눈꺼풀이 냉소적으로 축 늘어진 것이나, 사납고 공격적으로 보이는 콧날, 험상궂게 깊이 주름이 파인 이마를 보면 조물주의 명백한 위험 신호를 읽지 않을 수 없었다."

얽히고설킨 얼굴.[131] 까칠한 수염에 떡이 된 머리칼, 진창에 더러워진 행색이 산비탈에 살았던 선사신대 인류라고 해도 믿었을 거야. 그의 발치에서 나온 빛이 작고 교활한 눈에서 반짝였어. 좌우의 어둠을 사납게 쏘아보는 모습이 마치 사냥꾼의 발소리를 들은 한 마리 교활한 짐승 같았지.

무엇인가가 그에게 경각심을 불러일으킨 게 분명했어. 배리

모어가 보내기로 한 비밀 신호가 있었는지도 모르고, 아니면
녀석이 그냥 다른 이유로 뭔가 잘못되었다고 생각했을 수도 있
겠지. 아무튼 그의 사악한 얼굴에 공포가 드리워진 것을 읽을
수 있었어. 어느 순간 그는 자리를 박차고 일어나 어둠 속으로

"나는 앞으로 튀어나갔고 헨리 경도 나를 따라 나왔지."
리하르트 구트슈미트 그림, 『바스커빌 씨네 사냥개』,
슈투트가르트, 로베르트 루츠 출판사(1903)

사라져버렸어. 나는 앞으로 튀어나갔고 헨리 경도 나를 따라 나왔지. 순간 그 죄수는 우리 쪽을 향해 욕설을 퍼부으며 돌멩이를 집어 던졌어. 돌멩이는 우리가 숨어 있던 바위에 부딪쳐 쪼개졌어. 그가 벌떡 일어나 홱 돌아서서 달아날 때 얼핏 보니, 체구가 땅딸막하고 다부지더군. 그 순간 운 좋게도 구름 사이로 달이 나타났지.

우리는 산비탈을 따라 그를 쫓았어. 저 앞에서 놈이 무시무시한 속도로 반대편 언덕을 뛰어 내려가더군. 무슨 산양처럼 이 바위 저 바위로 건너뛰면서 말이야. 거리가 멀기는 했지만 운이 좋으면 내 리볼버에서 나온 총알로 놈을 절름발이로 만들 수도 있었을 거야. 하지만 내가 총을 가지고 나온 건 공격을 받았을 때 방어하려는 목적이었지, 무기도 없이 멀리 뛰어가는 사람을 쏘려는 목적은 아니었어.

나나 헨리 경이나 꽤 잘 달리는 편이었고 평소에 운동도 많이 했지만[132] 얼마 지나지 않아서 우리가 놈을 따라잡을 수는 없다는 걸 알겠더군. 우리는 달빛 덕분에 꽤나 오랫동안 그놈을 눈으로 쫓을 수 있었어. 그는 작은 점이 되어서 저 멀리 있는 언덕의 바위들 사이를 잽싸게 뛰어가고 있었지. 우리는 완전히 나가떨어질[133] 때까지 뛰고 또 뛰었어. 하지만 그와 우리 사이의 거리는 점점 벌어지기만 했지. 마침내 우리는 뛰기를 멈추고 헐떡거리며 바위에 걸터앉아서 저 멀리 그가 사라져가는 걸 지켜봤지.

바로 그 순간이었어. 정말이지 이해할 수 없고 생각지도 못한 일이 벌어졌어. 우리가 바위에서 일어나 집으로 돌아가려고 돌아서던 참이었어. 희망 없는 추격을 포기하고 말이야. 오른편에 낮게 뜬 달은 화강암 산의 뾰죽한 꼭대기에 반원의 아랫부분이 걸려 있었어. 거기에 그 밝은 달을 배경으로 마치 흑단나무로 만든 조각상처럼 보이는 검은 실루엣의 남자가 서 있는

132. 《스트랜드 매거진》에서는 (조지 뉴스 출판사판과 동일하게) "나나 헨리 경이나 그런대로 잘 달리는 편이었고 컨디션도 좋았지만"이라고 되어 있다. 본문과 같은 형태는 1902년 매클루어 필립스 출판사판 『바스커빌 씨네 사냥개』에 처음 나타난다.

133. 기진맥진한, 숨을 헐떡이는.

134. 'hard line.' 1865년 『비속어 사전』에 따르면 이 낱말은 불운이나 고난을 뜻하는 군인 용어라고 되어 있다. "적과 맞선 전선line에서의 어려운 임무"에서 유래하며 동의어에는 'hard lot', 'hard luck' 등이 있다.

거야. 그게 환영이었다고는 생각하지 마, 홈즈. 분명히 말하지만 그렇게 선명한 건 내 평생 본 적이 없으니까. 내가 보기엔 키가 크고 마른 남자였어. 다리를 약간 벌린 채 팔짱을 끼고 고개를 숙인 채 서 있었지. 마치 자기 앞에 있는 석탄과 화강암으로 된 광활한 대지를 모두 품고 있는 것처럼 말이야. 어쩌면 그 무시무시한 장소의 정령 그 자체였는지도 모르지. 그 죄수는 아니었어. 죄수가 사라진 곳과는 거리가 먼 위치에 서 있었으니까. 그리고 죄수보다 키도 훨씬 큰 남자였지.

내가 놀라서 소리를 지르며 준남작에게 그를 가리켰는데, 내가 준남작의 팔을 잡아끌려고 돌아선 그 짧은 순간 그 남자는 사라지고 없었어. 뾰족한 화강암 꼭대기는 여전히 달 아랫부분을 갈라놓고 있었지만, 그 소리도 움직임도 없던 사내는 흔적도 없었지.

나는 그쪽으로 가서 바위산을 뒤져보고 싶었어. 하지만 거리가 좀 되었어. 그 울부짖음 때문에 준남작의 신경은 아직도 예민한 상태였고, 아마 그 소리가 자기 가문의 어두운 전설을 생각나게 했나 봐. 그러니 새로운 탐험을 하자고 할 분위기는 아니었어. 준남작은 바위산 위의 이 외로운 남자를 목격하지 못했어. 그러니 내가 느꼈던 그 사람의 이상한 존재감과 아우르는 듯한 태도가 주었던 전율도 느낄 수 없었지. "간수예요, 분명합니다." 그는 말했어. "놈이 탈출하고 나서는 황야에 간수들이 바글바글하죠." 글쎄, 준남작의 설명이 맞을 수도 있어. 하지만 나는 증거를 더 확보하고 싶었지.

오늘 우리는 탈옥수를 찾고 있는 프린스타운의 사람들에게 신고를 할 참이지만, 우리가 그를 감옥으로 돌려보내지 못한 것은 불운[134]이었어. 이게 어젯밤의 모험담이야. 홈즈, 내가 정말 신경 써서 보고서를 썼다는 건 알아주겠지? 내가 얘기한 것들 중에 상당 부분은 분명히 우리 사안과는 관계가 없겠지만,

그래도 자네에게 남김없이 다 얘기하는 게 최선일 것 같아서
말이야. 결론을 내리는 데 필요한 정보가 어떤 것인지 선택은
자네가 하면 되니까. 우리는 분명히 조금씩 진전을 보이고 있
어. 배리모어 부부에 대해서는 그들이 왜 그렇게 행동했는지
동기를 알게 되었고, 그래서 상황이 많이 정리되었잖아.

하지만 이상한 거주자들과 수수께끼를 품고 있는 황야는 여

"검은 실루엣의 남자가 서 있는 거야."
시드니 패짓 그림, 《스트랜드 매거진》(1901)

135. 이 문장은 《스트랜드 매거진》이나 다양한 초기 영국 단행본에서는 나오지 않는다(하지만 1929년 존 머리 출판사 판본에는 포함되어 있다).

전히 미궁 속이야. 아마 다음번 보고서에는 이 부분에 대해서도 뭔가 빛을 던져줄 수 있을지 몰라. 자네가 우리에게 와준다면 최고겠지만 말이야. 어느 경우든 며칠 내에 다시 연락하도록 할게.[135]

제10장

왓슨 박사의 일기

지금까지는 내가 사건 초기에 셜록 홈즈에게 보냈던 보고서에서 인용할 수 있었다. 하지만 이제는 그 방법을 버리고 다시 한 번 내 기억에 의존해서 이야기를 풀어나가야 할 대목에 이르렀다. 물론 내가 당시에 썼던 일기에서 도움을 받을 것이다.[136] 일기를 조금만 참조하면, 내 기억 속에 지울 수 없이 각인된 장면들이 낱낱이 떠오를 것이다. 그러면 이제 그 죄수를 추격하는 데 실패하고 황야에서 또 다른 이상한 경험을 했던 날의 다음 날 아침부터 이야기가 시작된다.

10월 16일. 흐리고 안개 낌. 가끔 빗방울. 저택을 둘러싼 구름이 오락가락하는 틈으로 황량한 황야의 한구석이 이따금씩 보인다. 산비탈에는 은빛 실개천이 흐르고 멀리 젖은 바위의 얼굴이 반짝거린다. 바깥 풍경도 집 안 분위기도 온통 우울하다. 준남작은 그날 밤의 일 이후로 안색이 어두워 보였다. 나 역시

136. 그럴 수밖에 없었다고 로버트 패트릭은 주장한다. 잃어버린 페이지가 있기 때문이다. 위의 123번 주석과 142번 주석 참고.

185

위험이 임박했다고 느꼈기에 가슴 한쪽이 묵직했다. 언제나 위험이 존재한다. 하지만 그게 뭐라고 말할 수 없는 것이기에 더 끔찍하다.

그렇게 느낄 만한 이유를 내가 가지고 있는 것일까? 이제까지 일어난 일련의 사건들을 생각해보자. 그 모든 사건은 우리 주위에서 뭔가 불길한 사건이 벌어지고 있다는 것을 나타내고 있다. 저택에 마지막으로 살았던 사람이 죽었다. 가문의 전설에 나오는 요건들을 정확하게 만족시키면서. 그리고 농부들은 자꾸만 황야에서 이상한 짐승이 나타났다고 얘기한다. 두 번이나 내 귀로 그 소리를 똑똑히 듣기까지 했다. 멀리서 사냥개가 짖는 듯한 소리를.

자연의 일반 법칙을 벗어나는 일은 믿을 수 없고, 있을 수도 없다. 물리적인 발자국을 남기고 대기를 울부짖는 소리로 가득 채우는 유령 사냥개라는 건 생각할 수조차 없다. 스테이플턴은 그런 미신에 빠질지도 모른다. 모티머도 마찬가지다. 하지만 내가 분명히 갖고 있는 특기가 하나 있다면 그건 바로 상식을 믿는다는 것이다. 그 어떤 것도 내가 그따위 미신을 믿도록 만들 수는 없다. 그런 걸 믿는다는 건 여기 사는 불쌍한 농부들 수준으로 내려가는 일이다. 이들은 그냥 악마 개도 아니고 눈과 입에서 지옥불을 뿜는 개라고 묘사해야 직성이 풀리는 사람들이다. 홈즈는 그따위 공상은 귓등으로도 안 들을 것이다. 나는 그의 현장 요원이다. 하지만 일어난 일은 일어난 일이다. 나는 분명 황야에서 그 울부짖음을 두 번이나 들었다. 진짜로 황야에 엄청 큰 사냥개가 있다고 한번 가정해보자. 그렇다면 모든 것을 설명할 수 있을 것이다. 하지만 그런 사냥개가 도대체 어디에 숨어 있다는 말인가? 어디서 음식을 구하고 어디서 나타나고 또 왜 낮에는 아무도 볼 수 없단 말인가? 자연의 법칙에 맞게 설명을 하려고 해도 역시나 수많은 어려움에 봉착한다는 것을 인정해야 한다. 그리고 사냥개와는 별도로, 런던에 나타난 인간 하수인도 언제나 고려해야 한다. 마차 안의 수상쩍은 인물, 그리고 헨리 경에게 황야에 나가지 말라고 경고하는 편지도 있었다. 최소한 이것들은 모두 실제로 있었던 일이다. 하지만 그건 적일 수 있는 가능성 못지않게, 보호해주려는 친구일 가능성도 있다. 적이든, 친구든 그자는 과연 지금 어디에 있는가? 그는 런던에 남았던 것일까, 아니면 그자도 우리를 따라서 이곳으로 내려왔을까? 혹시 내가 황야에서 보았던 이상한 남자가 그일 수도 있을까?

내가 그를 한 번밖에 못 본 것은 사실이지만 그래도 몇 가지는 분명히 장담할 수 있다. 그는 내가 이 시골에서 만났던 사람 중 한 명이 아니라는 것과, 내가 여기 이웃을 모두 만나보았다는 것. 그 남자는 스테이플턴보다 훨씬 키가 크고, 프랭클랜드보다는 훨씬 말랐다. 배리모어였을 수도 있지만 배리모어는 분명히 저택에 남아 있었다. 그리고 그가 우리를 따라오는 것은 불가능했다. 그렇다면 이상한 사람 한 명이 아직도 우리 뒤를 밟고 있는 것이 된다. 마치 런던에서 우리 뒤를 밟았던 것처럼 말이다. 우리는 그를 떼어내지 못한 것이다, 그자를 손에 넣을 수만 있다면 마침내 우리는 이 모든 어려움에서 벗어날 수 있을 텐데. 이제 이걸 목표로 삼고 내 모든 힘을 쏟아야 한다.

헨리 경에게 내 계획을 모두 말하고 싶은 충동이 먼저 들었다. 하지만 이내 그보다 더 나은 생각이 들었다. 나는 나대로 게임을 하고, 가능한 한 아무에게도 털어놓지 않는 게 낫겠다 싶었다. 헨리 경은 넋이 나가서 침묵을 지키고 있다. 그 황야에서 났던 소리에 그는 이상하리 만큼 크게 동요했다. 더 이상 그가 불안해할 이야기는 하지 않을 것이다. 하지만 내가 세운 목표를 달성하기 위해 내 걸음을 하나씩 내디딜 것이다.

오늘 아침 식사 후에 작은 소동이 있었다. 배리모어가 헨리 경과 면담을 청하더니 둘이 한동안 서재에 틀어박혀 있었다. 당구실에 앉아서 나는 격앙된 목소리를 여러 번 들을 수 있었다. 무슨 이야기를 나누고 있는지 알 만했다. 잠시 후 준남작은 방문을 열고 나를 불렀다.

"배리모어가 불만이 있답니다." 그가 말했다. "그는 자발적으로 우리에게 비밀을 털어놓았는데 우리가 그의 처남을 사냥하려고 한 건 부당하다는군요."

집사는 우리 앞에 아주 창백한 얼굴로, 하지만 아주 침착한

집사는 우리 앞에 아주 창백한 얼굴로, 하지만 아주 침착한 표정으로 서 있었다.
시드니 패짓 그림. 《스트랜드 매거진》(1902)

표정으로 서 있었다.

"제가 너무 흥분해서 말을 한 게 아닌지 모르겠습니다." 그가 말했다. "그랬다면 사과드립니다. 한편으로 저는 오늘 아침 밖에서 돌아오신 두 분이 셀던을 추격했다는 것을 알고 매우 놀랐습니다. 그 불쌍한 친구는 제 고자질로 추격자가 늘어나지 않아도 충분히 힘들게 싸우고 있습니다."

"만약 당신이 자발적으로 이야기를 했다면 상황이 달랐을 거요." 준남작이 말했다. "당신은, 아니 당신 아내는 당신이 들켜서 어쩔 수 없는 상황이 되니까 그제야 이야기를 했소."

"그걸 이용하실 거라고는 생각 못했습니다. 헨리 경. 정말이지 생각도 못했어요."

집사는 우리 앞에 아주 창백한 얼굴로, 하지만 아주 침착한 표정으로 서 있었다.
리하르트 구트슈미트 그림, 『바스커빌 씨네 사냥개』,
슈투트가르트, 로베르트 루츠 출판사(1903)

137. "도대체 그들은 어떻게 죄수가 남미로 가는 배에 탈 수 있도록 할 수 있었을까?"라고 브래드 키포버는 묻는다. "시골 하인 두 명에게 수배 중인 범죄자를 지구 반대편으로 보낼 수 있을 만한 연줄이 있었을까?" 키포버는 모리아티가 셀던을 고용해 탈옥을 도와주고 남미로의 여행까지 준비해주었다고 제안한다.

138. 왓슨 박사의 태도는 영국의 '호송' 형사정책을 떠올리게 한다. 이 정책은 범죄자를 영국에서 추방하여 그들을 아메리카나 오스트레일리아의 식민지로 보내는 정부 프로그램이었다. 이 프로그램은 1860년대 후반에 수용국에서 더 이상 호송자들을 받기를 거부함으로써 끝이 났다. 왓슨 박사와 정부 모두 범죄자가 영국에서 사라지기만 하면 그들이 어디로 가건, 계속 범죄 행각을 벌이건 신경쓰지 않았던 것 같다.

139. 『경찰 법전』에 따르면 "'사전 공범'이란 직간접적으로 범죄가 저질러지는 것을 상담하거나 알선하거나 명령하거나 부추기는…… 사람이다. 즉 결재판에 처해질 수 있는 범죄를 돕거나 사주하거나 상담하거나 수수료를 알선한 사람은 주범과 같은 처벌을 받는다." 하지만 홈즈와 왓슨, 헨리 경은 사실 사후 공범인 것 같다. 『경찰 법전』에 따르면 "'사후 공범'이란 (결혼한 여자가 남편을 은닉해주는 것을 제외하고) 범죄자가 범죄행위를 했다는 것을 알면서 그가 처벌을 면할 수 있도록 받아주고, 휴식을 제공하고, 도와주는 사람을 말한다." 사후 공범에 대한 처벌은 보통 선동죄나 반역죄가 아닌 이상 주범에 대한 처벌보다 엄하지 않다.

140. 무슨 얘기를 들었다는 것인가? 범죄자에게 누나가 있다는 것? 셀던은 앞서서 "악의적이고 극도로 흉악한" 살인을 저지른 사람으로 묘사되었다. 배리모어 부인은 분명 셀던이 뉘우치고 있다거나 바뀌었다는 뜻을 표한 적은 없다. 여기서 헨리 경의 용서

"그자는 공공의 위험이오. 황야에는 외딴집이 여러 채 있어요. 그는 누구라도 찌를 수 있는 자고. 그건 누구나 단박에 알 수 있는 사실이오. 예를 들어 스테이플턴 씨네 집을 생각해보시오. 그자를 막을 수 있는 사람이라고는 스테이플턴 씨밖에 없어요. 그자가 감옥에 들어가 있지 않는 이상 누구도 안전하다고 할 수 없소."

"그 친구는 어떤 집에도 침입하지 않을 겁니다. 제가 약속드릴 수 있습니다. 그리고 이 나라에서 누구도 다시는 괴롭히지 않을 거고요. 장담합니다, 헨리 경. 며칠이면 필요한 것들이 다 마련되어 처남은 남미로 가고 있을 거예요.[137] 제발 그가 아직 황야에 있다는 걸 경찰에 알리지 말아주십시오. 경찰들도 이제는 황야에서의 추적을 포기했습니다. 배가 준비될 때까지 처남은 조용히 있으면 됩니다. 처남을 신고하시면 저와 아내가 곤경에 처할 겁니다. 이렇게 사정하건대, 경찰에는 아무 말 말아주십시오."

"박사님은 어떻게 생각하십니까?"

나는 어깨를 으쓱했다. "그가 안전하게 이 나라를 벗어나기만 한다면[138] 납세자들의 짐을 더는 거지요."

"하지만 떠나기 전에 다른 사람을 괴롭힐 가능성은요?"

"처남은 그렇게까지 미친 짓거리를 하지 않을 거예요. 필요한 건 저희가 뭐든지 대주고 있으니까요. 다시 범죄를 저지르면 자기가 숨어 있는 곳을 노출시키게 되니 말입니다."

"그건 사실이오." 헨리 경이 말했다. "좋소, 배리모어……."

"진심으로 감사드립니다! 처남이 다시 붙잡혔다면 불쌍한 제 아내는 죽고 말았을 겁니다."

"왓슨 씨, 우리가 범죄를 방조하고 있는 것 같지요?[139] 하지만 얘기를 다 듣고 나니[140] 이자를 넘길 수는 없을 것 같습니다. 그러면 끝이죠 뭐. 좋아요, 배리모어. 가보세요."

감사의 말을 더듬더듬 하더니 집사는 돌아섰다. 하지만 우물쭈물하더니 다시 돌아왔다.

"경께서는 저희에게 정말 잘해주셨습니다. 그러니 보답으로 제가 할 수 있는 최선을 다해드리고 싶습니다. 헨리 경, 제가 뭘 좀 알고 있습니다. 어쩌면 진작 말했어야 하는 것 같지만, 조사가 끝나고도 한참 있다가 제가 발견한 것이어서요. 아직 살아 있는 사람에게는 한 마디도 뻥긋한 적이 없는 사실입니다. 가엾은 찰스 경의 죽음에 관한 겁니다."

준남작과 나는 자리에서 벌떡 일어났다.

"그분이 어떻게 돌아가셨는지를 아는 거요?"

"아닙니다, 그건 모릅니다."

"그러면 뭐요?"

"저는 그 시각에 그분이 왜 그 문가에 계셨는지를 압니다. 한 여자분을 만나기 위해서였습니다."

"여자를 만나려고? 그분이?"

"네."

"그러면 그 여자의 이름은?"

"이름은 모릅니다. 하지만 이니셜을 알고 있습니다. 이니셜이 L. L.입니다."

"배리모어 당신은 이걸 어떻게 아는 거요?"

"그것이, 헨리 경. 백부님께서는 그날 아침 편지를 한 통 받으셨습니다. 보통 아주 많은 편지를 받으셨지요. 공익을 위한 일을 하시고 후한 성품으로 소문이 나 있었으니까요. 어려움에 처한 사람은 누구나 그분께 의지하려 했지요. 하지만 그날 아침은 우연찮게도 편지가 그것 한 통밖에 없었습니다. 그래서 더 기억을 하게 되었죠. 쿰 트레이시[141]에서 온 편지였는데 주소의 필체가 여자였습니다."

"그런데?"

는 놀라울 지경이다.

141. 윌리엄 S. 베어링굴드는 쿰 트레이시가 와이드컴과 보비 트레이시의 합성어라고 본다. 보비 트레이시는 그레이트웨스턴 노선에 있는 마을이다. 뉴턴 애벗에서 10킬로미터 정도 떨어져 있고, 세인트토머스 아 베켓의 살인자 중 한 명인 윌리엄 드 트레이시의 영지다. 필립 웰러는 수많은 다른 후보지들을 언급하지만 다음과 같이 모두 거부한다. 쿰(기차역이 없다), 애슈버턴(바스커빌 저택 후보지에서 너무 가깝다), 벅패스틀리(고속철이 서지 않는다), 사우스브렌트(저택에서 너무 가깝다), 아이비브리지(황야에서 너무 멀다). 뉴턴 애벗(황야에서 너무 멀다), 토트네스(황야에서 너무 멀다) 등이다. 위의 86번 주석 참고.

"그런데 저는 그 편지를 잊고 있었습니다. 제 아내가 아니었다면 다시 기억해낼 일도 없었을 겁니다. 불과 몇 주 전에 아내가 찰스 경의 서재를 청소하던 중이었습니다. 찰스 경이 돌아가신 이래로 아무도 손댄 적이 없었죠. 아내가 창살 뒤쪽에서 타버린 편지의 재를 발견한 겁니다. 대부분 까맣게 타버렸는데 아주 조금, 편지 끝 부분이 남아 있어서 글씨를 읽을 수 있었습니다. 검정 바탕에 회색 정도로밖에 안 보였지만요. 저희가 보기에는 편지 끝의 추신 부분인 것 같았습니다. 쓰여 있기를 '부디, 부디 당신이 신사라면 이 편지를 태워버리세요. 그리고 10시에 그 문으로 나와주세요'라고 되어 있었습니다. 그 아래에 L. L.이라고 이니셜로 서명이 되어 있었고요."

"그 종잇조각을 갖고 있소?"

"아니요, 저희가 건드리자 산산이 부서져버렸어요."

"같은 필체로 전에도 다른 편지를 받은 적이 있었소?"

"글쎄요. 제가 찰스 경의 편지를 그다지 유심히 보지는 않아서요. 그게 우연히 한 통만 온 날이 아니었다면 그 편지도 기억을 못했을 겁니다."

"L. L. 이라는 사람이 누구인지 짐작도 안 가고요?"

"예. 그걸 알 수 없는 건 저도 헨리 경과 마찬가지입니다. 하지만 제 생각으로는 우리가 그 여자분이 누구인지만 알 수 있다면, 찰스 경의 죽음에 대해 더 많이 알 수 있으리라 생각되네요."

"이해를 못하겠군요, 배리모어. 왜 이렇게 중요한 정보를 숨기고 있었던 겁니까?"

"헨리 경, 그게, 저희한테 골칫거리가 생긴 바로 직후였거든요. 그리고 또 저희는 둘 다 찰스 경을 매우 좋아했어요. 그분께서 저희한테 해주신 것들을 생각하면 당연한 일이지요. 이일을 들먹이는 것이 돌아가신 주인님을 도울 수 있는 것도 아니고, 여자분이 관련되어 있는 만큼 신중해야 할 것 같아서요. 암만 좋게 생각해도……."

"그게 찰스 경의 명성에 누가 될 수도 있다고 생각한 거로군요."

"그러니까, 좋을 일은 아니라고 생각했습니다. 그런데 이제 경께서 저희에게 잘해주시니 제가 알고 있는 것을 말씀드리지 않는 것은 옳은 행동이 아니라고 여겨진 겁니다."

"잘했어요, 배리모어. 그만 가보세요."

집사가 나가자 헨리 경은 나를 돌아보았다. "흠, 박사님. 이 새로운 관점을 어떻게 생각하십니까?"

"오히려 더 미궁에 빠지는 것 같은데요."

"저도 그렇게 생각합니다. 하지만 우리가 L. L.을 추적할 수만 있다면 전부 밝혀지겠지요. 우린 이미 많은 것을 알아냈어요. 이제 찾아내기만 하면 사실을 알려줄 수 있는 누군가가 있다는 걸 알게 되었습니다. 어떻게 해야 할까요?"

"즉시 홈즈에게 모든 걸 알려야겠습니다. 그가 찾고 있는 단서가 될 거예요. 이걸 알리면 분명 홈즈도 내려올 겁니다."

나는 곧장 내 방으로 가서 홈즈에게 보내기 위해 아침의 대화 내용에 대한 보고서를 썼다.[142] 최근에 홈즈는 매우 바쁜 것이 분명했다. 베이커 스트리트에서는 연락이 거의 없었고, 연락이 있더라도 편지는 매우 짧았다. 내가 보내준 정보에 대한 언급은 전혀 없었고, 내 임무에 대한 지시 사항도 거의 보기 힘들었다. 그가 몰두하고 있던 협박 편지 관련 사건으로 여력이 없는 것이 분명했다. 그러나 새로운 변수의 출현은 분명 그의 주의를 끌 것이고, 새로이 관심을 불러일으킬 것이다. 그가 지금 여기 있다면 얼마나 좋을까.

10월 17일, 오늘은 하루 종일 비가 퍼부었다. 담쟁이는 계속 사각거리고 처마에서 빗물이 줄줄 흘러내렸다. 나는 비를 피할

142. W. W. 롭슨은 이게 아마 왓슨이 말한 "없어졌"던 한 장일 거라고 제안한다.(위의 123번 주석 참고) 도널드 예이츠는 다른 가능한 설명을 제시한다.(아래의 208번 주석 참고) 로버트 R. 패트릭은 「왓슨은 바스커빌 저택에서 편지를 쓴다」라는 조심스러운 분석에서 "없어졌"던 한 장이 로라 라이언스와의 대화 내용을 담고 있는 다른 편지라고 결론 내린다(왓슨은 결국 일기에서 이것을 인용해야 했다). 그리고 이 편지는 홈즈에게 도착한 적이 없다고 한다. 왜냐하면 우체국에서 잃어버렸거나 동네 주민이 기념품으로 간직했기 때문이다.

143. 140번 주석 참고.

144. 새바인 베어링굴드의 『다트무어 안내』에 따르면 블랙 토어는 프린스타운에서 남서쪽으로 1-2킬로미터 정도 떨어져 있다. 그리고 그 위에 흔들바위가 있는데 쉽게 흔들릴 수 있다고 한다. 필립 웰러는 다트무어에 최소한 네 개의 블랙 토어가 있고 더 그럴듯한 후보는 시플리 토어에 가까운 것이라고 한다. 이것은 유력한 바스커빌 저택 후보(부록 4 참고)인 헤이퍼드 저택에서 겨우 3킬로미터 정도 남남서쪽에 있다. 다시 말하지만 이것은 이름이 아니라 왓슨이 나중에 붙인 단순한 묘사일 수도 있다. 129번 주석 참고.

곳도 없는 황량하고 추운 황야를 헤매고 있을 죄수를 생각했다. 불쌍한 사람! 그의 죄목이 무엇이든 간에[143] 그만하면 속죄가 될 만큼 고통 받았을 것이다. 그리고 나는 다른 남자를 생각했다. 마차 안의 얼굴, 달빛을 가리고 서 있던 모습. 그 남자도 저 폭우 속에 있을까? 보이지 않는 파수꾼, 어둠의 남자 말이다. 저녁에 나는 우비를 입고 흠뻑 젖은 황야를 꽤 멀리 걸어갔다. 머릿속은 어두운 상상으로 가득 차고 비는 계속 얼굴을 때렸으며 귓가는 바람 소리로 시끄러웠다. 저 거대한 늪에 지금은 헤매는 사람이 없기를. 단단한 위쪽 땅들도 이제는 늪으로 변하고 있었다. 나는 그 고독한 파수꾼을 보았던 블랙 토어[144]에 다다랐다.

저녁에 나는 우비를 입고 흠뻑 젖은 황야를 꽤 멀리 걸어갔다.
리하르트 구트슈미트 그림, 『바스커빌 씨네 사냥개』,
슈투트가르트, 로베르트 루츠 출판사(1903)

험준한 그 꼭대기에 올라서 나도 그가 했던 것처럼 우울한 발아 래 세상을 굽어보았다. 비바람이 적갈색 대지를 쓸고 지나가고, 청회색의 짙은 구름이 황야 가까이 떠서 환상적인 언덕의 아랫 단을 둥글게 둘러싸며 퍼져 나가고 있었다.

왼쪽 멀리 우묵한 지역은 안개에 반쯤 가려 있었는데 바스커 빌 저택의 두 첨탑이 나무들 사이로 솟아 있었다. 그게 내가 발 견할 수 있는 유일한 인간의 흔적이었다. 산비탈에 빽빽이 들 어찬 선사시대의 움막들을 제외하면 말이다. 이틀 전 이 자리 에서 보았던 그 고독한 남자의 흔적은 어디에서도 발견할 수

그 꼭대기에 올라서 나도 그가 했던 것처럼 우울한 발아래 세상을 굽어보았다.
시드니 패짓 그림, 《스트랜드 매거진》(1902)

145. "로라 라이언스"는《플레이보이》잡지의 1976년 2월호 대형 사진 모델이었기 때문에 셜로키언 중에 어느 세대들은 즐거워했다. 《플레이보이》의 편집자인 휴 M. 헤프너는《베이커 스트리트 저널》에 실린 인터뷰에서 오랫동안 셜록 홈즈를 친근하게 느껴왔다고 말했다. 그는 이것이 그녀의 진짜 이름이었다는 것을 처음으로 밝혔고, 수년간 계속되었던 추측에 종지부를 찍었다.

146. 모티머 박사는 그녀가 간통을 저질렀다고 시사하는 것인가? 이혼에 대한 그녀 남편의 입장에 대해서는 158번 주석 참고.

없었다.

돌아오는 길에 나는 모티머 박사와 마주쳤다. 그는 이륜마차를 몰고 거친 황야의 오솔길을 따라 오고 있었다. 파울마이어의 농가에서 오는 길이라고 했다. 그는 우리를 매우 염려해서 하루라도 들러서 안부를 묻지 않는 날이 없었다. 그는 마차에 타라고 몇 번을 청해서 기어이 집까지 태워다 주었다. 그는 기르던 스패니얼이 사라져서 괴로워하고 있었다. 스패니얼은 황야로 나간 후 돌아오지 않고 있었다. 나는 그에게 위로의 말을 건네면서도 그림펜 늪에 빠진 조랑말이 생각났다. 그가 개를 다시 볼 수 있을 것 같지는 않았다.

"그건 그렇고, 모티머 박사님." 내가 말했다. 우리는 거친 길 위에서 덜컹이고 있었다. "여기서 마차로 오갈 수 있는 거리 안에 사는 사람 가운데 모르는 사람은 없으시죠?"

"아마 없을 거예요."

"그러면 이니셜이 L. L.인 여자를 혹시 아시나요?"

그는 몇 분간 생각에 잠겼다. "아니요." 그가 대답했다. "집시들 몇 명이랑 일꾼들은 제가 장담할 수 없지만 농부나 상류층 중에는 그런 이니셜을 가진 사람이 없습니다. 잠깐만요, 하지만" 그는 잠깐 멈췄다가 덧붙였다. "로라 라이언스라는 여인이 있어요.[145] 그녀의 이니셜이 L. L.이죠. 하지만 그녀는 쿰 트레이시에 살아요."

"어떤 여자인가요?" 내가 물었다.

"프랭클랜드 씨의 딸이에요."

"뭐라구요? 그 괴짜 노인 말인가요?"

"맞습니다. 그녀는 라이언스라는 화가와 결혼했어요. 그자가 황야에 그림을 그리러 왔었죠. 그는 알고 보니 불한당이었고 그녀를 버렸죠. 하지만 제가 듣기로 잘못이 전적으로 한쪽에만 있었던 건 아닙니다.[146] 그녀의 아버지가 연을 끊었어요.

딸이 자신의 동의 없이 결혼했다고요. 다른 이유도 한두 가지 더 있었다고 하고요. 그래서 늙은 악당과 젊은 악당 사이에서 그녀가 고생깨나 했던 모양입니다."

"그녀는 지금 어떻게 사나요?"

"프랭클랜드 영감이 쥐꼬리만큼 생활비를 대주고 있을 겁니다. 영감 책임도 적잖으니까요. 하지만 그걸로는 턱도 없죠. 그게 다 그녀가 자초한 일이라 해도, 속절없이 불행의 구렁텅이에 방치해둘 수만은 없잖아요? 그녀의 이야기가 전해지자 여기 사람들 몇몇이 그녀가 성실하게 벌어먹고 살 수 있게 도와주었어요. 스테이플턴 씨도 도와주고, 찰스 경도 도와주고요. 변변찮지만 저도 좀 도왔고요. 그래서 그녀는 타이피스트가 될 수 있었죠."

모티머는 내 질문의 목적을 알고 싶어 했지만 나는 적당히 둘러대서 그의 호기심을 잠재웠다. 아무에게도 비밀을 털어놓을 필요가 없기 때문이다. 내일 아침 나는 쿰 트레이시로 갈 것이다. 평판이 어정쩡한 로라 라이언스 부인을 만날 수 있다면 이 일련의 수수께끼 가운데 하나는 깨끗이 밝혀질 것이다. 나는 뱀처럼 교활해지고 있는 중이다.[147] 모티머 박사가 내가 말하기 곤란한 부분을 물어보자 나는 아무렇지도 않게 프랭클랜드의 두개골은 어떤 타입이냐고 그에게 물었고, 그 덕택에 돌아오는 내내 골상학에 대한 얘기밖에 듣지 못했다. 나도 몇 년간 셜록 홈즈와 살면서 배운 게 있는 셈이다.

이렇게 폭풍우로 우울한 오늘, 아직 기록할 사건이 하나 더 남았다. 조금 전 배리모어와 나눈 대화의 내용이다. 당분간 내가 쓸 수 있는 강력한 카드가 될 것이다.

모티머는 저택에서 저녁 식사를 했다. 그와 준남작은 식사가 끝난 후 에카르테[148]를 했다. 집사는 내가 있는 서재로 커피를 가져다주었다. 그래서 그에게 몇 가지 물어볼 기회를 잡을 수

147. 『마태복음』 10장 16절에 나오는 예수의 사도들에 대한 조언과 비교해보자. "그러므로 너희는 뱀같이 슬기롭고 비둘기같이 양순해야 한다." 왓슨은 자신의 '지혜'를 에둘러 표현하려고 이 구절을 (부엉이에 비유하는 것이 보다 일상적임에도) 고른다.

148. 둘이서 하는 카드 게임. 19세기 초에 파리의 살롱에서 널리 유행했다. 유커와도 비슷한데 둘 다 스페인 게임에서 유래한 듯하다. 32장으로 된 피케 카드가 사용되는데 각 수트의 7부터 킹까지에 에이스를 더해서 구성되어 있다. 각 카드의 가치는 휘스트(카드 게임의 일종)와 비슷하다. 다만 킹은 (중요도를 내림차순으로 정리했을 때) 휘스트에서의 잭이나 에이스, 10보다 랭킹이 더 높다. 그래서 에이스로 10을 잡을 수 있다. 휘스트처럼 트럼프가 가장 센 카드고, 트럼프 7로 다른 수트의 킹을 잡을 수 있다. 한 플레이어가 5포인트를 올리면 한 라운드가 끝난다. 5포인트인 사람이 둘이면 다시 5포인트를 올릴 때까지 한다. 포인트를 얻는 방법은 모든 트릭을 얻거나 트럼프의 킹을 가지거나 취약점에 도달한 상대를 이김으로써 가능하다(취약점은 딜러냐 아니냐에 따라 달라진다).

"그러면 다른 사람이 또 있다는 말씀인가요?"
시드니 패짓 그림, 《스트랜드 매거진》(1902)

있었다.

"저기" 내가 말했다. "처남은 떠났나요, 아니면 아직 밖에 숨어 있나요?"

"저도 모릅니다. 그가 떠났기를 바랄 뿐입니다. 여기에 말썽밖에 가져온 게 없으니까요! 지난번 그에게 음식을 남겨두고 온 뒤로 들은 바가 없습니다. 사흘 전이었죠."

"그때 그를 보았나요?"

"아니요. 다음번에 그 길로 지날 때 보니 음식은 사라졌더군요."

"그러면 분명히 거기 있었겠군요?"

"그렇다고 할 수 있겠죠. 다른 사람이 가져간 게 아니라면요."

나는 커피를 입으로 가져가려다 말고 배리모어를 쳐다보았다.

"그러면 다른 사람이 또 있다는 말씀인가요?"

"네. 황야에 다른 남자가 한 명 더 있습니다."

"그를 본 적이 있고요?"

"아니요."

"그러면 그를 어떻게 아십니까?"

"셀던이 제게 얘기해주었습니다. 일주일쯤 전에요. 그 남자도 숨어 있는데 제가 알기론 죄수가 아닙니다. 그게 마음에 걸려요, 왓슨 박사님. 솔직히 마음이 놓이지 않습니다." 그가 갑자기 열띤 어조로 말했다.

"배리모어 씨, 내 말을 잘 들으세요! 나는 당신 주인이 관련되지 않는 한 이 문제에 관여할 생각이 없어요. 내가 여기에 와 있는 유일한 목적이 헨리 경을 돕는 거니까요. 솔직히 말씀해 보세요. 뭐가 마음에 걸린다는 건가요?"

배리모어는 잠깐 주저했다. 아마 자기의 발언을 후회하거나 아니면 자기 감정을 말로 표현하기가 어려운 모양이었다.

"일어나고 있는 이 모든 일이 마음에 걸립니다!" 그는 마침내 소리를 치더니 비가 들이치고 있는 황야로 향한 창문을 손으로 가리켰다. "어디선가 부정한 일이 벌어지고 있어요. 어두운 악행이 준비되고 있어요. 장담할 수 있습니다! 헨리 경이 런던으로 다시 돌아가신다면 정말 기쁘겠어요!"

"하지만 뭣 때문에 걱정이 되는 건가요?"

149. 'lay'. 일, 상황, 목적에 대한 속어. 「증권회사 직원」에서 홀 파이크로프트도 이 말을 썼다.

"찰스 경의 죽음을 보세요! 그것만 해도 충분한 불운 아닌가요? 검시관이 한 얘기도 그렇고요. 밤에 황야에서 나는 소리를 좀 들어보세요. 누구라도 해가 진 다음에는 황야를 건너려고 하지 않을 겁니다. 저 밖에 숨어 있는 그 이방인도 그래요. 지켜보며 기다리고 있다고요! 그자가 뭘 기다리겠어요? 그게 무슨 뜻이겠냐고요? 바스커빌이라는 성씨를 가진 사람에게 좋은 일일 리가 없어요. 헨리 경의 새 가솔들이 저택을 돌볼 준비가 되어서, 이 모든 것에서 벗어날 수만 있다면 저는 정말 기쁘겠어요."

"그런데 그 이방인에 대해 뭐든 아는 게 없나요?" 내가 말했다. "셀던이 그 이방인의 은신처를 찾았나요? 혹은 그자가 뭘 하는지 아나요?"

"셀던은 그자를 한두 번 보았다고 했어요. 하지만 조심스러운 자라서 한 번도 자기를 드러낸 적이 없다고요. 처음에 셀던은 그자가 경찰인 줄 알았는데 알고 보니 자기 볼일[149]이 따로 있는 사람이라고 해요. 겉보기에 신사이기는 한데 하는 일은 알 수가 없다고요."

"그자가 어디 산다고 하던가요?"

"언덕에 있는 오래된 집들 중의 하나에요. 돌로 지은 움막이죠. 옛날 사람들이 살았던."

"그는 음식을 어떻게 구한답니까?"

"셀던이 발견한 바로는 그자한테 꼬마가 하나 있어서 그를 위해 일도 하고 필요한 것들을 가져다준다고 합니다. 제 생각엔 그자가 쿰 트레이시에 가서 필요한 걸 구해 올 듯하네요."

"좋습니다, 배리모어. 이 얘기는 다음에 더 하기로 하지요."

집사가 가버리고 나는 컴컴한 창으로 걸어가서 흐릿한 유리창을 통해 밖을 내다보았다. 구름이 몰려가고 바람에 휩쓸린 나무들이 흔들리고 있었다. 실내에 있어도 밤의 야성이 느껴진다. 대체 황야의 돌 움막에서는 어느 정도일까? 도대체 어떤 증오이기에 한 사람을 이런 날씨에 그런 장소에 숨어 있도록 만드는 것일까? 얼마나 간절한 이유이기에 그런 시도가 필요한 일을 하고 있을까? 황야의 움막 속에 아마도 나를 이렇게 성가시게 구는 그 질문의 핵심이 놓여 있을 것이다. 기필코 내일은 이 수수께끼의 핵심을 파헤치기 위해 사람이 할 수 있는 모든 일을 다 해보리라.

제11장

바위산 위의 남자[150]

150. 11장의 원고는 뉴욕 공공도서관의 버그 컬렉션에 있는데 현존하는 원고 중에 유일하게 알려져 있는 원고다(낱장들을 제외하고). 이 원고는 2001년에 베이커 스트리트 이레귤러스에 의해 복사되어 출판되기도 했다.

151. 원고에는 "뉴턴 애벗"이 수없이 나타나기 때문에 원본 원고는 일관성이 있었다고 본다. 그것이 아서 코난 도일의 수기에서 쿰 트레이시로 바뀌었다. 이것은 소재지 추적과 관련해서 중요한 단서다. 뉴턴 애벗은 다트무어에 실제로 있었고 지금도 있는 마을이기 때문이다.(86번과 141번 주석 참고) 필립 웰러는 편집자와의 사적인 대화에서 "그곳은 다트무어에서 가장 가까운 지역으로부터 10킬로미터 정도 떨어진 곳에 있는데 알락해오라기가 울기도 하지요. 하지만 황야는 아니에요"라고 말했다.

내 일기에서 발췌한 앞장의 내용은 10월 18일까지의 이야기다. 그때부터 이 이상한 사건들은 끔찍한 결론을 향해 빠르게 달려가고 있었다. 그다음 며칠간의 일들은 내 기억 속에 지울 수 없도록 새겨져 있어서, 나는 당시에 써둔 기록을 참조하지 않고도 그때의 일들을 이야기할 수 있다.

내가 중요한 두 가지 사실을 알게 된 다음 날부터 이야기를 시작하겠다. 즉 그 전날 나는 쿰 트레이시의[151] 로라 라이언스 부인이 찰스 바스커빌 경에게 편지를 썼고, 그가 죽음을 맞은 바로 그 장소 그 시각에 그와 만나기로 약속이 되어 있었다는 것을 알았다. 그리고 또 하나, 황야에서 숨어 지내는 남자가 산비탈의 돌 움막에 있다는 것을 알았다.

이 두 사실을 손에 쥐고도 어두운 음모에 대해 좀 더 밝혀낼 수 없다면 나란 사람은 아마 멍청이거나 겁쟁이일 거라는 생각이 들었다.

나는 전날 저녁 라이언스 부인에 대해 알게 된 사실을 준남작에게 이야기할 틈이 없었다. 모티머 박사가 밤늦게까지 남아 준남작과 카드 게임을 했기 때문이다. 하지만 아침 식사 때 나는 준남작에게 내가 발견한 것을 알려주고 쿰 트레이시까지 함께 가겠는지 물었다. 처음에 그는 매우 가고 싶어 했지만, 우리 둘 다 다시 생각해보니 내가 혼자서 가는 편이 결과가 좋을 것 같았다. 방문이 공식적인 것이 될수록 정보는 더 적게 얻을 것이기 때문이었다. 그래서 나는 헨리 경을 뒤에 남겨두고, 꺼림칙한 마음이 없지 않았지만, 새로운 조사를 위해 마차를 출발시켰다.

쿰 트레이시에 도착했을 때 나는 퍼킨스에게 말을 세워두고 이야기하고 조사해야 할 여자를 찾기 시작했다. 그녀의 집을 찾는 일은 어렵지 않았다. 중심가에 있는 시설 좋은 집이었다. 하녀가 격식을 따지지 않고 나를 들여보내주었고, 내가 거실에 들어서자 레밍턴 타자기[152] 앞에 앉아 있던 한 여인이 기쁜 환영의 미소를 띠고 자리에서 일어났다. 하지만 그녀는 내가 낯선 사람이라는 것을 보고는 고개를 떨어뜨렸다. 그리고 다시 자리에 앉아 내가 방문한 목적을 물었다.[153]

라이언스 부인에 대한 첫인상은 매우 미인이라는 것이었다. 두 눈과 머리칼은 모두 짙은 적갈색이었다. 볼에 약간의 주근깨가 있기는 했지만 머리색과 가장 잘 어울리는 앙증맞은 장밋빛[154] 홍조가 떠올라 있었다.

다시 말하지만 첫인상은 탄복스러웠다. 하지만 다시 보니 결점이 드러났다. 얼굴에 뭔가 미묘하게 어긋난 것이 있었다. 표정의 조야함, 눈에 어린 약간의 매정함, 그리고 다소 느슨한 입매도 완벽한 아름다움을 망쳐놓고 있었다.

하지만 이런 건 나중에야 생각한 것들이다. 당시에는 그냥

152. E. 레밍턴 앤드 선스는 뉴욕 일리언에 있는 총기 제작사였는데, 타자기를 처음으로 생산 라인에 올린 회사였다. 비록 레밍턴이라는 이름이 타자기에 꼭 붙어 다니기는 하지만 이 가족이 타자기 사업에 관여한 기간은 상대적으로 짧았다. 이 총기 제작사는 엘리펄릿 레밍턴이 세웠다. 젊었을 때 그는 대장장이였는데 아버지의 대장간에서 총신을 조정해서 주머니에 들어가는 자신의 리볼버를 만들었다. 그는 발포 장치를 거래상에서 구입했다. 그는 1873년에 독립체로서 레밍턴 타자기 회사를 세우고 크리스토퍼 레이섬 숄스와 협력해서 일했다. 숄스는 밀워키 신문의 제작자이자 시인, 발명가였고 쓸 수 있는 효율적인 최초의 타자기 특허권을 가지고 있었다. 숄스는 이 특허를 레밍턴에게 라이선스 했다. 5년 내에 숄스는 완벽한 디자인의 레밍턴 2 모델을 만들어냈다. 유명한 쿼티 키보드를 달고 시프트 키가 있어서 대문자를 찍기 위해 캐리지를 움직일 수 있었다. 판매회사였던 와이코프, 시먼스, 베니딕트가 1883년 독점 판매권을 취득했으며 1886년에는 독점 생산권을 취득하고 레밍턴으로부터 타자기 부문 사업을 샀다. 레밍턴이라는 상표명은 그대로 남았다. 회사는 계속 레밍턴 컴퍼니라고 불렸는데 1894년 여름에 모델 넘버 6을 출시했다. 훨씬 사용하기 쉽고 인기 있는 니사인이었으며 "시간을 아끼고 인생은 길게"라는 슬로건을 내놓았다. 이런 초기 모델들은 모두 위로 치는 소위 '안 보이는' 디자인이었다. 타이피스트가 키를 치면 타이프가 판을 향해 위로 움직여서 종이에 자국을 냈다. 타이피스트(또는 '타이프라이터', 당시에는 타이프라이터를 사용하는 사람도 이렇게 부르는 경우가 더 많았다)는 캐리지를 들어 올려야 올바른 키를 쳤는지 확인할 수 있었다. 앞쪽을 치는 ('보이는) 모델은 1908년에야 출시되었다. 타자기와는 별개로 레밍턴은 재봉틀도 만들었다. 100달러라는 두둑한 금액에 판매된 초기의 타자기 다수가 사실은 레밍턴 총기 회사의 재봉틀 부서에서 제조되었다. 이 타자기들은 재봉사들이 좋아했

레밍턴 타자기, 1878년의 표준 모델 넘버 2.

던 꽃 장식과 자개로 된 상감, 청동 마무리 등을 한
재봉틀과 모습이 닮았다.

153. 도러시앤 에번스는 「로라 라이언스」에서 "새
일거리를 가져왔을지도 모르는 사람에게 보이는
다소 이상한 반응"이라고 말한다.

154. 'sulphur rose.' 서남아시아가 원산지인 장미다.
덤불은 키가 1.5–1.8미터, 너비가 1.2미터 정도 된
다. 회색의 풍부한 잎이 있고 겹꽃은 화려한 노란색
이며 사향 냄새가 난다. Rosa Ecae, Rosa Foetida(페
르시아산)와 함께 1625년경 일찌기 유럽으로 수입
되었다. 당시 유럽에는 노란색 장미가 없었기 때문
이다. 이 세 가지가 현대의 노란색 잡종의 조상이
되었다.

155. 스톱을 '키' 대신에 사용한 이상한 용법은 『옥
스퍼드 영어사전』(2판)이나 현대 타자기에 대한 설
명서에는 나오지 않는다. 손으로 탭을 설정하는 데
사용되었던 클립처럼 생긴 장치인 탭 스톱tab stop을
가리켰을 수도 있다. 그 위에서 손가락을 "움직"이
기에는 이상한 위치임에도 이 장면을 그린 패깃의
그림은 이런 해석을 지지한다. 패깃도 그 자리에
없었으므로 그도 우리처럼 왓슨이 탭 스톱을 의미

아주 예쁜 여자와 마주하고 있다는 생각만 들었다. 그리고 그
여자가 나에게 방문 목적을 묻고 있었다. 그 순간이 되어서야
나는 내 임무가 얼마나 민감한 것인지를 깨달았다.

"저는 그쪽 부친과 잘 아는 사이입니다." 내가 말했다.

어설픈 소개였고, 여인도 내게 그걸 일깨워주었다.

"제 아버지와 저는 전혀 공통점이 없습니다." 그녀가 말했
다. "빚진 것도 없고, 아버지의 친구는 제 친구가 아닙니다. 돌
아가신 찰스 바스커빌 경이나 다른 몇몇 친절한 분들이 없었다
면 아버지 때문에 저는 굶어 죽었을 겁니다."

"제가 여기 온 것은 돌아가신 찰스 바스커빌 경에 관한 일
때문입니다."

여인의 얼굴에서 주근깨가 더욱 도드라졌다.

"제가 그분에 대해 무슨 말을 하겠습니까?" 그녀는 이렇게
묻더니 손가락을 신경질적으로 타자기의 스톱[155] 위에서 움직

레밍턴 타자기 앞에 앉아 있던 한 여인이
기쁜 환영의 미소를 띠고 자리에서 일어났다.
리하르트 구트슈미트 그림, 『바스커빌 씨네 사냥개』,
슈투트가르트, 로베르트 루츠 출판사(1903)

였다.

"그분과 잘 아는 사이였죠?"

"그분의 친절에 큰 신세를 졌다고 제가 이미 말했을 텐데요. 제가 스스로를 부양할 수 있게 된 것은 많은 부분 그분께서 저의 불행한 처지에 관심을 가져주신 덕분입니다."

"편지를 주고받으셨습니까?"

그녀는 적갈색 눈에 분노의 빛을 띠며 잠깐 올려다보았다.

"이런 질문의 목적이 뭔가요?" 그녀가 날카롭게 물었다.

"공공연한 스캔들을 피하려는 게 목적이지요. 그 일이 우리의 통제를 벗어나는 것보다는 제가 여기서 묻는 편이 더 나을 겁니다."

그녀는 조용했고 얼굴이 심하게 창백해졌다. 마침내 그녀는 뭔가 거칠게 항의하는 듯한 태도로 올려다보았다.

"그래요, 대답하지요." 그녀가 말했다. "질문이 뭔가요?"

"찰스 경과 편지를 주고받으셨습니까?"

"그분의 배려와 관대함에 감사를 표하기 위해 분명 한두 번 편지를 썼습니다."

"편지를 쓴 날짜를 기억하고 계십니까?"

"아니요."

"그분을 만난 적이 있습니까?"

"네, 한두 번. 그분이 쿰 트레이시에 오셨을 때요. 찰스 경은 완전히 은퇴한 분이시라 몰래 선행을 하고 다니는 것을 좋아하셨죠."

"하지만 그분을 별로 본 적도 없고 편지도 많이 안 했다면, 찰스 경이 어떻게 당신의 사정을 알고 당신이 말한 그런 일들을 도와줄 수 있었던 겁니까?"

곤란한 내 질문에도 그녀는 완벽하게 준비가 되어 있었다.

"저의 슬픈 일들을 알고 도와주기 위해 힘을 합치셨던 신사

했다고 이해한 것으로 보아야 한다. 탭 스톱을 타자기에 만들 수는 있지만, 이것을 쓰기란 숙달하기 어려운 기술이어서 로라 라이언스처럼 전문 타이피스트의 영역이었다.

156. 'almoner.' 다른 사람의 구호품을 나눠주는 사람.(오늘날에는 영국 병원의 사회복지사를 가리키는 말로 쓰인다—옮긴이)

분이 몇 분 계셨습니다. 그중 한 분은 찰스 경의 이웃이자 친한 친구인 스테이플턴 씨였고요. 스테이플턴 씨는 매우 친절한 분이어서 찰스 경에게 저의 일에 대해 이야기해주셨습니다."

나는 찰스 바스커빌 경이 몇몇 경우에 스테이플턴을 아머너[156]로 세워 자선을 베풀었다는 사실을 알고 있었고, 그러니 이 여인의 진술은 진실이라는 인상을 주었다.

"찰스 경에게 만나달라고 편지를 쓰신 적이 있습니까?" 나는 계속했다.

라이언스 부인은 분노로 다시 얼굴이 달아올랐다.

"정말이지, 선생님. 이건 아주 말도 안 되는 질문이군요."

"정말이지, 선생님. 이건 아주 말도 안 되는 질문이군요."
시드니 패짓 그림, 《스트랜드 매거진》(1902)

"죄송합니다, 부인. 하지만 다시 물을 수밖에 없습니다."

"그러면 대답해드리지요. 분명히 없습니다."

"찰스 경이 돌아가신 바로 그날에도요?"

순식간에 얼굴의 핏기가 가시고 죽은 사람 같은 얼굴이 내 앞에 있었다. 그녀는 입술이 말라서 "아니요"라는 말도 제대로 못했다. 나는 대답을 들었다기보다 보았다고 해야 했다.

"분명히 기억에 잘못이 있으신 것 같군요." 내가 말했다. "저는 부인의 편지 구절을 인용할 수도 있습니다. '부디, 부디 당신이 신사라면 이 편지를 태워버리세요. 그리고 10시에 그 문으로 나와주세요'라고 하셨지요."

나는 그녀가 기절하는 줄 알았다. 하지만 그녀는 안간힘을 쓰며 버티고 있었다.

"세상에, 신사가 다 사라졌나요?" 그녀가 겨우 내뱉었다.

"찰스 경을 그렇게 판단하지 마십시오. 그분은 정말로 그 편지를 태웠습니다. 하지만 가끔 타버린 편지도 읽을 수 있을 때가 있지요. 이제 부인께서 그 편지를 썼다는 것을 인정하시는 겁니까?"

"네, 제가 썼어요!" 그녀가 외쳤다. 그리고 정신없이 말을 쏟아냈다. "제가 썼어요. 제가 왜 부정해야 하나요? 제가 그걸 부끄러워해야 할 이유는 하나도 없어요. 그분께서 저를 도와주셨으면 했던 것뿐이에요. 저는 제가 직접 이야기를 하면 도움을 받을 수 있을 거라고 믿었어요. 그래서 만나달라고 부탁했고요."

"하지만 왜 그렇게 늦은 시각입니까?"

"왜냐하면 그분이 다음 날 런던으로 떠나서 몇 달간 안 계실 거라는 얘기를 막 들었기 때문이에요. 더 빨리 그곳에 도착할 수 없었던 데는 여러 이유가 있었고요."

"하지만 왜 집으로 방문하지 않고 정원에서 보자고 한 겁니

157. 이 문장과 앞의 두 문장은 원고에 삽입된 부분이다. 분명 왓슨이 나중에 생각해낸 것이 틀림없다.

까?"

"여자가 그 시각에 독신남의 집에 혼자 갈 수 있다고 생각하시나요?"

"글쎄요, 실제로 도착하신 다음에는 무슨 일이 벌어진 겁니까?"[157]

"저는 가지 않았어요."

"라이언스 부인!"

"아니요. 신 앞에 맹세할 수 있어요. 절대로 가지 않았어요. 다른 일이 생겨서 갈 수가 없었어요."

"그게 무슨 일이었는데요?"

"사적인 일이에요. 말할 수 없어요."

"그러면 부인은 찰스 경이 돌아가신 날 그 시각, 그 장소에서 찰스 경과 만나기로 약속했다는 것은 인정하시는 거군요. 하지만 약속을 지켰다는 것은 부인하시고요?"

"그게 사실이에요."

재차 삼차 그녀를 추궁해보았지만 그 이상을 알아낼 수는 없었다.

"라이언스 부인." 이 길고 아무 결론 없는 면담을 끝내면서 내가 말했다. "부인께서는 아는 것을 다 털어놓지 않으시니 스스로 무거운 책임을 지게 될 겁니다. 스스로 불리한 처지를 자초하는 거고요. 만약 제가 경찰의 도움을 요청하게 된다면, 그쪽이 얼마나 심각한 위험에 처했는지 알게 되실 겁니다. 결백하시다면 왜 처음에는 그날 찰스 경에게 편지를 썼다는 사실을 부인하신 겁니까?"

"엉뚱한 오해를 살까 두려웠기 때문이에요. 스캔들에 연루될까 걱정도 되었고요."

"그러면 왜 찰스 경에게 편지를 없애라고 그렇게 강하게 요청하신 겁니까?"

"편지를 읽으셨다면 아실 텐데요."

"제가 편지를 전부 다 읽었다고는 이야기하지 않았습니다."

"일부를 인용하셨잖아요."

"추신 부분을 인용했습니다. 말씀드렸듯이 편지가 타버려서 모두 읽을 수는 없었어요. 다시 한 번 묻겠습니다. 왜 찰스 경이 죽었던 날 받은 편지에서 편지를 없애라고 그렇게 강하게 요구하셨나요?"

"아주 사적인 문제예요."

"그렇다면 더욱더 공식적인 조사를 피하셔야 할 텐데요."

"그러면 말씀드리지요. 저의 불행한 지난날에 대해 들은 적이 있으시다면 제가 무모한 결혼을 한 후 후회했다는 것을 아실 겁니다."

"그렇게 들었습니다."

"저는 혐오스러운 남편에게 끊임없이 학대를 당했어요. 하지만 법은 그의 편이어서 그가 함께 살자고 강요할 가능성을 매일 염두에 두고 살아야 했어요.[158] 제가 찰스 경에게 그 편지를 쓸 당시에 저는 비용을 마련할 수만 있다면 다시 자유를 얻을 가능성도 있다는 걸 알게 되었어요.[159] 저에게는 무척이나 절실한 문제였어요. 마음의 평화를 얻고 다시 행복과 자존심을 되찾을 수 있는 기회였죠. 저는 찰스 경이 매우 관대한 분이라는 것을 알고 있었어요. 그래서 그분이 제가 직접 이야기하는 것을 들으신다면 저를 도와주실 거라고 생각했던 거죠."

"그런데 왜 가지 않으신 겁니까?"

"왜냐면 그사이 다른 분이 저를 도와주셨기 때문이에요."

"그러면 왜 찰스 경에게 다시 편지를 써서 상황을 설명하지 않으셨습니까?"

"다음 날 아침 신문에서 그의 죽음에 대한 기사를 보지 못했다면 그렇게 했을 거예요."[160]

158. 모티머 박사의 상당히 다른 진술과 비교해보자. "(라이언스는) 알고 보니 불한당이었고 그녀를 버렸죠." 모티머의 이야기는 로라 라이언스가 자신의 명성을 보존하기 위해 내놓은 이야기인가? 빅토리아 사회는 이혼한(또는 별거한) 여인을 존중하지 않았다.

영국 법은 로라 라이언스에게 '이혼'의 가능성을 크게 주지 않았다. 하지만 '별거' 가능성은 있었다. 뉴욕 상소법원은 다음과 같이 말한다. "영국 법 아래에서 간통, 학대, 유기의 경우, 남편이든 아내든 법적 별거를 할 수 있다." 1858년의 이혼법에 의하면 남편은 아내가 간통을 할 경우 혼인의 해소를 구할 수 있었으나, 아내는 오직 다음의 경우에만 혼인의 해소를 구할 수 있었다. 근친상간의 간통, 중혼으로 인한 간통, 강간, 남색, 수간, 교회 재판소에 이혼을 구할 수 있을 정도의 충분한 학대를 동반한 간통, 2년 또는 그 이상의 기간 동안 이유 없는 유기와 동반한 간통이 그것이다. 『브리태니커 백과사전』(9판)은 다음과 같이 결론을 내린다. "남편의 간통이 아내의 간통보다 왜 덜 심각한 위반으로 간주되었는지 그 이유는 모든 이에게 분명할 것이다."

1895년에 의회는 이혼법을 일부 개정했는데 아내가 이혼을 요구할 수 있는 범위를 다음과 같이 확대했다. 아내에 대한 형법상의 가중 폭행, 아내에 대한 폭행으로 5파운드 이상의 벌금 또는 2개월 이상의 구금이 결정된 때, 유기, 아내에 대한 지속적인 학대 또는 아내나 어린 자녀에 대한 고의적인 방치가 있어 아내가 남편을 떠나서 살도록 '원인을 제공'했을 때였다. 그런 경우 아내는 다음 조항의 일부 또는 전부를 포함한 명령을 신청할 수 있었다. (1)신청자가 남편과 동거하도록 강요받지 않을 것, (2)신청자가 16세 이하의 어떤 자녀에 대해서건 양육권을 가질 것, (3)남편이 아내에게 일주일에 2파운드를 넘지 않는 부양비를 지급할 것.

빅토리아 시대 이혼법의 가혹함은 「애비 농장 저택」이라는 드라마의 배경이 되는 주제를 형성한다. 아서 코난 도일은 이혼법 개혁의 확고한 지지자였으며 1909년 이혼법개혁연합의 회장을 지냈다.

159. 원고에는 "제가 그의 비용으로 일정 금액을 마련할 수만 있다면 제 남편은 기꺼이 이 나라를 떠나려고 했어요"라고 되어 있다.

160. 윌리엄 S. 베어링굴드는 "일 처리 한번 빨랐다. 찰스 경은 자정까지는 발견되지 않았는데 말이다"라고 말한다. 피터 캘러메이는 이에 반대한다. 그는 편집자와 사적으로 나눈 대화에서 로라 라이언스의 말이 믿을 만하다고 한다. 그녀가 조간신문인 《데번 주 크로니클》을 말하는 것이라면 신문 판매대에 6시까지는 있었을 거라고 캘러메이는 지적한다. 지역사회에 대한 찰스 경의 중요성을 감안한다면 누군가 즉시 신문에 알린 것도 놀라울 것이없다.

161. 원고에서 왓슨은 로라 라이언스의 이야기를 "그녀의 남편의 마지막 영국 주소를 확보해서 그가 실제로 그녀가 말한 날짜에 영국을 떠났는지 얘기함"으로써 확인했다고 했다.

162. 원고에는 다음과 같은 추가적인 관찰 사항이 포함되어 있다. "그녀가 깊이 가담한 아주 훌륭한 연기자인 것이 아니라면 배리모어가 편지를 잘못 읽었거나 편지가 위조였을 것이다. 그게 아니라면 엄청난 우연의 일치로 뉴턴 애벗에서 편지를 보낸 이니셜 L. L.의 다른 여성이 있어야 한다. 당시 내가 가진 단서로는 아무것도 알아내지 못했고, 나는 황야의 돌 움막에 있을 다른 단서로 돌아갈 수밖에 없었다." 이것은 재미있는 추측이지만 나중에 생각해보면 아마 왓슨은 그를 (그리고 그 여성을) 너무 잘못 알았다고 느꼈을 것이다.

여인의 이야기는 앞뒤가 일관되게 들어맞았다. 무슨 질문을 해도 흔들리지 않았다. 더구나 나중에 보니 그 비극적인 사건이 벌어진 시기에 그녀가 실제로 남편에 대한 이혼 절차를 시작했다는 것을 확인할 수 있었다.[161]

그녀가 바스커빌 저택에 실제로 갔었다면, 지금 갔던 적이 없다고 감히 거짓말을 할 것 같지는 않았다. 그녀가 거기에 가려면 마차가 필요했을 것이고, 아마도 아침 이른 시각까지 쿰 트레이시로 돌아올 수는 없었을 것이다. 그런 여행이 비밀로 유지될 수는 없는 일이다. 그러니 그녀는 진실을 말하고 있거나, 아니면 최소한 일부는 진실을 말하고 있을 가능성이 컸다. 나는 미궁에 빠진 채 낙담하여 돌아왔다.[162] 또 한 번 나는 막다른 골목에 이르고 말았다. 내가 임무를 수행하기 위해서 시도하는 모든 경로에 벽이 놓여 있는 것 같았다. 그리고 그녀의 얼굴과 태도를 다시 생각해볼수록 뭔가를 숨기고 있다는 느낌이 들었다.

그녀가 그렇게 하얗게 질릴 까닭이 무엇인가? 그녀는 왜 모든 걸 끝까지 인정하지 않으려고 애쓰는 것일까? 비극이 일어났을 때 그녀는 왜 그렇게 침묵하고 있었을까? 분명히 이 모든 질문에 대한 진실은 그녀가 내게 믿어주길 바라는 것처럼 그렇게 순수한 이유는 아닐 것이다. 그 방향으로는 더 이상 나아갈 수 없었기 때문에 나는 다른 실마리로 방향을 틀어야 했다. 황야의 돌 움막에서 실마리를 찾을 수 있을 것이다.

그런데 돌아오는 길에 나는 그 방향이 아주 불명확하다는 것을 깨달았다. 언덕 하나하나마다 고대인들의 자취가 있었던 것이 생각났다. 배리모어가 알려준 것이라고는 그 이방인이 버려진 움막들 중 하나에 살고 있다는 것밖에 없었다. 그리고 황야를 따라서 수백 개의 그런 움막들이 흩어져 있는 것이다.

하지만 내게는 지침이 될 수 있는 경험이 있었다. 바로 그 남자가 거기 블랙 토어 꼭대기에 서 있는 것을 본 적이 있는 것이다. 그렇다면 바로 그곳을 중심으로 찾아 나서면 된다. 거기서부터 황야에 있는 움막이란 움막은 다 뒤지고 다닐 것이다. 찾고자 하는 그 움막을 찾을 때까지.

만약 이 남자가 움막 안에 있다면 나는 그의 입으로 자신이 누구고, 또 왜 그렇게 오랫동안 우리 뒤를 밟고 있는 것인지 말하게 할 것이다. 필요하다면 내 리볼버를 사용해서라도. 번잡한 리전트 스트리트에서는 우리 손아귀를 빠져나갈 수 있었을지 몰라도 이 외로운 황야에서는 그게 쉽지 않을 것이다. 그런데 그 움막을 찾았는데 주인이 안에 없다면 나는 그 안에서 기다려야 한다. 밤을 새워서라도 그가 돌아올 때까지 기다려야 한다. 홈즈는 런던에서 그자를 놓쳤다. 나의 스승도 실패했는데 내가 그를 여우 굴로 몰아 잡아낼 수 있다면 나에게는 정말 큰 쾌거가 될 것이다.

이번 조사에서 행운은 자꾸만 우리를 비껴갔다. 하지만 이제 마침내 운이 나를 도우려는 것이다. 행운의 메신저는 다름 아닌 프랭클랜드 씨였다. 회색 구레나룻에 붉은 얼굴을 하고 그는 자기 정원 입구 밖에 서 있었다. 그 입구는 내가 지나가는 도로를 향해 있었다.

"안녕하세요, 왓슨 박사!" 그가 외쳤다. 평소와는 달리 기분이 좋아 보였다. "말들을 좀 쉬게 하셔야지요. 들어와서 와인 한잔 하면서 날 좀 축하해주시구려."

그가 딸을 어떻게 대했는지 들은 후로 나는 그를 좋게 생각하지 않았으나, 퍼킨스와 마차를 집으로 돌려보낼 좋은 기회를 잡을 수 있었다. 나는 마차에서 내리고 헨리 경에게는 내가 저녁 식사 시간에 맞춰 걸어서 돌아가겠다고 하더라고 전하라고 했다. 그리고 프랭클랜드 씨를 따라서 그의 식당으로 들어갔다.

"안녕하세요, 왓슨 박사!" 그가 외쳤다.
시드니 패짓 그림, 《스트랜드 매거진》(1902)

　"오늘은 나에게 정말 멋진 하루예요, 박사. 내 인생에서 기억할 만한 날이지요." 그는 계속 낄낄대면서 우렁차게 말했다. "두 가지 일을 한 번에 해냈죠. 법은 법이라는 걸 그놈들에게 가르쳐주기도 했고, 또 법을 적용하는 데 겁내지 않는 사람이 있다는 것도 가르쳐줬지요. 미들턴 영감의 정원을 가로질러서 길을 낼 수 있는 권리를 확보했답니다. 그의 현관문에서 100미터도 안 되는 정원 한복판으로 말이죠. 어떻습니까? 이런 거물

"오늘은 나에게 정말 멋진 하루예요, 박사. 내 인생에서 기억할 만한 날이지요."
그는 계속 낄낄대면서 우렁차게 말했다.
리하르트 구트슈미트 그림, 『바스커빌 씨네 사냥개』,
슈투트가르트, 로베르트 루츠 출판사(1903)

163. 원고에는 대신에 "플리머스의 시장"이라고 되어 있다. 존 몰런드 경이 누구인지는 알 수 없지만 분명히 왓슨은 나중에 실명을 숨기는 데 실패했다는 것을 알았을 것이다.

들도 서민의 권리를 짓밟을 수 없다는 걸 가르쳐주는 겁니다. 나쁜 놈들! 또 저는 펜위디 사람들이 소풍을 가던 숲을 폐쇄했답니다. 이 지긋지긋한 인간들이 사유권이라는 것도 모르고, 아무 데나 몰려가서 빈 병이나 휴지 따위를 버려놓아도 되는 줄 알더라고요. 두 건 다 해결되었다오, 왓슨 박사. 둘 다 제가 이겼답니다. 존 몰런드 경[163]을 무단 침입으로 잡은 이래로 이렇게 좋은 날은 없었답니다."

"대체 어떻게 그렇게 하셨나요?"

"그 책을 한번 펴보세요, 읽을 만할 겁니다. 「프랭클랜드 대 몰런드 사건」이라고 고등법원 사건이랍니다. 200파운드나 들었지만 원하는 결정을 얻어냈지요."

"뭐 이득을 보신 게 있습니까?"

"전혀요, 전혀. 자랑스럽게 말씀드리지만 나와는 이해관계가 전혀 없는 일이었지요. 나는 전적으로 공적 의무감에서 그 일을 한 겁니다. 아마 펜워디 사람들은 오늘 밤에도 내 인형을 만들어서 불에 태우고 있을 거예요. 지난번에 그들이 그런 짓을 했을 때 경찰에게 그들이 그런 부끄러운 짓거리를 하지 못하게 해달라고 말했지요. 이 지역 경찰은 형편없는 상황이라 내가 마땅히 받아야 할 보호를 못 해주고 있는 실정이에요. 아마 프랭클랜드 대 국가 소송을 일으키면 이 문제에 많은 사람이 관심을 갖게 될 겁니다. 나를 이런 식으로 대접했다가는 후회할 일이 생길 거라고 말했었죠. 그런데 벌써 내 말은 현실이 되고 있답니다."

"어떻게요?" 내가 물었다.

이 영감은 다 안다는 듯이 거들먹거리는 표정을 지었다.

"나는 그들이 죽도록 알고 싶어 하는 걸 알려줄 수 있거든요. 하지만 아무리 날 구슬려도 그 악당들을 도와주지 않을 겁니다."

나는 그의 수다를 벗어날 핑계를 이리저리 찾던 중이었지만 이제 이야기를 더 듣고 싶어졌다. 나는 늙은 악한들의 청개구리 심보를 익히 잘 알고 있었다. 내가 강한 관심을 보인다면 그는 오히려 입을 다물어버릴 것이다.

"밀렵 사건 같은 거 말이시죠?" 나는 무심한 척 말했다.

"하하, 그것보다 훨씬 중대한 사안이랍니다. 황야에 있는 죄수 얘기 같은 거랄까?"

나는 흠칫 놀랐다. "그가 어디 있는지 안다는 얘기는 아니시죠?" 내가 말했다.

"정확히 어디 있는지는 모른다고 할 수도 있지만, 경찰이 그를 잡을 수 있게 도와줄 수는 있다고 장담하지요. 그놈을 잡으

려면 그가 음식을 어디서 구하는지 알아내서 거꾸로 추적하면
된다는 생각 혹시 못해보셨나요?"

불안하게도 그는 분명 진실에 상당히 가까이 접근한 것 같았
다. "분명히 그렇겠지요." 내가 말했다. "하지만 그가 황야에
있다는 것을 어떻게 안단 말입니까?"

"그놈에게 음식을 가져다주는 배달부를 내 두 눈으로 봤으
니까 알지요."

나는 배리모어를 생각하고는 가슴이 덜컥했다. 이런 사악하
고 늙은 참견꾼의 손아귀에 떨어진다는 건 심각한 문제였다.
하지만 그의 다음 발언에 마음이 가뿐해졌다.

"어린애 한 명이 그에게 음식을 가져다준다는 얘기를 들으
면 놀라실 겁니다. 나는 지붕에 있는 망원경으로 매일 그 아이
를 본답니다. 그 아이는 매일 같은 시간에 같은 길을 지나갑니
다. 그 죄수가 아니라면 누구에게 가는 거겠습니까?"

이런 게 행운이로구나! 그래도 나는 관심을 드러내지 않으
려고 애썼다. 아이라! 우리의 이방인이 꼬마를 통해서 음식을
얻는다고 배리모어가 이야기했었다. 프랭클랜드가 뒷걸음치다
가 잡은 것은 죄수가 아니라 이방인의 흔적이었다. 프랭클랜드

망원경들.
《해러즈 카탈로그》(1895)

164. 원고에는 원래 다음과 같은 말이 추가로 있었다. "내 망원경 없이는 물론 불가능했을 거예요." 나중에 왓슨은 이게 그냥 떠벌리기였다는 것을 깨달았음에 틀림없다. 왜냐하면 두 문장 다음에 프랭클랜드가 맨눈으로 소년을 발견하기 때문이다.

165. 지붕으로 사용하는 판자.

가 아는 걸 알아낼 수만 있다면 길고 힘든 사냥 시간을 아낄 수 있을 것이었다. 하지만 분명히 못 믿는 척, 관심 없는 척하는 것이 최선의 대처였다.

"황야에 있는 어느 양치기네 아들이 아비에게 식사를 갖다 주는 거라는 게 훨씬 말이 될 것 같은데요?"

살짝 반박하는 듯한 나의 태도는 이 늙은 폭군의 가슴에 불을 질렀다. 그의 두 눈이 아주 사납게 나를 본다 싶더니 그의 회색 구레나룻이 성난 고양이처럼 쭈뼛 섰다.

"정말이오, 박사!" 그가 드넓은 황야를 손가락으로 가리키며 말했다. "저기 저 블랙 토어 보이죠? 그 너머로 가시나무 덤불에 덮인 낮은 언덕이 보이나요? 거기가 황야 중에서도 가장 돌이 많은 곳이오. 양치기가 저런 곳에다 자리를 잡을 것처럼 보이나요? 박사의 생각은 얼토당토않아요."

그런 것들을 잘 몰라서 한 말이라고 온순하게 대꾸하자, 내 순순한 태도가 그를 기쁘게 했는지 그는 술술 털어놓았다.

"내가 의견을 내놓는다면 그건 탄탄한 증거가 있기 때문입니다. 나는 그 아이가 짐 꾸러미를 들고 가는 것을 몇 차례 보았어요.[164] 아니, 잠깐! 내 눈이 어떻게 된 건가요, 아니면 바로 지금 저기 언덕에 뭔가 움직이고 있는 건가요?"

몇 킬로미터나 떨어진 거리였지만 칙칙한 녹색과 회색 배경 속에 조그만 검은 점이 내 눈에도 분명히 보였다.

"왓슨 박사, 나를 따라와요!" 프랭클랜드 씨가 2층으로 달려가면서 외쳤다. "직접 눈으로 보고 판단하세요."

삼발이 위에 올려진 굉장한 망원경이 납작한 납판[165] 위에 버티고 있었다.

프랭클랜드는 망원경에 대고 눈을 깜박이더니 만족한 함성을 질렀다.

"빨리요, 왓슨 박사, 빨리. 저 언덕을 지나가버리기 전에

프랭클랜드는 망원경에 배로 느을 맞박 이니니 신룩한 밤성을 쳴났다.
시드니 패짓 그림, 《스트랜드 매거진》(1902)

요!"

거기에 분명 그 아이가 있었다. 조그만 꼬마가 어깨에 꾸러미를 메고 힘겹게 언덕을 오르고 있었다. 아이가 산마루에 다다랐을 때 푸르고 차가운 하늘을 배경으로 남루하고 투박해 보이는 한 남자의 윤곽이 잠시 나타났다. 그는 주위를 둘러보았는데 뭔가 몰래 숨어 있는 듯한 분위기가 마치 추격을 두려워하는 사람처럼 느껴졌다. 그리고 바로 언덕 뒤로 사라졌다.

"어때요! 내 말이 맞죠?"

166. 새바인 베어링굴드의 『데번』(1907)은 빅슨 토어를 워드 브리지와 메리베일 브리지 사이의 월컴 밸리에 있는 "성곽 모양의 돌 덩어리"라고 묘사한다. 책에서 벨리버는 언급되지 않는다. 왓슨은 황야에서 랜드마크가 되는 자세한 지역 명칭에 대한 지식을 알려지지 않은 소스로부터 습득한 것으로 보인다.

"그렇네요. 비밀스러운 심부름을 하는 듯한 아이가 한 명 있군요."

"그리고 그 심부름이 무엇일지는 지역 경찰도 맞힐 수 있을 거요. 하지만 그들은 나한테서 한 마디도 못 들을 겁니다. 왓슨 박사도 비밀을 지켜주셔야 합니다. 한 마디도 안 돼요! 아시겠지요?"

"잘 알겠습니다."

"그들은 나에게 창피를 줬어요, 창피를. 프랭클랜드 대 국가 소송에서 사실이 밝혀지면 온 나라에 분노의 물결이 일 거예요. 어쨌거나 나는 절대로 경찰을 도와주지 않을 겁니다. 경찰은 그 악당들이 태운 게 인형이 아니라 진짜 나이기를 바랐다니까요. 절대로 안 할 겁니다! 이 운 좋은 밤에 포도주 병을 다 비울 수 있게 도와주십시오!"

하지만 나는 그의 온갖 간청을 뿌리치고 굳이 집까지 따라 걸어가주겠다는 것도 만류하는 데 성공했다. 나는 그의 눈에 보이는 데까지만 그 길을 따라서 걷다가 황야로 빠져들었다. 그리고 소년이 사라진 돌투성이 언덕으로 향했다. 모든 게 순조롭게 진행되고 있었다. 행운이 가져다준 기회를 체력이나 끈기의 부족으로 놓쳐버릴 수는 없었다.

내가 그 언덕 꼭대기에 도착했을 때는 벌써 해가 떨어지고 있었다. 내 아래쪽의 긴 비탈 한쪽은 황록색이었고 다른 쪽은 회색 그림자가 졌다. 멀리 지평선에서 아지랑이가 낮게 피어오르고 있었고, 그 위로 환상적인 모양의 벨리버와 빅슨 토어가 솟아 있었다.[166]

광활한 땅 위에 아무런 소리도 움직임도 없었다. 커다란 회색 새 한 마리가, 갈매기인지 마도요인지, 푸른 하늘 높이 솟아올랐다. 광활한 하늘과 그 아래 사막 사이에 살아 있는 것이라고는 그 새와 나뿐인 것 같았다. 그 황량한 풍경이, 고독한 느낌이, 그리고 의문에 싸인 내 임무의 긴박함이 가슴을 서늘하게 만들었다. 그 소년은 어디에도 보이지 않았다.

하지만 저 아래쪽 언덕들 사이에 오래된 돌 움막들이 있었다. 그 한복판에 비바람을 막기에 충분한 지붕이 남아 있는 움막이 한 채 있었다. 그것을 발견하자 내 심장은 요동치기 시작했다. 분명 그 이방인이 숨어 있는 장소일 것이다. 마침내 나는 그 은신처의 입구에 섰다. 그의 비밀이 내 손안에 들어왔다.

나는 앉아 있는 나비를 잡기 위해서 망을 들고 접근하는 스테이플턴처럼 조심조심 걸어서 그 움막에 접근했다. 그리고 그곳에 실제로 누군가 살고 있다는 것을 발견하고 안도했다. 문 역할을 하고 있는 허물어진 입구까지 바위 무더기 사이로 어렴풋이 좁은 길이 나 있었다. 안쪽은 아주 조용했다. 수수께끼 남자는 안에서 숨어 있을 수도 있고, 황야를 돌아다니고 있을 수도 있었다. 모험을 한다는 생각에 조마조마해졌다. 담배를 던져버리고 손을 엉덩이에 있는 리볼버에 갖다 댔다. 그리고 잽싸게 문으로 걸어가 안을 들여다보았다. 그곳은 비어 있었다.

그러나 내가 장소를 잘못 찾은 것이 아니라는 사실은 충분히 알 수 있었다. 분명히 여기가 바로 그 남자가 사는 곳이었다. 언젠가 신석기시대 사람이 잠을 잤을 바로 그 석판 위에 방수 침낭과 담요가 말려 있었다. 불을 피우고 남은 재가 대충 만든 난로 안에 쌓여 있었다. 그 옆에는 조리 도구 몇 개와 반쯤 물이 차 있는 양동이가 있었다.

빈 깡통이 여러 개 있는 것으로 보아 여기에 한동안 사람이 살았다는 것을 알 수 있었다. 쩍쩍 갈라진 지붕 틈으로 들어온 빛에 눈이 좀 익숙해지니 양재기[167] 하나와 반쯤 차 있는[168] 술병이 한쪽 구석에 놓여 있는 게 보였다. 움막의 한가운데에는 평평한 돌 하나가 탁자 노릇을 하고 있었고, 그 위에는 천으로 된 작은 꾸러미 하나가 놓여 있었다. 틀림없이 내가 망원경으

167. 작은 냄비.

168. 이상하게도 원래 원고에는 "반쯤 비어 있는"으로 되어 있었다. 이 변화가 (많은 이들이 왓슨의 긍정적인 내면을 반영하는 거라고 생각하겠지만) 왓슨의 음주 성향의 변화와 어떤 관계가 있는 것일까?

로 보았을 때 소년의 어깨 위에 있던 그 꾸러미였다. 그 안에는 빵 한 덩이, 고기 통조림 하나, 복숭아 통조림 두 개가 들어 있었다.

그것들을 살피고 나서 다시 넣어두다가 나는 그 아래에 글씨가 쓰인 종이쪽지 한 장이 있는 것을 보았다. 가슴이 방망이질 치기 시작했다. 그것을 들어 올려보니 거칠게 연필로 휘갈겨 쓴 글씨로 이렇게 적혀 있었다.

왓슨 박사가 쿰 트레이시에 갔음.

잠깐 동안 나는 종이를 손에 든 채 이 짤막한 메시지의 의미가 뭔지 생각하며 서 있었다. 그렇다면 뒤를 밟힌 것은 헨리 경이 아니라 나였다. 그자는 나를 직접 따라오지는 않았지만 내가 가는 길에 수하를 배치해둔 것이다. 아마도 그 소년이겠지. 그리고 이것은 그 소년의 보고서일 것이다.

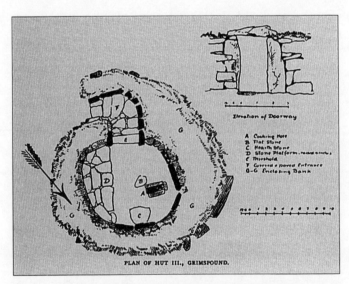

그림스파운드 움막의 구조도. 아마도 홈즈가 머물렀던 바로 그 움막일 것이다.
새바인 베어링굴드, 『다트무어 안내』, 런던, 머수언 앤드 컴퍼니(1900)

내가 황야에 발을 들여놓을 때마다 누군가 지켜보고 있었을 수도 있다. 나는 언제나 뭔가 보이지 않는 기운 같은 것을 느꼈었다. 마치 고도의 솜씨로 섬세하게 짜놓은 촘촘한 그물이 우리 주위에 드리워져 있는 것 같은. 하지만 그 그물이 너무나 가벼워서 실제로 그 안에 있는 사람은 그물이 있다는 것조차 알기가 힘든 그런 그물 말이다.

보고서 한 장이 있다면 더 있을 수도 있다. 나는 그것들을 찾으려고 움막을 둘러보았다. 하지만 그런 것은 흔적도 찾아볼 수 없었다. 그뿐만 아니라 이 이상한 장소에 살고 있는 남자의 정체나 의도를 알아낼 수 있는 그 어떤 표식도 없었다. 다만 이 남자는 스파르타식 습성을 가져서, 생활의 안락함에 전혀 신경을 안 쓰는 사람이라는 것만 말해줄 뿐이었다.

억수같이 내린 비와 쩍쩍 갈라진 이 지붕을 생각해보면 그의 목적이라는 것이 얼마나 강하고 확고한 것인지 알 수 있었다. 그런 목적이 아니고서야 그를 이렇게 불편한 거처에 잡아둘 수는 없을 것이다. 그는 악의에 찬 적일까, 아니면 혹시 우리의 수호천사일까? 알아내기 전에는 이 움막을 떠나지 않으리라.

밖에서는 해가 낮게 떨어져가고 서쪽이 주황색과 금빛으로 불타오르고 있었다. 그리고 그 빛은 멀리 그림펜 늪의 한가운데에 있는 작은 연못을 붉게 물들이며 반사되고 있었다. 바스커빌 저택의 두 탑도 보였다. 또 멀리 희미하게 번지고 있는 연기는 그림펜 마을을 표시해주고 있었다. 그 둘 사이 언덕 뒤편이 머리핏 하우스였다.

금빛 저녁 햇살 속에서는 모든 게 달콤하고 부드럽고 평화롭게 보였다. 하지만 그것들을 바라보고 있는 내 영혼은 자연의 평화로움을 조금도 즐길 수 없었다. 오직 시시각각으로 다가오고 있는 그자와의 대면에 대한 막연한 두려움으로 떨릴 뿐이었다.[169]

169. 원고에 있는 왓슨의 원래 표현은 다음과 같다. "그리고 여기 나는 절정을 기다리고 있었다……라는 사실을 알기에 내 신경은 전율하면서 기다리는 중이었다."

조마조마했지만 뚜렷한 목적을 되새기며 나는 움막의 어두운 구석에 앉았다.
리하르트 구트슈미트 그림, 『바스커빌 씨네 사냥개』,
슈투트가르트, 로베르트 루츠 출판사(1903)

조마조마했지만 뚜렷한 목적을 되새기며 나는 움막의 어두운 구석에 앉아 주인이 오기만을 초조하게 기다렸다.

그리고 바로 그때 그자의 소리를 들을 수 있었다. 저 멀리서 구두가 돌에 부딪치는 날카로운 소리가 들렸다. 또 한 번, 또 한 번 점점 가까워지고 있었다. 나는 가장 어두운 구석에서 몸을 움츠린 채 주머니에 있는 리볼버의 공이치기를 젖혔다. 그자의 모습이 보이기 전에는 내 모습을 드러내지 않을 작정이었다.

한동안 발소리가 들리지 않았다. 그가 멈췄다는 뜻이었다.

셜록 홈즈의 그림자.
시드니 패짓 그림, 《스트랜드 매거진》(1902)

그러고는 다시 발걸음이 가까워왔고 움막 입구에 그림자가 드리워졌다.

"멋진 저녁이군, 왓슨 이 친구야." 익숙한 음성이 말했다. "거기보다는 바깥이 편하지 않겠어?"

제12장
황야에서의 죽음

170. 시드니 패깃은 이 "천으로 된 모자"를 앞뒤 챙이 있는 모자나 사냥 모자, 또는 홈즈 하면 떠오르는 「보스콤밸리 사건」에서 그린 것 같은 모자로 그리지 않는다. 대신에 현대 독자들이 보면 '헬멧'이라고 할 만한 모자를 그렸다. 제이 핀리 크라이스트는 「파이프와 모자」에서 전형적인 관광객들은 사냥모자를 썼다고 말한다. "손에 『베데커』를 쥐고 있는 것만큼이나 척하고 관광객을 알아볼 수 있는 요소였다. 셜록 홈즈가 즐겨 쓰던 모자는 아니다. 그 시절에 홈즈가 모자를 정말 쓰기라도 했다면 말이다."

잠시 나는 숨을 쉴 수 없었다. 내 귀를 의심했다. 곧 정신이 들었고 순식간에 책임감이 산산조각 나서 내 영혼을 떠나가는 게 느껴졌다. 저렇게 냉철하고 기민하고 아이러니한 목소리를 가진 사람은 이 세상에 한 명밖에 없었다.

"홈즈!" 나는 소리쳤다. "홈즈!"

"나와." 그가 말했다. "그 권총 조심하고."

나는 고개를 숙이고 허름한 입구를 나왔다. 거기 밖에 있는 돌 위에 홈즈가 앉아 있었다. 놀라 자빠질 듯한 내 모습을 보고 그의 회색빛 두 눈은 아주 즐거워하는 것 같았다. 그는 더 마르고 지쳐 보였지만 한편으로 더 냉철하고 기민해 보였다. 날카로운 그의 얼굴은 햇볕에 그을고 바람에 거칠어져 있었다. 트위드 양복을 입고 천으로 된 모자[170]를 쓴 그는 황야에서 흔히 보이는 관광객들과 별반 다를 게 없어 보였다. 홈즈는 자신의

224

영화 〈바스커빌 씨네 사냥개〉 중에서 한 장면.
에일 노우드가 셜록 홈즈 역을, 허버트 윌리스가 왓슨 박사 역을 맡았다.
영국, 스톨 영화사(1921)

특징 중에 하나인 고양이처럼 청결 떠는 성격을 용케도 포기하지 않을 수 있었나 보다. 턱은 매끈했고 셔츠는 마치 베이커 스트리트에 있을 때처럼 깨끗했다.[171]

"내 평생 누구를 보고 이렇게 반갑기는 처음이야." 나는 그의 손을 부르쥐고 말했다.

"그리고 이렇게 놀란 적도 없고 말이지, 응?"

"그러게, 부인할 수 없군."

"자네만 놀란 건 아냐, 진짜야. 내가 종종 와 있는 곳을 자네가 찾아낼 줄은 꿈에도 몰랐어. 더구나 그 안에 있을 줄이야. 문에서 스무 걸음쯤 되는 곳에 와서야 알았어."

"내 발자국 때문에?"

"아니, 왓슨. 세상의 수많은 발자국 중에서 자네 발자국을 구별할 수 있을 정도는 아냐. 자네가 진짜로 나를 속이고 싶으면 담배 가게부터 바꿔야 할 거야. 옥스퍼드 스트리트의 브래들리네[172] 마크가 찍힌 담배꽁초를 보고 내 친구 왓슨이 근처에

171. 면도 도구가 없다고 하면서 C. 앨런 브래들리와 윌리엄 A. S. 사전트는 이것이 홈즈가 여자였다는 자신들의 이론의 가장 강력한 증거 중의 하나라고 한다. 하지만 왓슨은 셜록 홈즈의 턱수염을 언급한 적이 없다. 론 밀러는 「진짜 셜록 홈즈 한번 일어서볼래?」에서 홈즈의 턱에 수염이 없었다고 하면서, 홈즈가 아메리칸 인디언의 혈통이라고 폭로한다.

172. 브래들리의 흔적은 발견된 적이 없다. 하지만 J. C. 윔부시는 「왓슨의 담배 가게」에서 (1890년까지) 프린스 스트리트 6번지의 한 가게 모퉁이에 있었던 R. H. 호어 앤드 컴퍼니라는 가게를 언급한다. 프린스 스트리트는 옥스퍼드 스트리트에서부터 리전트 광장까지 이어진다. 『베데커』에는 옥스퍼드 스트리트 238번지와 536번지에 앰버 앤드 컴퍼니라는 가게가 나오고, 찰스 디킨스 주니어가 쓴 『1879년 런던 사전 및 가이드북』에는 "옥스퍼드 스트리트 135번지 벤슨"이라는 가게가 나온다.

돌 위에 홈즈가 앉아 있었다.
시드니 패짓 그림, 《스트랜드 매거진》(1902)

있다는 걸 알았지. 저기 길 옆에 있어. 자네가 버린 게 틀림없
지. 움막에 들어가기 직전에 말이야."

"맞아."

"잠깐 생각해봤어. 자네는 끈기 하나는 대단한 사람이니 분
명히 매복을 하고 있을 거라고 생각했지. 무기에 손을 올려놓
고 주인이 돌아오기를 기다리고 있겠지. 그래, 자네는 진짜 내
가 그 범죄자일 거라고 생각한 거야?"

"자네가 누군지는 몰랐어. 하지만 꼭 알아낼 작정이었지."

"훌륭하다니깐, 왓슨! 그런데 내가 있는 위치는 어떻게 알았

영화 〈바스커빌 씨네 사냥개〉 중에서 한 장면,
셜록 홈즈 역의 에일 노우드.
영국, 스톨 영화사(1921)

173. "아마"라는 말로 보아 홈즈는 앞의 왓슨의 편지를 아직 못 받은 것 같다.

어? 아마 그날 탈옥수를 쫓아가면서 날 봤겠지?[173] 그날 내 뒤에 달이 뜬 것도 잊어버린 건 정말 내가 경솔했어."

"응, 그때 봤지."

"틀림없이 이 움막을 찾을 때까지 여기 있는 움막을 모조리 다 찾아본 거지?"

"아니, 자네가 고용한 소년을 봤어. 그래서 어디를 찾아봐야 할지 알았지."

"그 망원경 가진 영감이구먼. 틀림없어. 렌즈에 빛이 반사돼서 번쩍할 때까지 몰랐다니까." 그는 일어나서 움막 안을 들여다보았다. "하, 카트라이트가 음식을 가져다 놓았군. 이 종이는 뭐야? 자네가 쿰 트레이시에 다녀왔군그래, 맞아?"

"응."

"로라 라이언스 부인을 만나러?"

"그래."

174. 여기는 "분명해evident"라고 되어 있으나 더블데이판을 비롯해 다른 미국판들에서는 "확신해confident"라고 되어 있다. 인쇄상의 오류가 분명하다.

175. 트레버 H. 홀은『고인이 된 셜록 홈즈와 기타 문헌 연구』에서 홈즈가 "열의를 불태울 때면 언제나 아무것도 입에 대지 않"는(「노우드의 건축업자」)는 신화를 유지하기 위해 계속 속여왔다고 지적한다. "왓슨이 움막 안을 조사함으로써 빵 한 덩어리보다 훨씬 더 많은 것이 드러났다. 우정에서 나온 필요성과 훌륭한 형사의 지배적인 성격 때문에 왓슨이 홈즈의 질문에 단순한 사실 진술로 대답하고 싶은 극도의 유혹에 굴복하지 못했다는 것을 알아야 한다." 홀은 또 "양재기 하나와 반쯤 차 있는 술병", "고기 통조림 하나, 복숭아 통조림 두 개"를 지적한다. 또 "빈 깡통이 여러 개" 있었는데 이 안에는 분명히 휴대 가능한 식품이 들어 있었을 것이다.

"잘했는걸! 같은 방향으로 조사를 하고 있었군. 조사 결과를 합치면 이번 사건에 대해 꽤 많은 정보를 알게 되겠어."

"자네가 여기 있어서 무척이나 기쁘지만, 정말이지 수수께끼 같은 일들과 임무가 나한테는 너무나 버거웠어. 도대체 어떻게 여기 있는 거야? 뭘 하던 중인 거야? 난 자네가 베이커 스트리트에서 협박 편지 사건을 조사하고 있는 줄 알았어."

"자네가 그렇게 생각하길 바랐지."

"그럼 날 이용해먹은 거군. 그리고 날 믿지도 못하고!" 나는 씁쓸함이 느껴져서 이렇게 외쳤다. "자네한테 내가 그것보단 나은 대접을 받아야 하는 거 아냐, 홈즈?"

"이 친구야, 다른 사건들처럼 이 사건에서도 자네 역할이 얼마나 컸는지 알아? 그러니 자네를 좀 속인 것 정도는 부디 용서해줘. 사실 내가 그렇게 한 이유 가운데 일부는 자네를 위해서였다고. 자네가 위험에 처했다고 느꼈기 때문에 여기까지 내려와서 직접 조사하게 되었다니까. 내가 만약 자네와 헨리 경과 함께 있었다면 내 관점도 다를 바가 없었을 게 분명해.[174] 그리고 우리의 사악한 적들도 더 경계했을 거고. 실제로 저택에서 지냈다면 못했을 일들을 그동안 많이 할 수 있었어. 그리고 알려지지 않은 변수로 남아 있다가 결정적인 순간에 짠 하고 나타날 수도 있잖아."

"그런데 왜 나한테까지 알리지 않은 거야?"

"자네가 아는 게 도움이 안 됐을 테니까. 내가 노출될 염려도 있고. 자네가 나한테 뭔가를 얘기해주고 싶었을 수도 있고, 또 날 편하게 해주려고 뭔가를 가져다 준다든가 아무튼 불필요한 위험을 감수하게 되잖아. 나는 카트라이트를 데려왔어. 그 속달 사무실에 있던 조그만 녀석 기억나지? 그 애가 나한테 필요한 자잘한 것들은 모두 구해다 줬지. 빵이며[175] 깨끗한 셔츠며. 그 밖에 뭐가 더 필요하겠어? 그 녀석 덕분에 눈도 두 개가 더 늘었고 걸음도 잰 아이니까 도움이 많이 되었어."

"그러면 내 보고서들은 전부 쓰레기통으로 갔겠군!" 나는 보고서를 쓸 때 품었던 자부심과 갖은 고생이 생각나서 목소리가 떨려 나왔다.

홈즈는 주머니에서 종이 뭉치를 꺼냈다.

"자네 보고서는 여기 있어, 이 친구야. 진짜 아주 여러 번 읽어봤어. 내가 연락책을 잘 만들어놔서 나한테 오는 데 하루밖에 더 걸리지 않았어. 자네가 보여준 열정과 영민함은 정말이지 칭찬을 안 할 수가 없어. 특히나 이렇게 어려운 사건인데 말이야."

그가 나를 속였다는 생각에 아직 마음이 풀리지 않았지만 따뜻하게 칭찬을 해주니 화가 가라앉았다. 그리고 마음속으로는 그가 한 말이 맞는 말이라고 느꼈다. 그가 황야에 있다는 것을 내가 모르는 편이 우리 목적에는 최선이었다.

"한결 낫구먼." 내 얼굴에서 그늘이 지워지는 걸 보며 홈즈가 말했다. "그러면 이제 로라 라이언스 부인을 방문한 결과가 어땠는지 좀 이야기해봐. 자네가 그녀를 만나러 갔다는 건 쉽게 추측할 수 있어. 왜냐면 쿰 트레이시에서 이 사건과 관련해 우리에게 도움이 될 만한 사람은 라이언스 부인뿐이라는 걸 알고 있었거든. 사실은 오늘 자네가 가지 않았다면 아마 내가 내일 갔을 거야."

해가 지고 땅거미가 황야에 깔리고 있었다. 공기는 차갑게 변했고 우리는 온기를 찾아 움막 안으로 들어갔다. 거기서 황혼 속에 둘이 앉아서 나는 홈즈에게 그 부인과 나눈 대화 내용을 이야기해주었다. 홈즈는 매우 흥미를 보여서 몇 군데는 그가 만족할 때까지 두 번씩 얘기를 해줘야 했다.

"이 얘기는 정말 중요해." 내가 말을 마쳤을 때 홈즈가 말했다. "이 복잡한 사건에서 내가 연결 지을 수 없었던 부분을 메

황야에는 밤이 내려 있었다.
프레더릭 도어 스틸 그림, 『셜록 홈즈의 후기 모험』제2권(1952)
본래 20세기 폭스의 영화 〈바스커빌 씨네 사냥개〉(1939)의 홍보용 도안으로 준비한 것으로. 영화 잡지에 게재되었다.

워주는군. 이 부인과 스테이플턴 사이에 긴밀한 관계가 있다는 건 자네도 알겠지?"

"긴밀한 관계는 몰랐는걸?"

"의심의 여지가 없어. 그들이 만나서 함께 편지를 썼어. 서로 완전히 내통하고 있었던 거지. 이제 이걸 알았으니 우리는 강력한 무기를 손에 쥐게 된 거야. 이걸 이용해서 그의 부인을 떼어놓을 수만 있다면……."

"그의 부인?"

"이제는 좀 알려줄게. 자네가 이렇게까지 해주었으니. 스테이플턴 양이라고 불리는 그 여자는 사실 그의 부인이야."

"세상에나, 홈즈! 확실한 거야? 어떻게 스테이플턴은 헨리 경이 자기 부인과 사랑에 빠지는 걸 두고 볼 수 있는 거지?"

"헨리 경이 사랑에 빠진 건 헨리 경 자신에게만 해가 될 뿐, 다른 사람들에게는 아무런 해가 되지 않아. 자네도 관찰했던 것처럼 스테이플턴은 헨리 경이 자기 부인이랑 단둘이 있지 못하게 하려고 엄청 조심하니까. 다시 말하지만 그녀는 그의 부인이지 여동생이 아냐."

"그런데 왜 그렇게까지 애써서 속이는 거야?"

"왜냐면 스테이플턴은 그녀가 자유로운 여자일 때 자기에게 훨씬 더 소용이 된다는 걸 알았거든."

밖으로 표시하지는 않았지만 본능적으로 내가 희미하게 느끼고 있었던 의혹들이 갑자기 구체적인 모습을 갖추고 그 박물학자에게 집중되었다. 밀짚모자에 포충망을 들고 무표정, 무채색으로 일관하는 그 남자가 나는 왠지 무서운 면모를 갖고 있을 것만 같았다. 표정은 웃고 있지만 가공할 인내심과 술수를 갖추고 있는 살인자의 심장을 가진 괴물 말이다.

"그러면 그가 우리의 적인 거야? 런던에서 우리 뒤를 밟은 것도 그자고?"

"내가 풀어낸 바로는 그래."

"그리고 그 경고는 틀림없이 그녀가 보낸 거겠군!"

"바로 그렇지."

그토록 오랫동안 나를 둘러싸고 있었던 어둠을 뚫고 괴물 같은 악한의 모습이 반쯤 드러났다.

"그런데 이거 확실한 거야, 홈즈? 그 여자가 아내인지 어떻게 알았지?"

"스테이플턴이 그동안 자기 자신을 너무 잊고 살아서 자네를 처음 만났을 때 실제의 자기 과거를 일부 말해버린 거야. 아

176. 도러시앤 에번스는(153번 주석 참고) "〔로라 라이언스가 찰스 경의〕 죽음을 들었을 때 매우 화가 났을 것이다"라고 말한다. 만약 그녀가 그 죽음과 아무런 관련이 없다면, 그녀는 자신이 찰스 경과 만나기로 했던 시간과 찰스 경의 사망 시각 사이의 연관을 분명 알았을 것이고, 자신의 의심을 이야기했을 것이라고 에번스는 주장한다. 그녀가 침묵한 것 때문에 에번스는 스테이플턴에게 사냥개와 관련한 계략을 제안한 것이 로라 라이언스라고 주장한다. "로라는 홈즈가 자신과 면담하러 와서 스테이플턴이 살인에 가담했다는 얘기를 하자 홈즈가 곧 모두 밝혀낼 것이라는 점을 깨닫는다. 그녀는 설득력 있게 홈즈를 속여서 그녀가 결백한 쪽이라고 생각하게 한다. 또한 교활하게도 홈즈가 스테이플턴에 대해 얼마나 아는지도 알아낸다. 그러고 나서 스테이플턴이 자신으로 하여금 그의 악행에 가담하도록 조종했다고 인정한다." 에번스는 홈즈가 스테이플턴에게 사냥개를 돌볼 공모자가 있었다고 생각한 것은 올바른 추론이었지만, 그게 스테이플턴의 하인 앤터니라고 생각한 것은 잘못된 추론이라고 주장한다. 공모자는 사실 스테이플턴의 정부였던 로라 라이언스라는 것이다.

마 그래 놓고 엄청 후회했을걸. 스테이플턴은 전에 실제로 북잉글랜드에서 교사로 일했어. 학교 선생님처럼 추적하기 쉬운 사람이 또 어딨겠어. 교육계에 종사했던 사람이라면 누구나 확인해볼 수 있는 기관들이 있단 말이지. 조사를 조금 해보니 끔찍한 상황으로 문을 닫은 학교가 하나 있더라고. 이름은 스테이플턴이 아니었지만 그 교장은 부인과 함께 사라졌고 말이야. 설명이 일치했어. 사라진 교사가 곤충학에 조예가 깊었다고 하니 확인은 끝난 거지."

어둠은 걷히고 있었으나 아직 많은 부분이 그늘에 가려져 있었다.

"그 여자가 정말 그의 아내라면 로라 라이언스 부인은 뭐야?" 내가 물었다.

"그게 바로 자네 조사가 빛을 발한 부분인 거지. 자네가 그 부인이랑 나눈 대화가 많은 걸 정리해줬어. 나는 그녀가 남편과 이혼을 준비 중인지 몰랐거든. 그렇다면 그녀는 스테이플턴을 미혼남이라고 생각하고 그의 부인이 될 수 있다고 믿어 의심치 않았을 거야."

"하지만 그게 아니라는 걸 알게 되면?"

"그러면 그 부인은 우리에게 도움이 되는 거지.[176] 우리가 가장 먼저 해야 할 일이 그녀를 만나는 거야. 우리 둘 다 내일 만나는 거야. 왓슨, 자네 임무에서 너무 오랫동안 벗어나 있는 거 아냐? 자네는 바스커빌 저택에 있어야 하잖아."

마지막 남은 붉은 빛줄기도 서쪽으로 사라지고 황야에는 밤이 내려와 있었다. 새까만 하늘에 희미한 별 몇 개가 빛나고 있었다.

"마지막으로 질문 하나만 더, 홈즈." 내가 일어서며 말했다. "자네랑 나 사이에 비밀은 필요 없잖아. 이게 모두 무슨 사건인 거야? 그가 노리는 게 뭐지?"

대답하는 홈즈의 목소리가 가라앉았다. "왓슨, 그건 살인이야. 정교하고 냉혹하고 의도된 살인. 자세한 건 묻지 말아줘. 내 그물로 그를 옭죄어가는 중이니까. 그의 그물이 헨리 경을 죄어가는 중이기는 하지만, 자네가 도와준다면 그는 내 수중에 있는 거나 마찬가지야. 하지만 위협이 되는 위험 요인이 하나 있어. 우리가 먼저 치기 전에 그가 공격할 수도 있다는 거야. 길어야 하루 이틀이면 사건이 종료될 수 있어. 하지만 그때까지는 자네 담당에 바싹 붙어서 애정 어린 엄마가 아픈 아이를 돌보듯이 지켜봐야 해. 오늘 자네가 한 일은 충분히 가치가 있었지만 그래도 자네가 헨리 경 옆에 있었으면 더 좋았다고 생각할 정도야……. 들어봐!"

끔찍한 비명 소리가, 공포와 분노에 찬 긴 비명이 황야의 침묵을 뚫고 터져 나왔다. 그 소름 끼치는 외침에 나는 온몸의 혈관이 다 얼어붙는 것 같았다.

"아, 어쩌지!" 나는 숨이 턱 막혔다. "저게 뭐야? 무슨 소리야?"

홈즈도 튕기듯이 일어섰다. 움막 입구에 있는 그의 탄탄한 체형이 실루엣으로 보였다. 그는 구부정하니 서서 머리를 내밀고 어둠 속을 응시했다.

"쉿!" 홈즈가 속삭였다. "조용!"

그 비명은 너무 격해서 더 크게 들렸지만 어두운 평원 저 멀리 어디에선가 들려온 것이었다. 이제 소리는 점점 더 가깝고 더 크고 더 절박해졌다.

"어디서 나는 거야?" 홈즈가 속삭였다. 그의 목소리가 떨리는 것을 보고 나는 이 강철 같은 남자가 내심 흔들리고 있다는 것을 알았다. "어디야, 왓슨?"

"저쪽인 거 같아." 내가 어둠 속을 가리켰다.

"아냐, 저쪽!"

또 한 번 고통에 찬 울음이 괴괴한 밤을 휩쓸고 지나갔다. 이 번에는 훨씬 더 크고 가깝게 들렸다. 그리고 뭔가 다른 소리가 섞여 들렸다. 중얼거리는 듯한 낮은 소리가 노래하듯이, 그러 나 위협적으로 오르내렸다. 마치 끝없이 계속되는 바다의 낮은 속삭임 같았다.

"그 사냥개!" 홈즈가 외쳤다. "왓슨, 이리 와, 이리 와! 젠장, 우리가 너무 늦었어!"

그는 황야 위를 나는 듯 달리기 시작했다. 나도 그 뒤를 바싹 뒤쫓았다. 하지만 그때 우리 바로 앞의 갈라진 땅 사이 어디선 가 최후의 절망적인 절규가 들려왔다. 그러고는 둔탁하고 무겁 게 쿵! 하는 소리가 났다. 우리는 멈춰 서서 귀를 기울였다. 바 람도 없는 밤의 무거운 침묵을 깨는 소리는 다시 들려오지 않 았다.

나는 홈즈가 한손을 이마에 가져다 대는 것을 보았다. 심란 한 듯했다. 홈즈는 땅에 대고 발을 굴렀다.

"그자가 우리를 엿 먹인 거야, 왓슨. 우리가 너무 늦었어."

"아냐, 아냐, 그럴 리가 없어!"

"잠자코 있었던 내가 바보야. 그리고 왓슨, 이제 자네가 책 임을 다하지 않으면 어떤 일이 벌어지는지 알겠지! 하지만 맹 세코 최악의 일이 벌어졌다면 우리가 복수를 하고야 말 거야!"

우리는 앞이 보이지 않는 어둠 속을 달려갔다. 바위에 부딪 치고 가시덤불 속을 헤치면서도 계속 나아갔다. 헐떡이며 언덕 을 오르고 내리막을 달려 내려가며 오직 그 끔찍한 소리가 들 려왔던 곳을 향해 달렸다. 구릉에 오를 때마다 홈즈는 열심히 주변을 돌아보았지만 황야 위는 어둠이 짙었고, 그 황량한 지 표면에서 움직이는 것은 아무것도 없었다.

"뭐 보여?"

"아무것도."

"그런데 들어봐, 저게 무슨 소리지?"

굵직한 신음 소리가 우리 귀에 들려왔다. 우리 왼편에서 그 소리가 다시 났다! 그쪽은 바위 산등성이로 그 끝은 깎아지른 절벽이었다. 아래로는 돌투성이 비탈이 있었다. 그 울퉁불퉁한 표면 위에 뭔가 어둡고 불규칙한 물체가 사지를 벌린 채 있었다. 그쪽으로 달려가자 희미한 윤곽이 차츰 하나의 모양이 되었다. 그것은 얼굴을 아래로 향하고 땅바닥에 엎어져 있는 남자였다. 머리가 몸 아래로 끔찍한 각도로 접혀 있고 어깨는 움츠리고 몸을 웅크리고 있어서 마치 공중제비의 한 동작 같았

그것은 얼굴을 아래로 향하고 땅바닥에 엎어져 있는 남자였다.
시드니 패짓 그림, 《스트랜드 매거진》(1902)

그것은 얼굴을 아래로 향하고 땅바닥에 엎어져 있는 남자였다.
프레더릭 도어 스틸 그림, 『셜록 홈즈의 후기 모험』 제2권(1952)
본래 20세기 폭스의 영화 〈바스커빌 씨네 사냥개〉(1939)의 홍보용 도안으로 준비한 것으로, 영화 잡지에 게재되었다.

다. 그 자세가 너무 기괴해서 나는 앞서의 신음 소리가 그의 영혼이 빠져나가는 소리였다는 것을 잠시 잊고 있었다. 우리가 내려다보고 있는 그 어두운 형체에서는 더 이상 그 어떤 소리도, 바스락거림조차 들리지 않았다. 홈즈는 그에게 손을 뻗었다가 두려운 듯 신음 소리를 내며 다시 손을 움츠렸다. 홈즈가 켠 성냥불은 희생자의 엉겨 붙은 손가락과 그의 깨진 두개골에서부터 점점 넓어지고 있는 끔찍한 웅덩이를 비추었다. 그리고 촛불이 다른 것을 비추자 우리는 선 채로 심장이 멎는 것만 같았다. 헨리 바스커빌 경의 시체였다!

홈즈나 나나 그 특이한 붉은색 트위드 양복을 잊을 수 없었다. 우리가 베이커 스트리트에서 처음 만났을 때 그가 입고 있었던 바로 그 옷이었기 때문이다. 아주 짧은 순간 우리가 그것을 보고 나서 바로 성냥불이 깜박거리더니 꺼져버렸다. 마치 우리의 영혼에서 희망이 사라지듯이. 홈즈는 끙! 하는 소리를 냈다. 어둠 속에서 그의 얼굴이 하얗게 비쳤다.

"그 짐승! 그 짐승이!" 나는 주먹을 불끈 쥐고 외쳤다. "아, 홈즈, 나는 헨리 경을 혼자 남겨두었던 나 자신을 결코 용서하지 않을 거야."

"자네보다 내가 비난을 받아야 마땅하지, 왓슨. 사건을 내 마음대로 다듬어서 완성하려고 의뢰인의 생명을 희생한 거야. 이 일을 하면서 나에게 닥친 가장 큰 타격이야. 하지만 내가 어떻게 알 수 있었겠어, 어떻게. 내가 그렇게 경고했는데도 헨리 경이 목숨을 걸고 황야에 혼자 나올 줄이야."

"그의 비명 소리를 들어야 했다니…… 신이시여, 그 비명

그것은 얼굴을 아래로 향하고 땅바닥에 엎어져 있는 남자였다.
리하르트 구트슈미트 그림, 『바스커빌 씨네 사냥개』,
슈투트가르트, 로베르트 루츠 출판사 (1903)

들! 그러고도 그를 구할 수 없었다니! 헨리 경을 죽음으로 몰아간 이놈의 사냥개는 어디 있는 거야? 지금도 이 바위들 사이에 숨어 있을지 몰라. 그리고 스테이플턴은, 이자는 어디 있는 거야? 이런 짓을 한 책임을 져야 해."

"책임지고말고. 내가 그렇게 만들 거야. 백부와 조카가 살해당했어. 한 명은 그 짐승의 모습만 보고도 겁에 질려 죽음에 이르렀어. 초자연적인 거라고 생각했으니까. 다른 한 명은 그 짐승에서 벗어나려고 발버둥 치다가 최후를 맞았고. 하지만 이제 우리는 그 짐승과 그 남자 사이의 연관을 증명해야 해. 우리가 들은 것을 빼면 그 남자가 여기 있었다고 단언할 수는 없어. 헨리 경은 떨어져 죽은 게 너무나 명백하니까. 하지만 하늘에 맹세컨대 그자가 아무리 교활해도 하루가 지나기 전에 내게 걸려들고야 말 거야!"

우리는 쓰라린 심정으로 엉망이 된 시체의 양쪽에 서 있었다. 우리의 길고 고된 노력을 너무나 비통한 결말로 이끈 이 급작스럽고 되돌릴 수 없는 재앙에 넋이 나갔던 것이다. 그때 달이 떠올랐고, 우리는 우리의 불쌍한 친구가 떨어진 바위 위로 올라가서 어둠이 내린 황야를 바라보았다. 반쯤은 은빛이고 반쯤은 어두웠다. 멀리 그림펜 방향으로 몇 킬로미터 밖에 꺼지지 않는 노란 불빛이 빛나고 있었다. 외따로 살고 있는 스테이플턴 부부의 집일 수밖에 없었다. 그걸 노려보면서 나는 욕설을 내뱉으며 주먹을 흔들었다.

"그냥 바로 가서 잡으면 안 돼?"

"사건이 완전하지가 않아. 이놈은 극히 조심스럽고 교활한 인간이잖아. 우리가 아는 게 중요한 게 아냐. 우리가 증명할 수 있느냐가 중요하지. 자칫 잘못 움직였다간 이 악당이 빠져나갈 수도 있어."

"이제 어떡하지?"

238

그 범죄자, 셀던의 얼굴이었다.
시드니 패짓 그림, 《스트랜드 매거진》(1902)

"내일이면 우리가 할 일이 산더미처럼 많을 거야. 오늘 밤엔
불쌍한 우리 친구를 수습이나 하는 수밖에."

우리는 다시 깎아지른 듯한 비탈을 내려가 시체로 다가갔다.
시체는 은빛 돌들을 배경으로 선명하고 검게 보였다. 그의 뒤
틀린 사지가 보여주는 고통에 나는 갑자기 가슴이 먹먹해져 두
눈이 눈물로 흐려졌다.

"도움을 청해야겠어, 홈즈! 우리 둘이서 저택까지 운반할 수
는 없을 것 같아. 세상에, 자네 미쳤어?"

그는 외마디 소리를 지르더니 시체 위로 몸을 숙였다. 그러
고는 춤을 추고 웃어대며 내 손을 꽉 쥐는 것이었다. 이게 근엄

177. 골상학적 관점을 보여주는 또 다른 예. 위의 23번 주석 참고.

하고 자제력 강한 내 친구 맞나? 이런 광기가 숨어 있었다니!

"턱수염 봐! 턱수염! 이 사람은 턱수염이 있어!"

"턱수염?"

"준남작이 아냐. 이건, 이건 나랑 같이 황야에 살던 탈옥수라고!"

나는 흥분해서 허겁지겁 시체를 뒤집었다. 피가 뚝뚝 떨어지는 수염이 차갑고 맑은 달빛에 두드러져 보였다. 돌출한 눈썹과[177] 푹 들어간 짐승 같은 눈, 이것은 절대로 준남작일 수가 없었다. 그러고 보니 정말로 바위 너머 촛불 속에서 나를 쏘아보던 것과 같은 얼굴이었다. 그 범죄자, 셀던의 얼굴이었다.

순식간에 모든 게 이해가 갔다. 준남작이 자기가 옛날에 입던 옷들을 배리모어에게 주게 된 사연을 말해준 것이 기억났다. 배리모어는 셀던이 탈출하는 것을 도와주려고 그 옷을 다시 셀던에게 넘긴 것이다. 신발, 셔츠, 모자까지 모두 헨리 경의 것들이었다. 비극이 참혹하기는 마찬가지였지만 최소한 이 남자는 자기 나라 법에 의해 사형을 받을 만한 사람이었다. 나는 홈즈에게 어떻게 된 일인지 설명했다. 내 가슴은 감사와 기쁨으로 차올랐다.

"그러면 옷 때문에 이 불쌍한 친구가 죽게 된 거로군." 홈즈가 말했다. "그 사냥개한테 헨리 경의 물건 냄새를 맡게 한 다음에 풀어놓은 게 분명해. 십중팔구 호텔에서 가져간 구두를 사용했겠지. 그래서 이 남자한테 덤벼든 거야. 그런데 한 가지가 이상해. 셀던은 이 어둠 속에서 그 사냥개가 자기를 따라오는 걸 어떻게 알았을까?"

"사냥개 소리를 들은 거지."

"황야에서 사냥개 한 마리 소리를 들었다고 해서 이 탈옥수처럼 겁 없는 사람이 그렇게 놀라 까무러치지는 않았을 거야. 그렇게 크게 살려달라고 외쳤다가는 다시 잡혀갈지도 모르는

데 말이야. 그 절규를 생각해보면 이자는 그 짐승이 따라온다는 걸 안 다음부터 꽤 먼 거리를 달렸어. 어떻게 알았을까?"

"우리 짐작이 모두 옳다고 본다면 더욱 알 수 없는 게 있어. 왜 이 사냥개가……."

"나는 짐작 같은 건 하지 않아."

"그래, 아무튼 왜 이 사냥개가 오늘 풀려나야 했을까. 이 개가 항상 황야에 풀리는 건 아니잖아. 스테이플턴은 헨리 경이 여기 있을 거라고 믿을 만한 이유가 없다면 개를 풀지 않았을 거야."[178]

"둘 중에 내 질문이 훨씬 어려운걸. 자네 의문은 금방 설명을 듣게 될 테지만 내 의문은 영원히 수수께끼로 남을 수도 있어. 지금 중요한 건 이 불쌍한 인간의 시체를 어떻게 하느냐군. 여기 여우들과 까마귀들 사이에 남겨두고 갈 수는 없잖아."

"경찰에 연락이 닿을 때까지 우선 움막에 넣어두면 어떨까."

"그래. 자네랑 내가 거기까지는 옮길 수 있겠지. 위, 왓슨, 이게 누구야? 당사자가 납셨군. 정말 대담하고 멋져! 의심하는 티를 내면 안 돼, 한 마디도. 그랬다가는 내 계획이 물거품이 되니까."

황야를 가로질러 한 사람이 다가오고 있었다. 시가가 타고 있는 불빛이 흐리게 보였다. 그 남자 위로 달빛이 비쳤고, 나는 그 말쑥한 차림과 경쾌한 걸음으로 박물학자라는 것을 알아보았다. 그는 우리를 보고 멈췄다가 다시 걸어왔다.

"이런, 왓슨 박사님이신가요, 맞죠? 이 밤에 여기 황야에서 박사님을 보게 될 줄은 꿈에도 생각 못 했군요. 그런데, 오 이런, 이게 뭔가요? 누가 다쳤나요? 저게 우리 친구 헨리 경은 아니죠!"

그는 급히 나를 제치며 죽은 사람을 들여다보았다. 나는 날카롭게 들이쉬는 그의 숨소리를 들었다. 그리고 그의 손가락에

178. 하랄 쿠리엘은 「다트무어 작전」에서 "하지만 〔스테이플턴과〕 그 사냥개는 셀던이 죽은 날 밤 머리핏 하우스에서 '몇 킬로미터는 족히 떨어진' 블랙 토어 근처에서 도대체 무엇을 하고 있었던 것인가?"라고 묻는다. 자신이 의도한 희생양이 거기 있다고 생각할 이유가 없었다면 스테이플턴은 사냥개를 풀지 않았을 거라고 쿠리엘은 주장한다. 스테이플턴은 헨리 경이 자신을 방문할 거라고 '짐작' 했지만 "자신의 손님이 밤에 일행도 없이 머리핏 하우스로 올 거라고 기대했다면 그것은 헛된 지푸라기 잡기였을 것이다. 블랙 토어 쪽은 말할 것도 없다." 설명을 듣게 될 거라는 홈즈의 장담에도 불구하고 이 질문에 대한 해답은 주어지지 않는다.

그는 급히 나를 제치며 죽은 사람을 들여다보았다.
리하르트 구트슈미트 그림, 『바스커빌 씨네 사냥개』,
슈투트가르트, 로베르트 루츠 출판사(1903)

있던 시가가 바닥에 떨어졌다.

"이게…… 이게 누군가요?" 그는 말을 더듬거렸다.

"셀던이에요. 프린스타운에서 도망친."

스테이플턴은 창백하게 우리를 돌아보았지만 안간힘을 다해 놀란 마음과 실망감을 수습한 후였다. 그는 날카로운 시선으로 홈즈를 한 번 보고는 나를 보았다.

"이런! 이렇게 충격적인 일이! 어떻게 죽은 건가요?"

"저 위에서 떨어져 목이 부러진 채로 발견되었어요. 제 친구와 제가 황야를 거닐다 비명을 들었습니다."

"저도 비명 소리를 들었어요. 그래서 밖으로 나와본 거지요. 헨리 경이 걱정되었거든요."

"특별히 헨리 경이 걱정된 이유라도 있습니까?" 나는 질문을 참기가 힘들었다.

"그가 건너올 거라고 생각했거든요. 그가 오지 않아서 놀랐어요. 그리고 황야에서 비명이 들리니 자연히 그의 안전이 덜컥 걱정된 거지요. 그건 그렇고." 그의 두 눈이 내 얼굴을 떠나 홈즈에게 꽂혔다. "비명 소리 말고 다른 소리는 전혀 못 들으셨나요?"

"아니요." 홈즈가 말했다. "들으신 게 있나요?"

"아뇨."

"그러면 왜 그러시는지?"

"이게…… 이게 누군가요?" 그는 말을 더듬거렸다.
시드니 패짓 그림, 《스트랜드 매거진》(1902)

"왜 그런 얘기 못 들으셨나요? 농부들이 유령 사냥개니 어쩌니 하지 않습니까. 밤에 황야에서 소리가 난다고들 하니까요. 오늘 밤에도 혹시 그런 소리가 났나 궁금했어요."

"그런 소리는 전혀 못 들었어요." 내가 말했다.

"그러면 이 불쌍한 친구가 어떻게 죽었다고 생각하시는지요?"

"사람들 눈에 띌지 모른다는 불안감 때문에 죽음으로 내몰렸다고 봅니다. 그는 미친 상태로 황야를 질주하다가 결국 여기서 떨어져 목이 부러진 거지요."

"그게 가장 그럴듯하네요." 스테이플턴이 말했다. 그러고는 한숨을 쉬는 것이, 안도하는 것 같았다. "셜록 홈즈 씨는 어떻게 생각하시나요?"

홈즈는 칭찬의 의미로 고개를 까딱거렸다.

"사람을 금방 알아보시는군요." 홈즈가 말했다.

"저희는 왓슨 박사님이 오신 이후로 홈즈 씨가 언제 오시나 기다리고 있었지요. 때맞춰 오셔서 비극을 보시는군요."

"네. 그렇습니다. 제 친구 설명이 분명 사실일 거라고 생각됩니다. 내일 런던에 갈 때 즐겁지 않은 기억을 가져가게 되었군요."

"내일 돌아가세요?"

"그럴 생각입니다."

"저희를 어리둥절하게 만든 이 사건들을 좀 밝혀내신 거겠지요?"

홈즈는 어깨를 으쓱했다. "바라는 대로 항상 다 성공할 수는 없지요. 조사자에게는 사실이 필요합니다. 전설이나 소문으로는 안 되고요. 그런 면에서 이번 사건은 만족스럽지가 못하군요."

내 친구는 아주 솔직하고 무심한 태도로 말했다. 스테이플턴

244

은 홈즈를 유심히 바라보았다. 그러고는 내 쪽을 돌아보았다.

"이 불쌍한 친구를 저희 집으로 데려가고 싶습니다만 그랬다가는 제 여동생이 너무 놀랄 것 같아서 안 될 것 같아요. 그의 얼굴에 뭐라도 덮어놓으면[179] 아침까지는 아무 일 없을 겁니다."

그래서 시체는 그런 식으로 정리가 되었다. 묵고 가라는 스테이플턴의 권유에도 홈즈와 나는 바스커빌 저택으로 향했고, 박물학자는 혼자서 집으로 돌아갔다. 뒤를 돌아보니 스테이플턴이 드넓은 황야 위로 천천히 멀어져가는 것이 보였고, 그 뒤로 은빛 비탈에 검은 자국이 하나 보였다. 끔찍한 최후를 마친 자가 누워 있는 곳이었다.[180]

"이제 거의 다 잡았어." 홈즈가 말했다. 우리는 함께 황야를 가로질러 걷고 있었다. "그렇게 태연할 수 있다니! 본인의 음모에 다른 사람이 희생되었다는 걸 알아챘을 때는 분명 엄청난 충격을 받았을 텐데도 표정 관리를 저렇게 해내다니 말이야. 왓슨, 내가 런던에서도 얘기했지만 다시 한 번 얘기할게. 우리한테 이런 적수는 처음이야. 마음 단단히 먹어야 해."

"그가 자네를 보게 되어서 유감이야."

"처음엔 나도 그랬지. 하지만 불가피한 일이었어."

"이제 자네가 여기 있다는 걸 스테이플턴이 알게 된 게 어떤 영향을 끼칠 거 같아?"

"아마 더 조심하겠지. 아니면 즉각 필사적인 수단을 동원할 수도 있고. 똑똑한 범죄자들이 그렇듯이 스테이플턴도 자신의 영리함에 자만해서 자기가 우리를 완전히 속여 넘겼다고 생각할지도 몰라."

"그를 바로 체포하면 왜 안 되지?"

"이 친구야, 자넨 역시 타고난 활동가야. 자네는 항상 뭔가 활기찬 일을 하려고 하지. 그렇지만 오늘 밤에 우리가 그를 체

179. 그런데 이걸로 홈즈가 걱정했던 "여우들과 까마귀들"을 물리칠 수 있을 것인가?

180. 미국판은 여기서 12장이 끝난다. 나머지 부분은 13장 첫 부분에 나온다.

포했다고 생각해봐. 그냥 가정만 해보자고. 우리한테 좋을 게 뭐 있어? 우리는 그의 유죄를 전혀 입증할 수 없었을 거야. 교활한 악마 같다니까! 하수인이 사람이라면 우리도 뭔가 증거를 찾을 수가 있을 거야. 하지만 이 대단한 개를 대낮에 끌어낸다고 해도 우리가 그 주인에게 쇠고랑을 채우는 데는 아무 도움이 안 될 거야."

"그래도 벌어진 사건이 있잖아."

"전혀. 사건의 그림자, 그 죽음과 추측이 있을 뿐이지. 우리가 이런 얘기와 이런 증거만 가지고 법정에 선다면 비웃음만 사게 될 거야."

"찰스 경의 죽음이 있잖아."

"찰스 경 위에 발자국이 있었던 건 아니잖아. 찰스 경이 순전히 공포 때문에 죽었다는 건 자네나 나나 아는 일이고, 뭐가 그를 공포로 몰아갔는지 우리는 알고 있지만 무슨 수로 둔감한 배심원 열두 명을 납득시키겠어? 사냥개라는 표식이 어디 있냐고. 사냥개 송곳니 자국이 어디 있느냔 말이야. 사냥개가 시체를 물었을 리도 없고, 사냥개가 덮치기도 전에 찰스 경은 죽어버렸잖아. 그런데 우리는 이것들을 모두 '증명'해내야 하지. 우리는 아직 그럴 수 있는 상황이 아니야."

"뭐, 그러면 오늘 밤은?"

"오늘 밤도 사정이 나을 게 없어. 오늘도 이 남자의 죽음과 사냥개 사이에 직접적인 연결점은 없어. 우리도 사냥개를 보지는 못했잖아. 개 소리를 듣기는 했지만 그 녀석이 이 남자를 쫓아오던 중이었다는 걸 증명할 방도가 없어. 동기도 전혀 없고. 안 돼, 이 친구야. 지금 현재는 승산이 없다는 걸 받아들여야해. 그러나 승산을 높이기 위해 위험을 무릅쓸 가치가 있어."

"그래서 어떻게 하려고?"

"일이 어떻게 돌아가고 있는가를 로라 라이언스 부인이 알게 되면 우리에게 과연 어떤 도움을 줄지 기대가 커. 또 내가 따로 세운 계획도 있어. 내일이면 분명히 밝혀지겠지만[181] 나는 하루가 더 지나기 전에 마침내 우리가 승기를 잡기를 바라고 있어."

홈즈에게서 그 이상의 얘기를 들을 수는 없었다. 그는 생각에 빠져서 바스커빌 정문까지 걷기만 했다.

"들어갈 거야?"

"응. 더 이상 숨을 필요가 없어. 하지만 왓슨, 마지막으로 당부할 게 있어. 헨리 경한테는 그 사냥개에 대해 일절 얘기하지 마. 헨리 경은 스테이플턴이 우리가 믿기를 원하는 그대로 생각하게 만들어야 해. 그래야 내일 상황에 더 잘 대처할 수 있을 거야. 내 기억이 맞는다면 내일 이 사람들이랑 저녁 식사를 하기로 되어 있다고 자네가 보고서에 썼잖아."

"응, 나도 같이 먹기로 되어 있어."

"그러면 자네는 핑계를 대고 빠져야 해. 헨리 경은 꼭 가야 하고. 어렵지 않을 거야. 일단 지금은 저녁 식사 시간에 너무 늦었다면 야참이라도 먹자고."

181. "Sufficient for tomorrow is the evil thereof." 신약성경와 비교해보자. "Sufficient unto the day is the evil thereof(하루의 괴로움은 그날에 겪은 것만으로 족하다)."(『마태복음』 6:34) 두 구절에 모두 "악evil"이라는 단어가 등장하지만 화자가 실제로 악을 기대하고 있는 것은 아니다. 성경의 완전한 메시지는 다음과 같다. "그러므로 내일 일은 걱정하지 말아라. 내일 걱정은 내일에 맡겨라. 하루의 괴로움은 그날에 겪는 것만으로 족하다."

제13장
그물 치기

헨리 경은 셜록 홈즈를 보고 놀라기보다는 기뻐했다. 왜냐하면 최근에 벌어진 사건들 때문에 홈즈가 런던에서 내려오지 않을까 하고 며칠간이나 기다리던 참이었기 때문이다. 하지만 내 친구 손에 아무 짐도 없고, 또 왜 짐이 없는지 설명도 하지 않는 것을 보고는 놀란 눈치였다. 우리끼리 홈즈가 필요한 것들을 준비해주고는, 늦은 저녁을 먹으면서 준남작에게 오늘 우리가 겪은 일들 중 그가 알아야 할 만한 것들을 이야기해주었다. 하지만 먼저 나에게는 셀던이 죽었다는 갑작스러운 소식을 배리모어와 그 부인에게 알려주어야 하는 난감한 임무가 있었다. 배리모어에게는 이 소식이 순전히 안도감을 가져다줄 뿐이었지만, 그의 아내는 앞치마를 붙잡고 서럽게 울었다. 세상 사람 모두에게 셀던은 반쯤은 짐승이고 반쯤은 악마인 폭력적인 사내일 뿐이었지만, 그녀에게 셀던은 언제나 소녀

영화 〈바스커빌 씨네 사냥개〉의 한 장면.
셜록 홈즈 역으로 배질 래스본, 왓슨 박사 역으로 나이절 브루스가 출연했다.
미국, 20세기 폭스(1939)

시절 손을 잡고 다니던 고집 센 꼬마로 남아 있었다.

진짜 악마는 자신을 위해 울어줄 여자가 한 명도 없는 사람일 것이다.

"아침에 왓슨 박사님이 나가버리고 나서 하루 종일 집에서 침울하게 있던 중입니다." 준남작이 말했다. "제가 약속을 지킨 것에 대해서는 좀 칭찬을 들어도 되지 않을까 싶습니다. 혼자서 돌아다니지 않겠다고 맹세만 하지 않았어도 아마 더 활기 넘치는 저녁을 보냈을 겁니다. 스테이플턴에게서 건너오라는 전갈을 받았거든요."

"경이 더 활기찬 저녁을 보냈으리라고 저도 믿어 의심치 않습니다." 홈즈가 건조하게 말했다. "그건 그렇고, 저희가 목이 부러진 경 앞에서 애도하고 있었다고 해서 고마워해주지는 않으시겠지요?"

헨리 경은 눈을 크게 떴다. "어떻게 그런 일이?"

"그 불쌍한 친구는 경의 옷을 입고 있더군요. 그 옷을 건네준 경의 하인이 경찰에게 곤란을 겪지 않을까 걱정이 됩니다."

"그렇지는 않을 겁니다. 옷에 아무 표시도 없으니까요. 제가 아는 한은요."

"그 사람에게는 다행이네요. 사실 여러분 모두에게 다행이라고 해야겠군요. 이 문제에 관련해서는 여러분 모두 법적으로 불리한 위치에 있으니까요. 양심적인 탐정으로서 맨 먼저 여기 식구들 모두를 체포해야 하는 건 아닌지 모르겠습니다. 왓슨의 보고서를 보면 이보다 더 유죄일 수는 없으니까요."

"그런데 사건은 어떻게 되고 있습니까?" 준남작이 물었다. "엉킨 실마리는 좀 푸셨나요? 왓슨 박사님과 제가 내려온 후에도 별로 더 알아낸 것은 없는 듯합니다만."

"머지않아 경에게 상황을 더 분명하게 알려드릴 수 있게 될 겁니다. 지극히 어렵고 매우 복잡한 사건이었어요. 아직 밝혀내야 할 부분이 몇 가지 있습니다. 하지만 곧 밝혀질 겁니다."

"저희가 겪은 일이 있어요. 왓슨 박사님이 분명 이야기하셨겠지만, 황야에서 사냥개 소리를 들었답니다. 그러니 맹세코 이 모든 게 실체 없는 미신은 아니라고 말씀드릴 수 있습니다. 제가 서부에 있을 때 개와 일을 한 적이 있어서 개 짖는 소리에 대해 잘 압니다. 홈즈 씨께서 이 개에 입마개를 씌워 묶어 오실 수 있다면 저는 홈즈 씨가 사상 최고의 탐정이라고 얘기할 겁니다."

"경께서 도와주신다면 그 개에 입마개를 씌우고 묶을 수 있을 듯하군요."

"뭐든지 하라시는 대로 하겠습니다."

"좋습니다. 그리고 무조건 따라주십사 부탁드릴 겁니다. 이유를 묻지 마시고요."

"원하시는 대로요."

"경께서 이걸 해주신다면 우리의 작은 문제점은 곧 해결될
것 같군요. 분명히……."

홈즈는 갑자기 말을 멈추고 내 머리 위에 있는 허공에서 눈
을 떼지 못했다. 램프의 불빛이 그의 얼굴을 비추었는데 너무
골똘한 나머지 변화가 없어서 잘 다듬어진 전통 조각상이라고
해도 될 지경이었다. 기민하면서도 기대에 찬 모습이었다.

"뭔데 그래?"

"왜 그러십니까?" 우리는 동시에 소리쳤다.

홈즈가 시선을 내릴 때 나는 그가 내면의 감정을 억제하고

홈즈는 갑자기 말을 멈추고 내 머리 위에 있는 허공에서 눈을 떼지 못했다.
시드니 패짓 그림, 《스트랜드 매거진》(1902)

182. 고드프리 넬러 경(1648-1723)은 영국의 초상화가로, 찰스 2세, 윌리엄 3세, 조지 1세의 초상화를 그렸으며 이들 시기의 궁정화가였다. 넬러 경은 독일 뤼베크에서 태어나 20대 후반에 영국으로 왔다. 최고의 그림 솜씨 만큼이나—그의 그림 솜씨는 조슈아 레이놀즈 경이 나타날 때까지 능가할 자가 없었다—개인적 허영으로도 유명했다. 그의 그림의 특징 중 하나는 인물 머리의 타원을 길게 만드는 것이다. 아직 남아 있는 그의 작품들 중에서 가장 잘 알려진 것은 킷캣 클럽 유명 인사들의 초상 모음이다. 이들은 영향력 있는 휘그당원들로서 프로테스탄트 군주를 지지하고 윌리엄 3세를 왕좌에 올렸다.

183. 조슈아 레이놀즈 경(1723-1792)은 영국의 초상화가이자 미용사였다. 1768년 왕립아카데미가 세워질 때 첫 총장으로 선출되었다. 이 선출 이전에 그가 예술계에 한 큰 공헌 중의 하나는 역시 자신이 설립한 단체인 예술가협회의 주관으로 동시대 화가들의 작품 전시회를 주선한 것이었다. 1760년 이전에는 그런 전시회가 없었다. 그의 작품에 대한 끝없는 비평 중 하나는 물감이 영구적이지 않아서 그가 물감에 역청과 석탄질을 추가함으로써 그림의 표면을 손상시켰다는 것이다. 그의 후원자 조지 보몬트 경에 의해 자주 인용되는 반박은 다음

〈데번셔 공작 부인과 딸〉.
조슈아 레이놀즈 경 그림(1786)

있다는 것을 알 수 있었다. 홈즈는 침착함을 유지하고 있었지만 두 눈에서는 의기양양하게 기쁜 기색이 비쳤다.

"예술적인 안목에 잠깐 감탄하던 중입니다." 홈즈는 이렇게 말하며 손을 들어 반대편 벽을 덮고 있는 한 줄의 초상화들을 가리켰다. "왓슨은 제가 예술에 대해 뭣도 모른다고 합니다만 질투가 나서 그러는 거죠. 주제에 대한 관점이 다른 것뿐이거든요. 그런데 이건 정말 훌륭한 초상화 모음이군요."

"아, 그렇게 말씀해주시니 기쁘군요." 이렇게 말하며 헨리 경은 다소 놀란 듯 내 친구를 흘깃 보았다. "저는 이런 걸 아는 체하지 않는 편입니다. 그림보다는 말이나 소를 더 잘 식별하는 편이지요. 그런 것에도 관심이 있으신 줄 몰랐군요."

"저는 훌륭한 작품을 보면 아는데, 지금 바로 앞에 있군요. 단언컨대 저건 넬러[182]의 작품입니다. 이쪽의 푸른색 실크를 입은 여자분 말입니다. 그리고 가발을 쓰고 있는 뚱뚱한 신사분은 레이놀즈[183]의 작품인 게 분명하고요. 모두 가족 초상화겠지요?"

"모두요."

"이름들을 아시나요?"

"배리모어가 알려주고 있던 참입니다. 아마 배운 대로 잘 기억하고 있지 싶습니다."

"망원경을 들고 있는 신사는 누군가요?"

"그분은 해군 소장 바스커빌입니다. 서인도에서 로드니 장군[184] 밑에서 일하셨죠. 파란색 코트를 입고 두루마리 종이를 들고 계신 분은 윌리엄 바스커빌 경입니다. 피트[185] 하원에서 의장 대행[186]으로 봉직하셨고요."

"그러면 제 맞은편의 이 왕당파[187]는요? 검정색 벨벳과 레이스가 달린 옷을 입은."

"아, 그분은 홈즈 씨도 아실 만하지요. 이 모든 불운의 시조

과 같다. "신경 쓰지 마라. 레이놀즈에 의해서 흐려진 초상화가 그 어느 누구의 선명한 초상화보다 낫다." 조슈아 경의 초기 초상화들이 자연스러움과 배경의 생생함으로 유명한 반면(그는 해변 앞에 최소한 하나 이상의 대상을 배치했다), 30대 후반에 이르렀을 때는 자의식, 형식성, 고전미 쪽으로 기울었다. 이런 생각의 변화를 지속시키면서 1769년과 1791년 사이에 그는 예술의 위엄과 고전 작품 연구에 대한 중요한 연작 강의와 저술을 남겼다.

184. 조지 브리지스 로드니(1719-1792). 초대 로드니 남작이다. 해군 계급에 있어서는 영국 해군 소장까지밖에 오르지 못했고, 명성도 별 볼일 없었지만 19세기 학자들은 그를 전설에 가까운 넬슨 경 다음으로 친다. 그의 공적 중의 하나는 7년 전쟁 도중 1762년에 마르티니크를 함락시킨 것이다. 또한 그는 그 전해에 신트외스타티위스 함락 도중 자신이 물건을 약탈했던 영국 상인에게 소송을 당했는데 그 후 평생 빚에 시달려야 했다. 그 상인이 미국 혁명 세력과 불법적으로 무역을 하고 있었다는 사실로는 소송 과정에서 수사나 비용을 피해 갈 수 없었다. 로드니는 또한 평생 동안 자기 자신의 탐욕과 충동의 희생자였으며, 열다섯 살밖에 안 된 아들에게 아주 의문스러운 대령 함장 자리를 수여한 족벌주의의 혐의도 받았다.

185. 윌리엄 피트(1759-1806)는 작은 피트로도 알려져 있는데, 스물네 살에 영국 수상이 되어 18년간 재직했다. 그의 아버지도 1756년에서 1768년 사이에 여러 번 수상직을 수행했다. 작은 피트는 프랑스 혁명과 나폴레옹 전쟁기에 수상을 지냈지만 아이러니하게도 천성적으로 평화주의자였다. 많은 훌륭한 정치인들처럼 그 역시 모순투성이였다. 예를 들면 동족의 시민권을 위해 싸우지는 않았지만 반면에, 미국 혁명 이후 파산에 가까웠던 상태에서 영국을 회복시켰다. 국가 재정은 그의 가장 뛰어난 전문 분야였다. 그는 새로운 세금을 부과해 밀수와 사기를 거의 근절했고, 관세와 소비세를 정비했다. 그가 이룩한 것 중 아직도 영향을 주고 있는 것의 하나가 아일랜드 의회를 폐지한 것이다.

186. 전체 위원회를 열 때 의회를 주재하도록 지명된 국회의원. 미국의 상원의장 대행 또는 하원의장과 비슷하다.

187. 영국 내전 또는 청교도혁명(1642-1651) 중에 찰스 1세의 지지자들에 의해 이름이 붙었다. 그들의 반대파를 경멸적으로 원두당이라고 불렀다. 왕정복고 때에는 왕당파가 '기사당'이라는 이름을 보존했고 '토리'라는 용어가 부상할 때까지 이어졌다.

188. 「누가 휴고 바스커빌을 그렸는가?」에서 도니 골 후작은 "누가 휴고 바스커빌을 그렸는지는 정확히 알려져 있지 않다"고 한다. "하지만 바스커빌 저택에 있는 가족 초상화들이 레이놀즈와 넬러의 작품을 포함하는 것으로 보아 그 시대에 가장 잘 알려진 화가에게서 그림을 그리는 것이 바스커빌 가문의 전통이었다고 추론해도 무방할 것이다." 후작은 휴고 바스커빌의 초상화가 1640년대에 그려졌을 가능성이 크므로 네덜란드인 프랜스 할스(1581-1666)일 것이라고 추측한다. 그 시대에는 그가 최고의 초상화가였다.

189. 왕당파의 러블록과 묘사가 일치한다. 원두당은 훨씬 덜 화려하고 복장에 있어 엄격하기까지 했다. 러블록이란, 관자놀이나 귀 앞쪽 공간으로 (미용사의 풀로) 고정이 되어 있건 아니건 간에, 곱슬곱슬한 머리카락이 어깨까지 늘어져 있는 것이다. 어깨 앞으로 오는 것이 이상적이다. 보통 나비매듭이나 리본으로 장식되어 있다.

인, 사악한 휴고입니다. 바스커빌 씨네 사냥개 전설을 만들었죠. 우리가 그분을 잊기는 힘들 겁니다."

나는 흥미롭게, 약간은 놀라면서 그 초상화를 바라보았다.[188]

"이런 세상에!" 홈즈가 말했다. "조용하고 온화해 보이는데 말이죠. 하지만 그 두 눈에는 악마가 도사리고 있었을 테지요. 더 우람하고 악랄해 보일 줄 알았는데."

"그분이 맞는 것은 확실합니다. 이름과 1647이라는 연도가 캔버스 뒤에 적혀 있거든요."

홈즈는 다른 이야기를 더 했지만 그 늙은 깡패의 그림이 그를 사로잡은 모양이었다. 홈즈의 두 눈은 저녁 식사 내내 그 그림 위에 고정되어 있었다. 나중에 헨리 경이 자기 방으로 가버리고 나서야 나는 그의 생각을 따라갈 수 있었다. 홈즈는 나를 다시 식당으로 데리고 가서 자기 방에서 가져온 촛불을 한 손에 들고 벽 위의 오래된 초상화 위를 비추었다.

"뭐 보이는 거 없어?"

나는 깃털 장식이 있는 넓은 모자와 곱실거리는 러블록,[189] 흰색 레이스 칼라, 그 사이의 준엄한 얼굴을 바라보았다. 잔혹해 보이는 얼굴은 아니었다. 하지만 꼭 다문 얇은 입술과 차갑고 편협해 보이는 눈은 어쩐지 꼼꼼하고 매정하며 가차 없어 보였다.

"누구 아는 사람 같지 않아?"

"턱이 헨리 경과 닮은 구석이 있는 것 같아."

"약간 그럴 수도. 하지만 기다려봐!"

홈즈는 의자 위에 올라가더니 불을 왼손에 들고 오른팔을 구부려서 넓은 모자와 긴 머리칼을 가렸다.

"세상에!" 나는 깜짝 놀라서 소리쳤다.

스테이플턴의 얼굴이 캔버스에서 튀어나왔다.

"하, 자네도 이제 보이는군. 내 눈은 각종 치장이 아닌 얼굴

190. 왜 모티머 박사는 이것을 알아보지 못했는가? "그가 격세유전에 대해 책을 쓸 만큼 잘 알았다면 실제로 통달했어야 한다." 찰스 M. 피카드는 「모티머 박사의 침묵」에서 이렇게 말한다. 모티머는 바스커빌 저택에 수없이 방문하는 동안 그 초상화를 보았을 것이고, 분명히 스테이플턴과 휴고 사이의 닮은 점을 눈치챘을 것이다. 실제로 그는 홈즈에게 로저에 대해 "사람들이 말하는 바로는 마치 전설 속의 휴고처럼 생겼다고 해요"라고 말하기도 한다. 피카드는 스테이플턴이 로저의 아들일 가능성이 크다는 것과, 그가 이사 올 때까지는 아무런 문제도 없었다는 것을 모티머가 추론했음에 틀림없다고 주장한다. 그는 이런 생각을 홈즈에게 이야기했는데, 다만 홈즈가 스테이플턴에게 덫을 놓기 위해 모티머에게 침묵을 요구했다는 것이다.

홈즈는 오른팔을 구부려서 넓은 모자와 긴 머리칼을 가렸다.
리하르트 구트슈미트 그림, 『바스커빌 씨네 사냥개』,
슈투트가르트, 로베르트 루츠 출판사(1903)

을 보는 데 단련되어 있지. 범죄 수사관의 첫 번째 덕목이라고. 변장한 놈들을 알아봐야 하니까."

"그렇지만 이건 정말 놀라워. 스테이플턴의 초상화라고 해도 믿겠어."

"그렇지. 격세유전의 재미있는 사례야.[190] 아마 겉모습뿐 아니라 정신적으로도 닮은 것 같아. 한 가계의 초상화를 연구해 보면 환생 이론을 믿게 될 정도라고. 그자도 바스커빌 후손이야. 확실해."

"재산 승계에 야심이 있었던 거군."

"그렇지. 이 그림을 보니 우리가 놓치고 있던 가장 중요한 연

191. 홈즈의 유머 표현에 대해서는 『주홍색 연구』 49번 주석 참고.

"세상에!" 나는 깜짝 놀라서 소리쳤다.
시드니 패짓 그림, 《스트랜드 매거진》(1902)

결 고리가 만들어지는군. 잡았어, 왓슨, 잡았어. 그리고 감히 말하지만 내일 밤이 오기 전에 그자는 우리가 쳐놓은 그물 안에서 무력하게 퍼덕이게 될 거야. 그자가 수집한 나비들처럼 말이야. 핀이랑 코르크, 카드를 준비해가지고 베이커 스트리트 수집 목록에다 추가하자고!"

홈즈는 그림에서 떨어지면서 좀처럼 잘 내보이지 않는 웃음[191]을 터트렸다. 나는 홈즈가 웃는 것을 자주 보지 못했는데 그가 웃을 때면 항상 누군가에게는 좋지 못한 징조였다.

나는 아침에 일찍[192] 일어났는데 홈즈는 나보다 더 먼저 일어났는지 내가 옷을 입고 있으려니 홈즈가 진입로를 올라오는 게 보였다.

"우린 오늘 빡빡한 하루를 보내게 될 거야." 홈즈가 말했다. 그러고는 기쁜 듯 손을 비볐다. "그물은 모두 제자리에 있고 이제 끌어들이기 시작할 거야. 오늘이 다 가기 전에 우리가 이 턱이 홀쭉한 대어를 낚았는지, 아니면 그물 사이로 놓쳐버렸는지 알게 될 거야."

"벌써 황야에 나갔다 오는 거야?"

"셀던의 죽음에 대해 그림펜에서 프린스타운으로 보고서를 보냈어. 자네나 여기 사람들 누구도 곤란을 겪지 않도록 할 수 있을 거 같아. 또 충직한 카트라이트한테도 연락을 했지. 내가 안전하다고 알려주지 않으면 아마 그 애는 죽은 주인의 무덤에서 개들이 그러는 것처럼 내 움막 문 앞에서 통곡하고 있을 거야."

"다음 조치는 뭐야?"

"헨리 경을 만나야지. 아, 여기 오네!"

"잘 주무셨습니까, 홈즈 씨." 준남작이 말했다. "부관과 함께 전장을 준비 중인 장군처럼 보이십니다그려."

"바로 보셨습니다. 왓슨이 명령만 기다리고 있었지요."

"저도 그렇습니다만."

"좋습니다. 그러면 참여하시는 걸로 알겠습니다. 오늘 밤에 스테이플턴 씨네와 함께 저녁을 드시는 걸로요."

"홈즈 씨도 함께 가시면 하고 바라던 중입니다. 손님을 좋아하는 사람들이니 홈즈 씨를 보면 아주 좋아할 겁니다."

"죄송하지만 왓슨과 저는 런던으로 가야 할 것 같군요."

"런던으로요?"

192. 'betimes.' 이 영어 낱말은 주로 '일찍'을 뜻하는데, 고어로는 '곧', '빨리'를 뜻한다.

"네, 이 시점에서는 저희가 런던에 있는 편이 더 도움이 될 것 같습니다."

준남작의 얼굴이 눈에 띄게 침울해졌다. "사건이 끝날 때까지 저와 함께 있어주실 줄 알았는데요. 저택이나 황야나 혼자 있기에 유쾌한 장소는 아니니까요."

"헨리 경, 부디 저를 무조건 믿고 시키는 그대로 해주셔야 합니다. 친구분들에게는 저희가 기꺼이 경과 함께 가려고 했었으나 급한 일이 생겨 런던으로 가야 했다고 말씀해주십시오. 데번셔로 금방 돌아올 생각입니다. 그들에게 그 메시지를 전하는 것을 기억하실 수 있겠습니까?"

"꼭 그렇게 하라고 하신다면야."

"분명히 말씀드리지만 다른 방도는 없습니다."

준남작의 구름 낀 얼굴을 보고, 우리가 자신을 버렸다고 생각하여 깊이 상처 받았다는 것을 알 수 있었다.

"언제 가길 원하십니까?" 준남작이 차갑게 물었다.

"아침 식사 후에 즉시요. 저희는 쿰 트레이시까지 마차를 몰고 갈 겁니다. 하지만 왓슨은 경에게 돌아온다는 약속으로 자기 물건을 여기 남겨두고 갈 겁니다. 왓슨, 스테이플턴에게 전갈을 보내서 자네가 갈 수 없어 유감이라고 얘기해주겠나?"

"저는 홈즈 씨와 함께 기꺼이 런던에 갈 마음이 있습니다." 준남작이 말했다. "왜 저 혼자 여기 남아야 합니까?"

"그게 경의 역할이기 때문입니다. 제가 요구하는 그대로 하겠다고 저에게 약속하지 않으셨습니까. 저는 그 요구를 하고 있는 겁니다."

"그러면 좋습니다. 남겠습니다."

"지시 사항 하나 더! 머리핏 하우스까지 마차를 타고 가신 후 마차를 돌려보내십시오. 하지만 경은 집까지 걸어서 돌아갈 예정이라는 것을 그들이 알도록 해주십시오."

"황야를 가로질러 걷는다고요?"

"네."

"하지만 그거야말로 홈즈 씨가 절대 그러지 말라고 저에게 여러 번 주의를 주셨던 사항 아닙니까?"

"이번에는 안전할 겁니다. 경의 기지와 용기로 충분히 해낼 수 있다고 자신하지 못했다면 제가 이런 것을 부탁드리지도 않았을 겁니다. 하지만 이번에는 그렇게 해주시는 것이 꼭 필요합니다."

"그렇다면 그대로 하겠습니다."

"그리고 목숨을 지키고 싶으시다면 황야를 지날 때 반드시 똑바로 가셔야 합니다. 머리핏 하우스에서 그림펜 대로로 이어진 길을 따라 곧장 가세요. 원래 집으로 가시는 길 말입니다."

"시키시는 대로 하겠습니다."

"좋습니다. 저는 아침 식사가 끝나는 대로 바로 떠나겠습니다. 그러면 오후에는 런던에 닿을 수 있을 겁니다."

비록 어젯밤 홈즈가 스테이플턴을 만났을 때 다음 날 돌아갈 거라고 말한 것을 기억하고 있었지만 나는 이 계획이 무척 놀라웠다. 나는 홈즈가 나에게 같이 가자고 할 줄은 꿈에도 몰랐고, 또 홈즈 스스로 매우 중요한 시기라고 말했던 이 시점에 어떻게 우리 둘 다 자리를 비울 수 있는지 이해할 수가 없었다. 하지만 무조건 따르는 수밖에 없었다.

우리는 아쉬워하는 준남작에게 작별을 고하고 몇 시간 후에는 쿰 트레이시 기차역에 서 있었다. 마차를 왔던 길로 돌려보내고 나니 작은 소년이 플랫폼에서 우리를 기다리고 있었다.

"시키실 일은요, 선생님?"

"카트라이트, 이 기차를 타고 런던으로 가도록 해. 도착하는 대로 헨리 바스커빌 경에게 내 이름으로 전보를 쳐서, 혹시 내가 두고 온 책을 찾게 되면 베이커 스트리트에 있는 우편함으

193. 이언 매퀸은 홈즈가 왜 서명하지 않은 영장을 요청했는지 생각해봐야 한다고 말한다. "당연히 레스트레이드가 말한 영장은 스테이플턴을 체포하기 위한 것이다. 하지만 살인과 같은 중범죄인을 체포하는 데 그런 영장은 필요치 않다. 또한 서명이 없는 영장은 어떤 경우에도 아무런 효력이 없다."

로 보내달라고 해."

"네, 선생님."

"그리고 역 사무소에 가서 나한테 온 메시지가 있는지 알아봐줘."

소년은 전보를 하나 가지고 왔다. 홈즈가 내게 건네준 그 전보에는 다음과 같이 쓰여 있었다.

전보 받았음. 서명하지 않은 영장 갖고 가겠음.[193] 5시 45분 도착 예정.

— 레스트레이드

"오늘 아침에 내가 보낸 전보에 대한 답이야. 레스트레이드가 경찰들 중에서는 가장 나은 것 같아. 그의 도움이 필요할지도 모르거든. 자, 왓슨. 이제 자네의 지인 로라 라이언스 부인을 방문하는 게 가장 시간을 잘 보내는 방법이 아닐까."

홈즈의 작전이 시작되고 있는 게 틀림없었다. 홈즈는 스테이플턴이 우리가 정말 가버렸다고 믿게 하기 위해 준남작을 이용할 계획이었다. 한편 우리는 필요하다고 여겨지는 순간, 실제로 즉시 돌아가야 했다. 헨리 경이 런던에서 보내는 그 전보를 스테이플턴에게 언급한다면 그들은 마지막 의심조차 거두게 될 것이다. 나는 벌써부터 우리의 그물이 그 턱이 홀쭉한 녀석 가까이 드리워지고 있는 것을 보는 것 같았다.

로라 라이언스 부인은 사무실에 있었다. 홈즈가 솔직하고 직선적으로 말문을 열자 그녀는 상당히 놀란 것 같았다.

"저는 고 찰스 바스커빌 경의 죽음과 관련한 상황을 조사하고 있습니다." 홈즈가 말했다. "여기 있는 제 친구 왓슨 박사가 부인이 이야기한 것을 저에게 전해주었습니다. 또한 그 문제에 관련하여 부인이 이야기하지 않고 있는 부분도요."

"제가 뭘 얘기하지 않았다는 거죠?" 그녀가 도전적으로 반
문했다.

"부인은 찰스 경에게 10시에 그 문 앞으로 와달라고 부탁했
다는 것을 고백했습니다. 그게 찰스 경이 죽은 시각과 장소라
는 것을 우리는 알고 있습니다. 이 두 일 사이에 어떤 연관이
있는지에 대해 부인은 입을 다물고 있습니다."

"연관이 없으니까요."

"그렇다면 아주 특이한 우연의 일치가 될 겁니다. 하지만 제
생각에는 저희가 연관을 찾아내는 데 성공할 것 같군요. 아주
솔직히 말씀드리겠습니다, 라이언스 부인. 우리는 이 사건이
살인이라고 보고 있습니다. 이 살인에는 당신 친구인 스테이플

여인이 의자에서 벌떡 일어났다.
시드니 패짓 그림, 《스트랜드 매거진》(1902)

턴 씨뿐만 아니라 그의 부인도 연루되었을 수 있습니다."

여인이 의자에서 벌떡 일어났다. "그의 부인이라고요!" 그녀가 소리쳤다.

"이건 더 이상 비밀이 아닙니다. 그의 여동생으로 통하는 사람은 사실 그의 아내입니다."

라이언스 부인은 다시 의자에 앉았다. 그녀의 두 손은 의자 팔걸이를 잡고 있었고, 나는 그녀의 손톱이 분홍색에서 흰색으로 바뀌어가는 것을 보고 그녀가 손에 힘을 꽉 주고 있다는 것을 알 수 있었다.

"그의 부인이라고요?" 그녀는 다시 말했다. "그의 부인이라니! 그는 결혼한 사람이 아니에요."

셜록 홈즈는 어깨를 으쓱해 보였다.

"증명해보세요! 증명해보세요! 만약 당신이 증명할 수 있다면……!"

그녀의 핏발 선 눈이 다른 어떤 말보다 많은 것을 말하고 있었다.

"그러려고 준비해 왔습니다." 홈즈가 말했다. 홈즈는 주머니에서 종이 몇 장을 꺼냈다. "여기 그 부부가 4년 전 요크에서 찍은 사진이 있습니다. 뒷면에는 '밴들러 부부'라고 쓰여 있습니다. 하지만 부인은 그를 쉽게 알아볼 수 있겠지요. 그리고 옆의 여자도 쉽게 알아볼 수 있을 겁니다. 이건 밴들러 부부를 아는 믿을 만한 세 사람의 증언입니다. 밴들러 부부는 당시 세인트올리버 사립학교를 운영하고 있었습니다. 읽어보세요. 그러고도 이 사람들의 정체에 의문의 여지가 있는지."

그녀는 그 서류를 흘끗 보고는 절망에 빠진 여자의 단호하고 경직된 표정으로 우리를 올려다보았다.

"홈즈 씨." 그녀가 말했다. "이 남자는 제가 남편과 이혼만 하면 저와 결혼하겠다고 제안했어요. 그는, 이 악당은 온갖 방식으로 저에게 거짓말을 했어요. 거짓이 아닌 말은 한 마디도 없었어요. 그리고 왜…… 왜 그랬을까요? 저는 그 모든 게 저를 위한 거라고 상상했어요. 하지만 이제는 제가 그저 그 사람 손에 놀아난 바보 외에 아무것도 아니었다는 것을 알겠어요. 저에게 아무 약속도 안 지킨 남자를 위해서 제가 왜 의리를 지키겠습니까? 그 사람의 사악한 행동에서 나온 결과에 대해 제가 왜 바람막이를 해주겠습니까? 원하는 걸 물어보세요. 아무것도 숨기지 않겠습니다. 한 가지는 맹세합니다. 제가 그 편지를 썼을 당시에 저는 그 늙은 신사분에게 어떤 해가 될 거라고는 꿈에도 생각하지 못했다는 것을요. 그분은 저의 가장 너그러운 친구셨으니까요."

"전적으로 부인의 말을 믿습니다." 셜록 홈즈가 말했다. "이 사건을 다시 설명하는 것이 부인께는 매우 고통스러운 일일 것입니다. 제가 어떤 일이 벌어졌는지를 얘기할 테니 하나라도 잘못된 점이 있으면 부인이 말씀해주시는 편이 더 쉽겠군요. 이 편지를 쓴 것은 스테이플턴이 제안한 거죠?"

"그가 부르는 대로 받아썼어요."

"스테이플턴은 이런 평계를 댔을 겁니다. 편지를 쓰면 찰스 경이 부인의 이혼 비용을 대줄 거라고 말입니다."

"맞아요."

"그리고 나서 부인이 편지를 보낸 다음에 스테이플턴은 부인에게 약속을 지키지 말라고 다시 설득했죠?"

"스테이플턴은 그런 일 때문에 다른 사람에게서 돈을 받는다면 자존심이 상할 것 같다고 하더군요. 그래서 자신은 가난한 사람이지만 우리 사이를 갈라놓고 있는 장애물을 없애기 위해 자신의 마지막 한 푼까지 쓰겠다고 했어요."

"그는 아주 일관된 사람처럼 보이지요. 그리고 나서 부인은 신문에서 그 사망 기사를 읽을 때까지 스테이플턴으로부터 아

194. 그로드노는 서부 러시아의 리투아니아 지구였다. 상트페테르부르크에서 가까우며 유대인들이 많이 살았고 지금은 벨라루스 지역에 속한다. "리틀러시아"는 지금의 우크라이나 지역에 대한 제정 러시아 시절 이름이다. 이 말은 그로드노는 리틀러시아에 속하지 않는다는 말이다. 몇몇 미국판에서는 도시 이름이 "고드노"로 나오는데 존재하지 않는 지역명이다.

195. '사우스'캐롤라이나를 의미했을 수도 있다. 1866년에 사우스캐롤라이나 앤더슨에 있는 부대의 지휘관이었던 찰스 스나이더 중위는 '자포자기한 악당인' 백인 루번 골딩이라는 자가 총을 쏴서 A. 페이튼이라는 흑인을 죽였다고 보고했다. 이 살인은 지역사회를 충격에 빠뜨렸는데 골딩의 숨겨진 다른 범죄들이 드러났을 수도 있다. 이 사건이 여기 나오는 것과 어떤 관련이 있는지는 알려지지 않았다. 노스캐롤라이나에 있는 '포트' 앤더슨은 남북전쟁 때 중요한 포병 시설이 있는 곳이었다. 하지만 앤더슨 카운티와 앤더슨 마을은 사우스캐롤라이나에 있다.

무 소식도 못 들으셨죠?"

"네."

"또 그는 부인께 찰스 경과의 약속에 대해 일절 입 밖에 내지 말라고 맹세를 시켰죠?"

"그랬어요. 그게 아주 이상한 사건이어서, 사실이 새어 나가면 제가 의심을 받게 될 거라고요. 제가 아무 말도 못하도록 겁을 주었어요."

"제 생각에는 대체로 부인이 운 좋게 빠져나온 것 같군요." 홈즈가 말했다. "부인은 그에게 영향력을 갖고 있고, 그자도 그걸 아는데 부인이 아직 살아 있으니 말입니다. 몇 달 동안 부인은 벼랑 끝을 따라 걷고 있었어요. 이만 인사를 드려야겠습니다, 라이언스 부인. 아마 금방 저희로부터 다시 소식을 듣게 되실 겁니다."

"사건이 착착 마무리되고 있어. 산 너머 산도 슬슬 끝을 보이고 말이야." 런던에서 오는 급행열차를 기다리면서 홈즈가 말했다. "현대 들어서 가장 독특하고 세상을 놀랠 만한 이 범죄를 이제 곧 하나의 이야기로 연결시킬 수 있을 거야. 범죄학을 공부한 사람이라면 1866년에 리틀러시아 그로드노[194]에서 발생한 사건을 기억하겠지. 물론 노스캐롤라이나[195]에서 발생한 앤더슨 살인 사건도 있고. 하지만 이번 사건에는 완전히 독창적인 특징이 몇 가지 있어. 심지어 우린 아직도 이 교활하기 이를 데 없는 인간을 잡아넣을 수 있을 만큼 뚜렷하게 사건을 구성하지는 못했으니까. 하지만 오늘 밤 잠자러 가기 전에는 무슨 일이 있어도 끝장을 보고야 말 거야."

런던발 급행열차가 경적을 울리며 역사로 들어왔다. 작고 마른 체구에 강단 있어 보이는 불도그 같은 사내가 일등칸에서 뛰어내렸다. 우리 셋은 서로 악수를 나누었다. 내 일행을 향한 레스트레이드의 눈빛에 경외심이 가득한 것을 보니, 그들이 처음 함께 일한 이래로 그가 홈즈에게 많은 것을 배웠다는 사실을 알 수 있었다. 추론가의 이론들은 실용적인 사람에게 조소를 사곤 한다는 것을 잘 기억하고 있는데 말이다.

"무슨 좋은 일이 있으십니까?" 레스트레이드가 물었다.

"요 몇 년 사이에 있었던 사건 중 가장 큰 사건입니다." 홈즈가 말했다. "출발하기 전에 두 시간 정도 여유가 있어요. 그동안 저녁이나 먹으면 좋겠군요. 그리고 나서 다트무어의 순수한 밤공기를 들이마시면 레스트레이드 씨의 목구멍에 남아 있는 런던의 안개가 다 사라질 겁니다. 가보신 적 없나요? 아, 그러면 첫 방문을 잊지 못하게 될 겁니다."

우리 셋은 서로 악수를 나누었다.
시드니 패짓 그림, 《스트랜드 매거진》(1902)

제14장
바스커빌 씨네 사냥개

홈즈의 결점 가운데 하나는—정말이지 누군가 그걸 결점이라고 부를 수 있다면—계획이 실행되기 전에는 누구에게도 자신의 전체 계획을 얘기하는 것을 극도로 꺼린다는 점이다. 부분적으로는 홈즈의 오만한 성격 탓임을 부인할 수 없다. 그는 주변 사람들 위에 군림하면서 사람을 깜짝 놀라게 하는 걸 매우 좋아하기 때문이다. 또 한편으로는 어떤 위험도 차단하려는 그의 직업적 조심성이 그렇게 만들기도 했다. 어쨌든 그 결과, 그의 현장 요원이나 보조자로 활동하는 사람들은 매우 괴롭다. 나도 그 때문에 가슴을 태운 적이 많았다. 하지만 그날 밤 어둠 속을 달렸던 그 긴 마차 여행만큼 속을 태운 적은 없다. 거대한 시련이 우리 앞에 있었다. 마침내 우리는 막바지 작업만을 남겨놓고 있었다. 그런데도 홈즈는 아직 아무 말이 없었다. 그가 어떤 식으로 행동할지 나는 그저 추측만 할 수 있

에일 노우드가 출연한 영화 〈바스커빌 씨네 사냥개〉의 광고.
《샌프란시스코 이그재미너》(1921. 12. 4.)

을 뿐이었다. 얼굴을 스치는 차가운 바람과 좁다란 길 양옆으
로 성큼 다가온 어둡고 텅 빈 공간이 우리가 다시 황야로 돌아
왔다는 것을 말해주었을 때 내 온몸은 기대감으로 전율했다.
말들이 한 발씩 내디딜 때마다, 마차의 바퀴가 한 바퀴씩 돌 때
마다, 우리가 경험하게 될 굉장한 모험은 점점 더 가까워지고
있었다.

　빌린 마차의 마부 때문에 우리는 마음껏 대화할 수 없었다.
그래서 어쩔 수 없이 시시껄렁한 얘기나 늘어놓고 있었다. 여
러 감정과 예측으로 신경이 곤두서 있으면서도 말이다. 부자연
스럽게 말을 삼가고 있다가, 마침내 프랭클랜드의 집을 지나

196. 하지만 분명히 레스트레이드는 총을 안 갖고 있다. 홈즈가 그 사냥개를 죽였을 때 레스트레이드는 브랜디를 권하는데, 브랜디 병은 그의 뒷주머니에 있었을 수밖에 없다. 아래의 202번 주석 참고.

바스커빌 저택에 가까워지자 나는 활동이 개시될 장소에 다가선다는 마음에 오히려 안도가 되었다. 우리는 현관까지 올라가지 않고 진입로 문 앞에서 내렸다. 마부에게는 돈을 지불하고 곧장 쿰 트레이시로 돌아가도록 지시했다. 우리는 머리핏 하우스를 향해 걷기 시작했다.

"총 가져왔나요, 레스트레이드?"

그 조그만 형사가 웃음을 지었다. "바지를 입는 한 뒷주머니가 있게 마련이고, 뒷주머니가 있는 한 그 안에 뭔가 넣어가지고 다니지요."[196]

"좋아요! 내 친구랑 나도 긴급 상황에 준비가 되어 있어요."

"엄청 조심하시는군요, 홈즈 씨. 이제 어쩌죠?"

"기다리는 거죠."

"아이고, 기다리기 좋은 장소 같지는 않은데요." 형사가 말했다. 그는 부르르 떨면서 주위 언덕의 음울한 비탈과 그림펜 늪 위로 어룽거리는 거대한 안개 호수를 둘러보았다. "우리 앞쪽에 집에서 나온 불빛이 보이네요."

"거기가 머리핏 하우스고, 우리의 목적지입니다. 이제부터 살금살금 걷고 말소리도 최대한 낮춰야 합니다."

우리는 조심조심 길을 따라 나아갔고 그 집으로 가는 줄 알았다. 하지만 집에서 200미터 정도 떨어진 곳에 왔을 때 홈즈는 우리를 멈춰 세웠다.

"이 정도면 될 겁니다." 홈즈가 말했다. "오른편의 이 바위들이 잘 가려줄 것 같군요."

"여기서 기다리는 건가요?"

"네, 여기서 매복하는 거지요. 여기 움푹 파인 데로 들어가세요, 레스트레이드. 자네는 집 안에 들어가본 적 있지, 왓슨? 방들이 어떻게 배치되어 있는지 좀 알려주겠어? 이쪽 끝에 창살을 댄 창문은 뭐지?"

"부엌 창문일 거야."

"그리고 그 위로 밝게 빛나는 창은?"

"거긴 식당이 분명해."

"블라인드가 올라가 있어. 자네가 여기 배치를 가장 잘 아니까 조용히 다가가서 그들이 뭘 하는지 좀 알아봐. 하지만 절대로 우리가 그들을 보고 있다는 걸 들켜서는 안 돼."

나는 까치발로 오솔길을 걸어가서 키 작은 과수원을 둘러싼 낮은 담벼락 뒤에 몸을 숙였다. 그 그늘을 따라 살금살금 걸어

나는 커튼이 처지지 않은 창 안을 똑바로 볼 수 있었다.
시드니 패짓 그림, 《스트랜드 매거진》(1902)

나는 커튼이 쳐지지 않은 창 안을 똑바로 볼 수 있었다.
리하르트 구트슈미트 그림, 『바스커빌 씨네 사냥개』,
슈투트가르트, 로베르트 루츠 출판사(1903)

가서 커튼이 쳐지지 않은 창 안을 똑바로 볼 수 있는 위치에 도
착했다.

방에는 두 남자밖에 없었다. 헨리 경과 스테이플턴이었다.
그들은 둥근 테이블을 사이에 두고 내 쪽으로 옆모습을 보이며
앉아 있었다. 둘 다 시가를 피우고 있었고 커피와 와인이 앞에
놓여 있었다. 스테이플턴은 손짓을 하며 이야기를 하고 있었는
데, 준남작은 안색이 창백하고 넋이 나가 보였다. 아마도 조짐
이 불길한 그 황야를 혼자서 걸어 돌아갈 일로 마음이 무거운
것 같았다.

내가 보고 있는 동안 스테이플턴이 일어나 방을 나갔다. 헨

리 경은 잔을 다시 채우고 의자 뒤로 몸을 기대며 시가를 뻐끔거렸다. 끽, 하고 문 열리는 소리가 나더니 자갈에 신발 끌리는 소리가 부석부석 들렸다. 발소리는 내가 움츠리고 있는 벽의 반대편에 있는 길을 지나갔다.

넘겨다보니 박물학자가 과수원 한가운데 있는 바깥채의 문 앞에 서는 게 보였다. 열쇠가 돌아가고 그가 안으로 들어가자 획획거리는 이상한 소리가 안에서 들려왔다. 그는 그 안에서 겨우 1-2분 정도 있었다. 그리고 다시 열쇠 돌리는 소리가 났고, 그는 내 근처를 지나서 다시 집으로 들어갔다. 그가 다시 손님과 어울리는 게 보였다. 나는 살금살금 걸어서 일행들이 기다리고 있는 곳으로 돌아와 내가 본 것을 이야기해주었다.

"왓슨, 여자는 안에 없다고?" 내 말이 끝나자 홈즈가 물었다.

"없어."

"그러면 그녀는 어디 있는 걸까? 부엌 말고는 불이 켜진 방이 없잖아?"

"그녀가 어디 있는지는 모르겠어."

앞에서 그림펜 늪 위에 두터운 흰 안개가 끼어 있다고 얘기했는데, 이제 안개가 우리 쪽으로 서서히 움직이고 있었다. 우리 쪽으로 벽처럼 자욱하게 깔린 안개는 야트막하지만 두텁고 경계가 뚜렷했다. 달빛이 그 위를 비추니 안개 자체가 커다란 얼음 벌판처럼 보였다. 멀리 있는 바위산의 꼭대기는 마치 얼음판 위에 있는 돌멩이처럼 보였다. 홈즈의 얼굴은 그쪽을 향하고 있었다. 홈즈는 느릿느릿 움직이는 안개를 보며 참지 못하고 중얼거렸다.

"왓슨, 저게 우리 쪽으로 오고 있어."

"심각한 거야?"

"심각하고말고. 사실 지구상에 있는 것들 중에 유일하게 내 계획을 망칠 수 있는 것이지. 헨리 경이 늦지는 않을 거야. 벌써 10시니까. 안개가 오솔길을 덮기 전에 그가 나오느냐 마느냐에 우리의 성공만이 아니라 그의 목숨까지 달려 있을 수도 있어."

머리 위의 밤하늘은 맑고 선명했다. 별들은 밝고 차갑게 빛나고 있었고, 반달은 한쪽에서 이 풍경 전체를 부드럽고 희미한 빛으로 감싸고 있었다. 우리 앞에는 육중한 집이 어둡게 자리 잡고 있었고, 울퉁불퉁한 지붕과 꼿꼿이 솟은 굴뚝의 실루엣이 은색으로 빛나는 하늘을 배경으로 또렷이 보였다. 그 아래 창들에서 나오는 금빛 광선들은 과수원과 황야에까지 빛을 드리우고 있었다. 그 광선들 중 하나가 갑자기 꺼졌다. 하인들이 부엌을 떠났다. 두 남자가 있던 식당에만 불이 아직 켜져 있었다. 살인자 주인과 아무것도 모르는 손님은 여전히 시가를 피우며 대화를 나누고 있었다.

황야의 절반을 덮고 있는 하얀색 솜털 같은 안개 벌판은 시시각각 집 쪽으로 조금씩조금씩 다가오고 있었다. 벌써 선두의 안개 한 자락은 불 켜진 네모난 금빛 창을 감싸 돌고 있었다. 저편 과수원 담은 어느덧 눈에 보이지 않게 되었고 나무들도 물방울의 소용돌이에 포위되어 있었다. 우리가 지켜보는 동안 안개 고리는 집의 양쪽 모서리로 낮게 포복하며 다가오더니 계속 뭉쳐서 빽빽한 둑을 이루었다. 그 둑 위로 2층과 지붕이 마치 어두운 바다 위의 유령선처럼 둥둥 떠 있었다. 홈즈는 우리 앞에 있는 바위를 손으로 탁탁 치더니, 참지 못하고 발까지 동동 굴렀다.

"헨리 경이 15분 내로 안 나오면 오솔길이 안개로 모두 덮여 버릴 거야. 30분만 지나면 우리 손도 눈에 안 보일 거라고."

"위로 좀 더 올라설까?"

"응, 그게 좋겠군."

안개의 둑이 계속 앞으로 전진함에 따라 우리도 안개 앞으로

계속 나아갔고, 어느덧 우리는 집에서 50미터 떨어진 곳까지
왔다. 그래도 하얗고 빽빽한 안개 바다는 달빛에 맨 위 가장자
리를 반짝이며 천천히 그리고 가차 없이 전진하는 중이었다.

"우리 너무 많이 왔어." 홈즈가 말했다. "그가 우리 쪽에 닿
기도 전에 추월당하면 안 돼. 무슨 일이 있어도 지금 이 자리를
고수해야 해." 홈즈는 무릎을 꿇고 귀를 바닥에 대었다. "다행
이야! 그가 오고 있는 것 같아."

빠른 발소리가 황야의 적막을 깼다. 바위들 사이에 움츠린

그는 놀라서 주변을 두리번거렸다.
시드니 패짓 그림, 《스트랜드 매거진》(1902)

273

채 우리는 가장자리가 은빛으로 빛나는 안개의 둑을 뚫어져라 바라보았다. 발소리는 점점 커지더니 마치 커튼을 젖히듯이 안개를 뚫고 우리가 기다리던 그 남자가 걸어 나왔다. 별이 맑게 빛나는 곳으로 나오자 그는 놀라서 주변을 두리번거렸다. 그러고는 길을 따라 재게 발걸음을 옮겼다. 우리가 있는 곳 바로 옆을 지나서 뒤로 길게 나 있는 비탈을 계속해서 걸어갔다.

도중에 그는 어디가 불편한 사람처럼 끊임없이 뒤를 흘끔거렸다.

"쉿!" 홈즈가 외쳤다. 그리고 공이치기를 딸깍 젖히는 소리가 들렸다. "조심해! 그게 오고 있어!"

천천히 움직이는 안개의 둑 한복판 어디에선가 가늘게 바스

바스커빌 씨네 사냥개.
시드니 패짓 그림, 《스트랜드 매거진》(1902)

락거리며 타닥타닥 발소리가 계속 들려오고 있었다. 안개의 둑은 우리가 있는 곳 50미터 이내에 있었다. 우리 셋은 모두 그곳을 노려보았다. 그 안에서 어떤 무서운 일이 일어날지 알 수 없었다. 홈즈가 팔꿈치로 나를 찔렀다. 나는 잠깐 홈즈의 얼굴을 보았다. 창백했지만 의기양양한 표정이었고 달빛에 그의 눈이 밝게 빛났다. 그러다 갑자기 그 눈들은 경직되어 한 곳을 응시하기 시작했다. 놀라서 홈즈의 입이 벌어졌다. 같은 순간 레스트레이드가 놀라서 고함을 지르더니 땅바닥으로 몸을 던져 엎어졌다.[197] 나는 벌떡 일어섰다. 안개의 어둠을 뚫고 우리 앞으로 튀어나온 그 무시무시한 모습에 넋이 나가 권총을 쥔 손에 힘을 줄 수 없었다. 그것은 사냥개, 칠흑같이 까만색의 사냥개, 그러나 세상 누구도 본 적이 없을 그런 사냥개였다. 벌어진 입에서 불이 뿜어져 나왔고, 두 눈이 잉걸불처럼 이글거렸다. 일렁이는 그 불빛에 놈의 주둥이와 곧추선 목털과 늘어진 군턱의

197. 엘리엇 킴볼은 「왓슨의 노이로제」에서 레스트레이드의 행동을 칭찬한다. 이 행동은 "이 용감한 작은 남자"가 똑똑하다는 증거라는 것이다. 알 수 없는 소리에 "즉시 엎드린" 것이고 다른 어떤 반응도 "분별 없는" 행동이었을 것이라고 한다. 문제는 이런 분석이 움찔하지도 않은 홈즈와 왓슨은 어떻게 생각할 것이냐 하는 점이다.

영화 〈바스커빌 씨네 사냥개〉의 한 장면. 로버트 렌들이 셜록 홈즈 역을,
존 스튜어트가 헨리 바스커빌 경 역(사진)을 맡았다.
영국, 게인즈버러 영화사 (1931)

198. 스티븐 패럴은 「죽은 개라고 하기는 힘들다. 아직도 잘못될 수 있을 만큼 생명이 남아 있었다 : 바스커빌 씨네 사냥개 속의 사격술에 대해」에서 왜 홈즈가 그 동물이 헨리 경에게 다가가기 전에 다시 발포하지 않는지 궁금해한다. 홈즈가 늦어짐으로써 사냥개(헨리 경 위에서 몸부림을 쳤을 수도 있다)를 죽이는 것도 문제가 되었을 뿐만 아니라 실수로 헨리 경을 다치게 하거나 죽게 만들 수도 있었다.

199. 에드워드 J. 밴 리어는 「셜록 홈즈와 왓슨 박사, 영원한 운동선수」에서 왓슨에 대해 "의문의 여지없이 일급 달리기 선수"였다고 하면서, 여기서는 왓슨이 홈즈를 다른 것이 아니라 속도와 지구력에 대해 칭찬한다고 말한다.

200. 필립 웰러는 편집자와 나눈 사적 대화에서 "다섯 발을 쏘았고emptied five barrels"라는 왓슨의 묘사가 때로 비난받는 이유를 설명한다. 그러려면 총열barrel이 여러 개인 총이라야 하기 때문이다. 총알이 나갈 때 케이싱은 약실에 남고 '발사체(총알)'는 총열 밖으로 튀어 나간다. 그러면 약실이 돌아가고 새 총알이 총열에 위치하게 된다.
"그러나 리볼버가 발사되면 총열은 각 카트리지로부터 나온 팽창하는 가스로 채워질 것이다. 그 가스가 총알을 총열 밖으로 밀어내고, 이렇게 해서 총이 발사될 때마다 총열에서는 총알과 가스가 비워지게 된다. 왓슨은 다섯 개의 총열이 비워진 것이 아니라 '총열이 다섯 번 비워졌다the barrel was emptied five times'라고 했어야 한다. 하지만 앞의 표현도 구어체에서 아주 흔하게 쓰이기 때문에 사과가 필요하지는 않다."
물론 왓슨은 그냥 비유적으로 말하고 있는 것이다. 구식 '후추 통' 총만이 다섯 개의 '총열'을 가지고 있고, 왓슨은 보통 총의 다섯 개의 '약실'을 의미하는 것이다.

윤곽이 보였다. 아무리 머릿속이 엉망진창이 되어서 헛꿈을 꾼다고 해도 이렇게 사납고 오싹하고 지옥에서 온 것 같은 존재를 생각해낼 수 있을 것 같지는 않았다. 그렇게 사나운 얼굴을 한 검은 물체가 안개 벽을 뚫고 우리 쪽으로 튀어나왔다.

그 거대한 검은 동물은 껑충 뛰더니 우리 친구의 발자국을 따라 쫓아 내려가고 있었다. 그 유령에 완전히 마비가 되어버린 우리들이 미처 정신을 차리기도 전에 그 물체는 우리를 지나쳐버리고 말았다. 그러고 나서야 홈즈와 내가 동시에 발포를 했다. 그 물체가 끔찍하게 울부짖었다. 아마 둘 중에 하나는 그놈을 맞힌 모양이었다.[198] 그러나 놈은 멈추지 않고 앞으로 펄쩍 뛰었다. 저 멀리 길 위에서 헨리 경이 뒤를 돌아보는 것이 보였다. 달빛에 보니 그의 얼굴은 하얗게 질려 있었고, 공포에 사로잡혀 두 손을 쳐든 채 자신을 잡으러 오는 그 공포스러운 물체를 무력하게 쳐다보고 있었다.

하지만 그 사냥개의 고통에 찬 울부짖음에 우리의 공포는 바람처럼 날아가버렸다. 그놈이 다칠 수 있다는 건 생물이라는 얘기고, 우리가 그놈을 다치게 할 수 있다는 건 죽일 수도 있다는 뜻이었다. 그날 밤 홈즈가 뛰었던 것처럼 빠르게 뛰는 남자를 나는 아직도 본 적이 없다.[199] 나도 발이 빠르다고 자부하지만 내가 그 작은 체구의 경찰을 앞지른 것만큼이나 멀리 홈즈는 나를 앞질러 갔다. 우리가 길 위로 올라갔을 때 앞쪽에서 헨리 경의 비명이 잇달아 들려왔고, 사냥개가 낮게 으르렁거리는 소리도 들렸다. 내가 놈을 포착한 순간, 그 짐승은 자신의 제물 위로 뛰어오르고 있었고, 제물을 땅바닥에 쓰러뜨리고 목을 노리고 있었다. 바로 그 순간 홈즈가 자신의 리볼버에서 다섯 발을 쏘았고[200], 총알은 그 짐승의 옆구리를 파고들었다.[201] 고통스러운 마지막 비명과 함께 공중에서 우지끈하는 소리가 들리더니 짐승은 옆으로 쓰러지며 배를 드러냈다. 광

201. 로버트 키스 레빗은 「베이커 스트리트의 애니 오클리」에서 이것은 목표물을 잘못 노린 상황이라고 말한다. 측면의 부상은 반드시 치명적이지는 않으며 튕길 수도 있다고 한다. 이 경우에 총알이 헨리 경을 맞힐 수도 있었다.

홈즈가 자신의 리볼버에서 다섯 발을 쏘았고,
총알은 그 짐승의 옆구리를 파고들었다.
시드니 패짓 그림, 《스트랜드 매거진》(1902)

폭하게 네발을 휘젓다가 이내 축 늘어뜨렸다. 나는 헐떡거리면서 몸을 구부려 희미하게 빛을 내고 있는 무시무시한 그놈의 머리를 총으로 눌러보았다. 하지만 총을 더 쏠 필요는 없었다. 거대한 사냥개는 죽어 있었다.

헨리 경은 쓰러졌던 곳에 그대로 누워 있었다. 우리는 그의 칼라를 찢어버렸다.

상처의 흔적이 없고 제때 구조한 것을 알게 되자 홈즈는 감

202. 이것이 레스트레이드의 뒷주머니에서 나왔는가? 196번 주석을 보라. 제임스 에드워드 홀로이드는 『베이커 스트리트 샛길』에서 자신의 친구 빌 맥고런이(물론 《런던 이브닝 뉴스》의) "레스트레이드가 술고래였으며 이것이 우리가 처음 그를 만났을 때 경위였던 계급이 20년이 지나도 바뀌지 않는 이유라는 의견을 가지고 있다"고 보고한다. 정전상에 이 이론에 대한 증거는 없다. 다만 「독신 귀족」에서 홈즈가 레스트레이드에게 마실 것을 권하는데 그들이 시가를 나눠 피우는 상황임에도(예를 들면 「여섯 개의 나폴레옹 석고상」) 술에 대한 언급은 없다.

203. 마이클 L. 버턴은 「사냥개에 관해서」에서 조심스럽게 모든 증거를 검토한 후 왓슨의 품종 묘사가 정확하다고 결론 내린다. 다른 의견을 가진 사람들도 있다.
"엄청난 크기로 봐서 그레이트데인이나 스코티시울프하운드가 혼합되어 있다고 본다"라고 스튜어트 파머는 「셜록 홈즈와 그 동료들에게 개 공포증이 있다는 확실한 증거에 대한 보고서」에서 얘기한다. 오언 프리스비는 「바스커빌 씨네 사냥개의 기원」에서 그 사냥개가 블러드하운드와 마스티프의 잡종이라는 왓슨의 주장은 정확할 수 없으며 스태그하운드('크기와 돌진력 면에서')와 블러드하운드('사람을 따르는 능력과 의지 면에서')의 잡종이라고 말한다.
셜리 퍼브스는 「사냥개 성찰」에서 도베르만핀셔와 아이리시울프하운드의 잡종이라고 주장한다. 또 큐번블러드하운드와 티베튼마스티프의 잡종 가능성도 제기한다. 돈 라이트는 「지옥의 사냥개는 잘 살아 있다」에서 핏불테리어라고 주장한다. 필립 웰러는 왓슨을 지지하는데 특히 앞의 몇 의견과 다른 의견들이 "잘못된 주목나무에 짖고 있다"고 거부한다.

"죽었습니다. 뭐였든 간에." 홈즈가 말했다.
리하르트 구트슈미트 그림, 『바스커빌 씨네 사냥개』,
슈투트가르트, 로베르트 루츠 출판사(1903)

사의 기도를 내뱉었다. 벌써 우리 친구의 눈꺼풀이 떨리더니 움직이려는 미미한 시도가 보였다. 레스트레이드는 브랜디 술병 주둥이를 준남작의 이 사이로 밀어 넣었다.[202] 그러자 놀란 두 눈이 우리를 올려다보았다. "하느님 맙소사!" 그가 중얼거렸다. "그게 뭐였나요? 도대체, 뭐였죠?"

"죽었습니다. 뭐였든 간에." 홈즈가 말했다. "우리가 집안의 유령을 완전히 끝장낸 겁니다."

우리 앞에 뻗어 있는 것은 크기와 힘만으로도 끔찍한 짐승이었다. 블러드하운드도 아니고 마스티프도 아니었다. 그 둘의 잡종[203]으로 보였다. 비쩍 마르고 사납고, 작은 암사자만큼이나 컸다. 죽어서 꼼짝 않고 있는 이 순간에도 거대한 턱으로 푸르

스름한 불꽃을 떨어뜨리고 있는 것 같았다. 깊숙이 자리한 작고 잔인한 두 눈가에도 불이 붙어 있었다. 나는 빛을 내고 있는 주둥이 위에 손을 가져다 대었다. 손을 들어 올리자 내 손가락들도 어둠 속에서 이글이글 빛을 발했다.

"인이야."[204] 내가 말했다.

"교활하게 준비한 거지." 홈즈가 말하면서 죽은 동물에 코를 대고 킁킁거렸다. "인은 냄새가 안 나니 이놈이 다른 냄새를

"인이야." 내가 말했다.
시드니 패짓 그림, 《스트랜드 매거진》(1902)

204. 하지만 인은 개나 사람을 죽일 수도 있다고 스튜어트 파머는 말한다. D. A. 레드먼드는 「정전에 나타난 몇 가지 화학 문제」에서 그 물질은 인이 아니라 바륨 황화물이었다고 제안한다. 반면 월터 세퍼드는 『셜록 홈즈의 향기』(1986)에서 아연 황화물이나 칼슘 황화물을 제안한다. 프레더릭 J. 제이거와 로즈 M. 보걸은 『지옥에서 온 사냥개』에서 1886년에 출판된 라파엘 뒤부아의 연구 결과에 기초해 바이오 발광체라고 주장한다. 마이클 베드퍼드와 브루스 뎃먼은 「교활한 준비」에서 이 문제를 비껴갔는데 그 물질이 개에게 칠해져 있던 것이 아니고, 가죽 입마개에 칠해져 있었다는 것이다.

맡는 데는 지장이 없었겠지. 깊은 사과를 드립니다, 헨리 경. 이런 공포를 겪게 만들어서요. 사냥개에는 대비를 하고 있었는데 이런 짐승일 줄은 미처 몰랐어요. 또 안개 때문에 이놈을 맞이할 시간이 부족했고요."

"제 목숨을 구해주셨습니다."

"먼저 위험에 빠뜨린 다음인걸요. 일어날 수 있으시겠습니까?"

"그 브랜디 한 모금만 더 주시면 뭐든 할 수 있을 겁니다. 자! 이제 일으켜주십시오. 지금부터 어떻게 하실 겁니까?"

헨리 경은 비틀거리면서 자기 발로 서 있었지만 그의 얼굴은 지독히 창백했고 사지는 덜덜 떨리고 있었다. 우리는 그를 바위에 앉혔다. 그는 두 손에 얼굴을 묻고 덜덜 떨고 있었다.

"여기 잠시 계셔야겠습니다." 홈즈가 말했다. "남은 일도 끝내야 하니까요. 1초, 1초가 아주 중요합니다. 승기를 잡았으니, 이제 놈만 잡으면 돼요."

"집에서 그를 찾을 가능성은 거의 없어요."

홈즈는 빠르게 길을 되돌아가면서 말을 이었다.

"총소리가 스테이플턴에게 게임이 끝났다는 걸 알려줬을 겁니다."

"거리가 꽤 있었어. 이 안개 때문에 소리도 좀 죽었을 거고."

"스테이플턴은 개를 불러들이려고 따라왔어. 분명해. 아냐, 아냐. 그는 벌써 사라졌을 거야! 그래도 집을 수색해서 확실히 하자고."

앞문은 열려 있었다. 그래서 우리는 우르르 몰려 들어가서 이 방 저 방 바쁘게 돌아다녔다. 복도에서 우리와 마주친 늙은 하인은 놀라서 비척거렸다. 식당을 제외하고는 불이 켜진 곳이 없었다. 하지만 홈즈는 램프를 들고 집 안을 구석구석 뒤졌다. 우리가 쫓고 있는 남자의 기척은 없었다. 하지만 2층 침실 중

280

하나가 잠겨 있었다.

"이 안에 사람이 있어요!" 레스트레이드가 소리쳤다. "움직이는 소리가 들려요. 이 문을 열어요!"

안에서 희미한 신음 소리와 바스락거리는 소리가 들렸다. 홈즈가 구둣발로 문의 자물쇠 부분을 차자 문이 휙 열렸다. 권총을 손에 쥐고 우리 셋 다 방으로 뛰어 들어갔다.

하지만 우리가 기대한 것과 달리, 필사적으로 저항하는 악당의 모습은 전혀 보이지 않았다. 대신에 너무 뜻밖의 이상한 물체가 앞에 있어서 우리는 놀란 나머지 잠깐 동안 그것을 쳐다보고 서 있었다.

그 방은 작은 박물관처럼 꾸며져 있었고, 벽에는 유리 뚜껑

『바스커빌 씨네 사냥개』 단행본 표지.
빌 쇼이어 그림, 뉴욕, 밴텀 북스(1949)

이 달린 많은 진열장이 줄지어 놓여 있었다. 이 복잡하고 위험한 남자의 휴식이 되었던 나비와 나방 수집품이었다. 그 방 한 가운데에 기둥이 하나 똑바로 서 있었는데, 낡고 벌레 먹은 지붕 목재들을 받치기 위해 예전에 설치된 것이었다. 이 기둥에 한 사람이 묶여 있었는데 침대보로 머리까지 둘둘 감싸 놓아서 남자인지 여자인지조차 알 수 없었다. 목에도 수건이 둘러져 있고 베개가 받쳐져 있었다. 다른 수건 한 장이 얼굴 아랫부분을 가리고 있었는데, 그 위로 검은 두 눈이 슬픔과 수치와 강렬

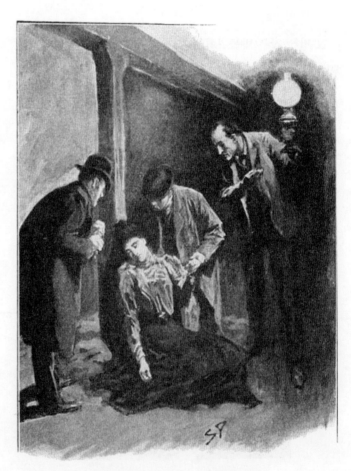

스테이플턴 부인이 바닥으로 무너져 내렸다.
시드니 패짓 그림, 《스트랜드 매거진》(1902)

한 의혹을 품은 채 우리를 마주 쏘아보고 있었다.

잠시 후 우리는 재갈을 떼어내고 휘감은 천을 벗겨냈다. 스테이플턴 부인이 우리 앞에서 바닥으로 무너져 내렸다. 그녀의 아름다운 머리가 앞으로 푹 숙여질 때 나는 그녀의 목 위로 선명한 채찍 자국이 나 있는 것을 보았다.[205]

"짐승 같은 놈!" 홈즈가 외쳤다. "레스트레이드, 브랜디 좀 줘요! 의자에 앉혀요! 학대를 당하고 탈진해서 기절했어."

그녀가 다시 눈을 떴다. "그는 무사한가요?" 그녀가 물었다.

"짐승 같은 놈!" 홈즈가 외쳤다. "레스트레이드, 브랜디 좀 줘요!"
프레더릭 도어 스틸 그림, 『셜록 홈즈의 후기 모험』 제2권(1952)
이번 판본을 위해 특별히 스틸 작가가 그린 그림이라는 설명이 붙어 있지만, 앤드루 말렉은 이 작품이 처음에는 메리 로버츠 라인하트의 소설 『사이트 언신』의 삽화였고, 1916년 8월 《에브리바디스 매거진》에 실렸다는 것을 보여주었다(작가 서명 옆에 '16'이라는 표시가 보인다).

205. 딘 W. 디켄시트는 「존 H. 왓슨 박사의 빅토리아식 침묵에 대해」에서 그녀는 침대보로 싸여 있었을 뿐만 아니라 부어오른 자국은 베릴의 "목"에 있었다고 지적한다. 사실 "악마 같은 스테이플턴은 저항하는 아내를 기둥에 묶어두고 [최소한] 허리까지 벗긴 후에 잔인하게 그녀의 등과 [아마도] 가슴에 매질을 했는데, 이는 다른 놈팡이에게 빼앗겼다고 생각하는 여자의 [그 값진] 매력적인 용모를 망가뜨리고자 하는 남편의 잔인한 소행임을 보여준다"는 것이 이 사건의 진상이라고 그는 결론짓는다. 디켄시트의 보다 야한 장면은 빌 쇼어가 1949년 『바스커빌 씨네 사냥개』 문고판에 그린 표지에 우아하게 그려져 있다. 안쪽 표지를 보면 다음과 같이 쓰여 있다. "그는 방 한가운데에 있는 기둥에 그녀를 묶어두었다. 그녀의 완벽한 몸매와 우아한 드레스는 침대보에 싸였고 침대보는 그녀의 살을 파고 들어가며 기둥에 그녀를 고정시켰다. 그녀는 큰 키에 검은 피부, 날씬한 몸매를 가졌고 자신감에 찬 정교한 얼굴은 몹시도 균형 잡혀 있어서 예민한 입술과 열망에 찬 아름다운 검은 두 눈이 아니었다면 무표정하게 보였을 것이다." 대단한 차이다!

"달아났어요?"

"그는 우리에게서 달아날 수 없습니다, 부인."

"아뇨, 아뇨. 제 남편을 말하는 게 아니에요. 헨리 경 말이에요. 무사한가요?"

"네."

"그러면 사냥개는?"

"죽었어요."

그녀는 만족한 긴 한숨을 내쉬었다. "다행이에요! 정말 다행입니다! 아, 그 악당! 그가 저를 어떻게 했는지 보이시나요?" 그녀는 소매 밖으로 팔을 내밀었다. 온통 얼룩덜룩한 멍 자국에 우리는 경악했다. "하지만 이건 아무것도 아니에요. 아무것도! 그가 고문하고 더럽힌 것은 나의 정신과 영혼이에요. 모두 다 견딜 수 있었어요. 학대도, 외로움도, 기만적인 생활도, 전부 다. 최소한 그가 나를 사랑한다는 희망에 매달릴 수 있을 때까지는 견딜 수 있었어요. 하지만 이제 알아요. 여기서 나는 그저 그의 바람잡이고 도구일 뿐이라는 걸."

그녀는 말을 하다가 격하게 울음을 터트렸다.

"부인, 이제 그에게 아무런 미련이 없으시겠군요." 홈즈가 말했다. "그렇다면 말해주세요, 그를 어디서 찾을 수 있는지. 그를 도와 나쁜 일을 한 적이 있다면 이제 저희를 도와서 속죄하도록 하세요."

"그가 숨을 수 있는 곳은 한 군데밖에 없어요." 그녀가 대답했다. "그 늪 한가운데에 있는 섬에 오래된 주석 광산이 있어요. 사냥개를 숨겨둔 곳도 거기였어요. 피난처로 사용하려고 준비도 해두었고요. 거기로 갔을 거예요."

안개의 둑이 하얀 양털처럼 창문을 뒤덮고 있었다. 홈즈가 안개를 향해 램프를 들었다.

"보이시죠." 그가 말했다. "오늘 밤에는 누구도 그림펜 늪 안으로 들어가는 길을 찾을 수 없을 거예요."

그녀가 소리를 내며 웃더니 손뼉을 쳤다. 그녀의 두 눈과 이가 사나운 흥분으로 반짝거렸다.

"그이는 들어가는 길을 찾을 수 있을지도 모르죠. 하지만 절대 나올 수는 없을걸요." 그녀가 외쳤다. "오늘 같은 밤에 무슨 수로 표지 막대기를 볼 수 있겠어요? 우리는 늪 안으로 들어가는 길을 표시하려고 함께 표지 막대를 꽂아두었어요. 아, 오늘 내가 그 막대기들을 뽑을 수만 있다면! 그렇다면 그가 당신들 손아귀에 떨어질 텐데."

안개가 걷힐 때까지는 아무리 추격을 해봐야 소용이 없을 게 분명했다. 레스트레이드에게 그 집을 맡겨두고 홈즈와 나는 준남작과 함께 바스커빌 저택으로 돌아갔다. 스테이플턴 부부의 이야기를 더 이상 준남작에게 숨길 이유가 없었다. 그는 자신이 사랑했던 여인의 진실에 대해 듣고서도 그 충격을 대담하게 받아들였다. 하지만 그날 밤 모험의 충격은 그의 정신을 뒤흔들어놓았다. 아침이 되기 전에 그는 고열[206]로 쓰러져서 헛소리를 해댔고, 모티머 박사의 간호를 받았다. 그 후 그 둘은 함께 세계를 일주했다. 그리고 나서야 헨리 경은 그 저주받은 재산의 주인이 되기 전처럼 다시 활기차고 따뜻한 사람이 될 수 있었다.

⁂

이제 이 희한한 이야기의 결론을 빠르게 이야기하겠다. 이 사건은 우리의 일상에 그토록 오랫동안 어두운 공포와 무성한 추측을 던져주었고, 극히 비극적인 방식으로 끝을 맺었다. 나는 독자들이 그 공포와 추측을 함께 느낄 수 있게 하려고 노력했다. 사냥개가 죽은 다음 날 아침 안개가 걷히고, 우리는 스테이플턴 부인의 도움을 받아, 그들 부부가 발견한 늪 길이 있

206. 의심의 여지없이 정전에 나오는 '뇌막염(수막염)'이라는 전염병의 또 다른 예다. 정전에 '뇌열병'에 걸린 것으로 언급되는 환자는 모두 일곱 명이나 된다. 이 병에 대해 앨빈 E. 로딘과 잭 D. 키는 『아서 코난 도일 박사의 의료 사례집』에 이렇게 썼다. "이 병은…… 심한 정서적 충격의 결과로 급성 발병을 할 수도 있는데, 체중이 감소하며 몸이 쇠약해지고, 안색이 창백해지고, 고열에 시달리고, 일정 기간 병이 지속된다. 대부분의 환자가 정상 회복되지만, 미치거나 사망하기도 한다……." 왓슨은 이 병을 막연한 병으로 언급한 듯한데, 19세기 다른 작가들의 글에도 이 병에 걸린 환자가 등장한다. 로딘과 키는 에밀리 브론테의 『폭풍의 언덕』(1847)에 나오는 캐서린 린턴, 귀스타브 플로베르의 『보바리 부인』(1857)에 나오는 에마 보바리, 조지 메러디스의 『리처드 페버럴의 시련』(1859)에 나오는 루시 페버럴 등을 뇌열병 환자로 꼽았다. 당시 문학에 뇌열병이 많이 나오는 것은 그만큼 그런 진단이 많았다는 뜻으로 보인다. 현대 사전에서는 뇌열병을 수막염과 동일시하지만, 로딘과 키가 인용한 1892년의 한 의학 교재에 따르면 '열병'을 히스테리 반응으로 열거하고 있다.

207. 'Meyers.' 왓슨이 이름을 잘못 알았다. 토론토의 퀸 스트리트 웨스트에 있는 조지프 '마이어 Meier'가 신발 제작자였다고 도널드 A. 레드먼드는 말한다.

는 곳으로 갔다. 그녀는 열정을 가지고 기쁜 마음으로 남편이 다니던 길을 우리에게 안내해주었다. 그것을 보니 이 여인의 인생이 얼마나 공포에 차 있었는지를 깨달을 수 있었다. 우리는 넓게 펼쳐진 늪의 한쪽으로 삐죽이 나와 있는, 흙이 단단한 곳에 그녀를 세워두었다. 그 끝에서부터 작은 막대기들이 여기저기 세워져서 지그재그로 나 있는 길을 보여주었다. 길은 낯선 이들의 출입을 차단하는 녹색 거품이 이는 구덩이들과 더러운 진창들 사이에 있는 골풀 더미에서 더미로 이어지면서 나 있었다. 무성한 갈대와 우거진 끈적끈적한 수초들이 썩는 냄새와 불결한 독기를 우리 얼굴에 뿜어내고 있었다. 한 발만 잘못 디디면 허벅지까지 빠져버릴 어두운 늪이 우리 발 주위로 몇 미터씩 펼쳐져 잔잔한 파도처럼 출렁이고 있었다. 걸을 때마다 늪이 끈질기게 발꿈치를 물고 늘어졌고, 발이 늪으로 가라앉을 때는 마치 어떤 사악한 손이 저 깊고 추악한 곳으로 우리를 잡아당기는 것 같았다. 우리를 움켜쥐는 느낌은 그 정도로 음침하고 집요했다. 우리 앞에 놓인 이 위험한 길을 누군가 지나간 흔적을 단 한 번 발견했다. 뭔가 끈적이는 검은 물체가 황새풀 더미 한복판에 삐쭉 나와 있었다. 홈즈가 그것을 잡으려고 길을 벗어나자 순식간에 허리까지 빠져버리고 말았다. 우리가 그 자리에 없었다면 그는 다시는 단단한 땅을 밟지 못했을 것이다. 홈즈는 오래된 검정 부츠를 높이 들어 올렸다. "마이어스,207 토론토." 가죽 안쪽에 그렇게 새겨져 있었다.

"진흙으로 목욕할 만한 가치가 있었어." 홈즈가 말했다. "우리 친구 헨리 경이 잃어버린 구두야."

"스테이플턴이 도망치면서 내버렸겠군."

"맞아, 사냥개를 풀어줄 때 이것을 이용하고도 계속 지니고 있었어. 게임이 끝났다는 걸 알았을 때 도망을 쳤는데 그때까지도 이걸 갖고 있었지. 도망치다가 여기 와서야 비로소 내버

홈즈는 오래된 검정 부츠를 높이 들어 올렸다.
시드니 패짓 그림, 《스트랜드 매거진》(1902)

208.「스테이플턴의 변호」라는 대담한 사색 작품에서 도널드 예이츠는 왓슨의 이야기 중에서 잃어버린 페이지(위의 123번 주석 참고)를 재구성하고 스테이플턴이 사라진 미스터리를 설명한다. 헨리 경은 스테이플턴이 사냥개를 풀어놓을 계획이라는 것과 나아가 홈즈, 왓슨, 레스트레이드가 자신을 구하기 위해 기다리고 있을 것이라는 점을 알고 있었다고 예이츠는 결론 내린다. 헨리 경은 스테이플턴이 베릴을 학대하는 것을 참을 수 없었기 때문에 베릴, 로라 라이언스, 여주인을 동정하던 하인 앤터니를 설득해 스테이플턴이 당황하여 황야로 내몰리도록 만든다. 앤터니는 안전하게 들어가는 길을 알려주던 막대기를 제거했으며 스테이플턴은 즉시 죽고 말았다. 체면을 세우기 위해 홈즈는 이 공모와 자신의 역할이 배우에 불과했다는 것을 알게 되었을 때, 왓슨의 편지에서 자신의 권위를 떨어뜨릴 수 있는 한 장을 없애버렸다.

렸어. 그렇다면 적어도 그가 여기까지는 안전하게 왔다는 얘기지."

그러나 그 이상은 알아낼 수 없었다. 추측할 수 있는 건 많았지만 말이다.[208] 늪에서 발자국을 찾을 가능성은 없었다. 밟힌 진흙은 바로 원상 복구가 되었기 때문이다. 늪을 지나서 마침내 우리는 좀 더 단단한 땅에 닿았고, 발자국을 찾으려고 열심히 둘러보았다. 하지만 아주 희미한 흔적조차 눈에 띄지 않았다. 땅이 진실을 말해주고 있는 거라면, 스테이플턴은 지난밤 안개 속에서 사투하며 나아갔지만 피난처가 있는 섬까지 도착하지 못한 것이었다. 그림펜 늪의 심장 한가운데 어딘가 거대한 펄

속에, 차갑고 잔인한 이 남자가 영원히 묻히고 만 것이다.

그가 자신의 사나운 동료를 숨겨두었던 늪으로 둘러싸인 섬에서 우리는 그의 흔적을 많이 찾을 수 있었다. 커다란 수레바퀴와 쓰레기로 반쯤 차 있는 갱도는 버려진 광산이었다는 것을 보여주었다. 그 옆을 둘러싼 늪지에서 올라오는 지독한 악취를 피해 멀찍이, 허물어져가는 광부들의 오두막 잔해가 널려 있었다. 그중 한 곳에 고리가 달린 쇠사슬 목줄과 함께 갉아 먹은

거기에 개가 묶여 있었다는 것을 알 수 있었다.
시드니 패짓 그림, 《스트랜드 매거진》(1902)

뼈다귀가 수북이 쌓여 있는 것을 보니, 거기에 개가 묶여 있었다는 것을 알 수 있었다. 갈색 털이 엉켜 붙어 있는 두개골이 그 쓰레기들 사이에 놓여 있었다.

"개!" 홈즈가 말했다. "저런, 곱슬 털의 스패니얼이잖아.[209] 불쌍한 모티머 박사는 다시는 자기 개를 못 보겠군. 아무튼 여기에 우리가 짐작 못한 다른 비밀이 있을 것 같지는 않아. 스테이플턴은 사냥개를 숨길 수는 있었지만 개의 소리는 없앨 수 없었지. 그래서 낮에도 듣기 불쾌한 그 울음소리가 들려왔던 거야. 급할 때는 사냥개를 머리핏 하우스 별채에 숨길 수 있었지만 항상 위험이 따랐어. 그래서 언제나 마지막 순간에만 데려왔던 거지. 자신의 모든 노력이 이제 결말을 지을 때가 되었다고 생각해서 일을 감행한 거야. 여기 깡통에 있는 풀은 의심할 여지없이 그 짐승에게 발랐던 발광 물질이군. 물론 가문의 전설인 지옥의 개에서 힌트를 얻어서 찰스 경을 놀래 죽이는 데 사용했을 거고. 그 악마 같은 탈옥수가 비명을 지르며 도망친 것도 당연해. 우리 친구도 황야의 어둠 속에서 그런 짐승이 뒤쫓아 뛰어오는 걸 봤으니 그럴 수밖에. 아마 우리라도 그랬을 거야. 희생자를 죽음으로 몰아갈 수 있다는 것 말고도 교활한 목적을 지닌 계책이었어. 황야에서 많은 사람들이 그랬듯이, 그 짐승을 보더라도 어느 농부가 가까이 다가가서 알아보려고 하겠어? 왓슨, 내가 런던에서도 한 말이지만 다시 생각해봐도 저기 묻힌 사람보다 더 위험한 사람을 잡은 적은 없는 것 같아.[210]" 그러면서 홈즈는 황야의 적갈색 비탈에 닿을 때까지 멀리 초록 반점처럼 펼쳐져 있는 거대한 늪지대를 향해 긴 팔을 쭉 뻗었다.

209. "정말 탁월하다"라고 스튜어트 파머는 콧방귀를 뀐다. "스패니얼의 두개골 잔해는 다른 작은 개들과는 살짝 다르니 말이다." 벤저민 S. 클라크는 뼈들의 존재를 보다 나쁜 쪽으로 생각한다. 그는 스패니얼이 혼자서 길을 벗어나 거기까지 가지는 않았을 거라고 추론한다. 또 스테이플턴이 먹이로 쓰기 위해 이웃의 개를 훔치는 위험을 감수하는 것도—다른 고기도 많으니 불필요하다—개연성이 없다. 클라크는 스패니얼이 모티머 없이 늪을 지날 수는 없었다며 모티머가 스테이플턴과 공모했다고 보는 것이 논리적이라고 추론한다. 왜냐하면 "만약 모티머가 정직한 사람이고 우연히 그 섬으로 가는 길을 발견했다면, 그는 즉시 사냥개를 발견한 사실을 사람들에게 알렸을 것이기 때문이다."

210. 이언 매퀸은 스테이플턴이 죽었다고 공표하는 것은 섣부르다고 결론 내린다. "홈즈는 '늪을 지나서 좀 더 단단한 땅에도' 발자국이 없다는 데서 스테이플턴이 늪에 빠져 죽었다고 가정한다. 하지만 이것은 증명이 된 것도 반박이 된 것도 아니다." 매퀸은 그 땅이 발자국을 보여줄 수 있다면 왜 그날 오후 스테이플턴이 개를 데리고 머리핏 하우스로 가던 때의 발자국조차 없는지 질문한다. 사실 에밀리 오브라이언은 「스테이플턴은 사모아로 도망쳤는가?」에서 로버트 루이스 스티븐슨이 말년에 쓴 소설 『팔레사의 해변』에서 스테이플턴이 도망쳤다는 증거를 찾는다. 스티븐슨의 소설 원제는 『우마』였으며, 딜런 토머스의 대본 「팔레사의 해변」과 혼동되어서는 안 된다.

제15장
회상

211. 율리안 볼프 박사는 『셜로키언 문장학 실용 안내서』에서 업우드 대령이 윌리엄 고든커밍 경이라고 본다. 윌리엄 경은 줄루 전쟁(1879) 때 스코틀랜드 방위부의 중령이었던 사람이다. 1891년 어느 가족이 불법 바카라 게임에서 속임수를 썼다며 윌리엄 경을 고발하자 그는 그 가족을 명예훼손으로 맞고소한다. 고든커밍의 오랜 친구인 웨일스 공―나중에 에드워드 7세가 되는―이 직접 증인으로 소환되었다. 왕족 중 민사법원 소송에서 증언을 한 것은 웨일스 공이 처음이다. 그는 (고든커밍의 변호사였던 에드워드 클라크 경에 의해) 법원에 출두할 것이 강제되었는데 국왕군 규정 42조 때문이었다. 이 규정은 누구든지 군인이나 장교가 불법적 행위를 하는 것을 본 사람은 적절한 위치의 지휘관에게 보고하도록 정하고 있다. 알려진 대로, 고든커밍의 변호인은 사생활까지 캐내면서 왕자에게 지독한 반대신문을 했고, 왕자의 증언이 크게 작용하여 윌

11월의 끝자락이었다. 안개 낀 몹시 추운 밤, 홈즈와 나는 베이커 스트리트의 우리 거실에서 이글거리는 벽난로를 앞에 두고 앉아 있었다. 데번셔에서의 비극적 결말 이후 홈즈는 아주 중요한 두 가지 사건으로 바빴다. 하나는 업우드 대령[211]이 유명한 난퍼렐 클럽[212] 카드 스캔들과 관련해 저지른 극악무도한 행위를 폭로한 것이었다. 두 번째는 불운하게도 의붓딸 카레르 양의 죽음과 관련해 살인 혐의를 받고 있던 몽팽지에 부인을 변호한 것이었다. 카레르는 6개월 후 살아 있다는 것이 밝혀졌는데 뉴욕에서 결혼해 살고 있었다.[213] 내 친구가 어렵고 중요한 사건들을 잇달아 성공시켜서 기분이 아주 좋은 상태였기 때문에 나는 그를 구슬려 바스커빌 사건의 세부 사항들을 털어놓게 할 수 있었다. 나는 그동안 인내심을 가지고 기회를 엿보고 있었다. 홈즈가 절대로 사건이 겹치도록 하

회상.
시드니 패짓 그림, 《스트랜드 매거진》(1902)

리엄 경은 바카라 사건에서 패소하게 된다. 이 사건은 엄청난 관심을 불러일으켰는데 많은 사람들이 윌리엄 경은 무고하다고 확신했다. 어떤 사람은 재판 과정에서 폭로되지 않은 어떤 비공개된 불법적 행위를 한 것은 아마 에드워드이고, 고든커밍은 단지 친구를 보호해주고 있다고 믿었다. 이 스캔들의 결과로 여론은 잠시 동안 왕자에게 등을 돌렸으나 궁극적으로 왕자의 명성은 훼손되지 않았다. 반면 고든커밍의 인생은 완전히 파괴되었다. 그는 사회로부터 배척되었다.

212. 로버트 키스 레빗은 「세실 포리스터는 누구인가?」에서 난퍼렐이 틀림없이 "저널리스트로 구성된 비밀 클럽"이었을 것이라고 한다. 그가 감히 이런 추측을 하는 이유는 난퍼렐이 활자체의 이름이기 때문이다. 원래 이 이름은 이 활자체가 비할 데 없이 아름답다는 것을 뜻했다. 인쇄 관련 용어 정립에 힘쓰던 활자 주조 개발자 넬슨 C. 마크스의 요청으로 1886년에 미국활자주조연합 및 다른 단체들은 "난퍼렐nonpareil"을 활자 크기 이름(6포인트)으로 채택했다.

213. 이 문장과 바로 앞의 문장은 《스트랜드 매거진》에는 나타나지 않는다.

지 않는다는 것을 알고 있었기 때문이다. 홈즈는 당면한 사건을 처리해야 하는 논리적이고 맑은 정신이 지나간 사건을 기억하느라 교란되는 것을 원하지 않았다. 하지만 때마침 헨리 경과 모티머 박사가 런던에 있었다. 헨리 경이 신경쇠약을 치유하기 위해 권고받은 대로 두 사람이 함께 긴 여행을 떠날 예정이었다.

그들이 그날 오후 우리를 방문했고, 따라서 자연히 그 주제가 화제에 올랐다.

"사건의 전체 추이는" 하고 홈즈가 말했다. "스테이플턴이라

214. 이 문장과 그다음의 두 문장은 《스트랜드 매거진》에는 나타나지 않는다.

215. S. 칸토는 「스테이플턴의 정체」에서 스테이플턴은 로저 바스커빌 주니어일 수가 없다고 주장한다. 그는 바스커빌 가계도를 재현하는데, 로저 경이 1842년에 태어났고 스테이플턴이 1854년에 태어났기 때문에 아버지가 열두 살 때 태어난 꼴이 된다고. 칸토는 스테이플턴이 찰스 바스커빌 경의 사생아인 잭 바스커빌이라고 결론짓는다. 그는 더 나아가 잭과 로저 주니어가 협력해서 범죄를 저질렀다고 제안한다. 잭은 살인미수를 저지르고 로저 주니어가 재산권을 주장하도록 계획했다는 것이다.

고 자칭한 사람 입장에서 보자면 간단하고 명료했어. 우리 입장에서야 처음에 그의 동기를 알 길이 없고, 부분적인 사실들만 알았으니 사건이 몹시도 복잡해 보였지만 말이야. 스테이플턴 부인과 두 번 이야기를 나눈 게 도움이 되었어. 사건은 이제 완전히 밝혀져서 우리가 모르는 게 거의 없다고 봐도 돼. 내 사건 색인집 B항목에 보면 그 문제에 대한 메모들을 찾을 수 있을 거야."

"자네가 기억나는 대로 사건의 개요를 좀 친절하게 그려줄 수 있을까?"

"물론이지. 그런데 알고 있는 걸 다 말할 수 있을지 보장은 못하겠어. 현재에 집중을 하면 신기하게도 지난 일들이 가물가물해진단 말이야. 자기 사건에 정통해서 전문가와 논쟁을 벌일 수 있는 변호사라도 재판이 끝나고 한두 주만 지나면 그 사건이 머리에서 완전히 사라져버리잖아.[214] 나도 새로운 사건이 언제나 그 전의 사건을 대체해버리거든. 카레르 양이 바스커빌 저택에 대한 기억을 많이 지워버렸어. 내일은 또 다른 작은 문제들이 내 주의를 끌고, 그 아름다운 프랑스 여인과 악명 높은 업우드를 지워버리겠지. 그러니 사냥개 사건에 대해서는 기억이 나는 데까지 최대한 사건의 경과를 알려줄게. 내가 잊어버린 게 있으면 뭐든지 얘기해줘.

내가 조사한 바에 따르면 가족 초상화가 거짓말을 한 게 아니라는 데 의심의 여지가 없어. 그자는 정말로 바스커빌의 후손이거든. 그는 찰스 경의 동생인 로저 바스커빌의 아들이야.[215] 로저 바스커빌은 평판이 나쁜 자였는데 남아메리카로 도망가서 독신으로 죽은 걸로 되어 있지. 하지만 사실 그는 결혼을 했었고 자녀도 한 명 있었는데 그게 그자였던 거야. 진짜 이름은 아버지 이름과 동일하지. 그는 베릴 가르시아라는 코스타리카 출신의 미녀와 결혼했고, 상당한 금액의 공금을 횡령하고는 이름을 밴들러로 바꾸었어. 그리고 영국으로 도망 와서 요크셔[216] 동부에 학교를 세웠지. 그가 이 특수한 사업에 뛰어든 이유는 영국으로 돌아오던 배에서 폐결핵에 걸린 교사를 알게 되었기 때문이었어. 그 교사의 능력을 이용해서 성공을 거두었지. 그런데 프레이저라는 그 교사는 죽어버렸고 잘될 것 같던 학교도 계속 평판을 잃게 된 거야. 밴들러 부부는 이름을 스테이플턴으로 바꾸는 게 편하다는 걸 알게 되었어. 그리고 남은 재산과 미래에 대한 계략, 곤충학에 대한 관심을 지니고 영국 남부로 오게 되지. 영국박물관에 확인해보니 그는 곤충학에 관한 한 알아주는 권위자였어. 심지어 요크셔에 살 때 그가 처음 기술한 어느 나방에는 영구적으로 밴들러라는 이름이 붙여졌더라고.[217]

이제 그의 인생 중에서 우리가 아주 관심을 갖고 있는 대목에 이르렀군. 그자는 가문에 대한 조사를 한 게 분명해. 그리고 자신이 엄청난 재산을 상속받는 데 방해가 되는 게 단 두 사람뿐이라는 걸 알게 되었지. 내 생각엔 그가 데번셔에 갔을 때는 계획이 아주 막연했어. 하지만 자기 아내를 여동생이라고 소개한 걸 보면 처음부터 악의가 있었어. 처음부터 그녀를 미끼로 사용할 생각이 있었던 거야. 그걸 자세하게 어떻게 사용하겠다는 구체적인 계획은 아직 세워지지 않았지만 말이야. 결국에 가서는 재산을 차지하기 위해서 수단 방법을 가리지 않고 어떤 위험도 감수할 각오를 하게 되었어. 그의 첫 번째 행동은 가문의 저택과 가장 가까운 곳에 자리를 잡는 거였지. 두 번째는 찰스 바스커빌 경과 우애를 쌓고 다른 이웃들과도 좋은 관계를 맺는 거였어.[218]

찰스 경 자신이 스테이플턴에게 가문의 사냥개 전설을 이야기해줌으로써 죽음을 재촉하는 결과가 되었지. 스테이플턴은, 그냥 계속 이 이름으로 부르게. 그는 그 늙은이의 심장이 약하

216. 요크셔는 잉글랜드에서 가장 큰 카운티다. 험버 강 북쪽에 있고 동쪽으로는 북해(독일해)가 있다. 라이딩(중세 영어 'thriding' 또는 제3구역을 나타내는 'thirding'에서 유래)이라고 알려진 구역으로 나뉘는데 요크셔는 대체로 농업 지역이지만 웨스트라이딩은 리즈, 셰필드, 핼리팩스, 허더즈필드와 같은 주요 제조 중심지를 보유했다. 그래서 『비턴의 영국 지명사전』을 보면 "세계에서 가장 훌륭한 공업지역 중 하나"라고 기술되어 있다. 크리스토퍼 몰리는 「입주 환자의 병상 기록」에서 홈즈가 요크셔 출신이라는 관점을 제시한다.

217. 필립 웰러는 「스테이플턴—박물 없는 박물학자」에서 대영박물관을 조사해본 결과 "그런 이름 부여는 영구적이지 않았다. 곤충학에 관련된 어떤 이름에도 밴들러는 없다"라고 말한다.

218. 벤저민 S. 클라크는 모티머 박사가 프레이저라는 폐결핵 환자를 치료하는 동안 밴들러/스테이플턴과 공모자가 되었다고 제안한다. 클라크는 모티머가 베이커 스트리트에 홈즈를 만나러 왔을 때는 이미 헨리 바스커빌 경에 대한 음모를 세운 후였고 "일부러" 지팡이를 두고 감으로써 홈즈가 모티머라는 사람이 범죄와는 거리가 멀다고 생각하도록 만들었다고 주장한다.

219. 브롬프턴 로드에서 하이드 파크 남쪽으로 풀럼 팰리스 로드까지 이어져서 거의 템스 강에 이르는 풀럼 자치구에 있는 웨스트엔드의 주요 도로. 첼시와 켄징턴 자치구를 나누는 경계 역할을 한다.

220. 원래는 노스데번 노선이었으나 1865년에 런던 앤드 사우스웨스턴 노선의 일부가 되었다. B. J. D. 윌시는 「셜록 홈즈 시대의 다트무어 철도」에서 스테이플턴이 요퍼드 분기점이나 오크햄프턴으로 향했을 거라고 말한다. 두 장소에서 모어턴햄프스티드로 가는 길이 있었고, 모어턴햄프스티드에서 보비 트레이시로 갔을 것이다. 필립 웰러의 「바스커빌 씨네 사냥개의 철도 : 1번 플랫폼」도 참고.

니까 한 번만 충격을 주면 그를 죽일 수 있다는 걸 알았어. 아마 그건 모티머 박사에게서 전해 들었겠지. 또 스테이플턴은 찰스 경이 미신에 약해서 이 음산한 전설을 아주 진지하게 받아들인다는 얘기를 들었던 거지. 기발한 머리를 가진 스테이플턴은 이 방법으로 찰스 경을 죽일 수 있겠다고 생각한 거야. 그리고 이렇게 하면 진짜 살인자가 드러날 가능성은 거의 없었어.

그 계획을 생각해내고 나서 그는 아주 조심스럽게 실행에 들어가기 시작했어. 평범한 사람이 계략을 짰다면 그냥 사나운 사냥개 한 마리를 사용하는 걸로 만족했을 거야. 그 짐승이 악마처럼 보이도록 인공적인 수단을 사용한 데서 그의 천재성이 빛을 발하지. 그 개는 런던에서 샀어. 풀럼 로드에 있는 개 거래상인 로스 앤드 맹글스였어.[219] 그놈이 거기서 가장 힘세고 사나운 물건이었지. 스테이플턴은 노스데번 노선[220]을 이용해서 그 개를 가져와서는 황야 위로 엄청난 거리를 걸어갔어. 남들 눈에 띄지 않고 집으로 가져가려고 말이야. 스테이플턴은 곤충채집을 하는 과정에서 그림펜 늪을 통과하는 법을 이미 터득한 후라, 그 짐승을 안전하게 숨겨놓을 장소를 이미 알고 있었던 거지. 거기에서 개를 키우면서 기회를 기다린 거야.

하지만 시간이 걸렸어. 그 노신사를 밤에는 집 밖으로 꾀어낼 수가 없었거든. 스테이플턴은 몇 번이나 개를 데리고 숨어 있었지만 허사였지. 농부들 눈에 띈 것도 이렇게 몇 번 그가, 아니 그의 개가 허탕을 치다가 그런 거야. 덕분에 악마 개의 전설은 확실한 목격담을 얻게 된 거지. 스테이플턴은 자기 아내가 찰스 경을 꾀어낼 수 있기를 바랐지만 그 역시 허사였어. 알고 보니 뜻밖에도 그녀는 의존적인 여자가 아니었던 거야. 노신사를 적에게 넘겨주게 될 그런 유혹을 하는 일에 그녀는 열심이질 않았어. 협박을 하고, 유감스럽게도 때리기까지 했지만 그녀를 움직일 수 없었지. 그녀는 아마 아무 관련이 없을 거야.

H. T. 웹스터 그림, 《뉴욕 헤럴드 트리뷴》(1928. 4. 28.)

한동안 스테이플턴은 교착상태에 빠진 거지.

스테이플턴은 어려움에서 벗어날 다른 방법을 찾아냈어. 찰스 경이 친분이 있던 스테이플턴에게 불행한 여인인 로라 라이언스 부인을 돕도록 한 거지. 스테이플턴은 독신인 체함으로써 라이언스 부인의 마음을 사로잡을 수 있게 되었어. 스테이플턴은 그녀가 남편과 이혼한다면 자신이 그녀와 결혼할 거라고 믿게 만들었지. 찰스 경이 저택을 떠나려고 한다는 것을 알게 되자 스테이플턴은 계획을 서둘러야 했어. 모티머 박사가 찰스 경에게 조언을 할 때는 자신도 동의하는 척했지만 말이야. 스테이플턴은 즉시 실행에 옮겨야 했어. 아니면 자신의 목표가 영영 자기 영향권을 벗어나버릴 테니까. 그래서 라이언스 부인

불꽃이 일렁이는 턱과 쏘는 듯한 눈을 가진 짐승.
프레더릭 도어 스틸 그림, 『셜록 홈즈의 후기 모험』 제2권(1952)

에게 그 편지를 쓰도록 강요한 거야. 찰스 경에게 런던으로 떠나기 전날 밤 한 번만 만나달라고 간청하라고 말이야. 그러고나서 스테이플턴은 그럴듯한 이유를 대서 그녀가 찰스 경을 만나러 가지 못하게 했지. 기다리던 기회를 잡은 거야.

저녁에 쿰 트레이시에서 마차를 타고 돌아오면서 때맞춰 사냥개를 가져온 다음, 악마 흉내를 낼 수 있는 물감을 칠하고 그문 근처로 데려왔어. 노신사가 기다리고 있을 거라는 걸 알고있었으니까. 개는 주인이 시키는 대로 황야 문을 풀쩍 뛰어넘어서 불운한 준남작을 추격하기 시작했지. 찰스 경은 비명을지르면서 주목나무 길을 달려 내려간 거고. 그 터널 같은 컴컴한 산책로에서 그런 엄청난 검은 짐승을 만났으니 정말로 무서웠을 거야. 게다가 불꽃이 일렁이는 턱이며, 쏘는 듯한 눈을 부릅뜨고 자기를 쫓아오고 있으니까 말이야. 주목나무 길 끝에서찰스 경은 심장병과 공포로 결국 죽고 말았지. 그 사냥개는 찰스 경이 산책로를 따라 달아나는 동안 잔디가 있는 옆쪽으로만 달렸어. 그래서 찰스 경의 발자국밖에 안 보였던 거지. 찰스 경이 가만히 쓰러져 있는 것을 보고 그 짐승은 아마 냄새를 맡으려고 다가갔을 거야. 하지만 죽은 걸 알고 다시 돌아간 거지. 모티머 박사가 발견한 발자국은 그때 생긴 거였어. 주인은 사냥개를 다시 불러들여서 서둘러 그림펜 늪에 있는 개집으로 데려갔지. 그러고 나니 사건은 미궁에 빠져 경찰들이 해결을 못하고, 시골 지역을 두려움에 빠뜨려서 결국 우리한테까지 사건이 오게 된 거야.

찰스 바스커빌 경의 죽음에 대해서는 이쯤 해두자고. 이게 얼마나 악마 같은 계략이었는지 알겠지? 아마 진짜 살인범을 찾는 건 거의 불가능했을 거야. 그의 유일한 공범은 절대로 그를 누설할 수 없는 놈 하나뿐이었으니까 말이야.[221]

기괴하고 상상도 하기 힘든 계책을 이용했으니 더 효과적이었지. 사건에 연루된 두 여인 스테이플턴 부인과 로라 라이언스 부인은 모두 스테이플턴을 강하게 의심하고 있었어. 스테이플턴 부인은 남편이 노신사를 상대로 계략을 꾸미고 있었다는 것과 사냥개의 존재를 알고 있었어. 라이언스 부인은 두 가지 사실 모두 몰랐지만 자신이 취소하지 않은 약속 시간에 일어난 사망 사건에 놀랐겠지. 스테이플턴만이 그 약속에 대해 알고 있었는데 말이야. 하지만 두 여자 모두 그의 영향력 아래에 있었으니 스테이플턴은 그들을 겁낼 이유가 없었어. 스테이플턴의 작업 계획 중 절반이 성공적으로 완수된 거지. 하지만 더 어려운 절반이 남아 있었어.

캐나다에 있는 상속자의 존재를 스테이플턴이 몰랐을 수도 있어. 어느 쪽이 되었건 스테이플턴은 모티머 박사를 통해서 그 사실을 금방 알게 되었을 거야. 그리고 헨리 바스커빌 경이 도착한다는 얘기도 모티머 박사로부터 자세하게 들었겠지.

221. 하지만 몇 단락 후에 홈즈는 "스테이플턴에게 공범자가 있었다는 데는 의심의 여지가 없어……"라고 말한다.

222. 크레이븐 스트리트는 스트랜드 가에서 빅토리아 강둑길에 이르는 짧은 길이다. 노섬벌랜드 애비뉴와 만난다. 멕스버러 호텔은 사실상 헨리 경이 묵었던 노섬벌랜드 호텔과 아주 가깝다. 위의 62번 주석 참고.

223. 'boots.' 구두 닦는 일을 비롯한 잡일을 하는 사환.

224. 벤저민 S. 클라크는 모티머 박사가 구두를 훔쳤다는 생각을 유지하며 호텔의 "구두닦이"가 매수되었다는 생각을 거부한다. 클라크는 스테이플턴이 "심지어 변장"까지 했는데 바스커빌 저택에 가면 훨씬 쉽게 훔칠 수 있는 구두를 (겨우 며칠) 일찍 얻기 위해 호텔에서 구두를 훔치는 위험을 감수하지는 않았을 거라고 본다. 스테이플턴이 런던에 도착하자마자 제대로 된 "구두닦이"를 목표로 삼는 것도 (그리고 적절하게 매수하는 것도) 가능할 것 같지 않다고 생각한다.

처음에 스테이플턴은 캐나다에서 온 젊은 이방인을 런던에서 죽일 수도 있겠다고 생각했어. 데번셔까지 내려올 필요도 없이 말이야. 찰스 경에게 덫을 놓을 때 아내가 돕기를 거절했기 때문에 그 이후로 스테이플턴은 아내를 불신했어. 그래서 그녀에 대한 영향력을 잃을까 봐 그녀를 장시간 눈 밖에 두기가 두려웠지. 런던에 가면서 그녀를 데려간 것도 그래서야. 알아보니까 그들은 크레이븐 스트리트[222]에 있는 멕스버러 프라이빗 호텔에 짐을 풀었더라고. 사실 증거 수집을 할 때 내가 보낸 사람이 방문했던 호텔 중 하나야. 스테이플턴은 여기서 아내를 방에 감금해두고 자신은 턱수염을 붙이고 모티머 박사를 따라서 베이커 스트리트며 기차역, 노섬벌랜드 호텔까지 갔지. 스테이플턴의 아내는 그의 계획을 어느 정도 눈치챘지만 남편을 워낙 무서워해서—그렇게 무자비하게 대했으니 무서워하는 것도 당연하지—한 사람이 위험에 처해 있다는 걸 알면서도 감히 경고 편지를 쓸 수가 없었어. 그 편지가 스테이플턴의 손에 들어갔다가는 그녀 자신의 생명이 위태로울 테니까. 결국 그녀는 우리가 아는 것처럼 메시지를 만들 수 있는 단어들을 오려내서 필체를 숨긴 채 편지를 보내게 된 거지. 그게 준남작에게 도달해서 처음으로 준남작에게 위험을 경고하게 된 거야.

스테이플턴은 헨리 경의 물품 중에서 하나를 손에 넣는 일이 꼭 필요했어. 개를 사용할 경우 그것만 있으면 언제든 추적을 할 수 있을 테니까 말이야. 스테이플턴은 신속하고 대담한 사람이니 이 모든 걸 한 번에 계획했을 거야. 자기 계획대로 하기 위해 분명히 호텔의 구두닦이[223]랑 방 청소하는 하녀에게 뇌물을 주었겠지.[224] 그런데 우연히도 처음에 입수한 신발이 새것이었던 거야. 그러니 스테이플턴의 목적에는 쓸모가 없었지. 그래서 그걸 되돌려놓고 다른 걸 가져오게 한 거야. 이게 정말 많은 걸 알려줬어. 왜냐하면 이 사건 때문에 우리가 진짜 사냥개를 상대하고 있다는 걸 내가 확신할 수 있었거든. 새 구두는 필요 없고 헌 구두를 꼭 가져가려는 이유가 그것 말고 뭐가 있겠어. 사건이 엉뚱하고 기괴할수록 그만큼 더 조심스럽게 살펴봐야 해. 사건이 복잡해 보이는 바로 그 대목이야말로 비밀을 가장 잘 밝힐 수 있는 대목이기 십상이거든. 충분히 생각하고 과학적으로 다루기만 한다면 말이야.

그러고 나서 우리 친구들이 다음 날 아침에 우리를 방문했잖아. 스테이플턴은 계속 마차로 뒤를 밟고 있었지.[225] 그는 하는 짓이 교묘할 뿐만 아니라, 우리 집의 주소나 내 모습을 알고 있었어. 그걸로 볼 때 그가 저지른 범죄는 바스커빌 사건 하나일리가 없어. 지난 3년 동안 웨스트컨트리에서는 네 건의 큰 강도 사건이 있었는데 그중 단 한 건도 범인이 체포된 적이 없어. 마지막 사건은 5월에 포크스톤 코트에서 벌어진 사건인데 사환에게 무자비하게 총질을 해댔어. 마스크를 쓴 단독 강도였는데 사환이 강도를 놀라게 만들었던 거지. 나는 스테이플턴이 이런 식으로 줄어드는 재원을 보충해왔다고 생각해. 그러니 수년간 그는 벼랑 끝에 선 위험한 사내였던 거야.

그가 얼마나 준비가 되어 있었는지는 그날 아침 우리를 멋지게 따돌리고 달아났던 것을 생각해보면 잘 알 수 있어. 그는 마부를 통해서 내 이름이 나에게 다시 돌아오도록 할 만큼 대담하기도 했지. 그때부터 그는 내가 런던에서 이 사건을 맡았다는 것을 알고 있었어. 그러니 여기서는 자기에게 승산이 없었던 거지. 그래서 다트무어로 돌아가 준남작이 도착하기를 기다린 거야."

"잠깐!" 내가 말했다. "자네가 사건을 시간 순서대로 정확히 얘기해주긴 했지만 설명 안 한 부분이 하나 있어. 주인이 런던에 있을 때 사냥개는 어떻게 된 거야?"

"나도 그 부분을 생각해봤는데 분명 중요한 부분이야. 스테

225. 클라크는 스테이플턴이 왜 이들의 뒤를 밟았는지 고민한다. 그는 이미 헨리 경의 호텔이 어디인지 알고 있고 홈즈와 만나는 것을 보았는데 말이다. 홈즈가 경찰에 알리라고 조언할까 봐 두려워서는 아닐 것이다. 오히려 그는 모티머에게서 관심을 돌리고 싶었을 것이다. 모티머가 도움이 되기 위해서는 의심을 사지 않아야 하기 때문이다.

226. 재스민은 올리브과에 속하며 열대 또는 아열대 지방에 300여 종이 있다. 모두 향이 나며 꽃이 피고 나무로 자란다. 구대륙 토종으로 북미산이 아니다.

227. 크리스토퍼 몰리는 「입주 환자의 병상 기록」에서 홈즈가 이 주제에 대해 논문을 썼을지도 모른다고 제안한다. "여러 가지 매력을 발산하는 여성의 유형에 대한 J. H. W.에 의한 보고서"와 함께 말이다.

228. 「셜록 홈즈, 조향사」에서 캐서린 칼슨은 홈즈가 향수에 대해 철저히 연구했으며 다른 조사 과정에서 그 특성들을 일찌감치 알고 있었다고 주장한다. 어쩌면 홈즈는 개인의 특성을 조사했을 수도 있다. 칼슨은 향수를 쓰는 여자는 자신의 본성에 맞는 특성을 가진 향수를 고른다고 말한다. 베릴이 화이트 재스민을 골랐으므로 홈즈는 영국인이 아닌 여성을 찾았을 거라고 칼슨은 생각한다. 열대향은 영국에서 인기가 별로 없었기 때문이다. 칼슨은 다음과 같이 결론을 내린다. "거친 기후를 가진 이스트요크셔에서 차분하고 명망 있는 밴들러 부인으로 체류했음에도 불구하고" 베릴은 "코스타리카에서 온 미인"이었기 때문에 "개인적인 향의 '특징'을 자신의 라틴 성질과 다른 향으로 바꿀 수는 없었다."

이플턴에게 공범자가 있었다는 데는 의심의 여지가 없어. 하지만 그가 자신의 모든 계획을 공범자에게 알려주지는 않았을 것 같아. 그렇게 되면 공범자에게 휘둘릴 가능성이 있으니까. 머리핏 하우스에는 앤터니라고, 늙은 하인이 한 명 있었어. 앤터니와 스테이플턴의 관계는 수년 전으로 거슬러 올라가. 학교 선생이던 시절부터 하인이었으니 그는 분명히 스테이플턴 내외가 부부 사이라는 것을 알고 있었음에 틀림없어. 이자는 사라졌는데 외국으로 도망쳤어. 앤터니라는 이름이 영국에서는 흔한 이름이 아니라는 걸 생각해볼 수 있어. 반면에 스페인이나 스페인 계통 남미에서는 안토니오가 흔한 이름이잖아. 앤터니라는 남자는 스테이플턴 부인과 마찬가지로 영어를 훌륭하게 구사하기는 했지만 이상하게 혀 짧은 소리를 냈지. 나는 이 늙은이가 스테이플턴이 표시해놓은 길을 따라서 그림펜 늪을 지나는 걸 본 적이 있어. 그러니 주인이 없을 때는 그가 사냥개를 돌봤을 거야. 비록 그 짐승을 어디다 쓰려는 것인지는 몰랐을 수도 있지만 말이야.

스테이플턴 부부는 그러고 나서 데번셔로 갔어. 그리고 곧장 헨리 경과 자네가 따라간 거지. 내가 그때 어디 있었는지 얘기해줄게. 그 오려진 글자들이 채워진 종이의 워터마크를 내가 꼼꼼히 봤던 걸 아마 기억할 거야. 눈에 바짝 대고 봤었잖아. 그때 화이트 재스민이라고 알려진 향이 약간 난다는 것을 알았어.[226] 향수에는 75가지가 있어.[227] 범죄 전문가라면 그 향들을 구분해낼 수 있는 게 아주 중요해. 내 경험에 의하면 그 향들을 즉시 알아채는 데 수사의 성패가 달려 있는 경우도 있으니까. 그 향이 났다는 건 여자가 관련되어 있다는 의미지.[228] 그래서 나는 진작부터 스테이플턴 오누이를 의심하기 시작했어. 이런 식으로 웨스트컨트리로 가기 전에 이미 사냥개가 있다는 것을 확신하고, 범죄자가 누구인지도 짐작하고 있었던 거야.

나는 스테이플턴을 지켜보기로 했어. 하지만 내가 자네와 함께 있어서는 그게 가능하지 않을 거라는 게 분명했지. 스테이플턴이 바짝 경계할 테니 말이야. 그래서 나는 자네를 포함한 모든 사람을 속이기로 했어. 런던에 있는 걸로 해두고 몰래 내려간 거지. 그 생활이 자네가 상상하는 것만큼 그렇게 어렵지는 않았어. 하찮은 일들로 수사가 방해를 받아서는 안 되니까. 나는 대부분의 시간은 쿰 트레이시에 있었고, 황야에 있는 그 움막은 현장 가까이 있어야 할 때만 이용했어. 카트라이트가 함께 내려가서 시골 소년으로 분장하고 나를 많이 도와주었지. 음식과 깨끗한 옷을 녀석이 챙겨준 거야. 내가 스테이플턴을 지켜보고 있을 때 카트라이트는 주로 자네를 지켜보고 있었어. 그래야 내가 전체 상황을 관장할 수 있으니까.

자네의 보고서는 베이커 스트리트에서 쿰 트레이시로 곧장 전달되도록 해서 금방 받아볼 수 있었다고 얘기했었지? 그것이 큰 도움이 되었어. 특히 우연히 스테이플턴의 인생의 진실한 토막을 알게 되었으니까. 그 남녀의 신분을 확인해서 마침내 상황을 알게 된 거지. 이 사건은 그 탈옥수와 배리모어 부부와의 관계 때문에 훨씬 복잡해졌는데, 이 부분도 자네가 아주 효과적으로 밝혀냈지. 물론 나도 내가 관찰한 걸 토대로 같은 결론에 도달했지만.

자네가 황야에서 나를 발견했을 즈음 이미 나는 사건 전체를 완전히 이해하고 있었어. 하지만 배심원들을 설득할 수 있을 정도는 아니었지. 그날 밤 스테이플턴이 헨리 경을 죽이려고 시도했다가 불행히 탈옥수를 죽인 것도 그의 살인을 증명하는 데는 도움이 안 되었어. 현장에서 그를 잡는 것 말고는 방법이 없어 보이더군. 그러려면 헨리 경을 미끼로 사용할 수밖에 없었어. 혼자, 보호받지 못한 상태로 두는 거지. 그렇게 해서 의뢰인에게 심각한 충격을 주는 대가로 우리는 사건을 마무리하

229. 이언 매퀸은 홈즈가 갑자기 안개가 낄 수 있는 엄청난 가능성을 예측하지 못하고 감독을 소홀히 했다며 책망한다.

고 스테이플턴을 파멸로 몰고 갈 수 있었어. 고백건대 헨리 경이 이런 상황에 노출될 수밖에 없었던 것에 대해서는 내가 사건을 잘못 관리했다는 비난을 받아야 해. 하지만 그 짐승이 그렇게 끔찍하고 무시무시한 상황을 연출하리라고는 미리 알 수 없었잖아. 안개 때문에 놈이 그렇게 빨리 나타나리라고도 예측할 수 없었고,[229] 우리가 거둔 성공은 대가를 치른 거지. 전문가나 모티머 박사나 모두 일시적인 충격일 거라고 나를 안심시키긴 했지만. 긴 여행을 하고 나면 우리 친구가 신경쇠약뿐 아니라 상처 받은 감정도 회복할 수 있을 거야. 그 여인을 향한 그의 사랑은 깊고 진지했잖아. 헨리 경에게는 이 모든 음모 중에서 가장 슬픈 부분은 그녀에게 속았다는 점일 거야.

그녀가 어떤 역할을 담당했었는지가 남았어. 스테이플턴이 그녀에게 영향력을 행사했다는 데는 의문의 여지가 없어. 그게 사랑이었든 공포였든 간에 말이야. 둘 다였을 수도 있지. 그 두 감정이 양립 불가능한 건 아니니까. 어쨌든 그게 아주 효과적이긴 했어. 스테이플턴의 명령대로 베릴이 여동생 행세를 하는 데 동의했으니 말이야. 하지만 그녀를 직접적인 살인 공범으로 만들려고 애쓰면서 스테이플턴은 그녀에 대한 자신의 영향력에 한계가 있다는 걸 알게 되었지. 그녀는 남편을 연루시키지 않는 한도에서는 얼마든지 헨리 경에게 경고를 해줄 각오가 되어 있었고, 또 계속해서 그러려고 시도했어. 스테이플턴도 질투를 느낄 줄 아는 사람이었지. 그래서 자기 계획의 일부였는데도, 준남작이 아내에게 구애하는 걸 보자 폭발해서 끼어들 수밖에 없었어. 그것 때문에 그동안 자제력을 발휘해 영리하게 숨겨왔던 불같은 성미가 드러나고 말았지. 친밀한 관계를 부추기면서 그는 헨리 경이 머리핏 하우스에 자주 오게 했어. 자신이 노리고 있는 기회가 곧 마련될 참이었지. 하지만 결정적인 날 아내가 그에게 갑자기 등을 돌린 거야. 그녀는 탈옥수의 죽음을 통해 뭔가를 알게 되었어. 그리고 헨리 경이 저녁을 먹으러 오기로 한 날, 사냥개가 집에 있다는 걸 안 거지. 그녀는 남편이 계획적인 범죄를 저지르려 한다고 몰아붙였어. 난폭한 장면이 연출되었지. 그러면서 스테이플턴은 그녀에게 사랑의 라이벌이 있다는 것을 처음으로 내비쳤어.[230] 그녀의 믿음은 순식간에 쓰디쓴 미움으로 바뀌었고, 스테이플턴은 그녀가 자신을 배신할 거라는 걸 알았어. 그래서 헨리 경에게 경고할 수 없게끔 그녀를 기둥에 묶어둔 거야. 그리고 스테이플턴은 아내를 되찾을 수 있기를 바란 게 분명해. 마을 사람들이 준남작의 죽음을 가문의 미신 탓으로 돌릴 게 분명한데, 그렇게만 되면 다 끝난 일을 그녀가 순순히 받아들이고, 자기가 아는 것에 대해서도 입을 다물 거라고 본 거지. 여기서 나는 그가 잘못 생각했다고 봐. 우리가 없었더라도 그는 파멸에 이르렀을 거야. 스페인 혈통을 가진 여성은 그런 상처를 절대로 가볍게 넘어가지 않거든. 왓슨, 이제 노트를 보지 않으면 이 흥미로운 사건에 대해 더 자세한 걸 얘기할 수 없을 것 같아. 핵심적인 건 다 얘기한 것 같거든."

"스테이플턴이 정말 악마의 사냥개를 동원하면 헨리 경을 그의 늙은 백부처럼 공포로 죽일 수 있다고 생각했을까?"

"그 사나운 짐승은 굶주리고 있었으니까. 그 모습만 가지고 희생자를 죽일 수는 없었다 해도 최소한 저항을 못하게, 얼어붙게 만들 수는 있었을 거야."

"물론 그랬겠지. 그러면 이제 난점이 딱 하나 남았군. 스테이플턴이 상속을 하려고 나서게 되면 상속자인 자신이 다른 이름으로 그렇게 가깝게 살고 있었다는 것을 어떻게 설명할 수 있을까? 의심과 조사를 피하고 상속권을 어떻게 주장하지?"

"아주 어려운 일이지.[231] 자네는 내가 해결해주길 기대하면서 물어보는 게 너무 많다니까. 내 조사의 범위는 과거와 현재

230. 이것은 남편이 로라 라이언스와 성관계를 맺고 있다는 것을 베릴 스테이플턴이 발견했다는 말을 빅토리아식 완곡어법으로 표현한 것이다. 스테이플턴은 분명히 로라 라이언스를 '사랑'했던 것은 아니다. 다만 로라 라이언스를 자신의 도구로 사용하려 했던 것뿐이다.

231. 학자들은 홈즈가 이 일을 단순히 "아주 어려운"이라고 말하는 것에 상당히 혼란스러워한다. 두 번째 방법인 대역을 쓰는 방법과 세 번째 방법인 공모를 하는 방법은 보통 별 관심을 받지 못한다. 홈즈의 첫 번째 방법—스테이플턴이 남미에서 재산권을 주장하는 것—은 훨씬 더 어렵다. 그렇게 되면 (아마도 바스커빌이라는 이름으로 저질렀을) 스테이플턴이 영국으로 도주하기 전에 저지른 "상당한 금액의 공금을 횡령"한 일이 밝혀질 것이다. 벤저민 클라크는 다른 가능성을 제시한다. 재산에 대한 주장은 스테이플턴에서 시작되는 것이 아니라 가족 친구에 의해서 시작된다는 것이다. 그래서 이전에는 알려지지 않은 상속자의 합법성을 보여주는 증거를 만드는 것이다. 그 친구가 법원에 정보를 제공하여 그 상속자를 찾도록 만든다. 클라크에 의하면 그런 친구가 범죄자 모티머 박사라는 것이다.

D. 마틴 데이킨은 다음과 같은 대안을 제시한다. "남미에는 아직 당시에 알려지지 않은 사법적 빈틈이 있었을 것임에 틀림없다. 그렇다면 당국의 입을 다물게 하고 (스테이플턴/바스커빌 주니어의) 주장을 지지하도록 유도할 수도 있었을지도 모른다. 물론 상속재산을 직접 사용할 수 없는 것은 실망스러웠겠지만 로저 바스커빌 주니어는 영지 자체보다는 현금에 더 관심이 있었을 것으로 보인다."

「스테이플턴의 해결책」에서 휴 T. 해링턴은 기발한 제안을 한다. 로라 라이언스도 바스커빌 가문의 사람이었다는 주장이다. 로저 바스커빌과 프랭클랜드 부인 사이의 혼외 자녀였고, 그래서 스테이플턴은 그녀에게 청혼하고 그녀를 통해 재산을 주장하려고 했다는 것이다. 해링턴은 헨리 경과 로라 라

이언스의 눈 색깔이 같다는 데서 자신의 추측을 뒷받침한다. 그 두 사람이 정전 전체를 통해서 적갈색 눈을 가진 유일한 사람들이라는 것이다.

까지야. 어떤 사람이 미래에 어떻게 할 것인가는 대답하기 너무 어려운 문제라고. 남편이 그 문제를 의논하는 걸 스테이플턴 부인이 여러 번 들었대. 세 가지 방법이 있었다는군. 남미에서 재산권을 주장하는 방법이 있어. 그곳에 있는 영국 대사관에서 자기 신원을 증명해서 영국에 올 필요도 없이 재산을 획득하는 거지. 아니면 런던에 있을 때만 대역을 쓰는 방법이 있어. 또 하나는 증거나 서류와 관련해서 공모자를 하나 만드는 거지. 자신을 상속자로 만들어주고 수입의 일부를 가져가는 방

"30분 안에 준비하라면 힘들까?"
시드니 패짓 그림, 《스트랜드 매거진》(1902)

식으로 말이야. 우리가 아는 그를 생각해보면 그는 분명히 방법을 찾아냈을 거야. 그러면 왓슨, 우리 지난 몇 주간 뼈 빠지게 일했으니 오늘 저녁은 좀 재미있는 일을 해보면 어떨까? 〈위그노교도들〉[232] 박스석 티켓이 있어. 드 레슈케 형제들이라고 들어봤지?[233] 30분 안에 준비하라라면 힘들까? 가는 길에 마르치니에 들러 저녁을 좀 먹을 수 있게 말이야."[234]

232. 〈위그노교도들〉은 1836년 초연되었다. 자코모 마이어베어(1791-1864)가 작곡했는데 유럽에서 가장 성공한 작곡가인 그는 프랑스 그랑도페라를 재정립하는 데 기여했다. 초기작 〈악마 로베르〉(1831)가 가장 유명한 작품이다. 어린 시절 피아노 신동이었던 그는 야코프 리프만 페어에서 태어났다. 뛰어난 랍비의 후예였지만 그의 아버지는 베를린의 부유한 제당업자였다.

〈위그노교도들〉은 1572년 8월 24일 성 바르톨로메오 축일에 가톨릭 교도들이 프로테스탄트를 학살한 사건에 기반한 것이다. 동시에 16세기 프랑스의 로맨스와 화려함을 다루고 있다. 존 패럴은 「바이올린, 오페라 그리고 홈즈」라는 글에서 그 오페라 공연은 "매우 인기 있는 공연이었고 종종 런던에서 가장 표를 구하기 어려운 공연이었다. '일곱 개의 별의 밤'이라고 불렸다"라고 말한다. 일곱 명의 훌륭한 보컬이 등장하기 때문이다. "또한 가격이 싸지도 않았다." 패럴은 1894년 12월 26일에 있었던 메트로폴리탄 오페라 공연을 인용하면서 드 레슈케, 릴리언 노디카, 플랜슨, 모렐, 넬리 멜바 등이 출연했다고 말한다. "메트로폴리탄 오페라 하우스의 표가 한 장에 7달러라는 터무니없는 가격까지 올랐던 것은 처음이었다." 패럴은 그 표들이 의뢰인으로부터의 감사의 선물이었을 뿐, 홈즈가 오페라 쪽에 열정이 있었던 것은 아니라고 제안한다.

233. 홈즈는 아마 함께 자주 출연하던 그 형제들을 의미했겠지만 드 레슈케라는 가수는 사실 세 명이다. 테너인 장 드 레슈케(1850-1925), 베이스인 에두아르 드 레슈케(1853-1917), 소프라노인 조제핀 드 레슈케(1855-1891)가 그들이다. 『뮤직 온라인 그로브 사전』에 따르면 장은 "아름다운 목소리, 음악가적 정교함, 잘생긴 외모"로 유명했고 그의 동생 에두아르는 "엄청난 성량과 거대한 체구"로 유명했다. 두 사람 모두 세계 전역에서 공연했다. 조제핀은 파리에서 6년간 일했지만 1881년 코번트 가든에서 〈아이다〉를 불렀을 때는 성공하지 못하고

무대에서 은퇴했다. 1884년 오빠들과 함께 파리에서 몇 번 공연했을 뿐이다.

해럴드 숀버그는 메트로폴리탄 오페라 하우스에서 〈위그노교도들〉에 드 레슈케 형제가 등장했던 연대(232번 주석 참고)에 대해 논박한다. 그들은 거기에 1896년 11월 25일 한 번밖에 출연하지 않았다는 것이다. 이런 주장을 하는 이는 숀버그뿐이다. 윌리엄 S. 베어링굴드는 앤서니 바우처가 찰스 굿맨 박사와 나눈 서신에서 드 레슈케 형제는 1891년에서 1901년 사이에 메트로폴리탄에서 21번 함께 노래를 불렀으며, 런던과 다른 곳에서도 공연했다고 진술했다고 말한다. 학자인 프랑수아 누비옹은 드 레슈케 형제가 코벤트 가든에서 〈위그노교도들〉을 공연한 것이 1889년 6월 15일, 1891년 5월 20일, 1893년 7월 8일, 1899년 6월 16일이라고 한다. 패트릭 드레이즌은 「드 레슈케 형제에 대해」라는 글에서 1887년 7월 11일을 추가했으며, 바우처는 「주석에 대한 주석」에서 1888년의 공연을 추가한다. 이 날짜들 중 주요 연대기 학자들(부록 5 참고)이 『바스커빌 씨네 사냥개』의 연대로 추정하는 날짜와 일치하는 것은 없다. 그리고 1890년까지 런던에서 오페라 시즌은 거의 언제나 여름이었다. 사실 코벤트 가든에서 가을에 〈위그노교도들〉을 공연한 것은 두 번뿐이다. 1890년 10월 20일과 1891년 10월 26일이 그것인데 두 번 다 드 레슈케 형제들은 출연하지 않았다. 그러나 바우처가 말하듯이 홈즈의 말을 잘 읽어 보면 홈즈가 드 레슈케 형제들이 그날 저녁 공연에 나온다고 한 것은 아니라는 것을 알 수 있다.

「베이커 스트리트의 기록」에서 바우처는 홈즈가 〈위그노교도들〉을 보게 되는 진짜 이유가 드 레슈케 형제 때문인지에 의문을 제기한다. 오히려 홈즈는 억제된 로맨틱한 감정이었지만 아이린 애들러를 보고 싶었다는 것이다. 의문의 여지없이 그녀는 이미 위르뱅 역할을 공연한 적이 있다. "아이린 애들러가 위르뱅으로 멋지게 등장하던 모습은 분명히 잊기 힘든 장면이었을 것이다. 한 남자가 자꾸 그 생각이 나서 나중에 〈위그노교도들〉의 공연을 계속 본다고 해도 이해할 만한 일이다. 반쯤은 그녀의 기억을 가릴 수 있는 새로운 인물을 찾을 수 있을까 하는 헛된 희망과, 반쯤은 회상의 달콤한 고통을 치유하기 위해서 말이다." 가이 위랙은 드 레슈케가 〈위그노교도들〉을 공연할 때 홈즈가 애들러를 처음 보았을지도 모른다고 추측한다. 하지만 이렇게 되면 『바스커빌 씨네 사냥개』가 「보헤미아 왕실 스캔들」보다 먼저 일어났다는 것이 되고, 다른 연대기 학자들은 여기에 동의할 수 없을 것이다.

234. D. 마틴 데이킨은 베릴 가르시아 스테이플턴의 운명이 불확실하다고 불만을 표하는 사람들 중 한 명이다. "그녀는 모국으로 돌아갔는가?"라며 그는 궁금해한다. 또 "그녀에게 기만당했다고 해서 헨리 경은 왜 그렇게 상처를 입었는가? 그 가난한 여자에게 무엇을 기대한 것인가? 그녀는 헨리 경을 구하기 위해서 최선을 다했고, 남편을 배신하는 것(그리고 그렇게 해서 남편에게 살해당하는 위험)을 제외하고는 모든 수단을 동원했다." 데이킨은 그녀와 헨리 경이 후에 결혼했을 수도 있다고 자신의 희망 사항을 제안한다.

부록 1

나비와 난초

나비. 『1951년 5-9월, 런던 서남 1지구, 베이커 스트리트 애비 하우스에서 열린 셜록 홈즈 전람회 카탈로그』편집자들은 스테이플턴이 황야에서 자신이 발견한 나비를 사이클로피데스Cyclopides라고 한 것에 대해 이의를 제기한다.

사이클로피데스란 속명은 더 이상 유효하지 않다. 사이클로피데스는 1819년 휘브너에 의해 다섯 가지 종이 확립되었고 그중 하나만 영국산이다. 이것은 현재 체커드 스키퍼라고 알려진 나비다. 사이클로피데스라는 이름은 몇 년간 자연사 서적들에서 사용되었기 때문에 스테이플턴이 그렇게 부르는 것도 상당히 납득할 만하다. 하지만 다트무어인 점을 감안한다면 "아주 희귀한 놈"이라는 그의 언급은 상당히 겸손한 표현이다. 영국의 이 지역에서는 이것이 처음이자 유일한 기록이기 때문이다.

그래서 편집자들은 다른 대안을 고려하는데, 결국 이 의문의 나비가 스키퍼Skipper (팔랑나빗과)라고 알려진 그룹에 속하는 나비의 일종이라는 결론을 내린다. 스키퍼들은 쏜살같이 움직이고 비행 속도가 빠른 점이 특징이다. 편집자들은 왓슨이 "나방처럼 보이는 작은 나비"라고 한 점이 "많은 것을 알려준다. 이 그룹의 나비들은 원시적이고 많은 점에서 나방과 흡사하기 때문이다"라고 생각한다. 더 이상 알아보는 것은 무의미하지만 편집자들은 사건이 일어난 10월에는 종류를 막론하고 스키퍼를 발견하기에 너무 늦은 시기라는 점도 지적한다.

월터 셰퍼드는 『셜록 홈즈의 향기』(1978)에서 스테이플턴이 파리의 일종인 (물결넓적꽃등에, 집파리, 쉬파리, 쇠파리 등을 포함하는) 사이클로라파Cyclorrapha(환륄류)와 혼동하고 있다는 기발한 제안을 한다.

밝은색의 물결넓적꽃등에는 박물학자의 눈에 띄었을 것이다. 묘한 대화에 열중해 있었더라도 말이다. 쏜살같이 날다가 요리조리 피하고 중간중간 잠깐 멈춰서 맴돌기도 하는 비행 행태는 왓슨이 기록한 것처럼 쫓아가는 사람을 "이쪽저쪽으로 펄쩍펄쩍 뛰어다니"도록 만들었을 것이다. 하지만 이름에 관한 문제는 여전히 남는데 어떤 박물학자도, 아무리 절박한 상황에 있었더라도 곤충 한 마리를 '사이클로라파'라고 부르지는 않을 것이기 때문이다.

셰퍼드는 가장 그럴듯한 설명은 다음과 같은 것이라고 말한다. "스테이플턴이 '사이클로피데스'라고 외친 것은 단순히 대화를 중단하기 위해서였다. 잘못하면 대화가 황야에 숨겨놓은 사냥개 쪽으로 흘러갈 수 있었기 때문이다."

난초. 스테이플턴 부인이 언급한 난초가 어느 것이냐에 대해서는 논란이 있다. 『카탈로그』편집자들은 몇 가지 가능성을 고려한다. 가장 유력한 후보는 흔한 습지 난초인 '프래터미사 드루스Praetermissa Druce'다. "여러 면에서 이것이 가장 유력해 보인다. 습지 난초 종류이고 다트무어에서 흔하기 때문이다. 또 쇠뜨기말 틈에서 실제로 자랄 수 있는 몇 안 되는 난초 중의 하나이기도 하다. 단, 그 지점은 물이 깊지 않아야 한다." 하지만 이 꽃은 모험 속의 시기에 적합하지 않다. 8월 중순 이후에는 좀처럼 안 보이기 때문이다.

마찬가지로 '라티폴리아 난Orchis latifolia L. sec Pugsley'(처음에 주목받았던 난초)도 쇠뜨기말 사이에서 자라기는 하지만 초여름(5-6월)에 꽃이 핀다. '에리스토룸 난Orchis Ericetorum (Linton) E. S. Marshall'은 다트무어에 흔해서 해발 530미터까지 발견된다. 하지만 이 꽃은 산성 환경을 더 좋아해서 쇠뜨기말 사이에서 자라는 경우는 거의 없다. 꽃 피는 시기도 다르다. 한편 습지 난초인 '해머비아 팔루도사Hammarbya Paludosa(L.) O. Kuntze'는 꽃이 늦게 피지만 쇠뜨기말 사이에서 자라는 경우는 좀처럼 없다. 그러나 불가능하지는 않다. 『카탈로그』편집자들은 다음과 같이 말한다. "여기서 어려운 점은 스테이플턴 부인이 왜 그것을 원했는지 알아내는 일이다. 난초에 대한 그녀의 관심은 기술적인 측면이라기보다는 미적인 것으로 보이기 때문이다. 이 꽃은 눈에 잘 안 띄는 식물로서 커봐야 15센티미터 이상 자라지 않으며 조그만 녹색 꽃을 갖고 있을 뿐이다."

남은 가능성을 가늠하면서 『카탈로그』 편집자들은 더 매력적인 후보자는 '스피란테스 스피랄리스Spiranthes Spiralis (L.) Koch(타래난초의 일종)'라고 결론짓는다. 빼어나게 아름다운 이 식물은 다트무어에서 발견되고 9월에서 10월 사이에 꽃이 핀다. 사실 『카탈로그』 편집자에 따르면 "아마 이 난초가 우리가 관심을 가지는 날짜에 다트무어에서 만개할 수 있었던 유일한 난초일 것이다." 하지만 이 난초는 왓슨이 묘사한 것 같은 습지에서는 자주 발견되지 않는다. 어쩌면 왓슨은 그 난초가 쇠뜨기말 '근처의' 조그만 마른땅 위에 있었다는 의미로 이야기한 것인지도 모른다. "대화가 있었을 때는 왓슨과 스테이플턴 부인이 실제로 습지에 있지는 않았다고 봐야 한다."

한편 R. F. 메이는 에세이 「바스커빌 씨네 사냥개 : 식물학적 수사」에서 똑같은 어려움을 고려하면서 그 난초는 얼룩늪난초Marsh Spotted Orchid, Dactylorchis maculata subspecies ericetorum였을 거라고 말한다. 이 난초는 습한 산성 토탄질 토양 및 스펀지 같은 습지에서 자란다. 또 영국 전역 어디나 환경이 맞는 곳에 광범위하게 퍼져 있다. 메이는 다음과 같이 말한다. "이 식물은 가끔 9월 하순에 꽃을 피우기도 한다."

『바스커빌 씨네 사냥개』의 출처

『**바**스커빌 씨네 사냥개』 중요 판본에서는 세 가지 다른 감사의 글이 나타난다. 첫 번째는 1901년 8월 《스트랜드 매거진》에 실린, 제목 아래에 나오는 다음과 같은 각주다.

이 이야기를 시작하게 된 데에는 내 친구 플레처 로빈슨의 도움이 컸다. 그는 기본적인 플롯뿐만 아니라 지역 정보에 대한 상세 내용들도 도와주었다.

— A. C. D

단행본 초판의 감사 글은 다음과 같다.

친애하는 로빈슨에게

이 이야기를 시작할 수 있었던 것은 자네가 웨스트컨트리의 한 전설을 설명해주었기 때문이야. 그 설명과 상세 내용에 대한 자네의 도움에 감사를 표하며.

해즐미어 힌드헤드에서

— 진정한 벗, A. 코난 도일

미국 초판의 감사 글은 다음과 같다.

친애하는 로빈슨에게

내가 이 작은 이야기를 생각해낼 수 있었던 것은 자네가 웨스트컨트리의 한 전설을 설명해주었기 때문이야.

그 설명과 그것을 이야기로 발전시키는 과정에서 자네가 준 도움에 감사를 표하며.

— 진정한 벗, A. 코난 도일

「주목나무 길에서의 악몽」에서 필립 웰러는 사실상 이것이 로빈슨이 언급되는 첫 감사 글이라고 지적한다. 이 글은 1902년 1월 26일 날짜로 도일이 로빈슨에게 보낸 편지를 다시 사용한 것이다. 원본 편지는 뉴욕 공공도서관의 버그 컬렉션에 자리하고 있다.

1929년에 발행된 『셜록 홈즈 장편 전집 : 주홍색 연구, 네 사람의 서명, 바스커빌 씨네 사냥개, 공포의 계곡』의 서문에서 아서 코난 도일은 다음과 같이 썼다.

그다음이 『바스커빌 씨네 사냥개』였다. 이 이야기는 그 좋은 친구 플레처 로빈슨의 이야기에서 시작되었다. 그가 요절한 것은 세상의 큰 손실이다. 로빈슨은 고향인 다트무어 근처에 유령 개가 있다고 얘기했다. 그 언급이 이 책의 시초가 되었다. 하지만 나는 거기에 플롯을 더해야 했고, 실제 서술은 모두 내가 했다.

언제나 그렇듯이 코난 도일은 왓슨 박사에 대해서는 언급하지 않는다. 그래서 이야기 중에 얼마만큼이 픽션이고 얼마만큼이 역사적 기록인지는 독자가 알아낼 수밖에 없다.

리처드 캐벌은 '휴고 바스커빌'인가?

중세풍 로맨스와 공상소설로 유명한 작가 제임스 브랜치 캐벌(1879-1958)은 덕망 있는 남부 가문 출신으로서 그의 조상들은 영국 귀족으로 여겨진다. 「열다섯 번째 편지 : 데번 벅패스틀리 브룩 장원의 영주, 기사 리처드 캐벌에게」에서 캐벌은 자신의 조상에게 다음과 같이 썼다.

리처드 경,

내가 당신에 대해 글을 쓰기 전에 이미 다른 작가가 우리 가계도에서 당신을 뽑아 간 것이 나에게는 항상 후회로 남습니다……. 1677년 10월 당신의 농노가 도망쳤을 때 검은 사냥개들이 다트무어 위를 달려왔고, 자정 무렵 그것들은 브룩 장원 저택 주변에 모여 연기와 불을 내뿜으며 무언가를 바라는 듯 울부짖었습니다. 나중에 시골 사람들이 하는 말을 들으니, 이 짐승들은 약속된 기간 동안 당신에게 봉사를 마치고 이제 약속된 보수를 받으러 왔다고 하지요. 그리고 불을 뿜는 이 사냥개들은 일한 대가를 받았습니다. 자정에 당신이 흑마에 올라 사냥개들과 함께 멀리 어두운 황야로 나아갔으니까요. 사람들이 당신을 발견했을 때 당신의 몸은 토막 나고 여기저기 그을려 있었으며, 목은 찢어져 속이 드러났지요. 〔왓슨〕 박사는 당신의 이야기 중 내가 볼 때 가장 재미있는 부분은 남겨두었습니다. 기록에 의하면 리처드 경, 당신은 땅속에 묻힌 후에도 무덤에서 조용히 잠들지 못했으니……. 당신의 시신은 교구 교회의 남쪽 마당에서 꺼내진 후 같은 자리에 다시 묻힌 것으로 보입니다. 사후에도 잠들지 못하는 당신을 위해 많은 의식을 치러야 했던 것이죠. 그리고도 모자라 당신의 무덤 위에는 아주 특별한 건축물이 세워졌습니다. 당신이 한때 아름답게 꾸몄던 그 마을을 스스로 괴롭히기 위해 다시 나타나는 것을 막기 위해서 말입니다.

다른 사람들도 휴고 바스커빌이 리처드 캐벌과 동일 인물이라고 생각한다(브랜치 캐벌은 리처드 캐벌이 기사였다고 주장하지만 리처드는 기사 작위를 받은 적이 없다). 저명한 셜로키언 학자인 윌리엄 S. 베어링굴드의 조부인 새바인 베어링굴드 목사는 『데번』에서 그 전설을 짚어보는데, 손자는 분명히 할아버지의 의견을 지지하는 것 같다. 월터 클라인펠터 역시 명저 『A. 코난 도일의 셜록 홈즈』에서 이 의견을 지지하고 있다.

수전 캐벌 재브리는 『무덤 이야기 : 벅패스틀리의 캐벌 가문과 코난 도일의 관계』에서 리처드 캐벌이 바스커빌 전설에서 기술된 실제 인물이라는 것을 부정한다. 그녀는 그 전설이 가족사의 다양한 요소들로부터 만들어진 '합성 인물'에 대한 것이라고 말한다. 학문적 연구가 돋보이는 『다트무어에서 일어난 흥미로운 사냥개 사건 : 바스커빌 씨네 사냥개의 기원에 대한 재고』에서 재니스 맥내브는 연관성은 기껏해야 미미한 정도라며 그런 동일시를 거부하고 바스커빌 전설은 대체로 허구라고 결론 짓는다. 그렇다면 우리는 이제 바스커빌 전설은 스테이플턴 덕분이라고 해야 할까?

바스커빌 저택을 찾아서

필립 웰러는 「늪과 황야」에서 다음과 같이 썼다. "왓슨이 묘사한 지역을 잠깐만 조사해보더라도…… 이들 중에 쉽게 확인할 수 있는 것은 거의 없다는 사실을 알게 될 것이다. 그리고 조금만 더 조사해보면 그중 몇몇은 발견되는 게 단순히 불가능하다는 것을 알 수 있다. 홈즈의 악명 높은 격언을 적용하자면, 불가능한 것들을 모두 제거하고 나면 남는 것이 무엇이든 그게 진실이다. 이 다트무어라는 지역은 다트무어에는 없다는 불가능성을 제거하는 바이다." 이런 정신에 입각해서 수많은 학자들이 바스커빌 저택의 원형을 찾았다고 주장해왔다.

매너턴 지역 주택

퍼시 멧칼프는 「바스커빌 저택 조사」에서 여러 지리학적 논점들을 짚으면서 그 저택은 "보비 트레이시에서 북서쪽으로 몇 킬로미터 지점, 매너턴 지역"이라고 결론짓는다. 버나드 데이비스는 이 의견은 가능성이 없다고 한다.[235] 왓슨의 묘사에 기초해 기차 여행을 재현해본 결과, 매너턴 외곽으로 기차를 타고 갈 경우 "말도 안되게 둘러가는 여행"이 된다는 것이다. 또한 데이비스는 쿰 트레이시를 토트네스라고 생각한다.

---

235. 86번 주석 참고.

루 트렌처드 하우스

윌리엄 S. 베어링굴드는 다음과 같이 말한다. "코러턴 역 인근의 저택과 주택들을 샅샅이 조사해보았지만 불행히도 지금까지 '총안이 잔뜩 뚫려 있는 쌍둥이 탑'을 가지고 있다고 묘사할 수 있는 곳은 없는 것으로 드러났다." 그래서 베어링굴드는 데번의 루 다운 근처 루 트렌처드에 있는 루 트렌처드 하우스(또는 저택)가 원형이라고 주장한다. 베어링굴드는 "환상적인 미로 같은 문양의 대문은 연철로 만들었고, 비바람에 시달린 양쪽의 거대한 기둥에는 이끼가 덕지덕지 껴" 있는, 관리인 주택이 딸린 정문을 비롯하여 진입로 끝에 널따란 잔디밭이 있다는 점에 주목한다. 베어링굴드의 관찰로는 이 저택이 "육중한 중앙 건물에 현관이 돌출되어" 있는 데다, "담쟁이덩굴로 예쁘게 덮여 있었고, 여기저기 덩굴이 잘려 나간 곳에 창문과 가문의 문장"이 나타나며 "두툼한 중간 문설주가 있는 창", "높다란 굴뚝", "가파르게 뾰족 올라간 지붕"이 있다. 용서받을 수 있는 생략이지만 베어링굴드는 루 하우스가 300여 년간 베어링굴드 가문의 집이었다는 것은 언급하지 않는다. 앤서니 하울릿은 다음과 같이 말한다. "만약 어느 집이 꼭 바스커빌 저택이어야 한다면 이 집이 그것이다. 불행히도 분명히……." 데이비드 해머는 『게임은 진행 중』에서 다음과 같이 지적한다. "주요한, 그리고 결코 극복할 수 없는 반대 증거는 그것이 늪과 엉뚱한 방향에 있다는 것이다. 또한 그림펜 늪이나 그림펜, 클레프트 토어라고 할 수 있는 것들에서 너무 멀리 떨어져 있다. 왓슨이 알려주는 모든 거리 정보에 따를 때, 루 트렌처드 영지가 바스커빌 저택이 되기에는 중대한 오류가 있다." 필립 웰러는 루 트렌처드 영지에서는 황야를 전혀 볼 수 없다고 덧붙인다.

에지컴 산

수퇘지의 머리만 있었다는 데 착안해서 율리안 볼프 박사는 『셜로키언 문장학 실용 안내서』에서 '바스커빌 저택'이 데번셔에 있는 에지컴 산이라고 말한다. 에지컴에 있는 저택의 문장이 다음과 같기 때문이다. "두 개의 은빛 코티프 사이에 또는 세 개의 수퇘지 머리 사이에 암회색 사선이 있고 붉은색인 문장이다."

브룩 저택

데이비드 L. 해머는 그 옛날 리처드 캐벌이 살았던 브룩 저택이 바스커빌 저택이라고 결론 내린다.[236] 지리적 위치는 적합하다. 해머도 브룩 저택이 "보통 바스커빌 저택이라고 하면 상상할 만한 집보다 작다"는 점은 인정한다. 더 나아가 굴뚝이 있기는 하지만 "두 개의 좁고 긴 탑"이나 관리인 주택이 딸린 정문, 폐허가 된 건물과 새 건물, 주목나무 길 같은 것은 없다. 앤서니 하울릿은 브룩 저택이 "바스커빌 저택이 되기에 가장 그럴듯한 위치"라고 부르지만, 필립 웰러는 이 후보작을 보다 구체적으로 비판한다.

(1)브룩 저택이 위치한 곳은 푹 꺼진 장소가 아니라 V자 모양의 골짜기다. (2)브룩 저택에는 탑이 없다. (3)브룩 저택은 가운데 중앙 건물과 양옆으로 부속 건물을 가진 게 아니라 L자로 생겼다. (4)지금은 나무 터널을 지나면 열린 공간이 나오는 진입로를 가지고 있지만 집에서는 정문 쪽이 보이지 않는다. 또한 이 진입로는 1889년에 있던 것이 아니며, 당시에는 마블 강의 강둑을 따라 나 있었다. (5)진입로 끝에 관리인 주택이 없다. (6)진입로 끝에 문설주가 없다. (7)총안이 없다. (8)문장이 없다. (9)벽에는 검은 화강암이 없다. (10)주목나무 길이 없다. (11)이 저택은 황야 끝에서 3킬로미터나 떨어져 있다. (12)이 집의 서쪽 창에서는 황야의 불빛을 볼 수 없다. 이 집의 어느 창에서도 황야가 안 보이기 때문이다. (13)가장 가까운 황야까지 가는 데도 농장을 최소한 네 개는 지나야 한다. (14)집의 남쪽으로 달이 부분적으로 나무에 가릴 수는 없다. 달이 보이려면 나무를 둘러싸고 있는 높은 언덕 위로 달이 떠야 하기 때문이다. (15)황야의 바람에 노출되지 않는 지역이기 때문에 잘 자라지 못한 전나무나 참나무 같은 것은 없으며, 건강하게 잘 자란 나무들뿐이다. 이 건물을 후보로 만든 세 요소는 연대, 평판이 좋지 않은 지주가 17세기에 살았다는 점, 그것과 관련된 사냥개 전설이다. 물론 사냥개 전설은 여러 마리의 개라는 점이 다르기는 하다.

236. 부록 3 참고.

헤이퍼드 저택

하워드 브로디는 상을 받은 논문 「바스커빌 저택의 위치」에서 브룩 저택의 지형 (숲 속, 시내들)과 위치(황야로부터 1–2킬로미터 동쪽)를 제외한 후보지로서의 강점을 지적한다. 브로디는 현대적 지도에서 인근에 위치한 주택인 헤이퍼드 저택을 언급한다. 헤이퍼드 저택은 다른 주거지와 비교적 떨어져서 바로 황야 위에 위치해 있는 주택이다. 그는 "헤이퍼드 저택 자체가 1888년에 존재했다는 자료는 못 찾겠다"고 말한다. 필립 웰러는 이 편집자에게 다음과 같이 말한다.

헤이퍼드 저택은 바스커빌 저택에 대한 묘사와 많이 닮은 것은 아니지만 황야와 관련한 위치 면에서는 거의 완벽하다. 헤이퍼드 저택은 컵처럼 움푹 파인 곳에 있고, 주변에는 나무들이 둘러싸고 있으며 황야로 바로 걸어 들어갈 수 있는 주목나무 길도 있다. 저택에서 보면 황야에 쪼개진 바위도 하나 있다. 그 위에 촛불을 놓는다면 집에 신호를 보낼 수도 있는 위치다. 훌륭한 오솔길도 하나 있는데 이 길을 따라 황야를 가로질러 14킬로미터 정도 가면 농가들이 나오도록 되어 있다. 그림펜 늪(폭스 토어 늪들)이나 머리핏 하우스(넌스 크로스 농장), 그림펜(요구되는 대로 정확히 황야의 가장자리를 따라서 가면 헥스워디가 나온다), 블랙 토어(온 강 위의 블랙 토어)로 볼 수 있는 훌륭한 후보지들이 모두 걸어서 쉽게 갈 수 있는 거리 내에 위치한다. 충분히 오래된 지역이기도 하다. 이곳에는 1413년 이래로 가옥이 한 채 있었고 1889년에도 분명히 존재했다. 다만 그때는 농장이었고 크리스토퍼 호킨스라는 사람이 살았다. 다트무어 사냥개들과도 깊은 관계가 있다. 사우스데번 사냥 때에 사냥용 오두막으로 사용되었기 때문이다. 그리고 19세기의 주인이었던 사람은 다트무어에서 사냥을 하다 말을 탄 채 죽었다고 전해진다. 심지어 땅 위로 솟아 있는 딘 번이라는 실개천과 관련된 사냥개 한 마리의 전설도 있다. 하지만 『바스커빌 씨네 사냥개』 전설과는 전혀 비슷하지 않다. 또한 이 가옥은 브룩 영지의 캐벌 가문 및 크로머 가문과 가계적으로도 관련이 있다.

러슬리 저택

「바스커빌 저택」에서 로저 랜슬린 그린이 제안한 후보다. 이 저택은 보비 트레이시에서 북쪽으로 5킬로미터, 프린스타운에서 정확히 22킬로미터 떨어져 있다. 또 주 식당이 왓슨의 묘사와 일치한다.[237]

다른 후보들

필립 웰러는 다른 후보들도 상세하게 다룬다.

- 우더 영지 호텔(구조적으로나 지리적으로나 요구 조건을 전혀 만족시키지 못한다. 하지만 스스로 '바스커빌 저택'이라고 자랑하고 있다). 켈빈 존스는 「바스커빌 씨네 사냥개의 지리학」에서 이 저택의 장점을 주장한다.
- 배그파크(이 저택의 고유한 물리적 특징들은 바스커빌 저택의 특징과 합치하지 않는다. 또한 적합한 거리의 인근에는 늪이 없다).
- 내츠워디 저택(이 저택에서는 황야가 잘 보이지 않으며 가까이에 늪도 없다).
- 히트리 저택(늪에서 멀다).
- 모어턴햄프스티드 저택 호텔(1931년 〈바스커빌 씨네 사냥개〉를 촬영할 때 '바스커빌 저택'으로 사용했으나 1907년까지는 없었던 건물이다).
- 레건(근처에 적합한 늪이 없다).
- 루크슬랜드(황야의 최남단에 있어서 위치상으로 가능성이 적다).

사실 '진짜' 바스커빌 저택을 찾는 일은 아직도 진행 중이다.

237. 주 식당의 사진이 묘사와 일치한다.

『바스커빌 씨네 사냥개』의 연대

『**바**』스커빌 씨네 사냥개』의 연대에 대해서는 주요 연대기 학자들 간에도 상당한 불일치가 존재한다. 이것은 주로 명백한 날짜들과 모순되는 내용들 (예를 들면 레스트레이드가 나오지만 메리 모스턴에 대한 언급이 없는 점 등)이 병기되어 있기 때문이다.[238]

---

238. G. 배질 존스는 「개와 연대」에서 그 사건이 1899년에 일어났지만 홈즈가 왓슨에게 날짜를 숨겨달라고 부탁했다고 깔끔하게 주장한다. 앨런 하워드의 「사냥개를 위한 새해」도 참고. 다른 수많은 학자들은 여전히 서로 다른 연대를 주장한다. 앤드루 제이 펙과 레슬리 S. 클링거가 쓴 『연대기 : 연대학적 자료 정리』 참고.

출처	사건의 시초로 제시된 날짜
정전	1889년 10월
H. W. 벨, 『셜록 홈즈와 왓슨 박사 : 그들의 모험 연대기』	1886년 9월 28일 화요일
T. S. 블레이크니, 「셜록 홈즈 : 사실인가 허구인가」	1889년 10월 초
제이 핀리 크라이스트, 『베이커 스트리트 셜록 홈즈의 불규칙한 연대기』	1899년 10월
개빈 브렌드, 『친애하는 홈즈』	1897년 9월 28일 화요일
윌리엄 S. 베어링굴드, 「셜록 홈즈 씨와 왓슨 박사의 새로운 연대기」	1889년 10월 1일 화요일
윌리엄 베어링굴드, 『연대기적 홈즈』. 베어링굴드는 『베이커 스트리트의 셜록 홈즈 : 세계 최초의 자문탐정의 생애』에서도 같은 날짜를 사용	1888년 9월 25일 화요일
어니스트 블룸필드 자이슬러, 『베이커 스트리트 연대기 : 존 H. 왓슨 박사의 신성한 글쓰기에 관한 논평』	1900년 9월 25일 화요일
헨리 T. 폴섬, 『베이커 스트리트에서 보낸 세월들 : 셜록 홈즈 연대기』	1888년 9월 25일 화요일
헨리 T. 폴섬, 『베이커 스트리트에서 보낸 세월들 : 셜록 홈즈 연대기』 개정판	1900년 9월 25일 화요일
D. 마틴 데이킨, 『셜록 홈즈 논평』	1900년 9월 25일 화요일
로저 버터스, 『1인칭 단수 : 세계 최초의 자문탐정인 셜록 홈즈와 그의 친우이자 동료인 존 H. 왓슨 박사의 생애와 작품에 대한 리뷰』	1889년 10월
C. 앨런 브래들리 및 윌리엄 A. S. 사전트, 『베이커 스트리트의 홈즈 부인 : 셜록에 대한 진실』	1899년 9월 26일 화요일
존 홀, 『"나는 그 날짜를 아주 잘 기억한다" : 아서 코난 도일의 이야기들 연대표』	1889년 가을
준 톰슨, 『홈즈와 왓슨』	1888년 가을

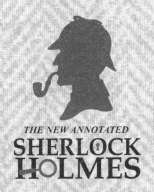

THE NEW ANNOTATED
SHERLOCK
H♦LMES

공포의 계곡[1]

The Valley of Fear

<hr />

1. 『공포의 계곡』은 1914년 9월부터 1915년 5월까지 《스트랜드 매거진》에 연재되었다. 그리고 장편 연재물로서는 특이하게 매번 연재될 때마다 편집자가 이야기를 소개하는 형식을 취했다.(42번, 66번, 72번, 84번, 119번 주석 참고) 영국 초판은 1915년 6월에 스미스, 엘더 앤드 컴퍼니를 통해 발행되었고 미국 초판은 그보다 빠른 1915년 2월 뉴욕의 조지 H. 도런 출판사에서 발행했다. 《스트랜드 매거진》에 발표된 작품과 미국 판본 사이에 다른 점들이 적지 않아 그중 일부는 아래에 따로 주석을 달아놓았다. 데이비드 A. 랜들의 「참고 문헌을 통해 살펴본 '공포의 계곡'」을 참고하라.

머리말

『공포의 계곡』은 제1차 세계대전이 발발하던 시점에 발표되어 홈즈와 왓슨 장편소설의 대미를 장식하는 작품이 되었다. 이 소설은 모든 고전적인 요소가 담긴 흥미진진한 '잠긴 방'(숙적 모리아티 교수에게 불만을 품은 중위가 보낸 암호문으로 시작된 한판 두뇌 싸움)의 수수께끼와 20년 전 사건의 희생자에 초점을 맞춘 하드보일드 탐정 이야기를 완벽하게 결합시켰다는 점에서 주목할 만하다. 물론 현대 독자들은 이 수수께끼 자체를 재빨리 간파할 수 있을지 모른다. 당시에는 대단히 영리하다고 여겨졌던 작품 속 장치들이 요즘은 너무 자주 도용되어 진부하기까지 하니 말이다. 그렇지만 《스트랜드 매거진》에 연재된 이 작품은 에드워드 7세 시대를 살았던 독자들의 마음을 송두리째 빼앗기에 충분했다. 1880년대 펜실베이니아 탄광 지대의 노동자 분규에 연루된 비밀 조직, 몰리 머과이어스의 격렬한 역사가 이 작품의 배경이 되었다는 사실 역시 흥미롭다.『공포의 계곡』2부는 앨런 핑커턴이 소설화한 작품『몰리 머과이어스의 탐정』(1877)에서 차인하여 구성되었다. 그리고 아일랜드 광부와 그들이 의도적으로 관여한 노동자 폭동을 비판적인 시각으로 바라보고 있다. 현대의 역사학자들은 몰리 조직이 압제자의 악랄함에 비하면 아무것도 아니라고 말한다. 또 핑커턴의 역할이 왜곡되었으며, 영웅의 캐릭터도 완벽하지 않다고 주장한다. 하지만 왓슨이 말하는『공포의 계곡』의 높은 기개는 독자들이 한시도 눈을 뗄 수 없게 만든다.

CONAN DOYLE'S

GREAT NEW

SHERLOCK HOLMES

SERIAL

"The Valley of Fear"

THRILLING WITH
INCIDENT AND
EXCITEMENT

WILL COMMENCE IN OUR NEXT NUMBER

WHAT SHERLOCK HOLMES FOUND IN THE ENVELOPE.

The Valley of Fear.
Part I
The Manor house of Birlstone
Chap I. The Warning

"I am inclined to think —" said I
"I should do so" Sherlock Holmes interrupted impatiently.
I believe that I am one of—
was the most long suffering of mortals but I admit
that I was annoyed at the sardonic interruption
"Really, Holmes" said I severely "You are a little trying at times"
He was too much absorbed with his own thoughts to give to my remonstrance.
any immediate answer. He leaned upon his hand, with his untasted
breakfast before him, and he stared at the slip of paper which he had
just drawn from its envelope.

FACSIMILE OF THE MS. OF THE OPENING WORDS OF "THE VALLEY OF FEAR."

『공포의 계곡』 광고와 필사본 원고의 시작 부분.
《스트랜드 매거진》(1914)

제1부
벌스턴의 비극

제1장
경고

"**생**각해봤는데 말이야……." 내가 말을 꺼냈다.[2]

"왓슨, 생각해야 할 사람은 바로 나야."

셜록 홈즈가 다짜고짜 내 말을 잘랐다.

내가 아무리 인내심이 많은 사람이라 해도 남의 말허리를 자르며 상대방을 무시하는 태도는 더 이상 참을 수가 없었다.

"정말 너무하는군, 홈즈! 자네는 정말이지 가끔 화를 돋울 때가 있어!"

내가 매섭게 몰아댔다.

그러나 홈즈는 자기만의 생각에 무척이나 깊이 빠져 있던 터라 내 불평은 들리지도 않는 듯 한 마디 대꾸도 하지 않았다. 식탁에 준비된 아침 식사에 손도 대지 않은 채 홈즈는 봉투에서 방금 꺼내 든 편지 한 장을 뚫어지게 쳐다보았다. 그러더니

2. 윌리엄 S. 베어링굴드는 이 이야기의 화자가 원래 왓슨이 아니었다고 믿는다. 그는 "최초의 원고 (저자가 직접 삭제, 첨가, 정정한 176쪽에 달하는)를 살펴보면 '왓슨 박사가 말했다' 또는 'ㄱ가 말했다'라는 표현들은 줄을 그어 지우고 대신 '내가 말했다'로 대체되었다"고 설명한다. 『공포의 계곡』의 원고는 개인 수집가가 소장하고 있어 지금까지 그에 대한 연구가 미미한 상태다. 네 쪽 분량에 해당하는 『공포의 계곡』 주석은 '베이커 스트리트 이레귤러스'의 페터 E. 블라우가 소장하고 있다. '베이커 스트리트 이레귤러스'가 최근에 출간한 한 권짜리 『살인자의 땅』(이야기의 배경에 걸맞은 생생한 제목이라고 여겨진다)이라는 제목의 책에는 원래 왓슨 박사가 기록한 내용과는 상당히 달라진 이야기가 요약되어 있다. 여기에서는 등장인물의 이름이 상당수 바뀌어 나온다. 예를 들어, 존 더글러스는 존 듀랜트 또는 더런트 그리고 존 데스먼드라는 이름

으로 등장한다. 존 맥머도의 이름은 그대로 "존"으로 나온다. 여기에 등장하는 "맥스 매키"는 테드 볼드윈 대신 붙여진 이름일 것이다. 여기서 존 맥머도는 "레드 마이크"(보스 맥긴티?)라는 이름의 남자를 죽이게 된다. 더글러스에게 열일곱 살 난 아들이 하나 있는데 극 중에서 중요한 역할로 등장한다. "스코러즈"는 단지 "MM"으로 통한다. 원고와 달라진 내용에 관한 한, 별도의 장면을 다시 실은 아래 73번 주석을 제외하고 더 이상의 주석은 달지 않겠다.

3. 폴록이 모국어인 영어로 작성했을 편지에 그리스어 ε를 사용한 것으로 보아 그의 학식이나 배경을 미루어 짐작할 수 있다. 옥스퍼드 대학교에서 출판된 『공포의 계곡』의 담당 편집자 오언 더들리 에드워즈는 다음과 같이 설명했다. "[그리스어 ε]는 학자나 예술가들이 주로 사용하는 문자로 오스카 와일드 역시 그들 중 하나다." 폴록이 그런 문자를 과시하듯 사용한 사실에 주목한 에드워즈는 어쩌면 폴록이 애초에 학계와 관련이 있는 사람이었을지도 모른다고 주장했다. 『네 사람의 서명』(바솔로뮤 숄토의 필체가 오스카 와일드의 것과 비슷하다는 사실은 이미 잘 알려져 있다)과 「레이게이트의 지주들」(포프의 호메로스 번역서를 가져갔다는 점을 제외하고는 편지를 쓴 이가 예술가인지 혹은 학자인지 나와 있지 않다)에 나오는 그리스어 ε는 홈즈가 필체의 주인공을 쉽게 추측할 수 있도록 도와주는 결정적인 역할을 한다.

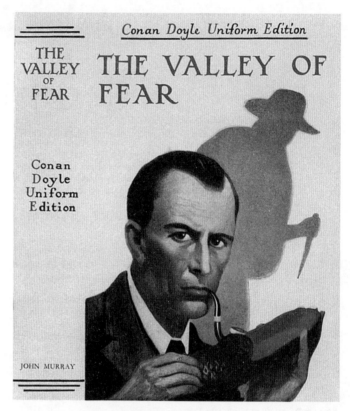

『공포의 계곡』 단행본 표지.
런던, 존 머리 출판사(1922)

봉투를 들고 불빛에 이리저리 비춰가며 겉면과 접착부를 주의 깊게 살펴보기 시작했다.

"폴록이 쓴 편지야."

홈즈가 조심스럽게 말했다.

"지금까지 폴록의 필체를 두 번밖에 보지 못했지만 이건 누가 뭐라 해도 그의 글씨체가 분명해. 그리스어 ε[3] 상단에 독특한 장식을 한 두드러진 특징이 그 증거라고 할 수 있지. 그런데 말이야, 이 편지가 폴록의 것이라면 틀림없이 안에 뭔가 중요한 내용이 담겨 있을 거야."

홈즈는 내게 말하기보다는 혼자 중얼거리고 있는 듯했다.

나는 홈즈의 이야기에 호기심이 생겼고, 방금 전에 느꼈던 불쾌한 감정은 어느새 말끔히 사라지고 없었다.

"그런데 폴록이 누구지?"

"왓슨, 폴록은 필명[4]이야. 단지 자신을 대신하는 필명에 불과한 거지. 하지만 그 필명 뒤에 숨은 폴록의 정체는 실로 음흉하고 교활하기 그지없다고 할 수 있어.[5] 예전에 그가 보낸 편지에서 폴록이라는 이름이 실은 자기 본명이 아니라고 솔직하게 인정하더군. 그러고는 몇백만 명이 북적거리는 이 거대한 런던에서 자기를 한번 찾아볼 테면 찾아보라고 했어. 사실 폴록은 무시할 수 없는 인물이야. 폴록이라는 인간 자체가 중요하다는 뜻은 아니야. 그가 관계를 맺고 있는 거물들 때문에 폴록이 중요하다는 거지. 이렇게 한번 생각해보라고. 상어를 따라다니며 몸에 붙은 기생충을 먹고 사는 동갈방어나, 사자의 곁을 맴돌며 먹다 남은 고기를 노리는 자칼은 모두 어마어마한 세력에 빌붙어 살아가는 별 볼일 없는 존재들이지. 그런데 왓슨, 이렇게 하찮은 존재들이 따라다니는 거물들은 단순히 무시무시할 뿐만 아니라 그 사악함이 이루 말할 수 없어. 내가 폴록에게 관심을 가지기 시작한 것도 다 그런 이유 때문이야. 왓슨, 언젠가 내가 모리아티 교수[6]에 대해 이야기한 것 생각나?"

"과학적인 두뇌를 가졌다는 그 유명한 범죄자? 사기꾼들 사이에 널리 알려져 있다는……."

"너무 지나치게 치켜세워주는 것 같군. 그만해, 왓슨!" 홈즈는 비난하는 투로 중얼거렸다.

"왜 그래 홈즈, 나는 그저 그자가 일반인들에게는 잘 알려지지 않은 인물이라는 걸 말하려고 한 것뿐이야."

"한 방 먹었군! 확실히 한 방 먹었어! 왓슨 자네 정말이지 뜻밖에 능청맞은 유머 기질이 있군그래. 하하하! 앞으로 자네한테 당하지 않으려면 정신 바짝 차리는 수밖에 없겠어.[7] 그런데

4. 'nom-de-plume.' 홈즈의 연락책이 자신의 필명으로 폴록이라는 이름을 선택한 것은 문학사를 염두에 둔 것일까? 새뮤얼 테일러 콜리지는 폴록이라는 마을(웨일스에서 시작되는 브리스틀 해협 건너에 위치한)로부터 약 5~6킬로미터 떨어진 곳에서 아편을 피우며 고무된 상태로 「쿠블라 칸」을 쓰기 시작했다. 하지만 미처 완성하기 전에 폴록에서 온 한 장사꾼이 그의 창작 욕구를 방해하는 바람에 끝내 이 시를 완성하지 못했다고 한다. 앤서니 바우처는 폴록에서 온 장사꾼 때문에 「쿠블라 칸」이 미완성으로 끝나고 말았다는 가능성을 염두에 두면서, 확실하게 결론지을 수 없다며 다음과 같이 썼다. "'폴록에서 찾아온 남자'는 새뮤얼 테일러 콜리지가 최상의 천재성을 발휘할 수 있는 기회를 망쳐놓았다. 그러나 '폴록이 보낸 편지'는 셜록 홈즈의 천재성을 겉으로 드러내는 역할을 한다. 나는 여기에 뭔가 더 깊은 의미가 숨어 있을 거라고 확신하지만 뭐라고 확실하게 규명하기가 힘들다." 바우처는 '가장 숭고한 홈지언'이라고 할 수 있는 빈센트 스태럿이 왜 자신의 에세이 「폴록에서 온 사람들」에서 셜로키언과의 관계를 언급하지 않았는지 의아하게 여겼다. 빈센트 스태럿은 《북맨스 홀리데이》에 게재한 이 에세이에서, 예술 작업을 방해하는 폴록에서 온 사람들 같은 나쁜 위해의 예술가들의 고충을 다루었다(스태럿의 지적대로, 그들은 심지어 예술가들과 결혼하기도 했다). 스스로 "폴록"으로 필명을 정한 것이 어쩌면 단순히 "셜록"의 음운을 맞추기 위한 것은 아니었을까?

5. "프레드 폴록"이라는 가면 뒤에 숨은 정체에 대한 논의는 부록 1을 참고하라.

6. 『공포의 계곡』 이전에 써서 발표한 「마지막 문제」에서 홈즈의 교활한 맞수인 모리아티 교수는 상당히 비중이 큰 역할로 등장한다. 그런데도 「마지막 문제」에서 왓슨은 모리아티 교수에 대해 한 번도 들어본 적이 없다고 한다. 개빈 브렌드를 제외

한 주류 연대기 학자들은『공포의 계곡』의 사건들이「마지막 문제」사건 이전에 벌어졌다는 주장에 동의한다.(부록 3 참조) 그럼에도 불구하고 이 작품에서 홈즈와 왓슨 사이에 있었던 대화 내용을 고려해볼 때, 왓슨이「마지막 문제」에서 모리아티의 존재를 모른다고 부정한 것은 존 다디스가「공포의 계곡과의 만남」에서 주장한 것처럼 문학작품이기에 가능하며 "독자들에게 모리아티 교수를 극적으로 소개하기 위해 선택한 설정"이었을 것이다. 다디스는 만약「마지막 문제」를 집필할 당시 왓슨이 모리아티 교수를 안다고 인정했더라면 나중에 다시 모리아티 교수에 대한 묘사를 할 필요가 없었을 것이라고 말한다. G. B. 뉴턴은「공포의 계곡 연보」에서, 그리고 제임스 부크홀츠는「거미줄 가장자리에 이는 떨림」에서 다디스와 상이한 견해를 밝혔다. 부크홀츠의 주장에 따르면『공포의 계곡』에서 왓슨이 모리아티에 대한 묘사를 홈즈에게 맡기는 것으로 나오지만 모리아티에 대한 묘사가 분명히 이전에 나온 적이 있었으며, 단지 여기서 능숙한 스토리텔러 왓슨이 보기에 모리아티에 대한 묘사의 전환이 예술적인 면에서 반드시 필요했던 것이라고 말한다. D. 마틴 데이킨은「셜록 홈즈 해설」에서 같은 점을 지적하면서, 자기 마음대로 사건을 끼워 넣는 왓슨은 1891년에 홈즈의 입을 통해 자신을 모리아티에게 소개했지만, 실제로는 그보다 몇 해 전에 이미 자신이 모리아티에게 말을 걸었다고 설명한다.

하지만 B. M. 캐스너는「교수와 공포의 계곡」에서 『공포의 계곡』에 모리아티 교수를 등장시킨 것은 어디까지나 소설이기에 가능한 것이지 왓슨이「마지막 문제」를 무시해서가 아니라고 주장했다. 그는 사실 홈즈가「마지막 문제」바로 전 몇 달 동안 필요한 증거를 확보하기 위해 모리아티 교수 조직에 위장 잠입하여 모리아티 교수 행세를 했을 거라고 강력하게 주장했다. 그의 이론에 따르면 진짜 모리아티 교수는 훨씬 이전에 홈즈의 손에 세상을 떠났다. 죽었을 거라고 추정되었던 홈즈는 왓슨과 재결합한 1914년이 되어서야 그와 함께 모리아티 교수를『공포의 계곡』(이 이야기에서 모리아티 교수는 어떤 역할도 맡지 않는다)에 등장시켜 그의 죽음에 대한 진실을 밝히기로 결심한 것이다.「모리아티의 발자취를 따라서 : 공포의 계곡」에서 마이클 P. 맬로이는 왓슨이 여타 이야기에서 사용한 문학적 장치를 다시 검토한 결과,『공포의 계곡』에서 벌어진 살인과 모리아티 사이에 어떤 관계가 있다는 사실을 1903년까지도 왓슨이 알지 못했다고 결론지었다.

7. 앤서니 바우처는 홈즈가『공포의 계곡』에서 그 어느 때보다 탐정으로서 최고의 능력을 발휘하고 있으며, 홈즈에 대한 왓슨의 묘사를 통해 홈즈의 여유와 자신감을 엿볼 수 있다고 주장한다. 바우처는『셜록 홈즈 최후의 모험』제1권의 도입부에 다음과 같이 썼다. "한층 성숙해진 홈즈는 드디어 코카인 주삿바늘이나 바이올린 활을 쥐느라 손을 떨던 모습을 더 이상 보이지 않는 등 외적으로 눈에 거슬리던 점들이 사라졌다. 이 이야기에서 홈즈는 암호해독 및 관찰과 추리 면에서 완벽한 사고의 소유자로 활약한다. 그뿐만 아니라. 정전에 나오는 그 어떤 이야기에서도 볼 수 없는 홈즈의 매력을 최대로 발산하고 있다. 동료들(한때 그가 존경했던) 앞에서 빤한 수수께끼에 장난스럽게 매달리거나, 왓슨의 능청스러운 유머에 '완전히 당했다'며 씁쓸하게 말하는 장면 등이 그 예다."

왓슨, 모리아티 교수를 범죄자라고 말하면 그것은 법적으로 볼때 명예훼손이나 다름없어. 아, 자네에게 영광과 기적이 있기를! 고금을 막론하고 가장 뛰어난 음모가, 극악무도한 소행의 배후, 암흑가의 지배자, 그리고 한 나라의 운명을 좌우할 명석한 두뇌를 소유한 자, 그자가 바로 모리아티 박사야. 하지만 그런 그를 두고 세상 누구도 의심의 눈초리를 던지거나 비판의 말을 하지 않아. 자기 관리에 천부적인 소질이 있어서 자신의 정체를 절대로 드러내지 않거든. 그러니 그가 만약 자네가 방금 한 말을 가지고 소송을 건다면, 그에 대한 위자료[8]로 자네의 1년 치 연금을 송두리째 빼앗길지도 모를 일이야. 모리아티 교수가 바로 그 유명한 『소행성 역학』을 쓴 저자가 아니겠어? 순수수학에서 너무나 높은 경지에 올라서 과학계에서도 그를 비판할 사람이 없을 정도야.[9] 그러니 이런 사람을 어떻게 함부로 비방할 수 있겠어? 사람들은 아마 모리아티 교수를 명예훼손당한 억울한 과학자로, 자네를 독설가 의사쯤으로 여기게 될거야. 정말 기가 막힐 노릇이지! 하지만 언젠가 내가 이 시시한 놈들의 문제를 해결하고 나면 반드시 그자를 상대할 날이 오고 말 거야."

"정말 기대되는군!" 나는 간절하게 소리쳤다. "홈즈, 이제 폴록에 대해 얘기해봐."

"아, 그렇지. 자칭 폴록이라는 자는 연결 고리의 하나라고 할 수 있어. 중요한 곳과 약간 떨어져 있지만 말이야. 우리끼리 얘기지만 폴록은 그다지 중요하거나 튼튼한 연결 고리는 아니야. 지금까지 내가 알아본 바에 따르면, 그는 거물과 연결된 견고한 고리들 가운데 치명적으로 약한 고리에 해당하지."

"하지만 아무리 약한 연결 고리라 해도, 그것이 끊어지고 나면 튼튼한 쇠사슬 역시 끝장이야."

"바로 그거야, 왓슨. 그래서 폴록이 절대적으로 중요하다는

8. 명예훼손에 대한 배상금, 처벌을 말한다.

9. 월터 셰퍼드는 모리아티 교수의 저서가 얼마나 가치 있는 책인지는 몰라도 역학은 순수수학이 아닌 응용수학과 관련되어 있기 때문에 홈즈가 이해하기 상당히 난해했을 거라고 주장한다. 셰퍼드는 자신의 저서 『셜록 홈즈의 향기』에서 홈즈가 모리아티의 책을 최소한 훑어보기는 했어도 그 내용에 당혹감을 감추지 못했을 것이라고 추측한다. 물론 그런 식으로나마 소행성에 대해 배울 수 있어 홈즈 자신의 천문학 지식에 보탬이 되었을 것이라고 셰퍼드는 말한다.

저명한 과학소설 저자인 아이작 아시모프에 따르면, 소행성의 움직임은 태양 주위를 도는 다른 행성들과 전혀 다르지 않기 때문에 『소행성 역학』이라는 제목은 자칫 혼동을 줄 수 있다고 지적한다. 또한 "모리아티가 종종 소행성대의 원천 가설로 제기되는, 행성이 폭발하고 난 후에 생기는 작은 입자의 문제 행동"에 대해 쓴 것이기 때문에 붙여진 제목이라고 설명한다.

10. 조지 H. 스트럼의 주장에 따르면(「더블데이 암호」), 홈즈의 암호해독은 1876년에 애브너 더블데이의 「포츠 섬터와 몰트리의 유산 : 1860-1861년」에 기술된 해독 체계를 따른 것이다. 스트럼은 폴록이 더블데이의 책을 읽은 것이 분명하다고 판단했다.

11. 이상하게도 미국판에는 두 번째 "127"이 "47"로 바뀌어 나온다. 또 《스트랜드 매거진》에는 "13"으로 바뀌었다. 홈즈의 해독이 틀리지 않다면 "127"이 맞는 암호다.

12. 카를 크레이치그라프 박사는 유독 폴록이 중요한 암호들은 제쳐두고 별로 중요하지 않은 암호들만 해독하는 점을 의아하게 여긴다. 그라프 박사는 「축약된 이야기」에서 "사람 이름과 장소를 누구나 알기 쉽게 써놓는다면 정보를 숨기기 위한 암호문이 도대체 무슨 쓸모가 있단 말인가?"라고 묻는다. "중요한 점은 홈즈가 암호해독에 이름을 끼워 넣어 해석할 수 있는 방법을 알아냈지만, 의뢰인의 신변을 보호하기 위해 이름을 바꿔야 하는 왓슨에게는 그 같은 재주가 없었다는 것이다."

거야. 그에게 아직까지 일말의 양심이나 정의감 같은 게 살아 있어서 다행이야. 게다가 그동안 내가 몰래 보내준 10파운드짜리 지폐가 효력을 발휘하기도 했어. 한두 차례 중요한 정보를 제공받을 수 있었거든. 그 정보들은 이미 발생한 범죄에 대한 보복이 아니라 범죄 발생을 예방하는 데 더 큰 가치가 있었지. 만약 이 편지에 적힌 암호를 푸는 열쇠만 있다면 틀림없이 이 편지도 그만한 가치를 지녔다는 게 드러날 거야."[10]

홈즈는 다시 편지를 꺼내 빈 접시 위에 활짝 펼쳐놓았다. 나는 일어서서 그의 어깨 너머로 의문의 편지를 내려다보았다.[11]

> 534 C2 13 127 36 31 4 17 21 41
> 더글러스 109 293 5 37 벌스턴
> 26 벌스턴 9 127 171

"어떻게 생각해, 홈즈?"

"비밀 정보를 전하려는 것이 틀림없어."

"하지만 암호를 풀어낼 열쇠가 없는데 암호문만 있으면 무슨 소용이야?"

"이 경우에는 아무 소용도 없지."

"'이 경우'라니 도대체 무슨 소리지?"

"신문 지면의 '사람을 찾습니다'란을 읽어 내려가듯 내가 쉽게 해독할 수 있는 암호문들은 사방에 널려 있어. 그렇게 어설픈 암호는 지적인 즐거움은 있을지언정 머리를 아프게 하지는 않지. 하지만 이 암호문은 달라. 이 숫자들은 어느 책의 몇 쪽엔가 나와 있는 단어들을 가리키고 있는 게 분명해. 그게 어떤 책이고 몇 쪽인지 알아낼 때까지는 나도 속수무책일 수밖에."

"홈즈, 그렇다면 '더글러스'와 '벌스턴'이라는 글자는 또 뭐지?"[12]

"그야 문제의 책에서 찾을 수 없는 단어들이라 그대로 써놓은 거지."

"그렇다면 책의 제목은 왜 밝히지 않았을까?"

"이봐, 왓슨. 조금이라도 생각이 있는 사람이라면 암호와 그것을 풀 수 있는 열쇠를 한 봉투에 넣어서 보내는 일은 하지 않을 거야. 만에 하나 누군가의 손에 잘못 들어가기라도 한다면 끝장일 테니까 말이야. 하지만 암호와 암호의 열쇠를 각각 다른 봉투에 담아 보내면 혹시 잘못 전달되더라도 일을 그르치지는 않지. 그나저나 두 번째 편지가 좀 늦어지는군.[13] 이번에는 암호해독에 필요한 설명이 들어 있거나 어쩌면 첫 번째 편지에 나온 숫자들이 가리키는 책을 알려줄지도 모르지."

홈즈의 예상은 바로 적중했다. 불과 몇 분 후 급사 빌리[14]가 기다리던 편지를 가지고 왔다.

13. 런던의 금융가 바깥 지역에서는 매일같이 여섯 번에서 열한 번에 걸쳐 우편물을 수거하고 배달했다(런던 금융가에서는 하루에 열두 차례씩 배달이 이루어졌다).

14. 급사 빌리의 정체가 처음으로 외부에 알려지게 된 장면이다. 빌리는 열 편의 셜록 홈즈 이야기에 등장하지만 실제로 이름이 나온 건 고작 세 번에 불과하다(그의 이름이 나온 나머지 두 편의 작품은 「마자랭 보석」과 「토르교 사건」이다). 『공포의 계곡』은 1914년 이전까지 출판되지 않았는데 찰스 로저의 연극 〈셜록 홈즈〉(1894)와 윌리엄 질렛의 연극 〈셜록 홈즈〉(1899)에 빌리라는 심부름꾼이 등장한다. 심부름꾼의 이름이 우연히 같았던 것일까? 아니면 로저와 질렛이 홈즈의 집을 개인적으로 방문한 적이 있었던 것일까? 좀 더 자세한 내용을 알고 싶다면 본 편집자의 「정전 대략 보기」를 읽어보길 바란다.

암호문과 그 뜻을 풀고 있는 남자.
프랭크 와일스 그림, 《스트랜드 매거진》(1914)

15. T. F. 포스는 「교수의 자질 부족」에서 폴록이 비밀 편지를 숨기려는 게 명백한데도 불구하고 모리아티 교수가 눈치채지 못한 것에 놀라움을 금치 못하면서, 모리아티 교수는 판단력이 흐리고 범죄인의 자질이 부족한 사람이라고 묘사했다. 하지만 D. 마틴 데이킨은 반대로 폴록이 이후에 한 번도 등장하지 않은 것으로 보아 모리아티가 폴록을 제거했을 수도 있다는 가설을 제기했다. 편지 자체는 폴록에게 불필요한 위험 요소로 작용한 것으로 보인다. 홈즈에게 암호문을 없애버리라고 편지를 보낸 것은 부질없는 행동인 데다가 단순히 암호문의 열쇠만 보내는 것만큼 위험한 짓이었기 때문이다. 폴록이 나중에 한마디로 된 간단한 암호문의 열쇠를 보내지 않은 것만 보아도 알 수 있다. 존 홀은 『홈즈의 측면 조명』에서 "폴록이 편지를 보내지 않았거나 적어도 자신의 의지로 보낸 것이 아님을 확실하게 추측할 수 있다"고 설명한다. 홀은 포스의 주장과 달리 모리아티를 일반적인 관점으로 바라보면서, 모리아티가 폴록을 "설득해서" 홈즈에게 편지를 보내도록 했을 것이라고 믿었다. 홀은 홈즈가 과연 모리아티의 꾀에 넘어가 사건을 맡게 될 것인지, 그리하여 본의 아니게 모리아티의 범죄를 성공시키는 데 일조하는 결과를 가져오게 될 것인지 궁금해했다.

"똑같은 필체로군." 봉투를 뜯으며 홈즈가 말했다. "게다가 이번엔 직접 서명까지 했어!" 홈즈는 편지를 펼치며 환호하는 목소리로 덧붙였다. "왓슨, 이제 일이 슬슬 풀리는 것 같은데."

하지만 편지를 훑어 내려가던 홈즈의 표정은 점점 어두워지기 시작했다.

"이런, 말도 안 돼. 왓슨, 아무래도 우리의 기대가 전부 물거품이 된 것 같아. 그렇지만 폴록이라는 자에게 나쁜 일이 생기지는 않을 거야."

친애하는 홈즈 씨에게

저는 이제 이 일에서 손을 떼고 싶습니다. 그가 저를 의심하기 시작했으니 위험천만입니다. 저를 의심한다는 게 느껴집니다. 제가 암호의 열쇠를 보내려고 봉투를 쓰고 있는데 갑자기 그가 제 앞에 나타났습니다. 재빨리 봉투를 감춘 덕분에 들키지 않아서 다행입니다. 하마터면 저는 지금 죽은 목숨이 될 뻔했습니다. 어쨌든 여전히 그에게서는 저를 의심하는 눈빛이 역력합니다. 지난번 암호문은 제발 태워버리십시오. 어차피 당신에게 아무 소용도 없을 테니까요.

— 프레드 폴록[15]

홈즈는 편지를 구겨버리더니 잠시 난롯불만 물끄러미 바라보며 앉아 있었다.

"아무래도 별다른 뜻이 있는 것 같지는 않은데." 마침내 홈즈가 입을 열었다. "그저 죄책감에 양심이 찔렸다고나 할까. 폴록은 스스로 배신자라는 사실을 지나치게 의식한 나머지 상대방이 자기를 의심하고 있다고 느끼고 있는 것 같아."

"상대방이라면, 혹시 모리아티 교수를 말하는 거야?"

"당연하지. 그 일당들 사이에서 '그'라고 할 만한 사람이 모리아티 교수 말고 또 누가 있겠어? 그자들 중에서 누구보다 막강한 힘을 과시할 수 있는 '그'는 오직 한 사람밖에 없어."

"도대체 그가 뭘 어떻게 할 수 있다는 말이야?"

"흠, 중요한 질문이야. 생각해봐. 상대는 바로 유럽에서 최고의 두뇌를 가진 자야. 게다가 검은 세력을 배후에 두고 있으니 그런 그가 못할 일이 뭐가 있겠어. 어쨌든 우리의 친구 폴록이 잔뜩 겁에 질려 판단력을 잃은 게 분명해. 편지지의 필체와 봉투의 필체를 잘 비교해봐. 폴록이 말한 대로라면 편지 봉투를 다 쓴 후에 그가 나타난 거지. 그래서 봉투의 글씨는 또박또박 정확히 쓴 데 비해 편지지의 글씨는 알아보기 힘들 정도야."

"그런데 홈즈, 폴록은 도대체 왜 굳이 편지를 쓴 걸까? 봉투는 그냥 버리면 될 텐데 말이야."

"그건 말이지, 그렇게 되면 내가 자기 뒷조사를 할까 봐 두려웠던 거지. 결국 자기가 곤경에 빠지게 될 거라는 생각이 든 거야."

"그렇겠군." 나는 암호문이 담긴 편지를 집어 들고 눈살을 찌푸리며 말했다.

"중요한 비밀이 이 편지 한 장에 들어 있을지도 모르는데, 인간의 능력으로는 꿰뚫어 볼 수가 없다는 걸 생각하니 꽤 화가 나는군."

셜록 홈즈는 아직 손도 대지 않은 아침 식사를 한쪽으로 밀어놓았다. 그러고는 깊은 생각이 필요할 때면 찾는 맛없는 파이프 담배에 불을 붙였다.

"과연 그럴까?" 홈즈는 상체를 뒤로 젖힌 채 천장을 바라보았다. "임기응변이 뛰어난 자네의 지성으로도 포착하지 못한 점이 아마 있을 거야. 우리 한번 순수한 추리력으로 문제에 접근해보자고. 이 친구의 암호문은 책과 관련이 있는 게 분명해.

거기서부터 출발해보면 될 것 같아."

"어쩐지 좀 막연한 출발인걸."

"그렇다면 추리의 폭을 좀 좁힐 수 있나 한번 볼까. 정신을 집중하면 그렇게 어렵지만도 않을 거야. 우선 이 책에 대해 우리가 가지고 있는 단서가 뭘까?"

"아무것도 없어."

"자, 자, 그렇게 비관만 하고 있을 정도로 상황이 나쁘지만은 않아. 봐, 암호문은 534라는 숫자로 시작하잖아. 534는 꽤 큰 숫자야. 가령 534라는 숫자가 암호문이 가리키는 책의 특정 쪽수라고 생각해보자고. 이제 우리가 찾는 책은 제법 두꺼운

"우리 한번 순수한 추리력으로 문제에 접근해보자고."
프레더릭 도어 스틸 그림, 『셜록 홈즈 최후의 모험』 제1권(1952)
《콜리어스 매거진》(1908)에 실렸던 「등나무 별장」 표지 그림을 재사용했다.

책일 거라는 결론이 나오지. 이것만으로도 큰 수확인 셈이야. 자, 이제 이 책이 어떤 종류의 책인지 알아낼 만한 단서로 뭐가 있을까? 이번에는 C2라는 암호를 한번 살펴볼까. 뭐 떠오르는 거 없어, 왓슨?"

"보나 마나 제2장Chapter the second이라는 뜻이겠지."

"그게 아니야, 왓슨. 분명 자네도 내 생각과 다르지 않을 거야. 쪽수를 알려줬는데 몇 장인가 하는 것이 뭐가 중요하겠어? 그리고 534쪽이 겨우 2장에 있다면 1장은 도대체 얼마나 길다는 말이겠어?"

"단Column이야!"

내가 소리쳤다.

"훌륭해, 왓슨. 오늘 아침 자네 머리가 꽤나 잘 돌아가는군. 내가 완전히 속아 넘어간 것이 아니라면 단을 의미하는 게 확실해. 자, 이제 이 두툼한 책을 머리에 떠올려보면 돼. 2단으로 인쇄되었는데 짐작건대 각각의 단 길이가 상당히 길 것 같아. 암호 가운데 293번째 글자라고 되어 있는 걸 보면 알 수 있어. 자, 우리의 추리력을 이용해 풀어낼 수 있는 내용은 이게 전부일까?"

"아쉽지만 그런 것 같아."

"자네 스스로를 너무 과소평가하고 있군그래. 한번 번뜩이는 기지를 발휘해보라고,[16] 왓슨. 다시 한 번 영감을 떠올려보는 거야! 만일 그 책이 손에 넣기 힘든 책이었다면 폴록은 그걸 내게 보내주었을 거야. 그런데 폴록은 계획이 탄로나기 전에 암호의 열쇠를 이 봉투에 넣어 보내려고 했지. 편지에도 그렇게 쓰여 있잖아. 그것만 봐도 폴록은 그 책이 내가 아주 쉽게 찾을 수 있는 책이라고 판단했던 거야. 왓슨, 문제의 책은 한마디로 어디서나 쉽게 구할 수 있는 아주 흔한 책이라는 결론이 나오지."

16. "One more coruscation." 한 번 더 섬광을. 다시 말해, 탁월한 기지와 통찰력을 발휘해보라는 비유적인 표현이다.

17.《월간 브래드쇼 철도 가이드》를 말한다. 데이비드 세인트존 토머스는 1887년 8월호의 현대 복사판을 소개하는 글에서 다음과 같이 썼다.

"브래드쇼는 영국의 국가기관이다.《월간 브래드쇼 철도 가이드》에 실린 광고와 '사설'은 당시 영국이 호황기였다는 사실을 잘 반영하고 있다……《월간 브래드쇼 철도 가이드》를 정기 구독하던 사람들은 자기가 속한 지역사회에서 제법 권위가 있는 이들이었다. 특히 교구 주임 목사들은 책장 선반에 진열해놓은 이 책자들에 특별한 자부심을 가졌다. 그들은 철도 시각표를 잘 이해하고 있어 사람들에게 가장 빠른 노선을 안내해주기도 했다. 정말이지 20킬로미터 이상의 거리를 여행하는 사람들이 모두 브래드쇼 가이드의 스케줄에 따라 달리는 증기기관차를 타고 다녔던 것처럼, 브래드쇼 가이드의 스케줄에 따라 서부 휴양지와 스코틀랜드 항구 사이의 단기 여정 또는 웨일스 탄광 지대와 콘스터블 지방 사이의 단기 여정을 짜는 실내 게임이 유행하기도 했다."

18. 로버트 윈스롭 애덤스는 「존 H. 왓슨 박사, 성격 전문가」에서 홈즈가 말하는 사전은 왓슨이 가지고 있던 '브리티시 웹스터' 사전이었을 것이라고 제안했다. 다시 말해서, 그것은 사전 편집자 존 오길비 박사의 『종합영어사전』(1868)으로 당시 도서관들이 귀하게 소장했던 사전이다.

하워드 R. 쇼린은 홈즈가 암호해독의 열쇠로 사전이 적합하지 않다고 너무 쉽게 단정 지은 것에 대해 의아하게 생각한다. 「정전에 나온 암호해독 기술」에서 그는 사전이 공신력 있는 책이라고 옹호하면서 "일반적으로 번호를 붙이는 암호가 가장 많이 사용되었던 프랑스 혁명과 나폴레옹 전쟁 때부터 암호가 들어간 메시지에 주로 사용했던 사전이야말로 이 메시지가 가리키는 책일 것이다"라고 주장한다.

로저 존슨은 개인적인 서한을 보내 위와 같은 결론에 반박했다. 그는 당시에 선택할 수 있는 사전의

"자네 말이 앞뒤가 척척 들어맞는걸."

"따라서 우리가 찾는 책은 2단으로 인쇄된 두툼한 데다 아주 흔하게 구할 수 있는 책으로 범위를 좁힐 수 있을 거야."

"성경!"

나는 의기양양하게 소리쳤다.

"좋아, 왓슨. 아주 좋아! 하지만 아직 충분하지 않아. 이런 말을 하면 꼭 나만 잘났다고 하는 꼴이 되겠지만 모리아티 일당에게 성경만큼 안 어울리는 책도 없을 거야. 게다가 성경에는 여러 가지 판이 있어서 폴록이 가지고 있는 성경과 내 성경의 쪽수가 서로 일치할 거라고는 생각지 않았을 거야. 그렇다면 이 문제의 책은 표준화된 책이 분명해. 폴록은 자기 책의 534쪽이 내 책의 534쪽과 일치한다고 확신는 모양이야."

"하지만 그런 조건을 다 만족시키는 책이 어디 흔할까?"

"바로 그거야. 거기에 우리를 살릴 단서가 있는 거야. 우리가 찾는 책의 범위가 표준화되고, 누구나 가지고 있는 규격화된 책으로 좁혀졌군."

"브래드쇼 철도 시각표!"[17]

"그것 역시 문제가 많아, 왓슨. 브래드쇼에 사용된 어휘는 간결하지만 몇 가지밖에 없거든. 거기서 필요한 말을 골라 편지를 쓰기란 어려운 일일 거야. 브래드쇼는 제외하기로 하지. 사전도 같은 이유로 제외시켜야 할 거야.[18] 자, 이제 남은 게 뭐가 있을까?"

"연감이야!"

"훌륭해, 왓슨! 자네가 아직 감을 못 잡은 줄 알았는데, 내가 아주 단단히 착각했군. 그래, 바로 연감이야! 『휘터커 연감』[19]의 특징을 한번 생각해봐. 흔하게 사용되고, 분량도 충분하고, 게다가 2단으로 인쇄되어 있지. 앞부분에서는 어휘를 별로 많이 사용하지 않았지만 내 기억이 틀리지 않는다면 뒤로 갈수록

점점 많아질 거야."

홈즈는 책장에서 연감을 꺼내 들었다.

"여기 534쪽을 한번 봐. 두 번째 단에 영국령인 인도의 자원과 무역에 대해서 정말 방대하게 다루고 있어. 왓슨, 단어들 좀 받아 적어보겠어. 13번째 단어는 '마라타'[20]야. 흠, 왠지 시작부터 예감이 좋지 않은걸. 127번째 단어는 '정부'야. 이 단어

잔뜩 흥분한 홈즈의 눈은 반짝반짝 빛나고
단어 위를 차례로 훑어가는 손가락은 경련을 일으키고 있었다.
"하! 하! 끝내주는군! 자 받아 적어봐, 왓슨."
프랭크 와일스 그림, 《스트랜드 매거진》(1914)

종류가(예를 들어 제임스 우드 목사가 편집한 『너톨 표준대사전』은 많이 사용되었다) 적지 않았기 때문에, 홈즈가 암호문의 열쇠에서 사전을 제외시킨 것이라고 주장했다. 여기서 사전에 대해 홈즈가 한 말이 터무니없게 들리는 이유는 브래드쇼처럼 어휘가 '한정된' 사전은 하나도 없기 때문이다.

19. 가장 유명한 영국 연감으로 1868년에 처음으로 출판되었다. 1878년 판본은 《월간 브래드쇼 철도 가이드》 그리고 영국에서 가장 아름다운 여인의 사진 열두 장과 함께 타임캡슐에 담아, 1878년 빅토리아 임뱅크먼트 가든에 세워진 '클레오파트라의 바늘' 오벨리스크 아래에 묻어두었다.

20. "마라타Mahratta"는 '마라타Maratha'의 변체이거나 인도의 '마하라슈트라Maharashtra' 지역에서 온 힌두인들을 가리키는 말이다(마하라슈트라의 수도는 뭄바이—당시의 봄베이다). 1900년도 『휘터커 연감』에 나온 인도제국에 관한 글에는 나라를 세운 마라타의 건국 왕이자 무굴 제국과의 싸움에 평생을 바친 시바지 왕이 남긴 유산에 대해 부정적인 평가가 내려져 있다. 그 내용은 다음과 같다.

"무굴 제국의 쇠락과 함께 마라타족의 세력이 확장되었다. 마라타 왕국은 힌두인들로 이루어졌으며 그들은 나그푸르에서 수라트, 그리고 나그푸르 서쪽 해안에 있는 고아로 이어지는 지방 출신들이었다. 마라타 왕국을 세운 시바지(1627-1680) 왕은 본슬라족의 우두머리였……. 마라타 왕국은 1760년 델리를 점령하고 난 후 1761년에 아프간 침략자인 아메드 샤의 침략을 받아 파니파트 전쟁에서 대패를 당하는 수모를 겪기도 했으나, 얼마 동안은 인도에서 가장 강대한 세력으로 군림하면서 영국이 가장 위험하게 생각하는 강력한 맞수가되었다. 그러나 그들은 통치 체계를 갖춘 국가라기보다는 한낱 도적 조직에 불과했다. 당시 군사훈련까지 해가면서 약탈을 일삼은 핀다리와 같은 도적 떼는 영국의 골칫거리였다. 1818년 마침내 핀다리

와 마라타 왕국이 무너지고 나서야 인도는 내부적으로 평화의 시대를 맞이할 수 있었다. 그 무렵 유럽의 모험가들은 돈을 벌거나 새로운 곳에서 모험을 즐기기 위해 인도 해안가에 모여들기 시작했다. 내부적으로 분열의 조짐을 보였던 마라타 왕국은 유럽의 이러한 모험가들의 지배하에 들어가는 운명을 받아들일 수밖에 없었다."

휘호 코흐는 그의 저명한 연구서 『벌스턴의 비극에 나온 시대 연구 : '휘터커 연감'의 증거, 1890』에서 쪽수 "534"는 만들어낸 숫자이기도 하지만 실제로 암호문을 만들 때 "마라타"란 글자가 있는 쪽을 참조하기도 했다는 결론을 내렸다. 그가 1881년부터 1914년까지 출판된 연감에서 암호에 등장한 쪽을 찾아본 결과, 홈즈가 큰 소리로 읽었던 암호 열쇠들을 담고 있는 연감은 두 권에 불과했다. 바로 1890년판과 1904년판인데 여기서 모리아티가 1891년에 사망한 사실로 미루어, 후자의 것은 아님을 추측할 수 있다.

제니퍼 데커는 1879년부터 1912년판까지의 『휘터커 연감』을 조사한 후 색다른 주장을 내놓았다. 그녀는 「마침내 베일을 뚫다」에서 셜록 홈즈가 『휘터커 연감』이 아니라 새뮤얼 테일러 콜리지의 「고대 선원의 노래」를 단서로 삼아 해독했다고 주장하면서, 그 첫 번째 근거로 편지를 쓴 이가 자기 필명을 "폴록"이라고 선택한 사실을 들었다.(위의 4번 주석 참고) 솔직히 말해 제니퍼 데커가 자신의 주장을 교묘하게 펼치고는 있지만, 본 편집자에게는 얼토당토않은 소리로 들릴 뿐이다.

21. 정전에 유일하게 딱 한 번 나오는 홈즈의 눈썹에 대한 묘사 부분이다. 맥도널드 경위의 눈썹 역시 짙다고 묘사된 점에 주목하라.

22. 1월 7일은 홈즈의 생일 바로 다음 날이다. 네이선 벤지스는 「무슨 달이었나?」에서 여러 차례 분석을 한 후에 이렇게 책망한다. 전날 밤 홈즈의 생일을 축하하는 자리에서 지나치게 술을 마셨기 때문에 다음 날 숙취로 인해 식욕을 잃은 것이 아니던

야 문맥상 어울리긴 하지만 우리나 모리아티 교수와는 별다른 관계가 없을 것 같은데. 어쨌든 계속 생각해보자. 마라타 정부가 뭘 어떻게 한다는 걸까? 이런! 그다음에 올 단어가 '돼지털'이라니. 이거 도저히 안 되겠는데. 왓슨! 다 틀린 것 같아."

홈즈는 농담처럼 중얼거렸지만 짙은 눈썹[21]을 실룩거리는 것으로 보아 여간 실망스럽고 짜증 난 눈치가 아니었다. 별로 도움을 주지 못한 까닭에 의기소침해진 나는 속수무책으로 그저 벽난로만 바라볼 뿐이었다. 얼마나 긴 침묵이 흘렀을까. 홈즈가 불쑥 탄성을 지르더니 황급히 책장으로 달려가 노란색 표지의 책을 꺼내 들었다.

"우리가 지나치게 최신 자료만 찾느라 급급했어. 시간을 너무 앞서 갔기 때문에 그 대가를 치른 거야. 오늘이 1월 7일이지.[22] 그러니 당연하게 신년 연감을 펼쳐본 거고. 그런데 문제는 말이야, 폴록은 작년도 연감을 사용해서 암호문을 작성했을 가능성이 높다는 거야. 만약 암호문을 푸는 열쇠가 담긴 편지를 써서 보냈다면 분명히 작년 연감을 사용하라고 일러줬을 거야. 자, 534쪽에 뭐가 있나 함께 보자고. 13번째 단어가 '대단히'인 걸 보니 이제 좀 실마리가 풀리려나 보군. 127번째 단어는 '위험'이야. 둘을 합치면 '대단히 위험'이 되지." 잔뜩 흥분한 홈즈의 눈은 반짝반짝 빛나고 단어 위를 차례로 훑어가는 손가락은 경련을 일으키고 있었다.

"다음 글자는 '하다'야. 하! 하! 끝내주는군! 자 한번 받아 적어봐, 왓슨. '대단히, 위험하다. 곧, 위험, 닥쳐, 올, 것이다.' 이제 '더글러스'라는 이름을 사용할 차례야. '시골, 벌스턴, 벌스턴 저택, 거주, 부유한, 더글러스, 장담, 긴급함.' 자, 어때! 순수한 추리력과 그 결실을 어떻게 생각해? 식료품점에서 월계관을 팔기라도 한다면 빌리더러 당장이라도 사 오라고 하고 싶은 기분이군."

나는 홈즈에게서 아무렇게나 받아 적은 암호해독이 적힌 종이를 무릎 위에 놓고 물끄러미 보며 말했다.

"참 나, 메시지 한번 무척 어지럽고 복잡하군!"

"아니, 정반대지. 폴록은 정말 기막히게 잘한 거야."

홈즈가 반박했다.

"단 한 개의 단 안에서 자기 뜻을 전할 말을 다 찾기는 힘들었을 거야. 나머지는 상대방이 알아서 이해할 만한 능력이 있기를 기도하는 수밖에 없지. 어쨌든 편지의 요점은 분명히 드러나 있어. 바로 더글러스라는 사람에게 뭔가 나쁜 일이 벌어질 거라는 사실이지. 더글러스가 누구인지는 몰라도 편지에 쓰인 것처럼 벌스턴이라는 곳에 살고 있는 돈 많은 시골 신사겠지. 폴록은 그 신사에게 곧 위험이 닥칠 절박한 상황이라고 확신하는 거야. 그래서 '확신'이라는 의미와 가장 가까운 '장담'이라는 단어를 사용해서라도 자기 의사를 전하고 싶었던 거지. 여기까지가 우리가 알아낸 결과야. 제법 그럴듯한 분석 아냐?"

홈즈는 자기가 원하는 결과를 얻지 못하면 남몰래 괴로워하지만, 반대로 일을 성공적으로 끝내면 진정한 예술가처럼 순수한 기쁨에 빠지곤 한다. 홈즈가 여전히 행복에 겨워 껄껄거리고 있을 때였다. 빌리가 문을 활짝 젖히더니 런던 경찰국의 맥도널드 경위를 안으로 안내했다.

알렉 맥도널드 경위는 1880년대 말 무렵만 하더라도 막 일을 시작한 터라 지금같이 전국적으로 주목받는 형사는 아니었다. 젊은 나이로 동료 형사들의 신뢰를 한 몸에 받고 있던 중에 몇몇 사건을 맡아 해결하면서 크게 두각을 나타냈다. 그는 기골이 장대한 체격 덕분에 늘 힘이 솟구치듯 보였고, 짙은 눈썹 아래에 깊이 자리 잡은 반짝이는 눈빛과 커다란 두개골만으로도 예리한 통찰력의 소유자임을 짐작할 수 있었다. 말수가 적고 매사에 꼼꼼한 맥도널드 경위는 다소 완강한 기질에 스코틀

가? 벤지스는 또한 1월 6일에 사건이 발생한 이유는 고의적으로 홈즈에게 경고를 주기 위한 것이라고 주장한다. 「빈집」과 「붉은 원」에서 홈즈는 셰익스피어의 『십이야』를 읊으며 자신의 생일이 '십이야' 또는 1월 6일이라고 믿는 사람들에게 확신을 준다. 1월 6일이 크리스토퍼 몰리('베이커 스트리트 이레귤러스'의 창립자)가 《새터데이 리뷰》에 처음으로 밝힌 자신의 생일이자 펠릭스 몰리(크리스토퍼의 동생)의 생일이라고 하는 주장에는 의심의 여지가 남아 있다.

23. 애버딘 항구는 스코틀랜드 북쪽에 위치한 주요 도시로서 면, 양모 및 리넨 원단을 제조하는 대규모 공장들이 들어서 있다. 또한 포경업과 주조업이 발달한 곳이기도 하다. 1176년에 스코틀랜드의 칙허勅許 자치도시가 되었다.

24. 사실 맥도널드 경위는 지금까지 왓슨의 기록에 한 번도 나온 적이 없다. 그뿐만 아니라 『공포의 계곡』 이후에도 나오지 않는다.

25. 존 홀은 여기에 나와 있는 홈즈의 완곡한 표현으로부터 많은 것을 추측한다. 그는 「끔찍한 부인 및 기록으로 남지 않은 셜록 홈즈 씨의 사건들」에서 이렇게 주장한다. "대화의 내용에서 홈즈가 맥도널드 경위에게 『공포의 계곡』 이전의 모리아티의 행적들에 대해 흥미를 불러일으키려고 애쓰는 모습을 뚜렷하게 엿볼 수 있지만, 별다른 성과를 거두지는 못했다."

경위는 갑자기 하던 말을 멈추고 몹시 놀란 얼굴로 테이블에 놓인 종잇장을 쳐다보았다. 내가 수수께끼 같은 메시지를 휘갈겨 쓴 종이였다.
프랭크 와일스 그림, 《스트랜드 매거진》(1914)

랜드 애버딘[23] 억양이 심한 남자였다.

맥도널드 경위는 벌써 두 차례나 홈즈의 도움으로 사건을 해결한[24] 경험이 있었다. 그때마다 홈즈가 받은 유일한 보상은 문제 해결 과정에서 얻는 지적인 유희를 실컷 만끽하는 것이었다.[25] 이런 까닭에 맥도널드 경위는 이 아마추어 동업자에게 자신의 깊은 애정과 존경심을 아낌없이 드러냈다. 그 후로도 맥도널드 경위는 어려운 문제에 부딪힐 때마다 홈즈를 찾아와

도움을 청했다. 평범한 사람은 자기보다 나은 사람을 알아보지 못한다. 그러나 재능이 있는 사람은 천재를 즉각 알아본다. 자기 직업에 풍부한 재능을 보인 맥도널드 경위는 유럽에서 타고난 재능이나 경험 면에서 독보적인 위치에 있는 홈즈에게 어려울 때 도움을 청하는 것이 전혀 수치스러운 일이 아니라고 믿었다. 홈즈는 친구를 쉽게 사귀는 편은 아니지만 이 덩치 큰 스코틀랜드 남자[26]에게만큼은 꽤나 관대한 태도를 보였다. 그는 경위의 모습을 보자마자 미소를 지어 보였다.

"일찍 일어나셨군요." 홈즈가 인사했다. "일찍 일어나는 새

27. 이언 매퀸은 「셜록 홈즈 찾아내기 : 장편소설의 문제점」에서 "레스트레이드는 홈즈와의 오랜 친분에도 불구하고 알고 지낸다는 점을 제외하고는 전혀 거론되지 않았다"고 설명했다.

"도대체 이게 어떻게 된 일이지요? 귀신에 홀린 것 같군요. 저 이름들을 어떻게 다 알아낸 겁니까?"
아서 I. 켈러 그림, 《선데이 연합 매거진》(1914)

가 벌레를 잡는다는 말이 있지요, 맥 경위.[27] 오늘 벌레를 많이 잡길 바랍니다. 이렇게 일찍 온 것을 보니 무슨 문제가 생긴 것은 아닌지 걱정이군요."

"홈즈 씨, 걱정보다는 뭔가 기대하고 계신 것 같은데요." 맥도널드 경위는 다 알고 있다는 듯이 씩 웃어 보였다. "으스스한 아침 한기를 없애는 데는 위스키 한 모금이 그만이지요. 아니, 고맙지만 담배는 사양하겠습니다. 서둘러 가야 하거든요.

사건이 발생했을 때 현장에 빨리 도착하는 게 중요하다는 것을 누구보다도 홈즈 씨가 잘 아시지 않습니까. 그런데, 도대체 이것은……."

경위는 갑자기 하던 말을 멈추고 몹시 놀란 얼굴로 테이블에 놓인 종잇장을 쳐다보았다. 내가 수수께끼 같은 메시지를 휘갈겨 쓴 종이였다.

"아니, 더글러스라니!"

맥도널드 경위는 말을 더듬었다.

"벌스턴! 홈즈 씨, 도대체 이게 어떻게 된 일이지요? 귀신에 홀린 것 같군요. 저 이름들을 어떻게 다 알아낸 겁니까?"

"왓슨 박사와 내가 함께 푼 암호해독문입니다. 그런데 왜 그러시죠? 무슨 문제라도 있습니까?"

맥도널드 경위는 놀란 나머지 멍한 표정으로 우리 두 사람을 번갈아 쳐다보았다.

"네, 어젯밤 더글러스 씨가 벌스턴 저택에서 끔찍하게 살해되었습니다."[28]

28. 시체가 전날 밤에 발견되었다는 증언이 이어지는데도 불구하고 이상하게 《스트랜드 매거진》과 영국판에는 "오늘 아침"이라는 문구가 나온다. 미국판에서는 이같이 명백한 실수를 정정한 것으로 보아, 애초에 작가가 원고를 송고한 후에 편집자와 제대로 소통하지 않았다는 것을 알 수 있다(작가가 편집자로부터 실수를 지적받았다면 영국판도 정정했을 것이다).

제2장

홈즈의 이야기

정 말이지 대단했다. 어쩌면 홈즈는 그런 순간을 위해 존재하는지도 모르겠다. 맥도널드 경위가 전한 사실은 실로 놀라웠는데 홈즈는 전혀 충격을 받거나 흥분한 듯 보이지 않았다. 홈즈에게 남달리 잔인한 성향이 있어서가 아니라 그동안 지나친 자극에 장기간 노출되어 감정이 무뎌졌기 때문이다. 물론 감정이 무뎌졌다고 해도 지적인 두뇌 회전까지 멈춰버린 것은 아니었다. 맥도널드 경위의 이야기에 나는 내심 공포를 느꼈지만 홈즈는 한 치의 감정 변화도 보이지 않았다. 오히려 그는 과포화 용액에서 결정체가 형성되는 과정을 지켜보는 화학자의 냉철하고 호기심 어린 눈빛을 드러내고 있었다.

"대단해, 정말 대단하군!" 홈즈가 말했다.

"별로 놀라는 것 같지는 않으시군요."

"글쎄요, 흥미롭기는 합니다. 하지만 놀랄 일은 아닌 것 같

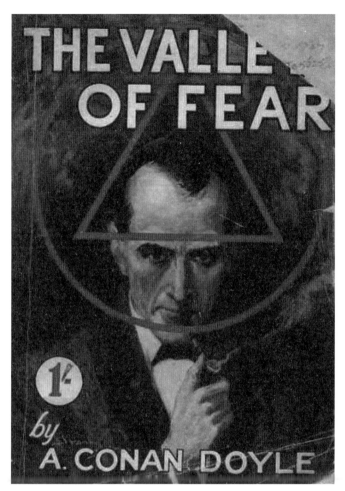

『공포의 계곡』 단행본 표지.
런던, 조지 뉴스 출판사(1920년경)

군요. 맥 경위, 내가 놀라지 않는 게 이상한가요? 중요한 정보
원이 내게 비밀 편지를 보냈는데 어떤 사람에게 위험이 닥쳤다
는 내용이었습니다. 그러고 나서 한 시간도 채 안 되어 그 남자
가 죽었으니 그의 말이 현실로 나타난 셈이지요. 정말 흥미롭
지 않습니까? 하지만 보다시피 놀랍지는 않군요."

홈즈는 우리가 받은 편지와 그 안에 담긴 암호문에 대해 간
단히 설명해주었다. 두 손으로 턱을 괴고 앉아 귀를 기울이던

맥도널드 경위가 미간을 찌푸렸다. 굵은 갈색 눈썹이 서로 붙어 한 덩어리처럼 보였다.

"오늘 아침에 벌스턴으로 가려던 참이었습니다. 가기 전에 홈즈 씨와 여기 계신 친구분께서 함께 가실 생각이 있는지 알아보려고 들렀습니다. 그런데 홈즈 씨 말씀을 듣고 보니 어쩌면 런던에 있는 편이 사건 해결에 더 도움이 될지도 모르겠군요."

"아니, 내 생각은 좀 다릅니다."

"홈즈 씨! 이제 하루 이틀이면 '벌스턴 사건의 수수께끼'라며 신문마다 대문짝만 한 기사가 날 겁니다. 그런데 사건이 일어나기도 전에 그것을 예측한 사람이 런던을 활보하고 있다면 그것은 더 이상 수수께끼라고 할 것도 없지 않나요? 그놈만 잡으면 모든 것은 저절로 해결될 테니까요."

"물론 그럴 테죠, 맥 경위. 그런데 이 폴록이라는 자를 어떻게 잡겠다는 거죠?"

맥도널드 경위는 홈즈가 건네준 편지를 뒤집어 살펴보았다.

"캠버웰에서 부친 편지네요. 별로 도움이 될 만한 정보는 아닌 것 같군요. 이름은 가명이라고 했으니……. 쓸모 있는 정보가 별로 없군요. 전에 돈을 보내준 적이 있다고 하지 않으셨습니까?"

"두 차례 보냈지요."

"어떻게 보냈습니까?"

"지폐를 편지에 동봉해서 캠버웰 우체국으로 보냈습니다."

"혹시 누가 찾아갔는지 확인하셨습니까?"

"아니요."

맥도널드 경위는 다소 충격을 받은 듯 의아한 표정을 지었다. "왜 그러셨지요?"

"나는 신의가 있는 사람이에요. 폴록이 처음으로 편지를 보내왔을 때 내가 그를 추적하지 않겠다고 약속했거든요."

"그 사람 배후에 누군가 있다고 생각하시나요?"

"분명히 있습니다."

"전에 말했던 그 교수란 자 말입니까?"

"바로 그 사람입니다!"

맥도널드 경위는 미소를 짓고 있었지만 흘긋 나를 보는 그의 눈꺼풀은 바르르 떨렸다.

"솔직히 말씀드리자면 홈즈 씨, 우리 런던 경찰국 범죄수사부[29]에서는 선생님이 그 교수에 대해서 지나치게 집착하고 있다고 우려하고 있습니다. 그래서 나도 직접 여기저기 알아보았습니다. 그분은 생각 밖으로 학식과 재능이 뛰어나 사람들에게 상당히 존경받는 인물이던데요."

"그 재능을 알아볼 수 있었다니 다행입니다."

"어떻게 그런 재능이 눈에 띄지 않을 수 있겠습니까? 그에 대한 홈즈 씨의 견해를 듣고 나서 내가 직접 그를 찾아가 만나보았습니다. 우리는 일식에 대한 이야기를 나누었어요. 이야기가 어떻게 그리 흘렀는지 기억나지는 않지만, 어쨌든 그 교수는 반사경이 딸린 등과 지구의까지 꺼내 와서 확실하게 설명해주더군요. 나한테 책도 빌려주었는걸요. 그런데 솔직히 내 머리로는 이해하기가 좀 어려웠습니다. 나도 애버딘에서 교육깨나 받은 사람이라고 생각했는데 말이죠. 어쨌든 마른 얼굴에 희끗희끗한 머리칼하며 말하는 품새마저 근엄해서인지 성직자를 대하고 있는 것 같았습니다. 마지막으로 헤어지려는데 교수가 내 어깨에 손을 얹더군요. 마치 차갑고 험한 세상으로 나가는 나에게 신부님이 축복을 빌어주시는 것 같았어요."[30]

홈즈는 싱그레 웃으며 양손을 문질렀다.

"잘됐군요! 아주 잘됐어요! 내 친구 맥도널드 씨, 이 유쾌하고도 감동적인 만남은 교수의 서재에서 이루어졌겠지요?"

"그럼요."

30. 「마지막 문제」에 그려진 모리아티 교수는 맥도널드 경위가 묘사한 모습과 전혀 다르다. 이언 매퀸은 두 묘사가 "애당초 서로 다른 두 사람을 나타낸 것일지도 모른다"고 말한다. (「마지막 문제」에서 홈즈는 모리아티를 다음과 같이 표현한다. "늘씬하니 키가 크고 여위었는데, 하얗게 벗어진 이마는 둥근 돔처럼 돌출했고, 두 눈은 푹 꺼져 있었지. 깨끗이 면도한 창백한 이목구비에는 그 교수 특유의 고행자 같은 표정이 깃들어 있었어. 공부를 많이 한 인간답게 구부정한 어깨에 얼굴을 앞으로 내밀고 있었는데, 두리번거리는 파충류처럼 언제나 아주 천천히 고개를 좌우로 내두르는 버릇이 있더군.") 마르고 희끗희끗한 머리칼에 성직자 같은 느낌이라고 묘사한 맥도널드 경위의 말과 홈즈가 「마지막 문제」에서 묘사한 부분이 완전히 불일치하는 것은 아니다. 다만 맥도널드 경위는 돌출한 이마와 푹 꺼진 눈, 그리고 가장 두드러진 특징인 고개를 좌우로 내두르는 버릇에 대해서는 전혀 언급하지 않았다.

「빈집」에서 홈즈는 왓슨에게 "세기의 두뇌 가운데 한 명이었던 제임스 모리아티 교수"라고 말한다. 매퀸은 맥도널드 경위가 만난 모리아티는 진짜 모리아티 교수가 아니라 그의 뒤를 이은 제3의 제2의 인물일 것이라고 주장한다. "모리아티"라고 칭한 이유는 단지 '모리아티 조직'의 우두머리 자리에 있음을 나타내기 위해서일 것이다. 매퀸은 「마지막 문제」에서 모리아티 교수의 '동생'이라고 불리던 제임스 모리아티 대령이 사실은 「빈집」에서, 라이헨바흐 폭포에서 홈즈와 대결했다고 밝혀진 모리아티 교수의 오른팔 즉, 세바스찬 모런 대령이었을 거라는 추측을 내놓는다. 계속해서 매퀸은 모런 대령이 모리아티 사후 조직의 우두머리 자리를 승계하면서 '제임스 모리아티'라는 이름을 사용했고, 군인의 직위와 함께 자기의 우두머리 자리를 공고히 했다고 주장한다. 모런이 체포된 후 또 다른 교수—아마도 첫 번째 제임스 모리아티의 전직 대학 동료 교수—가 조직의 우두머리 자리를 잇고 그가 다시 '제임스 모리아티'의 이름을 사용하고 교수직을 유지하고 있었기 때문에 여전히 '제임스 모리아티 교수'라고 알려진 것이라고 주장한다(매퀸은 「빈집」 이후에 『공포의 계곡』이 나왔다고 추정함으로써, 연대기 학자 중에서 눈에 띄는 소수파가 되었다). 맥도널드 경위가 만나본 모리아티는 이 새로운 우두머리이지, 홈즈와 대결했던 원래의 모리아티 교수가 아니라는 것이 매퀸의 주장이다.

31. 미국판에는 "peeping"이라고 나왔다. 여기서 사용된 "keeking"은 스코틀랜드 어휘. '엿보다' 또는 '슬쩍 보다'라는 뜻으로 로버트 루이스 스티븐슨이 종종 사용했다.

32. 장 바티스트 그뢰즈(1725-1805)는 프랑스의 화가로 살아생전 대중적으로 폭발적인 인기를 누렸다. 오늘날 그의 작품은 기술적인 면에서 여전히 높게 평가받으면서도 전반적으로 감성적이고 과장된 화풍의 화가라는 평을 듣고 있다. 그는 1755년 살롱('파리 미술 전람회'를 뜻함—옮긴이)에 〈성경을 읽어주는 아버지〉를 전시하면서 큰 성공을 거두게 된다. 이 작품이 큰 성과를 거두고 난 후 그뢰즈는 드니 디드로의 격려 속에 계속해서 〈마을의 약혼식〉(1761), 〈벌 받은 아들〉(1778)과 같은 도덕적인 교훈을 주는 장면을 담은 그림을 그렸다. 개인적으로 역사 화가로 인정받고 싶어 했던 그뢰즈는 1769년 살롱에서 전시된 〈카라칼라를 비난하는 셉티미우스 세베루스〉가 별다른 호응을 얻지 못하자 그 후로 순진한 척하면서 일부러 성적인 분위기를 자아내는 느낌의 그림들을 그리기 시작했다. 본문에서 홈즈가 말하는 내용이 바로 이 화풍에 대한 것이다. 그뢰즈는 자신의 작품이 더 이상 인기를 얻지 못하자 가난한 생활을 하다 죽고 말았다. 그의 작품은 루브르 박물관, 베르사유 궁전, 런던 월리스 박물관, 에든버러 국립미술관 및 메트로폴리탄 미술관에 전시되어 있다.

"아주 멋진 방이었겠군요."

"정말 멋졌어요. 아주 근사한 방이던데요."

"맥 경위는 교수의 책상 바로 앞에 앉아 있었겠군요."

"네, 맞아요."

"맥 경위 얼굴에 햇빛이 비쳤을 테니 교수의 얼굴은 그늘져 있었을 테지요?"

"글쎄요, 그때는 밤이었거든요. 어쨌든 등불이 내 얼굴을 내내 비추더군요."

"그랬을 겁니다. 혹시 교수 머리 위쪽에 걸려 있는 그림을 본 기억이 있나요?"

"나는 무엇이든 놓치는 게 없는 사람입니다. 홈즈 씨에게 배운 습관 덕분이지요. 네, 그림이 생각나요. 젊은 여인이 두 손으로 얼굴을 받치고 그림을 보는 사람을 마치 곁눈질하는 듯한[31] 그림이었어요."

"바로 장 바티스트 그뢰즈[32]의 작품입니다."

맥도널드 경위는 애써 관심 있는 척했다.

"장 바티스트 그뢰즈란 화가는……." 홈즈는 계속해서 말을 이으며 양 손가락을 맞대고 의자에 등을 기댔다. "프랑스 화가인데 1750년부터 1800년까지 아주 왕성하게 활동한 화가입니다. 물론 순전히 화가로서 활동했을 때를 말하는 겁니다. 지금의 비평가들은 그가 활동했을 때보다 그를 더 높게 평가하고 있지요."

맥도널드 경위가 한눈을 팔기 시작했다.

"그보다는 사건 얘기를 하는 것이……."

"지금 하고 있지 않습니까?" 홈즈는 그의 말을 가로막았다. "내가 지금 말하고 있는 것들은 모두 경위님이 말하는 벌스턴 사건의 실마리를 풀 수 있는 직접적이고도 아주 핵심적인 사항과 관련이 있습니다. 어떤 의미에서는 그 사건을 풀 수 있는 열쇠라고 할 수도 있지요."

맥도널드 경위는 멋쩍은 미소를 지으며 내게 도와달라는 듯한 시선을 던졌다.

"홈즈 씨, 추리를 펼치는 속도가 너무 빨라서 제가 따라잡기 벅찰 정도예요. 한 가지 이야기와 다른 이야기를 연결시키는 고리를 몇 개 빠뜨리시면 도무지 어떻게 서로 연관지어 생각해야 할지 종잡을 수가 없습니다. 도대체 이 죽은 화가가 벌스턴에서 벌어진 일과 무슨 관계가 있다는 겁니까?"

"탐정에게는 어떤 지식이라도 유용할 때가 있게 마련이지요." 홈즈가 응수했다. "1865년 〈아기 양을 데리고 있는 아가씨〉라는 그뢰즈의 그림이 120만 프랑, 그러니까 우리 돈으로 4만 파운드[33] 이상의 가격에 포르탈리스 경매[34]에서 낙찰되었습니다. 이 사실이 별것 아닌 것 같지만 여기서부터 생각의 실마리를 풀어나갈 수 있을 것으로 보입니다."[35]

정말 그랬다. 맥도널드 경위는 슬슬 흥미를 느끼기 시작했다.

"내가 도와드리지요." 홈즈가 이어서 말했다. "믿을 만한 자료들을 확인해 모리아티 교수의 급여를 알아낸 결과 그는 1년에 700파운드를 받고 있습니다."

"그런데 어떻게 그 돈으로 그런 그림을……"[36]

"바로 그겁니다. 도대체 그런 값비싼 그림을 어떻게 손에 넣을 수 있었을까요?"

"흠, 이해가 안 됩니다." 경위는 심각하게 말했다. "계속 이야기하시죠, 홈즈 씨. 재미있군요. 점점 흥미로워집니다."

홈즈는 미소를 지었다. 누군가 자기에게 진심으로 존경을 나타내면 흐뭇한 마음이 드는 것은 어쩔 수 없는 일이다. 이것이 바로 진정한 예술가의 특성일 것이다. "이제 벌스턴으로 떠나야 하지 않나요?" 홈즈가 물었다.

33. 《스트랜드 매거진》과 몇몇 미국판에는 원래 원고에서처럼 "4만 파운드"라는 액수로 나오지만 영국 초판에는 "4,000파운드"라고 나온다. 1865년 당시 환율을 살펴보면 1파운드당 300프랑이라기보다는 1파운드당 30프랑에 가까웠기 때문에 4만 파운드가 맞는 액수로 보인다.

34. 토머스 L. 스틱스는 「누가 악당 모리아티를 두려워하는가?」에서 당시 포르탈리스에서 판매되었다고 추정되는 이 그림에 대해 언급했다. "1865년에 실제로 이 그림이 포르탈리스 경매에서 1,800파운드에 디즈레일리에게 팔렸다. 우리 쪽 책임자로는 파크버넷 갤러리, 쿤 교수, 하버드 대학교 포그 박물관의 큐레이터가 참여했다. 하지만 이 그림이 위작으로 판명 나자 포르탈리스는 디즈레일리에게 1,800파운드를 되돌려줄 수밖에 없었다. 결국 '그뢰즈가 죽은 후에' 그 작품은 '그 상태 그대로' 45파운드에 팔렸다.

그러나 보다 정확한 정보를 가지고 있는 것으로 보이는 잭 트레이시는 「1865년 포르탈리스 경매」에서 홈즈(그리고 스틱스)가 저명한 법조인(나폴레옹 법전의 기초를 다지는 데 상당한 영향을 미친 장 에티엔 마리 포르탈리스) 가문의 프랑스식 姓인 '포르탈리스Portalis'와 파리의 한 시설 미술관인 '푸르탈레스Pourtalés 아트 갤러리'를 혼동한 것이라고 보고했다. 제임스알렉상드르 드 푸르탈레스고르지에의 소장품들은 그의 유언에 따라 1865년 경매에서 모두 처분되었다. 그는 유언에 자기가 죽고 나서 10년이 지나면 자신의 소장품을 모두 팔아 상속인들에게 남겨줄 것을 명시했다. 트레이시는 그뢰즈의 작품 〈순수〉의 가격을 4,000파운드(1만 200프랑)라고 확인한 반면, 『브리태니커 백과사전』(11판)에는 푸르탈레스 판매 가격이 10만 200프랑으로 나와 있다. 이 숫자는 홈즈가 말했던 액수에 가깝다. 트레이시(이미 고인이 됨)가 어떤 근거로 그런 말을 했는지 밝히지 않았기 때문에, 정확한 액수는 아직도 확실하지 않다.

35. 율리안 볼프가 《베이커 스트리트 저널》 사설에서 명시했듯이 여기에 나오는 작품은 두 개의 서로 다른 그림이라는 사실에 주목해야 한다. 첫 번째 작품은 맥도널드 경위가 모리아티 교수의 연구실에서 본 그림으로서 "젊은 여인이 두 손으로 얼굴을 받치고 그림을 보는 사람을 마치 곁눈질하는 듯한" 모습이다. 볼프는 "사실 이 그림은 스코틀랜드 국립미술관(목록 번호 NG437)에 있는 〈팔짱을 끼고 있는 소녀〉라는 작품이 [여기에서] 재현된 것으로 보인다"라고 주장했다. 〈아기 양을 데리고 있는 아가씨〉란 작품은 그동안 소재지를 찾아내려는 셜로키언들의 수많은 노력에도 불구하고 모리아티 교수의 그림이라는 사실을 밝혀낼 수가 없었다. 홈즈 역시 모리아티 교수가 가지고 있는 작품이 그 그림이라고 말한 적이 없다. 단지 모리아티 교수가 소유한 그림이 아주 비싼 작품일 거라고 암시한 데 불과하다고 볼프는 주장했다.

스코틀랜드 국립미술관 관계자의 말에 따르면, 1861년에 헨덜랜드의 머리 부인의 의뢰로 〈팔짱을 끼고 있는 소녀〉가 이 미술관에 들어오게 되었다고 한다. 그렇다면 혹자는 궁금해할지도 모르겠다. 도대체 모리아티는 자기가 소장하고 있는 그림을 어디서 구입한 것일까? 설마 모리아티 교수가 미술관에 걸려 있던 소녀 그림을 훔치고 복제품으로 바꿔치기라도 해놓은 것일까? 아니면 교수가 소장한 그림이 복제품이거나 지금까지 알려지지 않은 그뢰즈의 또 다른 작품이었던 것인가?

36. T. F. 포스는 위의 15번 주석에 이어서 모리아티 교수에 대해 다음과 같이 주장했다. "교수가 그런 값비싼 그림을 구입한다는 것은 남들이 어떻게 생각하는지 전혀 의식하지 않는다는 소리다……. 모리아티 교수를 방문하는 교양 있는 사람들 중에는 미술 평론가도 더러 있어서 그의 그림에 대해 떠들고 다녔을 것이다. 사람들은 소문을 잘 퍼트리는데 이런 소문은 더 빨리 퍼지게 마련이다. 따라서 머지않아 영국 세관의 귀에까지 들어가 1년에 고작 700파운드를 벌어들이는 사람이 어떻게 그렇게 비싼 미술품으로 벽을 장식할 수 있는지 그에 합당한 설명을 요구했을 것이다." 하지만 D. 마틴 데이킨은 "그가 그렇게 아름다운 그림을 가지고도 뒤에 숨겨놓는다면 그게 다 무슨 소용이었겠는가?"라며 그것은 마치 다이아몬드 목걸이를 철통 같은 은행 금고에 넣어두는 것이나 마찬가지라며 모리아티 교수의 입장을 옹호했다.

"아직 시간이 남았습니다." 맥도널드 경위는 시계를 확인하며 말했다. "문 앞에 마차를 대기시켜놨습니다. 또 빅토리아역까지 20분도 채 안 걸릴 테고요.[37] 그런데 그 그림 말입니다. 내 기억에 홈즈 씨께서는 모리아티 교수를 만나본 적이 한 번도 없다고 하신 것 같은데요."

"전혀 없습니다."

"그렇다면 교수의 방에 그 그림이 걸려 있다는 것을 어떻게 아셨습니까?"

"아, 그건 또 다른 이야기지요. 나는 그 방에 세 번이나 가본 적이 있습니다. 두 번은 각각 다른 이유로 찾아갔었는데 거기서 교수를 기다리다 못 만나고 먼저 나왔지요. 또 한 번은……. 글쎄요, 현직 경위님 앞에서 말씀드리기 어려운 내용이군요. 어쨌든 그때 교수의 서류들을 서둘러 훑어보았는데 아주 뜻밖의 결과를 찾아냈습니다."

"뭔가 의심스러운 내용이라도 발견하셨나요?"

"아니, 아무것도 없더군요. 내가 놀란 이유가 바로 그 때문입니다. 그건 그렇고, 이제 그 그림이 무얼 뜻하는지 아시겠습니까? 그림만 보아도 모리아티 교수가 얼마나 대단한 부자인지 추측할 수 있지요. 교수인 그가 어떻게 부를 축적했을까요? 아직 결혼도 안 했고 남동생은 서부 잉글랜드의 역장에 불과합니다.[38] 게다가 교수 연봉이 700파운드인데, 그런 그가 그뢰즈의 그림을 갖고 있단 말입니다."

"어떻게 된 거지요?"

"불을 보듯 뻔한 것 아니겠습니까?"

"그러니까 교수가 불법으로 엄청난 돈을 벌어들이고 있다는 말씀인가요?"

"그렇습니다. 그렇게 생각할 만한 또 다른 이유가 있기는 합니다만……. 수십 가닥의 거미줄들은 보일 듯 말 듯 중심을 향

37. 벌스턴은 서식스의 북쪽 경계 지역에 위치해 있으면서 윌드 삼림지대와 근접해 있다. 『베데커의 그레이트브리튼』에 따르면 이 지역으로 향하는 기차 노선은 세 개가 있다고 한다. 서던 이스턴 노선을 타고 도킹(한 시간 15분 내지 한 시간 30분 소요)으로 가는 방법은 채링크로스, 캐논 스트리트 및 런던 브리지 역에서 출발할 수 있다. 두 번째 방법은 런던, 브라이튼, 사우스코스트 노선(한 시간 7분에서 한 시간 45분 소요)을 타고 가는 방법으로 런던 브리지 및 빅토리아 역에서 출발할 수 있다. 마지막으로는 워털루 역에서 출발하여 사우스웨스턴 노선을 타고 길퍼드(45분에서 한 시간 30분 소요)까지 가는 방법이 있다. 빅토리아 역의 역사는 캐서린 쿡이 쓴 「혜택을 가져다주는 기차역」에서 자세히 다루었다.

38. 앞에서 주석을 달아놓았듯이(30번 주석 참고), 제임스라고 불리는 모리아티 교수의 또 다른 형제는 대령 출신이다(왓슨은 「마지막 문제」에서, 모리아티 교수의 죽음과 관련된 글을 발표하면서 제임스 모리아티 대령이 "자기 형을 변호"했다고 언급했다). 그 글에서 "형"이라는 말이 나온 것으로 보아 제임스 모리아티 대령이 제임스 모리아티 교수의 동생이었다는 결론을 내릴 수 있다. 셜로키언과 관련된 것들의 최고 수집가이자 대단한 기지의 소유자인 존 베넷 쇼는 세 명의 형제 모두 "제임스"라는 이름을 사용했고, 그들은 '3형제'를 기념하기 위해 뉴멕시코의 모리아티에서 조직을 만들었다고 결론지었다.

39. 조너선 와일드(1682-1725)는 악명 높은 범죄 주모자로, 15년 동안 런던의 대규모 도적단을 이끌었다. 그는 훔친 물건을 시장에 내다 팔기보다 원래 소유주에게 되파는 것이 훨씬 안전하고 이윤도 더 많이 남길 수 있는 방법임을 깨닫고 본격적으로 그와 관련된 사업을 벌였다. 그리하여 자신의 부하들에게 넉넉한 '수수료'를 지급하고 그들이 훔친 물건을 되팔아 큰 이윤을 남기는 방식을 취했다. 때때로 본인이 직접 범행을 계획하기도 했다. 한편 거대한 조직을 관리하는 방법에 있어 이 일에 가담하기를 거부하는 범죄자들에게는 혹독한 대가를 치르도록 했다. 예컨대 와일드는 법정에서 120명에 달하는 범죄자들에게 불리한 증언을 하거나 그들의 범죄 활동 관련 정보를 수사기관에 넘기는 등 그들이 사형을 당하는 데 결정적인 역할을 했다. 와일드는 수사 당국에 '첩자 노릇'을 하는 대가로 자기 사업에 도움을 받기도 했다. 『브리태니커 백과사전』 11판에는 "수사 당국이 엄격해져서인지 아니면 와일드가 방심했던 탓인지 그가 결국 체포되기도 했으나 올드베일리 재판에서 강도 혐의에 대해 무죄를 선고받았다. 하지만 그 후에 훔친 물건을 경찰에 알리지도 않은 상황에서 원래 소유주에게 돌려주고, 그에 대한 보상을 받은 데 대해 유죄 선고를 받았다"라고 되어 있다. 와일드는 1725년 5월 24일 타이번에서 교수형에 처해졌다.

40. 조너선 와일드는 소설 속에 나오는 허구의 인물이 아니라 실존했던 인물이다. 본문에서 맥도널드 경위는 헨리 필딩의 풍자소설 『위대한 조너선 와일드의 인생』(1743)에서 범죄 영웅으로 그려진 조너선 와일드와 혼동한 것으로 보인다. 『영미문학의 케임브리지 역사』(1907-1921) 총 18권에는 이 책과 관련하여 다음과 같이 설명하고 있다. "도둑, 장물아비, 교수대의 흉악범이나 다름없는 조너선 와일드를 장장 56장에 걸쳐 영웅 내지 위대한 인물로 소개했다. 반면에 단순하고 다정하고 개방적인 성품의 선량한 사람인 하트프리는 '멍청하고' 저

해 뻗어 있고, 그곳에는 독을 잔뜩 품은 거미가 미동도 없이 먹이가 걸려들기만을 기다리고 있지요. 내가 그뢰즈의 그림을 언급한 이유도 맥 경위가 상황을 쉽게 파악할 수 있도록 도와주기 위해서입니다."

"홈즈 씨, 말씀하신 내용이 흥미롭다는 것은 인정합니다. 아니, 흥미 이상으로 훌륭합니다. 하지만 좀 더 구체적으로 말씀해주시죠. 도대체 그 많은 돈이 어디서 난 걸까요? 그림 위조? 화폐 위조? 아니면 강도 짓이라도 한 걸까요?"

"혹시 조너선 와일드[39]에 대해 읽어본 적 있나요?"

"어디선가 들어본 듯한 이름인데, 소설 속의 인물인가요? 저는 소설에 나오는 탐정 따위에는 관심이 없어요. 그들은 사건을 처리하고도 어떻게 해결했는지 가르쳐주질 않거든요. 그런 책은 늘 영감으로 사건을 해결할 뿐 전혀 사실적이지가 않아요."

"조너선 와일드는 탐정도, 소설 속 등장인물도 아닙니다.[40] 1750년 무렵에 살았던 범죄 집단의 우두머리였지요."

"어쨌든 내게 별로 도움은 안 되겠군요. 난 현실적이거든요."

"맥 경위, 진정으로 현실적인 탐정이 되고 싶다면 한 석 달쯤 집에 틀어박혀 하루 열두 시간씩 범죄 기록을 살펴봐야 할 겁니다. 모든 것은 돌고 도는 법이니까요. 모리아티 교수도 포함해서 말이지요. 조너선 와일드는 런던 범죄자들의 숨은 배후 세력으로 활동했던 인물입니다. 런던의 범죄자들에게 자신의 두뇌와 조직력을 공급해주는 대가로 15퍼센트의 수수료를 챙기던 인물이지요. 그런 자는 옛날에도 있었지만 앞으로도 존재할 겁니다. 모리아티 교수에 대해서 관심이 갈 만한 이야기를 해드리지요."

"궁금한데요."

"아주 우연한 기회에 모리아티 교수와 연결되어 있는 첫 번째 고리가 누구인지 알게 되었습니다. 사슬 한쪽 끝에는 어둠의 길로 잘못 들어선 나폴레옹 같은 남자가 있고 다른 쪽 끝에는 100여 명에 이르는 폭력배, 소매치기, 공갈 협박범, 사기 도박단 등이 우글거리고 있습니다. 그 안에서 온갖 끔찍한 범죄들이 일어납니다. 모리아티 교수의 일등 참모 격인 세바스찬 모런 대령 역시 자신이 저지른 범죄와 관련된 증거를 철저히 은폐하여 모든 법망을 능수능란하게 빠져나가지요. 모리아티 교수가 그에게 연봉을 얼마나 줄 것 같습니까?"

"얼마나 주는데요?"

"1년에 6,000파운드나 됩니다. 비상한 두뇌에 대한 보상이라고나 할까요. 미국식 상업주의의 본보기지요. 정말 우연한 기회에 그런 내막을 알게 되었는데 영국 수상의 수입보다도 많은 액수더군요.[41] 이 사실만 보더라도 모리아티 교수의 수입이 얼마나 되는지, 또 그가 손대고 있는 일의 규모가 얼마나 어마어마한지 대충 감이 잡히지 않습니까? 하나 더 생각해볼 점이 있습니다. 모리아티 교수가 최근에 발행한 수표를 추적해본 적이 있는데, 가계비 지출에 사용한 수표였습니다. 의심할 만한 구석은 전혀 없었지요. 그런데 수표마다 발행한 은행이 모두 달랐어요. 총 여섯 곳이나 되었지요. 뭔가 이상하다는 생각이 들지 않습니까?"

"정말 이상하군요. 홈즈 씨는 어떻게 생각하시는지요?"

"모리아티 교수는 자기 재산 이야기가 남들 입에 오르내리는 걸 원치 않았던 겁니다. 자기가 얼마나 많이 가지고 있는지 그 누구에게도 들키고 싶지 않은 것이지요. 그가 거래하는 계좌만 해도 틀림없이 스무 개는 될 겁니다. 게다가 재산의 상당 부분을 국외로 빼돌려 도이체 은행이나 리옹 은행에 맡겨두었을 거예요. 여하튼 경관님이 혹시라도 여유가 생기면 모리아티

급하고 '한심하게' 그렸다……. 스위프트조차 한결같은 아이러니를 그렇게 훌륭하게 표현하지 못했을 것이다. 역동적이고 다채로우면서도 세부적인 묘사를 멋지게 담아내어 '저급한' 삶의 모습을 생생하게 나타냈다."

41. 1900년 『휘터커 연감』에 따르면, 영국 수상 및 다른 고위 내각은 연간 5,000파운드로 오늘날의 가치로 따지면 약 33만 파운드 즉, 미화 64만 달러에 해당하는 연봉을 받았다.

교수에 대해 연구 좀 해보시지요."

대화가 진행될수록 맥도널드 경위는 홈즈에게 점점 더 깊은 인상을 받는 듯했다. 그는 완전히 넋을 잃고 홈즈의 이야기에 빠져들었다. 하지만 이내 스코틀랜드인다운 현실감을 되살려 코앞에 닥친 문제를 다시 들춰냈다.

"그럼 모리아티 교수 얘기는 나중으로 미루도록 하지요. 홈즈 씨가 재미있는 일화만 들려주니까 하던 이야기가 자꾸 옆으로 새지 않습니까? 어쨌든 중요한 점은 홈즈 씨의 진술대로 그 교수가 이번 사건과 뭔가 관련이 있다는 겁니다. 그 폴록이라는 남자가 경고문을 보냈다고 하셨는데, 그 편지에서 사건 해결의 실마리를 풀 수 있는 실질적인 추측을 해볼 수는 없을까요?"

"범죄 동기에 대해 추측할 수는 있습니다. 맥 경위께서 맨 처음 하신 말씀처럼 이 사건은 풀 수 없는, 아니 적어도 설명이 불가능한 살인 사건입니다. 그런데 살인 사건의 핵심이 우리가 추측하는 대로 모리아티 교수라고 가정해봅시다. 그럼 범행의 동기를 크게 두 가지로 볼 수 있어요. 첫 번째, 내가 말씀드렸는지 모르겠지만 모리아티 교수는 부하들을 엄격한 규율로 다루고 있습니다. 자기 명령을 어기는 자는 엄청난 대가를 치러야 하지요. 바로 죽음입니다. 그럼 이 살해당한 남자, 더글러스라는 사람이 어떤 식으로든 자기 두목을 배신했다고 칩시다. 모리아티 교수는 자신을 배신하는 자에게 돌아가는 것은 곧 죽음뿐이라는 걸 세상에 본보기로 하기 위해 그를 처벌했던 겁니다."

"그럴듯한 얘기군요, 홈즈 씨."

"또 다른 가정을 해볼 수 있는데요, 모리아티 교수가 돈을 벌어들이는 과정에서 저지른 범죄일 수도 있다는 것입니다. 혹시 도둑맞은 물건은 없습니까?"

"지금까지 들은 바로는 없습니다."

"물건을 도둑맞았다면 첫 번째 가정보다는 두 번째 가정이 더욱 설득력이 있을 겁니다. 만약 그랬다면 모리아티 교수는 훔친 물건을 나눠 갖기로 약속했거나, 상당한 액수의 대가를 받기로 약속하고 일을 저질렀을지도 모릅니다. 어느 쪽이든 가능한 일이죠. 두 가지 가정 중에서 하나가 맞든지, 아니면 또 다른 제3의 이유가 있을 수도 있지요. 여하튼 우리가 해결책을 찾아 나서야 할 곳은 바로 벌스턴입니다. 나는 모리아티 교수에 대해서 잘 알고 있습니다. 이곳 런던에 자신을 범죄와 연결시킬 만한 그 어떤 단서도 남겨둘 인물이 절대로 아닙니다."

"그렇다면 벌스턴으로 가야겠군요!" 맥도널드 경위가 의자에서 벌떡 일어서며 외쳤다. "이런, 생각보다 늦었는데요. 모두들 빨리 준비하시지요, 5분 안에 준비를 마쳐야 합니다. 더는 지체할 수 없어요."

"그 정도면 충분합니다." 홈즈는 자리에서 일어나 서둘러 외출용 코트로 갈아입었다. "맥 경위, 가는 길에 사건에 관련된 세부 사항을 자세히 설명해주세요."

나중에 듣고 보니 '세부 사항'이라는 게 실망스러울 정도로 빈약했다. 그래도 이 사건이 전문가의 흥미를 불러일으키기에는 충분하다는 것만큼은 분명했다. 홈즈는 두 눈을 반짝거리며 가느다란 두 손을 서로 비볐다. 그리고 경위가 들려주는 변변찮은 정보에도 열심히 귀를 기울였다. 지난 몇 주 동안 별다른 사건 없이 보냈는데 드디어 우리의 비범한 능력을 발휘할 적당한 먹잇감을 찾은 것이다. 여타의 재능처럼 비범한 탐정 능력 역시 제대로 발휘할 기회를 갖지 못하면 당사자는 참을 수 없는 괴로움을 느끼게 된다. 칼날 같은 예리한 두뇌를 사용하지 않으면 결국 무뎌지고 녹슬어 쓸모가 없어지게 마련이니 말이다.

사건 요청을 받아 마침내 그 비범한 능력을 발휘하게 된 셜록 홈즈의 얼굴에는 열의에 찬 빛이 역력했다. 눈빛은 반짝이고 백지장 같은 두 뺨도 발그레 달아올랐다. 맥도널드 경위가

357

맥도널드 경위가 서식스에서 우리를 기다리고 있는 사건에 대해 설명하는 동안
홈즈는 한 마디라도 놓칠세라 상체를 앞으로 쑥 내밀고는 바짝 귀를 기울였다.
프랭크 와일스 그림, 《스트랜드 매거진》(1914)

서식스에서 우리를 기다리고 있는 사건에 대해 설명하는 동안
홈즈는 한 마디라도 놓칠세라 상체를 앞으로 쑥 내밀고는 바짝
귀를 기울였다.

맥도널드 경위는 새벽 열차 편으로 한 통의 편지를 배달받
았다. 지금 우리가 의지할 수 있는 정보라고는 그 편지 속에 급
하게 휘갈겨 쓰인 내용이 전부였다. 맥도널드 경위가 서식스의

지방경찰관 화이트 메이슨과 개인적으로 친분이 있어서 지방 경찰에서 런던 경찰국에 지원 요청을 할 때마다 훨씬 신속하게 연락을 받을 수 있었다. 대개의 경우 런던 수사관들에게 의뢰가 들어오는 사건은 관련 단서가 미비한 경우가 많았다.

다음은 맥도널드 경위가 읽어준 편지 내용이다.

맥도널드 경위님

경위님의 협조를 요청하는 공문은 별도로 보냈습니다. 이 편지는 개인적으로 보내는 서한입니다. 벌스턴에 도착하는 기차를 오전 몇 시에 탈 예정인지 미리 알려주시면 제가 마중 나가도록 하겠습니다. 혹시라도 급한 일이 생기면 대신 누군가를 보내겠습니다. 이번 일은 여간 복잡해 보이는 사건이 아닙니다. 지체할 시간이 없으니 서둘러주시기 바랍니다. 가능하면 홈즈 씨와 함께 오는 편이 좋을 것 같군요. 홈즈 씨의 마음을 사로잡을 만한 사건이니까요. 사건 현장은 시체만 없다면 마치 잘 꾸며놓은 연극 무대 같다는 생각이 들 정도랍니다. 장담컨대, 만만한 사건이 절대로 아닙니다!

"친구가 바보는 아닌 것 같군요." 홈즈가 말했다.

"물론입니다. 내가 보기에 화이트 메이슨은 아주 대찬 사람입니다."

"또 다른 정보는 없습니까?"

"도착하면 메이슨 형사가 모두 설명할 겁니다."

"그런데 맥 경위, 더글러스 씨가 끔찍하게 살해당했다는 사실은 어떻게 알았지요?"

"동봉된 공문을 보고 알았습니다. 사실 '끔찍하게'라는 말은 없었습니다. 공문에 쓰기에는 적절치 않은 표현이지요. 피해자 이름이 존 더글러스라고 나와 있더군요. 산탄총에 머리를 맞았다고 했습니다. 적힌 대로라면 사건 발생 시각은 어젯밤 자정에 가까운 시간이었어요. 추가로 이 사건은 틀림없는 살인 사건이고 아직까지 범인은 잡히지 않은 상황으로, 사건 자체가 아주 복잡하고 또한 의문점이 많다고 했습니다. 지금까지 알고 있는 내용은 이게 전부입니다, 홈즈 씨."

"그렇다면 이쯤 해서 일단 생각을 접도록 하지요. 맥 경위, 불충분한 자료를 가지고 섣부르게 속단을 내리는 것은 우리 같은 전문가에게는 쥐약 같은 짓이거든요. 지금 우리가 알고 있는 확실한 것은 딱 두 가지입니다. 범죄계의 배후를 조종하는 두뇌는 런던에 있고, 살해당한 남자의 시신은 서식스 주에 있습니다. 이 두 가지 사실의 연결 고리를 지금부터 찾아보도록 합시다."

제3장

벌스턴의 비극[42]

자, 지금까지 일어난 일들을 순서대로 정리해보겠다. 물론 이 이야기에서 변변치 못한 내 의견은 빼기로 하고, 순전히 우리가 현장에 도착하기 전까지 얻은 지식을 근간으로 설명하려고 한다. 이래야만 독자들이 사건에 관련된 인물들을 이해하고, 그들의 운명이 처한 사건의 배경을 쉽게 파악할 수 있기 때문이다.

벌스턴은 서식스 주의 북경 지대에 자리 잡고 있는 작고 오래된 마을로 아담한 반목조 주택들이 옹기종기 모여 있는 곳이다. 이 마을은 몇백 년이 지나도록 옛 모습을 그대로 유지해왔지만, 지난 몇 년 사이에 그림 같은 경치와 편리한 위치에 반한 부자들이 제법 몰려드는 바람에 새로 지은 집이 하나둘씩 늘어나기 시작했다. 주로 숲 주위에 빼곡하게 너도나도 집을 지었다. 그 숲은 월드 대삼림[43] 끝자락에서 시작하여 나무가 점점

42. 《스트랜드 매거진》 1914년 10월호에는 앞서 연재된 이야기의 요약본이 다음과 같이 실렸다.

셜록 홈즈의 숨 막히는 새로운 모험담의 첫 두 장章이 지난 호부터 새로이 실렸다. 이야기의 줄거리는 이렇다. 어느 날 홈즈는 암호문이 담긴 메시지를 받은 후 서식스 주의 벌스턴에 사는 부유한 남자 더글러스에게 뭔가 불길한 일이 벌어질 것이며, 그 위험이 바로 코앞에 닥친 상황이라고 판단한다. 홈즈가 해독을 마칠 즈음 그를 찾아온 런던 경찰국 소속 맥도널드 경위는 더글러스가 그날 아침(원문 그대로임. 28번 주석 참고)에 살해당했다는 소식을 전한다. 맥도널드 경위는 셜록 홈즈와 왓슨 박사에게 함께 사고 현장으로 갈 것을 권하고, 그렇게 세 사람은 길을 떠난다.

43. 월드Weald라고 알려진 아주 오래된 삼림이 뻗어

있는 지대로(숲이라는 뜻의 고대영어 'wald' 또는 'weald'에서 유래), 너비가 60킬로미터에 이르며 북부 백악층의 작은 산들과 사우스다운스 구릉지 사이에 놓여 있다. 한때 이 숲은 이보다 규모가 훨씬 더 컸던 안드레즈월드(아무도 살지 않는 숲이라는 뜻) 삼림의 일부였다. 왓슨이 「블랙 피터」에서 쓴 것처럼 월드는 한때 철광 산업의 중심지이기도 했지만, 지금은 잉글랜드에서 가장 울창한 삼림지대의 하나로만 남아 있다. 현재 상당 부분이 농경지로 사용된다.

44. 햄프셔 북쪽에서 시작하여 서리를 지나 켄트까지 이어지는 나무가 없는 석회암 구릉 지역을 말한다.

45. 『베데커의 그레이트브리튼』에 따르면, 턴브리지 웰스는 "영국에서 가장 인기 있는 내륙 온천 지역의 하나였다……. 철분 함유량이 다소 빈약하지만 뛰어난 주위 경관과 상쾌한 공기 덕분에 오늘날 사람들이 즐겨 찾는 명소가 되었다." 또한 "청교도인들이 즐겨 찾는 휴양지였다. 에브라임 산과 시온 산과 같은 이름에서 그들의 편애의 흔적을 엿볼 수 있다. 여전히 이곳은 복음주의학파를 고수하는 자들의 영향을 특별히 받고 있는 지역이다." 턴브리지 웰스는 턴브리지 분기점과 헤이스팅스를 오가는 사우스이스턴 노선의 헤이스팅스 지선에 있는 역이었다.

46. 유럽의 그리스도인들이 예루살렘으로 행군하여 도시를 탈환한 첫 번째 십자군 전쟁은 1095년에서 1099년까지 이어졌다. 이 전쟁을 일으킨 교황 우르바노 2세는 1095년에 클레르몽 종교회의에서 그리스도인들이 모두 일어나 무장할 것을 요구했다. 교황은 성지에 대한 신성모독 및 순례자에 대한 모욕을 거론하며 지지자들이 그와 함께 "Deus volt"("하느님이 그것을 원하신다." 제1차 십자군 전쟁의 표어다—옮긴이)를 외치면서 일어나자고 독려했

줄어드는 북쪽 석회암 구릉44까지 펼쳐져 있었다. 점차 증가하는 인구에 발을 맞추기라도 하듯 작은 상점들이 빠른 속도로 들어섰다. 금방이라도 벌스턴이 옛 정취가 물씬 풍기는 시골 마을에서 현대적인 도시로 변모할지도 모른다는 생각이 들 정도였다. 가장 가까이 있는 중요 도시인 턴브리지 웰스45가 켄트 주의 경계를 넘어 동쪽으로 16킬로미터 내지 18킬로미터가량 떨어진 곳에 위치해 있었기 때문에 벌스턴은 광범위한 지역의 중심지나 마찬가지였다.

마을에서 약 1킬로미터 떨어진 곳에는 거대한 너도밤나무 숲으로 유명한 오래된 사냥터가 있었다. 그 안에 유서 깊은 벌스턴 대저택이 자리 잡고 있다. 이 고풍스러운 건물의 역사는 제1차 십자군 전쟁46 시기부터 시작되었다. 당시 휴고 드 카푸스47는 레드 왕에게 하사받은 영지 한가운데에 요새48를 지었다. 그러다 1543년에 화재가 일어나는 바람에 소실되고 말았다. 그때 화재로 그을린 주춧돌의 일부는, 훗날 제임스 1세 시대49에 이르러 화재로 소실된 중세풍 성채의 잔해 위에 벽돌로 시골 저택50을 지을 때 그대로 사용되기도 했다.

수많은 박공에 마름모꼴의 작은 창문들이 특징인 이 저택은 건축주가 저택을 떠날 당시인 17세기의 모습을 그대로 간직하고 있었다. 전쟁으로부터 성채를 지키기 위해 만들어놓은 두 겹의 해자는 전혀 다른 용도로 사용되고 있었는데, 바깥쪽 해자는 물이 마르도록 그냥 내버려두어 이제는 아담한 텃밭으로 쓰이고 있었다. 한편, 안쪽 해자는 아직까지 그대로 남아 있어 깊이는 1미터밖에 되지 않지만 폭이 12미터에 달해 성채 전체를 길게 아우르고 있었다. 작은 시냇물 줄기가 해자를 통과해 흘러나가는 탓에 물이 탁한 편이기는 하지만 고여 썩어 있거나 비위생적이지는 않았다. 건물의 1층 창문들은 해자 수면에서 불과 30센티미터도 안 되는 높이에 있었다.

다. '무일푼의 발터'와 '은자[隱者] 피에르'가 이끈 오합지졸의 '군중 십자군'이 터키군에 대패했지만 그밖의 다른 네 개 부대가 콘스탄티노플에서 재집결하여 1099년 6월 예루살렘을 포위하는 데 성공했다. 도시가 십자군에게 함락당하자 그곳을 다스리던 통치자는 곧바로 십자군에게 항복을 선언했지만, 그 도시에 살던 무슬림과 유대인들은 십자군에게 무참히 학살당하고 말았다.

47. "휴고 드 카푸스Hugo de Capus"라는 이름으로 알려진 역사적 인물은 없다. H. W. 벨은 「세 명의 신분」에서 "아직까지 영국뿐만 아니라 현現 유고슬라비아(유고슬라비아는 1990년대 들어 해체되기 시작해, 현재는 존재하지 않는다—옮긴이)의 크란스카 지방보다 더 가까운 지역 어디에도 이 이름으로 알려진 역사적 인물은 한 명도 없었다"고 밝혔다. 율리안 볼프는 『셜로키언 문장학 실용 안내서』에서 홈즈는 "휴고가 온다"라는 대사에 주목했다는 주장을 내놓았다. 여기서 "휴고"는 정복자 윌리엄의 조카이자 동료의 이름이다. 그는 프랑스 왕 위그 카페Hugues Capet(카페 왕조의 시조—옮긴이)의 혈통이었기 때문에 '드 카푸스'(카푸스 왕조에 속한—옮긴이)라는 이름이 붙었다고 주장했다. 볼프의 설명에 따르면 "정복자 윌리엄이 배다른 형제인 휴고의 아버지는 700개의 영지를 하사받았다. 정복자 윌리엄의 아들 윌리엄 루퍼스, 곧 레드 왕은 휴고에게 벌스턴을 하사하여 그곳에 요새를 짓도록 한 것 같다."

48. 작은 규모의 요새를 가리킨다.

49. 제임스 1세가 재위했던 1603년부터 1625년까지의 기간을 가리킨다.

50. H. W. 벨이 브램블타이 저택이라고 밝힌 이곳은 턴브리지 웰스에서 약 19킬로미터 떨어진 브램블타이 하우스(허레이쇼 스미스의 1826년 소설 『브램블타이 하우스』를 통해 영원불멸하게 되었다)의 폐허 옆에 자리 잡고 있다. 벨은 브램블타이 저택의 문장이 찰스 2세 시대에 이 집에 마지막으로 살았다고 알려진 제임스 리처드 경의 것이라고 말했다. 벨은 또한 아서 코난 도일이 수년간 이 저택 근처에서 살았다고 주장했다.

이 저택에 대해 보다 잘 파악할 수 있는 예가 또 하나 있다. 제임스 몽고메리는 제임스 케디 주니어의 노력에 힘입어 다음과 같은 글귀를 손으로 새겨 넣어 『공포의 계곡』의 단행본 표지를 다시 만들었다. "이 책에 나오는 유서 깊은 그룸브리지 저택의 아름다운 추억을 선사하고 싶어 하던 아서 코난 도일을 추모하며. 6월 21-22일." 몽고메리는 (『정체의 문제』라는 제목의 소책자에서) 그룸브리지 저택이 턴브리지 웰스에서 약 5킬로미터 떨어진 곳에 위치한 대저택이라고 밝혔다. 그룸브리지 마을은 사실 서식스의 뉴타운과 켄트 지방의 올드타운 등 두 카운티에 걸쳐 있는 마을이다. 왓슨 박사가 그룸브리지 저택에 관해 이런저런 특징을 묘사해놓았지만 여러 가지 면에서 결함이 있다고 할 수 있다. 예를 들면 창문의 배치, 해자의 수, 정문에 있는 돌기둥을 빠뜨린 점 등이 그것이다. 데이비드 L. 해머는 『게임은 진행 중』에서 벌스턴 저택이 그룸브리지 저택이라는 사실을 받아들이면서도 왓슨의 묘사가 실제의 편견 시대가 "역사의 보다 큰 사랑과, 보다 고결함을 추구하는 영감" 때문이라고 설명했다.

D. 마틴 데이킨은 그 차이점들을 그다지 너그럽지 않은 시선으로 바라보았다. 그는 건축학의 관점에서 몇 가지 불가능한 점을 언급하며 가장 확실한 일례로 도개교를 들었다. 데이킨은 현재 도개교가 없는 그룸브리지 저택(원래 성채의 일부였지만)에 왓슨이 "독자들의 호기심을 돋우려고 〔도개교를〕 포함시켰다"는 이론(「정체의 문제 No. 2」에서 찰스 O. 메리먼이 먼저 주장함)을 용납할 수 없다며 다음과 같이 덧붙여 말했다.

"왓슨이 자기 재량에 따라 마음대로 사실을 왜곡하고, 그에 대해 어떤 사과도 하지 않는 것은 작가로서의 진정성에 스스로 흠집을 내는 것이나 마찬가지다……. 그룸브리지 대저택이 매력적이며 바로 그 벌스턴 저택이라는 분위기를 발산함에도, 진짜 벌스턴 저택이 어느 것인지 여전히 밝혀지지 않고 있고, 소유주들이 멋진 저택들을 제대로 관리하지 못하는 데다 지역 의회 역시 비용 면에서 그 책임을 회피하여 여타의 시골 대저택들처럼 폐허가 되었을지도 모른다는 사실을 애석하지만 인정하지 않을 수 없게 되었다."

최근에 캐서린 쿡은 「벌스턴 고택」에서 메리먼과 데이킨의 주장을 조심스럽게 저울질해보며 메리먼의 주장에 손을 들어주었다. 그는 도개교의 존재에 대한 문제점을 예로 들면서, 왓슨이 익명으로 남기를 원하는 실질적인 소유주의 명령에 따라 저택에 대한 묘사를 일부러 혼란스럽게 한 것이라고 주장했다. 물론 이 주장을 조심스럽게 바라보아야 할 수밖에 없는 이유는, 만약 그 주장이 사실이라면 왓슨이 묘사한 내용 전체의 진실성이 약해지기 때문이다. 이 모든 사실에도 불구하고 최근에 나온 의견은 벌스턴 저택이 그룸브리지 저택이라는 주장에 무게를 더 실어주는 듯하다.

51. 'smoking concert.' 이 콘서트장에서는 담배 피우는 것이 허락되었다. 이 얼마나 현대적인가!

저택으로 들어갈 수 있는 유일한 방법은 도개교를 건너는 것뿐이었다. 도개교에 연결된 쇠사슬과 다리를 감아올리는 권양기는 녹슬고 부서진 채로 아주 오랫동안 방치되어 있었다. 최근 이 저택의 주인이 수리를 제대로 한 덕분에 도개교는 다시 예전처럼 제 역할을 하게 되었는데, 실제로 매일 밤 도개교가 위로 올라갔다가 아침이 되면 다시 내려오는 광경을 볼 수 있었다. 이처럼 오랜 중세시대의 관습을 새롭게 재현하다 보니 밤이면 저택은 외딴섬처럼 변했다. 이 점이 바로 영국 전체의 이목을 집중시키는 수수께끼 같은 살인 사건과 직접적인 연관이 있는 부분이다.

더글러스 부부가 이 저택을 구입할 때까지 그곳은 수년 동안 아무도 살지 않은 채 방치되어 있었다. 누구도 관리하지 않은 탓에 그림에서나 본 듯한 폐가로 변해가고 있었다. 저택에 살고 있는 더글러스 집안은, 식구라고 해봐야 존 더글러스와 그의 부인 단 두 사람뿐이었다. 더글러스는 성격이나 됨됨이가 훌륭한 인물이었다. 나이는 대략 50세 정도로 강인한 턱과 주름진 얼굴에는 회색 콧수염이 나 있었다. 특히 부리부리한 회색 눈동자와 늠름하고 건강한 체구를 보면 젊었을 때의 탄탄하고 활동적인 기운을 아직까지 잃지 않고 그대로 보여주는 듯했다. 성격도 밝아서 누구에게나 친절함을 잃지 않았지만 사람을 대하는 태도가 세련되지 못해서 서식스 사교계 사람들에게는 격이 떨어지는 계층 사람이라는 인상을 줄 수밖에 없었다.

스스로 교양 있다고 생각하는 그의 이웃들은 호기심과 비웃음이 섞인 눈길로 더글러스를 바라보았다. 하지만 더글러스가 마을 사람들의 환심을 사기까지는 그리 오랜 시간이 필요하지 않았다. 더글러스는 그 지역에서 벌어지는 모든 사업에 상당한 액수의 돈을 기부하고, 지역 음악회[51]를 비롯한 각종 행사에도 적극적으로 참여했다. 게다가 남달리 풍부한 성량을 가진 테너

였기 때문에 어느 자리에서건 요청받은 곡들을 멋들어지게 부르곤 했다. 그는 사람들에게 상당한 재산가로 비쳤다. 그가 캘리포니아 금광에서 떼돈을 벌었다는 소문이 사람들 사이에 돌기도 했다. 그게 사실인지 알 수는 없지만 더글러스와 그의 부인이 말한 대로라면 적어도 그들이 미국에서 살았다는 것만큼은 확실했다.

그가 보여준 관대하고 민주적인 태도에 사람들은 점점 호감을 갖게 되었고, 어떠한 위험에도 굴하지 않는 용맹함에 완전히 반해버렸다. 더글러스는 승마에 서투른 편이었지만 승마 경기가 있을 때면 빠지지 않고 반드시 참석했다. 그리고 최고의 기수를 반드시 따라잡겠다는 단호한 신념을 가지고 열의를 다해 경기에 임했다. 한번은 사제관에 큰불이 났는데, 지역 소방대조차 중간에 포기하고 모두 건물 밖으로 뛰쳐나왔다. 그런데 그런 상황에서 더글러스가 건물 안으로 들어가 잿더미가 될 뻔한 재산을 구해내자 그의 용맹함이 세간에 화제가 되었다. 이렇게 해서 대저택에 살던 존 더글러스는 벌스턴에 정착한 지 5년도 채 안 되어 그 지역의 대단한 명사가 되었다.

더글러스 부인 역시 지인들 사이에서 인기가 좋았다. 영국인들은 습성상 잘 알지 못하는 외지인이 새로 이사 왔다고 방문하는 일은 아주 드물다. 그런데 더글러스 부인은 그런 것에 별로 신경 쓰지 않았다. 원래 사람 사귀는 일에 소극적인 데다 얼핏 보기에도 남편과 가사 밖의 일에는 관심을 두지 않았다. 소문에 의하면 원래 영국 출신의 아가씨였던 더글러스 부인은 홀아비로 지내던 더글러스 씨를 런던에서 만났다고 한다. 그녀는 키가 크고 호리호리한 몸매에 머리칼이 갈색인 아름다운 아가씨였다. 남편보다 스무 살이나 어렸지만 나이 차는 단란한 가정을 꾸려가는 데 별문제가 되지 않았다.

그런데 이 부부를 잘 안다고 자부하는 사람들은 이 부부가

52. 달린 십서는 「바커, 미움 받는 경쟁자」에서 세실 바커는 사실 「은퇴한 물감 제조업자」에서 홈즈가 "언짢은 내 라이벌"이라고 이야기하는 "바커"와 동일 인물이라고 주장했다.

53. 'prize-fighter.' 원래 포상을 받기 위해 싸우는 사람이라는 뜻이지만 여기서는 프로 권투 선수를 의미한다. 이미 알려진 대로 아서 코난 도일은 권투 선수였다. 스스로를 "헤비급으로 손색없는" 선수라고 주장했던 코난 도일은 1910년 제임스 J. 제프리스 對 잭 존슨의 세계 헤비급 챔피언십 경기의 심판으로 초대되기도 했다(하지만 사양했다). 《북맨》 1897년 1월호에서 복싱을 다룬 명작 『로드니 스톤』(1896)이 그의 대표작 가운데 네다섯 번째로 훌륭한 작품으로 선정되기도 했다. 서평에는 다음과 같은 내용이 실렸다. "링은 이제는 유익한 곳으로 여겨진다. 적어도 그 과거에 대한 예찬으로 타락을 막을 수 있기 때문이다. 그렇다면 정말 좋겠다." 베벌리 스타크는 《북맨》 1906년 11월호에 실린 아서 코난 도일의 『나이절 경』 서평에서 『로드니 스톤』이야말로 코난 도일의 대표 작품이라고 평가했다. 《북맨》에서 수년 동안 '부편집장'으로 활약하고 본인 스스로 셜로키언이라고 공언하던 아서 바틀릿 모리스 역시 베벌리 스타크의 견해에 동조했다.

서로에 대해 믿음이 부족한 것 같다고 생각했다. 그도 그럴 것이, 부인이 남편의 과거에 대해서 말을 아끼기도 했거니와, 그보다는 남편의 과거에 대해서 알고 있는 것이 별로 없기 때문이었다. 또한 남의 일에 관심이 많은 사람들의 말에 따르면 더글러스 부인이 종종 신경과민 증세를 보이기도 했는데, 특히 남편이 평소와 달리 지나치게 늦게 귀가하는 날이면 극도로 불안해한다고 했다. 특별한 일 없이 조용한 시골 마을에서 뜬소문은 언제나 환영받는 수닷거리가 된다. 저택에 사는 부인의 약점은 늘 남들 입에 오르내려서, 별것 아닌 일도 눈덩이처럼 부풀려지곤 했다. 게다가 무슨 사건이 터지기라도 하면 확실하지 않은 내용도 어느새 기정사실로 굳어버리기 일쑤였다.

저택에는 더글러스 부부 말고도 또 한 명의 남자가 이따금씩 방문해 이들 부부와 함께 지내곤 했다. 사건이 발생한 당일, 그 남자 역시 저택에 머물고 있었다. 이 사건으로 인해 그의 이름을 모르는 사람이 거의 없을 정도가 되었다. 햄프스티드 헤일스에서 온 세실 제임스 바커.[52] 바커가 벌스턴 저택을 방문하는 일이 많았기 때문에 마을 사람들은 거리에서 큰 키를 흐느적거리며 걸어다니는 그의 모습을 자주 볼 수 있었다. 바커는 과거가 알려지지 않은 더글러스 씨가 영국이라는 새로운 환경에서 알고 지내던 유일한 친구라는 점에서 더욱 주목을 끌었다. 물론 바커는 영국인이지만 더글러스를 처음 알게 된 곳은 미국이고, 그곳에서부터 아주 가깝게 지냈다고 했다. 바커는 상당한 재력을 지닌 데다가 아직 미혼인 듯했다.

나이는 기껏해야 45세쯤이나 됐을 정도로 더글러스보다 젊어 보였다. 키가 훤칠하고 어깨가 떡 벌어졌으며 언제나 말끔하게 수염을 깎은 모습이 마치 프로 권투 선수[53] 같은 인상을 풍겼다. 검은 눈썹이 유난히 굵고 억센 데다가 검은 눈동자는 상대를 압도하는 듯해서 손가락 하나 까딱하지 않고도 적의 무리를 뚫고 위풍당당하게 지나갈 사람처럼 보였다. 그는 승마나 사격은 하지 않았다. 그가 주로 즐기는 일은 입에 파이프 담배를 물고 고풍스러운 기운이 물씬 풍기는 마을을 산책하는 것이었다. 대부분 더글러스와 함께 마차로 아름다운 시골길을 감상했지만 그가 없을 때는 대신 부인과 동행하기도 했다.

"바커 씨는 참으로 소탈하고 인심도 좋은 분이십니다."

집사 에임스가 말했다.

"그런데 저라면 그분 심기를 건드리는 짓은 절대로 하지 않을 거예요! 그랬다가는 그 불같은 성미를 당해낼 수가 없답니다."

바커는 더글러스와 상당히 가깝고 친하게 지내기도 했지만 부인에게도 다정다감하게 행동했다. 그런데 그 때문에 더글러스의 심기를 불편하게 만든 적이 한두 번이 아니었다. 저택의 하인들조차 눈치챌 정도였다. 벌스턴 저택에서 비극적인 사건이 발생했을 때 가족의 한 사람처럼 그 자리에 있던 제3의 인물은 바로 이런 사람이었다.

이 밖에도 이 오래된 저택에 살고 있는 또 다른 사람으로 집사와 여러 명의 하인들이 있었다. 그중에서는 두 사람만 따로 소개하면 충분할 것 같다. 성격이 꼼꼼하고 성품이 점잖은 데다 일 처리도 확실한 집사 에임스와, 더글러스 부인의 집안일을 거들어주는 뚱뚱한 체구에 성격이 쾌활한 앨런 부인이 바로 그들이다. 그 외에 여섯 명의 하인이 더 있지만 그들은 1월 6일 밤에 벌어진 사건과 아무런 관계가 없는 것으로 보였다.

밤 11시 45분. 서식스 주 경찰대 소속의 윌슨 경사가 책임을 맡고 있는 지서에 살인 사건 하나가 접수되었다. 몹시 흥분한 세실 바커 씨가 파출소 문을 향해 달려와 미친 듯이 벨을 눌러댔다.

"바, 방금 벌스턴 저택에서 끔찍한 살인 사건이 발생했습니다. 존 더글러스가 살해됐다고요!"

바커는 가쁜 숨을 몰아쉬며 저택에서 벌어진 사건을 알리고는 황급히 돌아갔다. 윌슨 경사는 서둘러 주 경찰에 살인 사건이 발생했다고 보고한 후 곧바로 바커의 뒤를 따랐다. 윌슨 경사가 범행 현장에 도착했을 때는 밤 12시가 조금 넘어서였다.

저택에 도착해보니 도개교는 내려져 있었고 창문마다 불이 켜져 있었다. 저택은 그야말로 공포와 혼란의 도가니였다. 하인들은 얼굴이 하얗게 질린 채 복도 한편에 모여 있었고, 집사는 겁에 질린 듯 현관문을 두 손으로 바짝 움켜쥐고 있었다. 애써 두려움을 감추고 감정을 억누르고 있는 사람은 세실 바커뿐인 듯했다. 바커는 현관에서 가장 가까운 방문을 열어주며 윌슨 경사에게 자기를 따라오라고 손짓했다. 바로 그때, 민첩하고 유능한 의사 우드 박사가 저택에 도착했다. 세 사람은 끔찍한 사건이 벌어진 방으로 들어갔다. 공포에 떨고 있던 집사도 세 사람의 뒤를 따라 들어갔지만 혹시라도 하녀들이 끔찍한 장면을 보게 될까 봐 곧바로 문을 닫아버렸다.

시신은 손발을 길게 뻗은 채 방 한복판에 똑바로 누워 있는 상태였다. 잠옷 위에 분홍색 실내복을 걸치고 맨발에 모직 슬리퍼를 신고 있었다. 우드 박사는 시신 옆에 무릎을 꿇고 앉아 테이블 위에 놓인 등불을 아래로 비춰보았다. 한눈에 봐도 의사가 오나 마나 한 상황이었다. 한마디로 시신의 상태는 처참할 정도로 엉망이었다. 시신의 가슴에는 의문의 무기가 가로놓여 있었는데, 총신을 30센티미터 정도 잘라낸 산탄총이었다. 총은 지척에서 발사된 것이 분명했고, 총알은 모두 피해자의 얼굴에 적중했다. 때문에 피해자의 머리가 거의 박살 난 상태였다. 방아쇠가 철사로 묶여 있는 것으로 보아 총알을 한꺼번에 발사해 파괴력을 높이려 했던 것이 분명했다.

그 장면을 본 윌슨 경사는 갑자기 밀려드는 어마어마한 책

우드 박사는 시신 옆에 무릎을 꿇고 앉아 테이블 위에 놓인 등불을
아래로 비춰보았다. 한눈에 봐도 의사가 오나 마나 한 상황이었다.
프랭크 와일스 그림,《스트랜드 매거진》(1914)

임감에 불안해지기 시작했다.

"상부에서 사람이 올 테니 그때까지 아무것도 손대지 마십
시오." 윌슨 경사는 처참하게 살해된 시신에서 눈을 떼지 못하
며 낮은 목소리로 말했다.

"지금까지는 아무것도 만지지 않았습니다. 그건 내가 장담
할 수 있습니다. 내가 처음 발견했을 때 모습 그대로예요." 세

실 바커가 대꾸했다.

"그게 언제였죠?" 윌슨 경사는 수첩을 꺼내 들었다.

"11시 30분쯤일 거예요. 잠옷으로 갈아입기 전에 침실 벽난로 옆에 앉아 있는데 느닷없이 총소리가 들려왔습니다. 그런데 총소리가 그다지 크지는 않았어요. 아무래도 무언가로 가려 총소리가 새어 나가는 것을 막으려 했던 것 같습니다. 나는 정신없이 아래층으로 뛰어 내려갔습니다. 이 방에 들어서기까지 아마 30초도 안 걸렸을 겁니다."

"방문은 열려 있던가요?"

"네, 보시는 것처럼 더글러스가 저렇게 쓰러져 있었어요. 탁자 위에는 촛불이 켜져 있었습니다. 여기 등불은 몇 분 있다가 내가 켰지요."

"누군가 보지는 못했습니까?"

"아무도 못 봤습니다. 내 뒤로 더글러스 부인이 계단을 내려오는 소리가 들리기에 서둘러 문 밖으로 나가 부인을 못 들어오게 막았습니다. 부인이 이 끔찍한 장면을 보게 해서는 안 될 것 같았지요. 마침 앨런 부인이 와서는 부인을 모시고 갔어요. 에임스가 왔기에 함께 이 방으로 다시 들어왔습니다."

"그런데 도개교 말입니다. 원래 밤새도록 올려놓는다고 들은 것 같은데 맞나요?"

"네, 맞아요. 지금 내려져 있는 것은 나중에 내가 내렸기 때문입니다."

"그렇다면 살인자가 무슨 수로 이 건물을 빠져나갔을까요? 도무지 말이 안 되는군요. 더글러스 씨는 자살한 게 틀림없는 것 같습니다."

"우리도 처음엔 그렇게 생각했어요. 그런데 이것 좀 보세요!" 바커가 커튼을 옆으로 젖히자 마름모꼴의 창유리가 끼워진 기다란 창문이 활짝 열려 있었다. "그리고 이것도 좀 보세요." 바커가 등불을 아래로 비추자 나무 창틀에 구두 발자국 모양의 핏자국이 드러났다. "누군가 이리로 달아나려고 창틀 위에 서 있었던 게 분명해요."

"범인이 해자를 건너서 도망쳤다는 말입니까?"

"바로 그거예요!"

"당신은 총소리를 들은 지 30초도 안 돼서 이리 달려왔다고 했는데, 그렇다면 범인은 그사이에 해자를 건너는 중이었겠군요."

"틀림없이 그랬을 겁니다. 그때 창밖을 확인했어야 했는데! 보다시피 커튼이 쳐져 있어 그런 생각을 미처 못했습니다. 게 다가 더글러스 부인의 발자국 소리가 들리는 바람에 부인을 방에 들이지 말아야 한다는 생각만 하느라 정신이 없었거든요. 안 그랬다간 정말 끔찍한 상황이 벌어졌을 거예요."

"아무렴요! 부인을 막은 일은 정말 잘한 일이에요. 이렇게 끔찍한 모습은 벌스턴 철도 충돌 사고 이후 처음입니다." 산산 조각이 난 머리와 그 주위의 참혹한 핏자국을 살피며 우드 박사가 말했다.

"그런데 말입니다. 범인이 해자를 건너서 도망쳤다는 추측은 그렇다 치고, 궁금한 게 있어요. 도개교가 올라가 있었는데 범인이 어떻게 집 안으로 들어올 수 있었을까요?" 윌슨 경사는 여전히 열려 있는 창문에서 시선을 떼지 않고 물었다.

"아, 그 점이 이상하군요." 바커가 대답했다.

"도개교를 올린 시각이 언제였습니까?"

"아마 6시 즈음이었을 겁니다." 에임스가 대답했다.

"듣기로는 보통 해가 질 무렵에 다리를 올린다고 하던데요. 요즘은 6시가 아니라 4시 반쯤이면 벌써 해가 지지 않나요?" 경사가 말했다.

"집 안에 더글러스 부인과 차를 마시러 온 손님들이 계셨습니다. 그분들이 떠날 때까지 기다려야 했지요. 그분들이 모두 떠나시고 나서 제가 직접 다리를 올렸습니다." 에임스가 대답했다.

"그렇다면 이렇게 가정해볼 수 있겠군요. 만약 범인이 외부에서 침입한 자라면 6시가 되기 전에 다리를 건너 집 안으로 잠입했을 테고, 그때부터 더글러스 씨가 방에 들어간 11시까지 집 안 어딘가에 숨어 있었다고 말입니다."

"그렇겠지요. 더글러스 씨는 잠자리에 들기 전에 마지막으로 집 안을 돌아다니며 등불이 켜진 곳은 없는지 확인하는 습관이 있었습니다. 이 방에 들어온 이유도 그 때문이었을 겁니다. 등불을 끄러 들어왔다 여기서 숨어 기다리던 놈에게 총을 맞고 쓰러진 게 확실합니다. 범인은 무기도 챙기지 않은 채 정신없이 저 창문을 통해 도망갔을 테지요. 내 생각엔 이렇게밖에는 달리 이 상황을 설명할 방법이 없습니다."

그때 윌슨 경사가 시신 근처 바닥에 떨어져 있는 카드 한 장을 집어 들었다. V.V.라는 머리글자와 그 아래에 '341'이라는 숫자가 잉크 펜으로 휘갈겨 쓰여 있었다.

"이게 뭔지 아십니까?" 윌슨 경사는 카드를 들어 보이며 물었다.

"처음 보는 건데요. 범인이 흘리고 간 것이 분명합니다." 바커가 호기심 어린 눈으로 살펴보고 말했다.

"V.V.와 341이라. 흠, 도무지 무슨 뜻인지 모르겠군."

윌슨 경사는 카드를 커다란 손가락 사이에 끼고는 앞뒤로 계속 돌리며 중얼거렸다. "V.V. 라는 게 무슨 뜻일까요? 누군가의 이니셜 같기도 한데 말입니다. 그런데 우드 박사님, 거기 그게 뭐죠?"

벽난로 앞의 매트 위에서 제법 커다란 망치가 발견되었다. 제법 굵직한 작업용 망치였다. 바커가 벽난로 선반 위에 있는 청동 못 상자를 가리키며 말했다.

"어제 더글러스가 벽의 그림을 바꿔 달았어요. 저 의자 위에 올라서서 저 큰 그림을 거는 모습을 내가 직접 봤거든요. 망치는 아마 그때 쓰고 여기다 둔 것일 거예요."

"그렇다면 망치는 처음 발견했던 장소에 도로 가져다 놓도록 하지요" 하고 말하면서 윌슨 경사는 혼란스러운 듯 머리를 긁적이며 곤혹스러운 표정을 감추지 못했다. "아무래도 이번 사건을 제대로 파고들려면 최고의 수사 인력이 동원되어야 할 것 같군요. 늦기 전에 런던 경찰국에 협조 요청을 해야겠어요."

바커는 등불을 들고 방 안을 천천히 걸어보았다. "이럴 수가!" 바커는 창문의 커튼을 한쪽으로 밀어젖히더니 흥분한 목소리로 외쳤다. "이 커튼을 닫았을 때가 몇 시였습니까?"

"등불을 켜면서 커튼을 닫았으니 대략 4시가 조금 넘었을 무렵일 겁니다." 집사가 말했다.

"누군가 여기 숨어 있었던 게 분명하군!" 바커가 등불을 방 한쪽 구석에 비추자 진흙투성이 구두 발자국이 선명하게 드러났다. "바커 씨, 이 발자국을 보니 당신 추측이 맞는가 보군요. 범인은 커튼이 드리워진 4시부터 다리가 올라가 있던 6시 사이에 집 안으로 들어온 겁니다. 이 방으로 잠입한 이유는 처음으로 눈에 띄었기 때문이겠죠. 방 안에 달리 숨을 곳을 찾지 못해서 커튼 뒤로 들어간 거죠. 이제 모든 게 분명해지는군요. 애초에 범인은 물건을 훔치기 위해 들어왔던 것 같습니다. 그러다 우연히 더글러스 씨에게 들키는 바람에 그만 얼결에 그를 죽이고 달아났을 가능성이 큽니다."

"내 생각도 그렇습니다만, 그렇다면 지금 여기서 이렇게 시간만 허비하고 있을 게 아니군요. 범인이 너무 멀리 도망가기 전에 가까운 곳부터 수색해야 하지 않을까요?" 바커가 말했다.

54. 이것은 명백히 틀린 정보다. 이언 매퀸이 지적했듯이 화이트 메이슨은 "5시 40분발 열차" 편으로 런던 경찰국에 보고서를 보낼 수 있었다.(아래 56번 주석 참고)

55. "It's a rum thing all the same." 존 캠던 하튼의 『비속어 사전』(1865)에서 "rum"의 원래 뜻은 양질의, 맛 좋은, 정중한, 또는 값비싼, 로마와 관련 있는 등이다. 오늘날 원래의 뜻이 무관심한, 나쁜 또는 의심의 여지가 있는 등의 뜻으로 변했다. 종종 상류사회에 속한 사람들조차 특이한 습관이나 외양을 가진 남자를 빗대어 "정말이지, 이상한 남자rum fellow야"라고 표현할 때 사용하는 것을 들을 수 있다.
E. 카범 브루어는 『관용구와 속담 사전』(1894)에서 rum을 '괴상한queer', '기이한quaint', '촌스러운old-fashioned' 등의 뜻이라고 정의했다. 이 단어는 처음에 로마 가톨릭 성직자들을 가리키는 말로 사용되다가 나중에는 범위가 확대되어 다른 종교의 성직자들까지 가리키는 말로 쓰였다. 그래서 스위프트는 "세입자 무리와 늙고 둔하고 이상하고 촌스러운 rusty dull rums〔시골 교구 주임〕"이라고 말했다. 이 'rusty dull rums'이 촌스럽고 괴상하다는 뜻이듯, 'rum fellow'도 '괴상한 사람'을 가리키는 뜻으로 사용되었다. 브루어는 이 단어의 어원이 서인도 제도에서 거래를 하던 서적상들에게까지 거슬러 올라간다는 사실을 알아냈다. 그들은 그곳에서 영국에서 잘 팔리지 않는 책을 파는 대가로 돈 대신에 럼(럼주. 제당 산업이 번창한 카리브 해의 서인도 제도에서 처음으로 만들었다—옮긴이)을 받았다.
윌슨 경위는 여기에서 '나쁜 또는 의심스러운' 내지 '괴상한 또는 기이한'의 뜻으로 사용했거나, 이 두 가지 의미를 모두 내포하는 뜻으로 사용했을 것이다.

윌슨 경사는 잠시 생각에 골몰했다.

"아침 6시까지는 이곳을 출발하는 기차가 없습니다.[54] 그러니 기차로 도망치지는 못하겠죠. 또 물이 뚝뚝 떨어지는 바지를 입은 채 걸어서 도망치는 것도 쉽지는 않을 거예요. 거리에서 사람들의 눈에 띌 게 뻔할 테니까요. 어쨌든 나는 다른 수사관들이 도착하기 전까지 집 밖으로 한 발자국도 움직이지 않을 겁니다. 여러분도 마찬가지예요. 상황을 보다 확실하게 파악할 때까지 아무도 여기를 떠날 수 없습니다."

그때 등불을 비추며 시신을 살피던 우드 박사가 시신의 팔을 가리키며 물었다.

"이 표식은 뭐죠? 혹시 이 사건과 관련이 있는 것이 아닐까요?"

죽은 남자의 오른쪽 팔 실내복 자락이 위로 올라가 팔꿈치까지 맨살이 훤히 드러났다. 그런데 팔뚝 중간 부분에 이상한 그림이 새겨져 있었다. 갈색 동그라미와 그 안의 삼각형 문양이 창백한 피부와 대조되어 더욱 도드라져 보였다.

"문신은 아니군." 우드 박사는 안경을 통해 자세히 살펴보며 말했다. "이런 건 처음 봅니다. 마치 소처럼 낙인이 찍힌 것 같아요. 대체 이게 무슨 뜻일까요?"

"솔직히 의미는 저도 모르겠지만, 지난 10년 동안 늘 더글러스의 팔에 새겨져 있는 걸 보았습니다." 바커가 대답했다.

"저도 몇 번 본 적이 있습니다. 주인님이 소매를 걷어 올리실 때마다 그 표식이 보였어요. 볼 때마다 늘 무슨 표식일까 속으로 궁금해하기만 했지요." 이번에는 에임스가 나서서 말했다.

"그렇다면 이번 사건과 별다른 관계는 없을 것 같군요." 윌슨 경사가 말했다. "하지만 어딘가 이상해요.[55] 이번 사건은 뭔가 다 이상하단 말입니다. 그런데 이건 또 뭐죠?"

집사는 놀란 나머지 외마디 비명을 질렀다. 그는 떨리는 손가락으로 쫙 벌어져 있는 시신의 손가락을 가리켰다.

"결혼반지, 결혼반지를 훔쳐 갔어요!" 집사는 숨이 넘어갈 듯 소리쳤다.

"뭐라고!"

"네, 정말이에요. 주인님은 왼손 새끼손가락에 아무런 장식이 없는 결혼반지를 항상 끼고 다니셨어요. 결혼반지 위에는 금반지를 꼈고 가운데 손가락에는 뱀 모양으로 꼬인 반지를 끼고 계셨습니다. 금반지와 뱀 모양의 반지는 그대로인데 결혼반지만 없어졌습니다."

"집사 말이 맞습니다." 바커가 거들었다.

"결혼반지를 끼고 그 위에 다른 반지를 또 꼈다는 말입니까?" 윌슨 경사는 의아한 표정으로 물었다.

"네, 항상!"

"그렇다면 범인은 누가 됐든 간에 이 금반지를 먼저 뺀 다음 결혼반지를 훔쳤겠군요. 그리고 나서 금반지를 도로 끼워 넣었다는 거죠?"

"그렇죠!"

윌슨 경사는 이해할 수 없다는 듯 고개를 내둘렀다. "아무리 봐도 이 사건은 빠른 시일 내에 런던 경찰국에서 맡는 것이 좋겠습니다. 이곳 주 경찰서의 화이트 메이슨이란 형사는 아주 똑똑한 사람이에요. 지금까지 이 지역에서 벌어진 사건들을 모두 훌륭히 해결해왔습니다. 우리를 도와주기 위해 이제 곧 도착할 겁니다. 하지만 아무래도 런던의 지원을 받아야 이 사건을 해결할 수 있을 것 같네요. 어쨌든 나 같은 경사가 혼자 감당하기에는 너무나 벅찬 일입니다."

제4장

암흑

56. 이 기차 시각은 윌슨 경사가 앞에서 6시 이전에 출발하는 기차가 없다고 주장한 내용과 맞지 않는다.(위 54번 주석 참고)

벌스턴 지서의 윌슨 경사로부터 서둘러 와달라는 긴급한 요청을 받은 서식스 주 경찰서 형사반장 화이트 메이슨은 이륜마차에 몸을 싣고 경찰서 본부에서 현장까지 단숨에 달려왔다. 그때가 새벽 3시였다. 그는 새벽 5시 40분발[56] 열차 편으로 런던 경찰국에 보고서를 보내고, 정오에는 벌스턴 기차역으로 우리를 마중 나왔다. 헐렁한 트위드 정장 차림을 한 화이트 메이슨은 말수가 적지만 같이 있으면 마음이 편한 사람처럼 생겼다. 발그레하게 혈색이 도는 얼굴은 면도를 말끔하게 했고, 몸집은 비대한 편이지만 다부진 체격과 휜 다리에 반장화를 신은 모습이, 마치 작은 농장 주인이나 은퇴한 사냥터지기처럼 보였다. 겉으로 보아서는 범죄 사건을 다루는 형사반장이라고 생각하기 힘들 정도였다.

"맥도널드 경위, 정말이지 난해하기 이를 데 없는 사건입니

376

다."

화이트 메이슨 형사는 같은 말만 되풀이했다.

"이 사건이 신문기자들[57] 귀에 들어가기라도 하면 파리 떼처럼 몰려들 텐데, 기자들이 정보를 캐낸답시고 여기저기 들쑤시고 다니기 전에 빨리 사건을 해결하고 싶습니다. 사건 현장을 죄다 쑥대밭으로 만들어놓기 전에 말이에요. 이렇게 끔찍한 사건은 내 평생 처음입니다. 홈즈 씨 정도면 벌써 대충 감을 잡으셨을 것도 같은데요. 제가 잘못 알았나요? 그리고 왓슨 박사님, 부검 결과가 필요하니 흔쾌히 도와주시면 고맙겠습니다. 웨스트빌 암스에 숙소를 마련해두었습니다. 달리 머무르실 만한 곳이 없더군요. 듣기로는 깨끗하고 괜찮다고 하네요. 가방은 알아서 옮겨드릴 겁니다. 자, 다들 이쪽으로 오시죠."

서식스 주의 화이트 메이슨 형사는 방금 맞이한 손님들을 대하느라 부산스럽게 굴었지만 친절함을 잃지 않았다. 10분 정도 지나고 우리는 숙소에서 각자의 방을 배정받았다. 그리고 다시 10분이 지난 후, 숙소 휴게실에 모여 앉아 사건 경위를 간략하게 전해 들었다. 내가 이미 앞에서 정리한 내용과 같다. 맥도널드 경위는 이따금 뭔가를 받아 적었지만 홈즈는 듣는 데만 몰두했다. 이야기를 듣는 도중 때때로 식물학자가 희귀한 꽃을 관찰이라도 하듯 놀라움과 감탄을 드러내기도 했다.

"놀랍군요!" 사건 설명을 다 듣고 나서 홈즈가 외쳤다. "정말 기가 막힌 사건이네요! 그동안 적지 않은 사건들을 맡아왔지만 이렇게 묘한 사건은 처음입니다."

"그러실 줄 알았습니다, 홈즈 씨." 메이슨 형사가 들뜬 목소리로 대답했다. "서식스에 도착한 이후로 시간대별로 이 사건을 정리해뒀습니다. 홈즈 씨께 방금 설명드린 내용은 오늘 새벽 3시에서 4시까지 일어났던 일을 윌슨 경사에게서 보고받은 것입니다. 세상에, 한시라도 더 빨리 도착하려고 그 늙은 말을

57. 'pressman.' 신문기자 또는 통신원들을 의미한다. 이 사건과 관련한 기사들을 멋지게 복구해놓은 내용을 보려면 피터 캘러메이가 발표한 「파리 떼처럼 몰려든 신문기자들」을 참고하라.

얼마나 몰아댔던지! 그런데 나중에 보니 그렇게까지 서두를 필요가 없었지 뭐예요. 내가 당장 할 수 있는 일이라고는 하나도 없더란 말입니다. 이미 월슨 경사가 상황 파악을 끝낸 뒤였으니까요. 나중에 내가 몇 가지를 더 확인한 게 있긴 합니다만."

"그게 뭐죠?" 홈즈는 궁금한 눈빛으로 물었다.

"그게, 내가 첫 번째로 조사한 것은 망치였어요. 이미 와 계셨던 우드 박사가 저를 도와주셨지요. 무기로 사용한 흔적은 좀처럼 찾아볼 수 없었습니다. 혹시라도 더글러스 씨가 자기방어용으로 망치를 사용하지 않았을까 의심도 해봤지요. 만약 그랬다면 더글러스 씨가 범인에게 부상을 입혔을 테지요. 망치를 땅에 떨어뜨리기 전에 말입니다. 그런데 망치에는 핏자국이라곤 전혀 없었습니다."

"그렇게 단정 지을 수는 없네. 망치와 관련된 살인 사건을 허다하게 경험했지만 핏자국이 남지 않은 경우도 많았거든." 맥도널드 경위가 말했다.

"그건 그렇습니다. 그렇다면 결국 망치를 사용하지 않았다고 단정 지을 수도 없는 셈이네요. 핏자국만 남아 있었어도 일이 쉽게 풀렸을 텐데. 어쨌든 핏자국은 전혀 없었어요. 그러고 나서 무기를 조사했습니다. 그건 산탄총이었는데, 월슨 경사가 지적한 대로 두 개의 방아쇠를 서로 연결해놓아 한쪽 방아쇠만 당겨도 두 개의 총신에서 동시에 발사되도록 사전에 개조한 것이었습니다. 그렇게까지 한 것을 보면 범인은 목표를 절대로 놓치지 않기 위해 만반의 준비를 했다고 봐야겠지요. 게다가 총신의 길이를 60센티미터가 안 되게끔 잘라냈기 때문에 겉옷 속에 쉽게 감추고 다닐 수 있었을 겁니다. 참, 아쉽게도 제조사 이름이 확실치가 않아요. 총신 사이의 홈에 'P-E-N'이라는 글씨가 새겨져 있었지만, 나머지는 톱으로 잘려 나간 상태였습니다."

"혹시 P는 장식체로 쓴 대문자고, E와 N은 글자 크기가 더 작지 않았나요?" 홈즈가 물었다.

"맞습니다."

"그렇다면 펜실베이니아 소총 회사 제품이겠군요. 꽤나 유명한 미국 회사지요."[58]

메이슨 형사는 마치 작은 시골 마을 의사가 골머리를 앓던 병을 단 한 마디로 해결해버리는 할리 스트리트[59]의 전문의를 바라보듯 경외의 눈길로 홈즈를 쳐다보았다.

"홈즈 씨, 정말 유용한 정보입니다. 정말 대단하십니다! 대단해요! 혹시 전 세계 총기 회사 이름을 머릿속에 다 넣고 다니시는 건 아니겠지요?"

홈즈는 손사래를 치며 대답을 피했다.

"그 총은 분명히 미국산입니다." 메이슨 형사가 말을 이었다. "언젠가 미국 일부 지역에서 총신을 톱으로 자른 산탄총을 무기로 쓴다는 글을 읽은 적이 있습니다. 그래서 총신에 새겨진 회사 이름까지는 몰랐지만 총의 모양을 보고 미국산일지도 모른다는 생각이 들었지요. 그렇다면 이제 저택에 잠입해 집주인을 살해한 범인이 미국인이라는 결론이 나오는군요."

맥도널드 경위는 머리를 가로저으며 말했다. "글쎄, 속단하기에는 너무 이른 것 같군. 집에 외부인이 침입했다는 증거를 찾았다는 말은 아직 못 들었는데."

"창문이 열려 있었고, 창틀엔 핏자국이 남아 있었습니다. 게다가 의문의 카드가 방바닥에 떨어져 있고, 한쪽에서 구두 발자국도 발견됐고, 게다가 총까지 있지 않습니까?"

"하지만 그런 증거쯤이야 얼마든지 조작할 수 있지 않겠나? 더글러스 씨는 미국인이었어. 적어도 미국에서 오래 살았던 사람이지. 그건 바커 씨도 마찬가지고. 미국 사람이 저지른 범행이라고 해서 범인이 반드시 외부에서 들어온 미국인이라는 법

58. 크리스토퍼 몰리는 「셜록 홈즈는 미국인이었을까?」에서 홈즈가 이 소설뿐만 아니라 여타 소설에서도 미국과 관련된 것들에 대해 상당히 박식한 사람으로 나오는 점을 중요하게 생각했다.(아래 130번 주석 참고) 그는 홈즈가 미국을 여행했던 시기와 장소 등 관련된 세부 사항을 임의로 추측하려 들지 않았다. 그러나 배럿 포터는 「뉴욕 대호황 시대의 셜록 홈즈」에서 홈즈가 젊은 시절 셰익스피어 극단과 함께 미국을 여행했다는 윌리엄 S. 베어링굴드의 주장(베어링굴드의 『베이커 스트리트의 셜록 홈즈 : 세계 최초의 자문탐정의 생애』에서 이미 서술된 내용)을 원용하면서, 홈즈가 뉴욕의 길버트와 설리반의 1879년 작품 〈군함 피나포어〉에 잠깐 참여했을 것으로 추측하고, 당시에 사용했던 소품의 흔적들에 주의를 기울였다.

59. 일류 전문의들이 모여 있는 런던 거리. 「입주 환자」 8번 주석 참고―옮긴이.

60. 이 소설에서 찰스 경이 직접 등장하는 부분은 없다. 율리안 볼프의 주장에 따르면(『셜로키언 문장학 실용 안내서』), 찰스 경의 조상인 존 챈도스 경은 실제로 영국 기사 연대기에 나오는 인물이며 보다 주목할 만한 사실은, 그가 받들던 대지주가 바로 나이절 로링이라는 것이다. 아서 코난 도일의 『백의 결사』(1891)와 『나이절 경』(1906)에 나이절 로링의 일대기가 자세히 나온다.

은 없지 않나."

"에임스 집사가⋯⋯."

"에임스 집사가 왜? 그 사람은 믿을 만한가?"

"전에 찰스 챈도스 경[60] 댁에서 10년 동안이나 일했던 믿을 만한 사람입니다. 더글러스 씨가 5년 전 저택을 사들인 뒤로 줄곧 그의 밑에서 일해왔지요. 그런데 지금까지 집 안에서 이런 종류의 총은 본 적이 없다고 했습니다."

"애초에 일부러 감출 작정이었겠지. 괜히 총신을 잘랐을 리가 없으니까. 웬만한 크기의 상자에는 다 들어갈 길이잖은가 말이야. 그런데 에임스 집사는 어떤 근거로 집에 그 총이 없었다고 장담할 수 있지?"

"어쨌든 집사는 한 번도 본 적이 없다고 했습니다."

맥도널드 경위는 고집 센 스코틀랜드 남자답게 머리를 흔들며 메이슨의 말에 반박했다. "그리고 범인이 외부에서 집 안으로 잠입했을 거라는 생각에도 난 동의할 수 없어."

계속 고집스럽게 자기 주장에 열을 올리다 보니, 맥도널드 경사에게서는 자기도 모르게 스코틀랜드 억양이 튀어나왔다. "자네 말대로라면, 총은 외부에서 집 안으로 들여왔던 것이고, 외부에서 잠입한 어느 한 사람이 이 사건을 저지른 게 되는 셈인데, 도대체 그게 말이 되나? 앞뒤가 안 맞잖아! 완전히 상식 밖의 생각이라고! 홈즈 씨, 지금까지 들은 것을 종합한 결과 내가 판단한 바를 말씀드리고 싶습니다."

"그렇다면 맥 경위님, 한번 말씀해보십시오." 홈즈가 마치 재판관처럼 말했다.

"잠입한 사람이 있다 해도, 그는 도둑이 아닙니다. 반지와 카드만 보더라도 개인적으로 원한을 품고 사전에 계획해 살인을 저지른 것으로 보입니다. 좋아요, 한 남자가 사전에 살인을 저지를 계획을 품고 저택에 숨어들었다 칩시다. 정상적인 판단력을 가진 사람이라면 나중에 도망치기 어려운 상황이라고 판단했겠지요. 그 집은 해자로 둘러싸여 있으니까요. 그렇다면 범인은 어떤 무기를 선택해야 했을까요? 가능하면 소리가 가장 작게 나는 무기겠지요. 그래야만 계획대로 범행을 저지른 후에 도망칠 수 있는 충분한 시간을 벌고, 창문을 통해 집 밖으로 나가 해자를 헤엄쳐 느긋하게 빠져나갈 수 있으니까요. 능히 그럴 수 있는 가설이지요? 하지만 소리가 크게 나는 총을 쏘면 집 안 사람들 모두에게 자신의 범행을 알리는 꼴이 되어, 해자를 건너기도 전에 들킬 것이 뻔한데, 그래도 소리가 요란한 무기를 선택했을까요? 홈즈 씨, 이게 말이 됩니까?"

"글쎄요. 이 사건에 대해 확신을 갖고 계시는군요." 홈즈는 신중하게 대답했다. "아직 몇 가지 해명이 더 필요합니다. 그런데 화이트 메이슨 씨, 해자 건너편에 누군가 해자를 건너 올라온 흔적이 있는지 조사해보셨습니까?"

"아무 흔적도 없었습니다. 사실 해자 바깥쪽은 돌로 만들어져 흔적을 찾아보기 힘들지요."

"발자국이나 어떠한 흔적도요?"

"전혀 없었습니다."

"자! 화이트 메이슨 씨, 지금 그 저택으로 가자고 제안하고 싶은데 반대할 이유는 없으시겠지요? 사건 해결에 필요한 단서가 조금이라도 남아 있을지 모르니까요."

"그렇지 않아도 그러자고 할 참이었습니다, 홈즈 씨. 그 전에 지금까지 밝혀진 사건 관련 사실을 알고 계시는 게 좋을 듯싶었을 뿐입니다. 그런데 혹시 뭔가 짚이는 구석이라도 있으신가요?" 메이슨 형사는 혹시나 하는 마음으로 홈즈를 바라보았다.

"내가 전에도 홈즈 씨와 함께 일을 해봐서 아는데, 이분은 지금 게임을 즐기고 있지." 맥도널드 경위가 말했다.

61. 가지를 잘라내어 거의 둥근 머리 모양으로 만든 느릅나무를 가리킨다.

62. 율리안 볼프는 왓슨이 "뒷발로 일어선 자세를 한, 벌스턴의 카푸스 가문의 사자상"을, 1746년 컬로든 전투에서 마지막으로 모습을 보였던 스코틀랜드 국왕의 '뒷발로 일어선 사자 문장紋章'과 혼동했을지도 모른다고 의심했다.

"어쨌든 나는 내 방식대로 일할 뿐입니다." 홈즈가 빙긋이 웃으며 말했다. "나는 경찰의 일을 도와 정의를 실현하고자 사건을 맡습니다. 혹시라도 내가 경찰과 관계를 끊고 혼자 일하는 경우가 생긴다면, 그것은 경찰이 먼저 나를 떠났기 때문일 겁니다. 경찰을 이용해서 내 공을 세우려는 마음은 추호도 없어요. 그리고 화이트 메이슨 씨, 나는 내 방식대로 일하겠습니다. 사건 조사 결과를 단계적으로 알려드리지는 않겠습니다. 내가 원할 때 한꺼번에 알려드릴 테니 그렇게 알고 계시는 게 좋겠군요."

"이렇게 함께 일하게 된 것만으로도 영광입니다. 도움이 되신다면 알고 있는 정보를 모두 말씀드리도록 하겠습니다." 메이슨 형사가 정중하게 말했다. "같이 가시지요, 왓슨 박사님. 때가 되면 박사님 책에 우리 이름도 좀 넣어주십시오."

우리는 고즈넉한 분위기가 물씬 풍기는 마을에 난 큰길을 따라 걸어갔다. 길가를 따라 우듬지를 둥글게 잘라낸 느릅나무61가 한 줄로 늘어서 있었다. 그 길 끝에 오래된 돌기둥 두 개가 비바람에 색이 변하고 이끼로 뒤덮인 채 서 있었다. 기둥 위로는 뒷발로 일어선 자세를 한, 벌스턴의 카푸스 가문의 사자상 62이 형태를 알아보지 못할 만큼 초라한 모습으로 볼품없게 남아 있었다. 영국 시골에서나 볼 수 있는, 잔디와 떡갈나무 사이로 난 구불구불한 길을 조금 더 걸어가노라니, 길이 갑자기 꺾이며 길고 나지막한 저택이 눈에 들어왔다. 거무죽죽한 암갈색 벽돌로 지어진 제임스 1세풍의 이 저택에는 잘 손질된 주목나무들이 양쪽으로 늘어선 고풍스러운 정원이 있었다. 조금 더 다가가자 나무로 만들어진 도개교가 보였고, 저택 주위의 폭이 넓은 해자에는 고요한 물줄기가 차가운 겨울 햇살을 받아 아름답게 빛나며 흐르고 있었다.

지난 3세기 동안 이 저택에서 많은 사람이 태어나고 떠났다가 다시 돌아왔다. 때로는 수많은 무도회와 여우 사냥이 벌어지는 장소이기도 했다. 그토록 유서 깊은 이 저택이 지금은 흉측한 살인 사건의 현장이 되었다니 참으로 알 수 없는 일이었다. 그러나 기이하게 생긴 뾰족지붕이며 그 아래의 낡고 으스스한 박공은 끔찍한 음모를 꾸미기에 어울리는 장소 같기도 했다. 깊숙이 나 있는 창문과 칙칙한 색깔의 물살이 찰랑거리는 저택 입구 쪽을 쭉 훑어보자니 끔찍한 살인 사건이 벌어질 장소로 이보다 걸맞은 곳이 없을 거라는 생각마저 들었다.

"저쪽 창문이 제가 말한 그 창문입니다. 다리 바로 오른쪽에 보이는 창문 말입니다. 어젯밤에 발견했던 그대로 열려 있습니다." 메이슨 형사가 창문을 가리키며 말했다.

"사람 한 명이 빠져나가기에는 좁아 보이는데요."

"글쎄요. 어쨌든 범인이 뚱뚱한 놈은 아니었을 겁니다. 홈즈 씨, 그 정도는 우리도 추측할 수 있습니다. 아마 홈즈 씨나 나 정도의 몸집이면 충분히 빠져나갈 수 있을 거예요."

홈즈는 해자 가장자리로 갔다. 그러고는 돌로 된 건너편 해자 가장자리와 그 너머 풀밭을 살폈다.

"홈즈 씨, 그쪽은 이미 자세히 살펴봤습니다." 메이슨 형사가 말했다. "누군가 그곳에 올라갔다거나 하는 별다른 흔적은 없었습니다. 범인이 흔적을 남길 이유가 없지 않겠습니까?"

"맞습니다. 그럴 이유가 없겠지요. 그런데 물은 항상 이렇게 탁한가요?"

"대개 그렇습니다. 시냇물에 진흙이 쓸려 내려오거든요."

"깊이가 얼마나 될까요?"

"양쪽 가장자리는 60센티미터쯤이고 가운데는 90센티미터 정도 될 겁니다."

"그렇다면 범인이 해자를 건너다 빠져 죽었을 가능성은 고려하지 않아도 되겠군요."

홈즈는 돌로 된 건너편 해자 가장자리와 그 너머 풀밭을 살폈다.
프랭크 와일스 그림, 《스트랜드 매거진》(1914)

"그럼요. 어린아이라도 끄떡없이 건널 수 있는 깊이지요."

도개교를 건너가자 쭈글쭈글한 얼굴에 비쩍 마른 노인이 우
리를 맞이했다. 에임스 집사였다. 가엾은 노인은 충격으로 얼
굴이 하얗게 질려 몸을 떨고 있었다. 사건이 벌어진 방으로 들
어가니 키가 크고 딱딱한 인상의 경사가 우울한 표정으로 사건
현장을 지키고 있었다. 우드 박사는 이미 사건 현장을 떠나고

없었다.

"윌슨 경사, 뭐 새로 발견한 내용은 없나?" 메이슨 형사가 물었다.

"없습니다."

"그럼 자네는 이제 가도 좋아. 그동안 수고했네. 필요하면 다시 부르도록 하지. 집사는 밖에서 기다리게 하는 게 좋겠어. 아, 그 전에 집사를 시켜서 바커 씨와 더글러스 부인, 그리고 가정부에게 우리가 만나고 싶어 한다고 전해주겠나? 자, 여러 분, 우선 이번 사건에 대해 제가 어떻게 생각하고 있는지 말씀 드리지요. 그러고 나서 여러분의 의견을 듣도록 하겠습니다."

나는 이 시골 형사가 사뭇 인상적이었다. 그는 냉철하고 똑 똑한 두뇌를 적절히 이용해 사태를 정확히 파악하고 있었다. 이런 식으로라면 형사로서 승승장구할 게 분명했다. 평소에 형 사들의 이야기를 들을 때마다 답답해하던 홈즈도 이번만큼은 메이슨 형사의 말에 열심히 귀를 기울였다.

"더글러스 씨의 죽음은 과연 자살일까요, 타살일까요? 그것 이 이 사건에서 첫 번째로 풀어야 할 문제입니다. 만약 자살이 었다면 더글러스 씨는 분명 제일 먼저 결혼반지를 빼서 어딘가 에 감추었겠지요. 그러고 나서 실내복을 입은 채 이 방에 들어 와 커튼 뒤에 진흙을 묻혀놓고 창문을 열어놓은 다음 피를 묻 혀놓았겠지요. 그래야 누군가 자기를 기다리고 있었던 것처럼 보일……"

"그럴 가능성은 절대로 없네." 맥도널드 경위가 말을 자르고 끼어들었다.

"물론 저도 그렇게 생각합니다. 아무리 생각해봐도 자살은 말이 안 됩니다. 그렇다면 타살이라는 얘긴데, 여기서 생각해 볼 점은 바로 범행이 내부인의 소행인가 아니면 외부인의 소행 인가 하는 것입니다."

"어디 자네 생각을 한번 들어보지."

"누구의 소행이 되었든 간에 문제가 상당히 복잡해 보이는 건 사실입니다. 어쨌든 둘 중의 하나일 테지만 말이지요. 먼저 집 안 사람의 소행이라고 가정해보지요. 범인은 아직 모두가 잠들기 전 사방이 고요한 한밤중에 더글러스 씨를 이곳으로 불러들인 겁니다. 그러고는 세상에서 가장 괴상하고 요란한 무기로 범행을 저지른 거지요. 집 안 사람들이 소리만 듣고도 무슨 일이 벌어졌는지 짐작할 수 있도록 말이에요. 그런데 그 무기는 집 안 사람 누구도 본 적이 없는 무기였지요. 시작이 별로 그럴듯하지 않군요. 안 그렇습니까?"

"그렇군. 말도 안 돼."

"그런데 총소리가 나고 채 1분도 안 돼서 에임스 집사를 비롯해 온 집 안 사람들이 모두 이곳으로 모여들었다고 합니다. 바커 씨만 제외하고 말이에요. 물론 바커 씨 주장으로는 자기가 맨 처음으로 도착했다지만요. 아무튼 그 짧은 시간 동안 범인이 커튼 뒤에 발자국을 남기고, 창문을 열고, 창틀에 핏자국을 남기고, 게다가 죽은 사람 손가락에서 결혼반지까지 뺄 수 있다고 생각하십니까? 그게 가능할까요? 도저히 불가능한 일이에요!"

"상당히 논리적인 설명이군요. 나도 그 의견에 동의하지 않을 수 없습니다." 홈즈가 말했다.

"좋아요. 그렇다면 다시 처음으로 돌아가서 이번에는 이 살인 사건이 외부인의 소행이라고 가정해보겠습니다. 이 가정에도 몇 가지 문제점이 있기는 합니다만 어쨌든 해결하지 못할 문제들은 아닙니다. 우선 범인은 오후 4시 30분에서 6시 사이, 그러니까 해 질 무렵부터 도개교를 올리기 전 사이에 집 안으로 숨어들었던 겁니다. 그때까지는 집 안에 손님들이 있었기 때문에 문이 열려 있었을 테고, 그가 잠입하는 데 방해될 일은 하나도 없었지요. 어쩌면 범인은 평범한 좀도둑이었을지도 모릅니다. 아니면 더글러스 씨에게 개인적인 원한을 품고 있었을 수도 있지요. 더글러스 씨가 미국에서 오랫동안 살았고, 이 산탄총도 미국산인 것으로 보아 개인적인 원한으로 인한 범행이 맞는 것 같습니다. 범인은 맨 처음 눈에 띈 이 서재로 숨어들었을 테지요. 방에 들어오자마자 커튼 뒤에 숨어서 밤 11시가 지날 때까지 기다렸겠지요. 그때 더글러스 씨가 서재로 들어온 겁니다. 행여 범인과 더글러스 씨가 얘기를 나눴다 하더라도 아주 짧은 시간이었을 겁니다. 더글러스 부인의 증언에 따르면 남편이 방에서 나간 지 채 몇 분도 되지 않아서 총소리가 났다고 했거든요."

"그건 초를 봐서도 알 수 있어요." 홈즈가 말했다.

"그렇지요. 보아하니 초는 새것이었는데 1센티미터도 타지 않았더라고요. 아마 더글러스 씨는 범인에게 공격당하기 전에 촛대를 탁자 위에 내려놓았을 겁니다. 그러지 않았다면 자기가 쓰러지면서 초도 함께 바닥에 떨어졌을 테니까요. 그러니 더글러스 씨가 서재에 들어서자마자 총에 맞은 것은 아니라는 사실을 충분히 짐작할 수 있겠지요. 바커 씨가 도착했을 때 등잔에는 불이 켜져 있었고 촛불은 꺼져 있었습니다."[63]

"이제 모든 게 분명하군요."

"자, 이제 지금까지의 내용을 토대로 사건을 재구성해보겠습니다. 더글러스 씨가 서재로 들어옵니다. 들고 있던 촛불을 탁자 위에 내려놓습니다. 그때 한 남자가 커튼 뒤에서 나타납니다. 그의 손에는 총이 들려 있습니다. 그는 더글러스 씨의 결혼반지를 요구합니다. 그 이유야 지금으로선 알 수 없지만 분명히 그랬을 겁니다. 더글러스 씨가 반지를 그 남자에게 내어줍니다. 범인은 일방적으로 무참히 더글러스 씨를 총으로 쏘았을 수도 있고, 달리 생각해보면 매트 위에 있던 망치를 집어 든

63. 이상하게도 미국판에는 "촛불이 켜져 있고 등잔의 불이 꺼져 있었다"라고 나온다. 하지만 그렇게 되면 이야기의 앞뒤가 맞지 않을뿐더러, 에임스의 증언과도 상충된다.

더글러스 씨와 몸싸움을 벌이다가 결국 총으로 참혹하게 살해했을 수도 있습니다. 범인은 총과 함께 무슨 뜻인지 알 수 없는 V.V. 341이라고 쓰인 이상한 카드만을 남겨놓고, 저 창문을 통해 빠져나가 해자를 건너서 도망갔습니다. 바로 그때 바커 씨가 범행 현장을 발견한 것입니다. 자, 제 가정이 어떻습니까, 홈즈 씨?"

"아주 흥미로운 가정입니다만 조금 납득이 가지 않는 부분이 있습니다."

"이봐, 좀 전에 얘기한 가정보다 나아진 게 하나도 없잖나. 도대체 말이 되는 소리를 해야지." 맥도널드 경위가 큰 소리로 말했다. "더글러스 씨는 누군가에게 살해당했어. 그건 명백한 사실이야. 그런데 범인이 누가 되었든 그런 방법으로 범행을 저지르진 않았을 거야. 퇴로도 없는데 범인은 왜 집 안으로 들어왔을까? 그 밤에 조용히 일 처리를 해야 쉽게 도망갈 수 있을 텐데, 굳이 소리가 요란한 총을 사용한 이유가 뭐냔 말이야? 자, 홈즈 씨. 메이슨 형사의 가정에 납득이 안 가는 부분이 있다고 하셨지요? 이제 홈즈 씨의 생각을 좀 들어볼 수 있겠습니까?"

홈즈는 토론이 이어지는 동안 사람들의 말을 한 마디도 놓치지 않고 들었다. 그리고 날카로운 눈빛을 이리저리 던지며 이마에 굵은 주름이 잡힐 정도로 깊은 생각에 빠졌다.

"맥 경위님, 내 생각을 말씀드리기 전에 몇 가지 사실을 확인하고 싶습니다." 홈즈는 시신 옆에 무릎을 꿇으며 말했다. "맙소사. 시신의 상태가 끔찍하군요. 잠시 집사를 불러주시겠습니까? …… 에임스, 더글러스 씨의 팔뚝에 있는 동그라미 안에 삼각형이 새겨진 표식을 여러 번 본 적이 있다고 했는데 사실입니까?"

"네, 여러 번 본 적이 있습니다."

"무슨 뜻인지 들어본 적은 없나요?"

"없습니다."

"피부에 낙인을 찍은 겁니다. 살갗을 태워 찍은 거라 무척 아팠을 거예요. 그런데 에임스 집사, 보아하니 더글러스 씨의 턱 밑에 작은 반창고가 붙어 있던데요. 더글러스 씨가 살아 있을 때도 붙이고 있었나요?"

"네. 어제 아침 면도하다 베인 걸로 알고 있습니다."

"전에도 면도하다 다친 것을 본 적이 있습니까?"

"아니요, 오랫동안 보지 못했습니다."

"흠, 뭔가 느낌이 오는군요! 물론 단순히 우연의 일치일지도 모르겠지만 더글러스 씨는 자신에게 다가올 위험을 미리 짐작했을지도 몰라요. 면도를 하다 베었다는 것은 그가 불안에 떨었다는 증거라고 할 수 있지요. 에임스, 어제 더글러스 씨가 평소와 다르게 행동한 점은 없었습니까?"

"그렇지 않아도 여느 때와 달리 다소 안절부절못한다는 생각이 들었습니다."

"그렇군! 그렇다면 전혀 예상치 못한 일을 당한 것은 아닌 듯싶군요. 이제야 슬슬 일이 풀려가고 있는 것 같지 않나요? 맥 경위, 이의가 있으면 말씀하시죠."

"아닙니다, 홈즈 씨. 누구보다 잘하고 계신걸요."

"그렇다면 이번엔 카드를 좀 볼까요. V.V. 341이라……. 거칠거칠한 마분지로 만들었군요. 혹시 집에 이런 카드가 또 있습니까?"

"없습니다."

홈즈는 책상 앞으로 다가가 각기 다른 병에서 잉크를 조금씩 찍어 압지[64]에 묻혀보았다.

"이 방에서 쓴 카드는 아니군. 카드 글씨는 검은색인데 방에 있는 잉크는 자주색이야. 또 카드 글씨는 굵은데 이 펜촉은 그

64. 압지는 잉크나 먹물 따위로 쓴 것이 번지거나 묻어나지 않도록 위에서 눌러 물기를 빨아들이는 종이─옮긴이.

"에임스, 더글러스 씨의 팔뚝에 있는 동그라미 안에 삼각형이 새겨진
표식을 여러 번 본 적이 있다고 했는데 사실입니까?"
프랭크 와일스 그림, 《스트랜드 매거진》(1914)

보다 가늘거든. 그래, 이 카드는 다른 곳에서 쓴 게 분명해. 에
임스, 카드에 적힌 글이 무슨 뜻인지 알고 있습니까?"

"아니요, 전혀 모르겠습니다."

"맥 경위, 어떻게 생각하십니까?"

"일종의 비밀단체를 상징하는 표시가 아닌가 하는 생각이
들어요. 팔뚝에 새겨진 표식도 마찬가지고요."

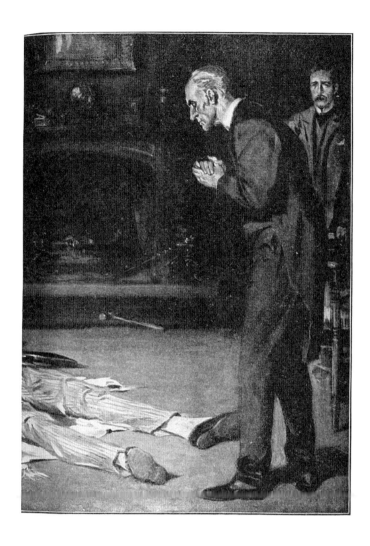

"제 생각도 그렇습니다." 메이슨 형사가 끼어들었다.

"그럼 일단 그렇게 가정하고 우리가 얼마나 많은 문제를 해결했는지 한번 정리해봅시다. 비밀단체에 속한 요원이 저택에 침입해 이 방에 숨어서 더글러스 씨를 기다리고 있었습니다. 그는 더글러스 씨가 나타나자 이 총으로 머리를 거의 날려버리다시피 하고 해자를 헤엄쳐 도망쳤습니다. 시신 옆에 카드를 남겨놓고 말이죠. 나중에 신문에 보도될 때 조직원들에게 자신의 범행이 성공했음을 알리기 위한 수단이었을 테지요. 이야기의 앞뒤가 잘 맞는 것 같군요. 그렇다면 왜 수많은 무기 중에서 하필이면 이 총을 사용했을까요?"

"바로 그 점이 이해가 안 돼요."

"그리고 결혼반지는 왜 가지고 간 걸까요?"

"그 점도 이상합니다."

"게다가 왜 아직까지 범인을 체포하지 못했을까요? 벌써 오후 2시가 넘었습니다. 당연히 해 뜰 무렵부터 지금까지 경찰들이 반경 60킬로미터 안에서 물에 젖은 수상한 사람을 샅샅이 뒤지고 있을 게 아닙니까?"

"맞습니다, 홈즈 씨."

"흠, 범인이 근처 은신처에 숨어 있거나 미리 준비해둔 옷으로 갈아입지 않았다면 벌써 찾고도 남았을 일인데. 그런데 지금까지도 잡지 못하고 있다니!"

홈즈는 창가로 다가가 돋보기를 꺼내 들고 창틀의 핏자국을 살펴보았다.

"이건 구두 발자국이 분명해. 볼이 아주 넓군, 아마 마당발일 거야. 흠, 이상하군. 커튼 뒤의 진흙 발자국은 볼이 좁아, 흐릿하긴 하지만. 보조 탁자 아래에 있는 이건 뭐지?"

"더글러스 씨의 아령입니다." 에임스가 말했다.

"아령이라. 그런데 하나밖에 없군요. 다른 하나는 어디 있습니까?"

"모르겠습니다, 홈즈 씨. 처음부터 하나밖에 없었는지도 모르지요. 저도 지난 몇 달간 아령을 본 적이 없거든요."

"아령이 한쪽뿐이라……." 홈즈가 심각한 표정으로 말을 이으려는데 갑자기 문을 두드리는 소리가 요란하게 들려왔다.

햇볕에 검게 그을린 피부에 말끔하게 면도를 한 키 큰 남자가 방 안을 들여다보고 있었다. 나는 그가 말로만 듣던 세실 바커라는 것을 한눈에 알 수 있었다. 다소 거만한 듯한 표정을 한 그는 의심스러운 눈초리로 사람들의 얼굴을 하나하나 살폈다.

"회의 중에 방해가 될지 모르겠지만 방금 들어온 정보를 들으시는 게 좋을 것 같아서요."

"범인이 잡히기라도 했나요?"

"그랬다면 다행이게요. 하지만 범인의 자전거를 발견했어요. 놈이 자전거를 버리고 갔더군요. 같이 가서 한번 보시죠. 현관

홈즈는 창가로 다가가 돋보기를 꺼내들고 창틀의 핏자국을 살펴보았다.
프랭크 와일스 그림,《스트랜드 매거진》(1914)

65. 자전거 제조사의 이름은 이 이야기의 연대를 추정하는 데 도움이 되는 중요한 단서가 될 수 있다. 러지휘트워스 제조사는 1894년에 세워졌다. 댄 러지와 디자이너 월터 필립스가 바퀴 제공을 맡은 헨리 클라크 등 몇몇 친구들과 함께 1868년에 세운 자전거 회사를 당시 휘트워스 사이클사가 사들이면서 이름을 러지휘트워스라고 바꿨다(러지는 개인적으로 선술집을 경영하면서, 자전거의 초기 형태인 세발자전거를 만들기 시작한 기술자였다. 1880년 39살의 나이에 암으로 세상을 떠났다). 러지휘트워스는 20세기 초반 즈음 오토바이를 주력 생산하기 시작했다.

일반적으로 대부분의 연대기 학자들은 『공포의 계곡』에 나오는 사건들이 1887년에서 1888년에 벌어졌다고 추정한다.(연대표 참고) 왓슨의 기록이 정확하다면 이야기에 나오는 자전거는 러지 또는 휘트워스사의 것이지 러지휘트워스사의 것은 아닐 것이다. 왓슨이 몇 년이 지난 훗날 기록을 남기면서(『공포의 계곡』이 1915년까지 출판되지 않았다는 점을 잊지 마시길) 그다지 중요하지 않은 자료를 단지 익숙한 이름으로 바꿔놓은 것일지도 모른다.

문에서 100미터도 안 되는 곳에 있습니다."

밖에 나가보니 하인과 마부 서너 명이 상록수 숲에 숨겨져 있던 자전거를 길에 끌어다 놓고 이리저리 살피고 있었다. '러지휘트워스'[65] 제품으로 꽤나 오랫동안 사용한 흔적이 역력했다. 온통 흙투성이가 된 것을 보니 상당히 먼 거리를 달려온 모양이었다. 자전거에 매달려 있는 가방 안에 스패너와 기름통이 들어 있었지만 누구 것인지 확인할 도리가 없었다.

"자전거에 번호판이나 등록증이라도 있었으면 큰 도움이 됐을 텐데. 하지만 이것만이라도 일단 만족해야겠군."

맥도널드 경위가 말했다.

"범인이 어디로 도망쳤는지 알 수는 없지만 적어도 어디서 왔는지는 알 수 있을 것 같군요. 그런데 어쩌자고 놈은 이걸 모두 버리고 간 걸까요? 게다가 이 자전거도 없이 어떻게 도망친 걸까요? 홈즈 씨, 일이 점점 복잡해지는 것 같은데요."

"그런가요?"

홈즈는 잠시 깊은 생각에 빠져들었다. 그리고 다시 말했다.

"과연 그럴까요!"

제5장
드라마 속 등장인물[66]

"**모**두들 서재 조사는 다 마치셨습니까?"
우리가 저택 안으로 다시 들어오자 메이슨 형사가
물었다.

"일단은 그런 것 같네."

맥도널드 경위가 말하자 홈즈가 동의한다는 듯 고개를 끄덕
였다.

"그렇다면 이제 집 안 사람들의 증언도 한번 들어보고 싶으
시겠죠? 에임스, 식당에서 하는 게 좋겠군요. 우선 집사 이야
기부터 들어보도록 합시다."

집사의 진술은 무척 간단명료했다. 시종일관 성의 있게 답
변하는 모습이 대단히 성실하다는 인상을 주었다. 집사는 5년
전 더글러스가 벌스턴에 처음 왔을 때부터 여기서 일해왔다.
그는 더글러스 씨가 미국에서 돈깨나 벌어 제법 부자라는 사실

66. 《스트랜드 매거진》 1914년 11월호에 앞서 연재
된 이야기의 줄거리가 다음과 같이 실렸다.

셜록 홈즈의 손 마치는 새로운 모험담이 기나 줄거
리는 다음과 같다. 어느 날 홈즈는 암호문이 담긴
메시지를 받고 서식스 주의 벌스턴에 사는 부유한
남자 더글러스에게 뭔가 불길한 일이 벌어질 것이
며, 그 위험이 바로 코앞에 닥친 상황이라고 판단한
다. 홈즈가 해독을 마칠 즈음 그를 찾아온 런던 경
찰국 소속 맥도널드 경위는 더글러스가 전날 밤(원
문에는 "오늘 아침"이라고 나옴) 살해당했다는 소식
을 전한다. 맥도널드 경위는 셜록 홈즈와 왓슨 박사
에게 함께 벌스턴으로 갈 것을 권하고, 그곳에서 세
사람은 서식스 주의 형사 화이트 메이슨을 만나 다
음과 같이 사건의 개요를 보고받는다. 살해당한 더
글러스는 끔찍하게 상처를 입은 상태였고, 그의 가
슴에는 의심스러운 무기가 하나 놓여 있었는데, 그

것은 방아쇠 바로 앞에서 총신이 잘린 산탄총이었다. 또한 시체 근처에서 머리글자 "V.V."와 숫자 "341"을 잉크로 휘갈겨 쓴 카드가 한 장 발견되었다. 마지막으로 시체의 팔뚝 윗부분에서 동그란 원 안에 삼각형이 낙인찍힌 이상한 문양이 발견되었다. 네 명의 남자는 사건 브리핑을 마치고 나서 다함께 저택으로 향한다. 이번 장은 방 안에서 사건 조사를 하는 장면부터 시작된다. 여기에는 더글러스 부부의 친구인 세실 바커도 등장한다.

을 알고 있었다. 그에게 더글러스는 친절하고 마음 넓은 주인이었다. 에임스가 그때까지 모셨던 옛 주인들보다는 못했지만 어떻게 모든 사람이 완벽하랴. 그는 더글러스 씨가 걱정거리를 갖고 있다거나 불안에 떤다는 느낌을 전혀 받지 못했다. 더글러스는 그가 알고 있는 사람들 중에서 가장 용감한 사람이기도 했다. 더글러스 씨는 매일 밤 도개교를 올리라고 명령했는데, 도개교를 올리는 일은 옛날부터 지켜오던 이 저택의 관습이었고, 더글러스 씨는 옛 방식에 따르는 것을 좋아했기 때문이다.

더글러스 씨는 런던을 방문하거나 자기가 살고 있는 마을을 벗어나는 일이 좀처럼 없었다. 그런데 사건이 벌어지기 전날, 그는 물건을 사기 위해 턴브리지 웰스에 나갔다. 에임스는 그날 더글러스 씨가 불안해하는 기색이 역력한 것을 보았다. 평상시와는 달리 안달하고 화가 난 듯이 보였다. 사건 당일 밤 에임스가 잠자리에 들기 전 저택 뒤편의 식기실에서 은그릇을 꺼내고 있을 때였다. 그때 어디선가 요란하게 울리는 벨 소리가 들려왔다. 총소리는 듣지 못했다. 그도 그럴 것이, 식기실과 부엌은 저택의 가장 뒤편에 위치해 있을뿐더러, 그곳까지 아주 길게 난 복도 사이사이에 겹겹이 있는 문들이 모두 닫혀 있었기 때문이다. 가정부 역시 요란한 벨 소리를 듣고는 방에서 뛰쳐나왔다. 두 사람은 함께 저택 앞쪽으로 달려갔다.

층계 밑에 다다르자 더글러스 부인이 계단을 내려오고 있었다. 그런데 부인은 조금도 서두르지 않는 것 같았다. 특별히 놀라는 기색도 전혀 없었다. 부인이 층계에서 거의 다 내려오려던 차에 바커가 서재에서 황급히 뛰쳐나왔다. 그는 부인을 보자마자 앞을 가로막으며 방으로 돌아가라고 소리쳤다.

"제발 부탁이에요, 방으로 돌아가세요!" 바커가 소리쳤다. "잭이 죽었어요. 당신이 할 수 있는 일은 아무것도 없어요. 그러니 제발 돌아가세요!"

바커의 끈질긴 설득에 층계에서 서성이던 더글러스 부인은 곧 방으로 돌아갔다. 더글러스 부인은 비명을 지르거나 소리내어 울부짖지 않았다. 그저 가정부 앨런 부인의 부축을 받으며 조용히 2층 침실로 돌아갔다. 그리고 에임스와 바커는 함께 서재로 돌아왔다. 서재 안은 나중에 경찰이 조사했을 때의 그 모습 그대로였다. 당시 촛불은 꺼져 있고 등불만이 켜진 상태였

"제발 부탁이에요, 방으로 돌아가세요!" 바커가 소리쳤다.
프랭크 와일스 그림, 《스트랜드 매거진》(1914)

다. 에임스와 바커는 창밖을 내다보았지만 한밤중이라 바깥은 칠흑처럼 깜깜했다. 아무것도 보이지 않고 어떤 소리도 들리지 않았다. 그들은 다시 홀로 뛰어갔다. 에임스는 권양기를 돌려 도개교를 내리고, 바커는 그 다리를 건너 지역 경찰서로 달려 갔다.

대강 여기까지가 집사의 진술이었다.

뒤이어 가정부 앨런 부인의 진술을 들었다. 그녀의 이야기 는 집사의 진술을 뒷받침해주는 내용이었다.

가정부의 방은 에임스가 일하고 있던 식기실보다 저택 앞쪽 과 더 가까운 곳에 있었다. 앨런 부인이 잠자리에 들 준비를 하 고 있는데 커다란 벨 소리가 들려왔다. 하지만 총소리는 듣지 못했다고 했다. 귀가 조금 어두운 편이라 그랬는지도 모르지만 서재가 그녀 방에서 멀리 떨어져 있기 때문일 수도 있다. 가정 부는 어디선가 쾅 하고 문 닫는 소리를 들은 기억이 난다고 했 다. 벨 소리를 듣기 적어도 30분 전쯤이었다. 에임스 집사가 집 앞쪽으로 뛰어갈 때 그녀도 함께 갔다. 거기서 얼굴이 하얗 게 질린 채 바커가 흥분하며 서재에서 뛰쳐나오는 걸 보았다. 바커는 계단을 내려오고 있는 더글러스 부인을 가로막으며 방 으로 돌아가라고 애원했다. 더글러스 부인이 뭔가 대답한 것 같았지만 가정부는 듣지 못했다고 했다.

"어서 부인을 모시고 올라가요. 부인 곁에 있어요!"

바커는 앨런 부인에게 부탁했다.

앨런 부인은 더글러스 부인을 침실로 데려가 마음을 진정시 켜주려 애썼다. 더글러스 부인은 온몸을 부들부들 떨 정도로 흥분한 상태였지만 다시 아래층으로 내려가려고 하지는 않았 다. 그녀는 실내복 차림으로 침실 벽난로 옆에서 두 손에 얼굴 을 파묻은 채 앉아 있었다. 가정부는 그날 밤새도록 더글러스 부인 곁을 떠나지 않고 지켰다. 다른 하인들은 이미 잠자리에

든 후라, 경찰이 도착할 때까지 사건이 벌어졌다는 것을 아무도 몰랐다. 하인들은 저택 맨 뒤쪽에서 자고 있었기 때문에 아무런 소리도 듣지 못했던 것이다.

반대신문 내내 앨런 부인에게서는 별다른 새로운 사실을 밝혀내지 못했다. 그녀는 탄식과 놀람의 표현을 더 보탰을 따름이다.

앨런 부인 다음으로 세실 바커 씨의 진술을 들었다. 전날 밤에 일어났던 일에 대해 바커가 진술한 내용은 이미 경찰서에 보고한 내용과 크게 다를 바가 없었다. 자기 생각으로는 살인자가 창문을 통해 도망친 게 분명하고, 창틀에 남은 핏자국이 결정적인 증거라고 주장했다. 특히 도개교가 올라가 있던 상황이라 달리 도망칠 방법이 없었을 것이라고 했다. 범인의 살인 동기가 무엇인지, 만약 발견된 자전거가 정말 범인의 것이 맞는다면 왜 버리고 갔는지에 대해서는 설명하지 못했다. 바커는 해자의 깊이가 고작 90센티미터도 되지 않기 때문에 범인이 결코 그곳에 빠져 죽었을 리가 없다고 주장했다.

바커는 더글러스 살인 사건에 대해 이미 머릿속에 구체적으로 가설을 세워놓은 듯했다. 상당히 과묵한 성격이었던 더글러스는 자기 인생에 대해서는 단 한 마디도 언급하려 하지 않았다고 했다. 더글러스는 아주 어린 시절 아일랜드에서[67] 미국으로 이민을 갔다. 미국에서 크게 성공한 더글러스가 처음으로 바커를 만난 곳은 캘리포니아였다. 거기서 그들은 동업을 하기로 하고, 베니토캐니언이라는 곳에서 광산을 개발해 크게 성공을 거두었다. 사업이 크게 번창하고 있던 중에 더글러스는 어느 날 갑자기 자신의 지분을 팔아버리고는 영국으로 가는 배에 몸을 실었다. 당시 그는 독신으로 지내고 있었다. 그 후에 바커 역시 자신의 지분을 정리하고 런던에 와서 살게 되었다. 그렇게 그 둘은 예전의 친분을 다시 유지하게 되었다.

67. 미국판에는 왠지 모르지만 "아일랜드에서"라는 말이 빠져 있다.

68. 영국판 중에는 "독일계" 대신 "스웨덴계"라고 나온 판본이 여럿 있다. 자세한 내용은 아래 117번 주석 참고.

69. 왓슨 역시 제2차 영국–아프가니스탄 전쟁에서 의료진으로 복무하다가 창자열에 걸려 고생한 경험이 있다. 『주홍색 연구』 18번 주석 참고.

70. 더글러스가 시카고에 자주 드나들었던 시기는 1860년대 후반부터 1870년대 초반이었을 것이다. 당시 시카고는 이미 미국에서 두 번째로 큰 대도시로 성장하고 있었고, 가축 수용소와 철로가 발달된 교통의 중심지였다. 시카고에서 가장 큰 가축수용소협회는 아홉 개의 철도 회사가 컨소시엄을 구성해 완성한 곳(면적이 대략 1.6제곱킬로미터에 달함)으로, 1865년 크리스마스에 맞춰 개장했다. 그 후 그곳으로 몰려 들어오는 어마어마한 수의 가축을 기화로 삼은 도축장들은 큰 돈을 벌기 위해 서둘러 가축 집산지 주변에 문을 열기도 했다.

한편, 1871년 발생한 시카고 대화재로 도시가 초토화되고 경제성장은 크게 위축되었다. 오리어리 부인의 암소 한 마리가 등잔불을 발로 차 넘어뜨리는 바람에 발생한 이 화재로 인해 9만여 명에 달하는 이재민과 20억 달러 이상의 재산 피해가 발생하여, 도시는 결국 기아, 실업, 범죄의 도가니에 빠지고 말았다. 1875년 즈음 시카고는 다시 재건에 박차를 가해 대규모 이주민들을 끌어들이고 새로운 산업을 일으키면서 도시의 구조와 기질을 가차없이 바뀌나갔다.

홈즈와 왓슨은 이전에 시카고 출신의 남자를 만난 적이 적어도 한 번은 있었다. 「춤추는 사람들」에서 이 두 사람은 "시카고에서 가장 위험한 악당"인 에이브 슬레이니와의 싸움에 얽히게 된다.

바커는 항상 더글러스의 주변에 위험이 도사리고 있다는 느낌을 받았다. 캘리포니아를 불현듯 떠난 것도 그렇고, 영국에서 이렇게 조용한 교외에 집을 구한 것도 그랬다. 이 모든 것이 그가 무언가에 쫓기고 있다는 것을 뒷받침하는 증거라고 생각했다. 바커는 어떤 비밀단체나 앙심을 품은 조직이 더글러스를 뒤쫓고 있는 게 아닐까 하고 의심했다. 어쩌면 더글러스를 죽이기 전까지 그 위험은 절대로 멈추지 않을지도 모른다고 생각했다. 더글러스가 직접 말해준 적은 없지만 그와 이야기를 나누면서 그런 느낌을 받았다. 자기를 쫓고 있는 조직이 어떤 비밀단체인지, 자기가 그 조직에서 무슨 짓을 저질렀는지 더글러스는 단 한 마디도 말해준 적이 없었다. 바커는 카드에 적힌 이상한 문자도 이 비밀 조직과 어떤 관계가 있을 거라고 막연히 추측할 뿐이었다.

"캘리포니아에서 더글러스 씨와 얼마 동안이나 같이 지냈나요?" 맥도널드 경위가 물었다.

"합해서 한 5년쯤 됩니다."

"당시 더글러스 씨가 독신이었다고 했습니까?"

"아내가 먼저 세상을 떠나고 혼자 살았지요."

"더글러스 씨의 전 부인이 어디 출신인지 들어봤습니까?"

"아니요, 그저 독일계[68]라고 한 것만 기억납니다. 언젠가 초상화를 본 적이 있는데 아주 미인이었습니다. 우리가 만나기 약 1년 전에 창자열[69]에 걸려 세상을 떠났습니다."

"혹시 더글러스 씨의 과거와 관련이 있을 만한 미국의 특정 지역이 있을까요?"

"언젠가 시카고[70]에 대해 말하는 것을 들은 적이 있습니다. 더글러스는 시카고에서 일한 적이 있어서인지 그곳을 아주 잘 알고 있었어요. 석탄과 철강 지대에 대해서도 말해주었지요. 살아 있는 동안 정말 안 가본 데가 없을 정도로 이곳저곳을 많이 다녀본 사람이었습니다."

"혹시 더글러스 씨가 정치적인 활동에도 가담했습니까? 이 비밀 조직이 정치와 어떤 관계가 있지는 않을까요?"

"아니요. 정치에는 조금도 관심이 없었습니다."

"범죄 조직과 관련이 있을 거라고도 생각지 않으시고요?"

"오히려 그 반대입니다. 살면서 더글러스보다 더 바른 사람은 본 적이 없거든요."

"캘리포니아에서 지내는 동안 뭔가 이상한 점은 없었습니까?"

"더글러스는 광산에 틀어박혀 일하는 걸 가장 좋아했습니다. 모르는 사람이 있는 곳에는 웬만하면 가지 않으려고 했어요. 사실 그때부터 더글러스가 누군가에게 쫓기고 있는 게 아닐까 하는 생각이 들었지요. 그러고 나서 별안간 연락처도 남기지 않고 유럽으로 떠나버렸지요. 그때 비로소 내 생각이 맞았다고 확신했습니다. 일종의 경고가 담긴 편지를 받은 게 분명해요. 아니나 다를까, 더글러스가 사라진 지 일주일도 채 지나지 않아 남자 대여섯 명이 몰려와서는 더글러스에 대해서 꼬치꼬치 캐묻고 갔거든요."

"어떤 사람들 같아 보이던가요?"

"글쎄요. 꽤나 험상궂은 자들이었습니다. 광산까지 올라와 다짜고짜 더글러스의 행방을 물었습니다. 더글러스가 유럽으로 떠났다는 사실만 알고 있을 뿐 구체적으로 어디서 찾을 수 있는지 모른다고 말해줬지요. 더글러스를 위협하는 사람들이 분명했습니다. 한눈에 봐도 알겠더라구요."

"미국 사람들이었습니까? 혹시 캘리포니아 사람들?"

"글쎄요. 그것까지는 모르겠지만 미국인들인 것만큼은 확실해요. 광부는 아니었지만 정확한 정체는 모르겠어요. 어쨌든 그들이 돌아간 뒤에야 마음이 놓이더군요."

"그게 6년 전의 일입니까?"

"거의 7년이 다 되어가는군요."

"캘리포니아에서 두 분이 5년 동안 함께 지냈다고 하셨으니, 적어도 11년 전부터 그 일당과 안 좋은 관계였을 수 있겠군요?"

"그렇겠네요."

"원한이 깊었나 봅니다. 그렇게 오랜 세월 동안 끝까지 뒤를 쫓다니 말입니다. 아무래도 사소한 문제가 원인이었던 것 같지는 않군요."

"글쎄요, 뭔지 모르겠지만 더글러스는 늘 그 두려움의 그늘에서 벗어나지 못했습니다. 한시도 쫓기고 있다는 생각에서 자유롭지 못한 것 같았어요."

"하지만 생각해보세요. 더글러스 씨는 자기 신변이 위태롭고 그 이유가 무엇 때문인지 다 알면서도 왜 경찰에게 도움을 청하지 않았을까요?"

"경찰의 능력으로 도와줄 수 없는 일이라고 생각한 건 아닐까요? 한 가지 아셔야 할 게 있습니다. 더글러스는 항상 무기를 지니고 다녔습니다. 주머니에서 권총을 빼놓고 다닌 적이 한 번도 없었어요. 하지만 무슨 운명의 장난인지 어젯밤에는 실내복을 입고 있어서 권총을 침실에 두고 나왔던 거지요. 아마도 도개교를 올리면 그때부터는 안전하다고 생각했던 것 같아요."

"시간순으로 다시 정리할 필요가 있겠습니다." 맥도널드 경위가 말했다. "더글러스 씨가 캘리포니아를 떠난 것이 6년 전이지요. 그러고 나서 1년 후 바커 씨도 그를 따라 미국을 떠난 게 맞습니까?"

"맞습니다."

"더글러스 씨는 현재의 부인과 5년 전에 재혼하고 당신은 그즈음 영국으로 돌아왔겠군요."

"정확히 결혼하기 한 달 전에 왔습니다. 제가 신랑 들러리를 섰거든요."

"혹시 결혼하기 전부터 더글러스 부인을 아셨나요?"

"아니요, 전혀 몰랐습니다. 거의 10년이나 영국을 떠나 있었으니까요."

"하지만 결혼 후에는 꽤나 자주 만난 것으로 알고 있습니다만."

바커는 표정이 굳어진 채 맥도널드 경위를 바라보았다. "내가 결혼 후에 자주 만난 사람은 더글러스였어요." 바커가 대답했다. "부인을 만난 것은 더글러스를 만나러 갈 때 함께 만난 것이 전부입니다. 나와 부인의 관계를 의심하시는……."

"의심하는 것은 아무것도 없습니다, 바커 씨. 단지 사건과 관계가 있을 만한 사항은 뭐든지 물어볼 필요가 있지요. 기분을 상하게 하려는 의도는 전혀 없었습니다."

"어떤 질문은 불쾌하군요." 바커가 화가 나서 말했다.

"우리가 원하는 것은 오직 진실뿐입니다. 당신뿐만 아니라 우리 모두를 위해서 진실을 밝혀주실 필요가 있습니다. 당신이 더글러스 부인과 친분 관계를 갖는 것에 대해 더글러스 씨가 불쾌해하지는 않았습니까?"

바커는 새하얗게 질린 얼굴로 억세고 커다란 두 주먹을 불끈 쥔 채 부들부들 떨었다. "도대체 당신이 무슨 자격으로 그런 질문을 하는 겁니까? 도대체 그 질문이 당신이 조사하는 사건과 무슨 관계가 있단 말입니까?" 바커가 버럭 소리를 질렀다.

"다시 한 번 묻겠습니다."

"그 질문에는 절대로 대답할 수 없습니다."

"대답을 하지 않아도 좋습니다만 그것 또한 대답으로 치겠습니다. 감출 게 없다면 대답을 거부할 리 없으니까요."

바커는 단호한 표정으로 잠시 그대로 서 있었다. 생각에 골몰하느라 그의 굵고 짙은 눈썹이 아래로 찌푸려졌다. 잠시 후 바커는 미소를 띠며 고개를 들었다.

"좋습니다. 당신들은 그저 맡은 바 의무에 충실할 따름이겠지요. 게다가 내가 수사를 방해할 이유도 없을 것 같군요. 단지 한 가지 부탁드리고 싶은 게 있다면 이 문제로 더글러스 부인에게 심려를 끼치지 말아달라는 겁니다. 이미 너무 큰 충격을 받아 지금 몹시 힘들 겁니다. 사실 더글러스에게는 한 가지 단점이 있었습니다. 바로 질투심이지요. 더글러스는 나를 무척 좋아했습니다. 누구도 그 정도로 친구를 좋아할 수 없을 겁니다. 그는 자기 부인에게도 무척 헌신적인 남편이었지요. 더글러스는 내가 여기 오는 것을 좋아했습니다. 걸핏하면 나를 데리러 사람을 보낼 정도였으니까요. 그런데 나와 부인이 이야기를 나누거나 대화 도중에 서로 맞장구를 치기라도 하면 금세 질투를 했지요. 발끈해서 자제심을 잃고 거친 말을 퍼붓곤 했습니다. 그 때문에 다신 이곳에 오지 않겠다고 맹세했던 적이 한두 번이 아니었습니다. 그럴 때마다 자기 행동을 후회한다면서 다시 와달라는 애원조의 편지를 보내왔어요. 그런 편지를 받고 나면 나도 어쩔 수 없이 마음이 풀리곤 했습니다. 하지만 여러분께서 이것만큼은 믿어주셔야 합니다. 더글러스 부인처럼 정숙하고 남편을 사랑하는 아내는 이 세상에 없을 겁니다. 또 나만큼 친구에게 신의를 지키는 사람도 없을 겁니다."

바커는 진심에서 우러난 듯 열의를 다해 설명했지만 맥도널드 경위는 물러설 기미를 보이지 않았다.

"알고 계시겠지만 더글러스 씨의 손가락에서 결혼반지가 사라졌습니다." 맥도널드 경위가 말했다.

"그런 것 같군요."

"그런 것 같다니 무슨 말씀입니까? 당신은 그 사실을 알고 있군요?"

바커는 혼란스럽고 갈팡질팡하는 듯했다. "내가 '그런 것 같다'고 한 것은 사건이 있기 전에 어쩌면 더글러스가 직접 반지를 빼놓은 것으로 볼 수도 있지 않느냐는 뜻입니다."

"그 반지를 뺀 사람이 누구든, 반지가 없어졌다는 사실 하나만으로도 더글러스 씨의 결혼 생활과 이번 사건이 어떤 관련이 있으리라고 짐작할 만합니다. 그렇지 않나요?"

바커는 넓은 어깨를 으쓱해 보였다. "무슨 관련이 있다는 말씀인지 도무지 모르겠군요. 하지만 어떤 식으로든 더글러스 부인의 명예를 더럽히고자 한 말씀이라면……." 순간 바커의 눈빛이 이글거리듯 번뜩였지만 이내 감정을 억누르며 말을 이었다. "글쎄요, 잘못 짚으셨다고 말씀드리고 싶습니다."

"지금으로선 더 이상 묻고 싶은 것이 없습니다." 맥도널드 경위는 냉랭하게 말했다.

"그럼 내가 간단한 질문 하나만 하지요." 셜록 홈즈가 입을 열었다. "바커 씨가 서재에 들어갔을 때 탁자 위에는 촛불만 켜져 있었다고 하지 않았나요?"

"네, 그렇습니다."

"그 빛으로 그 끔찍한 장면을 목격하신 거겠지요?"

"맞아요."

"보자마자 즉시 벨을 눌렀다고요?"

"네."

"사람들이 곧바로 오던가요?"

"모두가 도착하기까지 1분도 채 안 걸린 것 같아요."

"그런데 사람들이 도착했을 때 촛불은 이미 꺼져 있었고 등불이 켜져 있다고 했습니다. 뭔가 이상하지 않습니까?"

바커는 또다시 망설이는 듯했다. "글쎄요. 전혀 이상할 것이 없는데요, 홈즈 씨." 바커는 잠시 뜸을 들이더니 곧 말을 이었다. "촛불 빛이 아주 약했습니다. 그래서 좀 더 밝은 불을 켜야겠다는 생각이 들더라고요. 마침 탁자 위에 등잔이 있기에 불을 붙였지요."

"그다음에 촛불을 껐나요?"

"네, 맞습니다."

홈즈는 더 이상 묻지 않았다. 바커는 다소 도전적인 눈빛으로 모두를 둘러보고 난 후에 자기 방으로 돌아갔다. 맥도널드 경위는 더글러스 부인에게 방으로 찾아가겠다는 메시지를 전달했다. 하지만 그녀는 식당에서 만나고 싶다는 답장을 보내왔다. 곧이어 30대로 보이는 키가 크고 아름다운 부인이 식당으로 들어왔다. 남편의 끔찍한 사고로 크게 비통해하거나 넋이 나가 있을지도 모른다는 내 예상은 완전히 빗나갔다. 말수가 적은 더글러스 부인은 놀랄 만큼 침착했다. 창백하고 일그러진 얼굴을 보면 말할 수 없는 충격을 참아내고 있는 듯했지만 시종 침착함을 잃지 않았다. 게다가 탁자 가장자리에 살짝 올려놓은 가늘고 긴 손가락에는 어떠한 떨림도 없었다. 부인은 슬프고도 매력적인 두 눈에 강렬한 호기심을 담고 우리를 차례로 바라보았다. 그녀의 궁금해하는 눈빛이 불현듯 질문으로 바뀌었다.

"새롭게 알아낸 사실이라도 있나요?" 그녀가 물었다.

그녀의 목소리에 일말의 기대감보다는 왠지 모를 두려움이 서려 있다는 느낌은 내 착각이었을까?

"더글러스 부인, 지금 필요한 모든 조치를 취하고 있습니다. 모든 것을 빠짐없이 철저하게 조사할 테니 걱정 말고 기다리세요." 경위가 말했다.

"비용은 얼마가 들어도 상관없습니다. 최선을 다해주시기 바랄 뿐입니다." 부인은 힘없는 목소리로 담담하게 말했다.

"혹시 사건 해결에 도움이 될 만한 얘기가 있으면 말씀해주시지요."

"없는 것 같아요. 하지만 제가 알고 있는 건 모두 말씀드리겠습니다."

"바커 씨에게 듣기로는 부인께서 사건 후 서재에 들어가지 않으셨다고 하던데요. 그렇다면 사건 현장을 직접 보지 못하셨나요?"

"못 봤어요. 제가 계단에서 내려오는데 바커 씨가 말렸어요. 제발 그냥 제 방으로 돌아가 있으라고 하시더군요."

"그랬군요. 총소리를 듣자마자 아래층으로 내려오셨다는 말씀이네요."

"먼저 실내복을 걸치고 바로 내려갔어요."

"총소리를 들었을 때부터 층계에서 바커 씨를 만나기까지 어느 정도 시간이 걸렸습니까?"

"아마 2-3분 정도 지났을 거예요. 그런 상황에서 정확한 시간을 어떻게 알겠어요. 바커 씨는 서재에 들어가지 말라며 저를 끝까지 말렸어요. 제가 할 수 있는 일이 아무것도 없다면서요. 그러고 나서 앨런 부인이 저를 다시 2층으로 데리고 갔지요. 정말이지 끔찍한 악몽을 꾸고 있는 것 같군요."

"남편이 아래층으로 내려간 후 총소리가 날 때까지 시간이 얼마나 걸린 것 같습니까?"

"모르겠어요. 옷을 갈아입고 갔을 텐데 내려가는 소리를 못 들었거든요. 남편은 매일 밤 집 안을 한 번씩 둘러보지요. 혹시라도 불이 켜져 있으면 꺼야 하니까요. 늘 집에 불이 날까 봐 걱정했거든요. 제가 알고 있는 남편의 유일한 두려움의 대상이라고나 할까요. 불 말이에요."

"내가 묻고 싶었던 게 바로 그 점입니다, 부인. 남편을 처음 만난 곳이 영국이지요?"

"네, 그리고 5년 전에 결혼했어요."

"새롭게 알아낸 사실이라도 있나요?" 부인이 물었다.
프랭크 와일스 그림, 《스트랜드 매거진》(1914)

"혹시 남편이 미국에서 있었던 일을 이야기해주던가요? 그 일로 신변에 위협을 느낀다든가 하는 말을 못 들어보셨나요?"

더글러스 부인은 진지하게 생각하더니 마침내 입을 열었다.

"들어봤어요. 저는 항상 남편에게 어떤 위험이 닥칠지도 모른다는 생각을 떨쳐버릴 수가 없었어요. 하지만 남편은 저와 그 문제에 대해서 얘기하는 것을 꺼렸어요. 저를 못 믿어서 그런 건 아니에요. 우리 두 사람 사이에는 절대적인 사랑과 믿음

이 있었거든요. 다만 남편은 제가 불안에 떨며 사는 것을 원치 않았던 거예요. 제가 모든 사실을 알게 되면 계속 걱정하게 될까 봐 아무 말도 해주지 않았던 거지요."

"그런데 부인은 그 모든 것을 어떻게 알아내셨지요?"

더글러스 부인은 짧게 미소를 지어 보이더니 말했다. "남편들은 자신의 비밀을 평생 동안 아내에게 들키지 않고 혼자만의 비밀로 간직할 수 있을 거라 믿나 보죠? 남편은 미국에서 있었던 일에 대해 단 한 마디도 해준 적이 없었어요. 그래서 직감으로 알았던 거예요. 게다가 평소 여러 가지 면에서 지나치게 경계하는 모습이며, 무심코 내뱉은 말들 속에서 제 나름대로 확신을 가졌던 셈이지요. 그러던 어느 날 생각지도 못했던 낯선 남자들이 찾아왔을 때, 그들을 바라보던 눈빛을 보고 알 수 있었어요. 남편에게 무시무시한 적들이 있는 게 분명했어요. 남편은 그들이 자기 뒤를 쫓고 있다고 생각하며 항상 그들을 경계해왔어요. 그 때문에 지난 몇 년 동안 남편이 생각보다 늦게 들어오기라도 하면 겁부터 덜컥 나곤 했지요."

"특별히 부인의 주의를 끈 말이 있었나요?" 홈즈가 물었다.

"네, '공포의 계곡'이라는 말이었어요. 제가 궁금해서 물어보자 남편이 그런 표현을 쓴 거예요. '지금껏 나는 공포의 계곡에서 살아왔소. 그런데 아직까지 거기서 벗어나지 못하고 있는 거요' 하고 말이에요. 남편이 평소보다 불안증이 좀 더 심각해 보였을 때 제가 물었지요. '공포의 계곡에서 벗어날 방법은 없을까요?' 그러자 남편은, '가끔씩 우리가 그곳을 절대로 벗어날 수 없을 것 같다는 생각이 들어'라고 대답했어요."

"공포의 계곡이 무슨 뜻인지 물어보셨습니까?"

"네. 하지만 제가 물어보자마자 안색이 금세 어두워지더니 고개만 저었어요. 그러고는 '우리 두 사람 중에 그 그늘에서 벗어나지 못하는 건 나 혼자만으로도 충분해. 제발 당신에게 아무 일이 없어야 할 텐데' 하고 말했어요. 그 계곡은 남편이 실제로 살았던 곳이에요. 그곳에서 뭔가 끔찍한 일을 당한 게 분명해요. 더 이상 말씀드릴 게 없군요."

"혹시 남편이 누군가의 이름을 말해주었던 적은 없습니까?"

"있어요. 3년 전에 사냥하러 나갔다 사고를 당한 적이 있었어요. 남편은 밤새도록 고열에 시달리다가 잠자리에서 헛소리까지 했어요. 그때 여러 차례 누군가의 이름을 불렀던 기억이

나요. 그런데 남편의 목소리는 분노와 두려움이 한데 뒤섞인 듯 들렸어요. 그 이름이 '맥긴티'였어요. '보디마스터 맥긴티.' 남편이 자리에서 일어난 후에 제가 물었죠. 도대체 맥긴티가 누구고 누구의 보디마스터란 말이냐고요. 그랬더니 남편은 그저 슬쩍 웃어 보일 뿐 신경 쓰지 말라는 말만 했습니다. 그게 전부예요. 하지만 보디마스터 맥긴티라는 자가 공포의 계곡과 무슨 연관이 있는 건 분명한 것 같았어요."

"또 한 가지 짚고 넘어갈 문제가 있습니다. 부인께서는 런던의 한 하숙집에서 더글러스 씨를 만나 결혼을 약속하셨지요? 두 분이 결혼할 때 사랑하는 사이였나요? 혹시 결혼과 관련해 뭔가 비밀스럽거나 석연치 않은 점은 없었습니까?" 맥도널드 경위가 물었다.

"물론 사랑하는 사이였지요. 우리는 서로 사랑해서 결혼했을 뿐이고, 이상하다고 느낄 만할 일은 전혀 없었어요."

순간, 부인의 입가에 보일 듯 말 듯 한 옅은 미소가
눈 깜짝할 사이에 스쳐 지나갔다.
프랭크 와일스 그림, 《스트랜드 매거진》(1914)

71. 왓슨은 이 점을 특히 강조하면서 독자들에게 『주홍색 연구』에 나왔던 비슷한 사건을 상기시키려고 한 것 같다. 『주홍색 연구』에서 제퍼슨 호프는 루시 페리어가 죽자 그녀의 손가락에서 결혼반지를 빼낸다. 그리고 나중에 자신의 오랜 숙적을 살해한 현장에 그 반지를 두고 오는 실수를 저지른다.

"혹시 당시에 부인을 사랑하는 사람이 또 있었나요?"

"아니요, 더글러스밖에 없었어요."

"들어서 아시겠지만, 더글러스 씨의 시신에서 반지가 없어졌습니다. 짐작할 만한 것이 없을까요? 생각해보세요. 더글러스 씨의 오랜 숙적이 더글러스 씨의 행방을 알아내 결국 살인을 저지르고 도망갔습니다. 그런데 더글러스 씨의 손가락에 있던 결혼반지까지 빼 갔습니다. 도대체 그럴 만한 이유가 과연 뭘까요?"

순간, 부인의 입가에 보일 듯 말 듯 한 옅은 미소가 눈 깜짝할 사이에 스쳐 지나갔다.

"전혀 모르겠어요. 생각할수록 정말 이상한 일이에요."[71]

"알겠습니다. 이제 가셔도 좋습니다. 이런 시간에 번거롭게 해드려서 정말 유감입니다." 맥도널드 경위가 말했다. "부인의 진술이 더 필요하면 다시 연락드리겠습니다."

더글러스 부인은 자리에서 일어났다. 그때 나는 그녀가 좀 전에 궁금해하며 우리를 훑어보던 눈길을 다시 느낄 수 있었다. 그 눈빛은 마치 우리를 향해 "내 진술이 어땠나요?" 하고 묻는 것 같았다. 그녀는 살짝 고개를 숙여 인사하고는 방을 빠져나갔다.

"대단한 미인이군. 한눈에 반해버릴 만한 미모야." 맥도널드 경위는 부인이 나가자 문을 닫고는 자기 생각을 밝혔다. "바커라는 사람은 이곳에 와서 꽤 많은 시간을 보냈습니다. 그는 여자에게 매력적으로 보일 만한 남자입니다. 자기 입으로도 죽은 더글러스가 자신을 질투했다고 말했지 않습니까. 더글러스가 어째서 질투했는지 바커 자신이 가장 잘 알고 있을 거예요. 게다가 결혼반지가 없어진 것도 수상해요. 절대로 그냥 넘어갈 문제가 아닙니다. 죽은 사람 손가락에서 결혼반지를 빼 가다니…… 어떻게 생각하십니까, 홈즈 씨."

부인의 입가에 보일 듯 말 듯 한 옅은 미소가 스쳐 지나갔다.
프레더릭 도어 스틸 그림, 『셜록 홈즈 최후의 모험』 제1권(1952)

홈즈는 두 손에 얼굴을 묻고는 깊은 생각에 잠겼다. 그러더니 자리에서 벌떡 일어나 벨을 눌렀다. "에임스." 집사가 들어오자 그가 말했다. "지금 세실 바커 씨는 어디 있나요?"

"한번 찾아보겠습니다."

잠시 후에 돌아온 그는 바커 씨가 정원에 있다고 알려주었다.

"에임스, 어젯밤 당신이 서재에 들어갔을 때 바커 씨가 무슨 신발을 신고 있었는지 기억합니까?"

"물론입니다, 홈즈 씨. 바커 씨는 어젯밤에 침실용 슬리퍼를 신고 있었습니다. 그분이 경찰에 신고하러 나설 때 제가 구두를 가져다 드렸는걸요."

"그 슬리퍼는 지금 어디 있나요?"

"아직 홀에 있는 의자 밑에 놓여 있습니다."

"좋아요, 에임스. 바닥에 남겨진 발자국 중에서 어느 게 바커 씨 것이고 어느 게 범인의 것인지 구별해내야 해요. 이건 아주 중요한 문제입니다."

홈즈는 창틀 핏자국 위에 슬리퍼를 올려놓았다.
프랭크 와일스 그림, 《스트랜드 매거진》(1914)

"알겠습니다, 홈즈 씨. 한 가지 미리 말씀드리자면 바커 씨의 슬리퍼는 피로 얼룩졌습니다. 제 슬리퍼도 마찬가지고요."

"당시 서재 내부의 상황을 생각하면 이상한 일도 아니지요. 좋아요, 에임스. 도움이 필요하면 다시 벨을 누르지요."

몇 분 후 우리는 함께 서재로 들어갔다. 홈즈는 홀에서 바커의 슬리퍼를 찾아 가지고 왔다. 에임스가 말한 대로 바닥에 피가 묻어 검게 변해 있었다.

"이상하군!" 홈즈는 창으로 들어오는 햇빛에 슬리퍼를 비추어 이리저리 들여다보며 중얼거렸다. "정말 이상한걸!"

홈즈는 잽싸게 먹이를 낚아채려는 고양이처럼 몸을 잔뜩 웅크리고는 창틀 핏자국 위에 슬리퍼를 살짝 올려놓았다. 정확히 일치했다. 홈즈는 조용히 미소를 띠며 우리를 둘러보았다.

흥분한 맥도널드 경위는 어찌할 바를 몰라 했다. 막대로 난간 지지대를 긁고 지나가는 듯한 억양이 튀어나왔다. "맙소사, 의심할 여지가 없어! 창문의 발자국은 바커가 남긴 게 틀림없어요. 여느 발자국보다 이상하게 넓다고 생각했더니만. 홈즈 씨가 발자국의 주인이 마당발이라고 말씀하신 데는 다 이유가 있었군! 그런데 도대체 어떻게 된 거죠? 홈즈 씨, 대관절 이게 다 무슨 영문인가요?"

"글쎄요, 어떻게 된 일일까요?" 홈즈는 같은 말만 되풀이하며 다시 깊은 생각에 빠져들었다.

메이슨 형사는 두툼한 양손을 비벼대며 모든 것을 다 알고 있다는 듯이 빙그레 웃었다. "내가 뭐랬습니까. 만만한 사건이 아니라고 하지 않았습니까. 호락호락한 사건이 아니라고요!"

제6장

떠오르는 태양[72]

72. 《스트랜드 매거진》 1914년 12월호에 앞서 연재된 이야기의 줄거리가 다음과 같이 실렸다.

셜록 홈즈의 숨 막히는 새로운 모험담의 지난 줄거리는 다음과 같다. 어느 날 홈즈는 암호문이 담긴 메시지를 받고 서식스 주의 벌스턴에 사는 부유한 남자 더글러스에게 뭔가 불길한 일이 벌어질 것이며, 그 위험이 바로 코앞에 닥친 상황이라고 판단한다. 홈즈가 해독을 마칠 즈음 그를 찾아온 런던 경찰국 소속 맥도널드 경위는 더글러스가 전날 밤(원문에는 "오늘 아침"이라고 나옴) 살해당했다는 소식을 전한다.

맥도널드 경위는 셜록 홈즈와 왓슨 박사와 함께 비극의 사건 현장으로 향하고, 그곳에서 서식스 주의 형사 화이트 메이슨을 만나게 된다. 살해당한 더글러스는 끔찍하게 상처를 입은 상태였고, 그의 가슴에는 의심스러운 무기가 하나 놓여 있었는데, 그것

홈즈와 두 수사관에게는 좀 더 조사해야 할 세부적인 문제가 남아 있었기 때문에 나는 혼자 숙소로 돌아가기로 했다. 그 전에 호기심이 발동한 나는 저택 옆의 고풍스러운 정원을 둘러보기로 했다. 이상한 모양으로 가지치기를 한 아주 오래된 주목나무들이 정원을 둘러싸고 있었다. 그 안에는 잔디밭이 아름답게 펼쳐져 있고, 오래된 해시계가 한가운데 놓여 있었다. 모든 것이 평온하고 아늑해서 조금은 날카로워진 내 신경을 달래기에 그만이었다. 그렇게 평화로운 분위기에 젖어 있다 보니, 피투성이가 된 시체가 누워 있는 서재에 대한 끔찍했던 악몽도 충분히 잊어버릴 수 있을 것만 같았다. 그렇게 지친 영혼을 달래며 정원을 거닐고 있을 때였다. 갑자기 생각지도 못한 일이 눈앞에 펼쳐졌다. 그 때문에 저택에서 벌어졌던 비극적인 사건이 내 머릿속에 다시 떠올랐고, 왠지 모를 불길

은 방아쇠 바로 앞에서 총신이 잘린 산탄총이었다. 또한 시체 근처에서 머리글자 "V.V."와 숫자 "341"을 잉크로 휘갈겨 쓴 카드가 한 장 발견된다. 마지막으로 시체의 팔뚝 윗부분에서 동그란 원 안에 삼각형이 낙인찍힌 이상한 문양이 발견되었으며, 손가락에 끼고 있던 결혼반지가 사라졌다.

살인자에 대한 유일한 단서라고는 창틀에 묻어 있는 구두 발자국 모양의 핏자국이 전부여서, 그것으로 범인이 창문을 넘고 해자를 건너 도망친 것으로 추측하게 된다. 홈즈는 그 무엇보다도 더글러스의 아령 한쪽이 사라졌다는 사실에 촉각을 곤두세운다.

더글러스의 가장 친한 친구인 세실 바커는 수사관들의 심문을 받는 내내 당황하는 기색을 보이더니, 마침내 그동안 자기가 더글러스 부인과 가깝게 지내던 관계를 더글러스가 상당히 질투했다는 사실을 털어놓는다. 홈즈는 에임스 집사로부터 현장에서 피 묻은 채로 발견되었던 침실용 슬리퍼를 사건 전날 밤 바커가 신고 있었다는 사실을 듣게 된다. 지난번 이야기는 서재에서 있었던 아래와 같은 대화로 끝을 맺는다. 홀에서 피 묻은 슬리퍼를 들고 나타난 홈즈는……

"이상하군!" 홈즈는 창으로 들어오는 햇빛에 슬리퍼를 비추어 이리저리 들여다보며 중얼거렸다. "정말 이상한걸!"

홈즈는 잽싸게 먹이를 낚아채려는 고양이처럼 몸을 잔뜩 웅크리고는 창틀 핏자국 위에 슬리퍼를 살짝 올려놓았다. 정확히 일치했다. 홈즈는 조용히 미소를 띠며 우리를 둘러보았다.

흥분한 맥도널드 경위는 어찌할 바를 몰라 했다. 막대로 난간 지지대를 긁고 지나가는 듯한 억양이 튀어나왔다. "맙소사, 의심할 여지가 없어! 창문의 발자국은 바커가 남긴 게 틀림없어요. 여느 발자국보다 이상하게 넓다고 생각했더니만. 홈즈 씨가 발자국의 주인이 마당발이라고 말씀하신 데는 다 이유가 있었군! 그런데 도대체 어떻게 된 거죠? 홈즈 씨, 대관절 이게 다 무슨 영문인가요?"

"글쎄요, 어떻게 된 일일까요?" 홈즈는 같은 말만 되풀이하며 다시 깊은 생각에 빠져들었다.

메이슨 형사는 두툼한 양손을 비벼대며 모든 것을 다 알고 있다는 듯이 빙그레 웃었다. "내가 뭐랬습니까. 만만한 사건이 아니라고 하지 않았습니까. 호락호락한 사건이 아니라고요!"

함마저 엄습해오는 듯했다.

앞에서도 말했듯이 이 정원은 오래된 주목나무들이 주위를 에워싸고 있었고, 저택에서 가장 멀리 떨어진 곳의 나무들은 겹겹이 우거져 빽빽한 울타리를 이루고 있었다. 이 울타리 반대편에는 저택 쪽에서 오는 사람들이 볼 수 없는 위치에 돌의자가 하나 놓여 있었다. 그쪽으로 몸을 돌려 가까이 다가갔을 때였다. 귀에 익은 목소리가 들려왔다. 낮고 굵은 남자의 목소리가 들리더니 이내 여자가 나지막하게 웃어댔다. 웃음소리가 채 끝나기도 전에 나는 울타리 끝을 돌아섰다. 순간 두 사람의 모습이 내 눈에 들어왔다. 그들은 바로 더글러스 부인과 바커였다. 그 두 사람이 나를 알아채기 전에 내가 먼저 그들을 발견한 것이었다. 나는 더글러스 부인의 모습에 아연실색하고 말았다. 식당에서 보았던 모습과는 너무나 달랐기 때문이다. 좀 전의 차분하고 신중한 자태는 온데간데없을뿐더러, 남편을 잃은 여인의 비통함도 찾아볼 수 없었다. 그녀의 두 눈은 삶의 기쁨에 젖어 빛나고, 얼굴에는 상대방의 말에 즐거워하던 기색이 여전히 남아 있었다. 바커는 두 손을 마주 쥐고 아래팔을 무릎에 얹은 채 돌의자에 앉아 있었다. 선이 굵고 잘생긴 얼굴은 더글러스 부인의 말에 화답하는 듯 미소로 가득했다. 그가 내 모습을 발견하고 재빨리 진지한 표정을 지어 보였지만 이미 때늦은 일이었다. 두 사람이 허둥대며 한두 마디 주고받더니 이내 바커가 몸을 일으켜 나에게 다가왔다.

"실례합니다. 혹시 왓슨 박사님 아니신지요?"

나는 차갑게 고개만 살짝 숙여 보였다. 방금 전 내 마음속에 일었던 감정이 그대로 드러난 태도였다.

"박사님이실 줄 알았습니다. 셜록 홈즈 씨와 박사님 사이의 친분은 워낙에 잘 알려져 있어서요. 잠깐 이쪽으로 오셔서 더글러스 부인과 말씀을 좀 나누시겠습니까?"

나는 굳은 얼굴을 하고 바커의 뒤를 따랐다. 순간 내 머릿속에는 피투성이가 되어 바닥에 쓰러진 남자의 모습이 생생하게 떠올랐다. 자신이 비참하게 죽은 지 불과 몇 시간도 지나지 않은 지금, 자기 아내와 가장 친한 친구가 한때 자신이 가꾸던 정원의 수풀 뒤에 숨어서 함께 시시덕거리며 웃고 있다니. 나는 마지못해 더글러스 부인에게 인사를 건넸다. 식당에서는 부인의 슬퍼하는 모습을 동정했지만 지금은 그녀의 위선적인 눈길을 무시한 채 냉랭하게 대할 수밖에 없었다.

"제가 피도 눈물도 없는 매정한 사람으로 보이겠지요." 더글러스 부인이 말했다.

나는 어깨를 으쓱하며 말했다. "글쎄요, 제가 상관할 일은 아닌 것 같은데요."

"아마 언젠가 제 진심을 알아줄 날이 오겠지요. 그러기 위해선 아셔야 할 점이……."

"왓슨 박사님이 알아야 할 필요는 없는 것 같군요." 바커가 성급히 더글러스 부인의 말을 가로막았다. "방금 박사님도 말씀하셨지만, 상관하실 만한 일이 아닙니다."

"맞아요. 그러니 이만 실례하겠습니다. 저는 산책이나 계속해야겠네요."

"잠깐만요, 왓슨 박사님." 부인은 애원하는 목소리로 왓슨을 불러 세웠다. "한 가지 여쭤보고 싶은 게 있어요. 이 세상 누구보다 박사님이 가장 믿을 만한 대답을 해주실 거라 생각해요. 박사님의 대답에 따라 제 인생이 달라질지도 몰라요. 박사님은 홈즈 씨와 경찰의 관계를 누구보다도 잘 알고 계실 거예요. 만약 홈즈 씨가 경찰도 모르는 사실을 알게 된다면, 반드시 경찰에게도 알려야 하나요?"

"그래요, 바로 그겁니다." 바커가 열띤 음성으로 말했다. "홈즈 씨가 독자적으로 일을 하시는 건지, 아니면 처음부터 끝까

73. 『공포의 계곡』이 책으로 출판되면서 원고에 있던 반 쪽 분량의 대화 내용이 삭제되었다. 원래 어느 위치에 있었는지는 확실치 않지만, 내용은 아래와 같다.

"홈즈 씨, 더글러스 부인과 나는 모든 것을 전적으로 당신께 맡기기로 했습니다. 그리고 1월 6일 밤에 있었던 일에 대해 사실대로 말씀드리겠습니다." 세실 바커가 말했다.

"잠깐만요." 셜록 홈즈가 말을 막았다. "아시겠지만 바커 씨, 그리고 더글러스 부인. 왓슨 박사와 나는 여러분이 들려주는 이야기를 듣고 어떤 것도 장담해드릴 수가 없습니다. 우리는 언제나 정의를 위해 경찰과 공조해서 일을 하고 있습니다."

"잘 알고 있습니다. 홈즈 씨. 이미 그 얘긴 끝났습니다. 단지 모든 것을 선생님께 맡기는 것이 최선의 방법이라는 판단이 들었을 뿐이니 우리가 맥도널드 경위님과 경찰 당국에 어떻게 처신해야 할지 알려주십시오. 어떤 약속도 원치 않을 뿐더러 절대 선생님을 난처하게 하지 않겠습니다."

"그렇다면 일단 앉아보십시오. 제가 반드시 들어야 할 이야기라면 기꺼이 듣고 싶습니다. 여러분께 숨김없이 솔직하게 말씀드리지요."

브루스 케네디와 로버트 왓슨 도티의 『버디 에드워즈의 발자취를 따라서』에 실린 내용을 그대로 복사한 것이다.

지 경찰과 모든 것을 공조하고 계신지 알고 싶습니다."

"내가 그런 문제를 외부에 알려도 되는지 도무지 모르겠군요."

"제발 부탁, 아니 이렇게 애원할게요, 왓슨 박사님. 우리를 꼭 좀 도와주세요. 그 점만 알려주신다면 우리에게, 아니 저에게 큰 도움이 될 거예요."

더글러스 부인이 진심이 담긴 목소리로 간절히 부탁하는 바람에 나는 마음이 흔들려 방금 전 부인의 경거망동을 잊고 그녀의 부탁을 들어주었다.

"홈즈 씨는 독자적으로 일하는 탐정입니다. 누구의 명령도 받지 않아요. 하지만 같은 사건을 조사하는 경찰에게 언제나 충실한 것 또한 사실이죠. 다시 말해, 홈즈 씨는 어떠한 사실도 경찰에게 숨기지 않습니다. 특히 죄인을 법의 심판대에 세우는 데 도움이 되는 일이라면 말이죠. 미안하지만 내가 말씀드릴 수 있는 내용은 여기까지입니다. 부인의 뜻을 홈즈 씨에게 전하도록 하겠습니다. 직접 대화하시면 더 많은 사실을 알 수 있을 겁니다."

그렇게 말하고 나서 나는 모자를 살짝 들어 인사하고 가던 길을 떠났다. 내가 자리를 뜬 후에도 두 사람은 가려진 울타리 너머에 그대로 앉아 있었다. 울타리 맨 끝 쪽을 돌아갈 즈음 나는 살짝 뒤를 돌아보았다. 바커와 더글러스 부인은 여전히 뭔가 신중하게 얘기를 주고받고 있었다. 그 와중에도 두 사람의 시선이 나를 쫓고 있는 것을 보면 분명 내가 답해준 말에 대해서 이야기하는 것이 분명했다.

나는 정원에서 있었던 일을 홈즈에게 말해주었다.[73]

"나는 그 두 사람에 관한 어떤 것도 비밀에 부치고 싶지 않아." 홈즈가 말했다.

홈즈는 저택에서 오후 내내 다른 수사관 두 명과 함께 사건

"홈즈 씨는 독자적으로 일하는 탐정입니다. 누구의 명령도 받지 않아요."
프랭크 와일스 그림, 《스트랜드 매거진》(1914)

에 대해 협의해야 했다. 5시 무렵이 되어서야 숙소로 돌아온 그는 내가 미리 주문해놓은 차와 샌드위치를 게걸스럽게 먹어 치웠다.

"비밀로 하기는 싫어, 왓슨. 이제 곧 살인과 공모죄로 체포 될 텐데 자기들 스스로 얼마나 거북하겠어."

"정말 체포되는 거야?"

홈즈는 기분이 몹시 좋은 듯 유쾌하게 웃었다. "이봐, 친구.

74. 에드워드 J. 밴 리어는「셜록 홈즈와 왓슨 박사, 영원한 운동선수」에서 다음과 같이 말하며 홈즈의 결론을 조롱했다. "홈즈가 염두에 두던 없어진 아령은 사실 오른쪽 왼쪽 구분 없이 사용할 수 있는 게 일반적이다. 그래야 한쪽 근육만 발달하게 되는 상황을 막을 수 있기 때문이다. 의사인 왓슨은 분명 이 사실을 알면서도 상급자에게 무조건 복종하는 군인처럼 홈즈가 자신의 생각을 마음대로 즐기도록 내버려두고 이와 관련한 어떤 반박도 하지 않았다."

75. 'ingle-nook.' 주로 커다란 벽난로 옆 벽감에 있는 앉을 수 있는 자리를 말한다.

이 네 번째 달걀만 다 먹고 나서 현재 어떤 상황인지 전부 들려줄게. 상황이 끝난 것은 아니야. 아직도 갈 길이 멀기는 하지만 그 사라진 아령만 찾을 수 있다면……."

"아령이라니?"

"왓슨, 설마 이 사건 해결의 실마리가 사라진 아령에 달렸다는 사실을 아직도 파악하지 못했다는 건 아니겠지? 이런, 이런. 그렇게 주눅 들 것까지는 없어. 우리끼리 얘기지만, 맥도널드 경위나 그 뛰어난 지방 수사관도 이 사건의 중요한 단서가 뭔지 아직도 파악하지 못한 것 같아. 아령이 하나뿐이라니, 왓슨! 아령을 하나만 들고 운동하는 사람이 세상에 어디 있겠어! 생각해봐, 머지않아 몸이 한쪽만 발달해서 척추가 뒤틀리게 되는 위험한 짓이야. 끔찍하지, 왓슨. 생각만 해도 끔찍한 노릇이야."[74]

홈즈는 입안에 토스트를 잔뜩 집어넣고는 장난기 어린 눈을 반짝이며 혼란스러워하는 내 모습을 즐기고 있었다. 그렇게 식욕이 왕성한 것만 봐도 뭔가 사건의 실마리를 푼 것이 분명했다. 홈즈는 사건이 잘 풀리지 않으면 생각을 곱씹으며 몇 날 며칠 먹을 것에 손도 대지 않았다. 그럴 때면 수행을 하듯 완전한 정신 집중 상태에 들어, 여위고 열띤 그의 얼굴은 더욱 수척해졌다. 이윽고 식사를 마친 홈즈는 오래된 시골 여관에 놓인 벽난롯가[75]에 앉아 담배에 불을 댕겼다. 그는 깊이 생각한 후 진술을 하는 게 아니라, 소리 내어 생각을 하는 사람처럼, 천천히 두서 없이 이야기를 했다.

"거짓말이야, 왓슨. 정말이지 말도 안 되는 엄청난 거짓말을 했어. 어찌나 뻔뻔하고 어처구니가 없던지. 서재에 들어서자마자 보았던 모든 게 다 거짓이었어! 우리는 처음부터 속은 거야. 바커라는 작자가 진술한 내용은 전부 거짓이야. 그런데 그 거짓말이 더글러스 부인의 진술과 일치하고 있어. 그러니 그 부인도 거짓말을 하고 있다는 말이지. 그 두 사람이 서로 모의해 거짓말을 하고 있어. 이제 밝혀야 할 문제는 분명해진 셈이지. 대체 두 사람은 왜 거짓말을 하는 걸까? 그리고 거짓말까지 하면서 그렇게 감추려는 진실은 무엇일까? 왓슨, 자네와 내가 거짓의 내막을 밝혀내고 이 사건을 사실대로 재구성해봐야겠어.

그 두 사람이 거짓말을 하고 있다는 걸 어떻게 알아냈는지 궁금하다고? 정말이지 진실이라고는 도저히 믿기지 않잖아. 어찌나 상황을 서투르게 조작해놓았는지. 생각해봐! 우리한테 해준 말에 따르면 범인은 살인을 저지르고 1분 안에 죽은 사람의 손가락에서 결혼반지를 빼냈어. 그것도 다른 반지 밑에 끼고 있던 반지를 말이야. 죽은 사람의 손가락에서 결혼반지를 빼고 난 후에 다른 반지를 도로 끼워놓았다는 게 말이 돼? 분명히 범인의 짓이 아닐 거야. 게다가 시신 옆에 카드까지 떨어뜨려놓다니, 그건 도저히 있을 수 없는 일이야.

왓슨, 평소에 자네의 판단력을 높이 사는 나로서는 자네가 이쯤이면 내 생각에 이의를 제기할 거라 생각되는군. 범인이 그 결혼반지를 죽기 전에 빼앗았을 수도 있다고 말이야. 하지만 촛불이 아주 짧은 시간 동안만 켜진 것으로 봐서 범인과 더글러스의 대화는 길지 않았어. 더글러스는 지금까지 알아본 바에 의하면 아주 대담한 남자더군. 그런 남자가 그렇게 짧은 시간에 결혼반지를 포기했을까? 그것도 자기 손으로 상대에게 순순히 내줬을 리가 있을까? 아니야, 그럴 리가 없어. 범인은 등불이 켜진 상태에서 상당한 시간 동안 시신 옆에 혼자 있었던 거야. 그 점만큼은 분명해.

그런데 더글러스의 사인은 총상이 확실해. 그러니까 총소리는 분명히 증인들이 말한 시간보다 훨씬 전에 들렸을 거야. 그런데 총소리처럼 큰 소리를 잘못 들었을 리가 없지 않겠어? 그러니 총소리를 들었다는 두 사람 즉, 더글러스 부인과 바커가 총소리를 들은 시각에 대해 거짓으로 미리 말을 맞춰두었다는 결론에 도달할 수밖에 없는 거지. 그뿐만이 아니야. 바커는 창틀에 일부러 피 묻은 발자국까지 만들어놓았어. 경찰에게 거짓 단서를 주고 혼란에 빠뜨리려는 계략인 거지. 상황이 점점 바커에게 불리하게 돌아가고 있어.

이제 남은 문제는 살인을 저지른 시각이 실제로 몇 시였는가야. 10시 30분까지 하인들은 집 안 곳곳에서 일하고 있었으니까 범행 시각은 그 이후가 맞겠지. 10시 45분이 되어서야 모두들 각자 방으로 돌아갔지만 에임스는 식기실에 있었어. 오늘 오후 자네가 먼저 떠난 다음 내가 몇 가지 시도를 해봤어. 복도의 문들을 모두 닫고 맥도널드 경위가 서재에서 큰 소리를 내보았더니 식기실에서는 전혀 들리지 않더라고.

그런데 말이야, 가정부의 방은 달랐어. 복도에서 그리 멀리 떨어져 있지 않기 때문인지 서재에서 소리를 크게 내면 희미하게나마 들을 수 있더군. 총소리의 경우 목표물에 아주 가까이 대고 총을 쏘면 소리를 어느 정도 줄일 수 있는 게 사실이야. 이번 사건의 경우도 그랬던 거야. 하지만 사방이 고요한 한밤중이었기 때문에 총소리는 앨런 부인의 방까지 어렴풋하게나마 들렸을 게 분명해. 물론 앨런 부인은 자기 말대로 귀가 약간 어두운 편이긴 하지. 그렇다 해도 벨이 울리기 30분쯤 전에 쾅 하고 문 닫는 듯한 소리를 들었다고 진술하지 않았어. 벨이 울리기 30분 전이라고 하면 바로 10시 45분이야. 가정부가 그때 들은 소리는 총소리가 틀림없어. 바로 그 시각이 범행 시각이야.

자, 이제 바커와 더글러스 부인이 범인이 아니라고 가정해볼까. 그렇다면 그 두 사람은 10시 45분에 총소리를 듣고 뛰어내려와 하인들을 부르기 위해 벨을 울린 11시 15분까지 30분

동안 도대체 무엇을 하고 있었을까? 그리고 왜 곧바로 벨을 울리지 않았을까? 이게 바로 우리가 풀어야 할 숙제야. 이 문제에 대한 해답만 찾아낸다면 사건은 거의 다 해결된 거나 다름없지. 내 생각엔 두 사람 사이에 뭔가 있는 게 틀림없어. 남편이 죽은 지 얼마나 됐다고 그렇게 앉아서 웃고 떠들다니……. 정말 피도 눈물도 없는 잔인한 여자야.

그래. 사건 진술을 할 때도 살해당한 남편의 부인 같은 느낌은 들지 않았어. 왓슨, 내가 여성을 그다지 존경하는 사람이 아니라는 것은 자네도 알 거야.[76] 하지만 경험상으로 어느 정도는 알 수 있지. 남편을 존중하는 마음이 손톱만큼이라도 있는 아내라면, 남편의 시신을 코앞에 두고 다른 남자와 농담을 주고받지는 않을 거야. 이러니 도대체 내가 여자들을 어떻게 믿고 결혼을 할 수 있겠어, 안 그래? 내 부인이었다면 몇 미터 앞에 쓰러진 내 시신을 돌아보지도 않고 가정부 부축이나 받으며 자기 방으로 돌아가는 그런 냉혹한 여자가 아니라, 일말의 동정심이라도 보여주는 사람이었기를 바랄 뿐이야. 아무튼 상당히 서투른 연출이었어. 남편이 죽었는데 그렇게 태연하다니, 풋내기 수사관이라도 더글러스 부인의 태도에 의심을 품을 만하지. 다른 것은 둘째치고 이 사실 하나만 보더라도 분명히 사전에 계획된 음모가 숨겨져 있을 거라고 확신해."

"그렇다면 자네는 바커와 더글러스 부인이 틀림없는 범인이라고 생각하는 거야?"

"왓슨, 자네 질문은 지나치게 단도직입적인 데가 있어."

홈즈는 입에 물고 있던 파이프를 흔들며 나를 향해 말했다.

"자네 질문은 너무 직선적이라 마치 내가 총을 맞은 것 같단 말이야. 자네가 만약 더글러스 부인과 바커가 살인에 관련된 진실을 알고 있으면서도 서로 모의해 그 사실을 숨기려 하는 것이냐고 묻는다면? 그렇다고 확실히 대답해줄 수 있어. 하지

76. 『네 사람의 서명』에서 "여자란 동물은 절대 100퍼센트 신뢰해서는 안 되는 존재거든. 제아무리 훌륭한 여자라 하더라도 마찬가지지"라고 선언하던 홈즈가 여기서는 훨씬 완곡한 표현을 사용했다.

"그렇다면 자네는 바커와 더글러스 부인이 틀림없는 범인이라고 생각하는 거야?"
프랭크 와일스 그림, 《스트랜드 매거진》(1914)

만 그 두 사람이 살인범이냐고 묻는다면? 아직 확실하게 대답해줄 수 없어. 이제 해결하지 못한 난점들을 잠시 생각해보자고.

이렇게 가정을 해볼까? 그 두 사람은 불륜으로 맺어졌고, 그래서 자기들 사이에 방해가 되는 여자의 남편을 없애기로 작정했다. 어때? 사실 이 가정은 좀 지나친 면이 없지 않지. 하인들이나 다른 사람들을 심문해봤지만 이 가정을 뒷받침할 만한 근거를 하나도 못 건졌거든. 오히려 더글러스 부부가 굉장히 사랑하는 사이였다는 진술만 많았을 뿐이지."

"장담컨대 그럴 리가 없어." 나는 정원에서 환하게 웃고 있던 부인의 얼굴을 떠올리며 말했다.

"어쨌든 그 부부의 주변 사람들이 그런 인상을 받은 것만큼은 사실이야. 더글러스 부인과 바커가 지금까지 남들의 눈을 교활하게 속여오면서 함께 남편을 살해하기로 했다고 가정해볼까. 공교롭게도 그 남편은 늘 목숨의 위협을 받으며 살아가고 있고……."

"사실 그 두 사람의 진술이 그럴 뿐이지, 그에 대한 증거도 없지 않아?"

홈즈는 잠시 생각에 잠기는 듯했다.

"알겠어, 왓슨. 요컨대 자네 생각은 두 사람의 말이 처음부터 끝까지 전부 거짓이라는 거지? 자네 말대로라면 애당초 은밀한 협박도, 비밀단체도, 공포의 계곡도, 맥 뭐라고 하는 보디 마스터도 없었다는 얘기가 되는데. 흠, 그렇게 되면 얘기가 전적으로 달라지는걸. 그럴 경우 얘기가 어떻게 되는지 한번 볼까. 우선 두 사람은 자신들의 범행을 감추기 위해 이 같은 이야기를 날조한 거겠지. 그 이야기에 맞추어 연극을 하다 보니 외부인이 침입한 것처럼 공원에 자전거를 남겨놓았을 테고. 또 창틀에 핏자국도 남겼지. 시신 옆에 카드도 남겨놓았는데 그건 집 안에서 미리 준비를 해놓았을 테고. 그러고 보니 이 모든 사실이 자네의 가설과 완벽하게 들어맞는군. 하지만 이제부터 자네의 가설에 어긋나는 문제점들을 말해볼게. 우선 그 많은 무기 중에서 왜 하필 총신을 자른 산탄총을 택했을까? 그것도 미국산으로 말이야. 게다가 총소리가 나도 사람들이 나와보지 않을 거라는 사실을 어떻게 알았을까? 앨런 부인이 쾅 하는 문소리에도 나와보지 않은 것은 단지 우연이었을 뿐이야. 자네가 범인으로 생각하는 그 두 사람이 그런 우연까지 예상했을까?"

"솔직히 그건 나도 설명할 수가 없어."

"그리고 또 한 가지, 여자가 애인과 모의해 자기 남편을 죽이려고 했다면 굳이 죽은 남편의 손가락에서 반지를 빼낼 필요가 있었을까? 자기들이 범인이라고 온 세상에 알리는 거나 다름없는 짓일 텐데 말이야. 왓슨, 자네라면 뻔히 의심받을 줄 알면서도 그런 짓을 하겠어?"

"물론 아니지."

"그리고 또 한 가지! 그 두 사람은 자전거를 저택 밖에 숨겨놓고는 범인이 놓고 갔다고 거짓으로 꾸며대려 했어. 아무리 능력 없는 경찰이라도 그게 빤한 눈속임이라는 걸 단번에 알 수 있을 거야. 생각해봐. 자전거야말로 범인이 도망가기 위한 가장 중요한 수단이었을 텐데 그걸 집 밖에 숨길 만한 이유가 뭐가 있겠어?"

"흠, 어떻게 설명해야 좋을지 모르겠네."

"상식적으로 설명할 수 없는 여러 가지 일이 한꺼번에 일어날 수는 없는 법이야. 자, 이제부터 간단하게 두뇌 훈련이나 한 번 해볼까? 물론 어떤 주장도 사실이 아니라는 전제하에 말이야. 먼저 내가 한 가지 가설을 얘기해볼게. 단순한 상상일 수도 있겠지만, 살아가는 동안 단순한 상상이 때때로 현실 속에서 정말 일어나고 있는 예를 보곤 하잖아?

자, 이 더글러스라는 남자에게 죄가 될 만한 비밀, 남에게 알리기에 수치스러운 비밀이 있었다고 가정해보자. 이 비밀 때문에 그에게 복수심을 품은 제3의 인물에게 살해를 당한 거지. 그런데 무슨 이유에선지 살인범은 더글러스를 죽이고 그의 손가락에서 결혼반지를 빼 갔어. 복수의 원인을 더듬어가면 더글러스의 첫 번째 결혼으로 거슬러 올라갈 수도 있을 것 같아. 그 때문에 결혼반지를 갖고 도망갔다고 생각할 수도 있지.

어쨌든 살인범은 미처 도망치기도 전에 바커와 더글러스 부인이 서재에 도착하는 바람에 들키고 말았어. 그는 자기를 경찰의 손에 넘기면 더글러스의 끔찍한 과거가 만천하에 드러나게 될 거라며 두 사람을 설득하고, 그 이야기에 넘어간 두 사람은 결국 살인범을 놓아주기로 한 거야. 그래서 범인이 저택을 빠져나갈 수 있도록 도개교를 조용히 내려주고 나중에 다시 올려놓았을 테지. 범인은 무사히 저택을 빠져나가고 무슨 이유에선지 자전거보다는 걸어서 도망가는 게 훨씬 안전하다고 판단

한 거야. 그래서 자기가 추적망에서 안전하게 벗어날 때까지
자전거를 들키지 않을 만한 장소에 숨겨놓은 것이고. 여기까지
는 상당히 그럴듯하게 들리지?"

"그래, 뭐 충분히 가능한 이야기군." 나는 약간 망설이듯 대
답했다.

"왓슨, 무슨 일이 일어났건 간에 이게 평범한 사건은 아니라
는 점을 잊지 말아야 해. 어쨌든 이 가설을 계속 발전시켜보자.
자, 비록 범인은 아니지만 이 두 사람은 자기들이 난처한 상황
에 처했다는 사실을 깨달은 거야. 범인이 도망가고 나니, 자기
들이 이 사건의 범인도, 공모자도 아니라는 것을 증명하기가
어려워진 거지. 그래서 결국 그 상황에 나름대로 대처해보지만
서둘렀던 탓인지 허술하기 짝이 없었던 거야. 범인이 창틀을
통해 빠져나간 것으로 꾸미기 위해 바커가 창틀에 피 묻은 자
기 슬리퍼의 발자국을 남겨놓은 것처럼 말이지. 그 두 사람이
총소리를 들었지만 벨을 울린 시각은 그로부터 30분이 흐르고
난 뒤였다는 점은 분명한 사실이야."

"그런데 그걸 다 어떻게 증명할 셈이야?"

"만일 범인이 외부에서 침입한 자라면 언젠가는 추적 끝에
체포되는 날이 오겠지. 그보다 더 좋은 증거는 없어. 하지만,
끝까지 잡히지 않는 경우에는…… 과학적으로 접근하면 해결
하지 못할 사건은 없어. 아무래도 서재에서 혼자 하룻밤 묵어
야 할까 봐. 그러고 나면 뭔가 일이 풀릴 것 같아."

"혼자서 하룻밤을 보낸다고?"

"이제 곧 서재로 갈 생각이야. 믿을 만한 에임스와 이미 약
속도 해두었는걸. 집사는 사실 바커를 그다지 달가워하지 않는
눈치야. 서재에 머무르면서 어떤 영감이 떠오를지 두고 봐야겠
어. 나는 어디든지 그곳을 지키는 수호신[77]이 있다고 믿는 사람
이야. 이봐, 자네 지금 날 비웃고 있지만 어디 두고 보자고. 그

77. 'genius loci'. 말 그대로 '가신resident spirit' 또는 '터줏신spirit of the place'같이 특정 장소를 지키는 수호신을 이른다. 홈즈는 범죄 현장을 면밀히 조사하는 방식을 보여줌으로써(여기서는 수호신을 믿는다는 등의 농담을 하지만) 범죄 과학수사에 지대한 공을 세웠다고 할 수 있다.

나저나 혹시 그 큰 우산 가지고 왔어?"

"여기 있지."

"좀 빌려 쓸 수 있을까?"

"당연하지. 그런데 무기로 사용하기에는 너무 빈약하지 않아? 위험한 일이 생기기라도 하면……."

"별일 없을 거야. 혹시라도 그럴 것 같으면 자네에게 도움을 청할게. 어쨌든 우산은 내가 가져가겠어. 턴브리지 웰스에 간 맥 경위 일행이 슬슬 올 때가 되었는데. 그곳에 자전거 주인을 찾으러 갔거든."

맥도널드 경위와 메이슨 형사 일행은 수사를 마치고 밤이 깊어서야 돌아왔다. 두 사람은 피곤에 지쳐 있었지만, 수사에 큰 진전이 있었다고 보고하는 목소리만큼은 꽤나 의기양양했다.

"참 나, 처음에 나는 이 사건이 과연 외부인의 소행일까 하고 의심했는데 지금은 그렇지 않습니다. 자전거가 누구 것인지 알아냈거든요. 그리고 그 주인에 대한 신상 명세도 파악했습니다. 수사에 획기적인 진척이 아닐 수 없어요." 맥도널드가 말했다.

"드디어 사건이 막바지에 다다른 것 같군요. 두 분께 진심으로 축하드립니다." 홈즈가 말했다.

"나는 더글러스 씨가 턴브리지 웰스에 다녀온 다음부터, 그러니까 죽기 전날부터 불안해하기 시작했다는 점에 주목했어요. 분명히 턴브리지 웰스에서 어떤 위험을 감지한 거지요. 그래서 범인이 자전거를 타고 왔다면 분명 턴브리지 웰스에서 왔을 거라는 확신을 갖게 되었습니다. 우리는 곧장 그곳에 있는 호텔들을 돌아다니며 이 자전거를 보여주기 시작했어요. 그런데 글쎄, 이글 커머셜 호텔 지배인이 자전거를 한눈에 알아보더라고요. 이틀 전 그 호텔에 투숙한 하그레이브라는 남자의

"드디어 사건이 막바지에 다다른 것 같군요. 두 분께 진심으로 축하드립니다."
프랭크 와일스 그림, 《스트랜드 매거진》(1914)

자전거라고 말해주더군요. 그 남자가 가지고 온 물건이라고는 그 자전거와 거기에 매달린 작은 여행 가방이 전부라고 했어요. 숙박부에는 자기 이름과 런던에서 왔다는 내용만 적어놓았을 뿐 상세한 주소는 없었습니다. 여행 가방은 런던에서 만든 것이고 내용물도 모두 영국에서 만든 것들이지만, 하그레이브라는 사람은 미국인이 틀림없다고 합니다."

"이런, 이런! 정말 그럴듯한 결과를 얻으셨군요. 내가 친구와 무릎을 맞대고 앉아서 머리만 굴리고 있는 동안, 여러분은 현장에서 직접 몸으로 뛰며 조사하셨군요. 역시 탁상공론보다는 직접 부딪쳐 해결해야 한다는 교훈을 또 한 번 느끼게 되네요, 맥 경위님."

"에이, 뭐 다 그런 거지요." 맥도널드 경위는 만족감으로 한껏 들떠 있었다.

"그런데 홈즈, 맥 경위님이 알아낸 사실과 자네의 가설이 꼭 들어맞는걸." 내가 말했다.

"그럴 수도 있고 그렇지 않을 수도 있지. 일단 턴브리지 웰스에 다녀온 이야기를 끝까지 들어보면 알게 되지 않을까. 맥 경위, 그 남자의 정체를 파악할 만한 단서가 전혀 없었나요?"

"신원이 노출될까 봐 두려웠는지 단단히 신경 쓴 것 같았습니다. 확실한 흔적이라고는 좀처럼 찾기 힘들었지요. 우연히 떨어뜨린 메모지나 편지도 없었고 옷에도 상표가 붙어 있지 않았습니다. 있는 거라고는 침대 머리맡 탁자 위에 놓여 있던 이 지역 자전거용 지도 한 장뿐이었어요. 어제 아침 식사를 마치고 자전거를 타고 나가더니 그 이후로 아무런 소식도 없다고 합니다."

"홈즈 씨, 저는 그 점이 이상하다고 생각합니다." 잠자코 듣고 있던 화이트 메이슨이 입을 열었다. "상식적으로 생각해볼 때 만약 그 남자가 경찰의 추적을 피하고 싶었다면 오히려 호텔 방으로 돌아와서 평범한 여행객인 양 행동했어야 하지 않을까요? 돌아오지 않으면 호텔 지배인이 경찰에 신고할 것이고, 그렇게 되면 자기가 행방불명된 사실이 살인 사건과 결부될 게 뻔해지는데 말이죠."

"물론 그렇게 생각할 수도 있지요. 하지만 지금까지 잡히지 않은 것으로 봐서 그가 현명한 선택을 했다고 할 수 있겠는걸요. 그런데 그 사람의 인상착의는 어떻던가요?"

맥도널드 경위는 자기 수첩을 뒤적거렸다.

"지금까지 들은 바를 모두 적어두었습니다. 호텔 사람들이 그 남자를 그다지 눈여겨보지는 않은 것 같아요. 그래도 짐꾼, 프런트 직원, 객실 청소부 등이 공통적으로 얘기한 점은 대략 이렇습니다. 키는 약 180센티미터, 나이는 쉰 살 안팎, 머리카락은 약간 회색빛이고, 콧수염도 회색빛을 띤다고 하더군요. 그런데 매부리코에 험상궂은 인상이라 말을 걸기가 쉽지 않았다고 했습니다."

"그렇다면 얼굴 표정만 빼면 더글러스 씨와 아주 흡사하다고 볼 수 있겠군요." 홈즈가 말했다. "더글러스 씨도 이제 막 쉰을 넘겼고 회색빛 머리칼과 콧수염이 나 있으니 말이에요. 게다가 키까지 얼추 비슷하네요. 그 밖에 더 알아낸 것은 없나요?"

"그 남자는 투박한 회색 정장 바지에 리퍼 재킷[78]을 입고 있었는데, 그 위에 노란색 비옷을 걸치고 모자도 쓰고 있었다고 합니다."

"산탄총에 대해서도 알아보셨나요?"

"산탄총은 전체 길이가 60센티미터도 채 안 됩니다. 손가방 안에 충분히 들어갈 수 있을 정도지요. 비옷 속에 감추면 들키지 않고 쉽게 가지고 다닐 수 있었을 거예요."

"지금 말씀하신 내용이 모두 이 사건과 관련 있다고 생각하시나요?"

"글쎄요, 홈즈 씨. 이자를 잡기만 하면 진실을 제대로 파악할 수 있겠지요. 어쨌든 아시겠지만, 이자의 인상착의를 듣자마자 곧바로 전보를 쳐서 모두에게 알렸습니다. 지금 현재로서도 수사에 상당한 진전을 본 거나 다름없습니다. 우리가 알아낸 사실이 얼마나 많습니까. 하그레이브라는 이름의 미국인이 이틀 전 자전거에 작은 여행 가방 하나를 싣고 턴브리지 웰스에 도착했습니다. 그 여행 가방 안에는 총신을 자른 산탄총이 들어 있었겠지요. 그자는 처음부터 범행을 저지를 목적을 갖고 있던 거지요. 어제 아침 그는 자전거를 타고 저택을 향해 출발했습니다. 물론 총은 코트 속에 숨긴 채 말이지요. 지금까지 확인한 바로는 아무도 그자가 저택에 도착한 것을 목격하지 못했습니다. 하지만 꼭 마을을 통과해야만 저택에 도착할 수 있는 것은 아닙니다. 또 길에는 자전거를 탄 사람들이 많으니 그자만 유독 눈에 띄었을 리도 없지요. 어쩌면 그는 즉시 자전거를 월계수 숲 속에 감춰두고 그곳에 숨어서 저택을 감시하고 있었

78. 리퍼 재킷은 두툼한 상의로 한가운데 단추가 두 줄로 달려 있다. 길이가 짧고 대체로 몸에 꼭 맞게 입는 재킷이다. 원래 해상에서 입는 옷으로, 주로 해군 장교 후보생이나 돛을 다루는 사람이 입었다.

을지도 몰라요. 더글러스 씨가 저택에서 나오기만을 기다렸겠지요. 집 안에서 사용하기에 산탄총은 적절치 않습니다. 집 밖에서 사용하기에 훨씬 유리한 점이 많은 총이지요. 산탄총으로 목표물을 놓치는 일은 흔치 않을뿐더러, 영국의 사냥터 근처에선 총소리가 자주 들리기 때문에 다른 사람들의 이목을 끌 일도 없으니까요."

"아주 명쾌한 해석이군요." 홈즈가 말했다.

"그런데 아무리 기다려도 더글러스 씨는 끝내 나타나지 않았습니다. 자, 이제 범인이 어떻게 했을까요? 해가 지자 그자는 자전거를 숨겨둔 채 저택으로 걸어갔지요. 도개교는 내려져 있고 주위에는 아무도 없었습니다. 누군가를 만나게 되더라도 핑계가 될 만한 구실을 준비하고 있었을 테지요. 다행히 그는 아무와도 마주치지 않았어요. 그는 집 안으로 잠입해 처음 눈에 띈 방으로 들어가서 커튼 뒤에 몸을 숨겼겠지요. 그곳에서 도개교가 올라가는 모습을 보았을 테고, 이제 자기가 도망칠 수 있는 길은 해자를 건너가는 방법밖에 없다는 것을 알게 되었지요. 그는 더글러스 씨가 문단속을 하려고 집 안을 한 바퀴 돌고 들어올 때까지 서재에서 기다린 겁니다. 그때가 11시 15분이었지요. 그자는 자기 계획대로 더글러스 씨가 방에 들어오자마자 총으로 쏘고 나서 미리 보아두었던 길로 도망을 쳤습니다. 범인은 자전거를 버리고 가기로 합니다. 호텔 사람들이 자전거에 대해 경찰에 진술할 테고, 그렇게 되면 자기에게 불리한 증거가 될 수 있기 때문에 숨겨놓았던 자리에 그냥 두고 떠나기로 한 겁니다. 결국 다른 교통수단을 이용해 런던으로 갔거나, 이미 마련해둔 은신처에 안전하게 몸을 숨겼을지도 모릅니다. 내 생각은 이렇습니다. 어떻습니까, 홈즈 씨?"

"맥 경위님, 지금까지는 아주 명확하고 그럴듯한 추리로군요. 하지만 결론 부분에 있어 맥 경위님이 내린 것과 내 것이 아주 다릅니다. 우선 내가 보기에 범행은 알려진 것보다 30분 앞서 일어났습니다. 더글러스 부인과 바커 씨는 공모를 하여 무언가를 숨기려고 했습니다. 게다가 범인이 도망치도록 도와주기도 했지요. 아니 적어도 범인이 도망가기 전에 두 사람 모두 서재에 도착했을 겁니다. 그리고 범인이 창문으로 도망친 것처럼 증거를 조작하기도 했습니다. 이 모든 것을 볼 때 범인이 도망칠 수 있도록 도개교를 내려주었을 가능성도 크지요. 지금까지가 사건 전반부에 대한 내 해석입니다."

두 형사는 홈즈의 설명에 고개를 절레절레 흔들었다.

"그렇지만 홈즈 씨, 그게 사실이라면 하나의 미궁에서 다른 미궁으로 굴러떨어진 꼴입니다." 런던의 경위가 말했다.

"그리고 어쩌면 더 난해한 수수께끼를 만나게 될지도 모르지요." 메이슨 형사가 덧붙여 말했다. "더글러스 부인은 평생 동안 미국에 가본 적이 한 번도 없습니다. 그런 부인이 어떻게 미국인 살인범을 알고 그를 도와줄 수 있다는 거지요?"

"분명 해결하기에 어려운 문제가 있다는 점을 기꺼이 인정하는 바입니다. 그래서 오늘 밤 나 혼자 조사를 해보려고요. 어쩌면 우리 모두에게 필요한 단서를 안겨주게 될지도 모르지요."

"우리가 도울 일은 없을까요, 홈즈 씨?"

"네, 괜찮습니다. 어둠과 왓슨의 우산만 있으면 됩니다. 게다가 충직한 에임스도 나를 도와줄 테니 여러분의 제의는 고맙지만 사양하겠습니다. 아무리 여러 가지 가설을 세워봐도 결국 한 가지 질문만 떠오르는군요. 도대체 운동한다는 사람이 왜 아령 하나만 가지고 몸을 만드는 말도 안 되는 행동을 했을까요?"

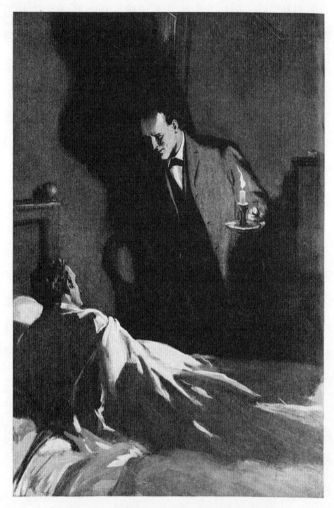

"아, 홈즈. 뭐 좀 알아냈어?" 나는 중얼거리듯 물었다.
프랭크 와일스 그림,《스트랜드 매거진》(1914)

⋆⟐⋆

홈즈가 단독 수사를 마치고 숙소로 돌아왔을 때는 아주 늦은 시각이었다. 우리가 묵은 곳은 2인용 침대가 갖춰진 시골의 작은 여관방으로, 그곳에서 누릴 수 있는 시설로는 최상이라 해도 과언이 아니었다. 깜빡 잠이 든 나는 홈즈가 들어오는 소리에 눈을 떴다.

"이봐, 왓슨. 정신병에 걸린 미친놈이나 정신이 오락가락하는 바보와
같은 방에서 자도 무섭지 않겠어?"
아서 I. 켈러 그림, 《선데이 연합 매거진》(1914)

"아, 홈즈. 뭐 좀 알아냈어?" 나는 중얼거리듯 물었다.

홈즈는 한 손에 촛불을 들고 내 침대 옆으로 아무 말 없이
다가와 섰다. 그러더니 키가 크고 야윈 몸을 내게 굽히면서 조
용히 속삭였다.

"이봐, 왓슨. 정신병에 걸린 미친놈이나 정신이 오락가락하
는 바보와 같은 방에서 자도 무섭지 않겠어?"

79. 「입술이 뒤틀린 남자」에 나오는 홈즈가 자신을 자책하는 장면처럼, 여기서도 그는 스스로를 책망하고 있는 게 분명하다. 그런데 도대체 무슨 판단을 잘못했다는 것일까?

"아니, 전혀." 나는 뜬금없는 질문에 어리둥절하며 대답했다.

"그렇다면 다행이야."

그날 밤 홈즈는 더 이상 한 마디도 꺼내지 않았다.[79]

제7장

해결

다음 날 아침 식사를 마치고 맥도널드 경위와 메이슨 형사를 찾아보니, 벌써 윌슨 경사의 작은 사무실에 앉아 사건에 역중하고 있었다. 그들은 탁자 위에 산더미처럼 쌓인 편지와 전보를 일일이 분류하고 정리하던 중이었다. 그리고 세 장의 종이가 한쪽에 따로 놓여 있었다.

"아직도 자전거 주인의 행방을 찾고 계시는군요?"

홈즈가 밝은 목소리로 물었다. "범인에 대해 새로 들어온 소식은 아무것도 없나요?"

맥도널드 경위는 암담한 표정으로 산더미처럼 쌓인 편지 뭉치를 가리켰다.

"지금까지 레스터, 노팅엄, 사우샘프턴, 더비, 이스트햄, 리치먼드 등 자그마치 14개 지역에서 제보가 들어왔습니다. 그중에서도 이스트햄, 레스터, 리버풀에서는 우리가 찾고 있는 놈과 인상착의가 일치하는 자들을 이미 체포한 상태라고 합니다. 노란 비옷을 입고 있는 자들이 전국 방방곡곡에 우글거리는 모양이에요."

"이것 참!" 홈즈는 안타깝다는 듯 탄성을 질렀다. "맥 경위, 그리고 화이트 메이슨 씨. 진심으로 조언 한마디 해드리고 싶습니다. 여러분도 기억하시겠지만, 내가 처음 이 사건에 손을 대기 시작했을 때 한 가지 분명히 해둔 사실이 있습니다. 완벽하게 증명하지 못한 가설은 절대로 미리 말하지 않겠다는 것이었지요. 내 추측이 확실히 증명될 때까지는 저만 아는 사실로 간직하고, 정확하게 검증하고 확인할 수 있을 때야 비로소 여러분과 공유하겠다고 했습니다. 이 때문에 지금까지 내 생각을 밝히지 않고 있는 겁니다. 하지만 나는 여러분과 정정당당히 승부를 겨룰 생각입니다. 그 점에서 지금처럼 여러분이 쓸데없는 일에 시간과 에너지를 낭비하고 있는 것을 뻔히 알면서도 가만히 두고 볼 수는 없군요. 그래서 한마디 조언을 해드리고 싶어서 이른 아침에 이렇게 찾아온 것입니다. 내가 드리고 싶은 말은 간단합니다. 당장 이 사건에서 손을 떼세요."

맥도널드 경위와 메이슨 형사는 기가 막힌 듯 멀뚱멀뚱 홈즈를 바라보았다.

"더 이상 사건 해결에 희망이 없다는 겁니까?" 맥도널드 경위가 소리쳤다.

"아니요. 여러분이 수사하는 방식에 희망이 없다는 겁니다. 무슨 일이 있어도 진실은 밝혀집니다. 진실을 밝히는 일에는 늘 희망이 함께하기 마련이지요."

"하지만 이 자전거 주인은 가상의 인물이 아니에요. 우리는 놈의 인상착의도 알고 있고, 가방이며 자전거 등 물증까지 확보해둔 상태입니다. 지금 어딘가에서 몸을 사리고 있을 게 분명한데 우리가 그자를 잡지 못할 거라는 말씀입니까?"

"아닙니다. 맞아요, 놈은 어딘가에 분명히 있습니다. 그리고 우리가 반드시 놈을 잡아낼 겁니다. 하지만 나는 단지 여러분이 이스트햄이나 리버풀까지 손을 뻗쳐 시간과 에너지를 낭비하는 모습을 보고 싶지 않을 뿐입니다. 그보다는 더 빠른 지름길을 통해 사건 해결에 이를 수 있기 때문입니다."

"지금 저희에게 뭔가 숨기는 게 있으신 것 같군요. 홈즈 씨, 그건 공평하지 않아요." 맥도널드 경위는 불쾌하다는 듯 말했다.

"맥 경위, 내가 일하는 방식을 잘 알고 있지 않습니까. 가능한 빠른 시간 내에 모든 것을 알려드리겠습니다. 앞으로 몇 가지 사항에 대해 어떻게든 진상을 밝혀야 합니다. 일이 쉽게 풀리면 여러분께 모든 결과를 즉시 알려드리고 곧바로 런던으로 돌아갈 계획입니다. 그렇게 해서라도 이 은혜를 갚고 싶습니다. 지금까지 수많은 사건을 맡아봤지만 이렇게 흥미롭고 범상치 않은 사건은 처음입니다. 나로선 이 사건을 맡게 해주셔서 그저 고마울 따름입니다."

"도저히 이해가 안 되는군요, 홈즈 씨. 어젯밤 턴브리지 웰스에서 돌아오는 길에 만났을 때는 우리가 내린 결론에 대체로 동의하지 않으셨습니까? 그런데 그사이에 생각이 완전히 바뀐 것 같군요. 대관절 무슨 일이 있었던 거지요?"

"글쎄요, 물어보시니까 하는 말이지만, 이미 알려드린 대로 어젯밤 몇 시간 동안 저택에서 나 혼자 머물다 왔습니다."

"무슨 일이라도 있었나요?"

"아, 지금으로서는 자세한 내용을 말하기가 좀 곤란합니다. 그건 그렇고, 그 저택에 관한 책을 하나 찾아 읽었습니다. 내용이 꽤 흥미롭고 재미있더군요. 사실 동네 담배 가게에서 1페니만 주면 살 수 있는 그런 책이었지만 말입니다."

홈즈는 조끼 주머니에서 작은 소책자[80]를 꺼내어 모두에게 보여주었다. 책 표지에는 저택의 옛 모습이 새겨진 판화가 조

80. 『정체의 문제』에서 제임스 몽고메리는 이 팸플릿이 바로 B. W. 셰퍼드 윌린의 『복음사가 성 요한, 그룸브리지, 켄트』라는 소책자라고 밝히면서, 1955년에 담배 가게에서 6펜스에 살 수 있었다고 했다.

81. 찰스 1세는 의회와 오랫동안 갈등을 빚어오다가 마침내 1642년부터 1646년까지, 그리고 1648년 등 두 차례에 걸쳐 내전을 겪게 된다. 1644년 찰스가 마스턴 무어에서 의회의 병력에 대패당한 이후 전쟁의 흐름은 왕당파에게 절대적으로 불리하게 흘러갔다. 그 결과 '의회파 대령'('크롬웰'을 지칭함―옮긴이)은 자기에게 필요하다고 여겨지는 모든 재산을 손에 넣는 것을 정당하게 생각했다.

찰스 1세는 통치 임기가 끝나갈 즈음, 자신의 군대 및 정치적인 난관들로 인해 결국 신변 보호를 요청할 수 있는 수많은 구실을 갖게 된다. 1646년 스코틀랜드에 항복한 찰스 1세는 의회에 넘겨졌으나, 1647년 탈출을 시도하여 와이트 섬에서 피난 생활을 한다. 스코틀랜드의 도움을 다시 요청한 그는 즉시 전쟁터로 나가지만, 그의 병력은 속수무책으로 무너지고 두 번째 내전은 그렇게 끝나고 말았다. 1649년 찰스 1세는 결국 참수형에 처해졌다. 『주홍색 연구』 149번 주석 참고.

82. 영국의 국왕 조지 2세(1683-1760)는 1727년에서 1760년까지 연합왕국[대영제국(잉글랜드, 스코틀랜드, 웨일스)과 아일랜드―옮긴이]을 통치했다. 병무에 열정을 가지고 있던 그는 오스트리아 왕위 계승 전쟁 기간 동안 1743년 데팅겐 전투에 친정을 함으로써 전쟁터에서 직접 싸움에 참가한 영국 최후의 군주로 기록되었다.

83. T. S. 블레이크니는 자신의 에세이 「셜록 홈즈 : 사실인가 허구인가」(1932)에서 다음과 같이 말했다. "「사자의 갈기」를 보면 홈즈가 흔히 알려지지 않은 지식을 가지고 어떤 식으로 문제를 해결하는지 알 수 있다. 「다섯 개의 오렌지 씨앗」에서 홈즈는 이런 식의 문제 해결 방법에 대해 여러 차례 흥미로운 언급을 했다." 「사자의 갈기」에서 홈즈는 책에서 보았던 키아네아 카필라타라는 아주 희귀한 해파리에 관한 정보를 떠올리면서 의문의 죽음에 대한 실마리를 풀어내기도 했다. 「다섯 개의 오렌

악하게 찍혀 있었다.

"맥 경위, 주변의 역사적 분위기에 의식적으로 동감하면 탐사가 대단히 흥미로워질 수 있어요. 내용이 조금 지루해도 참고 잘 들어봐요. 아주 단순한 글이지만 읽고 나면 저택의 옛 모습을 마음속으로 그려볼 수 있게 되지요. 자, 그럼 책의 한 구절을 골라 읽어보겠습니다. '제임스 1세 재위 5년에 세워진 벌스턴 영주 저택은 옛 건물이 있던 대지 위에 올린 건물로서 해자로 둘러싸여 있다. 제임스 왕조풍의 저택으로 현존하는 건물 중에 가장 훌륭한……'."

"홈즈 씨, 지금 장난하십니까?"

"이런, 맥 경위! 그렇게 화내는 모습은 처음이군요. 신경이 거슬리는 모양이니 그만 읽어야겠네요. 하지만 1644년 의회파 대령이 저택을 점령했던 일이나 찰스 1세가 내전 중에[81] 며칠간 저택에 은신해 있었던 일, 그리고 조지 2세[82]가 방문했던 일에 대한 기록을 읽다 보면, 벌스턴 저택이 참으로 유서 깊은 곳이고, 역사적으로 적지 않은 흥미로운 사건과 얽혀 있다는 것을 알게 될 텐데 참으로 아쉽군요."

"충분히 그럴 거라 생각됩니다. 하지만 그게 이 사건과 무슨 상관이란 말입니까?"

"과연 아무런 상관이 없을까요? 정말 그럴까요? 맥 경위! 시야를 넓게 갖는 것이야말로 우리 같은 직업을 가진 사람들에게 반드시 필요한 능력이랍니다. 서로 다른 의견을 수용하거나 적용할 줄 알고, 풍부한 지식을 갖추는 것이 간접적으로나마 사건 해결에 큰 도움을 줄 만큼 중요하다는 사실을 알아야 해요.[83] 나는 한낱 범죄 전문가에 지나지 않지만 여러분보다 나이도 많고 아마 경험도 더 풍부할 겁니다. 그러니 내가 하는 말을 너무 기분 나쁘게 듣지 마시기 바랍니다."

"그 점에 대해서라면 누구보다도 내가 인정합니다." 맥도널

드 경위가 진심으로 말했다. "무슨 말씀인지 잘 알겠습니다. 하지만 요점만 간략하게 말씀해주시면 좋을 텐데, 홈즈 씨는 너무 빙빙 돌려서 말하는 경향이 있습니다."

"알겠습니다. 그럼 이미 지나간 과거는 접어놓고 현재까지 밝혀진 사실만 말씀드리지요. 이미 말씀드렸듯이, 어젯밤에 나는 저택에 들렀습니다. 바커 씨나 더글러스 부인을 만나지는 않았습니다. 굳이 그 사람들을 번거롭게 하고 싶지 않았어요. 그런데 듣자 하니 다행스럽게도 부인이 힘들어하는 기색 없이 저녁 식사를 맛있게 즐기셨다더군요. 어쨌든 저택에 간 김에 에임스 집사를 만나서 이런저런 얘기를 나누고 싶었습니다. 내 뜻을 이해한 에임스는 누구에게도 알리지 않고 내가 서재에서 한동안 머물 수 있도록 도와주었지요."

"뭐라고? 시체 옆에서, 그것도 혼자?" 나는 화들짝 놀라 물었다.

"아니, 지금 서재는 모두 정리되었어. 듣기로는 맥 경위께서 그렇게 해도 된다고 지시했다더군. 서재는 이제 평상시 모습으로 돌아가 있지. 그 방에서 머물러 있던 시간이 약 15분가량이었는데 아주 유익한 시간이었지."

"대체 거기서 뭘 했습니까?"

"뭐 별것 아닌 거 가지고 지나치게 궁금해하지 마십시오. 사라진 아령을 찾고 있었을 뿐이니까. 사실 이 사건을 해결하는 데 있어 상당히 비중이 큰 열쇠라고 볼 수 있지요. 어쨌든 찾았으니 다행입니다."

"어디서요?"

"미처 찾아볼 생각도 못한 곳에 있더군요. 이제 내게 조금만 더 시간을 주세요. 아주 조금이면 됩니다. 좀 더 조사한 뒤에 여러분께 내가 알고 있는 사실을 모조리 알려드리겠습니다."

"그렇게 하는 수밖에 없지요, 뭐." 경위가 부루퉁하게 대답

씨앗」에서 홈즈는 K.K.K.가 큐 클럭스 클랜Ku Klux Klan(이 소설이 출판되었던 1891년 당시 영국 남자치고는 칭찬받을 만한 성과라 할 수 있겠다)을 나타내는 것임을 즉시 알아차렸다. 그의 해박한 지식은 범인을 잡는 데 결정적인 역할을 했다.

했다. "그런데 수사에서 손을 떼라는 말은 납득할 수 없군요. 도대체 이제 와서 중단할 이유가 뭡니까?"

"아주 간단해요, 맥 경위. 여러분은 지금 뭘 조사하고 있는 지조차 파악하지 못하고 있어요."

"우리가 찾고 있는 것은 존 더글러스를 죽인 살인자가 아닙니까? 벌스턴 대저택 살인 사건의 범인 말입니다!"

"네, 바로 그거예요. 그렇다면 그 수수께끼의 자전거 주인 행방을 찾는 데 쓸데없이 시간을 낭비하지는 마세요. 수사에 어떤 도움도 안 되니까요."

"도대체 그럼 어떻게 하라는 말씀입니까?"

"내 말을 따르겠다고 약속하면 말씀드리지요."

"홈즈 씨가 남다르게 수사하는 데는 늘 그만한 이유가 있기는 하더군요. 좋아요, 홈즈 씨 말씀을 따르도록 하겠습니다."

"화이트 메이슨 씨는 어떻게 하시겠습니까?"

메이슨 형사는 난감한 듯 이 사람 저 사람을 번갈아 둘러보았다. 홈즈와 일하는 것도 처음이지만 그의 수사 방식에 적응하기란 더욱 힘들었다.

"글쎄요, 맥도널드 경위가 괜찮다면야 저도 상관없습니다." 메이슨 형사는 어쩔 수 없다는 듯 말했다.

"좋아요! 자, 이제 기분 좀 풀 겸 저택 주변으로 산책을 떠나 보면 어떨까요. 벌스턴 산마루에서 윌드 대삼림 쪽으로 바라보는 풍경이 아주 장관이라고 하던데요. 중간에 적당한 곳에 들러 점심을 드셔도 좋겠네요. 내가 이 지역에 대해 좀 더 알아봤더라면 가실 만한 곳을 추천해드릴 수 있었을 텐데. 그렇지 못해 아쉽군요. 어쨌든 오늘 밤에 피곤하겠지만 기쁜 일이……."

"아니, 농담이 좀 지나친 거 아닙니까?" 맥도널드 경위는 발끈해서 의자에서 벌떡 일어났다.

"아닙니다. 낮 동안 휴식을 좀 취하시라는 것뿐이에요." 홈즈는 밝은 얼굴로 맥도널드 경위의 어깨를 토닥였다. "하고 싶던 일도 하고, 가고 싶던 곳도 다녀오세요. 하지만 어두워지기 전에는 반드시 이곳으로 돌아오십시오. 반드시 오셔서 나를 만나야 합니다. 잊지 마세요, 맥 경위."

"이제야 뭔가 좀 그럴듯하게 들리는군요."

"내 조언은 모두 따라 할 만한 가치가 있어요. 반드시 지키라는 말은 아니지만요. 오늘 밤 여러분이 반드시 와주기만 한다면 아무래도 상관없어요. 자, 이제 헤어질 때가 되었군요. 아, 그 전에 바커 씨에게 보낼 편지를 좀 써주시지요."

"편지요?"

"내가 부르는 대로 쓰기만 하면 됩니다. 준비됐나요? '친애하는 바커 씨. 해자에서 마땅히 물을 **빼봐야** 한다는 생각이 문득 들었습니다. 어쩌면…….'"

"물을 빼는 것은 불가능해요. 벌써 내가 알아봤습니다."

"이런, 맥 경위! 내가 시키는 대로만 하세요."

"알겠으니 계속 부르세요."

"'수사에 도움이 될 만한 단서를 찾을 수 있을지도 모르기 때문입니다. 이미 모든 것을 준비해놓았으니 아침 일찍 인부들을 보내 시냇물의 물줄기를 돌리는…….'"

"불가능해요!"

"'작업을 할 예정입니다. 작업에 착수하기 전에 먼저 양해를 구하는 바입니다.' 자 이제 서명하시죠. 그리고 4시경에 사람을 시켜서 편지를 전하도록 하세요. 그 시각에 우리는 이 방에서 다시 모이도록 합시다. 그때까지 각자 마음껏 자유로운 시간을 즐기세요. 확신컨대, 이번에야말로 사건 해결에 결정적인 단서를 얻을 수 있을 테니 두고 보세요."[84]

어느덧 저녁이 가까워질 무렵 우리는 약속대로 다시 모였다. 홈즈는 시종일관 진지해 보였고, 나는 앞으로 일어날 일에

84. 《스트랜드 매거진》 1914년 12월호에 실린 부분은 여기서 끝이 난다. 이 장의 나머지 부분은 1915년 1월호로 이어지며, 여기서도 본격적인 이야기에 앞서 다음과 같이 줄거리를 요약해놓았다.

셜록 홈즈의 숨 막히는 새로운 모험담의 지난 줄거리는 다음과 같다. 어느 날 홈즈는 암호문이 담긴 메시지를 받고 서식스 주의 벌스턴에 사는 부유한 남자 더글러스에게 뭔가 불길한 일이 벌어질 것이며, 그 위험이 바로 코앞에 닥친 상황이라고 판단한다. 홈즈가 해독을 마칠 즈음 그를 찾아온 런던 경찰국 소속 맥도널드 경위는 더글러스가 전날 밤(원문에는 "오늘 아침"이라고 나옴) 살해당했다는 소식을 전한다.

맥도널드 경위는 셜록 홈즈와 왓슨 박사와 함께 비극의 사건 현장으로 향하고, 그곳에서 서식스 주의 형사 화이트 메이슨을 만나게 된다. 살해당한 더글러스는 끔찍하게 상처를 입은 상태였고, 그의 가슴에는 의심스러운 무기가 하나 놓여 있었는데, 그것은 방아쇠 바로 앞에서 총신이 잘린 산탄총이었다. 또한 시체 근처에서 머리글자 "V.V."와 숫자 "341"을 잉크로 휘갈겨 쓴 카드가 한 장 발견된다. 마지막으로 시체의 팔뚝 윗부분에서 동그란 원 안에 삼 각형이 덧입혀진 이상한 모양이 발견되었으나, 손 가락에 끼고 있던 결혼반지가 사라졌다.

살인자에 대한 유일한 단서라고는 창틀에 묻어 있는 구두 발자국 모양의 핏자국이 전부여서, 그것으로 범인이 창문을 넘고 해자를 건너 도망친 것으로 추측하게 된다. 홈즈는 그 무엇보다도 더글러스의 아령 한쪽이 사라졌다는 사실에 촉각을 곤두세운다.

더글러스의 가장 친한 친구인 세실 바커는 수사관들의 심문을 받는 내내 당황하는 기색을 보이더니, 마침내 그동안 자기가 더글러스 부인과 가깝게 지내던 관계를 더글러스가 상당히 질투했다는 사실을 털어놓는다. 홈즈는 에임스 집사로부터 현장에서 피 묻은 채로 발견되었던 침실용 슬리퍼를 사건

전날 밤 바커가 신고 있었다는 사실을 듣게 된다. 이에 홈즈는 홀에서 피 묻은 슬리퍼를 들고 나타나 창틀의 발자국에 대어보고 정확히 일치한다는 것을 밝혀낸다.

홈즈는 왓슨에게 자신이 더글러스 부인과 바커가 사건의 전말을 알고 있다고 믿는 이유를 말해준다. 그는 나머지 수사관들에게 그들이 진행하고 있는 사건 조사를 중단하고 자기가 알고 있는 모든 사실을 알려줄 테니 같은 날 밤에 만나자고 제안한다. 마지막으로 홈즈의 제안에 따라 바커에게 편지를 보내는 것으로 이야기는 끝이 난다. 편지 내용은 다음과 같다.

"친애하는 바커 씨. 해자에서 마땅히 물을 빼봐야 한다는 생각이 문득 들었습니다. 어쩌면 수사에 도움이 될 만한 단서를 찾을 수 있을지도 모르기 때문입니다. 이미 모든 것을 준비해놓았으니 아침 일찍 인부들을 보내 시냇물의 물줄기를 돌리는 작업을 할 예정입니다. 작업에 착수하기 전에 먼저 양해를 구하는 바입니다."

85. "그리고 참고 견디면 생명을 얻을 것이다."(『루가복음』 21:19) 홈즈는 「등나무 별장」과 「세 명의 개리뎁 씨」에서도 왓슨에게 똑같은 충고를 한다. 인내심이야말로 홈즈가 탐정으로서 갖추고 있는 가장 중요한 자질이다. 「서식스의 뱀파이어」에서 홈즈는 이렇게 설명한다. "우리는 임시로 가설을 세우고 때를 기다리거나 더 많은 정보를 모아서 가설을 논파하기도 합니다."

86. 종종 이야기의 극적인 결말(「해군 조약문」)이나 얽히고설킨 변장(「보헤미아 왕실 스캔들」의 비국교도 목사)을 한 예에서 볼 수 있듯이 홈즈에게는 연극인의 기질이 다분하다. 『네 사람의 서명』에서 애셜니 존스 형사는 그런 홈즈에게 "홈즈 씨는 배우가 됐으면 크게 성공했을 겁니다"라고 말하기도 한다. 홈즈는 「마자랭 보석」에서 다음과 같이 말한다. "다우슨 남작이 교수형을 당하기 전날 저녁 이렇게

대한 기대로 잔뜩 들떠 있었다. 하지만 두 수사관은 몹시 못마땅한 듯 짜증스러운 표정이 역력했다.

"자, 여러분."

홈즈가 진지하게 말했다.

"이제부터 나와 함께 흥미로운 실험을 한 가지 해봅시다. 이 실험에서 관찰한 내용을 토대로 내가 내린 결론이 옳은지는 여러분이 판단해주세요. 오늘 밤은 날씨가 꽤 쌀쌀하군요. 이런 날씨에 우리가 얼마나 오랫동안 잠복해 있어야 할지는 저도 모를 일입니다. 그러니 옷을 좀 더 든든히 입도록 하세요. 무조건 날이 어두워지기 전에 약속한 장소에 도착해야 합니다. 딱히 이의가 없다면 서둘러 출발합시다."

우리는 저택의 정원 가장자리를 둘러싼 울타리를 따라 걷다가 중간에 울타리가 부서진 곳을 찾아냈다. 그곳을 통해 안으로 슬그머니 들어간 우리는 한 치 앞도 보이지 않는 어둠 속에서 홈즈의 뒤를 따라갈 뿐이었다. 마침내 우리는 저택의 정문과 도개교 거의 맞은편의 우거진 관목 숲에 다다랐다. 도개교는 아직 올라가 있지 않았다. 홈즈가 월계수 관목 뒤에 쭈그리고 앉자 우리 세 사람도 홈즈를 따라 몸을 숨겼다.

"자, 이제 뭘 어떻게 하면 됩니까?" 맥도널드 경위가 퉁명스럽게 물었다.

"인내심을 갖고 기다려봅시다.[85] 될 수 있으면 작은 소리도 내지 마세요." 홈즈가 작은 목소리로 대답했다.

"대체 여기는 뭣하러 온 겁니까? 이쯤이면 이제 좀 솔직하게 털어놓을 때도 되지 않았습니까?"

홈즈가 빙그레 웃으며 말했다. "왓슨이 그러더군요. 내 삶이 곧 극작품이라고. 아무래도 내 안에 예술가적 기질이 있는 모양입니다. 잘 차려진 무대에서 완벽하게 연기해내고 싶은 마음이 끊임없이 샘솟거든요.[86] 맥 경위, 우리의 승리를 빛낼 만한

무대를 멋지게 준비해놓지 않으면 우리의 직업은 따분하고 꾀죄죄할 수밖에 없습니다. 냉정하게 죄를 고발하고, 인정사정없이 범인의 어깨를 낚아채기만 한다고 생각해보세요. 그런 연극의 대단원에 대해서 사람들이 어떻게 생각하겠습니까? 그보다는 신속하게 추론하고, 교묘하게 덫을 놓고, 앞으로 다가올 일을 예리하게 통찰하고, 대담한 추리를 성공적으로 입증해 보이는 것이야말로 우리 직업에 대한 자부심과 정당성을 보여줄 수 있는 길이 아니겠어요?[87] 지금 이 순간 이 상황을 멋지게 즐기고 사냥감을 주시하는 사냥꾼처럼 긴장과 흥분을 느껴보세요. 항상 시간표처럼 정해진 대로 움직인다면 이런 짜릿함을 어디서 맛볼 수 있겠어요? 그러니 맥 경위, 조금만 더 참고 기다려보십시다. 머지않아 모든 의문이 풀릴 테니까요."

"글쎄요, 이곳에서 얼어 죽기 전에 말씀하신 우리의 자부심과 정당성을 찾게 되기만 바랄 뿐입니다." 맥도널드 경위가 체념한 듯 농담으로 답했다.

사실 그런 생각을 한 것은 맥도널드 경위만이 아니었다. 잠복은 생각보다 길어졌고, 시간이 갈수록 온몸으로 파고드는 추위를 견디기가 힘들었기 때문이다. 기다란 고택의 칙칙한 모습 위로 서서히 어둠이 드리워졌다. 해자에서 올라오는 차갑고 축축한 한기는 뼛속을 에는 듯했고, 우리는 이가 딱딱 부딪칠 정도로 온몸을 떨어야 했다. 저택의 출입문 쪽에 등 하나가 켜졌고 참극이 벌어졌던 서재에서 둥근 불빛이 아른거렸다. 그 두 곳을 제외하면 사방은 칠흑같이 어둡고 쥐 죽은 듯 고요했다.

"얼마나 더 기다려야 할까요?" 맥도널드 경위가 불쑥 물었다. "대체 뭘 기다리는 건지 알고나 기다립시다."

"얼마나 기다려야 할지는 나도 몰라요." 홈즈가 퉁명스럽게 대답했다. "범인들이 시간표에 맞춰 움직여준다면야 얼마나

말했습니다. 무대에서 잃어버린 셜록 홈즈를 법정에서 차지했다고."

87. T. S. 블레이크니는 이렇게 말했다. "이런 재능이야말로 탐정으로서 홈즈가 가진 가장 강력한 재산이다. 〔『바스커빌 씨네 사냥개』에서〕 홈즈는 그 재능이라는 것은 상상력을 과학적으로 사용하는 것이며, '가능성을 가늠해보고 가장 확률이 높은 것을 고르는' 것이라고 말했다."

편하겠어요. 그리고 뭘 기다리는 것인지는…… 저기, 바로 저 깁니다. 우리가 기다리고 있던 거예요!"

바로 그때였다. 서재에서 흘러나오는 노랗고 밝은 불빛이 흐려졌다 밝아졌다 하는 것이었다. 누군가 등불 앞에서 서성이고 있는 게 분명했다. 우리는 서재 창문에서 300미터가 안 되는 맞은편 월계수 관목 수풀 뒤에 숨어 창문 쪽을 주시하고 있었다. 이내 삐걱하는 소리와 함께 창문이 활짝 열리더니 창문 밖으로 어둠을 내다보고 있는 한 남자의 머리와 어깨의 윤곽이 희미하게 드러났다. 그는 한동안 자기를 지켜보는 사람이 없는

등잔.

지 고개를 살며시 내밀어 몰래 살피고는 이윽고 몸을 아래로 굽혔다. 사방이 쥐 죽은 듯 고요한 가운데 가볍게 찰랑대는 물결 소리가 들려왔다. 남자는 손에 무언가를 쥐고 해자의 물 속을 휘젓고 있었다. 그러다 갑자기 어부가 물고기를 끌어올릴 때처럼 무언가를 잡아당겼다. 곧바로 열린 창문을 통해 끌려 올라간 크고 둥근 물체가 서재의 불빛을 가렸다.

"지금이에요! 어서!" 홈즈가 외쳤다.

우리는 모두 벌떡 일어나 한동안 움직이지 못해 뻣뻣해진 다리를 비틀거리며 홈즈를 따라갔다. 홈즈는 재빠르게 도개교를 건너 저택의 벨을 눌러댔

그러다 갑자기 어부가 물고기를 끌어 올릴 때처럼 무언가를 잡아당겼다.
프랭크 와일스 그림, 《스트랜드 매거진》(1915)

다. 곧바로 안에서 현관문을 여는 소리가 들리고 문 앞에 깜짝
놀라 서 있는 에임스의 모습이 나타났다. 홈즈는 한 마디 인사
도 없이 집사를 무시하고 서재를 향해 뛰어 들어갔다. 홈즈를
따라 들어가보니 좀 전에 보았던 그 사내가 아직 거기에 있었
다. 밖에서 보았던 등불이 아직도 빛을 내며 타고 있었다. 뜻밖

에도 등잔은 세실 바커의 손에 들려 있었다. 우리가 방으로 들어서자 그는 우리 쪽을 향해 등불을 비췄다. 그러자 깨끗하게 면도한 그의 얼굴이 불빛에 드러났다. 강하고 결연한 표정이 역력했고 눈빛은 이글이글 타오르는 듯했다.

"아니, 도대체 이게 다 무슨 일이죠? 대체 뭘 찾겠다고 이렇게 야단입니까?"

홈즈는 서둘러 주위를 둘러보더니 책상 밑으로 시선을 돌렸다. 이내 그곳에서 밧줄에 둘둘 감긴 채 물에 흠뻑 젖어 있는 꾸러미 하나를 덥석 집어 들었다.

"바커 씨, 이것이 바로 우리가 찾고 있던 겁니다. 아령이 들어 있어서인지 꽤나 무겁군요. 당신이 방금 해자에서 끌어 올리지 않았습니까?"

바커는 화들짝 놀란 얼굴로 홈즈를 쳐다보았다. "도대체 당신이 그걸 어떻게 알았지요?" 바커는 믿을 수 없다는 듯이 물었다.

"아주 간단합니다. 이걸 물속에 넣어둔 사람이 바로 나거든요."

"당신이 그랬다고요? 당신이!"

"아, '내가 다시 넣어두었다'라고 말하는 편이 더 정확하겠군요."

홈즈가 말했다. "맥 경위, 아령 하나가 없어진 일에 대해 내가 계속 의아해했던 것을 잘 아시죠? 당신도 그 점에 대해서 신경을 좀 써주었으면 했지만 다른 일들에 시달려 정신이 없더군요. 없어진 아령에 대해 의문을 품어보았다면 사건의 추리를 발전시킬 수 있는 좋은 기회였는데 안타까워요. 어느 날 무거운 물건 하나가 없어졌는데 근처에 해자가 있다! 그렇다면 그 물건이 해자의 깊은 물 속에 가라앉아 있을 수도 있겠다는 가정을 해볼 만하지요. 그렇게 억지스러운 추측은 아니니까요.

그리고 그 가정이 맞는지 한번 알아볼 만하기에 에임스의 도움을 받아 서재에 들어왔던 겁니다. 결국 왓슨 박사의 우산 손잡이를 이용해 해자에서 이 꾸러미를 건져낼 수 있었지요.

그런데 가장 중요한 문제는 이 꾸러미를 누가 그곳에 넣었는지 밝혀내는 것이었습니다. 그래서 우리가 오늘 해자의 물을 빼겠다는 통보를 한 것입니다. 누구든 꾸러미를 해자에 넣은 사람이 그 소식을 들으면 해가 지기를 기다렸다가 꾸러미를 다시 건져 올릴 거라는 계산된 통보였지요. 이제 그 사람이 누군지 목격한 이가 네 명이나 되는군요. 바커 씨, 뭐라고 한 말씀 하시지요."

홈즈는 물이 뚝뚝 떨어지는 꾸러미를 탁자 위 등불 옆에 올려놓고 밧줄을 풀었다. 그는 꾸러미 안에서 아령을 꺼내 방 한 구석에 있는 나머지 한쪽 옆으로 던져놓았다. 그런 다음 꾸러미에서 구두 한 켤레를 꺼내 보였다.

"보다시피, 미국산입니다."

홈즈는 구두코를 가리키며 말했다. 다음으로 칼집에 들어 있는 길고 무시무시한 칼을 꺼내 탁자 위에 올려놓았다. 마지막으로 속옷과 양말, 회색 트위드 정장과 짧은 노란색 코트가 들어 있는 한 꾸러미의 옷가지들을 탁자 위에 펼쳐놓았다.

"이 옷들은 흔히 볼 수 있는 것들입니다. 그런데 이 코트만큼은 예외예요. 흥미로운 점이 한두 군데가 아닙니다."

홈즈는 코트를 조심스럽게 불빛에 비춰보았다.

"여기 좀 잘 보세요. 안쪽 주머니가 안감 속으로 깊게 나 있어 총신을 자른 새총[88]도 충분히 들어갈 만큼 크기가 아주 넉넉합니다. 목 뒤에 달린 상표를 보니 '미국 버미사,[89] 닐 의상실'이라고 쓰여 있지요. 나는 아까 오후에 목사관 도서관에 가서 아주 유익한 시간을 보내고 왔습니다. 버미사는 미국에서 석탄과 철로 유명한 계곡에 있는, 경제적으로 번창하고 있는

88. 켈빈 존스는 새총이 바로 산탄총을 가리키는 것이라며 "야생 조류를 사냥할 때 주로 산탄총을 사용하기 때문에 새총이라고도 부른다"고 설명했다.

89. "버미사"의 배경이 되는 곳은 펜실베이니아 주의 스쿠컬 강 근처에 있는 포츠빌로서 일반적으로 무연탄을 채굴하는 곳으로 알려져 있다. "버미사 계곡"에서 일어난 사건의 공간적 배경은 2부의 제1장에 자세히 나와 있다.

90. 앞으로 알게 되겠지만 가상의 지명이다.

91. 'peine forte et dure.' 프랑스어로 '압사형.' 중죄의 기소 인정 여부 절차를 밟고 있는 죄수가 유무죄에 대한 답변을 하지 않거나 증언을 거부할 경우에 ('묵비권 행사'라고 알려진) 사용했던 고문의 형태다. 헨리 4세 무렵에 도입된 이 형벌은 비협조적인 죄수들에게서 유무죄 여부에 대한 답변을 받아내기 위해 사용되었다. 몸을 쭉 펴고 반듯하게 누워 있는 죄수에게 죽을 때까지 엄청난 무게를 가하는 고문이었다. 이 고문은 때때로 '누르기'라고 불리기도 했다.
『뉴게이트 캘린더』 제1권에 조지 스트랭웨이스라는 소령이 이 같은 형벌을 받고 죽은 이야기가 자세히 소개되어 있다. 부인의 남자 형제를 죽인 혐의로 기소된 그는 살인을 지휘하기는 했지만 직접 죽이지는 않았다며 살인 혐의를 부인하고, 어떠한 자백도 거부하며 형벌을 달게 받으려 하지도 않았다. 그뿐만 아니라 법정이 재산을 몰수하는 것을 막으려 했다. 법원의 설득에도 아무런 효과가 없자, 재판관은 스트랭웨이스를 "빛이 들어오지 않는 더러운 방"에 가두라고 명령했다. 그 안에서 그는 중요 신체 부위만을 겨우 가리고 완전히 발가벗겨진 채 등을 바닥에 대고 똑바로 누웠다. 팔은 앞으로 쭉 뻗어 각각 양쪽으로 감옥과 연결하여 밧줄로 묶고 다리도 같은 식으로 묶었다. 그러고 난 후 누워 있는 그의 몸에 참을 수 있을 만큼의 무거운 쇳덩어리와 돌덩이를 올려놓고 점점 무게를 늘려갔다. 죽을 때까지 그렇게 계속했다. 그에게 돌을 올려놓는 일을 그의 친구들에게 시켰는데, 그들은 친구가 겪는 "고통을 보고, 그의 괴로운 울부짖음을 듣고서" 그가 한시라도 빨리 고통을 끝내고 죽을 수 있도록 자기들이 직접 그의 몸 위로 올라가 무게를 더하기도 했다.
압사 고문의 마지막 예는 1741년 케임브리지 순회재판에서 있었다. 1772년 유무죄 여부에 대한 답변을 거부하는 것은 유죄나 다름없다는 판결이 나면

소도시라는 사실을 알게 되었지요. 바커 씨가 일전에 더글러스 씨의 전 부인과 광산 지역을 연관 지어 말씀하셨던 게 생각나더군요. 그래서 시신 옆에 있던 'V.V.'가 '버미사 계곡Vermissa Valley'[90]을 의미하는 것이라고 추측해보는 것도 크게 무리가 아닐 거라고 생각했지요. 그리고 어쩌면 이 계곡이 살인자를 보낸 공포의 계곡일지도 모른다는 추정까지 하게 되었습니다. 지금까지 많은 부분이 명확해졌습니다. 이제 바커 씨, 당신이 설명하실 차례가 된 것 같은데요."

홈즈가 사건의 비밀을 파헤치는 동안 바커의 표정은 정말로 놓치기 아까울 정도였다. 그의 표정에는 분노와 놀라움, 실망과 망설임이 엇갈리고 있었다. 마침내 바커는 예상 밖의 빈정대는 태도로 그가 처한 상황에서 벗어나려 했다.

"정말 아는 게 많으시군요. 홈즈 씨, 어디 나 대신 계속 말해보시지요." 바커는 조롱하듯 말했다.

"물론 내가 더 많은 얘기를 해드릴 수 있습니다. 바커 씨, 그런데 아무래도 본인에게 직접 듣는 편이 더 나을 것 같군요."

"오호, 그래요? 정말 그렇게 생각하세요? 흠, 한 가지 분명한 것은 설령 비밀이 있다 하더라도 그건 내 비밀이 아니라는 것입니다. 그리고 나는 남의 비밀을 퍼트리고 다니는 그런 사람이 아닙니다."

"바커 씨가 계속 그렇게 나오신다면 체포 영장을 청구하겠습니다. 그리고 구속할 때까지 당신을 계속 감시할 수밖에 없겠군요." 맥도널드 경위가 조용히 위협하듯 말했다.

"마음대로 하시오!" 바커는 반항하듯 대꾸했다.

돌아가는 상황을 보니 이제 더 이상 어쩔 도리가 없는 것 같았다. 바커의 딱딱하게 굳은 고집스러운 얼굴을 보아하니 아무리 압사형[91]을 가하더라도 결코 입을 열지 않으리라는 것을 알 수 있었다. 이러지도 저러지도 못하고 있는데 어디선가 여자의

목소리가 들려왔다. 반쯤 열린 문 앞에서 지금까지 대화를 모두 엿듣고 있던 더글러스 부인이 방으로 들어섰다.

"바커 씨, 이제 그만하세요. 그동안 할 만큼 하셨어요. 앞으로 무슨 일이 생기든 그것으로 충분해요."

"충분하다마다요. 그 이상이죠." 홈즈가 진지한 목소리로 말했다. "부인이 지금 처한 상황에 대해 참으로 안타깝게 생각합니다. 단지 한 가지만 간곡히 부탁드리고 싶군요. 우리 사법 체계를 믿으시고 경찰에 모든 것을 털어놓고 맡겨주십시오. 지난번 제 친구 왓슨 박사를 통해 실마리를 주셨지만 제가 눈치를 채지 못했습니다. 그건 전적으로 제 실수였습니다. 하지만 그때는 부인이 이 범죄에 직접적으로 관련이 있다고 믿을 만한 이유가 있었습니다. 이제는 그렇지 않다는 확신이 생겼습니다. 그래도 아직 설명이 필요한 부분이 남아 있습니다. 부인께서 더글러스 씨를 설득해서 우리에게 사실대로 다 털어놓으라고 하셔야 합니다."

홈즈의 말에 더글러스 부인은 깜짝 놀라 외마디 소리를 질렀다. 그때였다. 한 남자가 별안간 벽 뒤에서 튀어나왔다. 깜짝 놀란 두 수사관은 물론이고 나까지 덩달아 비명을 지를 뻔했다. 그 남자는 어두운 방 한구석에서 우리들 앞으로 천천히 걸어 나왔다. 더글러스 부인은 순간 몸을 돌려 그를 부둥켜안았다. 바커는 그 남자가 내민 손을 꽉 부여잡았다.

"잭, 이게 최선이에요, 이 방법만이 최선이라고요." 더글러스 부인은 같은 말만 되풀이했다.

"그렇습니다, 더글러스 씨. 이게 최선의 방법입니다." 셜록 홈즈가 말했다.

남자는 어두운 곳에서 밝은 곳으로 나온 탓인지 눈이 부신 듯 눈을 깜빡거리며 우리를 쳐다보았다. 남자의 얼굴은 한마디로 매우 인상적이었다. 대담해 보이는 회색 눈동자, 짧게 자른

서 이 고문은 마침내 폐지되었다. 1828년 그 법이 바뀌어 유무죄 여부에 대한 답변을 거부하는 것은 무죄를 주장하는 것으로 간주되었다.

더글러스 부인은 순간 몸을 돌려 그를 부둥켜안았다.
바커는 그 남자가 내민 손을 꽉 부여잡았다.
프랭크 와일스 그림, 《스트랜드 매거진》(1915)

희끗희끗한 콧수염, 앞으로 튀어나온 각진 턱, 재미있게 생긴
입매까지. 남자는 우리를 일일이 쳐다보더니 나에게 다가왔다.
그러고는 뜻밖에도 서류 한 뭉치를 내미는 것이었다.

"왓슨 박사님, 박사님에 대해서는 익히 들어 잘 알고 있습니
다."

남자의 영어 발음은 딱히 영국식도 아니고 미국식도 아니었다. 어쨌든 목소리는 무척 부드럽고 듣기 좋았다.

"박사님, 여기 계신 분들 중에서 역사 작가를 찾으라면 바로 박사님이실 테죠. 이처럼 재미있는 이야기는 한 번도 들어보지 못하셨을 겁니다. 저의 전 재산을 다 걸고 드리는 말씀입니다. 선생님이 원하는 방식으로 글을 쓰셔도 괜찮습니다. 하지만 사실대로 쓴다고 약속해주세요. 제가 드리는 내용을 있는 그대로 쓰신다면 선생님의 독자들을 사로잡고도 남을 겁니다. 지난 이틀 동안 저 안에 갇혀 지내며 쥐구멍에 비칠 만큼의 빛줄기에 의지해 겨우 이 글을 쓸 수 있었습니다. 박사님과 독자들 모두 재미있게 읽으실 겁니다. '공포의 계곡' 이야기입니다."

"하지만 더글러스 씨, 그건 이미 지나간 이야기가 아닙니까?" 홈즈가 조용히 물었다. "우리가 듣고 싶은 얘기는 바로 현재의 이야기입니다."

"염려 마세요, 홈즈 씨. 모두 말씀드릴 테니까요. 그런데 먼저 담배 좀 피워도 되겠습니까? 고맙습니다, 홈즈 씨. 홈즈 씨도 담배를 피우시는 걸로 알고 있는데, 주머니에 담배를 넣어두고도 저 구석에 앉아서 남들에게 들킬까 봐 이틀 동안이나 한 대도 피우지 못한 사람의 심정을 누구보다 잘 아실 겁니다."

더글러스는 벽난로 선반에 몸을 기대고 홈즈가 건네준 시가를 가슴 깊숙이 빨아들였다.

"홈즈 씨, 말씀은 많이 들었지만 이렇게 직접 만나게 될 줄은 꿈에도 몰랐습니다." 그는 방금 내게 건네준 서류 뭉치를 고갯짓으로 가리키며 말했다. "그 글을 읽다 보면 지금까지 들어보지 못했던 전혀 새로운 이야기를 가져왔다는 사실을 깨닫게 될 겁니다."

맥도널드 경위는 더글러스를 쳐다보며 기가 막힌 듯 한참 동안이나 입을 다물지 못했다. "저는 완전히 기권입니다!" 맥도널드 경위가 마침내 소리쳤다. "당신이 벌스턴 저택의 존 더글러스 씨라면 우리가 지난 이틀 동안 조사한 시체는 누구 것이지요? 아니, 죽었던 당신이 도대체 지금 어디서 나타난 겁니까? 이건 무슨 뚜껑 열면 튀어나오는 장난감 인형도 아니고."

"맥 경위!" 홈즈는 집게손가락을 좌우로 흔들며 나무라듯 맥도널드 경위를 불렀다. "그러게 내가 말했던 소책자를 한번 읽어보지 그랬습니까. 찰스 왕이 이곳에 은둔했던 내용이 상세히 나와 있거든요. 당시 사람들은 몸을 숨기기 위해 훌륭한 은신처만을 고집했어요. 이전에 누군가 몸을 숨기기 위해 선택한 은신처는 훗날 누군가가 다시 이용할 수 있다는 생각이 들더군요. 거기에 착안해 이 지붕 밑 어딘가에 더글러스 씨가 숨어 있을지도 모른다는 생각을 한 것이지요."

"그렇다면 홈즈 씨, 도대체 언제부터 그 사실을 속여온 겁니까?" 맥도널드 경위가 발끈하여 물었다. "우리가 벌인 수사가 아무 소용이 없는 줄 알면서 어떻게 그렇게 오랫동안 멀쩡히 지켜보고 있을 수 있었지요?"

"맥 경위, 나는 한 번도 그런 적이 없어요. 나도 어젯밤에야 비로소 사건의 윤곽을 잡을 수 있었으니까요. 게다가 확실한 증거는 오늘 밤이 되어서야 포착할 수 있었습니다. 그래서 두 분께 오늘 하루 휴가를 보내시라고 권하지 않았습니까. 내가 더 이상 무엇을 할 수 있었겠어요? 해자에서 옷 꾸러미를 찾아낸 순간 번뜩하고 내 머리에 한 가지 생각이 스쳐 가더군요. 우리가 서재에서 발견한 시체가 존 더글러스의 것이 아닐 수도 있다는 생각 말입니다. 그렇다면? 그 시신은 턴브리지 웰스에서 자전거를 타고 온 사람의 것이라는 말이 되지요. 그 결론밖에 다른 식으로는 설명이 안 되더군요. 그래서 존 더글러스 씨를 찾는 것이 관건이라는 결론을 내렸습니다. 그렇게 해서 생각해낸 곳이 바로 저택이었고요. 그도 그럴 것이, 더글러스 부인과 친구의 도움으로 숨어 있기에는 더없이 조용하고 편리한 장소거든요."

"아주 제대로 파악하셨네요." 더글러스가 고개를 끄덕이며 말했다. "일단 법망을 피하는 게 상책이라고 생각했어요. 내가 저지른 일에 대해 어떤 처벌을 받게 될지 확신할 수 없었습니다. 또 죽음으로 위장하면 나를 쫓는 자들을 영원히 따돌릴 수 있을 거라는 판단이 들었지요. 분명히 말씀드립니다만, 나는 처음부터 끝까지 나 자신에게 부끄러울 만한 그 어떤 잘못도 저지르지 않았어요. 다시는 저지르고 싶지 않을 만한 일도 한 적이 없습니다. 이제부터 내가 하는 이야기를 들으면서 알아서 들 판단하시길 바랄 뿐입니다. 경위님, 진술 요구에 대한 정식 통고가 필요하면 하세요. 어쨌든 나는 법 앞에 진실만을 말할 것을 선서합니다.[92] 이야기를 처음부터 하지는 않겠어요. 이미 드린 자료에……." 더글러스는 내게 건네준 서류 뭉치를 가리키며 말했다. "저 안에는 어디서도 들을 수 없는 기괴한 이야기가 담겨 있어요. 내용은 대충 이렇습니다. 어떤 이유로 나를 증오하는 놈들이 있습니다. 수단과 방법을 가리지 않고 나를 잡기에 혈안이 되어 있는 놈들이지요. 내가 살아 있고 놈들이 살아 있는 한, 내게 안전한 곳은 이 세상 어디에도 없을 겁니다. 놈들은 시카고에서 캘리포니아까지 나를 쫓아다녔어요. 내가 마침내 미국을 떠난 후에도 포기하지 않고 쫓아오더군요. 하지만 결혼을 하고, 이렇게 조용하고 한적한 곳에 정착하고 나니, 이제는 평화로운 말년을 보낼 수 있을 거란 생각이 들었습니다.

아내에겐 한 번도 자세한 얘기를 해준 적이 없어요. 뭣하러 이렇게 고통스러운 일에 아내까지 끌어들이겠습니까? 한시도 마음 편히 살지 못하고 늘 불안에 떨 텐데요. 그런데 언제부터

92. 더글러스는 지금 영국 법률 조항을 언급하고 있는 것이다. 즉, 법률에 따르면 경찰은 죄인으로부터 자백을 받아내기 전에, 그들의 진술이 본인에게 불리하게 작용할 수 있다는 것을 반드시 알려주어야 한다. 미국에서도 마찬가지로 경찰이 범인을 체포하는 동시에 '미란다' 원칙을 읽어주어야 한다. 경찰이 이와 같은 경고를 주는 예가 「춤추는 사람들」에도 나온다.

인가 아내가 뭔가 눈치를 챈 것 같았어요. 나도 모르게 무심코 흘린 말을 듣고 혼자 짐작했겠지요. 하지만 어제 여러분을 만났을 때까지 아내는 사건의 전말에 대해 아무것도 모르고 있었습니다. 아내는 자기가 알고 있는 내용을 여러분께 전부 털어놓았습니다. 여기 바커도 마찬가지고요. 사건이 터진 바로 그날 밤은 시간이 너무 촉박해서 모든 것을 설명해줄 수 없었습니다. 이제야 비로소 아내가 모든 사실을 알게 되었습니다. 내가 더 현명했더라면 좀 더 일찍 알려줬을 텐데. 여보, 미안해요. 정말 쉽지 않은 문제였어.”

더글러스는 아내의 손을 꼭 쥐며 말했다.

“하지만 나는 모든 일이 잘되기를 바랐을 뿐이었소. 여러분! 사건이 벌어지기 바로 전날, 나는 턴브리지 웰스에 갔다가 길에서 남자 한 명을 우연히 보게 되었습니다. 그저 슬쩍 스치고 지나갔을 정도지만, 눈썰미가 좋은 나는 그가 누군지 금세 알아차릴 수 있었어요. 나를 쫓는 놈들 중에서도 가장 악질인 놈이었지요. 그자는 최근 몇 년 동안 굶주린 늑대가 순록을 쫓듯 나를 찾아다녔어요. 이제 올 것이 왔다는 생각에 집에 돌아와 단단히 준비를 했습니다. 그때만 해도 나 혼자 힘으로 그와 싸워 이겨낼 수 있다고 믿었습니다. 한때 내가 얼마나 행운아였는지 온 미국 사람들 사이에 회자되던 때가 있었는데, 행운의 여신이 아직도 내 편에 서 있다고 믿고 있었거든요.

다음 날 나는 집 밖으로 한 발자국도 나가지 않았어요. 하루 종일 잠시도 마음을 놓을 수가 없었지요. 그렇게 하기를 잘했어요. 하마터면 내가 총을 빼기도 전에 놈이 먼저 내게 산탄총 총부리를 들이댔을 겁니다. 도개교가 올라가고 나서야 머릿속에 꽉 찬 걱정을 모두 내려놓을 수 있었습니다. 그 전에도 저녁이 되어 도개교가 올라가고 나서야 긴장이 풀려 마음이 편안해지고는 했지만요. 그런데 그자가 집 안으로 들어와 숨어서 나를 기다리고 있으리라고는 상상도 못했습니다. 그날 밤, 여느 때처럼 잠자리에 들기 전 실내복을 걸치고 집 안을 둘러본 뒤 서재로 들어섰습니다. 순간 왠지 느낌이 좋지 않았어요. 평생 동안 위험 속에서 살다 보니 육감이라는 게 발달해서 위험이 닥칠 때마다 내게 붉은 기를 흔들어주곤 하지요. 코앞에 위험이 닥쳤다는 것을 감지했지만 이유가 무엇인지는 정확히 몰랐습니다. 그러다 문득 창문 커튼 아래로 삐죽이 나온 신발이 보였지요. 그제야 불길한 느낌이 들었던 이유가 분명해지더군요.

그때 내 손에는 촛불 한 자루밖에 없었지만 다행히 열린 문틈 사이로 홀에서 제법 밝은 불빛이 흘러 들어왔어요. 나는 촛대를 탁자 위에 내려놓고 벽난로 선반 위에 두었던 망치를 잡으려 잽싸게 몸을 날렸습니다. 그런데 놈이 커튼 밖으로 뛰어나오더니 내게 달려들었지요. 놈의 번뜩이는 칼을 보자마자 나는 손에 쥐고 있던 망치를 정신없이 휘둘렀습니다. 정확히 어디를 공격했는지 모르겠지만 어쩌다 보니 쨍하는 소리를 내며 칼이 바닥에 떨어지는 것이었습니다. 놈은 뱀장어처럼 재빠르게 탁자 뒤로 몸을 숨기더니 곧바로 외투 안에서 총을 빼어 들더군요. 놈이 공이치기를 잡아당기는 소리를 들었지만 총을 쏘기 전에 내가 먼저 그 총을 붙잡았습니다. 나는 총신을 붙잡고 있었고, 1분여 동안 엎치락뒤치락하며 서로 총을 뺏으려 안간힘을 썼지요. 총을 놓치면 죽게 되는 상황이었으니까요.

놈은 절대로 총을 놓지 않더군요. 그런데 얼마 동안 개머리판이 아래를 향하고 있었어요. 방아쇠를 당긴 쪽이 나였는지 아니면 둘이 몸싸움을 벌이는 와중에 누군가 방아쇠를 건드렸는지 모르겠어요. 어쨌든 쌍발 산탄총이 놈의 얼굴에 발사되었습니다. 나는 그 순간 테드 볼드윈의 사체를 멍하니 내려다볼 수밖에 없었지요. 턴브리지 웰스에서도, 서재에서 내게 덤벼들었을 때도 나는 단번에 그를 알아보았어요. 하지만 놈이 얼굴

"놈이 공이치기를 잡아당기는 소리를 들었지만
총을 쏘기 전에 내가 먼저 그 총을 붙잡았습니다."
프랭크 와일스 그림, 《스트랜드 매거진》(1915)

에 총상을 입고 쓰러진 모습은 그를 낳아준 어머니라도 알아보
지 못할 정도였지요. 나 또한 그동안 험한 꼴을 많이 보아왔지
만 총에 맞은 그자의 얼굴은 맨 정신으로는 도저히 쳐다볼 수
없을 지경이었습니다.

　나는 가누기 힘든 몸을 탁자 한쪽에 기대어 가까스로 버티

고 서 있었어요. 그때 바커가 허겁지겁 계단을 내려오더군요. 바로 이어서 아내의 발소리가 들렸습니다. 나는 서둘러 문으로 뛰어가서 아내를 막았습니다. 아내가 감당하기엔 너무나 끔찍한 광경이었으니까요. 곧바로 침실로 돌아갈 테니 먼저 가 있으라고 했지요. 그러고 나서 바커에게 한두 마디 했을 뿐이었지만 그는 단번에 모든 것을 눈치챈 듯했어요. 다른 사람들이 몰려들 것 같아 좀 더 기다려보기로 했지요. 그런데 아무도 오지 않더군요. 가만 생각해보니 집 안에 총소리를 들은 사람은 아무도 없는 게 분명했어요. 그러니까 이 사건을 알고 있는 사람은 아내와 바커 그리고 나까지 세 사람이 전부였던 거죠.[93]

바로 그때, 내 머릿속에 기가 막힌 아이디어 하나가 떠올랐습니다. 나 자신도 깜짝 놀랄 정도로 멋진 생각이었어요. 놈의 옷소매가 말려 올라간 덕분에 팔뚝에 새겨진 낙인이 훤히 드러나 있었어요. 바로 이것처럼 말이에요, 보세요!"

우리가 더글러스라고 알게 된 남자는 자기 코트와 셔츠 소매를 걸어 올리더니 시신의 팔뚝에서 보았던 것과 똑같이 생긴 문양을 보여주었다. 바로 동그라미 안에 그려진 삼각형 모양의 갈색 낙인이었다.

"이것을 보자마자 좋은 생각이 떠올랐습니다. 단번에 머릿속에서 모든 계획이 저절로 세워지더군요. 놈은 키나 머리카락 색깔, 체격 등이 나와 비슷했지요. 얼굴은 엉망이 되어버려서 아무도 그가 누구인지 알아볼 수 없을 정도였고 말입니다. 불쌍한 놈! 나는 위층에서 실내복을 가지고 내려와 바커와 함께 15분 만에 놈에게 입혔어요. 그러고는 여러분이 처음 발견했을 때의 모습대로 바닥에 누여놓았습니다. 그런 뒤 놈의 소지품을 한데 쓸어 담아서 주변에서 가장 무거워 보이는 아령에 묶어 창문 밖으로 던져버렸습니다. 그리고 놈이 나를 죽이고 내 시신 위에 놔두고자 했던 카드를 놈의 시신 옆에 던져놓았

93. 아마도 시체에 입히는 과정에서 더글러스의 옷은 피범벅이 되었을 것이다. 하지만 이와 관련해 홈즈는 아무런 언급도 하지 않았고 왓슨 역시 그 어떤 기록도 남기지 않았다. 이언 매퀸은 다음과 같이 설명한다. 더글러스가 입었던 옷이 더럽혀지지 않던 이유는 그가 저지른 살인이 사전에 계획된 것이었고, 따라서 자기방어를 할 필요가 없었기 때문이라고. 더글러스는 볼드윈을 제압하고 난 후 추격자들로부터 영원히 숨을 수 있는 방법을 깨달은 것이 분명하다. 그리하여 볼드윈에게 총을 들이대며 자기와 옷을 바꿔 입을 것을 요구하고, 나중에 바커의 도움으로 그를 없앤 것이다.

94. 매퀸 역시 더글러스가 일부러 반창고를 더럽혀 놓지 않았다면 수사관들은 뭔가 이상하다는 것을 즉각 알아챘을 것이라고 주장했다. 원래 붙어 있던 반창고는 산탄총이 발사될 때 생긴 검은 가루로 더 러워지고, 뿐만 아니라 엄청나게 흘린 피로 얼룩졌을 것이기 때문이다.

던 겁니다. 내가 끼고 있던 반지도 모두 빼내어 그놈 손가락에 끼워놓았습니다. 그런데 결혼반지만큼은……."

더글러스는 억센 손을 앞으로 쫙 펼쳐보았다.

"직접 보면 아시겠지만 너무 꽉 끼어서 빠지지가 않더군요. 결혼한 이후 한 번도 결혼반지를 빼본 적이 없었거든요. 그렇게 오랫동안 꼈던 반지를 빼자니 줄이 있어야겠더군요. 어쨌든 결혼반지만큼은 절대로 빼기 싫었던 차에 반지를 빼고 싶어도 뺄 수 없는 상황이었지요. 결혼반지 문제는 나중에 어떻게든 해결이 되겠지 싶었습니다. 어쨌거나 나는 반창고를 가지고 와서 지금 내가 반창고를 붙인 자리와 같은 위치에 붙여놓았지요. 홈즈 씨, 선생님이 아주 현명하신 분인 줄은 잘 알고 있습니다. 그런데 바로 이 부분에서 한 가지 실수를 저지르고 말았지요. 그 반창고를 떼어보았더라면 그 자리에 어떤 상처도 없다는 것을 바로 알 수 있었을 텐데요.[94]

자, 대충 사건의 진상이 이러했습니다. 얼마 동안만 숨어 지내다 도망치려는 계획이었지요. 그곳이 어디가 되었든 간에 그곳에서 다시 아내를 만나 남은 인생을 마음 놓고 편히 지낼 수 있으리라 생각했습니다. 저 사악한 인간들은 내가 이 땅에 살아 있는 한, 나를 쫓아다닐 겁니다. 하지만 볼드윈이 나를 살해했다는 기사가 신문에 나면 내 모든 고통은 그것으로 끝나게 되는 것이지요. 바커와 아내에게 모든 것을 설명할 시간적 여유가 없었지만 두 사람은 나를 믿고 끝까지 도와주었습니다. 나는 이 집에 있는 모든 은신처를 다 알고 있습니다. 에임스도 익히 아는 장소였지만 그곳을 사건과 결부시켜 생각하지는 못한 거죠. 여하튼 나는 그중 한 곳에 숨어 있었고, 나머지는 바커가 모두 알아서 처리했습니다.

바커가 한 일에 대해서는 여러분도 익히 알고 계실 겁니다. 창문을 열고 창틀에 발자국을 찍어놓아 마치 범인이 그곳을 통해 도주한 것처럼 꾸며놓았지요. 사실 무리수가 있는 방법이었지만 도개교가 올라가 있는 시간이었기 때문에 달리 도망갈 방법이 없다고 생각했습니다. 상황을 모두 꾸미고 나서 바커는 마지막으로 종을 울렸습니다. 다음 일은 여러분이 이미 알고 계신 대로입니다. 여러분, 이제 좋으실 대로 하세요. 다만 지금까지 내가 한 이야기가 모두 진실이라는 것만큼은 믿어주세요. 그리고 마지막으로 내가 영국 법률에 따라 어떤 처벌을 받게 되는지 알고 싶습니다."

한동안 아무도 말을 하지 않았다. 이윽고 홈즈가 침묵을 깨고 입을 열었다.

"영국 법률은 대체로 공정합니다. 그러니 당신이 저지른 죗값 이상을 치를 염려는 없습니다. 그런데 아직도 이해가 안 되는 부분이 있습니다. 그자는 당신이 여기 살고 있는 것을 어떻게 알아냈고, 어떻게 집 안으로 들어왔으며, 어디에 숨어 있어야 하는지 대체 어떻게 알았을까요?"

"글쎄요, 그건 나도 모르겠습니다."[95]

홈즈의 얼굴이 몹시 창백하고 어두워졌다. "이 사건은 여기서 끝이 아닌 것 같습니다. 아무래도 당신은 영국 법률이나 미국의 적들보다 더 무시무시한 위험에 노출되어 있을지도 모릅니다. 더글러스 씨, 당신 앞에 언제 위험이 닥칠지 모릅니다. 내 말을 명심하고 한시도 경계를 늦추지 마세요."

자, 인내심 많은 독자들이여! 이제 나와 함께 한동안 멀리 여행을 떠나보자. 우리가 파란만장한 모험을 한 끝에 결국 존 더글러스라는 사람의 기묘한 이야기로 결말을 맺은 이 시대로부터 멀리, 서식스의 벌스턴 저택으로부터 멀리. 시간상으로는 약 20년 전으로 거슬러 올라가고,[96] 공간상으로는 서쪽으로 수천 킬로미터 떨어져 있는 곳으로 함께 떠나자. 이제부터 어디서도 들어보지 못한 끔찍한 이야기가 펼쳐질 것이다. 실제로

95. 린다 J. 리드는 「모리아티 교수와 몰리 머과이어스」에서 세실 바커야말로 테드 볼드윈에게 정보를 넘긴 사람일 가능성이 가장 높은 인물이라고 주장했다. 덧붙여, 어쩌면 바커가 더글러스 부인에게 연정을 품고 있었을지 모른다고 그 배경 이유를 설명했다.

96. 이 이야기를 연대기순으로 정리한 내용을 보려면 부록 3 참고.

일어났지만 도무지 믿기지 않을 만큼 전례 없는 끔찍한 이야기
가 펼쳐질 것이다. 한 가지 이야기를 끝내기도 전에 또 다른 이
야기를 끼워 넣는다는 오해는 하지 않기 바란다. 책장을 넘기
는 동안 그게 아니라는 것을 알게 될 것이다. 먼 옛날의 사건들
이야기보따리를 풀어서 과거의 수수께끼를 말끔히 푼 뒤, 다시
한 번 베이커 스트리트의 방에 모여 다른 사건들처럼 이 사건
을 멋지게 마무리하도록 하자.

제2부[97]

스코러즈[98]

제1장

한 남자

1875년 2월 4일.[99] 한겨울의 매서운 추위가 몰아치는 날 길머턴 산맥[100] 골짜기에는 눈이 수북이 쌓여 있었다. 철도 선로는 증기 제설기로 그 위에 쌓인 눈을 말끔히 치워놓은 덕분에 다행히 기차 운행에는 아무런 문제가 없었다. 탄광촌[101]과 철광촌을 연결하는 긴 노선을 운행하는 밤 기차는 평원 위의 스태그빌을 떠나 버미사 계곡 높이 위치한 버미사로 향하고 있었다. 그 일대의 중심 도시인 버미사로 가는 철로 경사가 가파르게 이어져 있어, 기차는 경사면을 느릿느릿 힘겹게 오르고 있었다. 기차는 버미사만 지나고 나면 내리막길을 달려 바턴 건널목과 헬름데일을 지나, 전 지역이 농업지대인 머튼 카운티[102]로 향한다. 이 단선 선로 옆을 지나는 수많은 측선에는 석탄과 철광석을 잔뜩 실은 화물차가 끝도 보이지 않게 긴 행렬을 이루고 있었다. 감춰진 부라고 알려진 이 같은 땅속 광

97. 『공포의 계곡』 2부를 쓴 사람은 누구일까? 이 이야기는 단순히 더글러스가 내민 "서류 뭉치" 안의 이야기를 그대로 옮긴 것일까? B. M. 캐스너는 "지금과 같은 구성의 『공포의 계곡』 2부 「스코러즈」는 왓슨이 기록한 내용이 결코 아니다"라고 주장하며 이렇게 썼다. "이 내용을 쓴 작가는 능숙한 솜씨를 지닌 소설가로 보인다. 날짜, 인물, 특정한 상황 등 세부 사항을 서술 부분에 세심하게 잘 담아냈다. 그 결과, 서술 부분만으로도 하나의 완벽한 이야기가 구성되었다. 몇몇 내부적인 증거를 통해 이 작가가 『주홍색 연구』에 나온 「성도들의 나라」를 쓴 작가와 동일 인물이라는 것을 알 수 있다. 그리고 나 역시 그가 바로 왓슨의 오랜 조언자이자 대리인이면서 A. C. D.라는 머리글자를 사용하는 작가라는 사실을 추호도 의심하지 않는다. 또한 모든 영국인이 그렇듯이 홈즈와 왓슨도 그가 미국과 관련된 장면에 관한 한 상당한 권위가 있다는 것을

인정해왔다." 뉴트 윌리엄스는 「누가 '스코러즈'를 썼는가?」에서 아서 코난 도일이 이 부분을 썼다는 비슷한 주장을 폈다. 하지만 콜린 프레스티지는 「공포 또는 주홍색 연구」에서 2부를 쓴 사람은 바로 존 더글러스라고 주장했고, 에드거 W. 스미스는 전 미국 탐정이자『몰리 머과이어스와 탐정』의 저자인 앨런 핑커턴을 거론하며, 실제로 왓슨이 이야기를 서술해나갈 수 있도록 핑커턴이 도운 것이라고 주장했다.(「이야기 속의 이야기 저작권에 대해」) 하지만 이 주장은 왓슨이 이 사건에 관심을 갖기 수년 전인 1884년에 핑커턴이 세상을 떠났다는 사실을 간과한 것이다.

98. 일반적으로 "스코러즈"는 몰리 머과이어스를 가장한 조직이라고 알려져 있다. 이미 알려진 대로 몰리 머과이어스는 3,000명의 광부로 구성된 비밀 조직이었다. 구성원 대부분은 펜실베이니아 스쿠컬 카운티의 무연탄 석탄 지대에서 일하는 아일랜드계 미국인 또는 아일랜드 이민자들이었다. 1862년부터 1876년까지 그들은 광산 주인들과 관리인들을 살해하거나 구타하는 등 수십 차례의 폭력 사건에 연루된 것으로 알려져 있다. 몇몇 출처에 의하면 '몰리 머과이어스'라는 이름은 한 아일랜드 과부로부터 유래했다. 반反로마 가톨릭교회 관계자들이 그녀를 집에서 쫓아내려 하자, 이에 반항하던 그녀가 이렇게 소리쳤다고 한다. "몰리 머과이어스의 아들에게서나 가져가라!"
몰리 머과이어스 조직은 1876년에 와해되었고 그 결과 19명의 조직원이 사형에 처해졌다. 처음에는 몰리 머과이어스 조직의 붕괴야말로 무자비한 테러리스트 조직에 대해 정의를 실현시킨 것이라며 크게 환영받았다. 클리블랜드 모펫은 1894년 《매클루어스 매거진》에 게재한 「몰리 머과이어스 타도 : 핑커턴 탐정 사무소 기록 보관소에서 나온 이야기」에서 「몰리 머과이어스는 남녀를 불문하고 아무 인과관계도 없는 사람들을 마구 죽였다. 살인을 통해서 얻어지는 것이라고는 위스키 몇 잔 사 먹을

푼돈이 고작이면서도 일말의 양심이나 가책도 없이 사람의 생명을 마구 앗아 갔다」며 분노를 표출했다. "그들은 수십 명의 사람을 어리석고 잔인하게 죽였다. 이유도 모른 채 주인의 명령에 따라 왼쪽 오른쪽으로 움직이는 황소들처럼 아무 생각 없이 살인을 저질렀다."
하지만 역사는 심한 차별을 받으며 참혹한 작업환경에서 일해야 했던 몰리들에게 생각보다 너그러운 태도를 보이기도 했다. 당시 펜실베이니아 탄광은 비위생적이고 매우 위험한 곳이었다. 노동자들은 말도 안 되는 저임금과 진폐증을 참아내면서 오로지 그 지역 탄광 주인에게 전적으로 의지해야만 했다. 1868년 애번데일 광산이 무너지면서 화재가 발생한 사건으로 179명의 광부들이 목숨을 잃었다. 이렇게 많은 사상자를 낼 수밖에 없었던 이유는 그들이 안전하게 대피할 수 있는 탈출구가 하나도 없었기 때문이다. 하이먼 파커는 「버디 에드워즈와 스코러즈 다시 보기」에서 다음과 같이 썼다. "지금도 그렇듯이 당시에 그러한 작업환경은 사람들을 분노하게 만들었다." 특히 아일랜드계 가톨릭 신자들은 "일할 사람 구함"이라고 쓴 구인 광고 팻말에 "아일랜드인은 사절"이라는 문구가 덧붙여진 것을 보면서 모욕감을 감내해야만 했다.
법정에 선 몰리들에게 불리하게 적용되었던 법 절차의 공정성에 대해 여러 가지 문제점들이 제기되어왔다. 배심원 중에는 아일랜드 출신이나 가톨릭 신자는 단 한 명도 없었고 영어를 이해하지 못하는 배심원이 최소한 한 명씩 반드시 포함되었다. 대부분의 증인은 석방이나 감면을 받는 대가로 다른 공범에게 불리한 증언을 했고, 때로는 훨씬 더 모순된 증언이 나오기도 했다. 그럼에도 불구하고 피고인들은 끝까지 자신들의 결백을 주장했다.
몰리 머과이어스가 적지 않은 범죄를 저지른 것은 사실이지만, 1868년에 새롭게 조직된 공식적인 노동조합인 노동자자선협회Workingmen's Benevolent Association(WBA)가 그랬듯이, 이 조직은 미국 노동운동사에서 매우 중추적인 역할을 했다는 평가를 받는다.

한편, 몰리 머과이어스에 대한 문헌은 복잡할 뿐만 아니라 논란의 여지가 있는 부분이 적지 않다. 그러한 작품으로 들 수 있는 첫 번째 작품이 바로 다소 편파적이라고 평가받는 앨런 핑커턴의『몰리 머과이어스와 탐정』(1877)이다. 앤서니 빔바의『몰리 머과이어스』(부제는 '석탄 지대에서 순교한 노동 선구자들의 실화')는 전혀 다른 관점을 제시한다. 웨인 G. 브로얼 주니어가 쓴『몰리 머과이어스』와 F. P. 드위스의『몰리 머과이어스 : 노동조직의 기원, 성장 그리고 특징』역시 참고할 만하다. 필라델피아의 셜로키언인 아서 H. 루이스의『몰리 머과이어스를 위한 애도』역시 훌륭한 작품이다. 가장 최근에 나온『몰리 머과이어스 이해하기』에서 케빈 케니는 역사적인 관점에서 투쟁을 바라보려는 시도를 했다. S. B. 릴리에그런은 소책자『공포의 계곡에 나오는 아일랜드 요소』에서, 핑커턴의 이야기가 역사가들에게 가치가 높다고 지나치게 강조하는 경향을 보이지만『공포의 계곡』을 비롯한 다른 문학에서 '아일랜드 요소'의 역사를 추적하는 의미 있는 시도를 한다. H. T. 크라운과 마크 T. 메이저의 신작,『몰리 머과이어스 가이드』에는 사실 확인에 큰 도움을 주는 개요서가 담겨 있다.

켈빈 존스는 "스코러즈"라는 이름이 17세기에 유행하던 속어로, 거리를 배회하면서 사람들을 공포에 떨게 하며 거칠게 행패를 부리는 이들을 가리키는 말에서 유래했다고 한다.『공포의 계곡』에 등장하는 장소와 인명에 대응하는 실제 장소와 인명은 부록 2에 요약되어 있다.

99. 앞 장의 끝 부분에서 왓슨은 독자들을 "20년 전(1875년)으로 거슬러 올라가"는 여행으로 초대했다. 그렇다면 벌스턴 사건은 1895년에 일어난 것으로 봐야 하고, 이는 대다수의 연대기 학자들이 벌스턴에서 사건이 일어난 시점을 1888년 1월로 규정하고 있는 것과 상충된다.(부록 3 참고) 1891년에 일어난 사건이라고 알려져 있는「마지막 문제」에서 왓슨이 아직 모리아티 교수에 대해 들어본 적이 없다고 주장한 것으로 미루어, 벌스턴 사건이 일어난 때는 1895년이 맞는 것으로 보인다.(위의 6번 주석 참고)

100. 가상으로 지어진 이름이다. 하지만 펜실베이니아 스쿠컬 카운티에 길버턴이라는 도시가 실제로 존재한다. 이곳은 몰리 머과이어스가 주 무대로 활동했던 장소이기도 하다.

101. 스쿠컬 카운티 법원 청사가 위치했던 펜실베이니아 포츠빌에서 스쿠컬 무연탄 지대의 광산업이 주로 발달했다.

102. 가상의 카운티 이름이다.『공포의 계곡』원고에는 체스터 카운티라는 실존하는 카운티 이름을 사용했다. 아무리 일부러 다른 이름을 사용했다 하더라도 "머튼 카운티"는 카번 카운티를 나타내는 것임에 틀림없다. 스쿠컬 카운티에 인접해 있는 카번 카운티의 3분의 2는 농경지대이고, 3분의 1은 무연탄 광산지대다.

앨런 핑커턴, 《하퍼스 위클리》(1884. 7. 12.)

물들을 캐내기 위해 거친 사나이들이 북적대는 도시를 떠나 미
국에서도 가장 황폐하고 외진 땅으로 물밀듯이 밀려들었다.

정말로 황량하기 이를 데 없는 곳이었다. 이곳에 첫발을 내
디딘 개척자는 시커먼 바위산과 음침한 숲이 전부인 이 우울한
땅이 그 어떤 푸른 초원과 물이 풍부한 목장보다 더 큰 가치가
있다는 사실을 상상이나 했을까? 산허리는 사람 하나도 드나
들 수 없을 정도로 나무들이 빽빽하게 우거져 무척 어두컴컴했
다. 또 높은 산꼭대기에 흰 눈이 쌓여 있는 깎아지른 듯한 바위
봉우리가 우뚝 솟아 있고, 산 측면으로 바위들이 뾰족뾰족하게
솟아 있었다. 그 중앙으로 길게 뻗은 구불구불한 계곡 위로 작
은 기차가 느린 속도로 기어오르는 중이었다.

기차 맨 앞 객차의 등잔에 이제 막 불이 켜졌다. 실내장식이
없는 긴 객차 안에는 20-30명의 승객이 앉아 있었다. 그들 대

『공포의 계곡』에 등장하는 잭 맥머도의 실제 인물은
제임스 머케나라는 가명으로 행세했던 제임스 맥팔런이었다.
《스크라이브너스》(1895. 7. 18.)

부분이 계곡 밑에서 그날의 힘든 노동을 마치고 집으로 돌아가
는 길이었다. 그중에서 10여 명은 시커먼 얼굴에 안전등을 차
고 있는 것으로 보아 광부라는 것을 한눈에 알 수 있었다. 광부
들은 한데 모여 앉아 담배를 뻐끔대며 작은 목소리로 이야기를
나누고 있었다. 그러다 이따금씩 맞은편에 앉아 있는 두 남자
에게 눈길을 주곤 했다. 두 남자는 제복 차림에 배지를 단 것으
로 봐서 경찰관임을 한눈에 알 수 있었다. 그 밖에도 객차 안에
는 여자 노동자 몇 명과 동네에서 작은 상점을 꾸릴 것같이 생
긴 여행객 한두 명이 옹기종기 모여 앉아 있었다. 그런데 어느
무리에도 끼지 않고 멀찍이 한쪽 구석에 홀로 앉은 남자가 있
었다. 지금부터 우리가 관심을 갖고 지켜보아야 할 사람이 바
로 이 남자다. 잘 지켜보라. 두고 보면 그럴 만한 이유를 알게

될 것이다.

이제 막 서른을 넘긴 정도로 보이는 이 남자는 얼굴에 생기가 넘치는 보통 체격의 젊은이였다. 그는 커다란 눈에 사뭇 장난기가 어린 날카로운 잿빛 눈동자를 반짝거리며 호기심 가득한 눈초리로 안경 너머의 주위 사람들을 둘러보았다. 한눈에 보아도 사교적이고 무난한 성격으로 주위 사람 누구와도 쉽게 친해질 수 있을 거라 짐작할 수 있었다. 누구든지 그를 만나면 그가 사람들과 대화를 즐기며, 재치가 넘치고 웃음이 넘치는 사람이라는 것을 단번에 알 수 있었다. 그러나 단호한 인상을 주는 턱 선과 꽉 다문 입매를 보면 그렇게 쉽게 상대할 만한 이는 아닌 듯했다. 아무튼 이 상냥한 갈색 머리칼의 젊은 아일랜드 남자는 가는 곳마다 좋은 쪽으로든 나쁜 쪽으로든 자기만의 확실한 인상을 남겨놓을 게 분명해 보였다.

남자는 근처에 앉아 있는 광부에게 몇 마디 말을 건네보았지만 짧고 퉁명스러운 대답만 돌아왔다. 결국 할 수 없이 불편한 침묵 속에서 차창 밖으로 스쳐 지나가는 풍경만을 우울하게 바라보았다.

눈에 들어오는 풍경은 썩 좋아 보이지 않았다. 서서히 어둠이 짙어지는데 산 중턱에 있는 용광로는 시뻘겋게 타오르고 있었다. 용광로 옆으로 광석 부스러기와 석탄재가 산더미처럼 쌓여 있는 모습이 어렴풋이 눈에 들어왔다. 그 위로 탄광 갱도 샤프트가 높이 솟아 있었다. 철로를 따라 여기저기 아무렇게나 자리 잡고 있던 목조 주택들 창문에 불이 켜지면서 하나둘씩 모습을 드러내기 시작했다. 열차가 정차하는 곳마다 거뭇한 얼굴의 사람들로 북적거렸다.

버미사 계곡은 철광과 석탄 탄광지로서 한가하거나 교양 있는 사람들이 유유자적 즐길 만한 휴양지와는 거리가 멀었다. 어디를 가도 거칠고 억센 일에 시달리는 노동자들로 넘쳐나서 인생의 가혹한 투쟁의 장이라는 느낌이 드는 곳이었다.

젊은이는 호기심과 혐오스러움이 한데 뒤섞인 표정으로 이 우울한 고장을 멀리 내다보았다. 이런 풍경은 난생처음 보는 것 같았다. 그는 이따금씩 주머니에서 두툼한 편지를 꺼내 안의 내용을 살펴보기도 하고, 편지 여백에 뭔가를 적어 넣기도 했다. 한번은 허리 뒤춤에서 뭔가를 빼어 들었는데, 남자의 부드러운 인상과는 전혀 어울리지 않는 물건이었다. 그것은 바로 해군용으로는 가장 큰 리볼버 권총[103]이었다. 남자는 권총을 비스듬히 들어 불빛에 비춰보았다. 탄창 내부의 구리 탄피가 빛을 내는 것으로 보아 실탄이 가득 장전되어 있다는 것을 확인할 수 있었다. 권총의 장전 상태를 확인하고 나서 남의 눈에 띄지 않도록 재빨리 주머니에 집어넣으려 했지만 옆자리에 앉아 있는 한 노동자에게 그만 들키고 말았다.

"어이, 이봐요! 무장까지 하고,[104] 단단히 준비했구려."

젊은이는 당황스러운 듯 어색한 미소를 지었다.

"네. 내가 있던 곳에서는 이게 종종 필요할 때가 있었거든요." 젊은이가 말했다.

"그게 어디요?"

"시카고."

"여기는 처음이오?"

"그렇습니다."

"여기서도 그게 필요할지 모르지." 노동자가 말했다.

"그래요?" 젊은이는 흥미로운 듯 물었다.

"이 지역에 대해서는 아무것도 못 들어보았소?"

"별다른 말은 들어보지 못했는데요."

"저런! 이곳 소문은 전국에 퍼져 있을 텐데. 아무튼 머지않아 알게 될 거요. 그런데 여긴 무슨 일로 왔소?"

"일자리가 많다고 들었어요."

103. 윌리엄 H. 콘웨이와 린다 L. 콘웨이는 「공포의 계곡과 몰리 머과이어스」라는 제목으로 「스코러즈」편에 상세히 주석을 달아놓았는데, 여기서 이 총이 1861년산 36구경 해군용 권총일 것이라고 결론지었다.

104. 'heeled.' J. S. 파머와 W. E. 헨리의 『비속어 사전』 "heeled" 항목에 "무장한armed"이라는 뜻이 있다고 나온다. 「춤추는 사람들」에서 에이브 슬레이니도 이 표현을 사용한다.

105. "Are you one of the labour union?" 미국판에는 "노동조합의 회원입니까Are you a member of the union?" 라는 식으로 좀 더 미국적인 표현을 자주 사용했다.

106. 'Ancient Order.' 몇몇 미국판에는 'Eminent Order'라고 나온다.

107. 대부분의 학자는 가상의 "프리맨단Ancient Order of Freeman"을 1641년에서 시작된 아일랜드 가톨릭 공제조합인 하이버니언단Ancient Order of Hibernians(AOH)과 연관 지어 생각한다. 하이버니언단의 첫 번째 미국 지부는 1836년 뉴욕에 세워졌다. 모두는 아니더라도 대부분의 몰리 머과이어스 단원들은 AOH의 초창기 단원으로 활동했다. 당시 이 조직은 아일랜드인들이나 아일랜드계 미국인에 대한 편견이 팽배해진 사회 분위기 속에서 몰리 머과이어스 단원들에게 필요했던 우호적인 피난처와도 같았다. 외부에서는 몰리들이나 AOH, 또는 노동자자선협회WBA의 조직원들이 모두 똑같다고 여겼다. 하지만 WBA의 의장인 존 사이니가 협상을 선호하고 폭력 행사에 반대하는 입장을 보인 반면에, AOH의 우두머리들은 WBA에게 탄광 소유주와 협상 대신 파업을 하고, 조합의 계약을 깨뜨릴 만한 임금을 받아들이도록 압력을 행사했다. 거침없이 대담한 입장을 취하는 우두머리 덕분에 AOH는 추종자들의 열렬한 지지를 받아 필라델피아 앤드 리딩 철도 회사의 소유주(다수의 광산을 소유하기도 함)인 프랭클린 가웬의 경각심을 높이는 결과를 가져오기도 했다. 가웬은 차츰 자신의 권위를 압박하고 있는 이 위협을 없애야겠다고 결심하기에 이른다.

108. 비밀 신호, 악수, 암호 등은 비밀단체에서 흔히 볼 수 있는 요소들이다. 고대 하이버니언단의 의식에 대해 아직까지 알려진 바는 없지만 프리메이슨단의 것과 크게 다르지 않을 것으로 보인다. 프리메이슨단은 단원임을 나타낼 수 있는 다양한

"노동조합원이오?"[105]

"그럼요."

"그럼 일자리 구하기는 쉬울 거요. 그런데 친구는 좀 있소?"

"아직은 없어요. 하지만 사람들을 사귈 수 있는 방법이야 많으니 괜찮아요."

"방법이라니, 어떻게?"

"제가 고대[106] 프리맨단[107] 단원이거든요. 그 지부가 없는 곳은 없지요. 이곳의 지부를 통하면 사람들을 사귈 수 있을 거예요."

이 말에 상대방은 묘한 반응을 보였다. 그는 객차 안의 다른 사람들을 조심스럽게 둘러보았다. 광부들은 아직도 자기들끼리 소곤대며 이야기에 열중하고 있었고, 경찰관 두 명은 꾸벅꾸벅 졸고 있었다. 그는 젊은이 쪽으로 바짝 다가가 앉아 손을 내밀었다.

"자, 악수합시다."

두 사람은 손을 꽉 움켜쥐고 위아래로 한 차례 흔들었다.

"그쪽 말이 사실인 것 같기는 하지만 뭐든 정확한 게 좋지."

노동자가 오른손을 들어 오른쪽 눈썹에 갖다 대자 젊은이도 곧바로 왼손을 들어 왼쪽 눈썹에 갖다 대었다.

"어두운 밤은 불쾌하도다." 노동자가 말했다.

"그렇다. 낯선 자가 다니기에." 젊은이가 맞받아 읊었다.[108]

"좋아요, 충분하오. 나는 버미사 341지부 소속 스캔런 형제요. 이렇게 만나서 정말 반갑소이다."

"고맙습니다. 나는 시카고 29지부 소속 존 맥머도 형제입니다. 그곳 보디마스터[109]는 J. H. 스콧이지요. 형제님을 이렇게 빨리 만나다니 내가 운이 좋았네요."

"이곳엔 어디를 가나 곳곳에 형제들이 퍼져 있소. 미국 어디에도 이곳 버미사 지부만큼 왕성하게 활동하고 있는 곳은 없을

거요. 당신 같은 젊은 사람들이 아직도 많이 필요하오. 그런데 당신처럼 혈기 왕성한 젊은 조합원이 시카고에서 일자리를 구하지 못했다니 이해할 수가 없군."

"일자리는 많았지요." 맥머도가 말했다.

"그럼 대체 왜 떠난 거요?"

맥머도는 고갯짓으로 두 경찰관을 가리키며 씩 웃었다. "녀석들이 알면 좋아할 만한 일 때문이지요."

스캔런은 알겠다는 듯 낮게 침음을 냈다.

"사고를 친 모양이지요?" 스캔런이 소곤대며 물었다.

"꽤 큰 사고지요."

"감방에 갈 정도로?"

"그 정도도 부족할걸요."

"설마, 사람을 죽였나!"

"초면에 이런 얘기를 하기가 좀 그렇군요." 맥머도는 필요 이상의 이야기를 털어놓은 데 슬쩍 기분이 나빠진 듯했다. "뭐, 다 그럴 만한 이유가 있어서 시카고를 떠났습니다. 거기까지만 말씀드리지요. 그런데 왜 그렇게 자꾸 캐묻는 거지요?"

안경 너머로 젊은이의 회색 눈동자가 갑자기 분노로 무섭게 불타올랐다.

"이봐, 친구, 나쁜 뜻이 있었던 건 아니오. 그쪽이 무슨 짓을 했건 기분 나쁘게 생각할 형제는 아무도 없소이다. 그런데 지금 어디로 가는 길이오?"

"버미사."

"앞으로 세 번째 역이군. 묵을 곳은 있소?"

맥머도는 봉투 하나를 꺼내 어슴푸레한 등잔 불빛 가까이로 가져갔다. "이 주소예요. 셰리든 스트리트에 있는 제이컵 섀프터 하숙집. 시카고에서 알고 지내던 사람이 추천한 곳이지요."

"내가 모르는 곳이군요. 하긴 버미사는 내 관할이 아니니까.

말과 신호에 대해 비밀을 지켜야 할 의무가 있었다. 프리메이슨단의 표어는 '들으라, 보라, 침묵하라Audi Vide Tace'였다. 메이슨들은 악수, 신호 및 암호 등으로 다른 단원들에게 자신의 정체를 밝혀야 했다. 예를 들어 마스터 메이슨의 '통과-악수'(악수를 하면서 교환하는 암호)는 '튜벌케인Tubalcain'이라고 알려져 있다. 맬컴 덩컨은 프리메이슨에 대한 안내서인 『덩컨의 메이슨 의식과 감시 장치』(1866)에서 메이슨의 인사법을 다음과 같이 자세히 소개해놓았다. "내가 상대편 메이슨 오른쪽 손의 두 번째와 세 번째 손가락 관절 사이에다 엄지손가락을 갖다 대면 상대편 메이슨도 자기의 엄지손가락을 내 손의 똑같은 위치에 갖다 댄다. 이때 엄지손가락을 힘 있게 누른다." 프리메이슨단에 대한 보다 자세한 내용은 『주홍색 연구』의 108번 주석을 참고하라.

109. "보디마스터"는 하이버니언단에서 지방 지부의 지도자를 부르는 호칭으로, 지금까지도 사용되고 있다. 이 호칭은 몰리 머과이어스에까지 전해져서 모든 구역마다 각각의 보디마스터가 있었다. 보디마스터 대부분이 한때 광부였다가 나중에 술집을 운영하는 경우가 많았다. 보디마스터는 조직원들을 모으고 명령을 내리고 다른 관할의 보디마스터에게 '호의'를 베푸는 역할을 맡았다.(아래 134번 주석 참고)

110. 1952년 8월 5일 펜실베이니아 크레이그 패치에서 다이너마이트를 싣고 가던 트럭이 폭발하는 사고가 일어났다. 이 일로 인해 온 마을은 일순간 잿더미가 되었다. 제임스 몽고메리는 「버디 에드워즈를 찾아서」에서 "'크레이그 패치' 사고는 이 이야기에 나오는 '홉슨 패치'를 연상시킨다"고 밝혔다. 그는 70년이 훨씬 지난 후에 다시 연합하여 조직을 살린 스코러즈/몰리의 후예들이 트럭을 폭발시킨 것이었다고 결론 지었다.

111. 존 '블랙 잭' 키요는 저라드빌에 있는 하이버니언 하우스의 주인이자 그 도시의 보디마스터로서, 하이버니언단과 몰리 머과이어스의 유능한 지도자였다. 1878년 사형당했지만 키요의 증손자의 끊임없는 강력한 로비 덕분에 1979년에 펜실베이니아 주지사에 의해서 사후 사면을 받았다. 1970년에 출시된 영화 〈몰리 머과이어스〉에서 거칠면서도 연민의 정을 품게 만드는 키요 역을 스코틀랜드 출신 영화배우 숀 코너리가 맡아 열연했다.

112. 'what the hell.' 미국판 편집자들은 문장의 '맛을 살리기' 위해 영국인 독자들에게는 적절치 않을 법한 다양한 표현들을 미국판에 첨가했다. 여기에 나온 "hell" 대신에 "thunder"란 표현을 사용한 것과 같은 식으로, 속어 표현으로 바꾼 곳을 적지 않게 찾아볼 수 있다. 원래는 (미국인) 존 더글러스가 저술한 글을 나중에 왓슨이 영국 독자들을 염두에 두고 다시 고쳐 썼지만, 미국 편집자들은 미국 독자들이 이야기 서술을 좀 더 쉽게 이해할 수 있도록 돕는 차원에서 표현을 또다시 미국식으로 바꾸어 놓은 것이다. 그 결과 영국식 표현과 미국식 표현이 뒤죽박죽되는 결과를 초래하고 말았다.

나는 홉슨 패치에[110] 살고 있어요. 아, 이제 내릴 때가 된 것 같군요. 헤어지기 전에 한 가지만 말해주겠소. 버미사에서 문제가 생기거든 곧바로 조합으로 가서 맥긴티를 만나시오. 버미사 지부의 보디마스터요. 이곳에서는 블랙 잭 맥긴티의[111] 허락 없이는 어떤 일도 할 수 없소. 잘 가시오, 친구. 조만간 밤 시간에 지부에서 만날 날이 있을 거요. 어쨌든 내 말을 잊지 마시오. 문제가 생기면 맥긴티를 찾아가시오."

스캔런이 기차에서 내리자 맥머도는 또다시 혼자가 되어 깊은 생각에 잠겼다. 어느새 사방에 어둠이 깔리고 여기저기서 타오르고 있는 용광로의 불꽃은 짙은 어둠을 삼켜버릴 듯 이글거리고 있었다. 시뻘건 용광로의 화염을 배경으로 노동자들의 검은 그림자가 권양기가 움직일 때마다 울리는 끝도 없는 철커덕 기계 소리에 맞춰 움직이고 있었다.

"흠, 지옥이 따로 없군." 웬 남자의 목소리가 들렸다.

맥머도가 돌아보니 경찰관 한 명이 앉은자리에서 몸을 돌려 훨훨 타오르는 용광로를 내다보고 있었다.

"맞아, 지옥이 있다면 꼭 저런 모습일 거야." 다른 경찰이 말했다. "진짜 지옥에도 저놈들보다 더 악질은 없을걸. 그런데 젊은이는 이곳이 처음인 모양이지?"

"그게 뭐 잘못됐나요?" 맥머도는 퉁명스럽게 대꾸했다.

"아니 그게 아니라, 이곳에서는 친구를 잘 골라 사귀어야 한다는 말을 해주려던 것뿐이오. 나라면 스캔런 일당 근처에는 얼씬도 하지 않을 거요."

"도대체[112] 내 친구가 누가 됐건 당신이 뭔데 참견이오?" 맥머도가 격분하며 고함을 치자, 객차 안에 있던 사람들이 모두 고개를 돌려 그를 쳐다보았다.

"내가 언제 당신보고 충고해달라고 했어? 아니면 내가 당신 같은 사람의 지시가 없으면 한 발자국도 못 움직일 바보로 보이나? 당신한테 말 시킨 적 없으니 잠자코 있으라고! 내가 언제 당신과 말하고 싶댔어?"

맥머도는 사냥개처럼 이를 드러내며 두 경관에게 얼굴을 들이댔다.

커다란 몸집에 사람 좋아 보이는 두 경찰관은 좋은 뜻으로 말을 걸었다가, 전혀 예기치 못한 상대방의 격렬한 반응에 놀라 넋을 잃고 말았다.

"나쁜 뜻으로 그런 건 아니오, 젊은이. 보아하니 이곳이 처음인 듯해서 도와주려는 마음에 한마디 했을 뿐이오."

"이곳이 처음인 건 맞지만 당신 같은 사람들은 그동안 많이 봤지." 맥머도는 차갑게 소리치며 화를 냈다. "어딜 가든 경찰이란 다 똑같아. 청한 적도 없는데 충고나 하고 말이야."

"저자는 아무래도 머지않아 자주 보게 될 것 같군그래." 경찰관 한 명이 씩 웃으며 말했다. "보통내기가 아닌걸."

"내 생각도 그래."

"자네, 조만간 또 볼 일이 생길 것 같군."

"누가 겁낼 줄 아시오? 꿈도 꾸지 마쇼!" 맥머도가 소리쳤다, "내 이름은 잭[113] 맥머도요, 알겠소? 나를 잡고 싶거든 버미사 셰리든 스트리트에 있는 제이컵 섀프터의 하숙집으로 오면 돼. 내가 도망이라도 칠 것 같아 보이시나? 밤이고 낮이고 당신 같은 인간들은 언제든 상대해주지. 잊지 말라고!"

광부들은 수군거리며 처음 보는 젊은이의 신변을 걱정했지만, 한편으로는 젊은이가 겁도 없이 경찰에 대드는 모습에 탄성을 지르기도 했다. 한편, 경찰관 둘은 어깨를 으쓱하더니 다시 하던 이야기를 계속했다.

몇 분 후, 기차가 어두컴컴한 정거장에 들어서자 승객 대부분이 내릴 준비를 했다. 이 철도 노선에서 가장 큰 도시인 버미사에 도착한 것이다. 맥머도가 가죽 손가방[114]을 들고 어둠 속

113. 앞서 더글러스의 경우에도 그랬지만, 원문에서는 맥머도의 이름인 "존"과 "잭"이 혼용되어 있다. "존"은 "잭"의 애칭 가운데 하나다—옮긴이.

114. 'grip-sack.' 여행 가방을 말한다. 켈빈 존스의 말에 따르면, "미국에서는 'grip-sack'이 서류 가방 hand satchel을 가리키는 속어로 오랫동안 통용되어왔다."

115. "By Gar, mate!" 《스트랜드 매거진》과 영국판에는 "By gosh!"라고 나온다. 이런 식으로 바꾼 비슷한 예가 너무 많아 더 이상 주석을 달지 않겠다.

116. 유니언 하우스는 펜실베이니아의 터마쿠아에 있었고, 셰리든 하우스는 포츠빌의 센트럴 스트리트에 있었다. 윌리엄 H. 콘웨이와 린다 L. 콘웨이의 보고에 따르면, 유니언 하우스 건물의 일부는 호텔이지만 나머지는 개인 주거용으로 사용되었다. "3층짜리 건물 뒤편에는 10핀용 볼링장이 있고 지하실에는 세탁실과 함께 식당과 주방이 갖춰져 있었다. 1층 앞쪽에는 술집이 있고 술집 끝에는 카드놀이와 핀볼을 즐길 수 있는 작은 오락장도 갖춰져 있었다." 이야기 속에 나오는 "유니언 하우스"는 아마도 셰리든 하우스와 실제로 존재했던 유니언 하우스, 그리고 잭 키오의 하이버니언 하우스를 합쳐놓은 듯한 가상의 건물인 것 같다.

"도머는 자기의 호텔을 셰리든 하우스라고 불렀다."
앨런 핑커턴, 『몰리 머과이어스와 탐정』(1877)

으로 나가려고 하자 광부 한 명이 그에게 다가왔다.

"세상에, 이보게!115 경찰을 제대로 다룰 줄 알더군." 광부는 존경스럽다는 듯 말했다. "자네가 하는 소리를 듣고 있자니 어찌나 속이 다 후련하던지. 손가방 이리 주게. 내가 길을 안내하지. 어차피 우리 집에 가려면 섀프터 하숙집을 거쳐야 하니 말일세."

두 사람이 플랫폼을 건너가는데 다른 광부들이 다정한 말투로 합창하듯 "잘 가게!"하며 맥머도에게 인사를 건넸다. 버미사에 발을 들여놓기도 전에 사고뭉치 맥머도는 한순간에 이 고장의 유명 인사가 되었다.

어딜 가나 공포의 도가니 같은 주변 지역만큼이나 읍내 또한 우울하고 스산한 기운이 감돌았다. 길게 뻗은 계곡 아래에서는 활활 타오르는 거대한 용광로와 자욱하게 솟아오르는 연기 속에 일종의 장중함이 서려 있었다. 한편 거대한 굴 옆에 산처럼 쌓인 광물 더미는 인간의 노동과 부지런함을 기리는 기념비처럼 보였다. 읍내는 사방이 더럽고 추잡하기 이를 데 없었다. 넓은 찻길은 마차들이 지나간 자리에 눈이 흙과 뒤범벅이 되어 진창으로 변해 있었다. 보도는 좁고 울퉁불퉁하기까지 했고, 수많은 가스등 불빛을 따라 드러난 길게 늘어선 목조 주택들의 베란다는 하나같이 지저분하고 더러웠다.

두 사람이 읍내 중심부에 들어서자 분위기가 사뭇 달라졌다. 상점마다 불을 환히 밝힌 데다가 술집과 도박장들이 한데 모여 있어 주위는 온통 휘황찬란한 불빛으로 아른거렸다. 광부들은 어렵게 벌어들인 두둑한 임금을 이곳에서 헛되이 날리고 있었다.

"저기가 유니언 하우스라네." 광부가 술집을 가리키며 말했다. 당당하게 우뚝 솟은 모습이 마치 호텔의 위엄을 지켜보는 듯한 착각을 불러일으킬 정도였다.116 "잭 맥긴티가 저곳 사장이지."

"어떤 사람이죠?" 맥머도가 물었다.

"어떤 사람이냐니! 그 사람 얘기를 들어본 적이 없단 말인가?"

"난생처음 이곳에 왔는데 어떻게 알겠어요?"

"이런, 전국에 벌써 그 사람 소문이 쫙 퍼진 줄 알았는데. 신문에도 그 사람 기사가 적잖이 났건만."

"무슨 일이었는데요?"

"글쎄……." 광부는 갑자기 목소리를 낮추며 말했다. "몇 가지 사건이 있었지."

"도대체 무슨 사건이었는데요?"

"맙소사, 이봐. 기분 나쁠지 모르겠지만, 자네 어딘가 좀 이상하군. 이 지역에서 들을 수 있는 사건이라고는 한 가지밖에 없지. 바로 스코러즈에 대한 일이야."

"아, 스코러즈에 관한 이야기라면 시카고에서 기사를 본 적이 있는 것 같아요. 살인 조직 아닌가?"

"쉿, 죽고 싶지 않으면 조심하게!" 광부는 얼음처럼 굳어버린 표정으로 겁에 질려 맥머도를 쳐다보았다. "길거리에서 그런 소리를 떠벌리고 다니다간 오래 살지 못할 거야. 이보다 별것 아닌 일로도 쥐도 새도 모르게 죽은 사람이 얼마나 많은데."

"난 아무것도 몰라요. 신문 기사를 읽어서 알았을 뿐이지."

"자네가 읽은 게 사실이 아니라는 말이 아니야." 광부는 두려움에 사방을 두리번거렸다. 말을 하면서도 행여나 어떤 위험이 도사리고 있지나 않은지 계속해서 주위를 힐끔댔다. "사람을 죽이는 것이 살인이라면 이곳은 살인범이 넘쳐나는 데라고. 그런데 살인과 맥긴티를 결부시켜 말하지 않는 것이 좋을 거야. 자네가 이곳을 몰라서 일러주는 말인데, 어떤 비밀이라도

117. 앞에서도 언급했듯이(68번 주석 참고)《스트랜드 매거진》과 영국판에서 에티는 스웨덴계 아가씨로 나온다. 데이비드 랜들은 이렇게 말한다. "이 이야기는 늦어도 1914년 여름에 끝이 났다. 이야기가 언제 시작되었는지는 모르겠지만《스트랜드 매거진》을 통해 연재가 시작되었을 즈음, 제1차 세계대전이 시작되었기 때문에…… 영국에서 발행된 출판물에는 어떠한 독일인도 선량한 사람으로 묘사될 수 없었다. 하지만 당시 미국판에서는 이런 부분이 크게 문젯거리가 되지 않아서 원래 묘사된 인물의 특성이 전혀 바뀌지 않았다." 펜실베이니아에 살고 있는 독일계 사람들을 모델로 독일인을 묘사했으므로 훨씬 그럴듯하게 표현되었다.

그 사람의 귀에 들어가게 돼 있거든. 그렇게 되면 자넬 가만두지 않을 거야. 자, 저 집이 자네가 찾고 있는 집일세. 저 길에서 안쪽으로 들어가 있는 집 말일세. 저 집 주인 제이컵 섀프터는 이 마을에서 누구보다 정직한 사람이지. 살다 보면 알게 될 거야."

"고맙습니다." 맥머도는 새로 알게 된 광부와 악수를 한 다음 손가방을 들고 하숙집으로 향하는 길로 들어섰다. 집 앞에 서서 현관문을 두드리자 소리가 크게 울려 퍼졌다.

곧바로 문이 열렸다. 문을 열어준 것은 무척이나 뜻밖에도 눈부시게 아름다운 젊은 여인이었다. 독일계[117] 아가씨처럼 보였는데 밝은 금발이 아름다운 검은 눈동자와 기막힌 대조를 이루고 있었다. 여자는 처음 보는 남자를 찬찬히 뜯어보다가 놀라 당황했는지 금세 하얀 얼굴이 발그레해졌다. 열린 현관문으

"헛, 죽고 싶지 않으면 조심하게!"
프랭크 와일스 그림, 《스트랜드 매거진》(1915)

로 밝게 새어 나온 빛을 받은 여인의 모습은 이 세상 그 무엇과
도 비교할 수 없는 한 폭의 아름다운 그림 같았다. 지저분하고
음산한 주변 환경과 대조를 이루어서 그런지 여인의 아름다운
모습은 더욱 매력적으로 보였다. 산더미처럼 쌓인 시커먼 석탄
더미에서 아름다운 제비꽃을 발견했다 해도 이보다 더 아름답
지는 않았을 것이다. 황홀한 나머지 한 마디도 못하고 서 있는
데 여자가 먼저 말을 걸었다.

"저희 아버지인 줄 알았어요." 여자의 말투에는 독일 억양
이 살짝 섞여 있어 듣기 좋았다. "아버지를 만나러 오셨나요?
시내에 가셨는데, 곧 돌아오실 거예요."

맥머도가 여전히 감탄에 찬 눈길을 떼지 못하고 쳐다보자
여자는 민망한 듯 시선을 아래로 떨어뜨렸다.

"아닙니다." 마침내 맥머도가 입을 열었다. "아버님을 급히
만나야 할 필요는 없습니다. 아는 사람이 댁의 하숙집을 추천
해주더군요. 저한테 적당할 것 같아서 왔는데 정말 마음에 듭
니다."

"너무 쉽게 마음을 정하시네요." 여자가 미소 지으며 말했
다.

"장님이 아니고서야 다 저와 같은 마음일 겁니다." 맥머도의
칭찬에 여자는 소리내어 웃었다.

"이쪽으로 오세요. 저는 딸 에티 섀프터예요. 어머니가 돌아
가셔서 제가 살림을 맡아서 하고 있어요. 첫 번째 방에 난로가
있으니 아버지가 돌아오실 때까지 거기서 기다리세요. 아, 저
기 오시네요! 아버지와 바로 의논하시면 되겠네요."

몸집이 커다랗고 나이가 지긋해 보이는 한 남자가 골목길을
걸어오고 있었다. 맥머도는 그에게 용건을 간단히 설명했다. 시
카고에 있을 때 머피라는 사내가 이 주소를 알려주었고, 머피
역시 또 다른 사람에게 이곳을 추천받았다고 했다. 섀프터 노인

118. 영국판에는 주당 12달러라고 되어 있다. 콘웨이에 따르면, 그 지역 광부들의 임금은 대략 주당 11.25달러였다. 주급을 감안할 때 7달러 쪽이 더 적절해 보인다.

은 맥머도에게 흔쾌히 방을 내주기로 결정했다. 새로 들어오고자 하는 이 남자가 자기가 제시한 하숙 조건을 모두 받아들인 데다, 돈도 넉넉히 가지고 있는 듯해서였다. 일주일에 7달러[118]를 선불로 받기로 하고, 식사도 제공하기로 했다.

법망을 피해 도망 다니는 맥머도, 그는 이렇게 섀프터의 지붕 아래에 거처를 정했다. 하지만 그는 자신의 앞날에 어두운 사건들이 줄지어 기다리고 있으리라고는 상상도 못했다. 게다가 끝내 멀고 먼 타국으로 도망치게 되고 말 운명이라는 사실은 더욱더……

제2장

보디마스터[119]

맥머도는 남들에게 자신의 존재를 쉽게 각인시키는 사람이었다. 어디를 가나 주위 사람들은 그 점을 곧 인정했다. 섀프터 하숙집에 들어온 지 일주일도 안 되었지만 맥머도는 어느새 그곳에서 가장 중요한 인사가 되었다. 하숙집에는 맥머도 이외에도 10여 명이 함께 머무르고 있었다. 대부분 성실하게 일하는 현장 노동자나 상점 점원이었다. 아일랜드 젊은이 맥머도와는 전혀 다른 부류의 사람들이었다. 일을 마치고 돌아온 하숙인들이 모두 모이는 저녁 시간이 되면 맥머도는 재치 있는 농담과 수준 높은 대화, 그리고 단연 최고의 노래 실력으로 모임의 분위기를 주도했다. 그는 주위에 있는 모든 이를 유쾌하게 만드는 마력을 가지고 태어난 사람 같았다. 하지만 객차 안에서처럼 순간 불같이 화를 내는 경우가 잦았다. 그럴 때면 주변 사람들은 그를 두려워하고 그의 말에 무조건 따르는

119. 다음과 같은 줄거리를 시작으로 《스트랜드 매거진》 1915년 2월호에서 이야기는 계속해서 연재되었다.

1부 벌스턴의 비극

셜록 홈즈의 숨 막히는 새로운 모험담의 지난 줄거리는 다음과 같다. 어느 날 홈즈는 암호문이 담긴 메시지를 받고 서식스 주의 벌스턴에 사는 부유한 남자 더글러스에게 뭔가 불길한 일이 벌어질 것이며, 그 위험이 바로 코앞에 닥친 상황이라고 판단한다. 홈즈가 해독을 마칠 즈음 그를 찾아온 런던 경찰국 소속 맥도널드 경위는 더글러스가 전날 밤(원문에는 "오늘 아침"이라고 나옴) 살해당했다는 소식을 전한다.

맥도널드 경위는 셜록 홈즈와 왓슨 박사와 함께 비극의 사건 현장으로 향하고, 그곳에서 서식스 주의 형사 화이트 메이슨을 만나게 된다. 살해당한 더글

러스는 끔찍하게 상처를 입은 상태였고, 그의 가슴에는 의심스러운 무기가 하나 놓여 있었는데, 그것은 방아쇠 바로 앞에서 총신이 잘린 산탄총이었다. 또한 시체 근처에서 머리글자 "V.V."와 숫자 "341"을 잉크로 휘갈겨 쓴 카드가 한 장 발견된다. 마지막으로 시체의 팔뚝 윗부분에서 동그란 원 안에 삼각형이 낙인찍힌 이상한 문양이 발견되었으며, 손가락에 끼고 있던 결혼반지가 사라졌다.

살인자에 대한 유일한 단서라고는 창틀에 묻어 있는 구두 발자국 모양의 핏자국이 전부여서, 그것으로 범인이 창문을 넘고 해자를 건너 도망친 것으로 추측하게 된다. 홈즈는 그 무엇보다도 더글러스의 아령 한쪽이 사라졌다는 사실에 촉각을 곤두세운다.

더글러스의 가장 친한 친구인 세실 바커는 수사관들의 심문을 받는 내내 당황하는 기색을 보이더니, 마침내 그동안 자기가 더글러스 부인과 가깝게 지내던 관계를 더글러스가 상당히 질투했다는 사실을 털어놓는다. 홈즈는 에임스 집사로부터 현장에서 피 묻은 채로 발견되었던 침실용 슬리퍼를 사건 전날 밤 바커가 신고 있었다는 사실을 듣게 된다. 이에 홈즈는 홀에서 피 묻은 슬리퍼를 들고 나타나 창틀의 발자국에 대어보고 정확히 일치한다는 것을 밝혀낸다.

홈즈는 왓슨에게 자신이 더글러스 부인과 바커가 사건의 전말을 알고 있다고 믿는 이유를 말해준다. 그는 나머지 수사관들에게 그들이 진행하고 있는 사건 조사를 중단하고 자기가 알고 있는 모든 사실을 알려줄 테니 같은 날 밤에 만나자고 제안한다. 한편 홈즈의 제안에 따라 바커에게 편지를 보내서, 다음 날 아침 해자에서 물을 빼내고자 한다는 사실을 알린다.

그날 밤 만나자마자 그들은 해자 근처에서 잠복에 들어간다. 그러던 중 바커가 커다란 꾸러미를 해자에서 끌어 올리는 장면을 목격하고 다 함께 곧장 저택으로 뛰어 들어간다. 홈즈는 그 꾸러미에서 구두, 칼, 미국산 옷가지와 사라졌던 아령을 찾아낸다! 찾아낸 물건들로부터 홈즈가 추리한 내용은 더

욱더 큰 놀라움을 자아낸다. 무엇보다 죽었다고 알았던 더글러스에게 이야기를 직접 들어보는 것이 좋겠다는 제안에 모두가 경악을 금치 못한다.

홈즈의 제안이 끝나자마자 한 남자가 벽에서 튀어나온다. 다름 아닌 더글러스였다. 그는 이틀 전 자기를 죽이려던 남자를 죽였지만 그것은 엄연히 자기방어였고, 지금까지 서재에 숨어 지냈다고 솔직하게 털어놓는다. 사실 자기를 죽이려고 했던 남자는 미국에서 알던 사람으로, 지난 수년간 자기를 쫓아다녔으며, 그의 체격이 자기와 비슷한 것을 깨닫고는 아이디어를 떠올리게 되었다고 고백한다. 더글러스는 자기가 살해당하고 살인자는 도망친 것으로 사건을 꾸미려 했던 것이다. 죽은 남자에게 자기 옷을 입힌 데다 두 사람 모두 팔뚝에 같은 모양의 낙인이 찍혀 있기 때문에 죽은 사람을 더글러스로 가장하기 쉽다고 판단한 것이다. 당시 바커는 최선을 다해 친구인 더글러스를 도와 수사관들을 혼동시킬 만한 단서들을 제공한다.

더글러스는 숨어 지내는 동안 그 비극을 불러일으켰던 일들을 글로 남긴다. 그는 '공포의 계곡 이야기입니다'라고 말하며 자신이 쓴 글을 왓슨에게 넘긴다.

2부 스코러즈

이야기의 장면은 20년 전으로 거슬러 올라가 미국으로 배경이 바뀐다. 시카고에서 서쪽으로 가는 기차에 몸을 실은 프리맨 단원 존 맥머도는 프리맨 동료인 스캔런 형제를 만나게 된다. 법망을 피해 도망치는 사람처럼 보이던 맥머도는 스캔런에게 자기는 버미사에 가서 제이컵 섀프터라는 사람이 운영하는 하숙집에 묵을 예정이라고 말한다.

1장 초반에 맥머도가 탔던 "서쪽으로 가는" 기차의 특징이 자세히 나와 있다. 만약 기차가 시카고("길머턴 산맥"의 멀리 서쪽에 있는)가 아니라 필라델피아에서 출발했다면 서쪽으로 간다는 말이 옳다. 콘웨이에 따르면 필라델피아 앤드 리딩 노선을 탔던

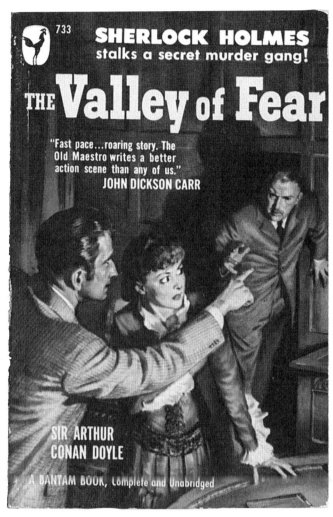

것 같다. 《스트랜드 매거진》을 통해 연재된 나머지
이야기에는 더 이상 줄거리가 실리지 않았다.

『공포의 계곡』 단행본 표지.
뉴욕, 밴텀 북스(1950)

수밖에 없었다. 특히 그는 법은 물론이고 법과 관련된 세상의
모든 사람을 경멸하는 태도를 보였다. 이 때문에 일부 하숙인
들은 통쾌하게 생각하기도 했지만, 다른 이들은 불안함을 느끼
기도 했다.

맥머도는 아름답고 기품 있는 하숙집 딸에게 첫눈에 반했다
는 사실을 주위에 공공연히 알렸다. 그는 사람들 앞에서도 그

녀를 흠모하는 기색을 서슴없이 드러냈다. 그는 구애하는 데 있어 무척 적극적이었다. 하숙집에 도착한 이튿날부터 그녀에게 사랑한다고 고백할 정도였다. 그는 여자가 무슨 말로 거절하든 전혀 아랑곳하지 않고 끈질기게 사랑을 고백했다.

"다른 남자가 있다니요?" 맥머도가 소리쳤다. "불쌍한 놈, 운도 없지! 앞으로 조심하라고 전해주시오! 그깟 놈 때문에 일생일대의 내 사랑을 포기할 것 같소? 지금은 나를 거절해도 좋아요. 하지만 에티! 언젠가 당신이 내 사랑을 받아줄 날이 올 거요. 난 아직 젊어요. 그때까지 얼마든 기다릴 수 있어요."

맥머도는 상대방의 마음을 묘하게 흔들어놓는, 아일랜드 사람 특유의 뛰어난 말솜씨를 가지고 있었다. 그는 사랑을 얻기 위해서라면 무슨 짓이라도 할 것 같았다. 사실 맥머도에게는 묘한 매력이 있었고, 삶의 경험도 풍부했다. 이 때문에 에티는 점차 그에게 관심을 갖고 마침내 사랑에 빠지게 되었다. 맥머도는 자기가 살던 모너건 군의 아름다운 계곡과 아득히 멀리 떨어진 환상적인 섬, 낮은 언덕과 푸른 초원에 대해 즐겨 이야기했다. 검댕으로 범벅이 된 눈 덮인 이곳에서 상상하면 더없이 아름답게 여겨지는 곳이었다.

고향에 대한 이야기를 마치고 나면 미 북부에 있는 디트로이트와 미시간의 벌목 캠프에 대한 이야기를 들려주고, 시카고의 제재소에 대한 이야기로 끝을 맺었다. 나중에는 연애담도 슬쩍 들려주었다. 시카고에서 일어났던 일에 한해서는 너무나 이상하고 사적인 일이라 자세히 들려주기를 꺼리는 듯했다. 맥머도는 그곳을 갑자기 떠나버린 일이며 옛 친구들과 연락을 끊게 된 일 등 낯선 땅으로 도망쳐서 결국 이곳까지 오게 된 사연을 들려주며 애석해했다. 맥머도의 이야기를 듣고 있으면 에티의 검은 눈동자는 그에 대한 연민과 동정심으로 젖어 들어갔다. 그리고 연민과 동정심이라는 이 두 감정은 자연스럽게 사랑으로 변해갔다.

맥머도는 회계 담당 임시직을 얻을 수 있었다. 교육을 제법 받았던 터라 그나마 쉽게 일을 얻을 수 있었다. 그런데 하루 종일 일터에서 지내야 했기 때문에 프리맨의 보디마스터에게 신고할 기회를 갖지 못했다. 그러던 어느 날 밤이었다. 기차에서 만났던 마이크 스캔런이 맥머도를 찾아왔다. 작은 체구에 모난 얼굴, 불안한 듯한 검은 눈동자의 스캔런은 맥머도를 다시 만나 반가운 기색이었다. 위스키 한두 잔을 마시고 나자 스캔런은 방문한 용건을 털어놓았다.

"맥머도, 당신 하숙집 주소를 기억한 덕에 이렇게 무턱대고 찾아왔소. 그런데 아직 보디마스터를 찾아가지도 않았다니, 그게 사실이오? 왜 여태 그를 만나지 않았소?"

"실은 일자리를 찾느라 그동안 바빴어요."

"다른 일은 다 제쳐두고라도 당장 가서 그를 만나시오. 세상에, 이 사람! 아니 미치지 않고서야 어떻게 아직까지 조합에 등록도 안 할 수가 있소? 이곳에 오자마자 다음 날 바로 조합에 가서 이름을 올렸어야지! 그 사람 기분을 건드리기라도 하는 날에는……. 아무튼 그런 일이 없도록 하시오, 알겠소?"

맥머도는 약간 당황한 듯했다. "스캔런 씨, 내가 단원으로 활동한 지 벌써 2년이나 되었지만 그 일이 그렇게 급한지는 몰랐습니다."

"여기는 시카고가 아니지 않소!"

"이곳도 같은 조직 아닙니까?"

"정말 그럴까?"

스캔런은 맥머도를 한참 동안 뚫어져라 쳐다보았다. 그의 눈빛에서 알 수 없는 불길함이 느껴졌다.

"그럼 다르다는 말인가요?"

"앞으로 한 달쯤 지나면 알게 될 거요. 듣자하니 내가 기차

120. 여기에 적힌 새프터 노인의 악센트를 살리기가 쉽지 않다. 독일인들은 ˘w˘를 ˘v˘로 발음하지만 그 밖에 새프터의 발음 습관은 독일식도 스웨덴식도 아니다.(이를테면 원문에는 "well"이 "vell"로 되어 있다. 새프터 노인의 말에 나오는, ˘w˘로 발음되는 단어는 모두 ˘v˘로 표기되어 있지만 아쉽게도 우리말로 옮기는 과정에서 살리지 못했다—옮긴이)

에서 내리고 나서 경찰관 두 명이랑 실랑이를 벌였다던데."

"어떻게 아셨습니까?"

"벌써 소문이 쫙 퍼졌소. 이 동네가 그래요. 좋은 일이든 나쁜 일이든 삽시간에 소문이 나버리지."

"그렇군요. 그 사냥개 같은 놈들에게 내가 놈들을 어떻게 생각하는지 똑똑히 말해줬을 뿐이에요."

"당신, 맥긴티 마음에 쏙 들겠어!"

"왜요, 그 사람도 경찰을 싫어하는 모양이지요?"

스캔런이 갑자기 박장대소하며 말했다. "가서 만나보면 알게 될 거요." 그러고는 자리에서 일어나 떠날 준비를 했다. "어쨌든 그렇게 오랫동안 찾아가지 않았다간 그가 싫어하는 게 경찰이 아니라 당신이 될지도 모르오! 내 충고를 잊지 말고 어서 가서 만나시오. 당장!"

그날 밤, 맥머도는 에티의 아버지와 긴 얘기를 나눈 끝에 맥긴티를 서둘러 찾아가야 할 또 다른 이유를 갖게 되었다. 에티에 대한 맥머도의 관심이 지나치게 노골적이어서 그런지, 아니면 마음씨 좋은 독일인 하숙집 주인이 자기 딸에 대한 맥머도의 태도에 신경이 곤두서서 그런지, 이유야 어쨌든 하숙집 주인은 맥머도를 자기 방으로 불러들였다. 그러고는 단도직입적으로 이야기를 꺼냈다.

"내 딸한테 지나치게 관심을 갖는 것 같던데, 내가 잘못 봤나?"

"아닙니다. 사실입니다."

"한 가지만 말해두겠네. 다 쓸데없는 짓이야. 이미 정해진 사람이 있단 말일세."[120]

"에티에게 들었습니다."

"그 애 말이 사실이야. 그런데 상대가 누군지도 말하던가?"

"아니요, 물어봤지만 말하지 않더군요."

"그랬겠지, 바보 같은 녀석! 아마 자네가 두려워하며 도망칠까 봐 그랬을 거야."

"두려워하다니요!" 맥머도는 이내 불같이 화를 냈다.

"진정하게, 맥머도. 그 사람을 무서워한다고 해서 부끄러워할 필요는 없어. 딸아이의 약혼자는 바로 테드 볼드윈이라네."

"그 자식이 대체 누군데요?"

"스코러즈의 우두머리지."

"스코러즈! 저도 들어본 이름입니다. 여기저기 온통 스코러즈 얘기뿐이더군요. 모두들 늘 수군거리기만 하던데요. 대체 뭐가 무서워서들 그러는 거죠? 도대체 뭐 하는 놈들입니까?"

하숙집 주인은 그 무시무시한 조직에 대해 이야기할 때면 누구나 그렇듯이 자신도 모르게 목소리를 낮추었다. "스코러즈가 바로 프리맨이라네!"

맥머도는 멍하니 노인을 쳐다보았다. "저도 프리맨 단원입니다."

"자네! 그런 줄 알았으면 절대로 우리 집에 들이지 않았을걸세. 설령 일주일에 100달러를 준다 해도 말이야."

"우리 조직이 뭐가 잘못됐다는 거죠? 우리 조직의 목적은 자선과 친목인걸요. 규약에도 그렇게 나와 있어요."

"다른 곳에서는 그럴지도 모르지. 하지만 여기는 아니야!"

"여기는 어떻다는 겁니까?"

"놈들은 살인 집단이야."

맥머도는 어처구니없다는 듯 피식 웃었다. "증거가 있습니까?" 맥머도가 물었다.

"증거가 있느냐고? 자그마치 50차례나 살인이 일어났는데도 증거가 더 필요하단 말인가? 밀먼과 밴 쇼스트, 니컬슨 가족과 하이엄 노인, 어린 빌리 제임스, 이들 말고도 수없이 많은 사람이 죽었는데 증거를 대라고 하는 겐가? 남녀노소를 막론하고 이 계곡에서 그걸 모르는 사람이 한 명이라도 있는 줄 아나?"

"섀프터 씨!" 맥머도는 진지하게 말했다. "방금 한 말씀을 취소하든가 아니면 확실한 증거를 대세요. 그때까지 이 방에서 한 발자국도 움직이지 않겠습니다. 제 입장에서 생각해보세요. 저는 이곳이 처음이에요. 제게는 낯설기만 한 이곳에도 나름대로 가치 있는 조직이라고 생각하여 가입한 프리맨이 있기에 큰 위안이 됐지요. 미국 전역 어디를 가도 깨끗한 조직입니다. 이제 이곳에서 조직원으로 활동하려던 참이었는데 그 조직이 스코러즈와 같은 살인 집단이라니요! 제게 사과를 하시든지 아니면 알아듣게 설명해주십시오."

"나는 그저 세상 사람들이 다 아는 사실을 말했을 뿐이네. 이쪽 두목이 저쪽 두목이기도 하다는 걸 말일세. 그러니 한쪽의 비위를 건드리면 다른 한쪽에서 보복을 당하게 된다는 뜻이야. 그런 일을 한두 번 본 게 아니라니까."

"그냥 뜬소문이지 않습니까! 증거를 대세요!" 맥머도가 다그쳤다.

"자네도 여기서 좀 지내다 보면 두 눈으로 똑똑히 볼 수 있을 거야. 참, 자네가 그 조직의 일원이라는 사실을 잊었군. 자네도 머지않아 놈들처럼 변하겠군그래. 이제 이 집에서 나가줘야겠어. 안 그래도 놈들 중 하나가 우리 딸에게 청혼하는 것도 거절 못하고 있는 판인데 또 한 놈을 내 집에 들여놓다니 말이 되겠나? 암, 그럴 수야 없지. 그러니 여기서 자는 건 오늘 밤이 마지막인 줄 알게!"

맥머도는 하루아침에 안락한 숙소와 사랑하는 여인으로부터 쫓겨날 신세가 되었다. 같은 날 밤 에티는 거실에 혼자 앉아 있었다. 맥머도는 그녀에게 다가가 자신의 곤란한 상황을 구구절절이 쏟아냈다.

"당신 아버지가 나를 쫓아내려고 하는군요. 그저 이 집에서 쫓겨나는 거라면 아무런 상관도 없어요. 에티, 진심이오. 당신을 알게 된 지 일주일밖에 되지 않았지만 당신은 내 인생의 전부나 다름없어요. 당신 없이 이제 어떻게 살란 말이오!"

"맥머도 씨, 그렇게 말하지 마세요!" 에티는 맥머도를 말렸다. "이미 너무 늦었다고 말씀드리지 않았나요? 정해진 사람이 있다고요. 당장 그 사람이랑 결혼하겠다고 약속하지는 않았지만, 그렇다고 제가 다른 사람과 미래를 약속할 수 있는 처지도 아니에요."

"에티, 내가 조금만 더 빨리 당신을 만났더라면 내게도 기회가 있었을까요?"

에티는 두 손에 얼굴을 묻었다. "당신이 좀 더 빨리 찾아왔더라면 얼마나 좋았을까요?" 에티는 흐느껴 울었다.

맥머도는 대뜸 에티 앞에 무릎을 꿇고 앉았다. "부탁이오, 에티! 제발이지 그냥 그렇게 생각해버려요!" 맥머도가 소리쳤다. "그깟 약속 하나 때문에 당신의 인생과 내 인생을 망칠 셈이오? 당신 마음 가는 대로 따라요. 어쿠슐라![121] 당신의 약속이 무엇을 의미하는지도 모르면서 그것을 지키려 하다니 차라리 내 말에 따르는 게 훨씬 안전할 거요."

맥머도는 햇볕에 그은 억센 두 손으로 에티의 가늘고 하얀 손을 꼭 그러쥐었다.

"제발 내 사람이 되어줘요. 우리가 함께라면 어떤 어려움도 이겨낼 수 있어요."

"이곳은 아니겠지요?"

"아니, 바로 이곳에서."

"안 돼요. 잭, 안 돼요!"

맥머도가 에티를 감싸 안았다.

"여기서는 절대로 안 돼요. 제발 날 데리고 여기서 떠나줘

121. "어쿠슐라Acushla"는 애정이 담긴(주로 '내 사랑'을 뜻한다) 아일랜드식 표현이다. 말 그대로 해석하면 '나의 맥박' 또는 '나의 혈관' 또는 '내 심장의 맥박(또는 혈관)'이라는 뜻이다.

122. 몰리 머과이어스 전문가인 H. T. 크라운은 테드 볼드윈의 정체가 바로 톰 헐리라고 주장하며, 그를 가리켜 (본 편집자와의 개인적인 대화 중에) "몰리의 주요 암살 요원"이라고 불렀다. 클리블랜드 모펫은 《매클루어스 매거진》에 실린 몰리 머과이어스에 관한 기사에서 톰 헐리가 자신의 복수극에서 고머 제임스라는 이름의 바텐더를 어떻게 목표로 삼았는지 설명했다. 모펫의 글에 따르면, 헐리가 맥주를 주문하자 "제임스가 곧바로 그에게 맥주를 가져다주었다. 바로 그때 헐리는 5센트짜리 동전을 던져주고 왼손으로는 맥주잔을 들어 올려 맥주를 마시는 척했다. 하지만 그는 상의 오른쪽 주머니에 이미 공이치기를 당겨놓은 총을 준비해놓고 술잔을 입술에 대는 척하며 오른손으로 방아쇠를 당겼다. 그러고 나서 아무 일도 없었다는 듯이 맥주잔을 끝까지 비우고 살인자를 찾아 나서는 척했다. 당시 헐리에게서는 코트에서 구멍이 발견된 것 외에 달리 특별한 증거가 발견되지 않았기 때문에 용의자로 지목되지 않았다.

요."

맥머도의 얼굴이 잠시 고통으로 일그러졌지만 이내 돌처럼 굳은 표정을 지으며 말했다. "안 돼요, 이곳이어야만 해요. 무슨 일이 있어도 이 세상으로부터 당신을 지켜준다고 약속할 거요. 에티, 바로 여기 우리가 있는 곳에서 말이오."

"왜 함께 떠나면 안 된다는 거죠?"

"에티, 난 여기를 떠날 수 없어요."

"왜죠?"

"쫓겨났다는 생각으로 더 이상 살기 싫어요. 다시는 고개를 들고 살지 못할 거요. 게다가 대체 겁낼 것이 뭐가 있어 그래요? 우리는 자유로운 나라에 사는 자유로운 사람들 아니오? 내가 당신을 사랑하고 당신이 날 사랑한다면 누가 감히 우리 둘을 갈라놓겠소?"

"몰라서 하는 말이에요, 잭. 여기에 온 지 얼마 안 돼서 모르는 거예요. 볼드윈[122]이라는 자가 누구인지도 모르잖아요. 맥긴티와 그의 스코러즈 일당이 어떤 사람들인지도."

"맞아요. 그들이 누군지 몰라요. 하지만 전혀 두렵지 않아요. 그런 놈들 알고 보면 별것 아니에요! 내 주위엔 항상 거친 사람투성이었지요. 내가 놈들을 두려워했을 것 같아요? 되레 놈들이 나를 두려워하도록 만들었소. 에티, 그들은 겉보기만 무서운 놈들이라고요! 당신 아버지 말처럼 그자들이 정말 이 계곡에서 수십 번이나 살인을 저질렀다면, 그리고 그들이 살인범이라는 걸 누구나 안다면, 어떻게 지금까지 아무도 처벌받지 않을 수가 있지요? 대답 좀 해봐요, 에티!"

"증인으로 나서겠다는 사람이 아무도 없었기 때문이에요. 그랬다가는 살아남기 어렵다는 걸 누구나 알고 있거든요. 그리고 그들은 항상 자기 쪽 사람들을 내세워 범인이 현장에 없었다는 알리바이를 꾸며내지요. 잭, 당신도 신문에서 기사를 읽어본 적이 있을 거예요. 미국의 모든 신문에서 이 사건을 떠들어댔으니까요."

"물론 그런 기사를 읽은 적이 있어요. 하지만 그냥 누군가 지어낸 이야기라고 생각했어요. 한편으로는 그자들이 그런 짓을 저지른 데에는 그럴 만한 이유가 있겠거니 했지요. 설사 잘못한 일이긴 하더라도 어쩔 수 없는 상황이었을지도 모르고."

"잭, 당신이 그런 말을 하다니 믿을 수가 없군요! 그 사람도 그렇게 말했어요. 그 남자 말이에요!"

"볼드윈이란 자가…… 그렇게 말했단 말이오?"

"네. 그래서 난 그 사람이 싫어요. 이제 사실대로 다 말할게요. 나는 그 사람이 끔찍할 정도로 싫어요. 게다가 두렵기까지 해요. 나도 나지만 솔직히 아버지가 무사하실까 걱정이에요. 내 감정을 솔직히 드러내면 우리 부녀에게 어떤 일이 벌어질지 빤해요. 그래서 결혼 약속을 차일피일 미루면서 계속 그를 피하는 중이에요. 그렇게 해야 우리가 무사할 수 있기 때문이죠. 그러니 잭, 나와 함께 아버지를 모시고 먼 곳으로 떠나요. 그런 끔찍한 인간들의 손아귀에서 벗어나 먼 곳에서 영원히 행복하게 살아요, 네?"

맥머도의 얼굴은 다시 한 번 일그러졌다. 하지만 이내 냉정을 되찾으며 말했다. "에티, 당신에게 아무 일도 생기지 않도록 내가 지켜줄게요. 물론 당신 아버지도 마찬가지요. 솔직히 악당으로 치자면 나도 놈들 못지않을 거라는 것을 당신도 곧 알게 될 거요."

"아니요, 거짓말 말아요. 잭, 난 당신을 믿어요!"

맥머도가 쓸쓸한 미소를 보이며 말했다. "이런, 나에 대해서 이렇게나 모르다니! 당신처럼 순수한 영혼을 가진 사람이 내가 무슨 생각을 하고 사는지 알 턱이 없지. 쉿, 밖에 누가 왔나 봐요."

갑자기 현관문이 활짝 열리더니 한 남자가 마치 이 집 주인인 양 거들먹거리며 집 안으로 걸어 들어왔다. 맥머도와 비슷한 나이와 체격으로 매부리코이긴 하지만 제법 잘생긴 젊은이였다. 그는 챙이 넓은 검정 펠트 모자를 벗지도 않은 채 난로 옆에 앉아 있는 두 사람을 이글거리는 눈으로 사납게 노려보았다.

순간 에티는 놀라고 당황한 나머지, 자리에서 벌떡 일어났다. "어서 오세요, 볼드윈 씨. 생각보다 일찍 오셨네요. 이리 와서 앉으시죠."

볼드윈은 허리에 양손을 올려놓은 채 맥머도에게서 눈을 떼지 않았다. "누구지?" 볼드윈이 퉁명스럽게 물었다.

"친구예요. 우리 집에서 새로 하숙하게 되었어요. 맥머도 씨, 볼드윈 씨와 인사 나누세요."

두 젊은이는 무뚝뚝하게 고개만 까딱했다.

"우리가 어떤 사이인지는 에티 양에게 들어서 알고 있겠지?"

"두 사람이 무슨 사이라도 되나요? 그런 게 있는지 전혀 몰랐는데요."

"그래? 그럼 이제 똑똑히 들으시지. 여기 이 여자는 내 여자야. 참, 오늘 밤공기가 아주 상쾌하더군. 그러니 밖에 나가서 산책이나 하시지."

"고맙지만 지금은 산책할 기분이 아니오."

"그래?" 볼드윈은 분노에 찬 눈빛으로 맥머도를 쏘아보았다. "하숙인 양반, 그렇다면 한판 붙어볼 기분은 드나?"

"그야 얼마든지!" 맥머도가 소리치며 벌떡 일어섰다. "듣던 중 반가운 소리군!"

"제발! 이러지 마세요, 잭. 제발!" 가엾은 에티는 어쩔 줄 몰라 하며 소리쳤다. "잭, 잭! 당신을 가만두지 않을 거예요!"

"잭이라고? 벌써 이름까지 부르는 사이가 됐나?" 볼드윈이 울컥해서 말했다.

"아, 테드. 오해하지 마세요. 그냥 넘어가주세요. 나를 봐서라도 제발요. 나를 사랑한다면 제발 너그러운 마음으로 용서하세요!"

"에티, 당신은 여기서 빠져요. 우리 두 사람이 해결할 수 있어요." 맥머도가 침착하게 말했다. "괜찮다면, 볼드윈 씨, 나와 함께 밖으로 나갑시다. 밤공기도 좋다 하시니 길 옆 공터로 갑시다."

"너 같은 놈 하나쯤은 내 손을 더럽히지 않고도 끝장낼 수 있어." 볼드윈이 말했다. "나한테 혼 좀 나보면 이 집에 발을 들인 걸 후회하게 될 거야."

"그렇다면 지금 당장 한번 해보시지!" 맥머도가 소리쳤다.

"시간은 내가 정한다. 그 전에 이걸 한번 보시지!" 그가 소매를 걷어 올리자 팔뚝에 낙인처럼 찍힌 이상한 표식이 드러났다. 동그라미 안에 삼각형이 있는 문양이었다. "이게 무슨 뜻인지 알고 있나?"

"모르겠지만 알고 싶지도 않군!"

"이제 곧 알게 될 거야. 내가 약속하지. 그리 오래 걸리지 않을 거야. 어쩌면 에티가 말해줄지도 모르겠군. 에티, 머지않아 내게 와서 무릎 꿇고 빌 날이 올 거요. 알겠어, 아가씨? 반드시 내 앞에서 무릎 꿇고 싹싹 비는 날이 올 거라고! 그때가 되면 당신이 어떤 대가를 치러야 하는지 알려주지. 당신이 뿌린 씨는 당신이 거둬야지, 안 그래?"

볼드윈은 분노에 찬 눈으로 두 사람을 노려보았다. 이내 몸을 휙 하고 돌려 나가더니 잠시 후 바깥문이 쾅 하고 닫히는 소리가 들렸다.

맥머도와 에티는 아무 말도 하지 않고 그대로 서 있었다. 이윽고 에티가 두 팔로 맥머도를 감싸 안았다.

"하숙인 양반, 그렇다면 한판 붙어볼 기분은 드나?" "그야 얼마든지!"
맥머도가 소리치며 벌떡 일어섰다. "듣던 중 반가운 소리군."
프랭크 와일스 그림, 《스트랜드 매거진》(1915)

"잭, 정말 용감했어요. 하지만 다 부질없는 일이에요. 도망
쳐야 해요. 오늘 밤, 오늘 밤 당장 말이에요! 그 길만이 살길이
에요. 그 사람은 분명히 당신을 죽이려 들 거예요. 그 무시무시
한 눈빛만 봐도 알 수 있어요. 당신이 상대해야 할 사람은 그
사람만이 아니에요. 맥긴티와 지부의 지원을 받는 그 많은 사
람들을 상대로 어떻게 이기겠어요?"

　맥머도는 자기를 끌어안고 있는 에티의 손을 풀더니 그녀에게 입을 맞추었다. 그러고는 그녀를 살며시 의자에 앉히며 말했다.

　"사랑하는 에티, 진정해요! 나 때문에 걱정하거나 두려워하지 말아요. 나도 프리맨 단원이에요. 당신 아버지께도 이미 말씀드렸어요. 나라고 그들보다 나을 것이 없을지도 몰라요. 그러니 나를 무슨 성자인 양 생각지 말아요. 지금 내 말을 들었으니 이제 나도 싫어지지 않았나요?"

"싫어진다고요, 잭? 내가 살아 있는 한 그런 일은 절대로 없
을 거예요! 다른 지역에서는 프리맨이 되어도 전혀 해가 될 게
없다고 들었어요. 그러니 당신이 프리맨 단원이라고 해서 나쁘
게 생각할 이유가 없지 않겠어요? 그런데 프리맨 단원이라면
서 왜 아직까지 맥긴티를 찾으러 가지 않았지요? 잭, 서둘러
요. 빨리 가세요! 당신이 먼저 가서 말하세요. 그들이 사냥개
처럼 몰려들기 전에요."

"나도 그러려던 참이었어요. 지금 당장 가서 빨리 끝내고 올
게요. 오늘 밤만 여기서 머무르고 내일 다른 숙소를 알아보겠
다고 아버지께 전해줘요."

맥긴티의 술집은 여느 때처럼 발 디딜 틈이 없었다. 시내에서
거칠기로 소문난 사람들이 죄다 모여 흥청거리고 있었기 때문
이다. 맥긴티는 시원시원한 성격으로 인해 사람들 사이에서 인
기가 좋았다. 하지만 그런 성격은 한낱 가면에 불과했다. 그 뒤
에는 거칠고 난폭한 본연의 모습이 숨어 있었다. 사람들은 그를
두려워했다. 그 공포심은 도시 전체와 50킬로미터에 이르는 버
미사 계곡 전체와 더 나아가 계곡 너머에까지 번져 나갔다. 덕
분에 그의 술집은 언제나 사람들로 북적거렸다. 그의 뜻을 함
부로 무시할 수 있는 이는 아무도 없었기 때문이다.

맥긴티는 비밀 세력을 등에 업고 인정사정없이 권력을 휘두
를 뿐만 아니라, 고위 공직까지 한자리 차지하고 있었다. 나중
에 청탁을 할 목적으로 그에게 표를 찍어주는 파렴치한 이들
의 도움으로 그는 시의원에다 철도 이사라는 직함까지 거머쥘
수 있었다. 그는 시민들에게 엄청난 세금을 부과했다. 과세 평
가액[123]과 세금은 상상을 초월했다. 그가 공공사업을 무시하는
것은 누구나 알고 있었다. 그는 감사관들에게 뇌물을 주어 회
계 조사를 피하기도 했다. 선량한 시민들은 맥긴티 일당의 공
공연한 공갈 협박에 재산을 갈취당하기 일쑤였지만 후환이 두

려워 누구 하나 입도 뻥긋하지 못했다.

해가 갈수록 맥긴티의 다이아몬드 핀은 더욱 커졌고 화려한 조끼에 달린 금줄은 나날이 무거워졌다. 그의 술집은 점점 확장되어 마켓 광장의 한쪽을 전부 차지할 정도였다.

맥머도는 술집의 반쪽 회전문을 열어젖히고 안으로 들어섰다. 그는 자욱한 담배 연기에 술 냄새가 진동하는 가운데 북적거리는 사람들을 뚫고 지나갔다. 술집 안의 불빛은 휘황찬란하게 번쩍거리는 데다 사방에 걸려 있는 거대한 금테 거울에 반사되어 눈이 부실 정도로 화려한 빛을 내뿜었다. 상의를 벗고 셔츠만 입은 바텐더들은 널따랗고 육중한 철판 카운터에 앉은 손님들에게 주문 음료를 만들어주느라 정신이 없었다.

카운터 끝 쪽에 비스듬히 몸을 기댄 채 입 가장자리에 시가를 물고 있는 한 남자가 눈에 들어왔다. 큰 키에 기골이 장대한 모습이 한눈에 봐도 그 유명한 맥긴티가 틀림없었다. 턱수염은 광대뼈까지 나 있고 검은 머리카락이 옷깃까지 길게 늘어져 있는 모습이 마치 시커먼 갈기가 난 거인 같았다. 피부는 이탈리아 사람처럼 거무데데했고 눈이 약간 사팔뜨기인 데다 눈동자 색깔까지 기분 나쁠 정도로 새카매서 음흉하고 사악한 인상을 풍겼다.[124]

하지만 비교적 잘생긴 얼굴과 당당한 풍채 그리고 거리낌 없는 태도는 남들과 유쾌하고 솔직하게 어울리는 그의 모습과 잘 어울려 보였다. 사람들은 그를 두고 말투가 다소 무례하게 들릴지는 몰라도 알고 보면 믿을 만하고 솔직하고 화통한 사람이라고들 했다. 하지만 잔인하고 소름 끼치는 그 검은 눈빛과 마주치기라도 하면 누구라도 몸을 움츠릴 수밖에 없었다. 한눈에 봐도 그는 세상에 두려운 게 아무것도 없는 대담한 악인인데다 그 배후에 막강한 권력을 두고 있어, 끝도 없이 비열하고 잔인한 짓을 일삼을 수 있는 사람임을 느낄 수 있었다.

124. 월터 클라인펠터가 『셜록 홈즈의 기원』에서 언급했듯이 이 같은 맥긴티에 대한 묘사는 앨런 핑커턴이 『몰리 머과이어스와 탐정』에서 잭 키요를 묘사한 것과 내용이 매우 흡사하다. 특히 핑커턴은 키요의 "숱이 많은" 머리칼과 "시커멓고 무성하게 난 구레나룻과 콧수염"에 주목하면서 "비열한" 생김새라고 말했다.

맥머도는 상대방을 찬찬히 살피고 나서는 여느 때처럼 거침
없이 앞으로 당당하게 걸어 나갔다. 그러고는 힘센 두목 곁에
서 별것 아닌 농담에 배꼽을 쥐고 깔깔 웃어대며 비위를 맞추
느라 정신없는 아첨꾼들을 옆으로 밀어냈다. 맥머도는 눈에 힘
을 주고 안경 너머로 맥긴티의 검은 눈동자를 대담하게 쳐다보
았다. 그러자 맥긴티는 날카로운 시선으로 자기 앞에 겁 없이
서 있는 젊은이를 쏘아보며 말했다.

"이봐, 젊은이, 처음 보는 얼굴인데."

"이곳에 온 지 얼마 안 됐습니다, 맥긴티 씨."

"맥긴티 씨의 정식 직함을 모를 정도로 갓 온 것 같지는 않
은데."

"젊은이, 맥긴티 의원님이라고 불러야지." 모여 있는 무리
중에서 누군가가 말했다.

"죄송합니다, 의원님. 이곳 방식에 아직 익숙지 않아서 그랬
습니다. 의원님을 만나보라고들 하더군요."

"그래? 잘 봐두게. 지금 자네 눈앞에 있는 모습 그대로야.
어떤가, 나를 만난 느낌이?"

"아직 만나 뵌 지 얼마 안 됐지만 의원님의 마음이 그 커다
란 풍채만큼이나 넓고, 그 잘생긴 얼굴처럼 훌륭하다면 더 이
상 바랄 게 없겠습니다." 맥머도가 말했다.

"흠, 누가 아일랜드 출신 아니랄까 봐 말 한번 유창하군." 맥
긴티는 이 용감무쌍한 방문객의 말에 맞장구를 쳐주며 좋아해
야 할지 위엄을 지켜야 할지 잠시 망설였다.

"그렇다면 내 외모는 자네 마음에 든단 말이군?"

"당연하지요." 맥머도가 대답했다.

"나를 만나라는 말을 들은 모양이지?"

"네."

"누가 그러던가?"

"이봐, 젊은이. 처음 보는 얼굴인데."
프랭크 와일스 그림, 《스트랜드 매거진》(1915)

"버미사 341지부의 스캔런 형제입니다. 의원님의 건강과, 의원님과 보다 나은 관계를 위해 건배를 제안하고 싶은데요." 맥머도는 먼저 입에 갖다 대었던 술잔을 높이 들어 올린 뒤 술을 들이켜면서 새끼손가락을 들어 올렸다.

맥머도를 유심히 살피던 맥긴티는 굵고 짙은 눈썹을 치켜세우며 말했다. "흠, 그렇단 말이지? 좀 알아봐야겠군. 그런데 이름이……."

"의원님의 마음이 그 커다란 풍채만큼이나 넓고, 그 잘생긴 얼굴처럼
훌륭하다면 더 이상 바랄 게 없겠습니다."
아서 I. 켈러 그림, 《선데이 연합 매거진》(1914)

"맥머도라고 합니다."

"맥머도, 자네에 대해 좀 더 알아봐야겠어. 이곳에서는 남들
을 무턱대고 믿거나 남들이 한 말을 곧이곧대로 믿어주지 않는
단 말이지. 카운터 뒤쪽으로 잠깐 와보게."

카운터 뒤로 가니 작은 방이 있었고, 방 안에는 술통이 줄지
어 놓여 있었다. 맥긴티는 조심스럽게 문을 닫고 술통 위에 걸
터앉았다. 그러고는 깊은 생각에 빠진 듯 입에 시가를 물었다.
그는 한참 동안 기분 나쁜 시선으로 맥머도를 관찰하듯 뚫어지
게 쳐다보며 한 마디도 하지 않았다. 맥머도는 한 손을 코트 주
머니에 넣고 다른 한 손으로는 갈색 콧수염을 꼬아대며 상대방
의 눈길을 기꺼이 받아주었다. 불현듯 맥긴티가 몸을 구부리더
니 흉물스러운 리볼버를 꺼내 들었다.

"이봐, 어디서 장난질이야?" 맥긴티가 말했다. "허튼수작 부
렸다가는 살아남지 못할 줄 알아!"

"프리맨의 보디마스터가 타 지역에서 온 형제를 환영하는 방법치고는 좀 색다르군요."

"그래? 그렇다면 네놈이 단원이라는 것을 증명해보시지." 맥긴티가 말했다. "증명하지 못하면 어떻게 되는 줄 알겠지? 입단한 곳이 어디야?"

"시카고 29지부입니다."

"언제?"

"1872년 6월 24일."

"보디마스터 이름은?"

"제임스 H. 스콧입니다."

"지구 책임자는?"

"바솔로뮤 윌슨입니다."

"흠! 대답은 그럴듯하군. 그런데 여기는 뭐하러 왔나?"

"일거리를 찾아서 왔습니다. 저도 의원님처럼 일을 하니까요. 물론 보잘것없는 일이긴 하지만요."

"대답 한번 재빠르군."

"네, 항상 말을 빨리 하는 편이지요."

"행동도 빠른가?"

"저를 잘 알고 있는 사람은 다들 그렇다고 하더군요."

"조만간 한번 시험해봐야겠군. 이곳 지부에 대해서 뭐 들은 말은 없나?"

"진정한 남자라면 형제로 받아준다고 들었습니다."

"그건 사실이야, 맥머도. 그런데 시카고는 왜 떠났지?"

"무슨 일이 있어도 말할 수 없습니다."

맥긴티는 눈을 크게 떴다. 누구도 감히 자기에게 그런 식으로 대답한 적이 없기 때문에 오히려 호기심이 일었다. "왜 말할 수 없다는 거지?"

"형제에게는 거짓말을 하면 안 되니까요."

그는 잘난 척하며 더 이상 질질 끌지 않고 아일랜드인의 근성을 보이기 시작했다.
앨런 핑커턴, 『몰리 머과이어스와 탐정』(1877)

"사실대로 말하면 안 될 정도로 나쁜 일이었나?"

"좋을 대로 생각하십시오."

"이봐, 자기 과거도 밝히려 하지 않는 자를 보디마스터인 내가 단원으로 받아들일 것 같은가?"

맥머도는 당황했지만 이내 안쪽 주머니에서 오래된 낡은 신문지 조각을 꺼내 들었다.

"제 비밀을 다른 사람에게 떠들고 다니진 않으시겠지요?" 맥머도가 물었다.

"나한테 그따위 말을 지껄이다니, 얼굴을 한 대 갈겨줘야 정신을 차리겠나!" 맥긴티가 발끈해서 소리쳤다.

"제가 실수를 한 것 같군요, 의원님." 맥머도는 순순히 잘못을 인정했다. "사과드리겠습니다. 제 생각이 부족했습니다. 의원님께는 무슨 말씀을 드려도 괜찮은 줄 잘 알고 있습니다. 이 기사를 한번 읽어보세요."

맥긴티는 기사를 죽 훑어보았다. 1874년 새해 첫날에 시카고 마켓 스트리트의 레이크 술집에서 조너스 핀토라는 남자가 살해됐다는 내용이었다.

"자네가 한 짓인가?" 신문지 조각을 돌려주며 맥긴티가 물었다. 맥머도가 고개를 끄덕였다.

"왜 죽였지?"

"저는 정부에서 달러를 찍어내는 일을 도와주고 있었습니다. 제가 만드는 금화의 질이 조금 떨어지기는 했어도 모양도 진짜와 똑같았고, 무엇보다도 단가가 싸게 먹혔지요. 그런데 이 핀토라는 자가 나를 도와 위조 금화를 돌리다가[125]……."

"뭘 했다고?"

"그러니까, 위조 금화를 시중에 유통시키는 일을 말하는 겁니다. 그런데 어느 날 저를 밀고하겠다고[126] 협박하더군요. 정말로 경찰에 밀고했을지도 모르지요. 어쨌든 놈이 무슨 짓을 할지 몰라서 가만히 앉아 보고만 있을 수가 없었습니다. 그래서 그냥 놈을 죽이고 바로 탄광촌으로 도망 온 겁니다."

"그런데 왜 하필 탄광촌인가?"

"신문을 보니 이곳에서는 그런 일을 그리 따지지 않는다고 하더군요."

맥긴티가 소리 내어 웃었다.

"처음에는 화폐를 위조하더니 그다음엔 사람을 죽였다? 그러고도 이곳에 오면 환영받을 줄 알았다 이건가?"

"대충 그런 셈이지요." 맥머도가 대답했다.

"좋아, 그 정도라면 여기서도 잘 지내겠군. 그런데 지금도 위조 달러를 만들 수 있나?"

맥머도는 주머니에서 금화 대여섯 개를 꺼내 보였다. "이 돈은 워싱턴 조폐국에서 제조한 화폐가 아닙니다." 맥머도가 말했다.[127]

"말도 안 돼!" 맥긴티는 고릴라처럼 잔뜩 털이 난 커다란 손으로 돈을 쥐고는 불빛에 비춰보았다. "감쪽같군. 뭐가 다른지

125. 'shove the queer.' 위조화폐를 유통시킨다는 뜻.

126. 'split.' 동업자를 경찰에 밀고한다는 뜻.

127. 맥머도는 자기가 위조 금화를 주조한다고 이미 말한 적이 있다. 금화의 이미지는 자유의 여신상 또는 인디언 두상 도안 가운데 하나였을 것이다. 두 가지 모두 1875년에 통용되었다. 당시에 은화는 주조되지 않았다. 의회가 훗날 '1873년의 범죄'라고 비난받았던 법령에 따라 은화폐의 주조를 금지시켰기 때문이다. 존 셔먼 상원의원은 1895년 오하이오 공화당 의회에서 화폐법 법안(1873년 금본위 화폐제도로 복귀하게 된 화폐 주조법─옮긴이)을 지지하는 연설을 했는데, "그동안 금을 몰아내려는 싸움이 수도 없이 많이 벌어졌습니다"라고 말문을 열면서 "하지만 언제나 금이 승리했습니다. 금은 절대로 타협하는 법이 없습니다. 금은 언제나 세상의 동경의 대상이었습니다. 예전에 영국인들이 금 없이도 잘 살 수 있을 거라 생각하던 때가 있었습니다. 하지만 결국 그들 역시 다시 금을 찾게 되었습니다"라고 했다. 1875년 화폐 재개법(같은 해 1월에 러더퍼드 헤이스 대통령의 지지를 받았다)에 의거하여 미국 재무부는 1879년을 기점으로 현존하는 지폐를 '금속화폐'로 다시 바꾸고, 당시 널리 유통되던 종이 화폐를 줄이는 정책을 썼다. 맥머도가 위조화폐를 주조할 무렵, 금화는 다른 화폐보다 특히 더 가치가 있었던 것으로 보인다. 하지만 일반 대중은 여전히 종이 화폐의 가치에 대한 믿음을 갖고 있었기 때문에 재무부는 지폐와 맞바꿀 금을 충분히 확보할 수 있었다. 1879년이 흘러가는 동안에도 종이 화폐를 금으로 바꾸기 위해 한꺼번에 몰려드는 일 없이 지폐는 계속해서 인기 있는 화폐로 남았다.
맥머도가 "워싱턴 조폐국에서 제조한 화폐"라며 비유적으로 말하고 있는 대목을 주목해보자. 1873년 당시 미국 조폐국이 워싱턴 D.C.로 옮겨 갔지만 그곳에서는 주화를 만들지 않았다.

전혀 모르겠어. 세상에! 자네 도대체 왜 이제야 나타난 건가, 응? 우리 조직이 제대로 돌아가려면 자네 같은 친구가 한둘은 필요해. 맥머도, 우리가 나서지 않으면 안 될 때가 올 테니 말이야. 우리를 압박해오는 놈들을 밀어내지 않으면 결국 우리가 궁지로 밀릴 수밖에 없게 되거든."

"저도 다른 형제들과 함께 놈들을 물리치는 데 한몫하고 싶습니다."

"보아하니 배짱 한번 두둑하군그래. 아까 내가 권총을 들이대는데 눈 하나 깜짝하지 않더군."

"위험한 건 제가 아니었거든요."

"그렇다면 누가 위험했다는 건가?"

"의원님이었습니다." 맥머도는 재킷 주머니에서 미리 공이치기를 잡아당겨놓은 권총을 꺼내 보였다. "아까부터 계속 의원님을 향해 총을 겨누고 있었지요. 빠르기로 치자면 아마 의원님보다 제가 더 빨랐을 겁니다."

"아니!" 맥긴티는 순간 끓어오르는 분노로 얼굴이 시뻘겋게 달아올랐다. 그러더니 갑자기 껄껄거리며 큰 소리로 웃기 시작했다. "야, 자네 보통이 아니군. 요 몇 년 자네처럼 무서운 친구는 본 적이 없어. 우리 지부의 자랑거리가 되겠는걸. 이봐, 대체 무슨 일이야? 여기 손님과 얘기하고 있는 거 안 보이나? 5분도 안 돼서 방해를 하다니, 뭐야?"

바텐더는 꼼짝 않고 서서 무안한 표정을 지었다. "죄송합니다, 의원님. 테드 볼드윈 씨가 당장 만나고 싶답니다."

바텐더가 메시지를 다 전하기도 전에 그의 어깨 너머로 잔인한 표정을 한 볼드윈의 얼굴이 보였다. 볼드윈은 바텐더를 방 밖으로 밀어내고 문을 닫아버렸다.

"이런!" 볼드윈은 이글거리는 분노의 눈빛으로 맥머도를 노려보았다. "나보다 한발 빨랐군그래. 의원님, 이자에 관해서 따로 말씀드릴 게 있습니다."

"할 말이 있으면 지금 내 앞에서 하시지그래!" 맥머도가 소리쳤다.

"언제 어떻게 말하든 그건 내가 결정할 문제야."

"잠깐, 잠깐만!" 맥긴티가 앉아 있던 술통에서 내려오며 말렸다. "이러면 안 되지. 방금 새로 맞은 형제라네, 볼드윈. 그런 식으로 형제를 대하는 건 예의가 아니지. 자, 서로 악수하고 화해하게나."

"싫습니다!" 볼드윈은 화가 나서 고함을 쳤다.

"내가 잘못했다고 계속 우기기에 한번 붙자고 했습니다." 맥머도가 말했다. "맨주먹으로 붙든가, 그게 싫으면 저자가 원하는 어떤 방법으로든 좋습니다. 의원님께 달렸습니다. 보디마스터로서 이 문제를 판결해주시지요."

"도대체 무슨 일인데 그래?"

"어떤 젊은 여인과 관련된 일입니다. 하지만 어느 쪽을 택하든 선택은 그녀에게 달렸지요."

"여자한테 달렸다고?" 볼드윈이 외쳤다.

"우리 지부의 두 형제와 관련된 일이니 나도 여자의 선택을 따르겠네." 맥긴티가 말했다.

"아니, 이런 식으로 나오실 겁니까!"

"그렇다, 테드 볼드윈." 맥긴티가 못마땅한 눈길로 쳐다보며 말했다. "자네 이의 있나?"

"생전 처음 보는 저따위 놈 때문에 지난 5년 동안 당신을 지켜준 사람을 저버린단 말입니까? 이봐요, 잭 맥긴티! 평생 보디마스터로 살아갈 줄로 착각하는 것 같은데, 다음 선거에서는……."

볼드윈이 말을 채 끝내기도 전에 맥긴티는 볼드윈에게 성난 호랑이처럼 달려들었다. 그는 한 손으로 볼드윈의 목을 잡고

128. 성인 남자의 목 중간에 튀어나와 있는 부분—
옮긴이.

술통 위로 던져버렸다. 화가 치밀어 오른 맥긴티가 볼드윈의 목을 누르며 숨통을 조이자 맥머도가 황급히 달려들어 맥긴티를 잡아끌었다.

"진정하세요, 의원님! 제발 참으세요!" 맥긴티를 말리면서 맥머도가 외쳤다.

맥긴티가 손을 놓자 볼드윈은 죽음의 문턱까지 다녀온 사람처럼 숨을 헐떡거리며 온몸을 부들부들 떨었다. 그는 휘청거리며 자기가 쓰러져서 넘어뜨린 술통 가장자리에 걸터앉았다.

"네놈은 전부터 손을 좀 봐줘야 했어. 테드 볼드윈, 이제 똑똑히 알아들었겠지." 맥긴티는 큰 가슴을 들썩이며 숨을 몰아쉬었다. "내가 선거에서 떨어져 보디마스터 자리에서 내려오면 네놈이 그 자리를 대신 꿰찰 줄 알았나 보지? 그건 지부에서 결정할 문제야. 내가 지부의 우두머리로 있는 이상, 내 앞에서 목소리를 높이거나 반대하는 놈은 누구라도 가만두지 않겠어."

"의원님께 거스르려는 생각은 추호도 없습니다." 볼드윈은 자기 목을 어루만지면서 중얼거렸다.

"자, 그렇다면" 맥긴티는 아무 일도 없었다는 듯이 안색을 바꾸고 밝은 목소리로 외쳤다. "이제 다시 둘도 없는 동지가 되었군. 이 문제는 여기서 끝내기로 하지."

그는 선반에서 샴페인 병을 꺼내 코르크 마개를 비틀어서 뚜껑을 땄다. 그러고는 세 개의 잔에 술을 따르며 말을 이었다. "화해의 축배를 들도록 하지. 우리 사이에 남아 있는 나쁜 감정은 남김없이 털어버리자고. 자, 이제부터 내 결후[128]에 왼손을 대고 묻겠다. 테드 볼드윈, 자네가 화가 난 이유는 무엇인가?"

"구름이 잔뜩 끼어 있기 때문입니다." 볼드윈이 대답했다.

"그러나 영원히 맑게 갤 것이다."

맥긴티는 볼드윈에게 성난 호랑이처럼 달려들었다.
그는 한 손으로 볼드윈의 목을 잡고 술통 위로 던져버렸다.
프랭크 와일스 그림, 《스트랜드 매거진》(1915)

"나 또한 그리 맹세합니다."

두 사람은 잔을 비웠고 볼드윈과 맥머도도 같은 의식을 치렀다.

맥긴티가 양손을 비비며 외쳤다. "자! 이것으로 이제 나쁜 감정은 모두 사라졌다. 이 문제가 더 길어지면 지부의 통제를 받게 된다는 사실을 잊지 말게. 볼드윈 형제는 이미 알고 있을 테지만 그 통제라는 것이 무척 엄격하거든. 맥머도 형제, 자네도 문제를 일으키면 거기서 자유로울 수 없다는 점을 명심하도록!"

"믿어주십시오. 여간해선 문제를 일으키지 않을 겁니다." 맥머도는 볼드윈을 향해 손을 내밀었다. "나는 싸움을 할 때도 주저하지 않지만 용서도 빠르지요. 뜨거운 아일랜드 피 때문에 그렇다고들 하더군요. 어쨌든 나는 여기서 끝내고 싶습니다. 더 이상 어떤 감정도 없습니다."

볼드윈은 할 수 없이 맥머도가 내민 손을 잡았다. 맥긴티가 무시무시한 눈빛으로 자기를 노려보고 있었기 때문이다. 하지만 잔뜩 부루퉁한 얼굴로 보아서는 맥머도의 어떤 말에도 분이 풀리지 않을 거라는 것을 알 수 있었다.

맥긴티는 두 사람의 어깨를 툭툭 치며 말했다. "쯧쯧! 여자들, 여자들이 항상 문제야!" 맥긴티가 두 사람을 번갈아 보며 큰 소리로 말했다. "내 사람들이 한 여자를 가운데 놓고 싸우다니! 이게 도대체 무슨 운명이람! 이 문제의 해결은 전적으로 아가씨 마음에 달린 것 같군. 보디마스터의 권한으로 어찌해볼 수 없는 문제니 말이야. 흠, 아무튼! 여자 문제가 아니더라도 할 일은 산더미같이 많아. 맥머도 형제, 341지부의 가입을 허락하겠네. 여기선 시카고와 달리 우리들만의 규칙과 방법대로 모든 것이 돌아가고 있다네. 토요일 밤에 모임이 있어. 그때 참석하면 버미사 계곡을 자유롭게 돌아다닐 수 있도록 해주지."

제3장
버미사 341지부

여러 흥미로운 사건이 일어난 다음 날, 맥머도는 제이컵 섀프터 노인의 하숙집에서 나와 읍내 외곽에 위치한 맥 너매라 부인의 하숙집으로 거처를 옮겼다. 얼마 지나지 않아 기차에서 알게 된 스캔런이 버미사로 옮겨 왔고, 둘은 같은 집에서 지내게 되었다. 하숙집에는 이 두 사람 외에 다른 하숙인이라고는 한 명도 없었다. 하숙집 주인아주머니는 그다지 까다롭지 않은 아일랜드인이어서 두 사람에게 간섭하지 않았다. 그래서 같은 비밀을 간직한 두 사람은 이곳에 살면서 마음대로 말하고 행동할 수 있는 자유를 실컷 누릴 수 있었다.

섀프터 노인은 맥머도가 원하면 언제든지 하숙집에 들러 함께 식사를 할 수 있도록 허락했다. 덕분에 맥머도는 에티와의 관계를 지속해나갈 수 있었다. 오히려 둘의 관계는 시간이 지날수록 더욱 깊어져만 갔다.

129. 'the Coal and Iron Police.' 미국판에서는 "mine police"라고 나온다. 이에 대해 콘웨이 부부는 다음과 같이 말했다. "광산 회사는 경찰들을 원하는 대로 얼마든지 고용할 수 있었다. 광산 경찰 지원자들은 1달러의 전형료와 함께 서명이 담긴 지원서를 제출하기만 하면 누구든지 사설 경찰로 고용될 수 있었다. 이때 지원자의 뒷조사는 일절 이루어지지 않았다. 광산 경찰대는 리딩 철도 회사와 광산 소유주들이 고용한 사설 경찰 병력으로 이루어진 조직이었다."

새 하숙집의 침실은 금화 주조 틀을 꺼내두어도 괜찮을 만큼 안전했다. 그래도 맥머도는 지부의 형제들에게 비밀을 누설하지 않겠다는 서약을 받고 나서야 방에 들어가서 볼 수 있게 해주었다. 그들은 모두 주머니에 금화를 조금씩 넣고 돌아갔는데 어찌나 정교하게 만들어졌는지 아무도 눈치채지 못할 정도여서 시중에 유통시켜도 위험하지 않겠다는 확신이 들었다. 이렇게 기막힌 기술을 갖고도 맥머도가 왜 힘들게 일을 하는지 지부의 패거리들에게는 수수께끼가 아닐 수 없었다. 맥머도는 자기가 확실한 일자리 없이 지내면 바로 경찰에게 의심을 사게 되기 때문이라고 말해주었다.

사실 벌써부터 맥머도의 뒤를 캐고 다니는 경관이 있었다. 그런데 어찌 된 일인지 맥머도에게 위협이 되기는커녕 오히려 좋은 결과를 안겨다 주었다. 맥머도는 맥긴티와 처음으로 인사를 나눈 후에 하루가 멀다 하고 맥긴티의 술집에 들렀다. 그곳에서 그는 서로를 '친구boys'란 유쾌한 별칭으로 부르는 위험한 패거리들과 가깝게 지내게 되었다. 맥머도는 당찬 태도와 대담한 이야기 솜씨 때문에 그들 사이에서 인기가 대단했다. 또한 술집에서 싸움이 나기라도 하면 상대방을 재빠르고 멋진 기술로 하나하나 모두 제압해 보여, 그 거친 조직에서 존경의 대상이 되기도 했다. 그런 그의 가치를 더욱 높인 사건이 또 하나 있었다.

어느 날 술집이 손님들로 북적이던 밤 시간에 푸른색 제복 차림에 끝이 뾰족한 모자를 쓴 광산 경찰[129]이 문을 활짝 열어젖히면서 술집 안으로 들어섰다. 광산 경찰대는 이 지역을 위협하는 갱 조직에게 어떠한 제재도 가하지 못하고 속수무책으로 당하고만 있는 일반 경찰들을 돕기 위해 철도와 광산 소유주들이 고용해서 조직한 특별 기구였다. 광산 경찰이 들어서자 갑자기 사방이 조용해졌고, 술집 안에 있던 사람들은 궁금한 듯 내내 그를 지켜보았다. 미국에서는 경찰과 범죄자의 관계가 특이해서 인지 카운터 뒤에 서 있던 맥긴티는 사람들 사이로 걸어오는 경찰을 보고도 전혀 놀라는 기색이 없었다.

"위스키 한 잔 주시오. 오늘 밤은 날이 몹시 차군요." 경위가 말했다. "처음 뵙겠습니다, 의원님."

"새로 부임한 대장입니까?" 맥긴티가 물었다.

"그렇습니다. 이 지역의 법과 질서를 세우는 데 있어 의원님과 다른 지도층 인사들이 도와주실 것으로 기대하겠습니다. 저는 마빈 경위입니다."

"마빈 경위, 당신 없이도 우린 잘하고 있소." 맥긴티가 차갑게 대꾸했다. "시내에 이미 경찰들이 있으니 외부에서 또 다른 경찰을 데리고 올 필요가 없다고 생각하오. 당신들은 고작 그 자본가들이 돈을 주고 고용한 도구나 다름없지 않소? 불쌍한 시민들을 몽둥이로 때리고 총으로 쏘라는 명령이나 받드는 자들에 불과하지."

"글쎄요. 그런 이야기로 괜히 다투지 맙시다." 경위가 넉살 좋게 대꾸했다. "각자 자기 일이라고 생각되는 임무를 최선을 다해서 수행하면 그만일 테지만, 그 임무에 대한 관점이 다 다르다는 게 문제지요."

마빈 경위가 술잔을 비우고 돌아서려는데 바로 옆에서 잔뜩 인상을 찌푸리고 있는 맥머도를 발견했다. "안녕하시오! 안녕하시오!" 경위는 맥머도를 위아래로 쳐다보며 인사했다. "오래 전부터 알던 분이 여기 계시군!"

맥머도는 경관의 눈길을 피하며 말했다.

"당신과 친한 적은 단 한 번도 없을뿐더러, 빌어먹을 경찰이 내 인생에 끼어들 일도 없소."

"알고 지내는 사이라고 해서 꼭 친하라는 법은 없지." 경관은 입가에 엷은 미소를 흘리며 말했다. "시카고의 잭 맥머도

130. 마빈에 해당하는 실제 인물은 1875년까지 시카고 핑커턴 사무소에서 부감독관으로 재직했던 로버트 린던이다. 이후에 핑커턴이 그를 포츠빌로 보내자, 그는 그곳에 있는 리딩 광산 경찰대의 지구대장으로 공식 취임하게 된다. 아서 루이스는 『몰리 머과이어스를 위한 애도』에서 린던 지구대장이 포츠빌에 있는 팻 도머의 셰리던 하우스를 급습했던, 이 이야기와 비슷한 역사적인 사건을 보고한 바가 있다. 웨인 멜랜더는 「초기 미국인 홈즈」에서 홈즈가 미국 생활 막바지에 마빈 지구대장으로 행세했다는 견해를 내놓기도 했다.

131. "I've given you the office." 존 캠던 하튼의 『비속어 사전』(1865)에서는 이 문구의 뜻을 다음과 같이 정의했다. "공모자에게 몰래 암시를 주어 게임이나 내기에서 이기도록 도와준다는 뜻으로, 이익은 나중에 나누어 갖는다."

아닌가? 아니라고는 못 할 텐데!"

맥머도는 어깨를 으쓱했다. "아니라고 한 적 없소. 내가 내 이름을 부끄럽게 여기는 것 같소?" 맥머도가 말했다.

"뭐 그럴 만한 이유는 충분한 걸로 아는데."

"그게 대체 무슨 뜻이지?" 맥머도는 주먹을 불끈 쥐며 고함을 질렀다.

"아니, 잭. 그렇게 불같이 화를 낼 것까지는 없지 않소. 내가 이 지독한 석탄 지대로 오기 전까지는 시카고 경찰이었으니 시카고 사기꾼들은 누구든지 한눈에 알아볼 수 있지."

맥머도는 난감한 표정을 감추지 못했다. "설마 시카고 중앙 경찰서의 그 마빈은 아니겠지?"[130] 맥머도가 소리쳤다.

"그 옛날의 테디 마빈이 틀림없수다. 잘 부탁하오. 조너스 핀토 총살 사건을 잊은 건 아니겠지?"

"내가 쏜 게 아니야."

"자네 짓이 아니라고? 그것 참 설득력 있는 증언이군그래. 그가 죽음으로써 상황이 뜻밖에도 당신에게 유리하게 돌아가게 되었어. 그렇지 않았으면 위조 금화를 유통시킨 죄로 잡혀갔을 테니까. 하지만 이미 다 지난 일이니 모두 잊도록 하지. 자네와 나 사이니까 하는 말일세. 그리고 사실 내 직분에 이런 말을 해서는 안 되는 일인 줄 알면서도 해주는데, 아무튼 자네를 잡아들일 수 있는 증거가 불충분하기 때문에 이제 시카고로 돌아가도 괜찮을 거야."

"난 지금 이곳에서 잘 지내고 있소."

"몰래 귀띔해 주었건만,[131] 부루퉁한 개처럼 고맙다는 인사 한 마디 못하는구먼."

"좋은 뜻으로 받아들이지. 고맙소, 진심이오." 하지만 맥머도의 태도는 전혀 고마워하는 사람 같지 않았다.

"자네가 앞으로 떳떳하게 사는 한, 나도 그 일에 대해서는

"내가 이 지독한 석탄 지대로 오기 전까지는 시카고 경찰이었으니
시카고 사기꾼들은 누구든지 한눈에 알아볼 수 있지."
프랭크 와일스 그림, 《스트랜드 매거진》(1915)

입도 뻥긋하지 않겠네. 하지만 맹세코, 앞으로 또다시 허튼짓
을 하면 그때는 이야기가 달라질 거야! 자, 그럼 잘 있게. 의
원님도 안녕히 계십시오."

경위는 이렇게 그 지역에 새로운 영웅 하나를 만들어놓고서
술집을 떠났다. 사람들은 맥머도가 그 먼 시카고에서 한 일을
가지고 얼마 전부터 수군대고 있던 차였다. 맥머도는 그들이

132. 'postulant.' 이 부분은 빈정대는 표현이다. "청원자"는 신품성사를 받거나 종교 집단에 들어갈 후보자들을 일컫는 말이다.

이런저런 것을 캐물어도 그저 웃음으로 답할 뿐이었다. 그는 사람들이 자기를 무슨 대단한 일이라도 한 사람인 양 영웅 취급 하는 게 달갑지 않았다. 하지만 이제 사람들도 모든 진실을 알게 되었다. 술집 건달들은 맥머도의 주위로 몰려들어 진심으로 그의 손을 잡아보고 싶어 했다. 그때부터 맥머도는 그 지역에서 누구의 제지도 받지 않고 자유롭게 지낼 수 있었다. 맥머도는 원래 아무리 술을 마셔도 얼굴에 전혀 티가 나지 않는 사람이었다. 그러나 그날 밤에는 스캔런이 부축해서 집으로 데려다 주지 않았으면, 이 축제의 영웅은 술집 카운터 아래에 쓰러진 채로 밤을 새우고 말았을 것이다.

토요일 밤 맥머도는 드디어 정식으로 지부에 입단하게 되었다. 이미 시카고 단원이었으므로 공식적인 의식은 생략될 것이라고 그는 생각했다. 그러나 버미사 지부에서만큼은 그들이 자랑스러워하는 특별 의식이 있었다. 청원자[132]라면 반드시 이 의식을 거쳐야 입단할 수 있었다. 집회는 입단식을 위해 마련한 조합 건물의 큰 방에서 열렸다. 약 60명가량의 버미사 지부 회원이 모였지만 이들이 조직 회원의 전부는 아니었다. 버미사 계곡에만도 여러 개의 지부들이 있고 계곡 양쪽 산 너머에도 또 다른 지부들이 있는데, 중요한 일이 생길 때면 서로 회원들을 바꿔서 일 처리를 하곤 했다. 따라서 범죄가 일어날 경우, 해당 구역이 아닌 외부에서 온 사람들의 소행인 때가 많았다. 탄광촌에 흩어져 있는 단원의 수를 모두 합쳐보면 500명에 다다를 정도였다.

실내장식이 없어 썰렁한 회의실 한가운데에 놓인 긴 테이블 주위로 단원들이 둘러앉았다. 한쪽의 다른 테이블에는 술병과 술잔이 놓여 있었는데 벌써부터 몇몇 단원은 거기서 눈을 떼지 못했다. 맥긴티는 상석에 앉아 있었다. 길고 헝클어진 곱슬머리 위에 납작한 검은색 벨벳 모자를 쓰고 목에는 화려한 보라색 숄을 두른 모습이 마치 악마의 의식을 주관하는 사제처럼 보였다. 그의 양옆에는 지부의 고위 간부들이 앉아 있었다. 그 가운데 잘생긴 얼굴에 잔인한 인상을 풍기는 테드 볼드윈의 모습도 보였다. 간부들은 목에 스카프를 두르거나 자신의 지위를 나타내는 메달을 달고 있었다.

그들 대다수는 어느 정도 나이가 있어 보였지만 나머지 일반 단원들은 18세에서 25세가량의 젊은이였다. 이 젊은이들은 상부에서 명령만 내리면 언제든지 수행할 수 있는 만반의 준비와 능력을 갖춘 유능한 단원들이었다. 나이 든 단원 가운데 사나운 무법자처럼 생긴 사람들도 있었다. 그러나 일반 단원들을 보면, 천진난만한 얼굴에 열성적인 젊은 단원들이 위험한 살인자 패거리에 섞여 있다는 것이 쉽사리 믿기지 않았다. 그 살인자들은 자신이 맡은 일을 능숙하게 해내는 것을 자랑스럽게 생각할 정도로 도덕성이라고는 전혀 찾아볼 수 없는 사람들이었다. 그뿐만 아니라 자기들끼리 부르는 '깨끗한 청소'를 한 걸

모너건과 머케나가 들어오자 모든 몰리는 충심으로 성호를 그었다.
「맥팔런(머케나)의 하이버니언 입단식」
앨런 핑커턴, 『몰리 머과이어스와 탐정』(1877)

로 유명세를 탄 사람을 진심으로 존경하고 선망하기도 했다.

그들은 또한 자기들에게 해를 끼친 적이 없는 사람이나 얼굴 한 번 본 적 없는 사람이라도 자진해서 해치우는 것이 용감하고 정의로운 일이라고 생각할 정도로 비뚤어진 사고를 갖고 있었다. 범행을 저지른 뒤에도 서로 자기가 가장 치명적인 상해를 입혔다며 다툼을 벌이기도 했다. 그러고는 자기들에게 살해당한 사람이 고통에 울부짖고 괴로워하는 모습을 흉내 내며 낄낄거리기까지 했다.

처음에는 그들도 일을 처리하는 데 있어 비밀을 지켰다. 하지만 시간이 갈수록 자기들이 저지른 일을 아무렇지도 않게 여기저기 떠벌리고 다녔다. 여러 차례 법을 어기고 범죄를 저질렀지만 언제나 법망을 손쉽게 빠져나올 수 있었기 때문이다. 누구도 감히 자기들과 맞서 증인으로 나서려 하지 않은 반면, 언제든지 자기들에게 유리한 증언을 할 수 있는 확실한 증인을 내세울 수 있었다. 그것만이 아니었다. 두둑한 주머니 덕분에 미국에서 가장 유능한 변호사를 선임할 수도 있었다. 이 때문에 10년이라는 긴 세월 동안 수많은 범죄를 저질렀건만 단 한 명도 유죄판결을 받지 않고 그냥 넘어갔다. 굳이 스코러즈를 위협하는 게 있다면 그것은 싸우다가 다치는 일이 전부일 것이다. 아무리 많은 수의 사람이 한꺼번에 급습하더라도 상대방이 죽을 각오를 하고 달려들 때는 경우에 따라 상처를 입기도 하기 때문이다. 실제로 그런 일이 종종 생기곤 했다.

맥머도는 이제 곧 시련을 겪게 될 거라는 말은 들었지만 그것이 정확히 무슨 의미인지 아무도 말해주지 않았다. 그는 엄숙한 표정을 한 형제 두 명에게 이끌려 바깥쪽에 있는 방으로 들어갔다. 커다란 널빤지 칸막이 너머로 회의실 안에 모인 사람들이 웅얼거리는 소리가 들려왔다. 한두 차례 자기 이름이 들리는 것을 보니 입단 자격을 놓고 의논하는 모양이었다. 조금 있다가 가슴에 초록색과 황금색 띠를 두른 친위대원이 들어 왔다.

"밧줄로 묶고 눈을 가린 채 들여보내라는 보디마스터의 명 령이다!"

잠시 후, 친위대원 세 명이 그의 코트를 벗기고 오른팔 셔츠를 말아 올리더니 마지막으로 팔꿈치 위로 밧줄을 감아 단단히 묶었다. 그러고 나서 두꺼운 검은색 천으로 된 두건을 머리에 뒤집어씌웠다. 맥머도는 아무것도 볼 수 없는 상태에서 회의실 안으로 끌려갔다.

두건을 쓰고 있으니 앞이 캄캄하고 숨이 막힐 지경이었다. 맥머도의 귀에 들리는 것은 주변 사람들이 낮게 웅성대는 소리와 뭔가 바스락거리는 잡음뿐이었다. 잠시 후, 맥긴티의 목소리가 들렸다. 머리에 씌운 두건 때문인지 그의 목소리가 희미하고 멀게 느껴졌다.

"잭 맥머도, 그대는 프리맨 단원이 맞는가?" 맥긴티가 물었다.

맥머도는 그렇다는 대답 대신 고개를 끄덕였다.

"시카고 제29지부가 맞나?"

맥머도는 다시 한 번 고개를 끄덕였다.

"어두운 밤은 불쾌하도다." 맥긴티가 말했다.

"그렇다. 낯선 자가 다니기에." 맥머도가 화답했다.

"먹구름이 잔뜩 덮여 있도다."

"그렇다. 폭풍우가 다가오고 있다."

"형제들이여, 모두 만족하는가?" 보디마스터가 물었다.

모두들 낮은 목소리로 그렇다고 답했다.

"형제여, 우리는 그대와 성공적으로 암호를 주고받은 것으로 그대를 우리의 형제로 받아들이기로 했다." 맥긴티가 말했다. "그 전에 한 가지 알아둘 것이 있다. 이 지역에 있는 모든 지부에서는 우리들만의 특별한 의식을 치르고 있다. 자네는 이제 그 의식을 치러야 할 것이다. 훌륭한 단원에게는 특별한 의무가 주어진다. 이제 그 시험을 치를 준비가 되었나?"

"네, 준비됐습니다."

"용기는 있겠지?"

"물론입니다."

"그렇다면 당당히 앞으로 걸어 나와 보여주도록 해라."

말이 떨어지자마자 단단하고 뾰족한 것이 눈에 닿는 느낌이 들었다. 두 눈을 날카롭게 누르고 있는 느낌이 한 발자국만 더 앞으로 나갔다간 당장에라도 찔릴 것만 같았다. 하지만 그는 용기를 내어 단호하게 한 발자국 더 내디뎠다. 그러자 두 눈을 짓누르고 있던 뾰족한 느낌이 이내 사라졌다. 주위에서 탄성을 지르는 사람들의 나지막한 소리가 들렸다.

"정말 용기가 대단하군." 맥긴티의 목소리가 들렸다. "고통을 참을 수 있겠나?"

"그 어떤 고통도 이겨낼 수 있습니다."

"시험하라!"

갑자기 그의 팔뚝에 참을 수 없는 아픔이 스며들었다. 맥머도가 할 수 있는 일이라고는 비명을 참기 위해 죽을힘을 다하는 것뿐이었다. 생각지도 못한 충격에 거의 정신을 잃을 것 같았지만, 그는 입술을 깨물고 주먹을 움켜쥐면서 자신의 고통을 남들에게 들키지 않으려 애썼다.

"이보다 더한 고통도 참을 수 있습니다."

맥머도의 말에 우레와 같은 박수 소리가 터져 나왔다. 지금까지 맥머도보다 더 강한 인상을 남긴 단원은 단 한 명도 없었다. 어느새 단원들이 몰려와 그의 등을 두드리고 머리에 씌운 두건도 벗겨주었다. 맥머도는 미소를 지어 보이며 사람들의 축하를 받았다.

"맥머도 형제, 마지막으로 한 마디만 더 하겠다. 이미 그대는 비밀을 엄수하고 충성을 맹세하는 서약을 했다. 하지만 그것을 어길 시에는 당장의 죽음을 면치 못할 것이다. 알겠나?" 맥긴티가 말했다.

"알겠습니다."

"당분간 어떤 상황에서도 보디마스터의 명령에 복종해야 한다는 것을 잊지 말도록."

"물론입니다."

"자, 이제 버미사 341지부의 이름으로 그대의 입단을 환영한다. 그대는 단원으로서의 특권과 회의 발언권을 얻게 되었다. 스캔런 형제, 어서 술을 준비하게. 훌륭한 새 단원을 맞아들이게 됐으니 다 함께 건배를 해야지."

누군가 맥머도에게 외투를 가져다주었다. 그는 외투를 걸치려다 말고 오른쪽 팔뚝을 살펴보았다. 아직까지 욱신거리는 팔뚝의 살갗에는 삼각형을 둘러싼 동그라미 낙인이 선명하게 찍혀 있었다. 철제 낙인이 남긴 흉터가 깊고 붉었다. 옆에 있던 다른 동료들이 셔츠를 걷어 올리고는 자기들의 팔뚝을 내밀어

맥머도가 할 수 있는 일이라고는 비명을 참기 위해 죽을힘을 다하는 것뿐이었다.
아서 I. 켈러 그림, 《선데이 연합 매거진》(1914)

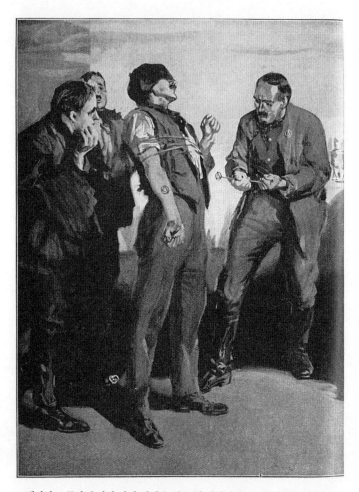

생각지도 못한 충격에 거의 정신을 잃을 것 같았지만, 그는 입술을 깨물고
주먹을 움켜쥐면서 자신의 고통을 남들에게 들키지 않으려 애썼다.
"이보다 더한 고통도 참을 수 있습니다."
프랭크 와일스 그림, 《스트랜드 매거진》(1915)

보였다. 거기에도 그들만의 지부를 상징하는 낙인이 찍혀 있었
다.

"우리 모두 다 한 번씩 겪어봤지. 그런데 자네처럼 대담하게
끝낸 사람은 한 명도 없었어." 누군가 말했다.

"쳇, 별것 아니던걸요." 말은 이렇게 했지만 화끈거리며 뼛
속까지 욱신거리는 고통은 이루 말할 수가 없었다.

입단식이 끝나고 준비해두었던 술이 동나자, 지부 사업에 대한 논의가 시작되었다. 시카고에서 따분하리만치 단조로운 모임에만 참석했던 맥머도에게는 생각지도 못한 놀랄 만한 사안들이었다. 그는 하나라도 놓칠세라 열심히 귀를 기울였다.

"회의 진행 순서 중에서 첫 번째 안건은 머튼 주 249지부 보디마스터인 윈들이 보낸 편지 내용과 관련이 있다. 먼저 편지를 읽어보겠다.

친애하는 동지들,

133. 이는 아마도 실제로 있었던 '존 P. 존스 살인 사건'을 말하는 내용일 것이다. 랜스퍼드에 있는 리하이와 윌크스베어리 탄광의 감독관이었던 존 P. 존스는 1875년 9월 3일 작업장으로 가는 도중에 살해되었다. 1876년 하이버니언 단원인 마이클 J. 도일과 에드워드 켈리가 스쿠컬 카운티의 래피 산에서 저지른 범행으로 그들은 재판에서 1급 살인으로 유죄판결을 받았다.

134. 몰리 머과이어스의 규약에 따르면, 보디마스터가 타 지역의 보디마스터에게서 받은 요청을 들어주었을 경우 훗날 그 '호의'를 다시 돌려받을 권한이 있다. 본문에 나오는 "지난가을 순찰 경관 문제"는 아마도 신문에 대서특필되었던 1875년 7월 6일 터마쿠아에서 발생한 경찰관 벤저민 요스트의 저격 사건을 말하는 내용인 듯하다. 클리블랜드 모펫의 보고에 의하면, 살인을 명령했던 제임스 '파우더 케그(화약고라는 뜻—옮긴이)' 케리건은 자기가 죽이고자 했던 사람은 사실 다른 경찰관이었는데 그 경찰관과 순찰 구역을 바꿨던 요스트가 대신 엉뚱하게 죽은 것이라고 주장했다. 케리건의 부인인 패니 히긴스 케리건은 1876년에 있었던 요스트 살해 관련 첫 공판에서 남편 케리건은 정보 제공자이자 끔찍한 거짓말쟁이라고 진술했다. 당시 배심원 한 명이 사망하면서 재판 착오가 선언되었고, 1876년에 두 번째 공판이 열렸다. 패니 히긴스 케리건은 이 공판에서는 어떠한 진술도 하지 않았다. 그녀는 남편에 대한 고소가 기각되자 그와 함께 버지니아로 떠났다. 요스트 살인 사건과 관련하여 네 명의 죄수가 2차 공판에서, 그리고 차후에 다른 한 명의 죄수까지 총 다섯 명이 유죄판결을 받았다. 그들은 1877년 6월 21일 포츠빌에서 사형에 처해졌다. '교수형의 날'이었던 그날, 스쿠컬과 카번 카운티에서 또 다른 다섯 명이 몰리와 연루된 살인 혐의로 사형을 당했다.

이 지역 '레이와 스터매시'의 탄광주인 앤드루 레이를 처치해야 할 일이 생겼습니다.[133] 지난가을 순찰 경관 문제로 우리 쪽 형제들이 그쪽에 도움을 주었던 것을 잘 기억하시리라 믿습니다.[134] 이제 우리에게도 도움을 주셨으면 하는 바람입니다. 실력 있는 형제 두 명만 보내주십시오. 우리 지부의 회계 담당자 히긴스가 이쪽 책임자입니다. 주소는 이미 알고 계시리라 생각됩니다. 히긴스가 시간과 장소와 관련하여 행동 내용을 전해줄 것입니다.

— 프리맨 보디마스터 J. W. 윈들

이제껏 윈들은 우리의 부탁을 단 한 번도 거절한 적이 없다. 일이 있을 때마다 한두 명의 형제들을 보내줬으니 우리도 이번 부탁을 거절할 수 없다." 맥긴티는 잠시 말을 멈추고는 칙칙하고 사악한 눈길로 방 안을 둘러보았다. "누구 지원자 없나?"

젊은이들 가운데 몇 명이 손을 높이 들었다. 보디마스터는 흡족한 듯이 미소를 지으며 그들을 바라보았다.

"타이거 코맥, 좋아. 자네가 지난번처럼만 해준다면 문제없겠어. 그리고 윌슨, 자네도 잘 해낼 거야."

"그런데 저는 총이 없습니다." 이제 겨우 10대로 보이는 앳된 얼굴의 소년이 말했다.

"이런 일은 처음이지? 너도 언젠가는 피를 봐야 할 거야. 이번이 첫 경험으로 좋은 기회가 되겠지. 내가 알기로 총은 네 몫으로 벌써 준비되어 있을 거다. 월요일까지 저쪽에 도착하는 거라면 아직 시간은 충분하겠군. 돌아오면 너희들을 위해 성대한 환영식을 올려주지."

"이번엔 어떤 보상도 없습니까?" 코맥이 물었다. 몸집이 떡 벌어지고 얼굴이 거무죽죽하여 험악한 인상을 하고 있는 이 젊은이는 불같은 성미 때문에 '호랑이'라는 별명으로 통했다.

"보상 따위는 기대도 마라. 이번 일은 단지 우리 지부의 명예를 위해 하는 일이다. 일을 성공적으로 마치면 기껏해야 몇 달러 정도 손에 쥘 수 있을지 모르겠다."

"그자가 무슨 짓을 저질렀습니까?" 어린 윌슨이 물었다.

"무슨 짓을 했든 간에 너 따위 어린놈이 궁금해할 문제가 아니야! 저쪽에서 그놈을 해치우기로 결정했으니 더 이상 우리가 상관할 바가 아니지. 우리는 그저 저쪽에서 원하는 대로 해주기만 하면 돼. 그들이 우리에게 해주었듯이 말이야. 그러고 보니 다음 주에 머튼 지부에서 우리 일을 처리해주기 위해 형제 둘이 오기로 되어 있다."

"누가 오는데요?" 누군가 불쑥 물었다.

"잘 들어라. 그런 것은 묻지 않는 게 좋다. 아는 게 없으면 나중에 증언할 것도 없고, 귀찮은 일도 생기지 않아 좋지. 어쨌든 일을 맡았다 하면 빈틈없이 처리해줄 사람이 오는 것만큼은 확실하다."

"때맞춰 잘 오는군!" 테드 볼드윈이 외쳤다. "이 지역 사람들이 점점 말을 듣지 않습니다. 지난주만 해도 우리 당원 중에 세 명이나 블레이커 감독관에게 해고를 당했어요. 그동안 너무 오래 참아왔습니다. 참는 데도 한계가 있지요. 놈이 대가를 단단히 치를 때가 됐습니다."

"어떻게 대가를 치른다는 겁니까?" 맥머도가 옆에 있는 단원에게 소곤대듯 물었다.

"총알을 퍼부어서 지옥으로 날려버리는 거지!"

그는 껄껄 웃으며 큰 소리로 대답했다. "어때, 우리 방식이 마음에 드나?"

죄인의 영혼을 타고난 맥머도는 이미 자기가 몸담고 있는 조직의 사악한 기운을 온몸으로 받아들인 듯했다. "끝내주는군." 맥머도가 말했다. "이곳은 피 끓는 젊은이들이 몸담기에

135. 미국판에는 "위대한 보디마스터 님Eminent Bodymaster"이라고 나온다. 원고의 "고매하신 보디마스터 님Worshipful Bodymaster"은 프리메이슨단 지부의 우두머리들에게 사용하는 호칭이지만, 미국 편집자들은 이를 지나치게 종교적이라고 여긴 듯하다.(여기서는 "존경하는"이란 보편적인 표현을 선택했다―옮긴이)

아주 그만이야."

맥머도의 말에 근처에 모여 있던 몇몇 단원이 크게 박수를 치며 환호했다.

"무슨 일이야?" 테이블 끝에 앉아 있던 검은 머리칼의 맥긴티가 소리쳤다.

"오늘 새로 들어온 이 형제가 우리 방식이 자기 입맛에 딱 맞는다고 하는데요!"

맥머도가 즉시 자리에서 일어섰다. "드릴 말씀이 있습니다. 존경하는 보디마스터 님,[135] 혹시 사람이 필요하다면 저를 선택해주십시오. 지부를 위해 일하는 것을 영광으로 생각하겠습니다."

이 말이 끝나자 여기저기서 환호가 들려왔다. 마치 지평선 위로 새로운 태양이 솟아오르는 것 같은 느낌이었다. 하지만 연장자들은 맥머도의 행보가 지나치게 빠르다는 생각에 우려를 나타냈다.

"내 생각에 맥머도 형제는 지부가 결정을 내릴 때까지 기다리도록 하는 게 좋을 것 같소이다." 맥긴티 옆에 앉아 있던 매 같은 얼굴에 희끗희끗한 턱수염을 기른 노인이 말했다. 그 노인은 보디마스터의 비서인 허러웨이였다.

"저도 그렇게 생각합니다. 여러분의 의사에 따르도록 하겠습니다." 맥머도가 말했다.

"자네에게도 때가 올 테니 기다리게, 맥머도 형제." 맥긴티가 말했다. "자네 의지를 이미 충분히 알고 있으니 이 지역에서 일을 잘 처리할 거라 믿네. 오늘 밤에 처리할 작은 문제가 있는데 자네만 좋다면 일단 한번 참석해보게."

"좀 더 가치 있는 일이 생길 때까지 기다리도록 하겠습니다."

"어쨌든 오늘 밤에 참석하도록 해. 이 지역에서 우리 위치가 어느 정도인지 단번에 알 수 있을 거야. 일단 그 일은 나중에 알려주도록 하지. 그건 그렇고⋯⋯." 맥긴티는 회의 안건을 훑어보았다. "회의를 시작하기 전에 한두 가지 짚고 넘어갈 문제가 있다. 우선 재정 담당, 우리 은행 잔고가 얼마나 남아 있지? 짐 커너웨이 부인에게 연금을 지급해야겠어. 짐이 지부 일을 하다 죽었으니 그 부인이 경제적으로 어렵지 않도록 우리가 보살펴야 할 의무가 있다."

"짐은 지난달에 말리 크리크의 체스터 윌콕스를 없애려다 총에 맞아 죽었지." 맥머도의 옆 사람이 그에게 설명했다.

"아직까지 자금은 넉넉한 편입니다." 재정 담당이 앞의 장부를 살펴보며 말했다. "요즘에는 회사들이 돈을 잘 내고 있습니다. 막스 린더사[136]는 간섭하지 않는 조건으로 500달러를 보내왔습니다. 워커 브러더스사가 100달러를 보내왔는데 제 선에서 그냥 돌려보냈습니다. 대신 500달러를 보내라고 했습니다. 수요일까지 아무 소식이 없으면 놈들의 권양기를 박살 내버릴 계획입니다. 작년에도 놈들이 말을 듣지 않아 파쇄기를 불태워버렸지요. 그 후 서부 지구 석탄 회사는 해마다 충실히 기부금을 내고 있습니다. 어쨌든 돈은 충분하니 필요한 곳이 있으면 말씀만 하십시오."

"아치 스윈던은 어떻게 되었소?" 한 형제가 물었다.

"그는 자기 사업체를 팔고 이곳을 떠났소. 그 늙은이가 우리에게 편지를 남겼더군요. 공갈단에게 협박을 받으며 탄광 주인 노릇을 하느니 차라리 뉴욕 길거리에서 청소부를 하더라도 자유롭게 사는 게 낫겠다고 합디다. 그 편지가 우리 손에 들어오기 전에 영감이 튀었으니 망정이지! 앞으로 이 계곡에는 코빼기도 들이밀지 못할 거요."

그때 탁자 끝 맥긴티 반대편에 앉아 있던 나이 지긋한 남자가 자리에서 일어났다. 말끔히 면도한 얼굴에 눈썹이 잘생기고 인상이 온화해 보였다. "재정 담당님, 그자의 재산을 누가 샀

136. 이 버미사 회사의 이름을 짓기 위해 왓슨이 참고한 자료라고는 신문이 전부였던 것 같다. 프랑스 코미디언 막스 린더(1883-1925)는 1912년까지만 해도 전 세계에서 가장 고액의 출연료를 받는 영화배우였다. 본명이 가브리엘막시밀리앙 루뷔에 플레인 그는 찰리 채플린보다 먼저 세상에 알려진 무성영화의 천재로, 그의 슬랩스틱 코미디는 관중을 사로잡기에 충분했다. 린더는 각본과 감독을 병행하고 자신이 만든 초기 영화에 모두 참여했다. 이들 작품에는 항상 아리따운 아가씨를 쫓아다니는 상류층 젊은이('막스')가 나온다. 제1차 세계대전 당시 그가 군대에 복무했던 것과 더불어 가스 공격을 받고 잇따라 정신 질환으로 고통을 겪었다는 이야기는 이미 세상에 널리 알려진 사실이다. 1920년대 초 사업에 실패한 린더는 1925년 부인과 함께 자살했다.

는지 물어봐도 될까요?" 그 남자가 물었다.

"스테이트 앤드 머튼 철도 회사가 사들였습니다."

"그렇다면 토드먼 광산과 리 광산은 누가 샀지요? 작년에 그런 식으로 시장에 나왔던 것으로 알고 있는데요."

"그 역시 같은 회사가 사들였어요, 모리스 형제."

"그러면 최근에 폐업한 맨션, 슈먼, 밴 데어, 애투드 같은 제철소들은 모두 어떻게 되었지요?"

"웨스트길머턴 광업회사에서 전부 사들였습니다."

"이게 다 무슨 관련이 있다는 건지 도무지 모르겠군, 모리스 형제." 의장이 말했다. "어차피 이 지역 회사를 다른 곳으로 옮겨 가는 것도 아닌데 말이야. 누가 사들였는지가 뭐가 그리 중요한 거요?"

"외람되지만 존경하는 보디마스터 님, 이 문제는 우리에게 아주 중요합니다. 이런 일들이 지금까지 10년 동안 계속해서 반복되고 있습니다. 우리는 소규모 사업주들이 회사를 유지하지 못하게 몰아넣고 있는 중입니다. 그런데 그 결과가 어떻습니까? 그들이 떠난 자리에 철도 회사나 제너럴 제철소 같은 큰 회사들이 들어서지 않았습니까? 대부분 뉴욕이나 필라델피아와 같은 대도시에 본사를 두고 있는 거대 기업이라서 우리의 협박에는 눈 하나 깜짝하지 않습니다. 설령 우리가 지사장들을 없앤다 하더라도 본사에서 보낸 누군가가 대신 그 자리를 맡게 될 테지요. 결국 우리가 스스로 무덤을 파는 격이 되는 겁니다. 소규모 사업주들은 우리에게 절대로 해를 끼치지 못했지요. 돈도 없고 힘도 없으니까요. 너무 가혹할 정도로 쥐어짜지만 않는다면 우리 밑에서 그럭저럭 잘 견뎠습니다. 하지만 큰 기업들은 얘기가 다릅니다. 만약 우리와 이권 문제로 얽혀 있다는 것을 알게 되면, 어떤 고통과 비용도 감수하며 끝까지 우리를 추적해서 법정에 세우려 할 겁니다."

이 불길한 말에 갑자기 사방이 찬물을 끼얹은 것처럼 조용해졌다. 사람들의 표정은 금세 어두워졌고 서로서로 걱정스러운 눈길을 주고받았다. 이들은 지금까지 함께 지내 오면서 누구로부터 보복을 당할 수도 있다는 생각을 한 번도 하지 못했다. 자신들의 막강한 세력을 철석같이 믿고 있었기 때문이다. 그런 그들에게 모리스의 말은 충격 그 자체였다. 가장 난폭한 단원이라도 이 말에 바짝 긴장할 정도였다.

"제가 하고 싶은 말은 이제부터라도 소규모 사업주들을 좀 살살 다루자는 것입니다." 모리스는 계속 말을 이어갔다. "그들이 모두 쫓겨나는 날 우리 조직도 끝장이라는 사실을 명심해야 합니다."

늘 그렇듯이 반갑지 않은 진실은 귀에 거슬리는 법이다. 모리스가 자기 자리로 돌아가자 여기저기서 성난 고함 소리가 들려왔다. 맥긴티는 잔뜩 인상을 찌푸린 채 자리에서 일어섰다.

"모리스 형제, 자네는 항상 비관적인 게 탈이야.[137] 우리 지부의 단원들이 서로 힘을 모으는 한, 이 나라에서 그 어떤 놈도 우리를 건드릴 수 없을 거야. 이미 법정에서 여러 차례 증명된 일이 아닌가? 대기업들도 소규모 기업들처럼 우리와 싸우느니 돈으로 해결하는 편이 훨씬 쉽다는 것을 깨닫게 될 걸세. 자, 이제 형제들이여……."

맥긴티는 쓰고 있던 벨벳 모자와 숄을 벗으며 말했다.

"오늘 밤은 이것으로 마치겠다. 작은 일 하나가 남아 있기는 하지만 나중에 해산할 때 다시 말하겠다. 이제 남은 시간 동안 휴식을 취하면서 형제간의 친목을 도모하도록."

사람의 본성이란 참으로 이상하다. 이곳에 모인 대부분의 남자는 사람 죽이는 일을 밥 먹듯이 하는 이들이었다. 마땅한 이유나 원한도 없이 무조건 사람들을 죽였다. 한 집안의 가장들의 목숨을 끊임없이 앗아가면서, 남편과 아빠의 죽음에 흐느끼

137. "You were always a croaker." 존 캠던 하튼의 『비속어 사전』에는 'croaker'에 대해 "항상 모든 것을 걱정과 우려의 눈길로 바라본다" 즉 "불필요한 우려를 불러일으키는 사람"이라고 정의되어 있다.

138. 잭 트레이시는 이 곡이 1843년에 스코틀랜드 음악가인 윌리엄 R. 뎀프스터(1808-1871)가 작곡한 발라드풍의 〈아일랜드 이민자의 비가悲歌〉라고 밝혔다. 더퍼린 부인(1807-1867)인 헬렌 셀리나 블랙우드가 가사를 썼다. 이 발라드는 "메리, 나는 계단 위에 앉아 있다오"라는 가사로 시작하는데, 아일랜드를 떠나는 남자가 근처 무덤에 묻혀 있는 아내를 두고 떠나야 하는 이별의 슬픔을 노래하고 있다.

139. 이 곡은 원래 포크송으로서, 고딕 양식의 로맨스 장편소설 『수사』(1796)를 쓴 영국 작가 매슈 루이스(1775-1818)가 가사를 쓴 것으로 알려져 있다. 이 노래는 중부 스코틀랜드의 강가에 자주 보이던 한 젊은 여인이 불량스러운 병사 때문에 마음에 상처를 받았다는 이야기다(앨런 강둑 위에 있었네 / 봄기운이 달콤하게 나를 감쌌네 / 방앗간 집 사랑스러운 딸이 있었네 / 세상 누구보다 아름다웠네). 토머스 하디의 소설 『성난 군중으로부터 멀리』(1874)의 배시버 에버딘이 추수감사절 저녁 식사에서 이 노래를 열창하는 장면이 나온다.

다른 사람들이 테이블에서 조금 떨어지자, 그는 그 위에 앉아 노래를 부르기 시작했다.(「사람들 앞에서 맥팔런이 노래를 부르다」)
앨런 핑커턴, 『몰리 머과이어스와 탐정』(1877)

는 부인과 자식들을 보면서도 일말의 동정심이나 죄책감도 보이지 않았다. 그런데 희한하게도 애절하고 감미로운 음악을 들으면 감동에 북받쳐 눈물을 흘리는 것이 아닌가. 맥머도는 기가 막힌 테너의 음성으로 노래를 부르곤 했다. 입단식이 있던 날 맥머도는 〈메리, 나는 계단 위에 앉아 있다오〉[138]와 〈앨런 강둑 위에서〉[139]를 부르며 단원들의 마음을 단숨에 사로잡았다.

입단식이 열린 첫날 밤, 형제들 사이에서 맥머도의 인기는 하늘을 찌르는 듯했다. 벌써 맥머도가 곧 고위직으로 승진할 거라는 얘기가 공공연히 나돌 정도였다. 그러나 프리맨 단원으로 성공하기 위해서는 형제들과의 친목 외에도 별도의 자질을 갖추어야 했다. 그것이 무엇인지 그날 밤 맥머도는 자기 두 눈으로 똑똑히 확인할 수 있었다. 단원들이 위스키 여러 병이 동날 정도로 마셔대며 거나하게 취해 슬슬 술주정을 부릴 때가 되자 맥긴티가 다시 자리에서 일어섰다.

"형제들이여, 우리 구역에 손볼 사람이 하나 생겼다. 그자를 처리하는 것은 형제들의 몫이다. 그자는 바로 《헤럴드》의 제임스 스탱어 기자다. 그동안 그가 우리를 얼마나 비방해왔는가? 여러분 모두 잘 알고 있으리라 믿는다."

여기저기서 웅성거리는 소리가 새어 나왔다. 그중 몇몇 단원은 기분 나쁜 듯이 침을 뱉으며 욕설을 퍼붓기도 했다. 맥긴티는 조끼 주머니에서 신문지 조각 하나를 꺼내 들었다.

"'법과 질서', 놈이 자기 기사에 붙인 제목이다. 읽어볼 테니 잘 들어라.

석탄과 철광 지대를 지배하는 공포

이 지역에 암살 사건이 처음으로 발생한 지 어느덧 12년이 흘렀다. 그 사건을 계기로 이 지역에 범죄 조직이 존재한다는 사실이 세상에 알려지게 되었다. 그날 이후로 그들의 악랄한 범죄행위는 끊이지 않고 계속되어 오늘날 문명사회에 치욕스러운 모습을 보이는 꼴이 되고 말았다. 과연 우리는 이런 결과를 보려고 유럽의 전제정치에서 벗어나 도망쳐 온 외부인들을 넓은 가슴으로 받아주었던 것일까?[140] 그들은 그 은혜도 모르고 폭군이 되어 자기들에게 삶의 터전을 마련해준 이들의 머리 꼭대기에서 군림하며 자유를 짓밟고 공포를 조장하고 있다. 이들의 행태를 그대로 보고만 있어야 할 것인가? 자유의 상징인 성조기가 그런 억압의 땅에서 휘날린다는 것은 상상만으로도 족히 두려운 일이다. 굳이 밝히지 않아도 우리는 그들이 누군지 잘 알고 있다. 그 조직의 존재는 이미 널리 알려져 있다. 도대체 우리는 언제까지 참고만 있어야 하는가? 우리들이 영원히 살아갈…….

제길, 이런 쓰레기는 더 읽을 필요도 없어!"

보디마스터는 읽던 신문 조각을 테이블에 내팽개치며 버럭

140. 아일랜드가 영국의 통치에 불만을 갖기 시작한 것은 12세기로 거슬러 올라간다. 당시 아일랜드를 순방했던 영국 국왕 헨리 2세는 스스로 아일랜드의 국왕이라고 선포했다. 그 후 아일랜드는 대부분의 가톨릭 영토를 자기들의 자원인 동시에 위협으로 여기는 프로테스탄트 정부를 상대로 수 세기에 걸쳐 끊임없는 투쟁을 벌였다. 1845년부터 1849년까지 감자 기근이 아일랜드를 강타하자, 생계비와 주식을 감자에 전적으로 의지하며 힘들게 살아오던 아일랜드인들은 극심한 가난으로 내몰리게 되었다. 100만 명에 이르는 사람이 기아, 장티푸스 및 그 밖의 기근으로 인한 질병에 시달리다가 끝내 목숨을 잃고 말았다. 소작농들은 땅을 빌리고 돈을 제대로 갚지 못했고, 땅 주인 역시 자금이 고갈되자 급기야 영국 정부가 마지못해 지원한 800만 파운드의 구제기금에 의지할 수밖에 없게 되었다. 역사학자인 사이먼 샤마는 자신의 저서 『브리튼의 역사』 제3권(제국의 운명, 1776~2000)에서 당시 재무부 차관이자 구제 활동의 총책임을 맡았던 찰스 트리벨리언이 악의를 품은 것은 아니지만 일말의 동정심도 없이 다음과 같이 끔찍한 결론을 내렸다고 밝혔다. "이 시련이야말로 아일랜드인으로 하여금 고통을 통해서 더 나은 삶을 살게 하려는 신의 섭리가 낳은 결과다. 신께서 게으르고 의타적인 사람들을 심판하시고 아일랜드인을 가르치기 위해 재앙을 내린 것으로, 그 재앙은 쉽게 사라져서는 안 된다. 왜냐하면 이기적이고 게으른 사람들은 단단히 혼이 나서 깨우쳐 새롭고 발전된 세상을 만들어야 하기 때문이다"라고. 끔찍한 결론을 내릴 당시, 기근이 심각한 문제이기는 했지만 자체적으로 소비할 수 있는 돈도 없어서 아일랜드 농부들은 곡식과 육류를 영국에 수출해야 했다. 1847년에서 1854년 사이에 160만 아일랜드인들이 조국을 떠나 미국으로 향했다. 대규모 이민자들은 그 후로도 수십 년에 걸쳐 계속 늘어만 갔다. 미국으로 이민을 떠난 사람 중에서 살아남은 자들은 떠나온 조국의 정부에 대해서 좋지 않은 감정을 가지

고 있었다. 샤마는 아일랜드 변호사이자 저널리스트인 존 미첼을 그 예로 들었다. 그의 신문 《유나이티드 아이리시맨》이 '선동적인 관점'을 담고 있다는 이유로 그는 오스트레일리아의 태즈메이니아로 강제 이송되었다. 그 후 미국으로 도망친 미첼은 "대기근 시대의 가장 전투적이고 분노에 찬 회고록 작가"가 되었다. 그는 "전지전능한 왕께서 진정으로 감자 병충해를 보내주셨지만 영국은 기근을 야기했다…… 영국 정부는 150만여 명에 달하는 남녀노소를 신중하고 조심스럽게 죽여가고 있다"고 비난했다. 1870년대와 1880년대에 있었던 정치적인 분쟁에서 부상한 '아일랜드 문제'는 아일랜드 자치 문제와 더불어 영국과 아일랜드의 관계에 있어 항상 주요 쟁점이 되었다.

스탠어가 "유럽의 전제정치에서 벗어나 도망쳐온 외부인들"이라고 말한 것은 단순히 감자 기근을 피해 도망친 아일랜드 사람들 이상을 의미했을 것이다. 같은 기간에 미국으로 떠난 독일 이민자들은 프로이센, 오스트리아, 이탈리아 및 다른 대륙 간 세력의 무력 충돌을 피해 미국으로 이주해 왔다. 펜실베이니아의 탄광 지대는 독일과 아일랜드에서 온 이주민들이 상당수 유입되었다.

141. 모리스는 여기서 스코러즈가 교수형을 당할 수도 있음을 비유적으로 말한 것이다. 사실 '린치 판사'는 실존했던 인물이다. 찰스 린치(1737-1796)는 미국 혁명군이자 버지니아의 베드퍼드 카운티에서 치안판사로 재직했다. '사형lynch law'과 '교수형lynching'이라는 용어는 린치 판사가 식민지 사법제도를 피해 법의 저촉을 받는 영역을 벗어난 '법정'에서 토리당 가담자들을 대상으로 사법행위를 행한 것에서 시작되었다.

소리를 질렀다. "잘 들었나? 놈이 우리에 대해 이렇게 지껄여놨다. 형제들에게 묻겠다. 놈에게 우리가 어떻게 대꾸해주면 좋겠는가?"

"죽여버립시다!" 불같이 화가 난 단원들이 고래고래 소리를 질렀다.

"저는 반대합니다." 멀끔한 얼굴의 모리스 형제가 끼어들었다. "형제들에게 한마디 하겠습니다. 그동안 우리는 이 계곡을 지나치리만치 혹독하게 관리해왔습니다. 만약 저들이 자기방어를 위해 함께 힘을 모으는 날에는 우리 조직도 무사하지 못할 수 있습니다. 제임스 스탠어는 힘없는 노인에 불과합니다. 그렇지만 이 지역 사람들에게 매우 존경받는 인사지요. 그의 신문은 이 지역을 기반으로 하는 대표적인 여론이기도 하고요. 만약 그가 살해라도 당하는 날에는 이 지역 사람들이 가만 있지 않을 거예요. 결국 우리 조직은 붕괴되고 말 겁니다."

"이봐, 겁쟁이 씨! 대관절 놈들이 우리를 어떻게 무너뜨릴 수 있다는 거야?" 맥긴티가 외쳤다. "경찰이라도 동원한다는 건가? 어디 한번 해보라고 해. 경찰들 반은 우리에게 돈을 받아 쓰고 있고, 나머지 반은 우리가 두려워 꽁무니를 빼는 놈들이니 말이야. 아니면 법원이나 재판으로 한번 해보겠다는 건가? 그렇다면 지금까지 해왔던 것처럼 얼마든지 상대해주지. 결과가 빤하다는 것을 몰라서 그런 말을 하는 건가?"

"린치라는 판사가 있습니다. 만에 하나 그가 재판을 맡게 되는 날에는……."141 모리스가 말했다.

그러자 모두들 성난 목소리로 아우성을 쳤다.

"내가 손가락 하나만 까딱하면 모두 끝장이야!" 맥긴티가 소리 높여 말했다. "한 200명 정도 동원해서 이 시내를 모조리 쓸어버릴 수도 있다고!" 그러더니 갑자기 굵고 시커먼 눈썹을 무섭게 치켜뜨고는 목소리를 높였다. "이봐, 모리스 형제! 오래전부터 당신을 지켜보고 있었는데 말이야……. 당신은 용기 라고는 손톱만큼도 없는 사람이더군. 게다가 시도 때도 없이 다른 사람들의 사기마저 꺾어놓고 말이야. 모리스 형제, 당신 이름이 회의 안건에 올라가는 날에는 재수 없는 하루가 될 거 라는 걸 명심하게. 사실 지금도 당신 이름을 올려야 하지 않을 까 하고 고민하고 있는 중이거든."

모리스의 얼굴이 순식간에 창백해졌다. 마치 무릎에서 힘이 빠져나간 듯 그는 의자에 털썩 주저앉았다. 그는 떨리는 손으 로 술잔을 잡고는 한 모금 입에 대고 나서 입을 열었다.

"존경하는 보디마스터 님, 그리고 지부의 형제 여러분. 여러 분 모두에게 진심으로 사과드립니다. 제가 지나쳤다면 용서해주 십시오. 모두들 아시겠지만 저는 충실한 단원입니다. 단지 우리 지부에 안 좋은 일이 닥칠까 봐 노파심에서 한 말입니다. 이제부 터는 존경하는 보디마스터 님의 의견을 충실히 따르겠습니다. 앞으로는 절대 귀에 거슬리는 말을 하지 않도록 하겠습니다."

모리스가 겸허하게 자신의 잘못을 인정하자 맥긴티는 찌푸 린 인상을 펴며 말했다.

"좋아, 모리스 형제. 당신을 처벌하는 것은 나로서도 안타까 운 일이니 이것으로 끝내지. 하지만 내가 이 자리에 있는 한 우 리 지부는 말이나 행동에 있어서 모든 단원이 일치단결하는 모 습을 보여야 한다. 자, 형제들이여!"

단원들을 쭉 둘러보며 맥긴티가 말을 이었다.

"마지막으로 말하겠다. 스탱어를 죽이면 우리가 필요 이상 으로 곤란을 겪게 될 수 있다. 신문 편집자들과 언론들이 단결 해서 경찰과 군 병력까지 동원할 게 틀림없다. 그렇다고 놈을 그냥 내버려둘 수만은 없다. 적어도 따끔한 경고는 해주어야 할 것이다. 볼드윈 형제, 이 일을 맡아주겠나?"

"물론입니다!" 볼드윈은 기다렸다는 듯이 대답했다.

"몇 명이나 데리고 갈 생각인가?"

"대여섯 명 정도면 충분합니다. 그리고 현관에서 망볼 사람 두 명만 더 있으면 됩니다. 가워, 맨설, 스캔런, 그리고 윌러비 형제, 자네들이 함께 가주게."

"맥머도 형제도 함께 갈 거라고 말해두었으니 같이 가게." 맥긴티가 말했다.

맥머도를 바라보는 볼드윈의 눈길은 아직도 지난번 일을 잊지 못하고 있는 듯했다. "본인이 원한다면 그렇게 하겠습니다." 볼드윈은 냉랭한 목소리로 대답했다. "이제 인원은 이것으로 충분합니다. 서둘러 일에 착수해야 할 것 같습니다."

술에 취한 고함 소리가 여기저기서 터져 나왔고 흥에 겨운 노랫가락도 들렸다. 술집은 아직도 흥청거리는 손님들로 붐벼 댔다. 대다수의 형제들은 여전히 술집에 남아 자리를 지키고 있었다. 술집에서 오늘 밤 일을 처리하기로 한 무리는 두셋씩 짝을 지어 흩어져서 남들의 눈에 띄지 않게 보도를 따라 걸어 갔다. 살을 에는 추운 밤이었다. 별들이 반짝이는 차가운 밤하늘에 반달이 밝게 떠 있었다. 볼드윈 일당은 목적지에 다다르자 걸음을 멈추고 앞에 있는 높은 빌딩을 올려다보았다. 빛이 새어 나오는 창문 사이에 황금색 글씨로 '버미사 헤럴드'라고 쓰인 간판이 보였다. 건물 안에서 철컥거리며 인쇄기 돌아가는 소리가 들려왔다.

"이봐, 거기!" 볼드윈이 맥머도를 불렀다. "자네는 현관문 앞을 맡도록 해. 우리가 빠져나갈 때 방해가 되지 않도록 해야 해. 아서 윌러비와 함께 있도록. 나머지는 나를 따라와. 겁낼 것 없어. 우리가 지금 조합 술집에 있다고 알리바이를 대줄 사람이 열 명도 더 되니까."

자정이 가까운 시각이었다. 거리에는 술에 취해 휘청거리며 집으로 향하는 취객 한두 명이 있을 뿐 무척이나 한산했다. 볼드원과 그 무리는 길을 건넜다. 그들은 신문사 건물 현관문을 활짝 열어젖히고 안으로 들어갔다. 맥머도와 아서 윌러비는 현관 앞에 남았고, 볼드윈과 나머지는 계단을 뛰어올라 2층으로 향했다. 조금 있다가 2층 방에서 살려달라는 비명 소리가 들렸다. 구둣발이 쿵쾅거리는 소리와 함께 의자 넘어지는 소리가 요란하게 울렸다. 얼마 지나지 않아 머리가 희끗희끗한 노인이 사무실 밖으로 정신없이 뛰쳐나왔다.

노인은 멀리 못 가서 다시 볼드윈 일당에게 붙잡히고 말았다. 쓰고 있던 안경이 맥머도의 발치에 툭 떨어졌다. 갑자기 쿵 하고 쓰러지는 소리와 함께 고통으로 신음하는 소리가 들렸다. 노인이 바닥에 얼굴을 처박고 쓰러지자 대여섯 명의 남자들이 몰려와 몽둥이로 온몸을 내리치기 시작했다. 노인은 온몸으로 몽둥이질을 받아내면서 기다랗고 여윈 팔다리를 꿈틀거렸다. 잠시 후 사내들은 사정없이 내리치던 몽둥이질을 멈췄다. 하지만 볼드윈은 악마 같은 미소를 지으며 잔인한 표정으로 계속해서 노인의 머리를 내리쳤다. 노인은 필사적으로 머리를 감싸며 막으려 해보았지만 아무 소용이 없었다. 그의 희끗희끗한 머리칼이 붉은 피로 물들기 시작했다. 볼드윈은 노인을 내려다보며 빈틈이 보이기라도 하면 여지없이 철썩철썩 내리쳤다. 맥머도가 계단을 뛰어 올라가 볼드윈을 뒤로 밀쳐냈다.

"그만해! 그러다 사람 죽겠어!" 맥머도가 소리쳤다. 볼드윈은 당황한 얼굴로 맥머도를 보았다. "저리 꺼져!" 볼드윈이 외쳤다. "네까짓 게 뭔데 감히 끼어들어…… 풋내기 주제에. 저리 물러서지 못해!" 볼드윈은 들고 있던 몽둥이를 높이 쳐들었다. 그때 맥머도가 바지 뒷주머니에서 권총을 재빨리 빼 들었다.

"물러서!" 맥머도가 소리 질렀다. "내 몸에 손끝 하나 대지 마. 안 그러면 네놈 머리를 박살 내버릴 테다. 보디마스터가 이 노인 목숨은 살려놓으라고 하지 않았던가? 그런데 넌 지금 저 자를 죽이려 하고 있잖아!"

"맥머도의 말이 맞아." 무리 중에서 누군가가 말했다.

"젠장! 어서 서둘러!" 누군가 밑에서 소리쳤다. "집집마다 창문에 불이 켜지기 시작했어. 몇 분 안에 사람들이 몰려들 거라고!"

정말로 거리에서 사람들의 고함 소리가 들렸고, 아래층 홀

"물러서!" 맥머도가 소리 질렀다.
"내 몸에 손끝 하나 대지 마. 안 그러면 네놈 머리를 박살 내버릴 테다."
프랭크 와일스 그림, 《스트랜드 매거진》(1915)

에서는 조판공과 식자공들[142]이 잔뜩 긴장한 채 한바탕 싸울 태세를 갖추고 있었다. 볼드윈 일당은 축 늘어져 꼼짝도 못하는 편집장을 계단 위쪽에 버려둔 채 황급히 계단을 내려가 정신없이 거리로 내달렸다. 그중 몇 명이 조합 건물에 도착하자마자 맥긴티의 술집에 들어가 그에게 임무를 성공적으로 마쳤다고 보고했다. 맥머도와 다른 이들은 달아나다가 샛길로 접어들어 일부러 멀리 빙 돌아서 각자의 집으로 돌아갔다.[143]

142. 'typesetters.' 미국판에는 "기자들pressmen(reporters)"이라고 나온다.

143. 스탱어와 대립하는 내용은, 자신의 사설에서 노골적으로 몰리 머과이어스에 반대를 표명하던 《셰넌도어 헤럴드》의 편집자인 토머스 포스터와 관련된 사건에 근거를 둔 것으로 보인다. 아서 루이스는 『몰리 머과이어스를 위한 애도』에서 포스터와 토머스 필더스 기자가 총기를 사용해 몰리 일당을 물리친 일을 보도했다. 불운하게도 필더스는 심각한 근시여서 자기 안경을 찾지 못한 데다 한 번도 무기를 사용해본 적이 없었다. 이를 보고 포스터는 "차라리 여기서 몰리 일당과 함께 있는 편이 더 안전하겠다"라고 소리칠 정도였다. 몰리 일당은 아무도 다치지 않고 사방으로 흩어졌다. 신문사에 물적 손해를 입힐 만한 몇몇 사고가 있기는 했지만 토머스 포스터는 신체에 어떤 피해도 입지 않았다.

제4장

공포의 계곡

다음 날 아침 맥머도는 눈을 뜨자마자 어제 입단식 때의 일을 떠올렸다. 술 때문에 머리가 지끈거리고 낙인이 찍힌 팔은 아직까지 욱신거리며 부어올라 있었다. 그는 자기만의 수입원이 있었으므로 일터에 나가지 않는 경우가 잦았다. 이날 아침에도 맥머도는 늦은 아침 식사를 마치고 친구에게 긴 편지를 쓰며 집에서 시간을 보냈다. 그러고 나서 《데일리 헤럴드》를 읽었다. 마감 직전에 급하게 실은 듯한 특집 기사에 다음과 같은 내용이 실렸다.

　　헤럴드 신문사 괴한에 피습
　　편집장 중상

　기자보다도 맥머도에게 더 익숙한 사건의 내용을 간략하게 설명해놓은 기사는 다음과 같은 내용으로 끝을 맺었다.

이제 사건은 경찰의 손에 달려 있다. 그러나 지금까지 경찰의 행태로 보아 어떤 결과를 기대할 수 있는지 의문이다. 범인들 가운데 일부는 신원이 밝혀져 구속되어 유죄판결을 받을 것으로 보인다. 괴한들이 속한 조직의 정체는 따로 설명할 필요가 없을 정도로 오랫동안 이 지역을 탄압해온 극악무도한 조직이다. 본지는 그동안 이 조직과 비타협적인 태도를 취해왔다. 어제의 난동으로 본지의 스탱어 편집장이 무참하게 구타를 당했다. 머리에 심각한 부상을 입었으나 다행히 생명에는 지장이 없다.

이 기사 밑에는 광산 경찰대가 윈체스터 소총[144]으로 무장하고 신문사를 철저히 경비하고 있다는 내용이 더해졌다.

맥머도는 읽던 신문을 내려놓고 파이프 담배에 불을 붙였다. 간밤에 지나치게 술을 많이 마신 탓인지 손이 덜덜 떨렸다. 그때 밖에서 문 두드리는 소리가 들렸다. 하숙집 아주머니가 어떤 청년이 가지고 왔다면서 편지 한 통을 건네주었다. 편지에는 보낸 사람의 서명도 없이 다음과 같은 내용이 적혀 있었다.

당신에게 급한 용건이 있습니다. 지금 얘기를 나누고 싶지만 그곳 하숙집은 피하고 싶습니다. 밀러 힐의 국기 게양대 옆에서 기다리고 있겠습니다. 당신과 나에게 중대한 안건이 될 것으로 믿습니다. 지금 그곳으로 나와주시기 바랍니다.

맥머도는 당황스러운 마음에 편지를 두 번이나 읽었다. 도대체 누가 이런 편지를 보낸 것인지, 편지 내용이 무엇을 뜻하

144. 1848년 올리버 피셔 윈체스터는 코네티컷의 뉴헤이번에 와이셔츠 공장을 세운 후 뜻밖의 호황을 맞이하자, 거기서 벌어들인 수익으로 1857년에 볼캐닉 리피팅 암스 컴퍼니를 매입했다. 1867년 윈체스터 리피팅 암스 컴퍼니로 재정비한 이 총기 제조업체는 다른 업체의 디자인까지 적극적으로 끌어들이는 등 공격적인 정책을 펼쳐나갔다. 윈체스터의 공장장이자 일급 기술자였던 B. T. 헨리가 디자인한 레버액션 연발총이 좋은 예다. 1860년 특허를 받은 이 총은 남북전쟁 당시 널리 사용되었다. 서부 개척자들 사이에서 폭발적인 인기를 얻었던 '모델 73'('신모델 1873'의 축약형)은 빌리 더 키드, 와이엇 어프, 버펄로 빌 코디와 같은 입법자나 악당들에게 큰 사랑을 받았으며, 52년 동안 720,610정이나 생산되었다. 광산 경찰대가 지니고 다녔던 총은 '모델 73'이었던 것 같다.

145. 마이클 해리슨은 『셜록 홈즈의 발자취를 따라서』에서 기차역 뒤쪽에 있는 터마쿠아의 가장 높은 봉우리가 바로 밀러 힐이라고 밝혔다. 지금은 이 지역에 공원 대신 현대식 교회가 자리 잡고 있지만 깃대는 여전히 그 자리에 남아 있다. 콘웨이 부부는 (데이비드 L. 해머가 『게임을 위해』에서 주장한 것처럼) 마이클 해리슨과 상이한 견해를 보인다. 그들은 터마쿠아에 있는 세인트제롬 묘지가 바로 "밀러 힐"이라고 주장한다.

는지 종잡을 수가 없었다. 여자의 필체였다면 지금껏 많은 경험으로 미루어 사랑의 시작을 알리는 신호가 틀림없겠지만 이 편지는 남자의 필체가 분명했다. 게다가 교양 있는 사람의 어투였다. 순간 망설여졌지만 맥머도는 이내 직접 가서 무슨 일인지 알아봐야겠다고 생각했다.

읍내 한가운데에 위치한 밀러 힐은 관리가 제대로 되지 않은 공원이었다. 여름이면 사람들이 많이 찾아들지만 겨울에는 인적을 찾아보기 힘들 만큼 황량하기 이를 데 없는 곳이었다. 언덕 꼭대기에서 아래를 내려다보니 멀리 지저분하고 초라한 읍내 전경이 한눈에 들어왔다. 한쪽으로는 구불구불한 계곡 양옆으로 산맥이 이어져 있었다. 산꼭대기는 새하얀 눈이 두텁게 쌓였지만 그 밑으로는 나무들이 빽빽이 우거져 있었다. 계곡 아래로 여기저기 산재해 있는 수많은 광산과 공장들은 주변에 쌓인 하얀 눈을 시커멓게 물들이고 있었다.[145]

맥머도는 상록수가 줄지어 늘어선 구불구불한 길을 지나 썰렁한 음식점 쪽으로 다가갔다. 여름에만 영업을 하는 곳이라 음식점 안에는 아무도 없는 것 같았다. 음식점 바로 옆으로 깃발이 없는 게양대가 보였다. 그 아래 외투 깃을 바짝 세우고 모자를 푹 눌러쓴 남자가 서 있었다. 남자는 얼굴을 돌리고 맥머도를 바라보았다. 그는 전날 밤 보디마스터 맥긴티의 노여움을 샀던 모리스 형제였다. 두 사람은 우선 조직의 암호를 주고받으며 서로를 확인했다.

"맥머도 형제, 전부터 얘기 좀 하고 싶었소." 나이 든 모리스가 주춤대는 것을 보니 뭔가 난처한 상황에 놓인 게 틀림없었다. "이렇게 나와줘서 고맙소."

"왜 편지에 이름을 밝히지 않았지요?"

"항상 조심해야지. 특히 요즘 같은 때 무슨 일로 보복을 당하게 될지 모를 일이니까. 게다가 누구를 믿고 누구를 믿지 말아야 할지 도무지 종잡을 수가 없기도 하고."

"지부의 형제들은 당연히 서로 믿어야지요."

"아니, 아니야. 꼭 그렇지만은 않다네." 모리스가 단호하게 말했다. "우리가 어떤 말을 하고 어떤 생각을 하는지, 어떻게든 맥긴티의 귀로 흘러 들어가는 것을 보면 말이야."

"이보세요!" 맥머도가 눈을 부릅뜨며 소리쳤다. "당신도 아시겠지만, 제가 보디마스터에게 충성을 맹세한 게 바로 어젯밤 일입니다. 그런데 오늘 저보고 그 맹세를 저버리라는 말입니까?"

"자네가 그렇게 나온다면 나도 할 말이 없네. 수고스럽게 여기까지 나오라고 해서 미안하군. 자유 시민이 자기 생각도 마음대로 털어놓을 수 없게 됐으니, 세상 참 큰일이군."

모리스가 이렇게 나오는 통에 맥머도는 흥분한 목소리를 못내 누그러뜨릴 수밖에 없었다.

"물론 제 입장에서 한 말입니다. 이 지부는 처음이라서 이곳 상황이 어떻게 돌아가는지 아직 잘 모릅니다. 아직 제가 뭐라고 할 입장이 아닌 것 같습니다. 하지만 모리스 씨, 제게 특별히 하실 말씀이 있다면 얼마든지 들어드릴 수 있습니다."

"그러고는 보디마스터에게 모두 일러바치려는 것인가?" 모리스가 씁쓸한 표정으로 물었다.

"정말이지 말도 안 되는 말씀을 하시는군요." 맥머도가 소리쳤다. "저는 프리맨의 충실한 단원으로 있는 그대로 말씀드린 것뿐이에요. 그렇다 하더라도 당신이 털어놓은 비밀을 맥긴티에게 일러바치거나 하는 그런 파렴치한은 아닙니다. 어쨌든 비밀을 지키겠다고 약속은 할 수 있지만, 제게 도움이나 동정 따위는 구하지 않는 게 좋을 겁니다."

"그런 것은 꿈에도 생각해본 적이 없다네." 모리스가 말했다. "내가 지금부터 하는 얘기 때문에 내 목숨이 자네 손에 달

146. 한마디로 구성원들에게 건강 및 생명보험을 제공하려는 목적으로 만들어진 단체다. 미국에서 보험공제운동은 철도 회사의 기술자들이 펜실베이니아의 리드빌에 그 같은 단체를 만들면서 1868년부터 공식적으로 시작되었다. 보험은 그때까지만 해도 거의 부유한 계층에만 한정적으로 공급되었지만, 중간 계층이 성장하면서 보험에 대한 수요도 함께 늘어났다. 공제조합이 조합원들에게 제공한 보험의 종류로는 생명보험, 질병이나 사고로 인해 수입이 없을 때를 대비한 상해보험, 어떤 수당도 없을 경우의 실업보험 등을 들 수 있다. 심지어 공제조합과 제휴를 맺은 의사들을 통해 고정 요금제를 적용하여, 보다 용이하게 건강관리를 받을 수 있도록 배려하기도 했다. 이는 오늘날 미국보건기관(HMO)의 운영 방식과 아주 유사하다.

'공제보험'은 보험회사들의 비효율적인 규제와 형편없는 운영에도 불구하고 급속도로 유행했다. 레슬리 시델레이의 추정에 의하면 1920년까지 900만이 넘는 인구가 200개의 단체와 12만 개의 현지 자회사 및 공제조합을 통해서 보험에 가입했다. 그러나 자유시장 방식과 규정이 공제조합의 쇠락을 초래하여 제2차 세계대전 이후 거의 사라지고 말았다.

리게 될지도 모르지. 이제 곧 자네도 다른 이들처럼 악질로 변해가겠지만, 아무리 나쁜 사람이라도 자네는 이제 막 조직에 들어온 데다 아직까지는 양심이 살아 있을 거라는 생각이 들더군. 그래서 자네에게 의논해야겠다고 생각하게 된 걸세."

"그렇다면 대체 하실 말씀이 뭡니까?"

"비밀을 누설하는 날에는 저주를 받게 될 줄 알아!"

"약속했잖아요."

"먼저 한 가지 묻겠네. 시카고에서 프리맨에 가입해 자비와 충성을 맹세할 때 그것이 범죄의 세계로 들어서는 길이라는 생각은 들지 않던가?"

"그걸 범죄라고 본다면야……." 맥머도가 대답했다.

"범죄가 아니면 대체 뭐란 말인가!" 모리스는 노여움에 목소리가 부르르 떨렸다. "자네가 아는 게 별로 없는 모양이군. 아직까지 그런 짓이 죄를 짓는 일이라고 생각지 못하다니. 어젯밤 일도 그래. 자네 아버지뻘 되는 노인을 몽둥이로 두들겨 패서 백발이 피투성이가 되는 것을 보고도 그게 죄가 아니란 말인가? 죄가 아니라면 뭐란 말인가?"

"전쟁이라고 말하는 사람도 있겠지요. 두 계급 간의 전쟁 말입니다. 그래서 서로가 온 힘을 다해 상대를 공격하는 것이지요." 맥머도가 대답했다.

"그렇다면 시카고에서 프리맨에 가입할 당시 그런 일이 있을 거라고 생각해본 적 있나?"

"아니요, 그렇게 생각해본 적 없습니다."

"나도 그랬다네. 나는 필라델피아에서 프리맨에 처음 가입했지. 그때는 단순한 공제조합[146]이나 친목 장소 정도로만 생각했어. 그때 처음으로 이곳 이야기를 들었네. 이곳 이름을 듣지 말았어야 했는데! 더 잘살아보겠다고 여기로 오다니! 아내와 자식 셋을 데리고 이곳에 와서는 마켓 광장에서 옷감 가게를 시작했는데 처음엔 장사가 꽤 잘되는 편이었지. 그러다 어느새 내가 프리맨 단원이라는 소문이 퍼지는 바람에 어쩔 수 없이 이곳 지부에 들어가게 되었어. 어젯밤 자네처럼 말일세. 내 팔뚝에 치욕스러운 표식을 찍게 되었지만 내 마음은 그보다 더한 수치심으로 물들었지. 결국 범죄 조직에 걸려들어 그때부터 악당의 명령을 받들며 사는 악의 하수인이 된 셈이니 말이야. 하지만 달리 어쩌겠나? 어젯밤에도 보았겠지만 내가 조직을 위해 제안하는 모든 말들 때문에 나는 그동안 배신자 취급을 당해왔다네. 나는 다른 곳으로 도망갈 수도 없는 신세야. 내가 가진 재산이라고는 달랑 이 가게가 전부거든. 조직을 떠나면 나 역시 죽은 목숨이나 다름없게 된다는 것을 잘 알고 있다네. 그렇다면 아내와 아이들은 또 무슨 일을 당할지 불을 보듯 뻔한 일이지. 세상에, 끔찍해, 정말 끔찍해!"

모리스는 말이 끝나기도 전에 두 손으로 얼굴을 가리며 울음을 참지 못하고 온몸을 들썩거렸다.

맥머도는 어찌할 바를 모르고 어깨만 으쓱했다. "아무래도 이런 조직에 있기엔 모리스 형제의 마음이 너무 여린 것 같네요. 이런 일과는 어울리지 않아요."

"나는 양심뿐만 아니라 종교도 가지고 있는 사람이었다네. 그런 나를 자기들처럼 범죄자로 만들어버렸어. 결국 내게도 임무가 주어졌다네. 그런데 그 일을 거절했다가는 무슨 봉변을 당하게 될지 불을 보듯 뻔했기 때문에 거절할 수가 없었다네. 어쩌면 이런 내가 비겁한 사람인지도 몰라. 아내와 아이들 때문에 그들과 한패가 되었으니 말이야. 어쨌든 임무에 가담했는데 그 일은 평생 나를 따라다니며 괴롭힐 것 같아.

우리가 갔던 곳은 여기서 30킬로미터 떨어진 외딴집이었어. 내가 맡은 일은 어젯밤 자네처럼 문을 지키는 일이었네. 내가 미덥지 못했던지 그 일을 맡기더군. 나를 뺀 나머지 사람들은

147. 가톨릭교회는 몰리 머과이어스의 활동 때문에 듣게 되는 악평을 달가워하지 않았다. 모리스 형제 혼자 파문당한 것이 아닐 것이다. 몰리 머과이어스에 속한 광부들이 천주교에서 제명되는 일이 종종 있었다.

집 안으로 들어갔어. 얼마 있으니까 모두들 손목까지 시뻘겋게 피로 물들어 나오는 거야. 우리가 그곳을 떠나려는데 갑자기 집 안에서 어린아이가 울부짖는 소리가 들려오더군. 다섯 살 난 남자아이가 아버지가 살해당하는 것을 보았던 거야. 나는 너무나 끔찍하고 무서워서 기절할 것만 같았지. 나머지 다른 사람들은 아무 일도 아니라는 듯 얼굴에 미소까지 지어 보이더군. 하지만 나는 아무 내색도 하지 않았지. 그렇게라도 하지 않았다면 손에 피를 묻힌 놈들이 다음엔 우리 집에 찾아와 똑같은 짓을 하고 말겠지. 그러면 이번엔 내 아들 프레드가 자기 아빠의 죽음을 보며 울부짖을 테고.

아무튼 그 일로 나는 범죄자나 다름없는 인간이 되었어. 살인에 가담한 것이나 마찬가지니까. 이 세상에서도 죄인이고 저세상에서도 영원히 구원받을 수 없는 죄인이 되었네. 나는 독실한 천주교 신자였지. 그런데 신부님은 내가 한때 스코러즈였다는 사실을 알고부터 나에게 말도 하지 않으시려 한다네. 나는 지금 천주교에서 파문당한 상태가 되었어.[147] 어쩌다 내 처지가 이렇게 되어버렸는지. 그런데 보아하니 자네가 나와 같은 길을 걷고 있는 것 같아 안타까운 생각이 들더군. 이 길의 끝이 어떨 것 같은가? 자네도 냉혹한 살인마가 되려는 것은 아니겠지? 그게 아니라면 우리가 함께 이들을 막을 수는 없는 걸까?"

"뭘 어쩌시려고요?" 맥머도가 다짜고짜 물었다. "경찰에 신고라도 하겠다는 겁니까?"

"큰일 날 소리! 물론 이런 생각을 하는 것만으로도 내 목숨이 위태로워질 수 있다는 것을 잘 알고 있어."

"좋아요. 당신은 약해빠진 데다가 별것 아닌 문제를 지나치게 심각하게 받아들이는 것 같군요."

"지나치다니! 자네가 아직 그 세계에서 덜 살았군. 저 아래 계곡을 내려다봐! 수백 개의 굴뚝에서 뿜어져 나오는 연기가 온 계곡을 뒤덮고 있지 않나! 그런데 저것보다 더 끔찍한 건 자욱이 덮여 있는 살인의 구름이야. 사람들 머리 위로 더 가까이, 더 짙게 드리워진 죽음의 구름 말일세. 저것은 그야말로 공포의 계곡이지, 죽음의 계곡이란 말이야! 사람들은 해가 뜰 때부터 해가 질 때까지 한시도 두려움에서 벗어나지 못하고 있어. 두고 보게, 젊은이. 자네도 머지않아 알게 될 테니까."

"글쎄요, 좀 더 겪어보고 나서 그때 말씀드리지요." 맥머도는 건성으로 대꾸했다. "아무튼 모리스 당신은 이곳 체질이 아닌 게 분명해요. 하루빨리 가게를 정리하세요. 단돈 한 푼밖에 못 건지더라도 그 편이 당신을 위해 훨씬 현명한 방법이라는 생각이 드는군요. 지금까지 저한테 얘기한 것은 비밀로 할게요. 그런데 만약 당신이 밀고자라면……."

"말도 안 되는 소리 말게!" 모리스는 맥없이 손을 내저었다.

"그렇다면 이쯤 해서 그만 얘기하지요. 해주신 말씀은 잘 기억해둘게요. 언제 다시 그 같은 얘기를 꺼내게 될지도 모르죠. 저에게 호의로 이런 얘기를 해주셨으리라 생각합니다. 이제 가봐야겠습니다."

"가기 전에 한 마디만 더 하고 싶네. 우리가 함께 있는 것을 누군가 봤을지도 몰라. 그럴 경우 분명히 우리가 무슨 대화를 했는지 캐물을 거야."

"아, 그럴 수 있겠군요."

"내가 자네에게 우리 가게 점원 자리를 제안했다고 해두면 좋을 것 같군."

"그리고 제가 거절한 걸로 하죠. 그게 우리가 만났던 이유라고 하면 되겠네요. 자, 몸조심하세요, 모리스 형제. 앞으로 원하는 대로 일이 풀리길 바랍니다."

그날 오후, 맥머도는 거실 난로 옆에 앉아서 담배를 피우며 깊은 생각에 잠겼다. 갑자기 문이 활짝 열리더니 거대한 몸집의 맥긴티가 들어섰다. 그는 암호를 대고 나서 맥머도의 맞은편에 자리 잡고 앉았다. 그러고는 한참 동안 한 마디도 하지 않고 맥머도의 얼굴만 뚫어져라 쳐다보았다. 맥머도 역시 맥긴티의 시선을 피하지 않고 그를 똑바로 응시했다.

"맥머도 형제, 다른 사람을 내가 직접 찾아다니는 것은 아주 드문 일이지." 마침내 맥긴티가 입을 열었다. "나를 찾아오는 사람들을 만나는 일만으로도 정신없이 바쁘거든. 그런데 오늘은 특별히 자네를 만나러 일부러 이렇게 찾아왔네."

"이곳까지 와주시다니 고맙습니다, 의원님." 맥머도는 가슴이 벅찬 듯 대답했다. 그러고는 선반에서 위스키 한 병을 꺼내 왔다. "생각지도 못했는데 찾아주시니 정말 영광입니다."

"팔은 좀 어떤가?" 맥긴티가 물었다.

맥머도는 아직 통증이 있다는 듯 얼굴을 찡그려 보였다. "통증이 계속되긴 하지만 가치 있는 일이니 괜찮습니다." 맥머도가 대답했다.

"물론, 가치 있는 일이지. 이렇게 자기의 충성을 맹세한 사람들이야말로 우리 조직에 도움이 되는 이들이야. 그런데 오늘 아침에 밀러 힐에서 모리스와 무슨 얘기를 나눴지?"

갑작스러운 질문에 맥머도는 흠칫 놀랐다. 하지만 미리 대답을 준비해둔 덕분에 껄껄 웃으며 태연하게 대답할 수 있었다.

"글쎄, 모리스 형제는 제가 집에서도 돈을 벌고 있다는 사실을 몰랐나 봐요. 물론 알 필요도 없지만요. 저 같은 사람을 상대하기엔 지나치게 양심적인 사람이니까요. 아무튼 마음씨 착한 노인네라는 것만큼은 알겠더라구요. 제가 할 일 없이 노는 줄 알고 자기 가게에서 점원 일을 해보지 않겠느냐고 묻더군요."

"그랬어?"

"네."

"그래서, 거절했나?"

"당연하지요. 제 방에서 네 시간만 일하면 열 배나 되는 돈을 벌 수 있는데 제가 왜 그깟 가게 점원으로 일하겠어요?"

"그건 그렇군. 그런데 모리스와 너무 가깝게 지내지는 말게."

"그건 왜죠?"

"내가 하지 말라고 하면 하지 마! 여기선 내 말 한 마디면 다른 이유가 따로 필요 없어."

"남들은 그럴지 몰라도 저는 다릅니다, 의원님." 맥머도가 당차게 대꾸했다. "사람들을 잘 판단하실 줄 아는 분이라면 그 정도는 짐작하셨으리라 믿습니다."

가무잡잡한 피부에 거대한 몸집의 맥긴티는 맥머도를 무섭게 쏘아보았다. 순간 털이 시커멓게 난 큰 손으로 술잔을 움켜쥐고는 상대방의 머리를 향해 던질 듯하더니 이내 껄껄 웃기 시작했다. 그는 사방이 떠나갈 듯 마음에도 없는 웃음을 큰 소리로 터트리고 있었다.

"정말이지 자넨 진정한 별종이야. 이유를 알고 싶다면 알려주지. 혹시 모리스가 우리 조직에 반하는 말은 하지 않던가?"

"안 했습니다."

"나에 대해서도?"

"네."

"그렇다면 그 노인네가 아직까지 자네를 믿지 못하는 모양이군. 모리스는 알고 보면 우리 조직에 충성하는 마음이 전혀 없어. 우리 모두 잘 알고 있는 사실이지. 그래서 계속 감시 중이야. 때가 되면 본때를 보여줄 생각이거든. 그때가 그리 멀지 않은 것 같아. 그렇게 약해빠진 인간을 우리 조직에 그냥 내버려둘 수 없어. 그런데 자네가 그런 자와 함께 어울린다면 자네도 같은 취급을 당할 수밖에 없지. 알겠나?"

"모리스 형제와 어울릴 일은 없을 겁니다. 사실 그 노인이 마음에 들지 않거든요." 맥머도가 대답했다. "의원님이 아닌 다른 사람이 제 충성심에 대해서 이러쿵저러쿵하는 소리를 했다면 다시는 그런 말을 입에 올리지 못하도록 벌써 손을 봐줬을 겁니다."

"좋아, 그럼 됐어." 맥긴티가 말하며 술잔을 들이켰다. "더 늦기 전에 충고해주고 싶어서 온 거야. 그뿐이네."

"그런데 제가 모리스 형제를 만났다는 것은 어떻게 아셨습니까?"

맥긴티가 껄껄 웃으며 말했다. "이곳에서 무슨 일이 일어나고 있는지 모두 꿰뚫고 있는 게 내가 할 일이야. 이곳에서 벌어지는 일은 전부 내 귀에 들어온다고 생각하면 될 거야. 아니, 시간이 벌써 이렇게 됐군. 그럼……."

맥긴티가 자리를 뜨려고 일어날 때였다. 갑자기 문이 활짝 열리더니 경찰 모자를 쓴 남자 세 명이 잔뜩 인상을 쓰면서 험악한 얼굴을 하고 방 안으로 들이닥쳤다. 맥머도는 자리에서 벌떡 일어나 주머니에서 권총을 빼 들려 했지만 이미 두 명의 경찰이 윈체스터 소총을 머리에 겨누는 바람에 하는 수 없이 멈추고 말았다. 그 뒤로 제복을 입은 경찰 하나가 6연발 권총을 들고 방 안으로 들어섰다.

한때 시카고에서 근무하다 지금은 광산 경찰대에 소속되어 있는 마빈 경위였다. 맥머도의 얼굴을 보더니 금세 입가에 쓴 웃음을 지으며 고개를 가로저었다.

"네놈이 언젠가는 사고 칠 줄 알았다, 이 시카고 악당! 그 버릇이 어디 가겠어? 옷 입고 따라와!"

"반드시 대가를 치르게 해줄 테니 기다리고 있으라고, 마빈 경위." 맥긴티가 소리쳤다. "대체 당신이 뭐기에 이런 식으로 남의 집에 함부로 들어와서 정직하고 선량한 시민을 괴롭히는 건가?"

"맥긴티 의원님, 당신은 이 일에서 빠지십시오. 우리가 체포하러 온 사람은 의원님이 아니라 맥머도니까요. 경찰의 업무를 돕지는 못할망정 방해하려는 건 아니겠지요?" 마빈 경위는 빈정대듯 말했다.

"이 사람은 내 동료니, 그가 한 일에 대해서는 내가 책임지겠다." 맥긴티가 대답했다.

갑자기 문이 활짝 열리더니 경찰 모자를 쓴 남자 세 명이
잔뜩 인상을 쓰면서 험악한 얼굴을 하고 방 안으로 들이닥쳤다.
프랭크 와일스 그림, 《스트랜드 매거진》(1915)

"맥긴티 의원님, 조만간 의원님 문제만으로도 책임질 일이 많아지실 텐데요." 경위가 말했다. "맥머도 이자는 이곳에 오기 전부터 범죄자였습니다. 물론 지금도 범죄자지만요. 경관, 내가 이자의 몸수색을 하는 동안 총을 겨누고 있어."

"여기 내 권총이오." 맥머도는 권총을 내밀며 침착하게 말했다. "당신과 나, 이렇게 둘만 있었더라도 나를 쉽게 체포하지는 못했을 거요."

"그런데 영장은 가져왔나?" 맥긴티가 물었다. "세상에, 당신 같은 사람이 경찰이라니, 버미사가 러시아와 다를 게 뭐가 있어? 이게 바로 자본주의자들에 대한 횡포가 아니고 뭐야? 가만두지 않을 테니 두고 보시지."

"의원님, 의원님 본분이나 잘 지키시지요. 우리 일은 우리가 알아서 할 테니까요."

"무슨 죄로 나를 체포하는 거요?" 맥머도가 물었다.

"《헤럴드》의 편집장 스탱어 씨 구타 사건과 연루된 혐의다. 살인 사건으로 기소된 게 아닌 걸 다행으로 여기시지."

"그 문제라면 그냥 여기서 맥머도 씨를 놔주는 게 좋을 걸세. 이 사람은 그날 밤 나와 자정까지 술집에서 포커를 했거든. 증언해줄 사람을 대라면 열 명도 더 데려올 수 있다고."

"알아서 하시지요. 내일 법정에서 밝히면 될 일 아닙니까? 맥머도! 그때까지 머리에 구멍 뚫리고 싶지 않다면 조용히 따라오는 게 좋을걸. 그리고 맥긴티 씨는 물러서세요. 경고하지만, 공무 집행 방해는 절대 용납할 수 없습니다."

경위의 태도가 완강했기 때문에 맥머도와 맥긴티는 그의 말을 따를 수밖에 없었다. 맥긴티가 헤어지기 전에 맥머도에게 간신히 몇 마디 속삭였다.

"그건 어떡하지?" 맥긴티는 엄지손가락으로 위쪽을 가리키며 위조지폐 제조기를 궁금해했다.

"걱정 마세요." 맥머도가 속삭이며 대답했다. 맥머도는 이미 마룻바닥 밑에다 물건을 안전하게 숨겨두었다.

"몸조심하게." 맥긴티가 손을 들어 작별 인사를 했다. "라일리 변호사를 만나 이 사건의 변호를 맡기겠네. 내 말만 믿고 있게. 저들은 자네를 붙잡아둘 수 없어."

"그런 장담은 하지 않는 게 좋을 겁니다. 자네 두 사람, 이자를 감시하도록. 허튼짓하면 즉각 사살해버려. 나는 집을 좀 수색해봐야겠어."

마빈 경위는 집안 구석구석을 샅샅이 뒤졌으나 화폐 제조기를 숨겨놓은 흔적을 전혀 찾지 못했다. 경위는 별다른 소득 없이 부하들과 함께 맥머도를 끌고 경찰서로 돌아왔다. 사방에 어둠이 내리고 겨울바람이 매섭게 휘몰아쳐 거리는 텅 비어 있었다. 그때 거리를 어슬렁거리며 지나던 행인들이 자기들의 얼굴이 보이지 않는 기회를 틈타 경찰들에게 끌려가는 맥머도에게 욕설을 퍼부었다.

"저주받을 스코러즈! 교수형에 처해라!"

그들은 맥머도가 경찰서로 들어가는 것을 보고 깔깔대고 웃으며 그에게 야유를 퍼부었다. 담당 경위는 맥머도에게 형식적인 질문을 하고 나서 곧바로 유치장에 가두었다. 그곳에는 볼드윈을 비롯해 전날 밤 범죄에 가담했던 다른 세 명이 갇혀 있었다. 하나같이 그날 오후에 잡혀 들어가 다음 날 아침에 있을 재판을 기다리는 중이었다.

그런데 프리맨의 위세가 얼마나 대단했던지, 법의 요새 안에도 그들의 손길이 뻗치고 있었다. 한밤중에 간수 한 명이 깔개로 쓸 짚 더미를 가져다준 것이다. 게다가 그 속에 위스키 두 병과 술잔 몇 개 그리고 카드 한 벌도 함께 넣어주었다. 맥머도와 나머지 일당들은 재판에 대해서는 아무 걱정 없이 즐거운 밤을 보낼 수 있었다.

다음 날, 피고인들의 범죄 가담 사실에 대한 증거가 불충분하다는 이유로 사건은 기각되었다. 특히 치안판사는 증거가 부족하다는 이유로 상급법원에 항소할 수 없다는 판결까지 내렸다. 먼저 식자공과 인쇄공들은 피고인들이 범인이 확실하다고 주장하면서도, 당시 불빛이 밝지 않고 자기들도 극도로 불안에 떨고 있었던 터라 범인의 얼굴을 정확히 가려낼 수가 없다고 진술했다. 더군다나 맥긴티가 선임한 변호사가 노련한 솜씨로 반대신문에 나서자 그들의 증언은 종잡을 수 없을 정도로 갈팡질팡했다.

증인으로 나온 편집장은 너무나 갑작스럽게 습격당했기 때문에 맨 처음 자기를 공격한 사람의 얼굴에 턱수염이 있었다는 사실 외에는 아무것도 기억하지 못한다고 증언했다. 하지만 그는 자신을 습격한 사람이 스코러즈 단원인 것만큼은 확실하다고 주장했다. 왜냐하면 그 지역에서 자기에게 원한을 품을 자는 그들뿐이라는 판단 때문이었다. 그가 프리맨에 관한 사설을 실은 이후로 그들에게 오랫동안 협박당한 사실에 대해서도 언급했다.

한편 맥긴티 의원을 포함해 여섯 명의 시민은 피고들이 사건이 일어난 시각보다 한참 늦은 시간까지 술집에서 포커를 쳤다고 증언했다.

맥머도와 그 일당들은 두말할 필요도 없이 그 자리에서 석방되었다. 게다가 재판관은 이들에게 괜한 수고를 끼쳐 미안하다며 사과까지 했다. 반면 마빈 경위와 그의 부하들은 지나치게 욕심이 앞서서 수사를 망쳤다는 비난을 들어야 했다. 판사가 무죄 선고를 내리자 방청석에서는 환호성이 터져 나왔다. 맥머도가 돌아보니 낯익은 얼굴들이 자리를 가득 메우고 있었다. 그들은 요란하게 손뼉을 치고 손을 마구 흔들어 보였다. 하지만 무죄판결을 받은 이들이 줄지어 통로를 빠져나오자 입술을 꽉 깨물고 어두운 표정으로 그 모습을 지켜보는 사람들도 있었다.

그중 체구가 작고 검은 턱수염에 단호한 인상의 한 남자가 석방된 자들이 자기 앞을 지나치자 동료들과 자신의 생각을 곱씹듯 말했다.

"이 살인마들! 죗값을 톡톡히 치르게 해주마!"

제5장

암흑의 시간

헤럴드 신문사 난동 사건으로 체포되었다가 석방된 맥머
도는 동료들 사이에서 인기가 하늘을 찌를 듯했다. 조
직에 가입한 첫날 밤부터 판사 앞에 끌려가 재판을 받은 예는
지부가 세워진 이래로 이번이 처음이었다. 맥머도는 쾌활한 성
격에다 누구와도 잘 어울렸기 때문에 이미 주위에 평판이 좋았
다. 성격이 불같아 누구라도 자기를 모욕하면 절대로 참지 않
아서 막대한 권력을 휘두르는 맥긴티에게도 걸핏하면 대들 정
도였다. 하지만 비상한 두뇌와 능수능란한 솜씨를 가지고 있어
조직의 잔인한 임무를 계획하고 실행하는 데 누구도 그를 능가
할 수가 없었다. 이런 그를 보며 동료들은 늘 감탄을 금치 못했
다.

"일 처리가 아주 완벽하단 말이야."

간부들은 맥머도의 일 처리에 만족해하며 그에게 적당한 일

거리를 맡길 때를 기다렸다.

맥긴티는 이미 유능한 부하를 여럿 거느리고 있었지만 맥머도야말로 가장 탁월한 능력을 가진 부하라고 여겼다. 마치 사나운 사냥개 한 마리의 목줄을 잡고 있는 느낌이었다. 하찮은 일을 할 만한 똥개들은 얼마든지 있었지만 맥머도만큼은 달랐다. 언젠가 때가 되면 이 사냥개를 풀어서 확실한 먹잇감을 뒤쫓게 할 작정이었다. 테드 볼드윈을 포함해서 일부 단원들은 느닷없이 나타난 맥머도가 짧은 시간에 고속으로 승진하는 것에 대하여 불만이 이만저만이 아니었다. 그들은 맥머도가 못마땅하기는 했지만 오히려 슬슬 피해 다니기 일쑤였다. 맥머도의 싸움 실력이 워낙 뛰어났기 때문에 그의 비위를 거스르지 않으려 애썼다.

맥머도는 동료들의 사랑을 한 몸에 받고 있었지만 아직까지 자신에게 진정으로 중요한 것을 얻지 못했다. 에티의 아버지는 맥머도를 상대하려 들지 않았을 뿐만 아니라 집 안에 한 발자국도 들여놓지 못하게 했다. 에티는 맥머도를 깊이 사랑하고 있어서 그를 완전히 포기할 수 없었다. 하지만 범죄자로 불리는 사람과 결혼하면 그 결과가 어떠하리라는 것을 알고 있었으므로 그를 멀리할 수밖에 없었다.

밤새도록 뜬눈으로 지새우며 고민하던 끝에 에티는 맥머도를 찾아가기로 마음먹었다. 어쩌면 마지막이 될지도 모르지만 그를 만나 그가 악의 구렁텅이에서 한시라도 빨리 벗어날 수 있도록 설득할 작정이었다. 그동안 맥머도가 여러 차례 초대했음에도 불구하고 그의 집을 직접 방문하기는 이번이 처음이었다. 에티는 맥머도가 거실로 쓰고 있는 방으로 들어갔다. 맥머도는 등을 보인 채 테이블에 앉아 편지를 쓰고 있었다. 에티는 갑자기 소녀의 장난기가 발동했다. 그녀는 이제 겨우 열아홉 살이었다. 에티는 까치발로 살금살금 다가가 맥머도의 굽은 어깨에 살며시 손을 얹었다.

맥머도는 그만 소스라치게 놀랐고, 그 바람에 에티까지 놀라 기절할 지경이었다. 맥머도를 놀랠 작정이었다면 그녀의 계획은 대성공이었다. 그런데 순간 맥머도는 호랑이처럼 몸을 돌려 에티에게 달려들더니, 한 손으로 그녀의 목을 누르고 다른 한 손으로는 쓰고 있던 편지를 구겨버렸다. 맥머도는 그녀를 사납게 쏘아보았다. 에티는 흉포한 모습으로 돌변한 맥머도가 지금까지 알고 있던 맥머도와 전혀 다른 사람인 것만 같았다. 여리고 곱게 자란 에티는 처음 보는 그의 포악한 모습을 보고 그만 두려움에 덜덜 떨었다. 맥머도는 자기 앞에 있는 사람이 에티라는 것을 깨닫자 뜻밖의 놀라움에 기쁨의 미소를 지었다.

"에티! 당신이었군." 맥머도는 멋쩍은 듯 눈썹을 쓰다듬으며 말했다. "당신인 줄도 모르고 목을 조르려 하다니! 이리 와요, 에티. 상처가 생겼을지 모르니 한번 봅시다." 맥머도는 에티를 향해 두 팔을 벌렸다. "어떻게 사과를 해야 할지 모르겠소."

에티는 방금 전에 보았던 맥머도의 표정이 머릿속에서 떠나지 않았다. 여자의 본능으로도 알 수 있었다. 그것은 갑작스러운 상황에 놀라서 느끼는 단순한 두려움이 아니었다. 죄책감! 그렇다. 죄책감과 두려움!

"잭, 무슨 일 있어요?" 에티가 물었다. "나를 보고 왜 그렇게 놀라죠? 잭, 양심에 걸리는 일이 없다면 나를 그런 눈으로 보지는 않았을 거예요!"

"맞아요, 지금 뭔가 딴생각을 하고 있던 중이었소. 그런데 당신이 그 요정 같은 발걸음으로 몰래 다가오는 바람에……."

"아니요! 잭, 다른 이유가 있는 게 분명해요."

그때 에티는 탁자 위에 구겨져 있는 편지를 수상한 눈초리로 쳐다보았다. "쓰고 있던 편지 좀 보여주세요."

"그건 안 되오, 에티."

에티의 마음에 확신이 섰다. "다른 여자가 생겼군요!" 에티가 소리쳤다. "분명해요. 그렇지 않다면 나한테 숨길 이유가 뭐가 있겠어요? 혹시 부인에게 쓰고 있던 편지인가요? 이제 보니 당신이 유부남일 수도 있다는 생각을 왜 못했을까요? 당신은 어느 날 갑자기 이곳에 나타났고, 여기엔 당신을 알던 사람이 아무도 없잖아요?"

"난 유부남이 아니오, 에티. 자, 봐요. 맹세해요! 이 세상에서 내가 사랑하는 사람은 당신뿐이오. 십자가 앞에서 맹세할 수 있소!"

자신이 결백하다는 사실을 주장하는 맥머도의 모습이 무척이나 진지했으므로 에티는 더 이상 그를 의심할 수 없었다.

"좋아요, 그렇다면 이제 편지를 보여줄 수 있겠네요?"

"사실 이 편지를 아무에게도 보여주지 않겠다고 맹세했다오. 내가 당신과의 약속을 지키고 소중히 여기는 것처럼, 남들과의 약속도 깨고 싶지 않을 뿐이오. 프리맨 지부와 관련된 일이기 때문에 당신에게도 비밀이오. 어깨에 손이 닿자 깜짝 놀란 것도 다 그 때문이었소. 만약 수사관에게 들키기라도 한다면 어떻게 되겠소?"

맥머도가 거짓말을 하는 것 같지는 않았다. 맥머도는 에티를 두 팔로 감싸 안으며 살며시 입을 맞추었다. 순간 에티의 마음에서 두려움과 의구심이 눈 녹듯이 사라졌다.

"이리 와서 앉아요. 당신같이 고귀한 여왕님이 앉을 만한 의자는 아니지만 당신의 가난뱅이 애인이 내줄 수 있는 최고의 자리요. 언젠가 더 멋진 것들로 당신을 행복하게 해주겠소. 자, 이제 마음이 좀 가라앉았소?"

"잭, 어떻게 내 마음이 가라앉을 수 있겠어요? 당신이 범죄자 중의 범죄자라는 사실을 알게 되었는데요. 언제 또다시 부듯가 살인범이라는 소리를 듣게 될지 알 게 뭐예요? 우리 집에서 하숙하는 사람이 당신을 '스코러즈 맥머도'라고 부르더군요. 그 말이 비수처럼 내 가슴에 꽂혔어요."

"괜찮아요. 다 지나가는 말이니 신경 쓰지 말아요."

"하지만 사실이잖아요."

"에티, 그렇게 나쁜 것만은 아니오. 우리는 우리 식대로 권리를 찾으려는 가난한 사람들일 뿐이니까."

에티는 맥머도의 목에 매달리며 애원했다. "잭, 그만둬요. 정말이지, 이제 제발 그만둬요! 이 말을 전하려고 왔어요. 잭, 내가 이렇게 무릎 꿇고 빌게요. 이렇게 고개 숙여 애원할 테니 제발 그만두세요, 네!"

맥머도는 에티를 일으켜 세우고 그녀의 머리를 가슴에 꼭 끌어안고 쓰다듬었다.

"에티, 당신은 지금 아무것도 몰라서 하는 소리요. 내가 어떻게 맹세를 깨뜨리고 형제들을 저버릴 수 있겠소? 내가 처한 상황을 알게 된다면 나한테 그런 말을 하기 힘들 거요. 설령 내가 원한다 하더라도 그러기는 어려울 거요. 지부의 온갖 비밀을 다 알고 있는 사람을 그냥 순순히 놔줄 것 같소?"

"그 점은 나도 생각해봤어요, 잭. 그래서 계획을 세웠어요. 아버지가 모아둔 돈이 조금 있어요. 아버지도 이곳이 싫증 난 지 오래예요. 모두들 공포에 떨며 사는 모습에 우리의 삶도 어두워지는 것 같다고 하셨어요. 아버지는 언제든 이곳을 떠날 마음의 준비가 돼 있어요. 아버지를 모시고 함께 필라델피아나 뉴욕으로 도망쳐요. 그곳이라면 저들을 걱정하지 않고 안전하게 살 수 있을 거예요."

에티의 계획을 듣고 맥머도는 소리 내어 웃었다.

"에티, 저들의 손길이 닿지 않는 곳은 이 세상 어디에도 없어요. 필라델피아? 뉴욕? 거기라고 저들이 못 찾아올 것 같소?"

"잭, 그만둬요. 정말이지, 이제 제발 그만둬요!"
프랭크 와일스 그림, 《스트랜드 매거진》(1915)

"그럼 저 멀리 서부로 가요. 아니면 영국이나 아버지의 고향인 독일로 가면 어떨까요? 어디가 됐든 이 공포의 계곡에서 벗어날 수만 있다면!"

순간 맥머도의 머리에 모리스 형제의 얼굴이 스쳐 지나갔다.

"이 계곡을 그렇게 부르는 사람은 당신이 두 번째요. 정말이지 우리 조직이 이곳 사람들을 공포의 구름으로 덮고 있는 게 아닌가 하는 생각이 드는군요."

"우리는 이 공포의 구름에서 단 한순간도 벗어나지 못하고 있어요. 테드 볼드윈이 우리를 가만히 놔둘 거라고 생각해요?

"이렇게 고개 숙여 애원할 테니 제발 그만두세요!"
아서 I. 켈러 그림, 《선데이 연합 매거진》(1914)

당신이 두려운 존재가 아니었다면 어떤 일이 벌어졌을 거라고 생각하세요? 나를 바라보는 그 음흉하고 탐욕스러운 눈을 보았어요?"

"젠장! 내 눈에 띄었다면 가만두지 않았을 거요! 하지만 에티, 내 눈을 똑바로 보고 잘 들어요. 나는 여기서 한 발자국도 떠날 수 없소. 그것만큼은 절대 바뀌지 않아요. 어쨌든 나를 믿고 따라와준다면 언젠가는 이곳을 명예롭게 떠날 수 있는 방법을 마련하겠소."

"도망가는 일에 무슨 명예가 필요하겠어요?"

"모든 것은 당신이 생각하기 나름이에요. 나에게 6개월만 시간을 줘요. 그 정도면 다른 사람에게 부끄럽지 않게 여기를 떠날 방법을 찾을 수 있을 거요."

에티의 얼굴에 기쁨의 미소가 피어올랐다.

"6개월이라고요? 약속한 거죠?"

"어쩌면 그보다 한두 달 더 걸릴지도 몰라요. 어쨌든 적어도 1년 안에 이 계곡을 떠납시다."

맥머도의 제안에 에티도 더 이상 그를 졸라댈 수는 없었다. 하지만 그것만으로도 큰 의미가 있었다. 눈앞의 미래가 어둡기는 하지만 먼 곳에서부터 희망의 불빛이 서서히 비쳐오는 듯했다. 에티는 맥머도가 자기 인생에 들어온 이후 처음 느껴보는 평안한 마음을 안고 집으로 향했다.

한편 맥머도는 단원이 되기만 하면 조직이 돌아가는 모든 상황을 시시콜콜 알 수 있을 거라 생각했다. 하지만 버미사 지부는 다른 곳에 비해 규모나 조직 면에서 훨씬 더 크고 복잡했다.

심지어 맥긴티조차 모르는 일이 많았다. 기차로 조금 떨어진 곳에 있는 홉슨 패치에서는 '군郡 대표'라는 사람이 그곳 지부들을 장악해 권력을 휘두르며 제멋대로 주무르고 있었다.

맥머도는 그 사람을 딱 한 번 본 적이 있었다. 작은 체구에 머리가 허옇게 센 모습이 마치 교활한 시궁쥐를 떠올리게 하는 외모였다. 게다가 그는 음흉하게도 계속해서 슬쩍슬쩍 곁눈질을 하며 주위를 살폈다. 에번스 포트라는 이름의 이 남자 앞에서는 위풍당당한 버미사의 맥긴티도 쩔쩔맸다. 마치 기골이 장대한 당통이 몸집은 작지만 위험하기 짝이 없는 로베스피에르를 혐오하면서도 두려워하는 모습과 흡사했다.[148]

어느 날 맥머도와 함께 하숙하던 스캔런이 편지 한 통을 받았다. 맥긴티가 보낸 편지였는데 에번스 포트의 편지가 동봉되어 있었다. 편지에는 롤러와 앤드루스라는 단원을 버미사에 파

148. 조르주 자크 당통(1759-1794)은 프랑스 혁명을 이끈 두 명의 주요 인물 가운데 한 명이다. 토머스 칼라일이 그의 기념비적인 저작 『프랑스 혁명』(1837)에 묘사해놓은 내용에 따르면, 당통은 "거대하고 건장한 체구"를 자랑하며 "검은 눈썹과 상대방의 기세를 꺾을 듯한 거만한" 표정에 "강철 같은 폐"를 가지고 있었다. 전前 안전보장위원회(반혁명 활동을 저지하기 위해 전쟁 독재정부가 구성되었다)의 의장이자 온건파였던 당통은 위원회에서 가장 솔직하고 거침없는 비평가였다. '공포정치' 시기에 당통은 정부를 전복시키려 했다는 혐의로 기소되어 1794년에 단두대에 올라 참수형을 당했다. 당시 위원회는 당통의 라이벌인 막시밀리앙 로베스피에르(1758-1794)가 이끌고 있었다. 칼라일은 그를 "불안하고 가벼우며 무능력하게 생긴 남자"로 묘사했다. 이미 혁명가들의 총애를 잃은 상태였던 로베스피에르는 당통이 참수형을 당하고 불과 몇 달도 안 되어 역시 단두대에 오르게 되었다. 칼라일은 당통과 로베스피에르를 "혁명의 승리가 낳은 주요한 부산물"이라고 했다. 하지만 "한 번의 혁명에 핵심 인물이 두 명이나 나오다니, 너무 많다!"고 주장했다.

견할 예정이며, 조직의 목적을 위해서 자세한 내막은 알려줄 수 없다고 쓰여 있었다. 또한 그들이 행동을 개시할 때까지 숙소를 제공하고 편안하게 지낼 수 있도록 보디마스터의 협조를 구한다는 내용이 들어 있었다. 맥긴티는 이 편지와 관련하여 스캔런과 맥머도의 협조를 구했다. 그들을 조합 건물에 머물게 했다가는 모든 비밀이 밖으로 새어 나갈 테니 맥머도와 스캔런이 머물고 있는 하숙집에 함께 머물게 해달라는 내용이었다.

그날 밤 두 남자가 손가방을 들고 하숙집으로 왔다. 나이가 좀 들어 보이는 롤러는 말수가 적었으며, 눈치가 빠르고 매우 독립적인 사람처럼 보였다. 중절모에 검정색 낡은 코트를 입고 나타난 그는 반백의 텁수룩한 턱수염 때문인지 왠지 순회목사 같은 인상을 풍겼다. 함께 온 앤드루스는 이제 겨우 소년티를 벗은 젊은이였다. 솔직한 표정에 명랑한 성격으로 마치 휴가를 나와 한껏 즐기려는 사람처럼 굴었다. 두 명 모두 술은 한 방울도 입에 대지 않고 조직에서 가장 모범적인 사람들처럼 무척 예의 바르게 행동했다. 그런데 이들은 이 살인 집단에서 가장 유능한 암살범으로서, 지금까지 롤러가 열네 차례, 앤드루스가 세 차례나 이와 같은 임무를 수행해왔다.

그들은 맥머도에게 자기들이 저지른 일을 늘어놓았다. 마치 정의를 구현하기 위해 자기 몸을 돌보지 않고 희생하기라도 한 양 자랑스럽게 떠벌렸다. 하지만 이번에 주어진 임무에 대해서는 일절 아무 말도 하지 않았다.

"우리가 이 일을 맡게 된 가장 큰 이유는 우리 둘 다 술을 마시지 않기 때문입니다."

롤러가 설명했다.

"입에 술을 대지 않으니 필요한 말 외에 쓸데없는 말을 하고 다니지 않을 거라고 믿은 거죠. 그러니 괜히 기분 나쁘게 생각하지 마시오. 우리는 군 대표의 명령을 따르는 것뿐이라오."

"그럼요. 우리 모두 한배를 탄 거나 다름없는걸요." 스캔런
이 대답했다. 네 사람은 모두 식탁에 둘러앉아 저녁을 먹고 있
었다.

"정말이오. 찰리 윌리엄스하고 사이먼 버드를 죽인 이야기
나 이전에 있었던 비슷한 일들은 밤새도록 들려줄 수 있지만,
이번 일은 끝날 때까지 아무것도 알려줄 수 없소이다."

"이곳에도 손 좀 봐줘야 할 자들이 한 대여섯 명 정도 있지
요." 맥머도는 확신에 찬 목소리로 말했다. "혹시 노리고 있는
놈이 아이언힐의 잭 녹스는 아니겠지요? 그놈을 잡는 일이라
면 끝까지……."

"아니, 그놈은 아직 차례가 아니오."

"그렇다면, 헤르만 슈트라우스?"

"그놈도 아니오."

"말해주지 않으니 억지로 들을 수도 없는 노릇이군요. 그래
도 알면 좋을 텐데."

롤러는 미소를 지으며 고개를 설레설레 저었다. 맥머도의
유도에도 그는 끝내 입을 열지 않았다. 롤러와 그의 동료 앤드
루스가 끝까지 입을 열지 않았으므로 맥머도와 스캔런은 그들
이 말하는 '재미있는 일'을 그냥 지켜보기로 했다. 그리고 며
칠이 지난 어느 날 이른 아침, 밖에서 롤러와 앤드루스가 계단
을 살금살금 내려가는 소리가 들려왔다. 맥머도는 곧바로 스캔
런을 깨우고 서둘러 옷을 입고 방에서 나왔다. 하지만 두 남자
는 이미 문을 열어놓은 채 집에서 빠져나가고 없었다. 바깥으
로 나와보니 아직 동이 트기 전이라 거리에는 가로등이 켜져
있었다. 멀리 두 남자가 길을 따라 걸어가고 있는 모습이 보였
다. 맥머도와 스캔런은 수북이 쌓인 눈을 소리 나지 않게 밟으
며 조심스럽게 그들 뒤를 따라갔다.

하숙집이 읍내 끝자락에 위치해 있었기 때문에 롤러와 앤드

루스가 읍내 외곽 사거리에 도착하기까지는 얼마 걸리지 않았다. 그곳에서 남자 세 명이 두 사람을 기다리고 있었다. 롤러와 앤드루스는 그들을 보자 급하게 간단히 몇 마디 나누고 다 함께 어디론가 향하기 시작했다. 분명히 여러 사람의 손이 필요한 일임에 틀림없었다. 이 사거리에는 여러 광산으로 통하는 좁은 길이 여러 갈래로 나 있었다. 다섯 명의 남자들은 그중에서도 크로힐 광산으로 향하는 길로 들어섰다. 그 광산은 꽤 규모가 큰 사업체로서 뉴잉글랜드 출신의 조사이어 H. 던이라는 현장감독이 책임지고 있는 곳이었다. 그는 원체 겁이 없고 정력적이어서 길고 긴 공포의 시대를 보내면서도 질서와 규율을 지킬 수 있었다.

날이 밝기 시작하자 광부들이 한 사람씩 또는 여럿이 함께 줄지어 시커먼 길을 따라 올라갔다. 맥머도와 스캔런은 다른 광부들 틈에 끼어 걸어가면서 뒤쫓던 다섯 명의 남자들에게서 시선을 떼지 않았다. 사방에 안개가 짙게 깔려 있는 가운데 어디선가 갑자기 날카로운 기적 소리가 귀를 찢을 듯이 울려 퍼졌다. 하루 일과를 시작하기 위해 갱도 속으로 광부들을 실어 내리는 승강기가 운행되기 10분 전이라는 신호였다.

갱도 주위의 넓은 공터에 도착하자 100여 명의 광부들이 벌써 주위에 모여 있었다. 살을 에는 듯한 차가운 날씨 속에서 광부들은 발을 동동 구르며 손가락에 호호 입김을 불어댔다. 기관실 그늘 아래에 한데 모여 있는 다섯 명의 남자들이 눈에 들어왔다. 스캔런과 맥머도는 앞이 훤히 보이는 석탄 더미로 올라갔다. 잠시 후 수염이 텁수룩하게 나고 덩치가 큰 스코틀랜드 기술자 멘지스가 기관실에서 나왔다. 그는 곧바로 호각을 불며 갱도로 향하는 승강기를 내리라는 신호를 주었다.

바로 그때였다. 키가 크고 말끔하게 수염을 깎은 얼굴에 제법 성실해 보이는 젊은 현장감독이 갱 입구를 향해 황급히 발걸음을 옮겼다. 기관실 아래에 서 있는 다섯 명의 낯선 남자들이 그의 눈에 띄었다. 다섯 명의 남자들은 아무 말도 없이 꼼짝하지 않고 서 있었다. 그들은 모자를 깊숙이 눌러쓰고 옷깃을 세워 얼굴을 가리고 있었다. 순간적으로 죽음을 예감한 현장감독은 심장이 얼어붙는 것만 같았다. 그러나 곧바로 불길한 예감을 떨쳐버리고 의무감을 앞세워 낯선 침입자들에게 말을 걸었다.

"댁들은 누구시오?" 현장감독은 한 걸음 더 다가서며 물었다. "왜 여기서 얼쩡대고 있는 거요?"

아무런 대답도 없었다. 갑자기 젊은 앤드루스가 앞으로 나오더니 그의 복부에 대고 방아쇠를 당겼다. 갱도로 들어가기를 기다리던 100여 명의 광부들은 순간 온몸이 얼어붙는 듯 우왕좌왕했다. 현장감독은 두 손으로 배를 움켜쥐고는 몸을 굽혔다. 비틀거리며 피해보려고 애썼지만 또 한 명이 그에게 방아쇠를 당겼다. 그는 곧 옆으로 풀썩 쓰러지더니 손으로 땅바닥을 긁어대며 용재鎔滓 덩어리들[149] 사이에서 발버둥 쳤다. 이 광경에 분노한 스코틀랜드 출신 기술자 멘지스가 악을 쓰며 스패너를 치켜들고 살인자들을 향해 돌진했다. 하지만 이내 두 발의 총탄이 그의 얼굴을 뚫고 지나갔다. 결국 그 역시 살인자들의 발치에 쓰러지고 말았다.[150]

광부 몇 명이 끓어오르는 분노와 연민을 감추지 못하고 그들에게 몰려들었다. 하지만 살인자 일당은 군중들 머리 위로 권총 여섯 발을 쏘아댔고, 이에 놀란 사람들이 뿔뿔이 흩어져 도망치기 시작했다. 대부분 겁에 질려 뒤도 돌아보지 않고 버미사 계곡에 있는 집을 향해 달려갔다.

겁 없는 사람 몇몇이 다시 광산으로 몰려오기도 했지만 살인자들은 이미 아침 안개 속으로 사라진 후였다. 100여 명의 증인들이 보는 가운데 두 사람을 살해한 살인 사건이었지만 살

149. 'a heap of clinkers.' 용광로 불 밑에서 석탄재가 녹아 덩어리로 굳은 것으로 슬래그slag라고도 한다.

150. 히턴 앤드 컴퍼니의 우두머리인 토머스 생어와, 생어네에 하숙하던 광부 윌리엄 유렌을 살해한 사건을 말하는 것으로 보인다. 그들은 1875년 9월 1일 작업장으로 향하던 도중, 저라드빌 근처에 있는 레이븐스 런에서 총에 맞아 목숨을 잃었다.

"댁들은 누구시오?" 현장감독은 한 걸음 더 다가서며 물었다.
"왜 여기서 얼쩡대고 있는 거요?"
프랭크 와일스 그림, 《스트랜드 매거진》(1915)

인범의 신분을 증언할 이는 하나도 없었다.

스캔런과 맥머도는 집으로 발걸음을 옮겼다. 스캔런은 한참 동안 침울해 있었다. 살인 장면을 직접 본 것은 이번이 처음이 었지만 들은 것처럼 '재미있는 일'은 아니었다. 현장감독의 비참한 죽음에 그의 부인이 처절하게 울부짖는 소리가 읍내로 돌아가는 내내 귓전에서 맴돌고 있었다. 맥머도는 깊은 생각에 잠긴 듯 말이 없었다. 하지만 스캔런의 약해진 모습에는 전혀 동조하지 않았다.

"전쟁이 따로 없군요." 맥머도는 계속해서 같은 말을 되뇌

었다. "우리와 저들 사이의 전쟁이 아니고 뭐겠어요. 전쟁에서
는 전력을 다해 받아쳐야죠."

그날 밤 조합 건물 사무실에서 성대한 축하 파티가 열렸다.
크로힐의 현장감독과 기술자 한 명을 없애 본때를 보였으니,
이 회사도 그 지역의 여타 회사들처럼 이제부터 무릎을 꿇고
고분고분한 태도를 보일 것이라며 좋아했다. 또한 다른 지부에
파견했던 단원들이 임무를 성공리에 완수한 것에 대해서도 축
배를 들었다.

알고 보니 홉슨 패치의 군 대표는 크로힐 임무를 위해 다섯
명의 대원을 파견해준 대가로 버미사 지부에서 세 명의 대원을
비밀리에 선정해 보내줄 것을 요구했다. 그는 길머턴 지구에

151. 'forlorn hope.' 빅 홀리는 이 말이 '헛된 희망vain hope'이란 뜻이 아니라, 네덜란드어 'verlonren hoop(사라진 분대)'와 가장 비슷한 영어 발음을 그대로 옮겨 놓은 것이라고 설명한다. 이 표현은 영국의 군사 전문용어로 보병대 진군의 출발 지점을 의미한다.

152. 아래 내용은 살인과 폭력에 대한 얘기를 즐기는 미국 편집자가 추가로 쓴 내용이다.

그는 살려달라고 비명을 질러댔다. 지부 사무실은 온통 그의 비명을 흉내 내는 소리로 시끌시끌했다. "놈이 어떻게 꽥꽥거리던가? 다시 한 번 들어보자고!"
그들은 크게 떠들어댔다.

있는 스테이크 로열의 광산주 윌리엄 헤일스를 암살하려는 계획을 세웠다. 이 광산주는 모든 면에서 모범적인 인물일 뿐만 아니라 세상에 단 한 명의 적도 없을 정도로 사람들에게 사랑받는 고용주였다. 그가 탄광 작업의 능률을 떨어뜨리는 술주정뱅이와 게으름뱅이들을 해고시킨 적이 있었다. 알고 보니 그들은 모두 프리맨 단원들이었다. 그의 집 문 앞에 죽여버리겠다는 협박을 적은 푯말을 달아놓도 그의 단호한 뜻을 꺾을 수는 없었다. 결국 그것 때문에 자유 문명국가에서 살해당하는 비운을 맞이하게 된 것이다.

암살 계획은 예상대로 완수되었다. 암살단을 이끈 것은 보디마스터 맥긴티 바로 옆의 명예로운 자리에 활개를 펼치고 앉아 있는 테드 볼드윈이었다. 밤을 지새운 데다 술까지 마신 탓인지 그는 불콰해진 얼굴로 빨갛게 된 토끼 눈을 게슴츠레 뜨고 있었다. 지난밤 테드 볼드윈은 다른 대원 두 명과 함께 산속에서 밤을 새웠다. 밤이슬을 맞으며 밤새도록 산속에서 지낸 탓인지 행색이 이루 말할 수 없이 지저분하고 초라했다. 그러나 헛된 희망151을 품고 떠났다가 돌아온 그 어떤 영웅보다 더 열렬한 환영을 받았다.

그들은 자기들을 환영하기 위해 모인 동료들에게 자신들의 무용담을 들려주고 또 들려주었다. 사람들은 똑같은 얘기에도 여전히 환호성을 지르고 웃음을 터트리며 즐거워했다. 볼드윈 일당은 어두워질 무렵 마차 한 대가 지나가기를 기다렸다. 집으로 돌아가는 마차가 가파른 언덕에 다다르며 서서히 속도를 줄이자, 이 틈을 타 달려가서 마차 앞을 가로막았다. 광산주 헤일스는 황급히 권총을 꺼내려 했지만 추위 때문에 모피로 온몸을 둘둘 감고 있었던 탓에 손을 마음대로 움직일 수 없었다. 볼드윈 일당은 광산주를 마차에서 끌어 내린 뒤 그에게 마구 총질을 해댔다.152

범행을 저지른 이들 가운데 광산주 헤일스를 아는 사람은 단 한 명도 없었다. 단지 그들은 사람을 죽이는 일에 극적인 매력을 느끼며 즐길 따름이었다. 또한 길머턴의 스코러즈가 버미사 지부의 대원들을 믿어도 될 만큼 실력이 탁월하다는 것을 보여주고 싶었다. 그런데 한 가지 뜻하지 않은 일이 발생했다. 세 명이 광산주 헤일스의 몸에 총을 난사하고 있는데, 갑자기 마차를 탄 부부가 옆을 지나가며 그 장면을 보고 말았다. 순간 볼드윈 일당은 그 부부도 함께 쏘아 죽여야 할지 말아야 할지를 놓고 잠시 말싸움을 벌였다. 이 목격자들을 함께 죽여버리자는 대원들도 있었지만 사실 그 부부는 헤일스의 광산과는 아무 관련도 없는 선량한 시민일 뿐이었다. 결국 그들은 이 광경을 목격한 부부에게 누구에게라도 이 사실을 발설하면 가만두지 않겠다고 엄포를 놓은 뒤 그대로 보내주었다. 그러고는 피투성이가 된 시체를 보란 듯이 버려두고 산속으로 도망쳤다. 순순히 말을 듣지 않는 다른 광산주들에게 본보기로 무언의 협박을 전하려는 의도였다. 그들은 광산의 용광로와 잿더미 너머에 있는 산속으로 들어갔다. 사람의 발길이 닿지 않는 곳이라

그는 희생자의 왼쪽 가슴을 향해 권총을 발사했다.
앨런 핑커턴, 『몰리 머과이어스와 탐정』(1877)

153. 전장에서 연대기를 들고 다녀야 하는 책임이 있는 군기호위 하사관을 일컫는다. 일부 학자들은 영국의 한 계급을 의미한다고 생각하지만 남북전쟁 당시 미군에도 여러 종류의 군기호위 하사관이 있었다. 예컨대 아메리카 남부 연합의 북버지니아 부대, 조지아 자원 보병대, 17연대, K중대에는 B. F. 실버스라는 군기호위 하사관이 있었고, 미합중국 포토맥 부대 매사추세츠 보병대 55연대에 앤드루 잭슨 스미스라는 군기호위 하사관이 있었다.

한동안 아무에게도 들키지 않고 몸을 숨길 수 있었다. 임무를 성공리에 마치고 나니 동료들의 박수갈채와 환호성이 벌써부터 귓전에 울리는 듯했다.

그날은 스코러즈에게 오래도록 기억될 만한 위대한 날이었다. 한편 계곡을 덮고 있던 검은 공포의 그림자는 갈수록 짙어져만 갔다. 현명한 장군은 적에게 재정비할 틈을 주지 않고 거듭 공격을 강화해 승리를 이끌어내는 법이다. 사악한 눈길로 반항 세력을 공격하는 모습을 지켜보면서 맥긴티는 항상 새로운 작전을 세워 그에게 반하는 무리들을 공격했다. 그날 밤 사람들이 술에 흥건히 취한 채 집에 돌아가자, 맥긴티는 맥머도의 팔을 잡아끌더니 처음 두 사람이 만나 이야기를 나누었던 구석방으로 데려갔다.

"이봐, 맥머도. 이제야 자네에게 걸맞은 일이 하나 생겼네. 자네 손으로 직접 처리하는 거야."

"영광입니다." 맥머도가 대답했다.

"두 명을 데리고 가게. 맨더스와 라일리, 그 두 사람에게는 이미 말해두었네. 체스터 윌콕스를 없애지 않는 한 우리가 이 지역을 제대로 손에 넣기 힘들겠어. 그놈만 처리해주면 이 지역 모든 지부가 자네에게 고마워할 거야."

"최선을 다하겠습니다. 그런데 그자가 누구죠? 어디 가면 찾을 수 있나요?"

맥긴티는 항상 입 가장자리에 물고서 반은 태우고 반은 씹어서 버리는 시가를 내려놓으며 종이를 찢어 간단하게 약도를 그리기 시작했다.

"놈은 아이언 다이크사의 현장감독이야. 참전 경험이 있는 퇴역 군기호위 하사관[153] 출신으로 겁대가리 없는 놈이지. 온몸이 상처투성이인 백발 성성한 늙은이야. 이미 두 번이나 단원들을 보내 놈을 없애려 했지만 모두 실패했네. 짐 커너웨이가 그때 목숨을 잃었지. 자, 이제 자네가 나설 차례야. 여기 지도에 나와 있는 것처럼 아이언 다이크 사거리에 있는 외딴집이 놈의 집이야. 주변에 인가라곤 없으니 총소리가 나도 안전할 거야. 낮 시간은 피하는 게 좋아. 놈은 단단히 무장을 하고서 조금이라도 의심이 들면 무조건 쏴버리거든. 그런데 밤에는 아내와 세 아이, 그리고 유모 한 명이 집에 함께 있어. 그러니 그 놈 하나만 골라 죽일 수도 없는 노릇이고 모두 없애버리는 수밖에. 현관에 폭탄을 장치해놓고 불을 붙이기만 하면……."

"그자가 무슨 짓을 했죠?"

"짐 커너웨이를 죽인 놈이라고 하지 않았나?"

"죽인 이유가 뭔데요?"

"그건 알아서 뭐하려고 그래? 놈은 저녁이면 집에 들어가니까 그때 가서 쏴버리면 끝날 일이야. 더 이상 말해줄 것도 없으니 더 알려고 하지 마. 알아서 잘 처리하도록!"

"여자 둘과 아이 셋은 어쩌고요? 그들도 없애버리는 겁니까?"

"할 수 없잖아, 함께 보내버리는 수밖에. 안 그러고서 어떻게 놈만 골라 처치할 수 있겠나?"

"아무 짓도 하지 않은 사람들한테 너무하지 않습니까?"

"무슨 바보 같은 소리야! 지금 꽁무니를 빼는 건가?"

"진정하세요, 의원님! 제가 보디마스터 님의 명령에 꽁무니를 뺄 만한 말이나 행동을 한 적이 있습니까? 제 행동이 옳은지 그른지 잘 아시잖습니까."

"그럼 시키는 대로 하겠나?"

"물론이죠."

"언제가 좋겠나?"

"하루 이틀 말미를 주세요. 그 집을 살펴보고 와서 계획을 세워야 하니까요. 그런 다음에……."

154. 범인을 추적하는 데 탁월한 경찰견―옮긴이.

"좋았어." 맥긴티는 맥머도와 악수를 했다. "그럼 모든 걸 자네에게 맡기지. 좋은 소식 전해주길 기대하겠네. 우리 모두에게 최고의 날이 될 거야. 이건 놈들을 우리 앞에 무릎 꿇릴 마지막 일격이 될 걸세."

너무나 갑작스럽게 주어진 일이라 맥머도는 한참 동안 곰곰이 생각해보았다. 계곡 근처에 있는 윌콕스의 집은 약 7킬로미터 정도 떨어진 곳에 위치한 외딴집이었다. 맥긴티로부터 명령을 받자마자 그는 계획을 세우기 위해 그날 밤 혼자 그 집에 가보았다. 아침이 밝고 나서야 집으로 돌아왔으며, 다음 날 함께 일을 수행하게 될 부하 두 명을 만나보았다. 맨더스와 라일리는 무모하기 짝이 없는 젊은이들이었다. 그들은 마치 사슴 사냥이라도 하러 가는 것처럼 들떠 있었다.

이틀이 지나고 세 사람은 다시 읍내 외곽에서 만났다. 모두들 무기를 지니고 있었는데, 그중 하나는 채석장에서 쓰는 폭약이 든 자루를 들고 있었다. 세 명은 새벽 2시 무렵 그 외딴집에 도착했다. 밤새도록 바람이 몹시 불더니 하늘에는 토막구름들이 이지러진 달 표면 위를 빠르게 지나가고 있었다. 이미 블러드하운드[154]를 조심하라는 경고를 받았던 터라 공이치기를 젖혀놓은 권총을 쥐고 조심스럽게 앞으로 나아갔다. 그런데 웬일인지 사나운 바람 소리 말고는 어떤 소리도 들리지 않고, 머리 위에서 흔들거리는 나뭇가지 외에 어떤 움직임도 느껴지지 않았다.

맥머도는 외딴집의 문에 귀를 바짝 대보았다. 아무런 인기척도 없고 쥐 죽은 듯 조용했다. 그는 폭약이 든 자루를 문에 기대어놓고 칼로 자루에 구멍을 뚫은 뒤 도화선을 꽂았다. 도화선에 불이 붙자 맥머도와 두 대원은 부리나케 그 자리를 떠나 멀리 떨어진 곳으로 달렸다. 눈앞에 도랑이 보이자 그곳으로 기어 들어가 안전하게 몸을 피했다. 잠시 후 폭음과 함께 집이 와르르 무너지는 소리가 들렸다. 성공이었다. 조직의 피비린내 나는 기록에서 어떤 일도 이렇게 말끔히 처리된 적이 없었다.

그렇지만 치밀한 계획을 가지고 과감하게 일을 처리했다고 믿었던 모든 노력이 안타깝게도 수포로 돌아가고 말았다. 체스터 윌콕스는 여기저기서 맥긴티와 불편한 관계를 유지하던 많은 사람이 살해당하는 것을 보고는, 바로 전날 밤 남들이 찾을 수 없는 안전한 곳으로 거처를 옮겼다. 게다가 새로운 거처에서 경찰관 한 명의 경호까지 받고 있었다.

결국 세 사람이 폭탄으로 날려버린 건 빈집뿐이었던 것이다. 퇴역 하사관은 여전히 살아남아 아이언 다이크의 광부들에게 엄격히 군기를 잡고 있었다.

"제게 맡겨주십시오. 제가 처리하겠습니다. 1년이 걸리더라도 제 손으로 반드시 처리하겠습니다." 맥머도가 자신 있게 말했다.

맥머도의 말에 조직원들은 그에게 감사와 신뢰를 보내며 그의 뜻을 받아주기로 했다. 그렇게 해서 윌콕스 처리 문제는 일단락 짓게 되었다.

몇 주가 지나자 신문마다 윌콕스가 습격을 당했다는 기사가 실렸다. 당시 맥머도가 윌콕스를 호시탐탐 노리고 있다는 것은 공공연히 알려진 비밀이었다.

프리맨은 늘 이런 식이었다. 오랜 세월에 걸쳐 그들은 대규모의 부유한 지역에 공포를 드리웠고, 사람들은 스코러즈라는 가공할 존재의 위협에 시달려왔다. 이보다 더 많은 범죄 사실을 담아 이 책을 더럽힐 필요가 있을까? 이 정도면 그들이 어떤 사람들이고, 어떻게 일 처리를 하는지 충분히 보여주고도 남지 않았을까?

여기에 적힌 그들의 행위는 이미 역사에 기록으로 남아 있어서, 누구나 그 기록을 통해 자세한 내용을 손쉽게 찾아볼 수 있을 것이다. 기록에는 프리맨 단원 두 명을 체포한 헌트와 에번스 경관이 후에 저격당한 사건도 나오는데, 그것은 단원의 체포에 분노를 참지 못한 버미사 지부가 계획한 일이었다. 그들은 비무장 상태에 있던 두 사람을 무참히 살해했다. 또 구타당해 죽기 직전까지 간 남편을 간호하던 라비 부인이 보디마스터 맥긴티의 명령으로 살해당한 일도 있었다. 그뿐만 아니라 동생이 피살된 후에 형 젱킨스가 살해당한 사건, 제임스 머독이 토막 난 채 죽은 사건, 스탭하우스네가 폭파당한 사건, 슈텐달 부부 살해 사건 등 모두가 같은 해 겨울에 연쇄적으로 일어난 사건들이었다.

공포의 계곡에는 여전히 어둠의 그림자가 드리워져 있었다. 봄이 오자 얼었던 시냇물이 녹기 시작하고 나뭇가지마다 꽃들이 피어났다. 오랫동안 꽁꽁 얼어붙어 있던 자연에는 새봄의 희망이 찾아들었건만, 공포의 그늘 밑에 살고 있는 사람들에게는 실낱같은 희망도 보이지 않았다. 그러던 1875년 초여름, 사람들의 머리 위에는 공포와 두려움이 가득한 검은 구름이 그 어느 때보다 한층 짙게 드리워졌다.

제6장

위기

공포 분위기는 극으로 치달았다. 그사이 맥머도는 맥긴 티의 보좌관으로 임명되었다. 맥머도의 도움과 조언 없이는 맥긴티의 조직이 제대로 돌아가지 않을 정도가 되었다. 어느 면에서 보더라도 차기 보디마스터 자리를 이어받을 후계 자는 맥머도가 될 것이라는 예상이 지배적이었다. 프리맨 단원 들 사이에서 그의 인기가 높아질수록 버미사 거리를 지나는 사 람들은 더욱더 그에게 이를 갈았다. 압제자의 횡포가 마냥 두 렵기만 했던 사람들은 용기를 내어 뭉쳐서 압제자에 대항하기 시작했다. 헤럴드 신문사에서 비밀 집회가 열린다거나 일반 시 민들에게 무기를 나누어주었다는 소문이 돌기 시작했다. 이윽 고 이 소문이 프리맨 지부에까지 전해졌다. 이러한 소문에도 맥긴티와 그의 부하들은 눈 하나 깜짝하지 않았다. 수적으로도 우세할 뿐만 아니라 무기도 충분하고 단원들의 사기도 드높았기 때문이다. 그에 반해 일반 시민들은 사방에 흩어져 있어 세력을 집결시키기가 어려웠다. 결국 그들은 지금까지 그래 왔듯이 부질없는 입씨름이나 하다가 아마도 무력하게 저지당하고 말 것이다. 맥긴티도 맥머도도 또 가장 용감하다고 인정받는 몇몇 단원도 모두 그들의 계획이 수포로 돌아갈 게 뻔하다고 믿었다.

5월의 어느 토요일 저녁이었다. 토요일이면 항상 지부 모임이 있는 터라 맥머도는 모임에 나가기 위해 집을 나설 준비를 했다. 그때 나약한 모리스 형제가 맥머도를 찾아왔다. 무슨 걱정이라도 있는지 수척한 얼굴을 잔뜩 찌푸린 채 어두운 표정이었다.

"맥머도 형제, 잠깐 얘기 좀 할 수 있을까?"

"그러시죠."

"지난번 자네에게 솔직하게 내 마음을 털어놓았을 때 자네가 비밀을 지켜주었다는 걸 잊지 않고 있네. 맥긴티가 자네에게 와서 직접 우리가 만난 일을 캐묻고 갔을 때도 말이야."

"저를 믿고 말씀하셨는데 당연히 비밀을 지켜야지요. 그렇다고 제가 모리스 형제의 생각에 동의한다는 것은 아니지만 말입니다."

"잘 알고 있네. 하지만 내가 믿고 비밀을 털어놓을 수 있는 형제는 자네뿐이야. 그래서 말인데 자네에게 털어놓고 싶은 또 다른 비밀이 있어 이렇게 왔네."

모리스는 두 손을 가슴에 댔다.

"이것 때문에 나는 불안해서 죽을 지경이야. 나 혼자 감당하기엔 너무 벅차. 내가 비밀을 누설하게 되면 틀림없이 살인이 일어날 거야. 그렇다고 입을 다물고 있자니 우리 모두가 끝장나게 될지도 모르고. 하느님, 굽어살피소서. 이제 이 갈등에서 벗어나고만 싶어!"

맥머도는 모리스의 얼굴을 뚫어지게 쳐다보았다. 모리스는
온몸을 사시나무 떨듯이 떨고 있었다. 맥머도는 잔에 위스키를
따라 그에게 건네주었다.

"당신 같은 사람에게는 이게 약입니다. 마시고 진정이 좀 되
면 한번 얘기해보세요."

모리스가 위스키를 한 모금 들이켜자 창백한 얼굴에 붉은

"간단하게 말하지. 우리 뒤를 캐고 있는 탐정이 있다네."
프랭크 와일스 그림, 《스트랜드 매거진》(1915)

155. 핑커턴 탐정 사무소는 앨런 핑커턴(1819-1884)이 창립했다. 스코틀랜드 출신인 그는 1842년 미국 일리노이 주로 이민을 갔으며, 시카고 근처 웨스트던디에 정착해 그곳에 통 제조 가게를 열었다. 열렬한 노예제 폐지론자이기도 했던 핑커턴은 지하철도조직(남북전쟁 전에 노예 탈출을 도운 조직—옮긴이)의 여러 거점 가운데 한 곳으로 자기 가게를 이용하도록 했다.

어느 날 그는 폭스 강의 무인도에서 나무를 베다 화폐 위조범 일당을 발견하고 이들을 사로잡았다. 여러 차례 범인들을 검거하는 데 핵심 역할을 했던 그는 1846년 케인 군의 부보안관이 되었고, 이후에 다시 시카고 경찰 병력 중에서 최초의 형사가 되었다. 하지만 그는 이내 경찰이라는 직업으로는 큰돈을 벌 수 없다는 것을 깨닫고 1850년 시카고 경찰직을 떠나 사립탐정 사무소를 열었다. 이런 사립탐정 사무소는 시카고에서 처음으로 생긴 곳으로, 당시 미국 전역에도 몇 군데 없었다.

핑커턴 탐정 사무소는 열차 강도 사건만을 전문적으로 처리해서 여러 차례 획기적인 성공을 거두었다. 1861년에는 볼티모어에서 링컨 대통령 암살 기도를 사전에 제지하기도 했다. 남북전쟁 중에는 북군을 위해 남군 활동을 탐지하는 첩보 활동을 이끌었다. 전쟁이 끝난 후에도 탐정 일을 계속했으며, 그의 사무소 탐정들이 펜실베이니아 아일랜드 출신 광부들의 비밀 조직인 '몰리 머과이어스'에 침투해 이 조직을 와해시켰다.

탐정 사무소 출입문 위의 간판에는 "우리는 잠들지 않습니다"라는 모토가 쓰여 있었고, 그 옆에는 부릅뜬 눈이 그려져 있었다. 쉽게 잊히지 않는 이 이미지는 '사설탐정'이라는 용어를 생각나게 한다. 핑커턴이 저술한 책으로는 오늘날 대다수의 역사학자들이 노동쟁의에 대해 심각한 편견을 가진 작품이라고 여기는 『몰리 머과이어스와 탐정』(1877) 이외에도 『범죄 회상과 탐정 스케치』(1879) 등 총 16권이 있다.

정전에서 이 유명한 핑커턴 사무소를 언급한 것은

기운이 돌았다.

"간단하게 말하지. 우리 뒤를 캐고 있는 탐정이 있다네."

맥머도는 황당하다는 듯 모리스를 빤히 쳐다보았다. "이런, 당신 제정신이 아니군요! 이곳은 항상 경찰과 탐정들로 우글거리는 곳 아닙니까. 그들이 지금까지 우리에게 해로운 짓을 한 적이 있던가요?"

"아니, 이 지역 탐정이 아니야. 자네 말대로 이 지역 경찰이나 탐정들은 모두 우리 손바닥 안에 있다고 해도 과언이 아니지. 하지만 핑커턴 탐정 사무소[155]라고 들어봤나?"

"신문에서 그런 이름을 몇 번 본 것 같아요."

"장담컨대 일단 그놈들 손아귀에 잡혔다가는 벗어날 방법이 없을 거야. 경찰들이야 일이 잘되건 안되건 신경도 안 쓰지. 하지만 놈들은 일이 해결될 때까지 끝까지 물고 늘어지거든. 그들에게 포기란 없어. 일단 핑커턴 놈이 이 일에 깊이 관여하고 있는 한 우리는 모두 끝장난 거나 다름없다네."

"당장 없애버려야겠군요."

"자네도 별수 없군. 처음부터 그런 생각을 하다니! 지부의 결정도 크게 다를 게 없을 듯싶네. 내가 말하지 않았나? 결국 살인이 벌어질 거라고."

"그랬지요. 그런데 살인이 뭐 어때서요? 이 지역에서 살인이 무슨 대수입니까?"

"그렇기는 하지. 하지만 죽여야 할 사람을 내 손으로 지목하고 싶지는 않다는 얘기야. 그랬다간 평생 마음 편히 살지 못할 게 뻔하다고. 그렇지만 우리 목숨이 달려 있으니 이를 어쩌면 좋단 말인가?"

모리스는 괴로운 듯 몸을 앞뒤로 흔들며 어쩔 줄 몰라 했다.

맥머도 역시 모리스의 말에 동감하기 시작했다. 이제 곧 위험한 상황이 닥쳐올 테니 대처할 필요가 있었다. 맥머도는 모리스의 어깨를 꽉 잡고 흔들었다.

"이봐요, 정신 차리고 날 좀 봐요." 지나치게 흥분했는지 맥머도의 목소리에서 쉰소리가 섞여 나왔다. "남편 잃은 여자처럼 무덤 앞에서 울어봐야 다 부질없는 짓입니다. 정신 똑바로 차리고 현실을 직시해야죠. 그자에 대해서 자세히 말해보세요. 지금 어디 있는지 알아요? 그자와 관련된 정보는 어디서 들은 겁니까? 게다가 저한테 온 이유가 뭐지요?"

"내게 조언해줄 수 있는 사람은 자네뿐이라고 믿었어. 전에도 말했지만 여기 오기 전에 나는 동부[156]에서 가게 하나를 꾸리고 있었네. 내가 떠난 후에도 친한 친구 몇몇은 그곳에 계속 살고 있지. 그런데 그중 전신국에 근무하고 있는 친구 하나가 어제 나한테 이 편지를 보내왔더군. 편지 맨 윗부분에 그 이야기가 적혀 있으니 직접 읽어보게."

맥머도가 읽은 편지 내용은 다음과 같았다.

그곳 스코러즈 상황은 요즘 어떤가? 신문에서 여러 차례 관련 기사를 읽어 익히 알고 있다네. 자네니까 일러두겠네만, 그 지역에 뭔가 심상치 않은 일이 벌어지고 있어. 대기업 다섯 곳과 철도 회사 두 곳이 스코러즈를 단단히 벼르고 있어. 이번에는 그냥 넘어갈 기세가 아니야. 장담컨대 곧 일이 터질 거라구! 스코러즈 문제에 아주 깊이 관여하고 있는 게 분명해. 그들이 핑커턴 탐정 사무소에 직접 의뢰했다는 소문이 돌고 있어. 최고의 실력자라는 버디 에드워즈 탐정이 조사를 맡고 있다는군. 스코러즈 활동을 당장 멈추는 게 좋을 거야.

"추신도 읽어보게."

물론 이 정보는 업무 중에 알게 된 내용이니 절대로 다른 사

이번만이 아니다. "미국 핑커턴 탐정 사무소"의 "레버턴 씨"라는 탐정은 「붉은 원」에서 홈즈와 왓슨에게 중요한 정보와 도움을 준다.

156. 원고에는 "필라델피아"로 나오지만 여기서는 "동부"로 대체되었다. "시카고" 역시 여러 차례 다르게 대체되었다.

람에게 발설하지 말게. 반드시 자네만 알고 있어야 해. 그들이 전하는 내용에 이상한 암호가 너무 많아서 뜻을 정확히 알 수 없었네. 아무튼 여기까지가 내가 알고 있는 전부라네.

맥머도는 자리에 앉아 얼마 동안 아무 말도 하지 않았다. 편지를 들고 있는 그의 손이 맥없이 축 늘어졌다. 안개가 일순간 자욱하게 피어오르더니 끝도 없는 심연으로 빠져드는 기분이었다.

"이 사실을 알고 있는 사람이 우리 둘 말고 더 있나요?" 맥머도가 물었다.

"자네 말고는 아무에게도 말하지 않았다니까."

"그런데 이 친구라는 사람이 다른 사람에게 같은 내용의 편지를 보냈을 수도 있지 않을까요?"

"음, 내가 알기로는 스코러즈로 활동하는 친구가 한두 명 더 있기는 하지."

"우리 지부 단원일 수도 있을까요?"

"가능한 일이지."

"혹시 그 친구라는 분이 버디 에드워즈라는 탐정의 인상착의에 대한 정보를 알려주지 않았을까 해서 묻는 겁니다. 그렇다면 그자를 잡는 일은 식은 죽 먹기일 테니까요."

"그렇겠군. 그런데 내 친구는 그 탐정을 모를 거야. 그저 업무 중에 알게 된 사실을 나한테 알려줬을 뿐이니까. 핑커턴 소속의 탐정을 어떻게 알겠어?"

순간 맥머도가 몸을 움찔하더니 목소리를 높였다.

"그래!" 그가 외쳤다. "놈을 다 잡은 거나 다름없어요. 왜 여태 그 생각을 못했을까. 오, 하느님! 우린 운이 좋았네요. 당하기 전에 먼저 놈을 잡아야 해요. 모리스 형제, 이제 저한테 모두 맡기세요."

"정말이지 난 이 일에서 빠지고 싶네."

"제가 다 알아서 해결할 테니, 저한테 맡기고 안심하세요. 모리스 형제 이름은 절대 입에 올리지 않을게요. 애당초 이 편지 자체가 나한테 온 것으로 할 테니까요. 괜찮지요?"

"그거야말로 내가 바라던 바네."

"자, 그럼 그렇게 하는 것으로 알고 이제 이 일에 대해선 모두 잊어버리세요. 일단 지부로 가봐야겠어요. 그 핑커턴 놈이 단단히 후회하도록 만들어줘야겠습니다."

"그자를 죽일 셈은 아니겠지?"

"모리스 형제, 양심의 가책을 덜 느끼고 싶으면 모르는 편이 나아요. 그러니 더 이상 묻지 마세요. 그래야 잠도 잘 오지요. 이제부터 아무것도 묻지 말고 그냥 되는 대로 놔두세요. 잘 해결될 거니까요. 제가 나서서 해결할게요."

모리스는 슬픈 표정을 짓더니 머리를 흔들었다.

"내 손에 그자의 피가 묻어 있는 느낌이야." 모리스는 고통스러운 듯 말했다.

"자기방어를 살인이라고 할 수는 없지요." 맥머도의 웃음에 싸늘함이 묻어났다. "그놈 아니면 우리예요. 그자를 살려두면 언젠가 우리 모두 끝장날 게 뻔해요. 그런데 모리스 형제, 조직을 구하는 데 이렇게 중요한 일을 해냈으니 마땅히 다음 보디마스터로 뽑혀야겠습니다."

말하는 품으로 봐서는 태연했지만, 행동을 보니 맥머도 역시 새로운 침입자에 대해서 심각하게 생각하고 있는 듯했다. 단순히 양심 때문인지, 핑커턴의 명성 때문인지, 부유한 대기업이 스코러즈 소탕에 깊이 관여하고 있다는 것을 알게 되어서인지는 모르겠지만, 맥머도는 최악의 상황을 염두에 두고 있는 사람처럼 행동했다.

맥머도는 집을 나서기 전에 스코러즈와 관련이 있는 문서들을 모조리 태워버렸다.

그리고 비로소 그는 안도의 한숨을 길게 내쉴 수 있었다. 이제 좀 안심이 되는 것 같았지만 여전히 남아 있는 위기감이 그를 짓누르고 있었다. 그래서 지부로 가는 길에 섀프터 노인의 집에 들렀다. 섀프터가 맥머도의 출입을 금지시켰지만 에티를 만날 수 있는 방법은 있었다. 맥머도가 에티의 창문을 두드리자 에티가 집 밖으로 나왔다. 에티는 맥머도의 눈빛에서 생기가 사라진 것을 보고 뭔가 위험이 닥쳤음을 직감할 수 있었다.

"무슨 일이 있군요!" 에티가 큰 소리로 물었다. "잭, 혹시 위험한 일에 빠졌나요?"

"글쎄, 그렇게 심각한 일은 아니니 마음 놓아요, 에티. 하지만 상황이 더 나빠지기 전에 이곳을 뜨는 게 좋을 것 같소."

"여기를 떠난다고요?"

"예전에 약속했잖소. 언젠가 때가 되면 여기를 떠나겠다고. 이제 그때가 온 것 같아요. 실은 오늘 밤에 좋지 않은 소식을 들었소. 아무래도 곧 일이 터질 것 같아."

"경찰이 쫓고 있나요?"

"실은 핑커턴 문제요. 당신은 그게 뭔지도 모를 거요. 나 같은 사람들한테 무슨 일이 벌어질지 상상조차 할 수 없잖소. 나도 이 일에 제법 깊이 관련되어 있기 때문에 한시라도 빨리 도망쳐야 해요. 나와 함께 떠나겠다고 한 약속 기억하고 있소?"

"잭, 당신을 구할 수 있는 일이라면 뭐든지 다 하겠어요."

"나는 나름대로 정직한 사람이라고 생각하오, 에티. 무슨 일이 있어도 당신 손끝 하나 다치게 하지 않을 거라고 약속하오. 아니, 내가 항상 당신을 바라볼 수 있는 저 구름 위의 황금빛 왕좌에서 당신이 한 치도 떨어지지 않도록 지켜주겠다고 약속하겠소. 나를 믿어줄 테요?"

에티는 말없이 맥머도의 손을 잡았다.

"그럼 이제부터 내가 하는 말 잘 들어요. 그리고 내가 시키는 대로 하겠다고 약속해요. 우리에게 남은 건 이 방법밖에 없소. 버미사 계곡의 분위기가 심상치 않아요. 머지않아 큰일이 벌어질 거요. 내 예감은 틀린 적이 없소. 아마도 많은 사람이 바짝 긴장하고 몸을 사려야 할 거요. 나도 그중 한 사람이지. 낮이든 밤이든 내가 떠날 상황이 되면 반드시 당신과 함께여야 하오!"

"잭, 당신이 먼저 떠나요. 나는 뒤따라가겠어요."

"안 돼, 반드시 나와 함께 가야 하오. 내가 다시는 이 계곡에 돌아오지 못할 수도 있는데 어떻게 당신을 두고 가겠소? 어쩌면 경찰의 눈을 피하느라 당신에게 편지 한 통 보내지 못할지도 몰라요. 반드시 나와 함께 떠나야 하오. 내가 살던 곳에 친절한 부인이 있어요. 우리가 결혼할 때까지 그 부인과 함께 지내는 게 좋을 것 같소. 나와 함께 가는 거요. 알았소?"

"네, 당신과 함께 가겠어요, 잭."

"나를 믿어주어 고맙소. 당신의 믿음을 저버린다면 난 정말 죽일 놈이오. 자, 에티! 잊지 말고 잘 들어요. 당신에게 소식을 전하리다. 그 소식을 듣자마자 하던 일을 즉각 중단하고 곧장 정거장 대합실에 가서 나를 기다려요."

"낮이든 밤이든, 소식을 듣자마자 당장 가겠어요."

그곳을 떠나기로 결심한 맥머도는 에티의 말을 듣고 나자 어느 정도 마음이 진정되었다. 지부에 도착하니 벌써 다들 모여 있었다. 출입문을 엄격하게 지키고 있어[157] 외부 및 내부 경비대와 복잡한 암호를 주고받은 후에야 통과할 수 있었다.

기다란 방에 들어서자 맥머도를 환영하는 환호성이 방 안 가득 울려 퍼졌다. 자욱한 담배 연기와 북적이는 사람들 가운데 헝클어진 검은 머리털의 맥긴티, 잔인하고 적의에 찬 표정의 볼드윈, 그리고 매 같은 얼굴의 비서 허러웨이 등 10여 명

157. 'close-tiled.' '타일을 꼼꼼히 깔아놓은' 즉 출입문을 엄격하게 감시한다는 뜻이다. '타일을 까는 기술자'는 프리메이슨단 또는 여타 공제조합 회의장을 지키는 문지기나 경비 요원을 부르는 명칭이기도 하다.

의 지부 지도자들의 모습이 눈에 들어왔다. 방금 입수한 정보에 대해 상의하고자 했던 맥머도는 모두들 모여 있는 모습을 보자 내심 다행이라고 생각했다.

"반갑네. 어서 오게, 형제!" 맥긴티가 큰 소리로 환영했다. "바로잡을 일이 있어서 솔로몬의 지혜가 필요하던 참이었는데, 마침 잘되었군."

"랜더와 이건의 일이야." 맥머도가 자리에 앉으려는데 옆의 누군가가 속삭였다. "스타일스타운의 크래브 노인을 사살한 대가로 지부에서 상금을 내렸는데 그걸 가지고 지금 둘이 다투고 있다네. 둘 중 실제로 총을 쏜 사람이 누군지 판가름할 수가 없는 상황이야."

맥머도가 자리에서 일어나더니 손을 들었다. 그를 주목하던 사람들이 그의 표정에 흠칫했고, 부풀어 올랐던 기대감이 얼어붙었다.

"존경하는 보디마스터 님!" 맥머도는 엄숙한 목소리로 입을 열었다. "긴급회의를 요청하는 바입니다."

"맥머도 형제가 긴급회의를 요청했다. 지부 규정대로 우선권을 주도록 하겠다. 형제, 말해보시오."

맥머도는 주머니에서 편지 한 장을 꺼냈다.

"존경하는 보디마스터 님, 그리고 형제 여러분. 오늘 우리에게 안 좋은 소식이 하나 있습니다. 하지만 사전에 어떤 경고도 없이 모르고 있다가 일격을 당해 전멸하는 것보다는, 차라리 이렇게 사태를 파악하고 의논해 대처할 수 있게 된 것이 다행이라고 생각합니다. 제가 입수한 정보에 의하면 이 지역에서 가장 강력하고 부유한 조직들이 서로 담합해 우리 조직을 파멸시키려고 나섰습니다. 지금 바로 이 순간 핑커턴 탐정 사무소의 버디 에드워즈라는 자가 그 일에 착수했다고 합니다. 여기저기서 우리와 관련된 자료들을 모아 우리 목에 밧줄을 조이고

582

중범으로 몰아 감옥에 처넣을 준비를 하고 있는 겁니다. 상황이 생각보다 심각하기에 긴급회의를 요청하게 된 것입니다."

방 안은 찬물을 끼얹은 듯 조용했다. 이윽고 맥긴티가 침묵을 깨뜨리고 입을 열었다.

"지금 들려준 내용에 대한 증거가 있나?"

"제가 입수한 이 편지에 쓰여 있습니다." 맥머도는 편지의 내용을 큰 소리로 읽어 내려갔다. "이 편지에 대해서 더 이상은 자세한 내용을 언급할 수도 없고, 보디마스터 님께 편지를 건네드릴 수도 없습니다. 제 명예가 달린 문제거든요. 아무튼 편지 내용 중에 믿어서 해가 될 만한 내용은 단연코 아무것도 없습니다. 저는 그저 전달받은 정보를 있는 그대로 여러분께 알려드리는 것뿐입니다."

"의원님, 드릴 말씀이 있습니다." 나이가 지긋해 보이는 단원 한 명이 끼어들었다. "저 버디 에드워즈라는 사람에 대해서 들은 적이 있는데, 핑커턴 탐정 사무소에서 가장 유능한 자라고 하더군요."

"누구 그자를 알아볼 수 있는 사람 있나?" 맥긴티가 물었다.

"네, 제가 알 수 있습니다." 맥머도가 답했다. "제가 압니다."

놀라 웅성대는 소리가 회의실 안 여기저기서 들렸다.

"놈은 우리 손에 들어온 거나 다름없습니다." 맥머도는 얼굴에 승리의 미소를 지으며 말을 이었다. "빠르고 현명하게 대처한다면 금세 문제를 해결할 수 있을 겁니다. 여러분이 저를 믿고 도와주시면 두려워할 일이 전혀 없습니다."

"그런데 우리가 뭘 두려워한다는 거지? 놈이 우리 일에 대해서 뭘 안다고 그래?"

"의원님처럼 모두들 조직에 충실하다면야 문제가 없지요. 하지만 그자는 자본가들의 막대한 재정 지원을 받고 있습니다.

우리 지부 안에 돈으로 매수당할 수 있는 약한 자가 한 명도 없다고 확신하실 수 있습니까? 그런 자는 곧 우리 비밀을 파헤치려 할 거예요. 아니, 어쩌면 벌써 모든 것을 알고 있을지도 모르지요. 확실한 대책은 한 가지밖에 없습니다."

"살아서는 한 발자국도 이 계곡을 떠날 수 없게 만드는 것이지." 볼드윈이 말했다.

맥머도가 고개를 끄덕였다. "맞소, 볼드윈 형제. 지금까지 우리는 늘 의견이 달랐는데, 오늘 밤만은 맞는 말을 하는군."

"그렇다면 놈은 어디 있지? 어디 가야 찾을 수 있는 거야?"

"존경하는 보디마스터 님." 맥머도는 진지하게 말을 꺼냈다. "너무 중대한 문제라 이것을 공개적으로 다루면 안 된다는 점을 확실히 하고 싶습니다. 여기 계신 형제들을 의심해서가 아닙니다. 하지만 내부적으로 돌아가는 하찮은 이야기라도 놈의 귀에 들어가는 날에는 놈을 없앨 계획이 수포로 돌아가게 될지도 모릅니다. 그러니 믿을 수 있는 긴급위원회를 구성해줄 것을 요청하는 바입니다. 의원님을 비롯하여 여기 계신 볼드윈 형제, 그리고 다섯 명 정도 더 선정하는 것이 좋겠습니다. 그후에 제가 알고 있는 사실과 앞으로의 대책에 대해서 좀 더 자유롭게 논의하도록 하죠."

맥긴티는 맥머도의 제안을 즉시 받아들여 긴급위원회를 구성했다. 맥긴티와 볼드윈 외에도 매를 닮은 얼굴의 비서 허러웨이, 젊고 잔인한 암살자 타이거 코맥, 회계원 카터, 그리고 윌러비 형제가 뽑혔는데, 무슨 일이든 서슴지 않고 해치울 수 있는 무모하고 겁 없는 사람들이었다.

지부의 연회는 평소와 달리 짧고 우울하게 끝났다. 단원들은 오랫동안 살아왔던 계곡의 하늘에 정의로운 법이라는 이름을 내걸고 자기들에게 복수하려는 먹구름이 드리워진 것을 비로소 알게 되었다. 지금까지 자기들은 사람들에게 공포의 대상이었고, 일상이 늘 그러했기에 감히 누군가가 자기들에게 복수할 것이라고는 꿈에도 생각해본 적이 없었다. 그런데 예상치도 못했던 일이 눈앞에 닥쳐왔다고 생각하니 더욱더 당황하고 놀라지 않을 수 없었다. 단원들은 일찌감치 흩어지고 맥긴티는 위원회를 이끌었다.

"자, 맥머도! 회의를 시작하게." 긴급위원회에 임명된 단원들만 자리에 남자 맥긴티가 말했다. 나머지 일곱 사람은 얼어붙은 듯 꼼짝 않고 앉아 있었다.

"좀 전에 말씀드렸듯이 버디 에드워즈라는 자를 알고 있습니다. 이곳에서는 다른 이름으로 행세하고 다닌다는 걸 말씀드리지 않아도 이미 예상하셨을 겁니다. 무척 대담한 사람이지요. 그렇다고 무모하리만치 미치광이는 아닙니다. 지금은 스티브 윌슨이란 이름으로 홉슨 패치에 묵고 있습니다."

"그런데 자네가 그 사실을 어떻게 알았지?"

"우연히 그자와 얘기를 나눈 적이 있습니다. 그때는 아무것도 눈치채지 못했지요. 이 편지가 아니었더라면 아마 여전히 아무것도 몰랐을 겁니다. 이제야 든 생각이지만 그자가 버디 에드워즈임에 틀림없습니다. 그때가 수요일이었습니다. 기차 안에서 그자를 만났습니다. 정말 큰일 날 뻔했지요. 그때 자기를 기자라고 소개하더군요. 처음엔 그 말을 믿었습니다. 뉴욕의 한 신문사에서 일한다면서 스코러즈와 스코러즈의 '무법 행위'에 대해 전부 알고 싶다고 하더라고요. 저에게 뭔가를 캐내려고 이것저것 집요하게 물어보았습니다. 물론 저는 아무것도 모르는 척했지요. '우리 편집장이 마음에 들어 할 만한 얘깃거리를 주면 많은 돈을 주겠소'라고 말하기에 놈이 좋아할 만한 얘기를 들려주었더니 그 대가로 20달러를 주더군요. 그러면서 자기가 원하는 정보를 모두 줄 수 있다면 그 돈의 열 배를 사례하겠다고 했습니다."

"그래서 뭐라고 말했나?"

"아무 얘기나 막 지어냈지요, 뭐."

"신문기자가 아니란 걸 어떻게 알 수 있었지?"

"말씀드릴게요. 그자가 홉슨 패치에서 내렸을 때 저도 그 역에서 내렸거든요. 전신국에 볼일이 있어서 들렀더니 그자가 막 그곳을 나오고 있었습니다. 그런데 그자가 전신국을 떠난 후에 그곳 직원이 '이런 전문은 값을 두 배로 받아야 할 것 같아요'라고 말하더군요. 그래서 '그러게 말이에요'라고 맞장구치면서 전보용지를 슬쩍 넘겨보았습니다. 아무리 봐도 중국 말로밖에 안 보이는 이상한 글씨가 잔뜩 쓰여 있었습니다. 그런데 더 이상한 건 전신국 직원 말이 그 사람이 그런 전보를 매일 보낸다는 것이었습니다. 특종 기사인데 내용이 사전에 유출될까 봐 그 방법을 쓴다고 하더군요. 그때는 전신국 직원이나 나나 그럴 수도 있겠구나 생각했지요. 그런데 지금 와서 생각해보니 그게 아닙니다."

"그래, 자네 말이 옳아." 맥긴티가 말했다. "그런데 이 상황에서 우리가 어떻게 하는 것이 좋겠나?"

"왜 지금 당장이라도 가서 놈을 끝장내지 않는 거죠?" 누군가가 제안했다.

"그러게요. 빨리 처리할수록 좋잖아요."

"놈이 어디 있는지 알기만 하면 당장이라도 달려가겠습니다." 맥머도가 말했다. "그자가 홉슨 패치에 있는 건 확실한데 정확히 어디에 머물고 있는지는 모르겠습니다. 그렇지만 제게 다 계획이 있으니 믿고 들어주시기 바랍니다."

"어떤 계획인가?"

"내일 아침 제가 홉슨 패치로 가겠습니다. 전신국 직원을 잘 구슬리면 놈의 위치를 찾을 수 있을 겁니다. 분명히 그자의 주소를 가지고 있을 테니까요. 놈을 찾으면 사실 제가 프리맨 단원이고, 돈을 주면 원하는 정보를 주겠다면서 놈에게 접근할 겁니다. 놈은 제가 던진 미끼를 덥석 물 게 틀림없어요. 그러고 나서 건네줄 서류가 모두 집에 있고 사람들이 왔다 갔다 하는 시간에 오면 제 목숨도 위태로우니, 밤 10시쯤 집으로 와서 서류를 확인하라고 유인할 생각입니다. 분명히 제 말에 따를 거라 믿습니다."

"그런 다음에는 어떻게 할 거지?"

"그다음 계획은 알아서 하십시오. 맥너매라 부인의 집은 외딴곳에 있습니다. 무척 신뢰할 만한 사람이지만 귀가 꽉 멀었지요. 그 집에 묵는 사람은 저와 스캔런이 전부입니다. 놈과의 약속이 성공리에 이루어지면 즉시 알려드리겠습니다. 그러면 지금 이 자리에 계신 일곱 명 모두 9시까지 우리 하숙집으로 와주십시오. 집 안에서 놈을 잡는 겁니다. 만약 놈이 살아서 그 집을 나갈 수만 있다면, 죽을 때까지 자기의 행운을 떠들고 다녀도 좋을 겁니다."

"핑커턴 탐정 사무소에 곧 빈자리 하나가 생기겠군. 그럼, 그렇게 처리하도록 하게, 맥머도. 내일 밤 9시에 자네 집에서 보자고. 자네는 놈을 집 안으로 끌어들이게. 나머지는 우리가 처리하지."

제7장

버디 에드워즈의 함정

맥머도가 말한 대로 그의 하숙집은 인적이 드문 곳에 외따로 떨어져 있어서 계획대로 범행을 저지르기에 안성맞춤이었다. 읍내 중심에서 벗어난 변두리에 위치한 데다가 도로에서도 훨씬 뒤쪽에 자리 잡고 있었다. 이번에도 여느 때처럼 상대방을 불러내 온몸에 총구멍을 내어 끝장을 내버리면 그만이겠지만 그럴 수가 없었다. 놈을 죽이기 전에 어떤 정보를 얼마나 알고 있는지, 또 그를 고용한 자들에게 어떤 정보를 건네주었는지 반드시 알아내야 했기 때문이다.

어쩌면 놈을 죽이는 일이 이미 부질없는 짓이 될 정도로 한발 늦었는지도 모를 일이었다. 설사 그렇다 하더라도 해를 입히려는 자에게 복수할 수 있다는 것만으로도 충분했다. 아직까지 놈이 중요한 기밀 사항은 모르고 있는 게 분명했다. 그게 아니라면 맥머도가 꾸며내 알려줬다는 그 별 볼일 없는 정보를 일일이 받아 적었을 리가 없기 때문이다. 어쨌든 놈부터 잡고 나서 직접 본인의 입을 통해 사실 여부를 확인해봐야 했다. 일단 잡기만 하면 놈이 입을 열게 할 방법은 얼마든지 있었다. 자백을 거부하는 놈들을 한두 번 다뤄본 것이 아니기 때문이었다.

맥머도는 계획대로 홉슨 패치로 먼저 떠났다. 그날 아침 경찰은 맥머도의 행방에 여느 때보다 훨씬 더 촉각을 곤두세우고 있는 듯했다. 시카고에서부터 오랜 인연이 있었던 마빈 경위는 기차역에서 기차를 기다리고 있는 맥머도에게 말을 걸어 왔다. 하지만 맥머도는 일부러 고개를 돌리며 아무 대꾸도 하지 않았다. 그는 오후에 할 일을 마치고 조합으로 돌아와 맥긴티를 만났다.

"놈이 오기로 했습니다."

"잘됐군." 맥긴티가 말했다. 이 거인은 셔츠 차림에 헐렁한 조끼를 걸치고 있었다. 조끼 앞쪽으로는 도장 몇 개가 달린 금사슬이 드리워져 번들거렸고, 뻣뻣한 턱수염 바로 아래에는 다이아몬드 하나가 번쩍번쩍 빛나고 있었다. 술장사와 정치 활동을 통해 맥긴티는 상당한 부를 거머쥐었을 뿐만 아니라 막강한 권력의 맛도 보았다. 그 때문인지 전날 밤 감옥과 교수대를 떠올리던 그는 오금이 저려오는 것을 느꼈다.

"뭐 좀 알고 있는 눈치던가?" 맥긴티는 마음을 졸이며 물었다.

맥머도는 침울한 표정으로 고개를 저었다.

"이곳에 온 지 제법 된 것 같습니다. 적어도 6주는 족히 된 것 같아요. 제 생각에 돈을 벌기 위해 이 탄광촌으로 온 것 같지는 않습니다. 그 긴 시간 동안 철도 회사의 뒷돈을 가지고 이곳에 들어와 일했다면 이미 상당한 정보를 얻어내서 철도 회사에 전달했을 게 분명합니다."

"우리 지부에 약해빠진 놈은 한 명도 없어!" 맥긴티가 외쳤다. "모두 강철처럼 충실하다고. 한결같이 말이야. 참, 모리스 놈이 있다는 걸 잊었군. 그놈은 어떨 것 같은가? 우리를 배신하는 놈이 하나라도 있다면 그건 분명히 그놈일 거야. 아무래도 날이 저물기 전에 몇 사람을 보내서 놈을 흠씬 두들겨 패줘야겠어. 그러면 뭔가 실토하겠지."

"음, 그래서 손해 볼 건 없겠죠." 맥머도가 찬성하듯 대답했다. "개인적으로 모리스를 좋아하기 때문에 그가 곤란해지는 모습을 보고 싶지 않은 게 사실이긴 합니다. 한두 차례 저에게 말을 걸어 와 지부 문제에 관해 얘기한 적이 있지요. 저나 의원님과는 생각이 다르긴 하지만 경찰에 찌를 사람으로 보이지는 않습니다. 물론 모리스에 대한 의원님의 처분을 반대하는 것은 절대 아니니 오해 없으시길 바랍니다."

"그 늙은이는 매운맛을 좀 봐야 해." 맥긴티는 목소리에 더욱 힘을 주며 말했다. "이미 1년 전부터 놈을 주시하고 있었어."

"그렇다면 그를 잘 알고 계시겠네요." 맥머도가 대답했다. "하지만 그런 일은 모두 내일로 미루셔야 합니다. 핑커턴 문제가 해결될 때까지 눈에 띄는 일은 삼가는 것이 좋습니다. 오늘은 경찰을 자극해서는 안 되니까요."

"자네 말이 맞는군." 맥긴티가 고개를 끄덕였다. "버디 에드워즈의 심장을 도려내서라도 놈이 정보를 어디서 얻어냈는지 반드시 알아내고 말 거야. 그렇게만 된다면 모든 게 밝혀질 테니까 말이야. 놈이 눈치를 채진 않았겠지?"

맥머도가 크게 웃음을 터트렸다. "아무래도 제가 놈의 약점을 잘 파고든 것 같습니다. 놈은 스코러즈의 흔적을 볼 수만 있다면 지옥에라도 쫓아갈 겁니다. 참, 놈이 제게 돈을 주더군요."

맥머도는 돈다발을 꺼내 흔들어 보이며 씨익 웃었다. "제 서류를 다 보고 난 다음에 이만큼 더 준다고 했습니다."

"무슨 서류?"

"물론 서류 같은 것은 없습니다. 놈에게 조직도와 조직 명단, 규정집 같은 것을 주겠다면서 기대를 한껏 부풀려놓았거든요. 놈은 이곳을 떠나기 전에 이 모든 것을 다 알아낼 작정이지요."

"자네에게 완전히 넘어갔군그래." 맥긴티는 잔인하게 미소지었다. "왜 자기에게 서류를 직접 가져오지 않았느냐고 묻지 않던가?"

"지금 제가 경찰의 의심을 받고 있는 판에 그런 것을 직접 지니고 다닐 거라고 생각할 리가 없지요. 게다가 오늘 아침 기차역에서 마빈 경위와 마주치기까지 했는데요!"

"흠, 들어서 알고 있네. 자네에게 일이 심각하게 돌아가고 있는 것 같군. 핑커턴 탐정 놈을 처리하고 나면 마빈 경위를 폐광 속에 꼭꼭 처박아 넣어야겠어. 어쨌든 홉슨 패치에 있는 놈을 살려둬서는 절대 안 돼!"

맥머도는 어깨를 으쓱해 보였다. "일만 잘 처리된다면 우리가 탐정을 죽였다는 증거는 절대로 찾지 못할 겁니다. 놈은 해가 지고 나서야 하숙집으로 들어올 테니 아무도 그를 보지 못할 거예요. 그리고 놈이 살아서 그 집을 나가는 것을 아무도 볼 수 없을 거라고 장담합니다. 자, 잘 들으세요, 의원님. 제가 계획을 설명해드릴 테니 나머지 사람들을 해당 위치에 배치해주십시오. 모두 시간에 늦지 않게 도착해야 합니다. 잘 들으세요, 놈은 10시에 도착하기로 되어 있습니다. 도착하면 현관문을 세 번 두드릴 겁니다. 그러면 제가 문을 열어줄 겁니다. 놈을 집 안으로 들인 다음에 뒤에서 문을 잠가버릴 겁니다. 그러고 나면 놈은 독 안에 든 쥐나 다름없는 셈이죠."

"아주 쉽고 간단하군."

"네. 그런데 그다음은 생각을 좀 해봐야 할 것 같습니다. 그렇게 만만한 놈이 아닙니다. 틀림없이 단단히 중무장하고 있을 게 뻔합니다. 제가 지금까지는 잘 속여왔지만 그렇다고 경계를 늦추지는 않을 테니까요. 생각해보십시오. 저 혼자만 있을 거라고 생각하고 방으로 들어갔는데 일곱 명의 남자들을 보게 되면 먼저 총부터 쏘고 볼 게 뻔합니다. 그럼 보나 마나 누군가 다치거나 죽는 사태가 벌어질 겁니다."

"그렇겠군."

"그뿐만 아니라 총소리 때문에 지역 경찰들이 떼로 몰려들겠지요."

"자네 말이 맞아."

"이 문제를 어떻게 풀어야 할 것인가가 관건입니다. 그래서 말인데요, 의원님을 비롯하여 모두들 큰 방에서 기다리고 있는 게 어떨까 합니다. 언젠가 저와 얘기를 나눴던 그 방에서 기다리는 거죠. 제가 문을 열어주고 놈을 문 옆에 있는 손님방으로 안내할 겁니다. 서류를 가지고 오겠다며 놈을 혼자 두고 방에서 나오는 거죠. 그때 의원님께 상황이 어떻다는 것을 알려드릴 수 있을 겁니다. 그러고 나서 가짜 서류를 들고 다시 놈에게 돌아갈 겁니다. 놈이 서류를 읽느라 정신이 팔려 있을 때 놈에게 달려들어 권총을 들고 있는 팔을 제압하도록 하겠습니다. 그때까지 귀를 기울여 상황을 잘 파악하고 있다가 제가 부르면 즉각 달려오십시오. 한순간도 지체하면 안 됩니다. 놈이 저 못지않게 힘이 세다면 제가 힘에 부칠지도 모르니까요. 하지만 모두가 올 때까지 놈을 잡고 있을 수는 있을 거예요."

"마음에 들어." 맥긴티가 말했다. "이 일로 우리 지부가 자네에게 큰 빚을 지게 되는군. 내가 보디마스터의 자리를 떠날 때 내 후계자로 자네 이름을 떳떳이 올릴 수 있겠어."

"천만의 말씀입니다, 의원님. 저는 이제 신참내기인걸요."

맥머도의 대답은 겸손했지만 그의 얼굴에는 이런 찬사를 어떻게 받아들이는지 역력하게 드러났다.

모든 계획을 마치고 하숙집으로 돌아온 맥머도는 그날 밤 벌어질 일을 위해 묵묵히 준비를 했다. 우선 스미스 앤드 웨슨[158] 권총을 청소하고 기름칠한 다음 실탄을 장전했다. 그러고 나서 버디 에드워즈 탐정을 함정에 빠뜨릴 방을 꼼꼼히 조사했다. 제법 넓은 방 한가운데에 기다란 소나무 테이블이 있고 방 한 구석에 커다란 난로가 놓여 있었다. 또 방 양쪽 벽면에 창이 나 있는데 덧문은 달려 있지 않고 창문 위에 얇은 커튼만 드리워져 있었다. 맥머도는 이 모든 것들을 하나도 빼놓지 않고 주의 깊게 살펴보았다. 오늘 밤 비밀스러운 일을 벌이기에는 이 방이 외부에 너무 많이 노출되었지만 다행히 큰길에서 한참 떨어져 있어 크게 문제가 될 것 같지는 않았다. 맥머도는 마지막으로 지부 동료인 스캔런에게 그날 밤 일어날 일에 대해 입을 열었다. 스캔런은 스코러즈의 행동 대원이기는 해도 남에게 싫은 소리 한 번 제대로 못하는, 체구가 작은 사람이었다. 동료들의 의견에 반대할 일에도 쉽게 나서지 못할 정도로 겁이 많은 데다, 이따금씩 가담해야 하는 피비린내 나는 일에는 속으로 진저리를 치고 있었다. 맥머도는 스캔런에게 그날 밤 벌어질 일에 대해서 간략하게 설명해주었다.

"마이크 스캔런, 내가 당신이라면 오늘 밤 여기를 떠나 어디든 다른 곳으로 피해 있겠어요. 내일 동이 트기 전에 이 집에서 피비린내가 진동할 일이 벌어질 겁니다."

"알겠소, 맥. 그렇다면 피해 있도록 하지요." 스캔런이 대답했다. "생각 같아서는 나도 함께해야겠지만 마음이 전혀 동하지가 않으니 말이오. 지난번 탄광에서 던이 당하는 모습을 보았을 때도 견디기 힘들 정도로 끔찍했소. 나는 당신이나 맥긴티와 달라서 그런 일에는 맞지 않는 것 같군. 자네와 나머지 사

158. 호러스 스미스와 대니얼 B. 웨슨은 1852년에 코네티컷 주 노리치에서 동업으로 레버액션 방식의 연발 권총을 처음 생산했다. 그 뒤 재정적인 어려움 때문에 당시에 자체적으로 고안한 디자인 요소를 이용하여 큰 성공을 일구어낸 올리버 윈체스터에게 사업체를 팔아넘길 수밖에 없었다.(위 144번 주석 참고) 이후 사업 실패의 아픔을 딛고 재기한 스미스 앤드 웨슨은 1856년 두 번째 회사를 세우고 완전히 장전된 리볼버 권총 '모델 1'을 최초로 생산하는 데 성공했다. 총과 카트리지의 특허권을 모두 획득한 스미스 앤드 웨슨은 특허 기간이 종료되는 1872년까지 총기류 생산에만 집중했다. 1870년에 그들은 '대구경' 카트리지 리볼버라고 불리던 최초의 대형 구경, '모델 3 아메리칸'을 시장에 내다 팔기 시작했다. 총알이 저절로 분사되는 리볼버는 당시 미국 기갑 부대가 1,000정을 구입하는 등, 서부 개척자나 서부 입법자들에게 인기가 많았다. 맥머도 역시 당시 유행했던 45구경을 사용했던 것으로 보인다.

159. 콜린 프레스티지는 여기에 나온 묘사가 틀렸다고 지적했다. 그에 따르면 "재정"이라는 단어는 회계원 카터에게 해당하는 말이다. "계획을 세우는 데 탁월한 재능"을 가지고 있다는 것은 비서인 허러웨이에게 어울리는 표현이다. 허러웨이에 대한 묘사 역시 앞부분에서 "매 같은 얼굴에 희끗희끗한 턱수염"이 났다고 설명한 내용과 일치하지 않는다. 프레스티지의 보고에 따르면 『공포의 계곡』 원고에는 허러웨이가 "재무 담당관secretary treasurer"으로, "회계원 카터"는 "비서secretary 스틴턴"으로 되어 있다. 여기에 나온 설명으로 보아 더글러스가 헷갈린 것이 분명하다.

람들이 알아서 잘 처리할 테니 지부에서 문제 삼지 않는다면 당신이 시키는 대로 하겠소."

약속한 시간이 되었다. 모두들 시간에 맞춰 도착했다. 말쑥하게 잘 차려입은 모양새가 겉으로 보기에는 다들 모범 시민 같았다. 하지만 입에서 새어 나오는 거친 말투며 살기 어린 눈빛을 보면 오늘 밤 버디 에드워즈의 운명이 어떤 결말을 맞게 될 것인지 쉽게 짐작이 가고도 남았다. 지금까지 열 번 이상 손에 피를 묻혀보지 않은 사람은 하나도 없었다. 그들은 모두 사람 죽이는 일을 도살장에서 돼지 잡는 것처럼 생각하는 피도 눈물도 없는 인간들이었다.

그중에서 외모로 보나 저지른 죄로 보나 가장 무시무시한 사람은 두말할 것도 없이 맥긴티였다. 비쩍 마른 비서 허러웨이는 마음이 강한 증오심으로 꽉 찬 사람이었다. 목이 유난히 가느다랗고 앙상하며 가끔씩 손발에 신경질적인 경련을 일으켰다. 그는 지부의 재정[159]에 관한 한 정직하고 충실했지만 아무도 그가 정의롭거나 정직하다고 생각지 않았다. 회계원 카터는 누런 양피지 같은 피부에 중년쯤 되어 보이는 남자로 굉장히 무뚝뚝하고 뿌루퉁한 얼굴을 하고 다녔다. 계획을 세우는 데 탁월한 재능을 가지고 있어 그동안 조직에서 벌인 음모 대부분은 그의 머리에서 나온 것이다. 얼굴에 결연한 의지가 역력한 윌러비 쌍둥이 형제는 그야말로 유능한 행동 대원으로서 키가 크고 성격이 유들유들했다. 이들과 사뭇 다른 분위기를 풍기는 타이거 코맥은 뚱뚱한 체구에 피부가 거무죽죽한 젊은 이로서 동료들조차도 그의 난폭한 성향 때문에 그에게 함부로 대하지 못할 정도였다. 그날 밤 핑커턴 탐정을 없애기 위해 맥머도의 하숙집에 모인 사람들은 대충 이와 같았다.

맥머도는 테이블 위에 위스키를 올려놓았다. 모두들 중대한 일에 착수하기 전 서둘러 술을 마셔댔다. 볼드윈과 코맥은 벌써 반쯤 흥건히 취한 상태가 되었고, 술기운 때문인지 그들의 폭력적인 면모가 겉으로 드러나기 시작했다. 밤이 되자 날씨가 추워졌다. 코맥은 불을 지펴놓은 난로에 손을 쬐고 있었다.

"이 정도면 충분하겠지." 코맥이 큰 소리로 말했다.

"그럼." 볼드윈이 코맥이 말한 의미를 알아챈 듯 대꾸했다. "놈을 거기다 묶어놓으면 모든 것을 사실대로 불지 않고는 못 배길걸."

"놈에게 자백을 받아내고 말 테니 걱정들 마시오." 맥머도 가 말했다. 그는 강철 같은 냉정함을 잃지 않았다. 막중한 임무 가 양어깨에 달려 있었지만 그의 태도는 여느 때와 마찬가지로 침착하고 차분했다. 모두들 맥머도의 그런 모습에 찬사를 아끼 지 않았다.

"놈을 상대할 사람은 역시 자네밖에 없어." 맥긴티는 만족 스러운 듯이 말했다. "놈은 자네가 자기 목에 손을 대는 순간 까지 아무것도 눈치채지 못할 거야. 그런데 창문에 덧문이 없 는 게 좀 찜찜하군."

맥머도는 그 말을 듣자 방 안을 돌아다니며 더욱더 꼼꼼히 커튼을 쳤다. "자, 이러면 아무도 방 안을 들여다보지 못할 겁 니다. 이런, 도착할 시간이 다 되었네요."

"어쩌면 나타나지 않을지도 몰라. 벌써 낌새를 챘을 수도 있 잖아." 비서가 말했다.

"놈은 올 겁니다, 걱정 마세요." 맥머도가 말했다. "우리가 기다리는 만큼 놈도 오고 싶은 마음이 간절할 겁니다. 조용, 들 어봐요!"

순간 모두들 밀랍인형처럼 꼼짝도 하지 않았다. 술잔을 입 에 가져가려다 놀라 그대로 멈춰버린 사람도 있었다. 곧이어 문을 두드리는 소리가 연달아 세 번 들렸다.

"쉿!" 맥머도는 손을 들어 주의를 주었다. 모두들 흥분과 긴

장으로 어쩔 줄 몰라 하는 눈길을 주고받으며 각자의 무기를 집어 들었다.

"제발이지 아무 소리도 내지 말아요!" 맥머도는 속삭이듯 다시 한 번 주의를 주고 조용히 문을 닫으며 방을 나섰다.

살인자들은 때가 오기를 기다리며 귀를 기울였다. 복도를 따라 걸어가는 맥머도의 발소리를 속으로 세고 있는데 이윽고 맥머도가 현관문을 여는 소리가 들렸다. 몇 마디 인사말이 오가더니 집 안에서 아까와는 다른 발소리에 낯선 목소리가 들려왔다. 잠시 후 쾅 하는 소리와 함께 문이 닫히고 자물쇠를 잠그는 소리가 들렸다. 드디어 그들의 먹잇감이 덫에 걸려든 것이다. 타이거 코맥이 소름 끼치는 소리로 웃어대자 맥긴티가 그 거대한 손으로 황급히 그의 입을 막았다.

"입 다물지 못해! 이 멍청한 놈 같으니라고." 맥긴티가 낮은 소리로 질책했다. "네놈 때문에 다 망쳐버리겠어!"

옆방에서 이야기하는 소리가 어렴풋이 들려왔다. 이야기는 끝도 없이 계속될 것 같았지만, 마침내 방문이 열렸다. 맥머도가 검지손가락을 입에 갖다 대며 방 안으로 들어왔다.

맥머도는 테이블 끝으로 가더니 모두를 찬찬히 둘러보았다. 웬일인지 그의 분위기가 사뭇 달라진 것처럼 느껴졌다. 그의 태도는 뭔가 큰일을 앞두고 있는 사람 같았다. 얼굴은 바윗돌처럼 차갑게 굳어 있었고, 안경 너머의 두 눈은 흥분으로 이글이글 타오르고 있었다. 맥머도는 그 자리에 모인 사람들을 압도하는 우두머리처럼 보였다. 그를 기다리던 단원들은 자기들의 덫에 걸린 먹잇감이 궁금하다는 듯한 표정으로 맥머도를 바라보았다. 하지만 맥머도는 아무 말도 하지 않았다. 그렇게 한 사람, 한 사람을 응시하고 서 있을 뿐이었다.

"자, 어떻게 됐나?" 맥긴티가 마침내 입을 열었다. "놈이 왔나? 버디 에드워즈가 온 거야?"

"제발이지 아무 소리도 내지 말아요!" 맥머도는 속삭이듯 주의를 주었다.
아서 I. 켈러 그림, 《선데이 연합 매거진》(1914)

160. 에드워즈가 자신의 가명으로 사용한 "맥머도"는 아일랜드식 이름이다. 에드워즈는 중위 아치볼드 맥머도를 염두에 두고 이 이름을 택했을 것이다. 아치볼드 맥머도는 제임스 클라크 로스가 1839년에서 1843년까지 남극대륙 탐사에 사용했던 선박의 하나인 '테러호'에 승선한 중위였다. 맥머도 기지는 현재 영구적인 육상 기지로 서위 166도 40분, 남위 77도 55분에 있는 맥머도 해협의 로스 섬 최남단에 위치해 있다.

"네." 맥머도는 천천히 말문을 열었다. "여기 있지요, 버디 에드워즈가. 내가 바로 그 버디 에드워즈올시다!"160

맥머도의 충격적인 폭로에 방 안은 순간 텅 빈 것처럼 깊은 적막이 흘렀다. 난로 위에 놓인 주전자에서 들리는 물 끓는 소리만 귀를 찢을 듯이 울려댔다. 얼굴이 백지장처럼 하얗게 질린 일곱 명의 남자는 자기들을 제압하듯 내려다보는 이의 얼굴을 올려다볼 뿐이었다. 그들은 두려움과 갑작스러운 충격으로 온몸이 얼음처럼 얼어붙고 말았다. 이내 유리창 깨지는 소리가 들리더니 걸려 있던 커튼이 바닥에 떨어지며 깨진 창구멍마다 번쩍거리는 총신이 방 안을 향했다.

그 모습을 지켜보던 맥긴티는 상처 입은 곰처럼 울부짖으며 반쯤 열린 문을 향해 돌진했다. 하지만 이미 그곳에는 문 뒤에서 상황을 지켜보고 있던 광산 경찰대 마빈 경위가 푸른 눈을 매섭게 번뜩이며 미리 장전된 권총으로 그를 겨누고 있었다. 맥긴티는 허둥지둥 뒷걸음치며 자기 자리에 주저앉고 말았다.

이내 유리창 깨지는 소리가 들리더니 걸려 있던 커튼이 바닥에 떨어지며
깨진 창구멍마다 번쩍거리는 총신이 방 안을 향했다.
프랭크 와일스 그림, 《스트랜드 매거진》(1915)

"의원님, 그냥 그 자리에 앉아 있는 게 안전할 겁니다." 지금
까지 맥머도로 알고 있던 남자가 말했다. "이봐, 볼드윈! 총에
서 손을 떼는 게 좋을 거야. 그래야 교수형이라도 면할 수 있지
않겠나? 총 이리 내! 허튼수작 부리면! 그렇지, 자, 천천히, 좋
았어. 이 집은 무장 경관 40명에게 완전 포위되었다. 말하지
않아도 잘 알 거다. 허튼수작 부려봐야 소용없다. 마빈 경위,
놈들의 총을 모두 빼앗아요!"

　라이플 총구에 위협을 느낀 일곱 명은 저항할 도리가 없었다. 모두들 속수무책으로 무기를 빼앗기고 말았다.

　하나같이 기가 막히고 화가 치밀어 올라 미칠 것 같았지만 한편으로는 두려운 마음에 테이블 주위에 얌전히 앉아 있었다.

　"헤어지기 전에 한 마디만 하고 싶다."

　그들을 함정에 빠뜨린 잭 맥머도 아니, 버디 에드워즈가 입을 열었다.

　"내가 증언을 위해 법정에 설 때까지 한동안 너희들을 볼 기회가 없을 것이다. 지금부터 내가 들려주는 얘기를 잘 듣고 우

161. 이언 매퀸은 홈즈가 버펄로에서 아일랜드 비밀 조직에 가담하여 (「그의 마지막 인사」에서) "앨터몬트"로 명성을 얻은 것이 맥머도를 모방한 듯하다고 주장했다.

리가 다시 만날 때까지 생각해보기 바란다. 이제 너희들 모두 내 정체를 알았을 것이다. 드디어 내 진짜 명함을 보여줄 수 있게 되었군. 나는 핑커턴 탐정 사무소의 버디 에드워즈다. 나는 너희 조직을 와해시키기 위해 고용되었다. 사실 나 혼자 감당하기엔 처음부터 위험하고 어려운 게임이었지. 내가 이 일을 맡은 사실을 아는 이는 단 한 명도 없었다. 나와 가장 가깝고 친한 사람들조차 전혀 알지 못했다. 물론 여기 있는 마빈 경위와 내 고용주들은 제외하고 말이다. 어쨌든 오늘 밤 모든 것이 끝났다. 고맙게도 이 게임의 승자는 바로 나다!"

그를 바라보는 일곱 명의 얼굴은 창백하게 굳어 있었다. 그들의 눈빛은 억누를 수 없는 증오심으로 불타올랐다. 맥머도는 그 눈빛에서 자기를 끝까지 위협하고자 하는 그들의 마음을 읽을 수 있었다.

"너희들은 아직 이 게임이 끝나지 않았다고 생각할지도 모르겠다. 좋아, 나도 그럴 가능성은 염두에 두고 있다. 어쨌든 너희 조직은 더 이상 어떤 짓도 할 수 없게 되었다. 오늘 밤 너희들 말고도 60명 이상이 감옥 신세를 지게 될 테니까. 이것만은 말해두고 싶군. 내가 처음 이 일을 맡기 전에는 네놈들 같은 조직이 정말로 이 세상에 존재할 거라고는 믿지 않았다. 그저 신문에서 떠들어대는 헛소문쯤으로 생각하고, 내가 그것을 증명해 보이겠다고 마음먹었지. 내가 입수한 정보에 따라 너희 조직이 프리맨과 관련이 있기에 나는 먼저 시카고로 가서 프리맨에 가입했다.[161] 그런데 프리맨에 입단하고 나서 내 생각이 옳았다는 것을 더욱 확신하게 되었지. 시카고의 프리맨 지부는 너희들처럼 추악한 짓을 하기는커녕 오히려 좋은 활동을 많이 하고 있었으니까.

어쨌든 나는 임무를 수행하기 위해 이 계곡까지 오게 되었다. 이곳에 오고 나서야 내 생각이 틀렸다는 것을 알게 됐다.

"멈춰!" 린던이 소리쳤다.(「광산 경비대의 활동」)
앨런 핑커턴, 『몰리 머과이어스와 탐정』(1877)

162. 'dime novel.' 선풍적인 인기를 얻어 적은 비용으로 재판再版하여 10센트 정도에 팔던 문학작품을 지칭하는 미국 속어다. 대다수의 셜록 홈즈 작품은 10센트짜리 소설로 재판되었고, 이후로 왓슨 스타일을 모방하는 작가들이 많이 생겨났다. 10센트짜리 소설 형식에 관한 정전의 간단한 개요를 보려면 J. 랜돌프 콕스의 「코난 도일, 10센트짜리 소설가 : 또는 애서가들을 끌어들이는 자석」을 참고하라. 닐스 노르베르그는 「신용 사기꾼들에게 걸려든 셜록 홈즈, 또는 세계적인 탐정의 불운」에서 유럽식 10센트짜리 소설 속의 인물이라는 측면에서 셜록 홈즈의 역사를 짚어보기도 했다.

10센트짜리 소설[162] 속 이야기가 절대로 아니더군. 그래서 이곳에 남아 좀 더 알아보기로 했다. 내가 시카고에서 사람을 죽였다는 이야기도, 금화를 주조했다는 이야기도 모두 꾸며낸 이야기였다. 너희들에게 뿌렸던 돈은 사실 모두 진짜 돈이었다. 내 생애에 그렇게 가치 있게 돈을 쓸 수 있는 기회가 또 올지 모르겠군. 나는 너희 같은 놈들의 환심을 사려면 어떻게 해야 하는지 잘 알고 있었지. 그래서 사람을 죽이고 쫓기는 도망자 행세를 한 거다. 결국 모든 게 내 생각대로 됐던 거지.

그렇게 해서 나는 악의 구렁텅이 같은 너희 지부에 들어갔고, 거기서 한자리 차지하게 되었지. 이렇게 너희를 속였으니 나도 너희들만큼이나 나쁜 인간이라고 생각할지도 모르겠군. 하지만 난 너희들만 잡으면 돼. 남들이 나에 대해 뭐라고 지껄이든 나에게는 중요치 않다. 진실은 언제나 살아 있다는 것을 알고 있나? 내가 지부에 가입하던 날 밤, 너희들은 떼로 몰려가 스탱어 노인을 구타했지. 그날 시간이 너무나 촉박했기 때문에 나는 스탱어 노인에게 미리 정보를 주지 못했다. 그런데 기억하나, 볼드윈? 그날 자네가 스탱어 노인을 죽이려던 걸 내가 막았던 것을. 나는 의심받지 않고 너희와 한통속이라는 것을 보여주며 조직에 발붙이기 위해 이러저러한 제안을 하기도 했다. 물론 나중에 내가 막아낼 수 있는 것들에 한해서였지. 그런데 던과 멘지스 일은 사전 정보가 충분치 않아서 안타깝게도 막아낼 방도가 없더군. 하지만 그들을 죽인 범인들이 교수대에 매달리는 꼴을 반드시 보고 말 거다. 체스터 윌콕스는 내가 미리 경고해준 덕분에 집을 폭파시켰을 때 이미 안전한 곳으로 피신해서 목숨을 구할 수 있었지. 내가 막지 못한 일도 많기는 했지만 가만히 되짚어 생각해보면 모두 알 수 있을 거야. 너희들이 죽이려 들었던 자들이 예상했던 길과 다른 길로 돌아가거나 집에 있을 시간에 없다거나, 집 밖으로 나올 시간에 기다려도 나오지 않고 집 안에 머물러 있다던가 하던 때가 한두 번이 아니었을걸. 모두 내가 한 일이야."

"이런 빌어먹을 배신자!" 맥긴티가 이를 악물고 씩씩대며 분노했다.

"존 맥긴티, 그렇게 해서 분이 풀린다면 나를 어떻게 불러도 좋아. 나와 너희 일당은 하느님의 죄인이며 이 지역 사람들의 적이다. 너희들 손아귀에서 시달리는 불쌍한 사람들을 구해내는 데 누군가가 나서야 했고, 그 일을 할 수 있는 방법은 오직 한 가지밖에 없었다. 그래서 내가 그 일을 해냈던 것이다. 너희들은 나를 배신자라고 부르겠지만, 악으로부터 사람들을 구하기 위해 지옥까지 뛰어든 나를 구세주라고 부르는 사람은 수천 명도 넘을 거다. 지난 3개월 동안 나는 지옥에서 살았다. 워싱턴 재무부의 돈을 마음대로 쓸 수 있게 해준다 해도 다시는 그 일을 맡지 않을 것이다. 나는 너희들의 비밀을 밝혀내서 모두 잡아들일 때까지 이곳을 떠날 수가 없었다. 내 비밀이 새어 나가지만 않았어도 이 상태로 좀 더 오래 기다려야 했겠지. 그런데 내 정체를 드러낼 만한 편지 한 통이 이곳으로 날아들어서 더 이상 지체할 수 없게 되었던 거였다. 곧바로 행동에 들어가야 했어. 그것도 아주 신속하게 말이야.

이제 네놈들에게 해줄 말이 더 이상 없다. 다만 내가 죽을 때가 오면 이 계곡에서 있었던 일을 생각하며 좀 더 편안하게 눈을 감을 수 있을 것 같다. 자, 마빈 경위. 더 이상 시간을 빼앗지 않겠습니다. 어서 이자들을 데리고 가십시오."

이렇게 사건은 종결되었다. 그리고 얼마의 시간이 흐른 어느 날 스캔런은 맥머도로부터 에티 섀프터에게 편지 한 통을 전해달라는 부탁을 받았다. 스캔런은 다 알고 있다는 듯이 눈을 찡긋하더니 미소를 지어 보이고는 편지를 받아 들고 그녀를 찾아갔다. 이튿날 이른 아침, 아리따운 아가씨와 얼굴을 감싼 남자 한 명이 철도 회사에서 특별히 마련해준 기차에 올라탔다. 그들은 누구의 방해도 받지 않고 공포의 땅을 빠르게 벗어나고 있었다. 이제 에티와 그녀의 연인은 두 번 다시 공포의 계곡에 발을 들이지 않게 되었다. 열흘 뒤 두 사람은 시카고에서 결혼식을 올렸고, 제이컵 섀프터는 두 사람의 결혼식에서 증인을 서주었다.

스코러즈에 대한 재판은 나머지 일당들의 손길이 미치지 못하는 먼 곳에서 이루어졌다. 혹시라도 법을 집행하는 사람들을 위협하는 일이 생기는 것을 사전에 방지하기 위해서였다. 스코러즈는 끝까지 발악했지만 소용없는 일이었다. 지방에서 협박과 갈취로 뜯어낸 지부의 자금을 물 쓰듯 쏟아부으며 빠져나오려 했지만 모두 허사였다. 법정에서는 그들이 저지른 범죄와 조직 활동에 대해 낱낱이 알고 있는 사람들이 증인으로 나섰다. 어떤 위협에도 굴하지 않고 냉정하고 정확하게 진술하는 증인들 앞에서는 스코러즈의 능수능란한 변호인도 속수무책이었다. 몇 년이 흐르고 나서 마침내 스코러즈 조직은 와해되었다. 그토록 오랫동안 버미사 계곡을 뒤덮었던 검은 구름이 말

163. 오언 더들리 에드워즈는 "맥머도가 스테이크 로열의 헤일스 살인 사건을 증언했는데도 어떻게 여타 지부 단원들과 지나가던 부부에게 아무 일도 없었는지" 의아해했다. 이언 매퀸은 더글러스가 "그 [10년이라는] 기간이 [볼드윈이] 복역한 형량인지, 아니면 유죄를 선고한 날부터 계산한 기간인지, 아니면 그가 체포된 순간부터 감옥에 투옥되어 있던 총 기간을 말하는 것인지 분명하게 밝히지 않았다. 볼드윈이 보석금을 지불하고 도중에 석방되었을 거라고는 생각되지 않는다"고 말했다.

끔하게 걸힌 것이다.

맥긴티는 교수대에서 최후를 맞이했다. 운명의 시간이 다가오자 그는 비굴할 정도로 매달리며 살려달라고 애원했다. 지부의 핵심 단원으로 활동했던 여덟 명의 부하들도 그와 같은 운명을 맞이했다. 나머지 50명이 넘는 단원들은 각자의 죗값에 따른 형량을 선고받았다. 이렇게 해서 버디 에드워즈의 임무는 깨끗이 마무리되었다.

그러나 그가 예상했던 대로 게임은 그렇게 쉽게 끝나지 않았다. 그에게 복수의 칼을 들이대는 놈들이 끊임없이 그를 추격해왔다. 그중 하나가 테드 볼드윈이었다. 그는 교수형을 면했다. 윌러비 형제나 그 밖의 흉악한 일당들도 징역형을 선고받아 무려 10년 동안 세상에 나오지 못하고 감옥에 갇혀 지내야 했지만 목숨은 구할 수 있었다.

어느덧 시간이 흘러 마침내 그들이 자유의 몸이 되었을 때,[163] 누구보다도 그들을 잘 알고 있던 버디 에드워즈는 평화의 시간이 이제 끝났음을 직감했다. 그들은 감옥을 나오자마자 버디 에드워즈를 죽여 형제들의 복수를 하겠다고 맹세했다. 그리고 당연히 이 맹세를 지키기 위해 혈안이 되었다.

놈들의 추격은 시카고에서부터 시작되었다. 에드워즈는 두 번이나 놈들의 기습 공격을 받았지만 가까스로 피할 수 있었다. 그대로 있다가는 더 이상 무사하지 못할 것 같다는 생각에 시카고를 떠나기로 결심했다. 먼저 이름을 바꾸고 캘리포니아로 향했다. 그런데 그곳에서 에티가 세상을 떠나는 바람에 그는 한동안 삶의 빛을 잃고 살아야 했다. 그리고 나서 또다시 놈들의 습격을 받아 죽을 고비를 넘긴 에드워즈는 이번에는 더글러스라는 이름으로 바꾸고 외딴 협곡으로 들어갔다. 그는 그곳에서 바커라는 영국인 동업자를 만나 함께 큰돈을 벌었다. 하지만 그의 뒤를 쫓는 사냥개들이 또다시 그가 있는 곳의 냄새를 맡고 추격해와 자신의 흔적을 없애고 영국으로 도망쳤다.[164] 그리고 훌륭한 아내를 만나 재혼하고 서식스의 저택으로 이사했다. 그는 서식스의 신사로 평화로운 5년을 보냈지만 결국 우리가 앞에서 본 해괴한 사건[165]의 주인공이 되고 만 것이다.

164. 「착한 두 남자」에서 딘 W. 디켄시트는 1875년 몰리 머과이어스가 시카고에서 캘리포니아로 가는 도중에 네바다 주에서 에드워즈를 추격하여 복수하려 했다는 놀랄 만한 증거를 제시했다. 시어도어 W. 깁슨은 「벌스턴의 가장무도회」에서 앨런 핑커턴이 진짜 버디 에드워즈를 보호하려 했고, 존 더글러스에게 에드워즈 역할을 시켜 적의 복수로부터 벗어나게 했다고 주장했다.

찰스 B. 스티븐스는 흥미로운 추측을 풀어낸 「벌스턴의 거짓말」에서 더글러스가 아닌 세실 바커야말로 버디 에드워즈라는 입장을 보였다. 이런 분석을 내놓은 이유는 왓슨이 앞부분에서 바커를 다음과 같이 묘사했기 때문이다. "키가 훤칠하고 어깨가 떡 벌어졌으며 언제나 말끔하게 수염을 깎은 모습이 마치 프로 권투 선수 같은 인상을 풍겼다. 검은 눈썹이 유난히 굵고 억센 데다가 검은 눈동자는 상대를 압도하는 듯해서 손가락 하나 까딱하지 않고도 적의 무리를 뚫고 위풍당당하게 지나갈 사람처럼 보였다." 스티븐스는 바커가 영국에 와서 "홈즈"란 필명으로 모리아티의 조직에 잠입했고, 마빈 서장과 다시 일을 시작했는데, 마빈 서장이 다름 아닌 셜록 홈즈의 또 다른 별명이라고 주장했다.

165. 버디 에드워즈(또는 잭 맥머도 또는 존 맥글리스)가 핑커턴 국제 탐정 사무소의 제임스 맥팔런이라는 인물을 모델로 했다는 사실에는 조금도 의심의 여지가 없다. 1873년 철도업계의 거물인 프랭클린 가웬은 몰리 머과이어스가 자신의 부에 영향을 미칠 수 있을 정도의 세력과 능력이 있다는 것을 깨닫고 앨런 핑커턴에게 도움을 청해 그 비밀 조직을 와해시키고자 했다. 맥팔런은 아일랜드 가톨릭 이민자로서 누구와도 쉽게 사귀는 성격으로 가장 세력 있는 몰리들의 환심을 사서 조직의 높은 위치까지 올라갔다. 맥팔런은 '제임스 머케나'라는 가명으로 조직에 침투해 2년여에 걸쳐 몰리 머과이어스가 활동하는 방법에 대해서 모든 것을 익히는 등 그들과 관련된 정보를 취합하는 역할을 담당했다.

그러던 어느 날 그의 정체가 탄로나고 말았다. 잭키요가 맥팔런의 정체를 의심하고 그를 죽이려 하자, 맥팔런은 그 지역을 떠나 세간의 주목을 끌었던 일련의 재판의 증인으로 나서서 사건 판결에 결정적인 역할을 했다. 그가 재판에서 혐의가 있는 50여 명의 몰리 머과이어스에 대해 불리한 증언을 하는 바람에 결국 키요와 18명의 단원들은 유죄를 선고받아 교수형에 처해지게 되었다. 프랭클린 가웬은 1889년 키요가 교수형에 처해진 지 11년이 되기 불과 일주일을 앞두고 의문의 자살을 한 것으로 알려졌다.

에드워즈와 관련된 이야기에는 맥팔런이 직접 위장 활동한 경험들로 가득하다. 맥팔런은 화폐 위조자로 알려져 있는데, 그래서인지 그는 사람을 새로 사귈 때마다 자기가 술값을 낼 정도로 항상 수중에 많은 현금을 가지고 있었다. 맥팔런은 새로운 지역에 도착하자마자 경중경중 뛰고, 노래하고, 현지 보디마스터를 자기 파트너로 끌어들여 유커(미국 및 오스트레일리아에서 널리 보급된 카드놀이의 일종으로 24개의 카드를 가지고 두 명씩 짝을 지어 하는 게임—옮긴이) 게임을 하는 등 셰리든 하우스에 모여 있는 몰리들에게 강한 인상을 남겼다. 이 이야기의 출처는 불분명하지만 클리블랜드 모펫의 전언에 따르면, 맥팔런이 어떤 난폭한 몰리 한 명이 속임수를 쓴다고 맹렬하게 비난하면서 현저한 키와 몸무게의 차이 등 불리한 조건에도 불구하고 그와 주먹다짐을 벌여 결국 그를 제압했다고 한다. 모펫은 그 사건과 관련하여 다음과 같이 기록했다. "맥팔런은 연거푸 여섯 번에 걸쳐 프레이저를 때려눕혔다. 마지막 일곱 번째로 날린 그의 강타에 포츠빌의 불량배는 그 자리에 쓰러져 몸을 일으키지 못했다." 맥팔런은 버디 에드워즈처럼 남들로 하여금 자기가 사람을 죽인 적이 있다는 사실을 믿도록 만들었다. 에드워즈처럼 맥팔런도 (항상 성공한 것은 아니지만) 몰리 머과이어스의 계획된 공격을 사전에 막기 위해 수단과 방법을 가리지 않았다.

하지만 이 이야기 속의 에드워즈는 맥팔런과 사뭇 다른 점이 있다. 현대 역사학자들은 맥팔런에게 직접 들은 증언에 따라 그 점을 지적했다. 맥팔런의 증언에 의하면, 그는 실제로 몰리의 폭력에 직접 가담하거나 일부 폭력을 야기하기도 했다. 몇 가지 논란의 여지가 있던 펜실베이니아 사건들과 관련한 그의 증언은 대부분 증거 부족으로 판명되고 말았다. 다른 경우에도 공범자에게 불리한 증언을 하는 미심쩍은 증인들만 출석하기도 했다. 맥팔런은 에드워즈와 달리 몰리 머과이어스에게 불리한 증언을 한 후에도 피신하지 않고 콜로라도에 근거지를 둔 핑커턴 서부 지부의 총책임을 맡았다. 1906년 맥팔런은 당시 아이다호 주의 주지사인 프랭크 스튜넨버그 살인 사건을 맡았지만, 범인을 잡는 데 실패하고 말았다. 다소 의문의 여지가 있기는 하지만 그의 업적과 전략들은 클레런스 대로 변호사에 의해 세상에 알려지게 되었다. 맥팔런은 은퇴한 뒤 1919년 덴버에서 세상을 떠났다.

에필로그

존 더글러스 사건은 경찰의 심리를 마치자마자 재판에 회부되었다. 그는 사계四季 법원[166]에서 정당방위를 인정받아 곧바로 석방되었다.

"무슨 일이 있더라도 남편이 더 이상 영국에 머무르지 않도록 하십시오." 홈즈는 더글러스 부인에게 보내는 편지에 이렇게 썼다. "부인의 남편은 지금까지 피해왔던 그 어떤 상황보다 훨씬 심각한 위험에 처해 있습니다. 계속해서 영국에 머무르고 있는 한 어디서도 안전하지 못할 겁니다."

그로부터 2개월이 지났다. 사건에 관한 기억이 머릿속에서 차츰 잊혀가고 있던 어느 날 아침, 우편함에 수수께끼 같은 편지 한 통이 꽂혀 있었다.

"어쩌나, 홈즈 씨. 이를 어쩌나!"

편지에는 달랑 이 한 줄만 적혀 있었다. 받는 사람의 이름도

166. 'Quarter Sessions.' 영국판에는 "즉결심판소" 내지 "순회재판소"라고 나온다.

167. 홈즈에게 전달된 "수수께끼 같은 편지"에서 홈즈가 알아낸 사실은 무엇일까? 데이비드 탤벗 콕스는 이렇게 주장했다. "이전에 폴록의 편지에서 보았던 그리스어 ε를 이 편지에서도 발견한 홈즈는 '폴록'이 바로 홈즈 자신이 사건에 개입한 것을 응징하려고 작정한 모리아티 교수였다는 사실을 깨닫게 되었을 것이다." 이에 반해, 크리스토퍼 F. 봄은 홈즈가 이 편지에서 그리스어 ε를 보지 못했기 때문에 모리아티 교수가 폴록일 가능성을 배제하고 상황을 있는 그대로 해석했다고 주장한다.

"안 좋은 소식이 있습니다. 정말로 끔찍한 일이 벌어졌습니다, 홈즈 씨."
프랭크 와일스 그림, 《스트랜드 매거진》(1915)

보낸 사람의 이름도 없었다. 나는 그 어이없는 내용에 실소를 터트릴 수밖에 없었다. 하지만 홈즈의 표정은 의외로 심각해 보였다.

"왓슨, 이건 악마의 짓이 분명해." 홈즈는 인상을 찌푸린 채 한참 동안 그대로 앉아 있었다.[167]

어젯밤 늦은 시각에 하숙집 주인 허드슨 부인이 찾아왔다.

그녀는 어떤 신사가 와서 아주 중요한 일로 홈즈를 만나고 싶어 한다고 했다. 자세히 보니 부인 바로 뒤에 낯익은 얼굴이 서 있었다. 다름 아닌 해자로 둘러싸인 벌스턴 저택에서 만난 세실 바커였다. 그런데 무슨 일인지 그의 얼굴이 상당히 어둡고 초췌해 보였다.

"안 좋은 소식이 있습니다. 정말로 끔찍한 일이 벌어졌습니다, 홈즈 씨." 바커가 말했다.

"나도 걱정하고 있던 차였습니다." 홈즈가 말했다.

"혹시 전보를 받으신 것은 아니겠지요?"

"전보를 받은 누군가가 내게 편지를 보내왔습니다."

"불쌍한 더글러스. 남들에게는 에드워즈일지 모르겠지만 내게는 베니토캐니언의 존 더글러스로 영원히 남아 있을 겁니다. 이미 말씀드렸듯이, 더글러스 부부는 3주 전에 팔미라호[168]를 타고 함께 남아프리카로 떠났습니다."

"그랬지요."

"어젯밤에야 그 배가 케이프타운에 도착했어요. 그런데 오늘 아침 더글러스 부인에게서 이 전보를 받았습니다."

세인트헬레나[169]에서 폭풍을 만나 잭이 배에서 떨어져 실종되었습니다. 사건 경위를 아는 사람은 아무도 없습니다.
　　　　　　　　　　　　　　　　　　— 아이비 더글러스[170]

"저런! 그런 전보가 왔다는 말입니까?" 홈즈는 뭔가 골똘히 생각하면서 말했다. "흠, 연출을 제법 잘했군!"[171]

"그렇다면 애초에 사고로 죽은 게 아니란 말인가요?"

"절대로 사고가 아닙니다."

"그렇다면 누군가 일부러 죽였다는 건가요?"

"그렇지요!"

168. 도널드 A. 레드먼드는 『셜록 홈즈 : 원전 연구』에서 "1890년 5월 28일 자 《타임스》에는 템스 스트리트의 프레시 부두에 정착해 있던 증기선 팔미라호에 화재가 났다고 보도되었다. 삽에서 튄 불똥으로 인해 발생한 화재지만 재산상의 큰 손해 없이 진압되었다. 연대기 학자의 말이 맞는다면(부록 3 참고), 배에 화재가 발생한 시점은 아프리카에서 돌아오는 길이었을 것이다. 모리아티 교수가 배를 침몰시키려 했다는 증거를 발견하기라도 했던 것일까?

169. 세인트헬레나는 아프리카 대륙 해안에서 서쪽으로 약 1,930킬로미터 떨어진 대서양 한가운데 있는 외로운 섬이다. 1834년부터 오늘날까지 영국령에 속해 있다. 나폴레옹은 워털루 전쟁에서 패한 후 1815년 세인트헬레나 섬으로 추방되어 1821년 죽을 때까지, 이 섬의 수도 제임스타운에서 약 5킬로미터 떨어진 곳에 위치한 롱우드의 시골 농장에서 살았다. 아서 코난 도일은 에티엔 제라르 준장의 모험 이야기를 바탕으로 소설을 쓰기도 했다. 에티엔 제라르 준장이 세인트헬레나를 방문해 자신이 흠모했던 황제를 구하려 했으나 그의 노력은 수포로 돌아가고 만다. 그는 섬의 해안선을 보자마자 "드디어 내 꿈의 섬이 여기 있었구나!"라고 말하며 "이곳이 바로 저 위대한 프랑스의 독수리가 갇혀 있는 새장이었도다!"라고 외친다.

170. 더글러스 부인의 이름이 나온 부분은 이곳이 처음이자 마지막이다.

171. 시어도어 W. 깁슨이 주장한 것처럼 '무대연출'은 어쩌면 창의적이고 아이디어가 풍부한 존 더글러스의 작품일지도 모른다. 버디 에드워즈 역으로 돌아가 자신의 존재를 숨기려 하지만, 홈즈가 끼어드는 바람에 그 노력이 수포로 돌아가고 말았으니 말이다.(아래 175번 주석 참고)

172. 코넬리우스 헬링은 《셜록 홈즈 저널》에 보낸 편지에서 '걸어다니는 범죄 전문가'인 홈즈가 왜 존 더글러스의 설명을 듣고 나서야 "범죄 소굴"인 스코러즈를 떠올리게 되었는지 의아해한다. 펜실베이니아 스몰 암 컴퍼니에서 만든 산탄총의 총신을 잘라낸 것을 확인하고도, 시체의 팔뚝에 낙인이 찍힌 것을 보고도, 무엇보다 명함에 V.V.라는 머리글자와 함께 숫자 341이 휘갈겨 적힌 것을 보고도 어떻게 "겨우 15년 전에 있었던 버미사 계곡의 악명 높은 스코러즈의 잊지 못할 재판과, 그 당시 핑커턴 탐정 사무소의 버디 에드워즈가 중요한 역할을 했었다는 사실을 떠올리지 못했을까? 그리고 존 더글러스가 바로 그 버디 에드워즈임을 곧바로 눈치채지 못했을까? 아니면 모든 것을 알고도 조용히 침묵을 지키고 있어야 할 이유라도 있었던 것일까?"라며 의문을 제기했다(물론 이니셜이 'M. M.' 또는 'A. O. H.'였다면 홈즈가 '제임스 맥팔런'이라는 이름을 곧바로 떠올리지 못했을 리가 없다).

173. 앨런 올딩은 다음과 같이 주장한다. "이다음에 나오는 구절은 홈즈가 완전히 실패했다는 비극적인 내용이 담긴 기록이라고 할 수 있다. 그 내용을 분석해보면 게임에서 처음부터 노련한 자에게 휘둘린 한 남자의 분노를 느낄 수 있다. 홈즈 자신이 이 게임에서 패배했고, 한때 자기의 '비밀 요원'이었던 남자에게서 받은 암호문을 아무 의심 없이 받아들인 탓에 스스로 '지하 세계를 지배하는 두뇌의 도구로' 이용당하게 되었다는 것을 깨달았다."

174. 올딩은 다음과 같이 의문을 제기한다. "홈즈는 자신이 실패한 사실을 인정하는 것인가? 아니면 정당화하려는 것인가?"

"나도 그렇게 생각합니다. 이 지독하고 지긋지긋한 스코러즈 놈들. 그들은 저주받을 범죄 소굴……."[172]

"아닙니다, 그게 아니에요. 이 일에는 분명히 전문가가 개입된 것 같습니다. 단순히 총신을 자른 산탄총이나 어쭙잖은 6연발 총 따위를 상대하는 것이 아닙니다. 붓의 터치를 보면 대가의 작품임을 알 수 있듯이 이번 일은 모리아티 교수의 짓이 분명합니다. 이번 사건은 미국에 있는 사람의 짓이 아닙니다. 런던에 있는 자의 소행이 분명해요."

"하지만 무슨 근거로 그렇게 단정 지어 이야기하시는 겁니까?"

"왜냐하면 그 일은 무슨 일이 있어도 실패하면 안 되는 사람이 저지른 것이 분명하기 때문이지요. 자기가 하는 일의 성패에 따라 자신의 미묘한 위치가 달라지거든요. 한 사람의 뛰어난 두뇌와 그 뒤에 있는 거대한 조직이 힘을 합쳐 한 남자의 존재를 없애려고 한 것입니다. 해머로 호두를 깨는 격이지요. 터무니없을 정도로 에너지를 소모했지만 어쨌든 호두는 확실하게 깨진 셈이지요."

"그런데 그자가 이 문제와 무슨 관련이 있다는 겁니까?"

"실은 그자의 부하가 내게 편지를 보내왔습니다.[173] 그래서 이 일에 대해서 알게 되었지요. 이 스코러즈 놈들은 이미 많은 것을 알고 있었어요. 영국인을 상대해야 할 일이 생기자 영국인 파트너를 찾아나선 거지요. 국외에서 일을 처리할 때는 보통 그런 식이에요. 그때 바로 더글러스의 운명은 끝이 났다고 봐야죠.[174]

모리아티 교수는 용병들을 이용해서 더글러스의 행방을 찾아낸 것입니다. 그런 다음 어떻게 문제를 풀어갈지 직접 계획하고 지시를 내렸지요. 하지만 자신의 요원이 더글러스 살해에 실패했다는 기사를 읽고는 암살의 대가답게 자신이 직접 움직인 것입니다. 나는 이미 벌스턴 저택에서 더글러스에게 더 큰 위험이 닥쳐올 테니 조심하라고 주의를 주었습니다. 내 말대로 되지 않았습니까?"[175]

바커는 어처구니없이 당했다는 생각에 분을 참지 못하고 불끈 쥔 두 주먹으로 자신의 머리를 내리쳤다.

"이제 어떻게 해야 합니까? 이렇게 당하고도 그냥 가만히 있을 수밖에 없는 겁니까? 이 악마에게 복수할 수 있는 사람이 아무도 없다는 겁니까?"

"아니요, 그렇지 않아요."

홈즈의 눈은 먼 미래를 내다보는 듯했다.

175. "이런, 말도 안 돼! 홈즈, 당신이 틀렸소!!" 올딩은 애석함을 감추지 못하고 여러 곳을 지적했다. 홈즈는 「제2의 얼룩」과 「보스콤밸리 사건」에서는 보고서도 못 본 척하거나 자신의 잘못을 인정하는 가치 있는 사람들을 향해 용서와 관용을 베푸는 등 사람들에게 도움의 손길을 뻗었다. "도대체 왜 홈즈는 자기의 의무에 충실하고 법을 수호하려다가 지옥의 나락으로 떨어지고 만 이 용감한 남자에게 아무런 사심 없이 똑같이 해주지 못했단 말인가?" D. 마틴 데이킨 역시 비슷한 질문을 했다. "만일 더글러스의 [자신의 정체를 숨기려던] 계획이 성공했다면 그때는 정말로, 그가 말한 대로, 볼드윈이 그를 죽인 것으로 마무리되어 스코러즈로부터 더 이상 추격을 받지 않았을 것이다. 그리고 그와 그의 아내가 평화롭게 생을 마무리할 수 있었을 것이다. 하지만 우리는 우울한 결론을 내릴 수밖에 없다. 홈즈가 만약 「애비 농장 저택」의 크로커 선장과 「악마의 발」에 나온 스턴데일 박사에게 했던 것처럼 침묵을 지켜주었더라면, 또는 아예 처음부터 개입하지 않았더라면 이 이야기는 훨씬 더 행복한 결말을 맺었을 것이다. 그게 아니라 해도 사악한 모리아티 교수가 결국 더글러스의 행방을 찾아내고 말았을까?"

셜록 홈즈.
프레더릭 도어 스틸 그림, 『셜록 홈즈 최후의 모험』 제1권(1952)
《콜리어스 위클리》(1914)에 실린 「프라이어리 스쿨」의 표지를 재사용한 것이다.

176. 마이클 왝슨버그는 「조직적인 노동에 관한 조직적인 사고, 공포의 계곡에서 잃어버린 노동의 명예훼손」에서 홈즈는 왜 모리아티 교수를 이기기 위해 시간이 필요했나? 라며 고민했다. 여기 나오는 대화는 1890년대 초기에 있었던 것 같다.(부록 3 참고) 어쩌면 모리아티 일당이 영국의 노동조직과 긴밀한 관계를 맺고 있을지도 모르고. 홈즈는 당시 노동운동에 불필요한 해를 끼치는 것을 원치 않았을지도 모른다고 왝슨버그는 추측했다. 그러나 1891년 즈음 몇몇 재판을 통해서 노동조합에게 쟁의와 시위를 할 수 있는 권한이 부여되었다. 그 결과 범죄 조직과의 오랜 인연은 노동조합에게 더 이상 쓸모가 없게 되었다. 그런 까닭에 홈즈는 노동조합 운동에 어떤 해를 끼치지 않고도 모리아티 조직을 검거할 수 있게 되었다.

"그자를 어쩔 수 없이 내버려둬야 한다는 것이 아닙니다. 하지만 내게는 시간이 필요합니다. 시간이 더 필요해요!"[176]

우리 모두가 오래도록 말없이 앉아 있는 동안, 홈즈의 두 눈은 숙명처럼 여전히 베일을 꿰뚫어 보려고 했다.

"그렇다면 폴록의 정체는 무엇일까?"

왓슨이 "프레드 폴록" 정체의 "베일을 꿰뚫어 보려고" 열망하는 것 못지않게 셜로키언들도 그의 정체를 밝히고 싶어 한다.

로널드 A. 녹스는 「마이크로프트의 수수께끼」에서, 「그리스인 통역사」 및 여타 이야기에서 비중 있는 역할로 나오는 수수께끼 같은 홈즈의 형, 마이크로프트 홈즈의 입장에 대해 상세히 기술하고 있다. 녹스는 마이크로프트가 번번이 모리아티 교수에게 협조하는 척하며 내부 기밀을 빼내어 홈즈에게 전달하는 "비도덕적인 관계"를 맺기도 했다고 주장하면서, 그렇지만 "충분히 이해할 수 있는 상황"이라고 덧붙이며 다음과 같이 그 이유를 설명했다.

홈즈가 해결한 '가장 흥미진진한 사건' 가운데 몇몇 사건의 수임은 마이크로프트를 통해 이루어졌다. 마이크로프트는 셜록에게 사건을 연결해주고, 그때마다 난해한 문제에 당황하는 동생에게 사건 해결에 필요한 설명까지 함께 제공해주었다. 「그리스인 통역사」에서도 그랬듯이 마이크로프트의 설명은 알고 보면 언제나 사실로 확인된다. 정확한 증거를 댈 수는 없지만 『공포의 계곡』에서 자기 동생에게 정보를 제공해준 '프레드 폴록' 역시 알고 보면 마이크로프트였을 것이라고 확신한다.

셜록-폴록, 무의식적인 기억 때문에 폴록이라는 필명을 사용했다는 것은 두 사람이 가족 관계임을 시사한다. 명석하고 체계적인 두뇌를 가진 마이크로프트가 아니라면 그 누가 『휘터커 연감』을 사용해 암호문을 만들어 보낼 만큼 복잡한 생각을 해낼 수 있었을까?

물론 폴록의 정체에 대한 다른 견해도 있다. 「불쌍한 셜록」의 데이비드 탤벗 콕스 이론에 의하면, 모리아티 교수 자신이 폴록이다. 그래서 홈즈에게 고의적으로 혼란스러운 메시지를 보낸 것이라고 제안했다. 이 경우에 모리아티 교수는 스코러즈에게 압력을 가하기 위하여 홈즈를 "끌어들여" 복수를 한 것이다. 노아 안드레 트루도는 「프레드 폴록—'고리의 연결을 조사하다'」에서 콕스의 의견에 동의하는 한편, 폴록이 정신분열증 환자인 모리아티 교수[177]의 "착한" 본성을 대변하는 인물이라고 주장한다.

「폴록—필명을 꿰뚫다」에서 폴 B. 스메드가드는 모리아티 교수의 참모이자 "런던에서 두 번째로 위험한 인물"(「빈집」)로 모리아티 교수의 자리를 차지하려던 세바스찬 모런 대령을 폴록으로 지목했다. 토머스 앤드루는 「폴록에 대한 의혹 : 줄어든 해결책」에서 허드슨 부인이 원래 요원이었을 것이라고 제안하는 한편, 러셀 맥더못은 「폴록, 교수, 제임스 대령」에서 제임스 모리아티 대령이 자기 형의 조직을 넘겨받으려 애썼다고 주장한다. 크리스토퍼 F. 봄은 녹스, 콕스, 스메드가드, 앤드루, 맥더못의 주장을 고찰한 후에 「폴록의 문제」에서 폴록이 사실 제임스 모리아티 대령이었다고 결론지었다. 봄은 또한 모런 대령에게는 모리아티 교수 역할에 걸맞은 자질이 부족하다고 설명하면서, 그 예로 「빈집」에서 그가 로널드 아데어에게 사용했던 공기총으로 홈즈를 죽이려다 실패한 사건을 들었다.[178]

이 밖에도 폴록의 정체에 대한 주장은 몇 가지가 더 있다. 폴 젠스는 「인물 연구」에서 폴록은 사실 서머싯 서쪽 카운티에서 북서쪽 모퉁이에 위치한 마을 이름이며, "서부 잉글랜드의 역장"으로 있는 모리아티의 둘째 동생이 바로 폴록이라고 강력히 주장했다. 세 번째 형제 모리아티의 생애를 추적한 결과 그는 젊어서 기차역장으로

177. 고든 R. 스펙은 「프레드 폴록의 정체」에서 모리아티 교수가 가명을 사용해 자신의 이중성을 감추고 조직 내에 있는 독선적이거나 무능한 조직원들을 제거하려 했다고 제안했다.
178. 도널드 K. 폴록 주니어는 《베이커 스트리트 저널》에 보낸 편지에서 모리아티 교수가 아니라고 주장하는 봄의 의견에 대해 반박했다. 그는 모리아티 교수가 폴록의 편지에 자신의 필체를 감추고 직접 썼을지도 모른다고 주장했다. 하지만 봄은 또 다른 편지에서 어느 누구라도 세 번씩이나 필체를 같은 방식으로 위장하기는 힘들다고 반박했다. 그렇지만 봄은 모리아티 교수와 모리아티 대령이 비슷한 필체를 보이고 있다는 폴록의 주장의 중요성을 인정하고, 모리아티 대령이 폴록이라고 단정 지은 결론을 철회하기도 했다. 그렇다면 도대체 누가 폴록인가?

사회생활을 시작했다가, 마침내 런던으로 이주해 모리아티 조직의 "교통부 국장"으로 은퇴했다고 주장했다. 앨런 올딩은 「따뜻한 곳에 머무른 스파이」에서 조지프 콘래드의 「비밀 요원」에 나오는 아돌프 벌록이 바로 폴록일 거라고 주장하기도 했다.

이 문제에 대한 가장 설득력 있는 주장은 도널드 앨런 웹스터가 《베이커 스트리트 저널》에 보낸 편지에 총망라되어 있다. (사실 이 편지가 아직까지 주목받지 못하고 있는 까닭에 내용을 모두 원용하겠다.) 아래는 웹스터가 쓴 「공포의 계곡 그 이후」의 전문이다.

대다수의 셜로키언은 왓슨과 같은 질문을 한다. "그렇다면 도대체 폴록은 누구인가?" 폴록이라는 필명으로 편지를 작성한 것으로 추정되는 사람은 대략 여덟 명으로 추려진다. 세실 포리스터 부인, 마이크로프트 홈즈, 셜록 홈즈, 허드슨 부인, 신웰 존슨, 세바스찬 모런, 세 명의 제임스 모리아티 형제 등이다. 이 중에서 몇 명은 쉽게 제외할 수 있다. 예를 들어 폴록은 "너무나 두려워 정신을 차릴 수 없었다." 따라서 모런일 가능성은 별로 없다. 제임스 모리아티 대령이 《타임스》에 보낸 편지 내용에서 자신은 홈즈와 친분 관계가 전혀 없다고 했으니, 자기 형이 범죄 활동에 연루되어 있다는 사실을 알았을 리가 없다. 제임스 모리아티 교수가 홈즈를 혼란에 빠뜨리려고 편지를 보냈다고 추측해볼 수도 있겠지만, 그 또한 어불성설이다. 왜냐하면 모리아티 교수가 자칫 홈즈에게 중요한 단서를 노출시킬 수 있는 위험을 감수하면서까지 그런 모험을 했을 리가 없기 때문이다. 홈즈가 자신이 직접 그 편지를 써서 모리아티에 대한 모든 정보가 아편으로 인해 생긴 환상에서 비롯된 것임을 왓슨에게 감추려 했다는 주장은 일고의 가치도 없다. 이제부터 지금까지 간과해왔지만 폴록의 정체를 파악하는 데 중요한 역할을 하는 단서들을 살펴보겠다.

단서 1─폴록은 모리아티와 가까워서 모리아티가 범죄 활동에 연루되어 있다는 사실을 잘 알고 있었다. 모리아티의 정체가 얼마나 잘 감춰져 있는지 홈즈 역시 강조했듯이, 모리아티 조직 내에서도 그가 범죄 활동에 연루되어 있다는 사실을 아는 이가 거의 없었을 것이다. 오직 수입이 좋은(연간 6,000파운드) 핵심 세력만이(기껏해야 조직 내부의) 알고 있었을 것이다.

단서 2―폴록은 수입이 변변치 않았다. 폴록이 고작 10파운드를 받고 홈즈에게 정보를 제공했다는 점으로 미루어 그의 경제적인 상황이 형편없고, 1년에 6,000파운드도 받지 못했다는 사실을 짐작할 수 있다.

단서 3―폴록은 모리아티 교수와 함께 살았다. 폴록의 편지에 나오는 "제가 암호의 열쇠를 보내려고 봉투를 쓰고 있는데 갑자기 그가 제 앞에 나타났습니다. 재빨리 봉투를 감춘 덕분에 들키지 않아서 다행입니다." 내용으로 보아 폴록과 모리아티 교수가 서로 다른 집에서 살고 있었다면 이와 같은 편지를 쓸 수 없었을 것이다.

단서 4―폴록은 모리아티의 조직원이 아니었다. 지금까지 폴록에 대해 연구한 사람들은 하나같이 그가 모리아티의 조직원일 거라고 추측한다. 하지만 앞에서 제시한 세 가지 단서가 그 반증의 예다. 다시 말해, 모리아티 교수와 가까운 조직원들만이 고액의 보수를 받는 핵심 세력이었다.(단서 1) 폴록의 보수는 많지 않은 것으로 미루어(단서 2) 그가 조직원이었을 리가 없다. 더욱이 모리아티 교수는 자신의 정체를 확실히 숨기기 위해 조직원과 한집에서 사는 일을 꺼렸을 것이다.(단서 3) 이런 점에서 볼 때 폴록은 단순히 모리아티 교수와 가깝게 지내는 사이였을 뿐이고, 우연히 그의 범죄 관련 사실을 알게 되었을 것이다.

도대체 폴록은 누구일까? 폴록의 정체에 대한 여러 가지 추측 중에서 가장 그럴듯한 것이 폴록이 바로 교수와 함께 살고 있는 그의 형제일 거라는 가설이다. 여기서 우리는 이미 제임스 모리아티 대령을 제외시켰다. 역장 제임스 모리아티일 가능성도 희박하다. 홈즈가 떠올린 거미줄 한가운데에 있는 거미 이미지는 런던 시내에 살고 있는 모리아티 교수를 가리킨다. 서부 잉글랜드에 있는 역장 모리아티는 서부 잉글랜드에 살고 있을 것이 아닌가. 모리아티가 미혼이었다는 사실에서 그의 아내나 아들딸 누구일 리도 없다. 당시 사회 풍토를 보았을 때 정부가 있었을 리도 없다. 설령 있었다 하더라도 모리아티 교수와 함께 살았을 리가 없다.[179] 이제 남은 것

179. P. H. 우드는 이 대목을 비웃으며 "빅토리아 시대에 대해서 놀랄 만큼 무지하다"고 표현했다. 크리스토퍼 레드먼드는 『셜록 홈즈와 동침을』을 통해 빅토리아 시대의 성 풍토가 정전에 어떻게 반영되었는지에 대해 고찰했다.

은 누구인가? 항상 그의 주변을 맴돌던 이가 있던가? 그의 비밀을 모두 알고 있는 사람이 누구인가? 지나치게 적은 보수를 받았던 이가 누구인가? "그렇다면 폴록의 정체는 무엇인가?"라는 질문에 대한 해답은 위층이 아닌 아래층에 있을 것이다.

"좋았어, 왓슨! ……연감이야!" 이 대목을 두고 P. H. 우드는 웹스터의 주장에 조목조목 반박했다. 그는 웹스터의 첫 번째 단서를 제외하고 나머지에 전혀 동의하지 않았다. 우드는 폴록이 (1)자신의 목숨을 걸고 벌스턴의 살인을 막으려는 강한 동기를 가지고 있었으며 (2)어떤 이유에서인지 모리아티 밑에서 일하는 것을 그만두지 못했고 (3)모리아티의 조직에 좀 더 오래 몸담고 있지 못했고(그렇지 않았더라면 모리아티를 방해하는 시도를 더 많이 했을 것이다) (4)교육을 잘 받았고 (5)계속해서 모리아티와 접촉해왔고 (6)조직 내에서 고위 간부직을 맡았을 것이라고 추정했다. 우드는 폴록이 수학 관련 분야의 대학 교육을 받았을 것이며, 모리아티 교수 밑에서 공부하다 나중에 그에게 고용되어 결국 모리아티 조직 내에서 고위 간부직까지 맡게 되었다는 결론을 내렸다. 폴록은 조직 내에서 연락과 보안을 담당했을 것이다. 우드는 폴록이 아이비 더글러스의 동생일 것이라고 추측했다.

어쨌든 폴록의 정체에 관한 어떠한 주장도 완전히 만족스럽지 못하다. 좀 더 확실한 정보가 나올 때까지 진실은 영원히 빛을 보지 못할지도 모르겠다.

부록 2

『공포의 계곡』에 등장하는 인물, 장소, 사건 및 펜실베이니아 해당 명칭[180]

『공포의 계곡』 속 명칭	해당하는 실제 명칭
공포의 계곡	1870년대 펜실베이니아 무연탄 지대
버미사 계곡	팬서 계곡, 스쿠컬 계곡, 마하노이 계곡, 셰넌도어 계곡
버미사	포츠빌, 셰넌도어, 터마쿠아, 저라드빌
버디 에드워즈(잭 맥머도)	제임스 맥팔런(제임스 머케나)
보스 맥긴티	잭 키요, 마이크(머프) 롤러, 팻 도머
유니언 하우스	하이버니언 하우스(저라드빌) 및 셰리든 하우스(포츠빌) 등
스코러즈	몰리 머과이어스
프리맨단	하이버니언단
테디 마빈 지구대장	로버트 린던 지구대장
테드 볼드윈	토머스 헐리
《버미사 헤럴드》	《셰넌도어 이브닝 헤럴드》
제임스 스탱어, 《헤럴드》 편집자	토머스 포스터, 《헤럴드》 편집자
마이크 스캔런	프랭크 매캔드루
머튼 카운티	카번 카운티

180. 아서 코난 도일의 『공포의 계곡』 소개를 위해 줄리아 칼슨 로젠블랫이 수집한 자료를 레슬리 S. 클링거가 편집했다.(인디애나폴리스, 개서진 출판사, 2004)

『공포의 계곡』 속 명칭	해당하는 실제 명칭
J. W. 윈들	토머스 피셔 및 알렉산더 캠벨
회계원 히긴스	지미 케리건
경관	순찰대 벤저민 요스트
에번스 포트	바니 돌런
앤드루스	토머스 먼레이
롤러	마이클 도일
타이거 코맥	마이클 J. 도일(펜실베이니아 래피 산 출신)
영 윌슨	에드워드 켈리(펜실베이니아 래피 산 출신)
앤드루 레이	존 P. 존스
레이와 스터매시 탄광 회사	리하이와 윌크스베어리 탄광 회사
조사이어 던	토머스 생어
탄광 기술자 멘지스	윌리엄 유렌
크로힐 광산	레이븐스 런의 히턴 탄광
스테이트 앤드 머튼 철도 회사	필라델피아 앤드 리딩 철도 회사
에티 섀프터	에마 쇠플레

『공포의 계곡』 연대표

『공 포의 계곡』은 연대기 학자에게는 악몽이나 다름없는 작품이다. 왓슨 박사는 1891년에 발표한 「마지막 문제」에서 모리아티 교수[181]를 몰랐다고 주장한다. 반면에 여기서 그는 "공포의 계곡" 사건이 "1880년대 후반"[182]에 일어났다고 말했다.

---

181. 위의 6번 주석 참고.

182. 연대에 관련된 추가 자료는 앤드루 제이 펙과 본 편집자의 『언제일까? : 연대순으로 살펴본 개요서』를 참고하라.

출처	사건의 시초로 제시된 날짜
정전	1880년대 후반 1월 7일
H. W. 벨, 『셜록 홈즈와 왓슨 박사 : 그들의 모험 연대기』	1887년 1월 7일 금요일
T. S. 블레이크니, 「셜록 홈즈 : 사실인가 허구인가」	1887년 1월 7일 화요일
제이 핀리 크라이스트, 『베이커 스트리트의 셜록 홈즈 비정규 연보』	1889년 1월 7일 월요일
개빈 브렌드, 『친애하는 홈즈』	1900년 1월
윌리엄 S. 베어링굴드, 「셜록 홈즈와 왓슨 박사의 새로운 연대기」	1888년 1월 7일 토요일
윌리엄 S. 베어링굴드, 『연대순으로 된 홈즈』. 베어링굴드는 『베이커 스트리트의 셜록 홈즈 : 세계 최초의 자문탐정의 생애』와 『주석달린 셜록 홈즈』에서도 같은 날을 제시했다.	1888년 1월 7일 토요일
어니스트 블룸필드 자이슬러, 『베이커 스트리트 연대기 : 존 H. 왓슨 박사의 신성한 글쓰기에 관한 논평』	1888년 1월 7일 토요일
헨리 T. 폴섬, 『베이커 스트리트에서 보낸 세월들 : 셜록 홈즈 연대기』	1888년 1월 7일 토요일
헨리 T. 폴섬, 베이커 스트리트에서 보낸 세월들 : 셜록 홈즈 『연대기』 개정판	1888년 1월 7일 토요일
D, 마틴 데이킨, 『셜록 홈즈 논평』	1888년 1월 7일 토요일
로저 버터스, 『1인칭 단수 : 세계 최초의 자문탐정인 셜록 홈즈와 그의 친우이자 동료인 존 H. 왓슨 박사의 생애와 작품에 대한 리뷰』	1888년 1월 7일 토요일
C. 앨런 브래들리와 윌리엄 A. S. 사전트, 『베이커 스트리트의 홈즈 부인 : 셜록에 대한 진실』	1888년 1월 7일 토요일
존 홀, 『"나는 그 날짜를 아주 잘 기억한다" : 아서 코난 도일의 셜록 홈즈 이야기들 연표』	1889년 1월 7일 월요일
준 톰슨, 『홈즈와 왓슨』	1888년 1월 7일 토요일

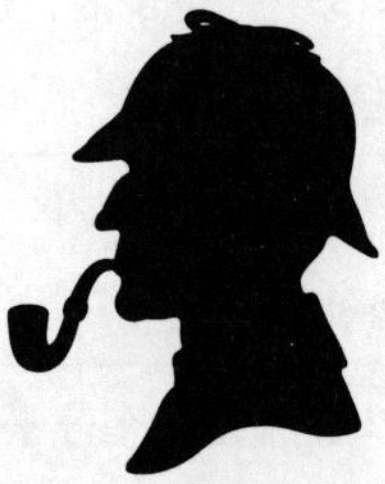

주석 달린 시리즈

1 주석 달린 허클베리 핀*The Annotated Huckleberry Finn*
마크 트웨인 원작 / 마이클 패트릭 히언 주석 / 박중서 옮김

2 주석 달린 버드나무에 부는 바람*The Annotated Wind in the Willows*
케네스 그레이엄 원작 / 애니 고거 주석 / 안미란 옮김

3 주석 달린 월든*Walden: A Fully Annotated Edition*
헨리 데이비드 소로 원작 / 제프리 S. 크래머 주석 / 강주헌 옮김

4 주석 달린 안데르센 동화집*The Annotated Hans Christian Andersen*
한스 크리스티안 안데르센 원작 / 마리아 타타르 주석 / 이나경 옮김

5 주석 달린 고전동화집*The Annotated Classic Fairy Tales*
샤를 페로 외 원작 / 마리아 타타르 주석 / 원유경·설태수 옮김

6 주석 달린 크리스마스 캐럴*The Annotated Christmas Carol*
찰스 디킨스 원작 / 마이클 패트릭 히언 주석 / 윤혜준 옮김

7 주석 달린 셜록 홈즈 1−6*The Annotated Sherlock Holmes*
아서 코난 도일 원작 / 레슬리 S. 클링거 주석 / 승영조·인트랜스 번역원 옮김

8 주석 달린 앨리스*The Annotated Alice* (근간)

9 주석 달린 오즈의 마법사*The Annotated Wizard of OZ* (근간)

주석 달린
셜록 홈즈 6

원작 아서 코난 도일
주석 레슬리 S. 클링거
옮긴이 인트랜스 번역원
펴낸이 김영정

초판 1쇄 펴낸날 2013년 3월 22일
초판 5쇄 펴낸날 2019년 4월 12일

펴낸곳 (주)현대문학
등록번호 제1-452호
주소 06532 서울시 서초구 신반포로 321(잠원동, 미래엔)
전화 02-2017-0280
팩스 02-516-5433
홈페이지 www.hdmh.co.kr

© 2013, 현대문학

ISBN 978-89-7275-654-5 04840
    978-89-7275-648-4 04840 (세트)

* 책값은 뒤표지에 있습니다.